漢學英華

第二輯

饒宗頤國學院院刊

增刊

選堂

二〇二三年六月

主編　陳　致
Editor-in-Chief　CHEN Zhi

編輯　徐鳳儀
Editors　XU Fengyi
梁月娥
LEUNG Yuet Ngo
陳竹茗
CHAN Chok Meng, Travis
梁天恩
LEUNG Tin Yan, Grace

主辦　香港浸會大學饒宗頤國學院
Organizer　Hong Kong Baptist University
Jao Tsung-I Academy of Sinology
香港九龍塘香港浸會大學
Hong Kong Baptist University, Kowloon Tong, Hong Kong
電話 Tel: (852)3411 2796
傳真 Fax: (852)3411 5510
電郵 Email: jasbooks@project.hkbu.edu.hk

出版　中華書局（香港）有限公司
Publisher　Chung Hwa Book Co., (H.K.) Ltd.
香港北角英皇道 499 號北角工業大廈一樓 B 室
Flat B, 1/Floor, North Point Industrial Building, No. 499,
King's Road, North Point, Hong Kong
電話 Tel: (852)2137 2338
傳真 Fax: (852)2713 8202
電郵 Email: info@chunghwabook.com.hk

責任編輯　郭子晴
Elise KWOK
封面設計　簡雋盈
Bear KAN
排版　楊舜君
YANG Shunjun
印務　劉漢舉
Eric LAU

印刷　美雅印刷製本有限公司
香港觀塘榮業街 6 號海濱工業大廈 4 樓 A 室
Printer　Elegance Printing & Book Binding Co., Ltd.
Block A, 4/F, Hoi Bun Industrial Building,
6 Wing Yip Street, Kwun Tong, H.K.

ISBN　978-988-8808-79-3

定價 Price　HK$168

本增刊出版承蒙「香港浸會大學饒宗頤國學院 – Amway 發展基金」慷慨贊助，謹此致謝。

Publication of this volume was generously supported by the HKBU Jao Tsung-I Academy of Sinology – Amway Development Fund.

序　言

2018 年，為擴大香港浸會大學饒宗頤國學院院刊的學術影響力，並向中文學界介紹國際漢學研究的最新成果，我們推出了《饒宗頤國學院院刊》的首期增刊《漢學英華》。彼時定題「漢學英華」，飽含對饒公的懇摯懷想，意謂「采擷英華，輯為是集，兼作追緬之一瓣心香」。饒公通達的治學理念是引領我們的明燈，國學院力求為東西文化交流搭建橋樑，院刊相容並包、中西兼重的原則，亦是承此一脈。如今時隔四年，第二輯《漢學英華》終於要和大家見面，我們的緬想與懷念只有更加深重，同時也欣喜這英華馨香可以悠遠綿長，縷縷不盡。

本輯集結翻譯了院刊第四至七期的英文論文及書評，這些文章分別來自 12 位作者，既有學養精深的中堅學者，也有鋒芒新露的青年學人。

其中論文十篇，涉及領域涵蓋文學、歷史、語言學、文獻學、文字學、思想史、哲學、社會文化研究等等，材料則從殷商兩周的甲金竹書到兩宋金元的書信筆記，包羅萬有。基於學界當前的豐厚研究成果，這些論文或深鑽精研，或以開闊視野關照社會，在不同程度上完成了介紹新材料、應用新方法、提供新觀點的工作，拓寬了相關課題的研討範圍。國學院院刊始終提倡開放、包容、創新的學術傳統與風格，期待本文集可以為一窗口，助益讀者獲知近年來國際漢學研究之熱點與潮流。

史亞當的〈花園莊東地 H3 坑甲骨的閱讀方法〉和〈象數之間：離卦在早期《易經》的多重意涵〉關注早期文獻生成過程。前者以花東 H3 坑甲骨為語料庫，細緻分析刻辭行款，發掘史官和貞人在整製甲骨、書寫刻辭等工作中的專家性；後者剖析《易》類文獻的意象生發方式，驗證以出土材料上的數字卦和清華簡《筮法》，揭示卦畫字形與闡釋意象之間的關聯。顧永光的〈試論「民」字在西周思想體系中的政治意涵〉和〈論西周編鐘銘文的文學性質〉充分利用西周銅器銘文，前者針對西周文獻中的重要概念「民」闡發新思，指出其屬於構成理想政治秩序體系的象徵符號之一；後者以西周晚期的虢季編鐘銘文為案例，結合物質文化研究，在文學性層面，探討鐘銘的押韻、格律等音韻模式是否對於文本表義有可識別的結構功能。麥笛〈格式化的意義：對清華簡《湯在啻門》的深描及其對中國早期思想生產的啟示〉嘗試解釋〈湯在啻門〉內容和文本結構之間的參差。論文引入深描（thick description）方法，藉助信息論概念，將文本放置於立體環境，提出戰國時期的社群施行以格式化文本闡明意義的策略。費安德〈論戰國晚期背景下北大竹書《周訓》與《呂氏春秋》之關係〉以扎實細緻的文本分析比對，局部釐清了《呂氏春秋》的成書過程和編撰原則，並結合歷史背景，指明《周訓》應創作於秦國。許思萊〈「白一沙」上古漢語語音構擬的若干問題〉專門討論「白一沙」上古音構擬系統，對其整體框架和具體擬音操作均提出諸多反思，既有方法論層面的宏觀考量，亦包括針對細節問題的檢視。伍伯常〈文化互動與較量 —— 以宋朝（960—1279）和南唐（937—965）為例〉是在歷史研究中有效利用筆記材料的實踐，筆記軼聞雖存在結構性問題，但社會文化研究領域不應忽視其史料價值，通過綜合運用正史、雜史、文集、筆記，可以察知地域文化如何在競爭互動中自我形塑。朱銘堅〈十三世紀華北地區的本地精英網絡與蒙古帝國的管治〉以漢族士人書信集《中州啟劄》為基礎材料，抓取關鍵人物還原交遊網絡，考察金元過渡時期的社會文化與政治動向。蔡亮〈我們有多愛自己的父母 —— 對由愛至孝的再思考〉以生命進程為討論框架，深入剖析文本，發掘儒家經典如《論語》、《孟子》對親子關係的複雜認識，探索儒家孝道與父母子女親緣之愛的生發關係。

書評則涉及 2015 年至 2019 年出版的五種著作，即艾蘭《湮沒的思想 —— 出土竹簡中的禪讓傳説與理想政制》，來國龍《幽冥之旅：楚地宗教的考古學研究》，柯馬丁、麥笛編《中國政治哲學之始源：〈尚書〉之編纂與思想研究》，田菱《閱讀哲學、創作詩篇：中國中古時期互文模式的意義創造》，內藤丘《藏語、緬甸語和漢語的歷史音韻學》，分別由費安德、方破、夏含夷、朱夢雯、鄭子寧評介。這五部作品中，迄今僅艾蘭《湮沒的思想》一書已出版中譯本，相信通過本文集，讀者更可掌握海外漢學新近的主要研究成果和趨勢。

本文集絕大部分的翻譯工作，循例委託浸大國學院的研究員、博士生完成。譯者根據個人研究的興趣領域選擇文章，在翻譯過程中，譯者凡遇到問題，即與作者及時聯絡商榷，以修改潤色文句，盡力完善譯稿。通過翻譯，也達成了深層的學術交流，對於譯者而言，非但是樂事，亦是一樁幸事。在此需要特別感謝陳竹茗先生，為使譯稿文字能以準確精緻、順暢優美的面貌呈現於讀者眼前，陳先生嚴格檢視每份稿件，慷慨分享翻譯編校經驗，協助譯者與作者溝通。翻譯工作的順利完成，離不開他審慎精細的態度和豐富的經驗。此外，依然要鄭重感謝 Amway 發展基金和學界同仁多年來對國學院院刊的大力支持，感謝香港中華書局在出版工作中的協作付出。

2023 年將是浸大國學院成立的第十個年頭，本輯文集籌備的尾聲階段，正逢國學院步入十周年的前夕，或許待到這部「承前啟後」的小總結正式出版時，國學院已迎來十年華誕。院刊一直致力成為國學界與漢學界深度溝通的平台，並在多年發展中逐步滋養出了生動蓬勃的東西學術交流脈絡，相信漢學英華系列可促進此繁盛脈絡向華文學界進一步蔓延。

希望本輯《漢學英華》能如首輯一般，為讀者帶去嘗鼎一臠之趣。

僅此為序。

徐鳳儀

2022 年 7 月

目　錄

書評

Contents

Book Reviews

饒宗頤國學院院刊　增刊
2023 年 6 月
頁 1–57

花園莊東地 H3 坑甲骨的閱讀方法

史亞當（Adam Craig SCHWARTZ）
香港浸會大學饒宗頤國學院

龐琨譯

本文以 1991 年花園莊東地 H3 坑出土的卜辭記錄為材料，集中探討其商代記事者的工作習慣和動機。這一群史官與另一群貞卜人物同時隸屬於當時某一位高權重的王子，兩個專業群體共同開發出一套作業技術並付諸實踐，以經濟簡便的方式分工合作，連貫且有效地完成他們的工作。這批甲骨刻辭體現出高度的同質性和統一性，反映當時史官已能精準地記錄卜筮內容，而且在專門記錄的設計、書寫和規範呈現等方面，他們也具備獨特的辦事能力和創造力。更重要的是，從刻辭行款可見他們對材料的把握，體現了商代史官的知識水平，並意味著刻寫卜辭實為了日後閱讀和翻查之用。

關鍵詞： 商代文字記事　專業工作習慣和動機
甲骨占卜　上古知識水平

緒言

花園莊東地甲骨（下簡稱「花東甲骨」）最早發現於1991年，2003年以六冊對開本全部公布出版，這是一個密集的共時語料庫（synchronically compact corpus），其中包含了晚商時期（約公元前1250–前1045年）的數千條獨立卜辭，它們刻在數以百計的完整龜甲和牛肩胛骨上。[1]這些甲骨卜辭屬於第27代商王武丁在位時的某位王子，它們無疑是中國考古史上最重要的契刻發現之一。而且，這組出土材料在甲骨學研究方面，尤其是在決策斷疑以及記錄歸檔方面，已經成為一個典型的統計學方法導向的語料庫。早期中國領域的研究在相當長的一段時間內仰賴於更多完整甲骨的發現，以揭示貞卜人物和史官共同製作這些物質文獻的操作方法和專業技術。花東甲骨是一個

1 中國社會科學院考古研究所：《殷墟花園莊東地甲骨》6冊（昆明：雲南人民出版社，2003年）。後文用HYZ（花園莊）這個縮寫來代指這批甲骨。如HYZ181.5指第181片，第5條。坑中共發現689片卜骨，絕大多數是龜腹甲（659）；剩下的是龜背甲（25）和牛肩胛骨（5）。經過綴合，2003年的正式出版物中包括了561片甲骨的彩色照片、剖面放大圖以及刻辭的拓片和摹本。在去除重複、進一步綴合以及減去背面刻辭的數量（30）之後，卜骨的總數為529，包括511片龜腹甲、13片龜背甲和5片牛肩胛骨。關於本文引用的花東甲骨的討論和其他信息，參A.C. Schwartz, *The Oracle Bone Inscriptions from Huayuanzhuang East* (Berlin: De Gruyter Mouton, 2019)。

展現商代貞卜人物和書記官之習慣與動機的理想語料庫。[2]

關於古代社會的知識水平，一個相當有趣的話題是，商代甲骨史官的自主權到底有多大（甚或是否存在），這也是迄今為止學術界尚未充分研究的一個問題。本文將甲骨刻辭視作物質文獻，著重探討其筆畫和行款，以圖證明製作 H3 坑甲骨刻辭的史官實際上遠不止是記錄口述的熟練刻工，也不是只會機械地複製給定的材料。[3]

史官與貞卜人物合作，在 529 塊龜甲牛骨上留下了 2452 條卜辭，他們所採用的技術不僅證明了準確的甲骨占卜的專業性，對於我所要討論的問題來說，也許更重要的

2 Keightley（吉德煒）曾說：「儘管已懸隔三千餘載，商代晚期（約公元前 1250– 前 1045 年）的甲骨刻辭有時會直接讓我們感受到，商代貞卜人物和書記官有非常傑出的工作習慣和動機。」David N. Keightley, "Theology and the Writing of History: Truth and the Ancestors in the Wu Ding Divination Records," in *These Bones Shall Rise Again: Selected Writings on Early China*, ed. Henry Rosemont Jr. (Albany, N.Y.: State University of New York Press, 2014), 207.

3 張桂光的研究使我獲益匪淺。參張桂光：〈花園莊東地卜甲刻辭行款略說〉，王建生、朱岐祥：《花園莊東地甲骨論叢》（臺北：聖環圖書，2006 年），頁 65–67。本文亦曾參考下列三種文獻。劉源：〈試論殷墟花園莊東地卜辭的行款〉，《故宮博物院院刊》2005 年第 1 期，頁 112–116。章秀霞：〈花東卜辭行款走向與卜兆組合式的整理和研究〉，收入王宇信等主編：《紀念王懿榮發現甲骨文 110 周年國際學術研討會論文集（2009 中國福山）》（北京：北京社會科學文獻出版社，2009 年），頁 174–192。孫亞冰：《殷墟花園莊東地甲骨文例研究》（上海：上海古籍出版社，2014 年），頁 34–98。

是，這證明了表演性的口語是如何一步步通過設計和排布而形成書面記錄，再記載到燒灼過的骨頭上的。與在安陽為商王工作的史官類似，花東的史官也採用了一些經濟簡便的方法來具體調度工作量，並在保持形式和設計的美感的同時，連貫而高效地完成他們的工作。[4] 我認為，史官對花東甲骨卜辭所進行的排布和書寫，其目的就是用於閱讀和查閱。

4 在花東刻辭中，最好的一個例子或許是，這群史官記錄卜骨的兆璺用辭及其兆側命辭時，所使用的短語是「用」和「不用」，而不是「茲用」和「茲不用」。指示代詞「茲」指的是一個特定的兆璺，亦即骨面上與「茲」距離最近的一個，故而「茲用」的意思就是「用這個（兆璺）」。「用」則是「茲用」的簡寫。史官大概無需寫明「茲卜用」，因為「兆璺」本身已經昭然於骨面，也可以視作一個字，所以不必特綴「卜」字。（「卜」字本就象骨面兆璺之形。）「用」比「茲卜用」更加簡潔、連貫、高效，也是一種風格創新。甲骨卜辭如果是寫在易朽壞的材料上，那麼這種縮寫就不會清晰可辨了。圖 1 說明了史官如何圍繞兆璺設計各種「用」的布局。關於商代甲骨文中「茲用」的研究，首創於胡厚宣：〈釋𢆶用𢆶御〉，收入宋鎮豪、段志洪等：《甲骨文獻集成》（成都：四川大學出版社，2001 年），第 18 冊，頁 1–5。關於「用」與「不用」如何判斷，參裘錫圭：〈關於殷墟卜辭的命辭是否問句的考察〉，收入氏著：《裘錫圭學術文集》（上海：復旦大學出版社，2012 年），第 1 卷甲骨文卷，頁 321–322；以及〈釋「厄」〉，同上，頁 457。又參李學勤：《周易溯源》（成都：巴蜀書社，2006 年），頁 198。倪德衛也曾說，「它（茲用）是用來解讀兆璺的。」參 David N. Keightley, *Working for His Majesty* (Berkeley, Calif.: Institute of East Asian Studies, University of California, Berkeley, 2012), 366.

花東甲骨刻辭的統一性和可解讀性使其成為一個理想的數據庫，可以用來研究非王卜辭的某些貞卜人物和史官集團的占卜實踐及其機制。本研究回顧了文獻表達的風格和習慣，並提出如何將這些標準作為方法和手段來補充正字法分析，以推斷史官的身分，並判斷安陽史官傳統中的知識水平。[5] 我的重點是通過研究各種行款（即文本的排布與朝向）和文檔或稱「頁面」的設計風格，來完善閱讀花園莊東地甲骨文的方法。書寫方向及其相關習慣是花東甲骨書寫的一個整體的主位（emic）特徵，對這些內容的研究闡明了一些細節，從而揭示了專業史官怎樣展示他們的專業知識，以及他們如何設計文本的閱讀效果。[6]

5　顯微正字分析法現在是甲骨學研究的一個熱門話題。崎川隆將賓組甲文類型分為 14 組，崎川隆：《賓組甲骨文分類研究》（上海：上海人民出版社，2011 年）。周忠兵發現了與歷組貞卜人物集團相關聯的新的史官，周忠兵：〈談新劃分出的歷組小類〉，《甲骨文與殷商史（新二輯）》（上海：上海古籍出版社，2011 年），頁 222–229。更為明顯的是，學者們嚴重低估了安陽及其他區域與貞卜人物合作的史官的數量。

6　本文標題中的「閱讀（read）」一詞就有這個含義。它並不是要介紹或從語言學的角度來解釋如何破譯和理解這些刻辭的語言和文字，我最近已經在其他文章中進行了相關研究（Schwartz, *The Oracle Bone Inscriptions from Huayuanzhuang East*）。

卜辭的書寫流程尚不明確。一種假想是，甲骨刻辭謄寫自貞卜人物的筆記。[7] 該假想認為，負責在甲骨表面契刻內容的是刻工，他們只是機械地複製給定的材料。另一種假想提出，在實際的占卜過程中，有史官在場，他們或憑藉記憶，或在貞卜人物（們）的幫助之下，於之後的某個時間將原始的口頭表述轉寫為書面記錄。[8] 當然，有些貞卜人物也完全有可能自行記錄，但貞卜人物和史官是兩個不同的職業群體，這一情況已有明證，因此我還是要將兩者區分開來，儘管他們之間也存在交叉。[9]

---

7 吉德煒曾介紹過「貞卜人物筆記」這一概念。參 David N. Keightley, "The Diviners' Notebooks: Shang Oracle-Bone Inscriptions as Secondary Sources," in *Actes du colloque international commémorant le centenaire de la découverte des inscriptions sur os et carapaces/ Proceedings of the International Symposium in Commemoration of the Oracle-Bone Inscriptions Discovery*, ed. Yau Shun-chiu and Chrystelle Maréchal (Paris: Centre de Recherches Linguistiques sur l'Asie Orientale Ecole des Hautes Etudes en Sciences Sociales, 2001), 11–25.

8 張世超：《殷墟甲骨字跡研究 —— 自組卜辭篇》（長春：東北師範大學出版社，2002 年）。

9 胡厚宣：〈卜辭記事文字史官簽名例〉，《甲骨文獻集成》，第 18 冊，頁 29–33。他首先指出了出現在甲骨的頂端、底端以及側邊單獨的名字，它們與卜辭不相連屬，胡氏稱之為簽名，並認為這些是在甲骨上契刻卜辭的史官的名字。胡氏指出，這些名字如㱿、爭、亘等，與武丁的貞卜人物名字相同。饒宗頤不同意這個看法，他認為，商代青銅器上的史官被稱做「師 X」，甲骨刻辭中有時也會在貞卜人物的名字之前冠以其身分「卜」，但從沒有將類似的這些名字稱作「史」的先例。參饒宗頤：《殷代貞卜人物通考》（香港：香港大學出版社，1959 年），頁 22–23、27–29。（饒宗頤舉出了兩個以「大（太）史」冠名的例子，但這兩例都不見於已知的商代貞卜如果沒有「貞卜人物筆記」，就無法了解占卜活動的記錄，也無法了解史官是如何知曉每條兆璺的含義。然而，省略句式和卜辭行款這兩個跡象表明，寫在甲骨上的最終記錄可能經過了編輯和重組。[10] 這組新發現的甲骨文獻有力地表明，史官在書寫卜辭時，會有意識地調節和規整記錄的長度，以取得行文對稱和字數的平衡。他們還可以按照語法成分（短語、分句、句子）和形式單位（敘辭、命辭、占辭、驗辭）來解析占卜記錄。這些甲骨刻辭記錄方法表明了記錄者的專業性，展現了他們的知識水平，更關鍵的是從中可以看出他們對於材料的把握。

人物。）饒宗頤（同上，頁 29）提出了一個理論，即貞卜人物與史官不能一一對應，只不過兩者之間有所疊合。他這一說法的切入點是，有時單片腹甲上的卜辭書風統一，但卻記錄了多個貞卜人物的名字。此類例子證明，並非所有的貞卜人物都是史官。儘管貞卜人物和史官的身分有時會有疊合，比如，在侯家莊發現的一組龜腹甲刻辭中，貞卜人物的名字常常又出現在正面的底端，但目前比較保守的看法還是將貞卜人物與史官分而視之。見董作賓：〈安陽侯家莊出土之甲骨文字〉，《甲骨文獻集成》，第 6 冊，頁 105–123。花東卜辭中有一條卜辭比較特殊，記錄了一位盲樂師（瞽）作出的占卜：「辛亥瞽卜：家其匃又（有）妾又（有）畀」。其大意為，如果家（舞者的名字）索求妾，那麼他就會得到一些妾（HYZ490.11）。在花東卜辭中，這位盲樂師的工作應該是演奏音樂，他有可能在骨面進行鑽鑿，也有可能對占卜做出解讀，但很難想像是他本人把卜辭刻在甲骨上。

10 自商代甲骨卜辭以降，省略法就成為了中國古典文獻的一個重要特徵和修辭手段。參饒宗頤譯：《近東開闢史詩》（臺北：新文豐，1991 年），前言頁 1。

一、讀懂花東甲骨的基本技巧

花東甲骨刻辭可以大致分為卜辭和非卜辭兩種，後者主要是貢納物品清單和簽名。一條完整的花東卜辭包括兆序、[11] 記錄該次占卜歷史背景信息的前辭和 / 或後辭、[12] 命辭、占辭、判斷兆璺的用辭，以及複核實際情況的驗辭。以下二例包含了上述所有部分，我對每個部分進行了括注。

例 1 癸酉卜：子其擒。子占曰：其擒。用。四麋六兔。HYZ 395+548.9

[*前辭：*] 癸酉卜：[*命辭：*] 子其擒。[*占辭：*] 子占曰：其擒。[*用辭：*] 用。[*驗辭：*] 四麋六兔。

例 2 壬申卜：子往于田，从昔所。用。擒四鹿。– HYZ 35.1

[*前辭：*] 壬申卜：[*命辭：*] 子往于田，从昔所。[*用辭：*] 用。[驗辭：] 擒四鹿。[*兆序：*]

---

11 花東卜辭中的兆序數字最高是十（HYZ 176.1; HYZ 310.2）。兆璺數量常常是三的倍數，最多不超過十。商王的貞卜人物通常使用一組奇數目的甲骨來占卜一件事情，三片龜甲和三塊獸骨是最常見的組合。一般來講，貞卜人物使用兆璺和甲骨數量的多少，標誌著其所卜問對象的重要性。

12 包括日期、貞卜人物名、占卜地點、占卜類型，以及前次占卜的結果或需要事先說明的命辭。

我認為，在兆璺即將裂開或裂開之時，貞卜人物會口述命辭。（至於貞卜人物是否會親自鑽鑿甲骨，則是另一個話題）。[13] 在花東卜辭中，只有占卜集團的受益者和家族的首領才可以說出對兆璺的預測，即占辭。一條兆璺及其相關命辭是否合用，應當是由貞卜人物判斷。[14] 許多卜辭僅由兆璺、兆序和「用」字組成，圖 1（右）即是一例，這說明一旦兆璺出現，在其他占卜程序之前，首先要把兆序和用辭直接記錄在甲骨上，記錄者或是負責占卜的貞卜人物，或是與貞卜人物合作的史官。一旦所占問之事發生，史官就會寫下驗辭。[15]

在卜辭的各部分中，驗辭能夠直接展現史官的知識水準，並證實了史官與貞卜人物的合作關係。與命辭和占辭相對應的驗辭驗證了占卜的過程，是對事件真實性的事後記錄。但與命辭和占辭不同的是，除非與占辭相一致，驗

13 饒宗頤認為這是兩種不同的職司。參氏著：《殷代貞卜人物通考》，頁 14–28。

14 有一例卜辭（HYZ 467.7）的用辭是「子不用」，這表明占卜者和貞卜人物家族的首領參與了兆璺的閱讀。姚萱沒有將「子」當作「不用」的主語（「隹（唯）廌子。不用」），參姚萱：《殷墟花園莊東地甲骨卜辭的初步研究》（北京：綫裝書局，2006 年），頁 366。

15 卜辭是分時段完成的，類似觀點參見裘錫圭：〈釋「厄」〉，頁 457。裘文所揭諸例表明，其他貞卜人物和史官的卜辭中的用辭和驗辭似乎是在不同時間由不同的史官所寫的。

辭幾乎不記錄口頭表述。[16] 前舉兩例卜辭中的驗辭揭示了一種運行方式。在第一例中，命辭是以謂語動詞「擒」（網獲）結尾，占辭只是對貞卜人物的說法加以確認。從命辭和占辭可以看出，動詞「擒」可以及物也可以不及物，在第二例中亦是如此。

在第一例中，史官沒有在驗辭中再次使用「擒」這個動詞，而是將獵獲的動物列為賓語。但在第二例中，史官卻不得不在驗辭中的直接賓語「四鹿」前加上「擒」。這是由於，儘管命辭的內容是關於狩獵的，但此處核心問題卻是狩獵的場所。當動物作為狩獵卜辭的占卜對象時，貞卜人物通常會使用「擒」或「遘」這類的及物動詞。記錄規則大致如下：如果貞卜人物在狩獵卜辭中使用「擒」或「遘」來作為尾字，那麼史官在驗辭中記錄獵獲或者遇到的動物數量時，就可以省去這個字。相反，如果貞卜人物沒使用這兩個字作為尾字，那麼史官就必須在驗辭中寫明，以保證語法正確、語言連貫。

下面是一個典型例子，其命辭以「遘」作結，驗辭則不再出現此字：

16 例如 HJ 6057f（武丁時期賓組）：癸巳卜，㱿貞：（*命辭：*）「旬亡憂。」（*占辭：*）王占曰：「㞢（有），其㞢（有）來艱。」（*驗辭：*）气至五日丁酉，允㞢來〔艱〕自西。沚戠告曰：「土方征于我東啚，〔𢦔〕二邑，𢀛方亦帚（侵）我西啚。」王的占辭「其㞢來艱」在驗辭中得到了驗證，不僅確實有人帶來警報（來艱），驗辭還記錄了來者的姓名和話語。吉德煒稱這種習慣作「竭力保持歷史記錄的準確性」。Keightley, "Theology and the Writing of History", 207.

> 乙未卜：子其田从圭求豕，冓（遘）。用。不豕。一二三 HYZ 50.3（圖 28）

驗辭是由否定副詞「不」和名詞「豕」組成，缺少動詞，看上去在語言學角度並不連貫。然而，史官正是有意刪去了動詞「遘」，因為命辭正是以這個字作結的。史官知道在此處應該刪去動詞，證明了其在甲骨卜辭記錄方面的知識水平。去一個叫「圭」的地方打獵，尋找豬，而實際上並沒有遇到豬。史官準確地記錄了一次錯誤的判斷。[17]

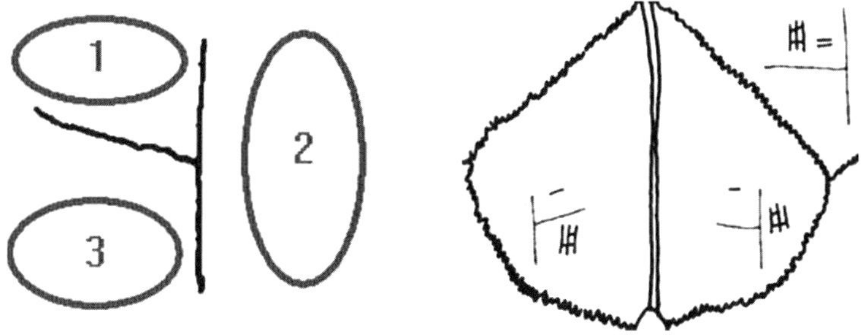

圖 1　（左）兆璺的三個部分；（右）HYZ 15 號甲骨片上的用辭「（茲）〔卜〕用」

正如腳注 1 的數據所示，閱讀一版花東甲骨，主要是關注文本是如何設計和排布在龜腹甲上的。這些專業史官在貞卜人物仍在使用的龜腹甲上書寫，其最顯著的特徵是，在卜辭與對應的一個或多個兆璺之間，保持著嚴格的距離。圍繞兆璺的自然分布進行創新性設計布局，通常會利用我所說的兆璺的「圖像」。如圖 1（左）所示，兆璺

17　Keightley, "Theology and the Writing of History," 207–27.

由兆幹（縱）和其上岔出的兆枝（橫）組成。兆璺的圖形被自然劃分為三部分，我以 1、2、3 標記。

圖 1（右）展示了用辭「用」在這三個區域的記錄方式，如前所述，「用」就是「茲〔卜〕用」的縮寫。HYZ 15（圖 1）的三個兆璺可能是一組占卜中的一部分，關鍵點在於，史官有意使用三種不同的行款來記錄相應的用辭。史官的技能因此得以展現，這也證明了史官在甲骨卜辭記錄上的專業性。

術語「用」或「不用」並不是要說明是否真的進行了占卜，否則「用」字如何成為對於命辭的回應或驗證呢？這種命辭史官不煩記錄。在 HYZ 15 和其他類似的卜辭中，比如圖 2 中的 HYZ 24，可以直觀地看到「用」在燒灼出龜甲兆璺後便記錄的，是對兆璺的一種判斷。

龜板上的書寫空間也受到另一面鑽鑿密度的影響（圖 2 右）。為了應對卜辭長度或圖形陳列等方面的特殊情況，史官們設計了一系列新的書寫模式。這種考慮主要基於兆璺位置和兆璺密度。（我用「兆璺密度」一詞來表示龜甲上同一區域內兆璺的數量。）同時，史官還需要考慮和計劃如何協調已經燒灼過的鑽鑿、兆璺，和與之相對應的卜辭，以及尚未燒灼的鑽鑿、兆璺，和將來會與之相對應的卜辭，我將在後文對此展開論述。史官或者事先知道貞卜人物將要在龜甲何位置進行下一次占卜，或者要靠猜測。（同樣，這是建立在史官與貞卜人物不是同一人的假設之下。如果是同一人，那麼這種設想當然也就不適用了。）

儘管其他商代貞卜人物傾向自龜腹甲右側開始，從底

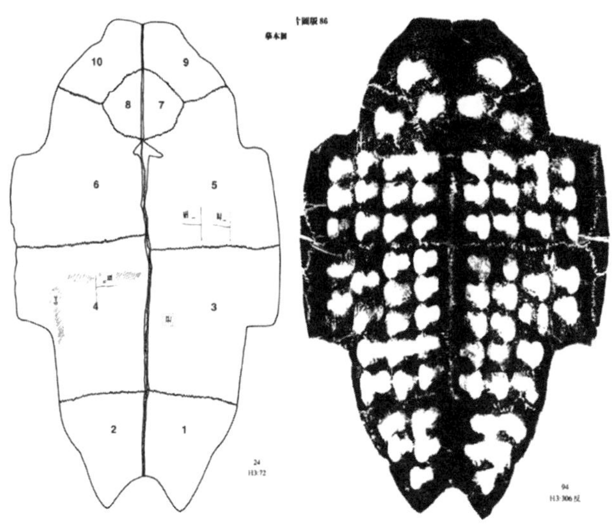

圖 2 （左）龜腹甲由自然形成的邊界線（盾紋和齒紋）區隔為十個「有機」的書寫空間。在 **HYZ 24** 號上，兆璺旁標注了序號，並寫有用辭「用」；（右）龜腹甲背面鑽鑿的密度（**HYZ 94**）

部自下而上地灼龜，並且由內至外使用鑽鑿，[18] 但對花東貞卜人物來說，這只是他們所用的方法之一。他們還傾向於由龜腹甲左側開始，從頂端自上而下地灼龜，並且由外至內使用鑽鑿。單片和多片成組的龜甲上的占卜順序表明，貞卜人物也會隨機選擇鑽鑿灼出兆璺。

花東史官似乎更加關注「兆璺設計」—— 我用這個概

18 李達良專門研究了單塊龜腹甲上卜辭的位置和順序。他從《丙編》中挑選了三十多條辭例，將它們分為 11 種不同的行款。見李達良：《龜版文例研究》（香港：香港中文大學聯合書院中文系，1972 年），又收錄於《甲骨文獻集成》，第 17 冊，頁 219–269。崎川隆《賓組甲骨文分類研究》系統地介紹了賓組卜辭的設計布局。又參周鴻翔：《卜辭對貞述例》（香港：萬有圖書，1969 年），頁 12–36。

念而非「版面設計」，是用來指同一片甲骨上占卜刻辭與其所對應的一個或一組兆璺之間所呈現的布局和風格。筆者用「版面設計」來表示占卜記錄在完整的龜甲和胛骨上的布局和契刻風格。儘管帶有刻辭的完整龜甲在視覺效果上可能不如同時期商王武丁手下賓組貞卜人物精心設計過的卜辭那樣精美，[19] 但花東史官可以稱得上是刻辭「微布局」和「微展示」的專家，以專門記錄與一個或一組兆璺相應的占卜。

一般來說，花東史官慣於從兆枝（總是指向龜甲的中分線）的上方開始，垂直於兆幹書寫卜辭。龜甲最內側兆璺的相應刻辭通常不會超過六至八字，整條卜辭被安排在區域 1（圖 3）。而超出六至八字的較長刻辭，則有三種布局。其一，刻辭的起始位置與簡短刻辭大致相同但略高，行文越過兆幹之後轉下行（圖 4 左），這種刻辭被安排在兆璺的區域 1 和 2，我稱之為 r 形行款。第二種布局是 r 形行款的延伸。刻辭行文至兆幹的底端之後，繼續以包圍結構環繞於兆璺底部（圖 4 右）。這種刻辭被安排在兆璺的區域 1、2 和 3，我稱之為 c 形行款。第三種布局是在兆幹後方縱向排列卜辭（圖 5）。

圖 3　**圖 4**　**圖 5**

19 Schwartz, *The Oracle Bone Inscriptions from Huayuanzhuang East*, 39–41.

在圍繞單個或成組的兆璺書寫卜辭時，花東史官主要採用五種方式。

（1a）**對稱與平行的行款**。指圍繞在一個或一組兆璺旁的內容以對稱方式排列（指兆枝相指），起止都在同一條縱軸上；或者呈等長的縱向排列。

（1b）**字數平衡的行款**。指用均分或遞減的方式排列文字。例如，對一條八個字的卜辭，四個字寫在兆璺區域 1，四個字寫在兆璺區域 2；對一條十五字的卜辭，三個區域各寫五個字。

（2）**形式導向的行款**。指在兆璺的不同區域書寫卜辭的不同部分：敘辭、命辭、用辭、驗辭。根據兆璺的自然分域劃分一條完整卜辭，以便於閱讀。

（3）**語法導向的行款**。指用語法分析的方式將卜辭劃分為詞彙單位，據此進行安排。除了利用兆璺的自然分域，史官還會巧妙地使用這種方法來使卜辭的內容更易於解讀。

（4）**無定式行款**。指卜辭的布局與相應兆璺自然區域的劃分幾乎沒有關係，史官在書寫詞簇和詞鏈時不考慮斷句的問題，對卜辭的排布總體上顯得笨拙且缺乏統攝。相應地，同組其他史官的書寫卻暢通無礙。將這種行款設計 —— 或者說沒有設計 —— 的布局與其他三種方式相比，可以看出有些卜辭別出他手。

二、占卜中最常見的空間布局概覽

兆璺的位置和占卜的次序，兆璺的位置和占卜的次序，與卜辭相應的兆璺和文本的設計布局，兩者存在差異。前者屬於貞卜人物的技術與方法，後者則屬於史官的技能。[20] 假設史官和貞卜人物兩個群體不僅要合作，且貞卜人物在鑽鑿甲骨、擇用兆璺時不必受史官的干預，那麼史官則至少要履貞卜人物之步武，遵照後者挑選的鑽鑿和灼出的兆璺。史官的任務就是根據這些兆璺，在有限的空間條件下創造出程式化的設計布局。不過，花東刻辭系統並不止步於此。多樣的行款風格表明史官具有美學的理解，更重要的是，表明了他們具有自主意識的讀寫能力，以及對對話、句法和語法的認知，這些都說明史官群體的專業性已經到達了更深入、複雜的層次。除了文字書寫方面的專業性和創造力，這些刻製甲骨文的史官對於花東模式也表現得十分老練，或是日臻熟稔。一個可能的猜想是，史官群體中的一位或多位年長的史官要負責創製或傳播、教授這種模式。

比起在紙張上書寫，直接在占卜所用的甲骨上進行記錄當然大不相同，且複雜得多。就行款方面來說，史官更

20 例如，李達良在《龜板文例研究》中就沒有這種區分。儘管他關於「頁面設計」的圖表有助於描繪各種布局模式，但他真正研究的是描繪貞卜人物選擇要燒灼的鑽鑿的順序。又參 David N. Keightley, *Sources of Shang History: The Oracle-bone Inscriptions of Bronze Age China* (Berkeley, Calif.: University of California Press, 1978), 24–25.

重要的能力之一應該是協調單片甲骨上空間布局與兆璺的對應關係，以及如何在多片甲骨上連續書寫。

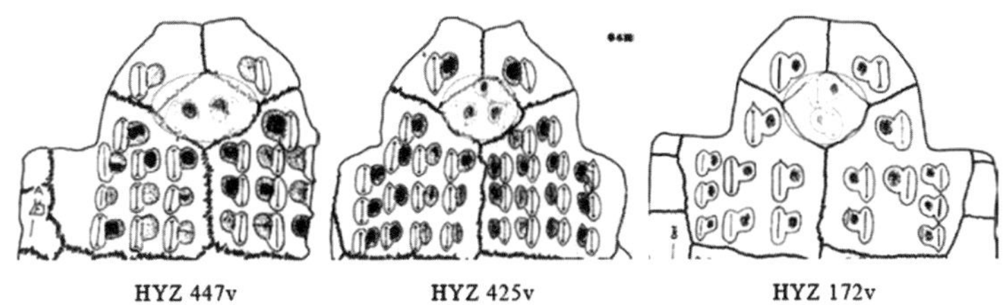

圖 6　龜中甲上較常見的三種鑽鑿排布

在龜腹甲的中甲部位進行的鑽鑿燒灼和書寫就是一個很好的例子，花東材料中總計有九種鑽鑿的排布（圖6）。[21] 龜腹甲的這個部位所提供的書寫空間最為狹小，這裡的行款也與他處有所不同。相對於其他部位的兆璺，中甲兆璺最大的不同之處在於，它們可以橫跨龜甲中央的千里路。對花東的史官來講，這種情況並不理想，因為他們的書寫習慣並不傾向於讓甲骨文字越過中線。但是，由於史官群體嚴格遵守將兆璺與卜辭緊密結合的原則，因此權宜之計是，如果兆璺的兆枝越過了中線，那相應的刻辭也會越過中線（圖 7）。

21　孫亞冰：《殷墟花園莊東地甲骨文例研究》，頁 71–76。

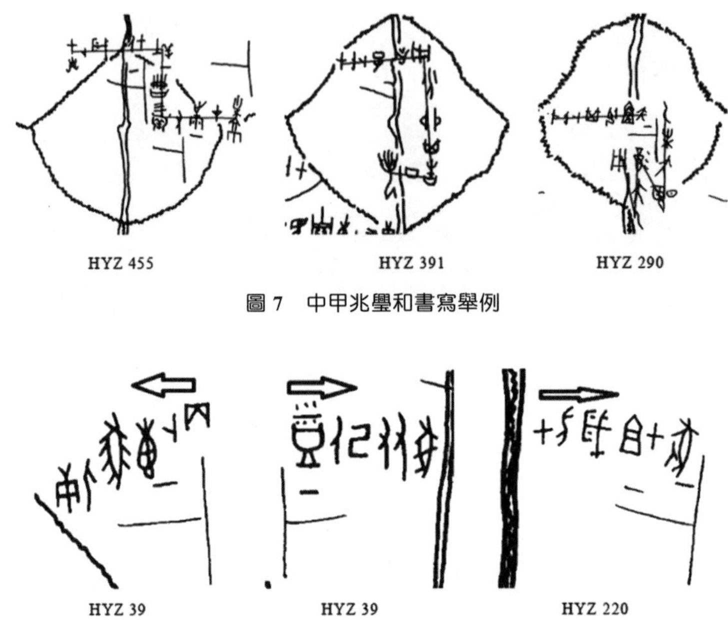

圖 7　中甲兆璺和書寫舉例

圖 8　（左、中）同一片龜腹甲上的刻辭，方向沿兆枝背離兆幹。（右）逆兆枝方向、朝向兆幹的刻辭

一般來說，龜甲同一側的單個和成組兆璺的空間布局可以總結為以下幾種：

（1）對於簡短的卜辭，它們對應最內側（指龜甲的中央縱分線）或最外側邊緣的兆璺，史官傾向於將內容納於一行之內，方向與兆璺的兆枝指向相反（逆兆）或相同（順兆）。如圖 8 所示，刻辭通常被安排在龜甲盾紋與兆璺兆枝上方的空間內。

（2）最常見的排布是 c 形行款。這種行款包圍著兆璺的全部三個區域。如圖 9 所示，其行文方向往往與兆枝指向相反，首尾字的位置處在同一條縱軸上。至於我前文所說的 r 形行款不過是刻辭不夠長，無法形成一個 c 形，只能在兆璺的區域 2 結尾。

（3）對於下腹甲和舌腹甲最外側鑽鑿形成的兆璺，刻辭的書寫傾向是在兆幹背後呈縱向行款排列（背兆）。圖 10 中的三個例子即是此類。

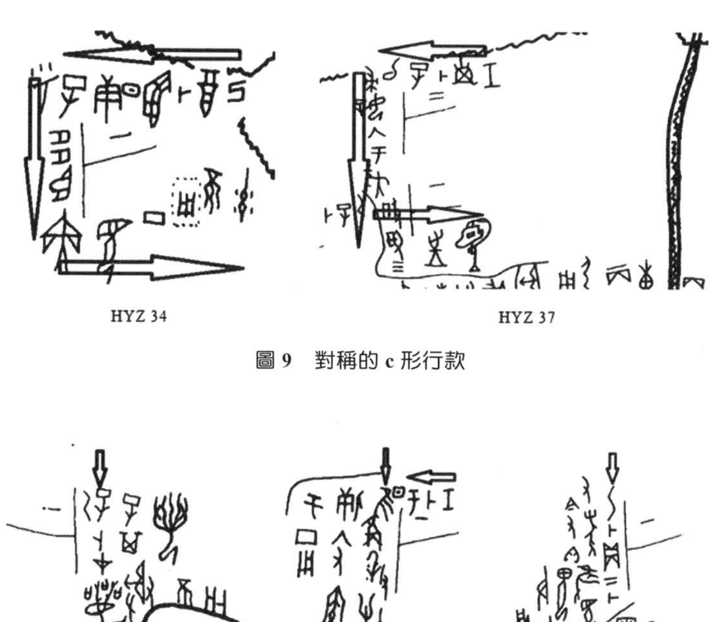

圖 9　對稱的 c 形行款

圖 10　縱向行款

三、三種基本行款：逆兆、順兆和背兆

由於大部分花東卜辭都對應一個或一組特定的兆璺，史官創造了新的模式來應對多種兆璺的排布。兆璺主要有

三種排布模式：單個兆璺、兩個兆璺成組（通常是在龜甲上對稱的位置左右相向），以及多個兆璺成組。如前所述，刻辭的書寫有三個基本方向。這三種基本行款通過調整，又可以綜合生成一些特殊風格以應對特殊情況，詳後文。

圖 11　龜腹甲右側的刻辭（HYZ 3）處於兆璺的正上方，為橫向行款

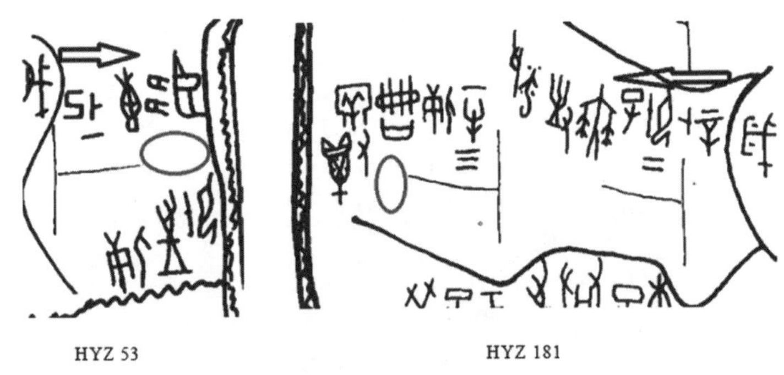

HYZ 53　　HYZ 181

圖 12　刻辭越過兆幹之後，行款轉而下行

最常見的卜辭行款是逆兆，指刻辭向著兆幹書寫，而背離兆枝裂開的方向。行款遇到兆幹時，剩餘行款的走向要視乎剩餘內容的長度，以及甲骨上兆璺的位置。另外，通常短刻辭連貫地寫在一行之內，而長刻辭則會環繞兆璺的多個區域。

順兆與逆兆的行款排列相反，指刻辭向兆枝裂開的方向書寫，背離兆幹。這種布局並不常見，多用於安排龜甲內部的短刻辭（圖 11）。值得注意的是，史官不會在順兆的情況下使行款向下轉折。這可能只是一種風格方面的考慮，但我認為有更深的含義。對於分行書寫的順兆卜辭，史官會在兆枝的末端留空，使上下行之間保持距離，或者是在離兆枝較遠的地方書寫下行行款（圖 12）。

在書寫龜甲外側兆璺的兆側刻辭時，會在兆幹背後使用縱向行款。就視覺效果而言，似乎出現了將兆幹外側排成引導線的傾向。當需要書寫多列文字時，史官喜歡依照比例，以整齊的格式來呈現內容。縱向刻辭往往從兆幹的頂端起頭，首行的長度與兆幹相當。

（一）兆璺位置與兆璺密度對行款的影響

龜甲上兆璺的位置與相同區域內兆璺的數量，影響甚至有時候決定了行款的形式。龜甲的自然輪廓和紋路為史官提供了大小不一的書寫空間。史官們似乎已考慮到刻辭與兆璺的距離，因為這關係到以後如何在尚未燒灼的鑽鑿周圍進行刻辭。關於兆璺的位置如何影響行款的模式，前文在中甲刻辭處已經討論過了（圖 6）。

一般來說，如前所述，最內一列的兆璺所對應的 8 字以內的簡短銘文大都呈一横行排列，且不會越過兆幹（作為界線）。究其因由，似乎是為了避免與同在龜甲一側的其他兆璺、兆側刻辭混淆。另一方面，龜甲最外側較長的兆側刻辭則往往會利用甲橋提供的額外空間。寫在此處的刻辭可能會向外逸出，尤其是在其下還有其他兆璺和刻辭的情況下，如下圖 13 中的上半部分。

圖 13　利用甲橋避免混淆（**HYZ 286**）

圖 14　（左）龜甲左舌腹甲左上角的刻辭，行款與紋路契合（**HYZ 3**）；（右）右舌腹甲右上角斜寫的兆序「三（四）」（**HYZ 182**）

龜甲外側的刻辭，甚至是某些兆璺，常常會帶有一定的角度或弧度（圖 14）。刻辭的折角或彎曲是為了模仿龜甲的自然紋路和特徵。

（二）龜背甲與牛肩胛骨

H3 坑 529 片有銘甲骨中，有 13 片龜背甲刻辭和僅僅 5 片牛肩胛骨刻辭。安陽貞卜人物的占卜材料的內部分布情況的統計是相對不確定的，但有幾個相關問題：為甚麼花東貞卜人物在龜腹甲充足的情況下，仍然選擇龜背甲和牛肩胛骨來進行占卜？這兩種材料是否由不同的貞卜人物操作？占卜的主題是否決定了占卜所需的材料？H3 坑所見的刻辭中，為數不多的已經燒灼與契刻的龜背甲和牛肩胛骨，使得分析史官怎樣在這兩種材料上記錄卜辭變得更加容易。

占卜所用的龜背甲並不像一般的龜背甲或牛肩胛骨那樣保持完整，而是從中縱向剖開，分成兩半。[22] 龜背半甲上的兆璺和刻辭有一個獨一無二的特徵，作為書寫材料，它擁有天然的格子，而且比龜腹甲的區隔要多得多。

如前所揭，排除甲橋，龜腹甲可以自然分為十個部分。而如圖 15（左、中）所示，龜背半甲包括 30 個自然分區。最接近縱剖線的一列區域（共 11 個，其中兩個是左右兩半甲片共有的）是最小的，大小基本一致。中間一

22 Keightley, *Sources of Shang History*, 13–14.

列（共 8 個分區）空間最大，可以容納更多的兆璺和刻辭，其大小自上而下遞減。最外側的分區包含一個弧形外緣（共 13 個分區），除了頂端和底端兩個分區是左右共有的，分區大小也都相近，但比最內側的分區要大。

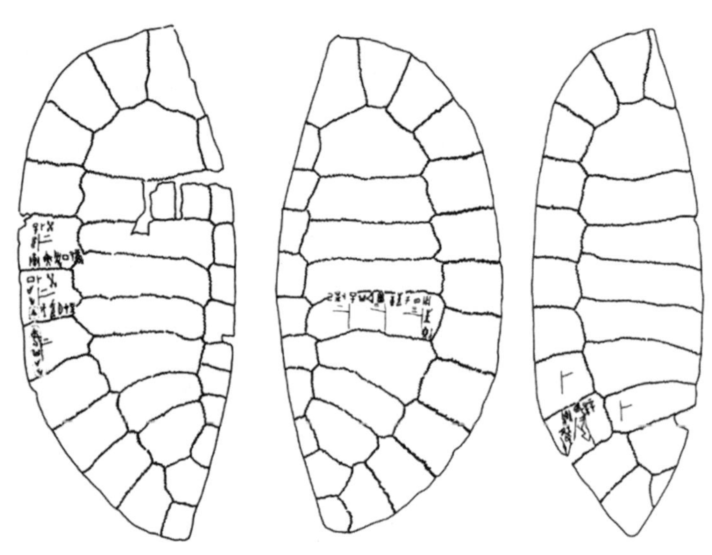

圖 15 （左、中）近乎完整的左半甲（HYZ 262）和完整的右半甲（HYZ 297）；（右）較窄的左半甲（HYZ 332；共 21 個分區），除去了內側分區

從這些分區的大小可以看出，內側的分區只能容納一個兆璺；中間的分區可以橫向容納多個兆璺 —— 通常是三個（如圖 17 所示的三個一組的兆璺）；而外側的分區，正如圖 15 所示，雖然每個分區可能在背面有多個鑽鑿，但通常也只有一個兆璺。

下面，我將總結龜背甲和牛肩胛骨上最常見的行款。

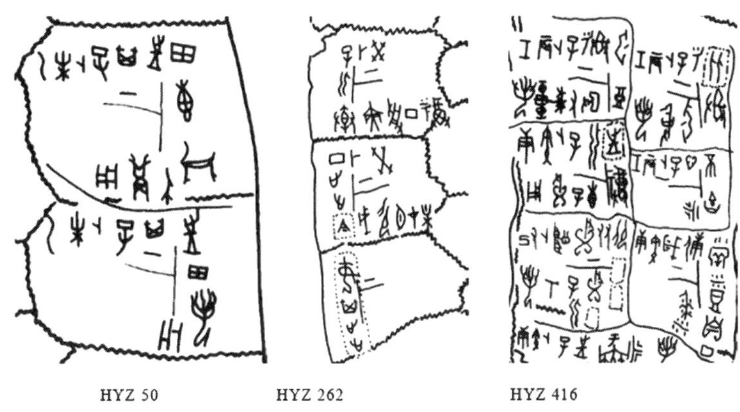

圖 16 （左）龜背甲的右半邊，上有兩條同一日的卜辭，內容為狩獵，用線條隔開；（中）龜背甲的左半邊，上有三條同一日的武丁卜辭，沒有人為的分割線；（右）龜腹甲的右半邊，上有同一周內四天的六條卜辭，呈網格式排列

前面已經提到，龜背半甲最內和最外側的分區中通常只會有一個兆璺，若卜辭較長（圖 16），[23] 其刻辭會轉而沿兆幹下行（圖 16 左、中）。龜甲的盾紋形成了天然的網格，龜腹甲上這種「格子紙」的風格可能影響了史官對龜

23 史亞當（Schwartz）在 *The Oracle Bone Inscriptions from Huayuanzhuang East* 一書中（版 259）採用了《殷墟花園莊東地甲骨》推測的順序，將 HYZ 262 最下面的卜辭排在首位，中間的卜辭在第二位，上方的卜辭在第三位。這是錯誤的。姚萱將其重新排列為（1）中，（2）下，（3）上，這是正確的。見姚萱：《殷墟花園莊東地甲骨卜辭的初步研究》，頁 307。上方卜辭（第三順位）是最先或者最後進行的，這個情況尚不明晰。但中間的卜辭包含日期（癸）和主題（王），而其下面格子中的卜辭則省略了日期和主題，應該晚於有日期和主題的卜辭。這種情況與貞卜人物和史官在按順序進行占卜時，對卜辭進行縮略的情況相符。另一種標注順序的方法是 1a/b 和 2。

腹甲書寫的設計。如圖 16（右），史官似乎模仿了龜背甲上的網格，四天之內的六條卜辭形成了塊狀的設計布局。可以想見，其後的卜辭將以點對點的方式勾連邊界，搭積木似的堆砌在這塊龜腹甲的上部。

龜背甲上單個分區內的兆璺和卜辭很容易辨識，通常不會與其他卜辭相混淆。然而，如圖 16（左）所示，史官有時候會在卜辭之間再劃出一條線，以免因連讀不同卜辭的內容而產生混淆。

圖 17　龜背甲右半邊中間的分區中，一條對應了三個兆璺的卜辭（HYZ 297）

龜背半甲的中間分區較寬，非常適合按照兆序橫向排列成組的兆璺。圖 17 展示了史官如何為成組的三個兆璺書寫一條 14 字的卜辭。

H3 坑所見的五片牛肩胛卜骨無一完整。不過，可以對相對最為完整的 HYZ 115（圖 18）作初步評論。這片骨頭的「扇面」（岡下窩）部分沒有刻辭。（骨頭的這片區域較為寬闊，「扇面」之名是由於其形狀與中國傳統的折扇形狀大致相似。）花東的史官習慣於保持兆璺與刻辭之間的緊密關聯，因此不會在這個區域寫字。

花東史官在牛肩胛骨上的書寫習慣與同時期商王史官有所不同。尤其是在為商王刻寫祭祖卜辭的時候，直接隸屬於商王及其繼承人的史官們習慣讓卜辭遠離兆璺，縱向排布在骨板的中央。[24] HYZ 115 中從上往下第三格的卜辭是一條關於祭祖的長卜辭。儘管是孤例，但保證兆璺與刻辭的緊密關係看上去比整版的布局設計更為重要。

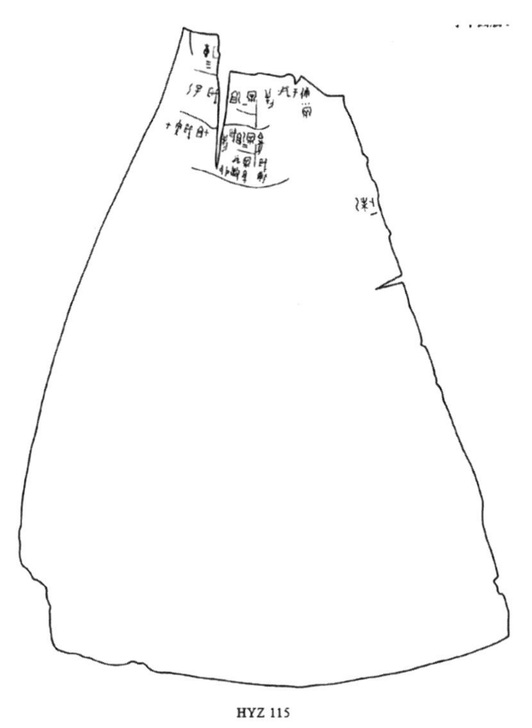

HYZ 115

圖 18　牛肩胛骨上的卜辭

24　Keightley, *Sources of Shang History*, 51.

（三）行款

1. 對稱與平行式

(1) 對貞刻辭

武丁時期的貞卜人物在進行占卜時，偏好以配對的方式處理所要占卜的對象。比之對單一結果進行預測，他們更喜歡提出一正一反的一對命辭。[25] 這些成對的正反對貞卜辭通常會在龜甲的左右兩邊對稱的位置製作兆璺以及書寫刻辭（圖 19）。

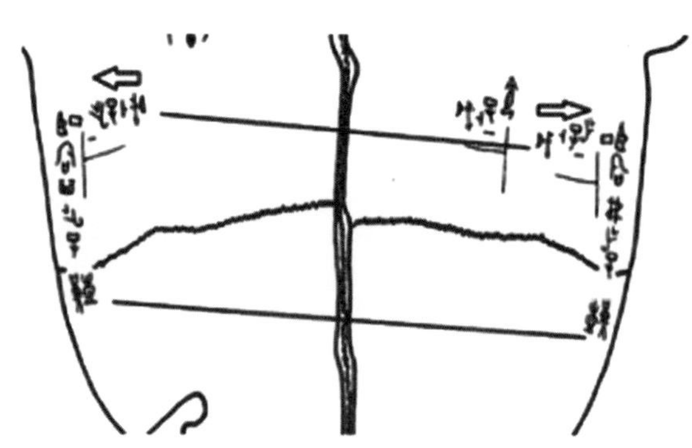

圖 19　對貞卜辭（HYZ 75）

(2) 首尾對稱

對於圍繞兆璺排列的刻辭，最常見的布局是對稱設計，利用兆璺圖形作為引導，首尾字保持在同一條垂直線

25 David N. Keightley, "The Shang: China's First Historical Dynasty," in *The Cambridge History of Ancient China: From the Origins of Civilization to 221 B.C.*, ed. Michael Loewe and Edward L. Shaughnessy (Cambridge: Cambridge University Press, 1999), 243.

上。（後文稱之為首尾對稱。）有些刻辭似乎有意將首尾字位置與兆枝的末端保持一致，如圖 20。在首尾對稱的刻辭中，HYZ 481（圖 20）是個特例，它圍繞著成組的兩個兆璺。首字「丙」、尾字「若」以及用辭「用」都位於同一縱軸上，並分別安排在兩條兆枝的上、中、下三個位置。

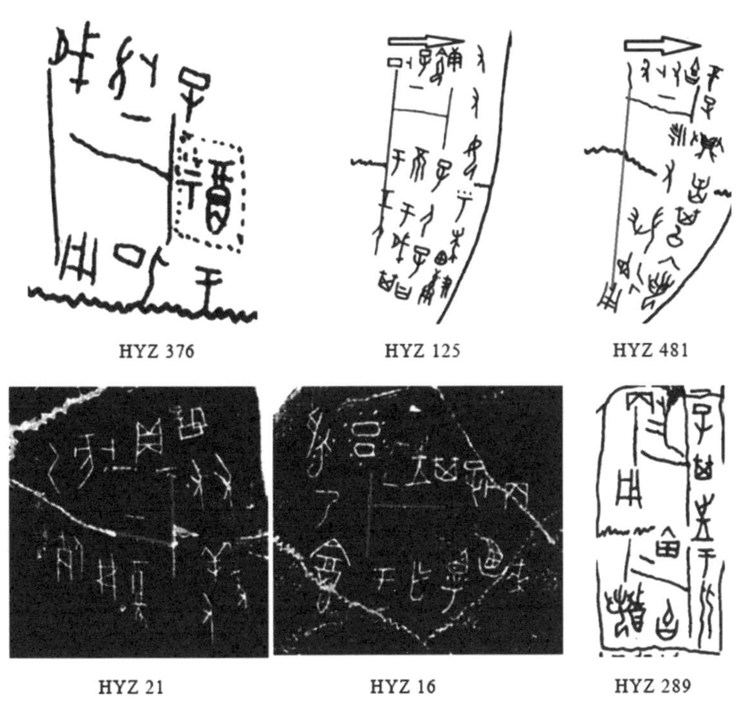

圖 20　首尾對稱

為了在比例和平衡性上達到協調，花東史官通常會放大字形，以及利用間隔。如圖 20（HYZ 376）所示，此條

Figure 21: HYZ 336

圖 21

卜辭有九個字，「祼于妣丁用」幾個字的間距被拉大，從而實現首尾對稱。這種策略同樣也被用於其他卜辭。在 HYZ 21 和 HYZ 16（圖 20）中，文字的縱向間距被拉長，以保持首尾對稱。

最長的首尾對稱刻辭見於 HYZ 336（圖 21）。卜辭從最上角「甲寅」的「甲」字開始，沿龜甲的整個右緣下行，將一組縱向排列的兆璺包裹在內，至左下角人名「子髀」的「髀」字結束。

(3) 單個兆璺的字數平衡布局

前文說過，這種布局是指將卜辭按字數（包括合文）以均分或遞減的方式橫向或縱向排列，兆璺在其間起到界隔的作用。最常見的是四字一組的排列，後文用 4+4(+4) 的公式表示。其次是三字和五字一組的排列。在某些情況下，特別是在縱向排列中，如果卜辭不能被均分，將調整部分文字所佔的空間，以在視覺上達到相似效果。下面是一些單個兆璺的字數平衡布局的例子。我將成組的文字勾劃出來，且注明字數，並在史官有意留白的地方添加圓圈。

A 單個兆璺字數平衡布局的例子：四字一組

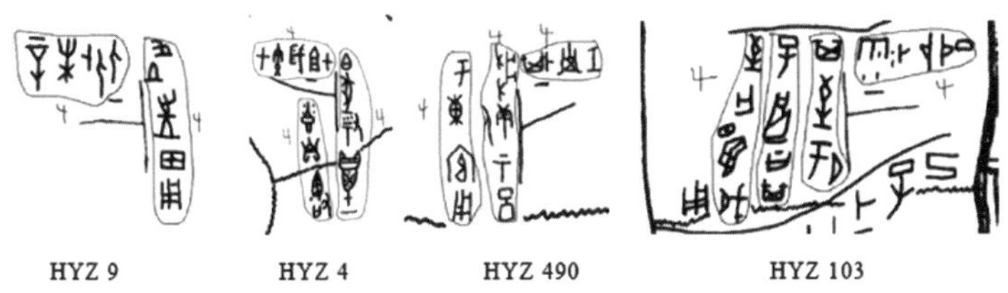
HYZ 9 HYZ 4 HYZ 490 HYZ 103

B 單個兆璺字數平衡布局的例子：三字一組

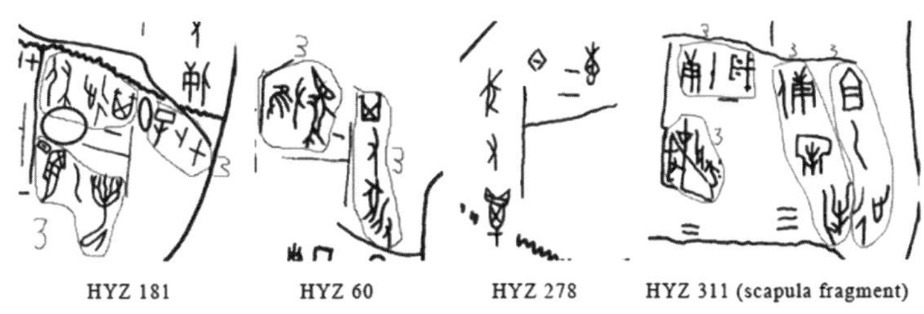
HYZ 181 HYZ 60 HYZ 278 HYZ 311 (scapula fragment)

C 單個兆璺字數平衡布局的例子：五字一組

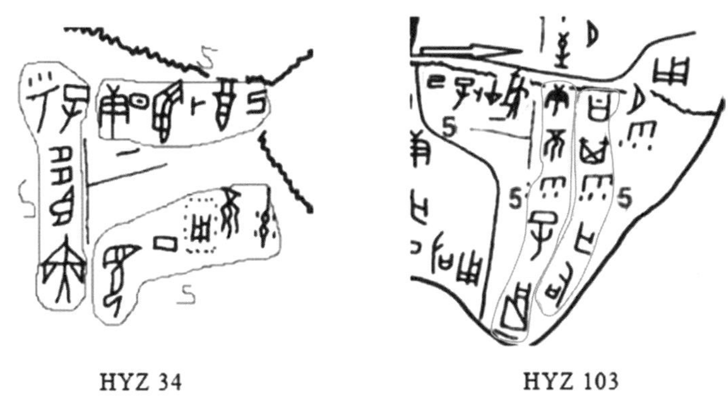
HYZ 34 HYZ 103

(4) 成組兆璺的字數平衡布局

指在龜甲的同一側，將兆側刻辭按字數（包括合文）以均分或遞減的方式進行排列。在這種情況下，這些兆璺用作分界線和引導線。如圖 22 所示，一條卜辭（HYZ 149.8）有 12 個字（包括一處合文），另一條卜辭（HYZ 5.10）有 16 個字（包括一處合文「王婦」），兩者都以五字為一組，安排在橫向排列的兆璺形成的區域內。其公式為 5+5+5 和 5+5+1。

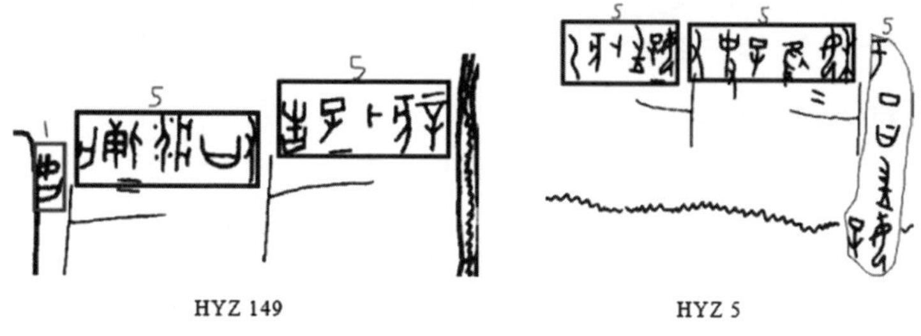

圖 22　成組兆璺字數平衡布局的例子：五字一組

圖 23　成組兆璺字數平衡布局的例子：四字一組

下面用兩個例子來說明橫排成組兆璺中四字一組的字數平衡布局。

用辭「不用」出現在兩條卜辭的末尾，但書寫風格有所不同。在 HYZ 29.3（圖 23）中，兩個字被放在一起作為一個詞組，以維持字數平衡的布局。而在 HYZ 63.6（圖 23）中，兩個字被分開了，「不」字在兆璺區域 1 中，「用」

字在區域 2 中，同樣也是為了維持字數平衡的布局。[26]

(5) 單個兆璺的縱向背兆字數平衡布局

安陽地區的王室甲骨史官在牛肩胛骨的骨嵴上用四字一組的縱向字數平衡布局來書寫卜辭，並用一條橫線來區分不同條目的卜辭。四字一組的縱向排列也常見於商代和西周的青銅酒器銘文。這種模式同樣也為花東史官所採納（圖 24），但也有三字、五字一組甚至兩字一組（少見）的布局（HYZ 468、HYZ 431、HYZ 34）。

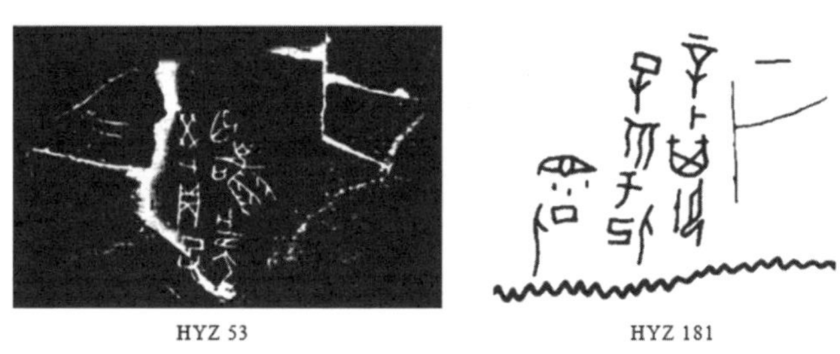

HYZ 53　　HYZ 181

圖 24　四字一組縱向字數平衡布局

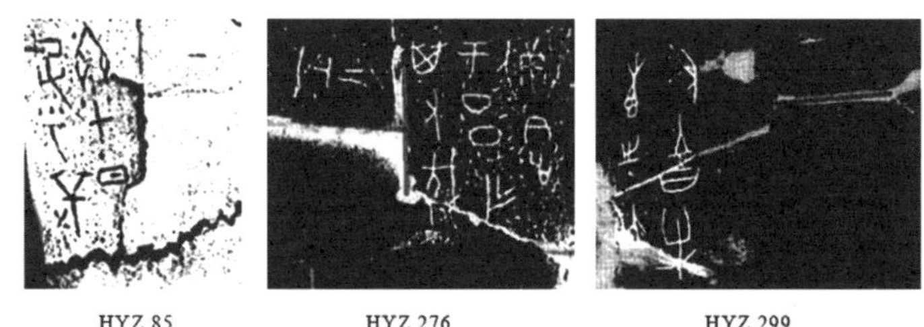

HYZ 85　　HYZ 276　　HYZ 299

圖 25　三字一組縱向字數平衡布局

26　要將 HYZ 63.6 解讀為四字一組，需要將「白豕」看作合文，而將「祖甲」看作兩個字。由「日期」、「顏色 + 物體」、「物體 + 數量」、「祖先稱謂 + 廟號」組成的合文經常被用來協調字數平衡的布局。

HYZ 181.22（圖 24）的刻辭有 12 字，含 2 處合文：第二列末尾的「匕（妣）己」和第三列末尾的「匕（妣）丁」。刻辭總體呈四字一列的字數平衡設計。請注意第三列三個字（其中兩個組成合文）的位置，它們是從該列的中部起始，以保證在下方齒紋（摹本中的波浪線）處結束，使行款保持平行。這種類型的調整在花東刻辭中比比皆是。圖 25 是一些三字一組縱向排列的例子。[27]

圖 26　（左）HYZ 449；（中）HYZ 37；（右）每列字數遞減一個的縱向卜辭，其背面鑽鑿的排布

兩列以上較為複雜的平行布局有時是按照每列字數減一的方式來設計的。例如，第一列五個字，第二列四個字，第三列三個字，以此類推。圖 26 的兩例分別是 5+4+3 和 4+3+2+1 的排列。在 HYZ 37 中，史官在卜辭的開頭把「乙巳」寫成合文，這樣敘辭就可以容納在一列之內，以形成預期的設計。

27　圖 25（中）的 HYZ 276.3 實際上是一個 2+3+3+2 的布局。兆璺區域 1 的文字記錄了占卜的日期，以及「卜」字。兆枝上方的數字「二」是兆序，寫在卜辭之前。命辭有九個字（一處合文），分為三列，每列的首字與區域 1 的文字處在同一水平線上。

需要注意的是，只有下腹甲最外側的兆側刻辭，以及甲橋內下角的兆側刻辭（圖 26 右，鑽鑿已經勾勒出）才使用這種字數遞減式的布局。我還注意到，這種特殊的設計顯然是為了貼合龜腹甲上這個特殊區域的自然輪廓。

較長的刻辭有一種更為複雜的行款形式，字數每隔多列才遞減一個。HYZ 320.6（圖 27）的卜辭有 19 字（含 1 處合文），共五列，三列為四字，兩列為三字（4+4+4+3+3）。[28] 另一個例子是 HYZ 161.1（圖 27），卜辭達 29 字（含 3 處合文），由區域 1 的一行和區域 2 的九列組成。第 2–5 列為每列三字，[29] 之後的 6–9 四列為每列兩字（3+3+3+3+2+2+2+2）。

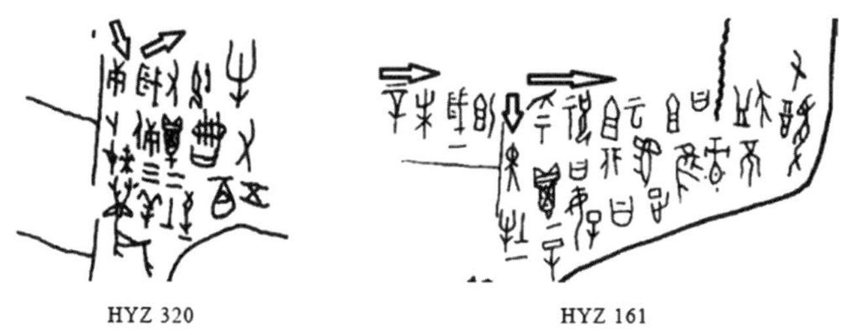

圖 27　每多列遞減一字的布局

28　如果把第三列的祭品「三羊」和第二列的「鬯二」看作合文，其布局為 4+3+3+3+3。還要注意第一列中史官如何刻寫「來」，「來」是「釐」的聲符，寫在「在」字的右邊。「鹿」旁寫在最底，作為這段文字的底部邊界。

29　第二列實際上有四個字，由於其中二字是合文（鬯一），所以此列只有三個字的格局。

(6) 使用兆幹的頂端作為平衡點

這種設計風格的創新性十分突出。史官巧妙地利用兆幹的頂端作為平衡點，來使兆璺每個區域中的字數保持相等。

以 HYZ 50.3（圖 28）為例，在三個橫向排列的一組兆璺中，14 個字的刻辭被平均分布在四個兆璺區域中。為了保證每個區域有且只有三個字，史官將第四個字「子」和第八個字「圭」分別寫在了前兩個兆幹的頂端。

在 HYZ 49.4（圖 29）中，史官將一條 14 字（含四處合文）刻辭中的第七個字「卯」（動詞，意為「對半分」）一分為二，使其分立於第二條兆幹頂端的兩側，實現了 3+3+3 的字數布局。

最後一個例子是 HYZ 240（圖 30），史官巧妙地安排了兩組相關兆璺，把「歲」（獻祭）和「宜」（割牲陳肉）兩個字（圖中畫圈部分）寫在兩個兆璺之間，從而使兩條卜辭形成了 2+2 的字數平衡。

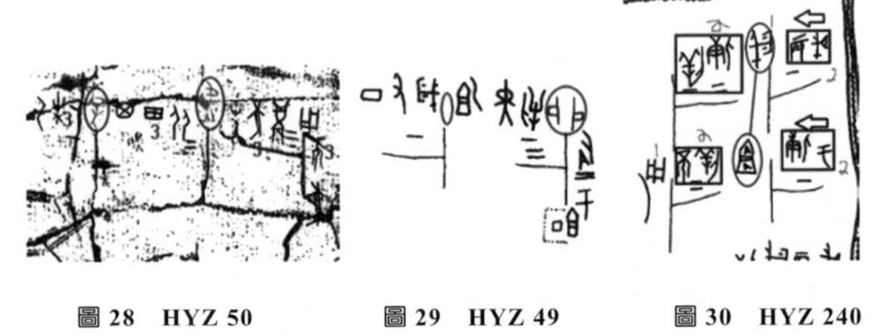

圖 28　HYZ 50　　圖 29　HYZ 49　　圖 30　HYZ 240

2. 形式導向的行款

「形式導向」的行款是指在設計和排布卜辭時，將其形式單位——敘辭／後辭、命辭、占辭、用辭和驗辭納入考慮範圍。雖然形式導向的行款和字數平衡的行款有時可以共存，但前者優先級更高。

對於單個兆璺來說，按照形式單位安排卜辭的一個簡單方法是，用兆幹將敘辭和命辭分開。圖 31（左）是一個圖示，右邊標注了兩個實例。

除了將占卜日期（前辭）與命辭分開，更複雜的行款還會繼續切割後面的其他單位（占辭、用辭）。圖 32（左）仍是一個圖示，但是在區域 3 多了一條用辭，右邊仍舊標注兩個實例。

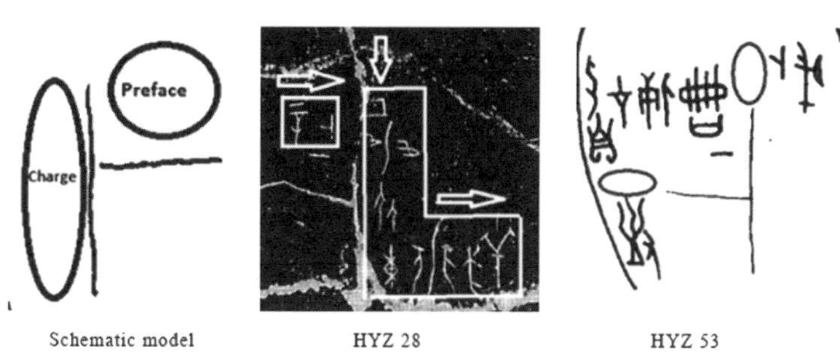

圖 31　單個兆璺的兩個區域中的形式導向行款
（圖片中內容的翻譯：Preface 敘辭，Charge 命辭）

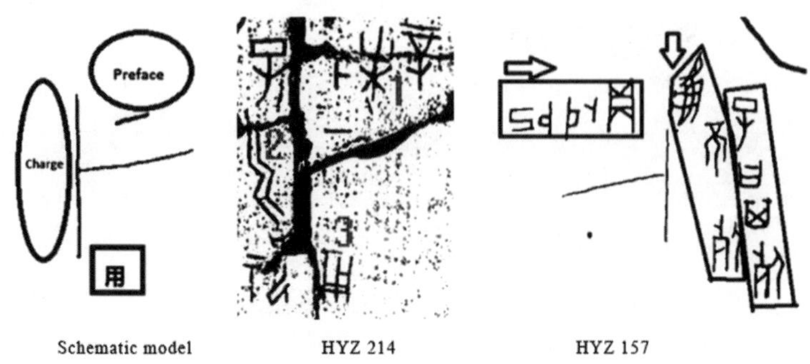

圖 32　單個兆璺的三個區域中的形式導向行款

在 HYZ 214.2（圖 32）的卜辭中，史官將前辭「辛未卜」寫在區域 1，命辭「子弜（勿）祝」寫在區域 2，用辭「用」寫在區域 3。

在 HYZ 157.7（圖 32）的卜辭中，史官將敘辭「己卯卜貞」寫在區域 1，命辭「黽不死」以縱向寫在第一列，占辭「子曰其死」在第二列。背兆的安排也是如此。圖 33 是其示意圖，右邊標注了一個實例。

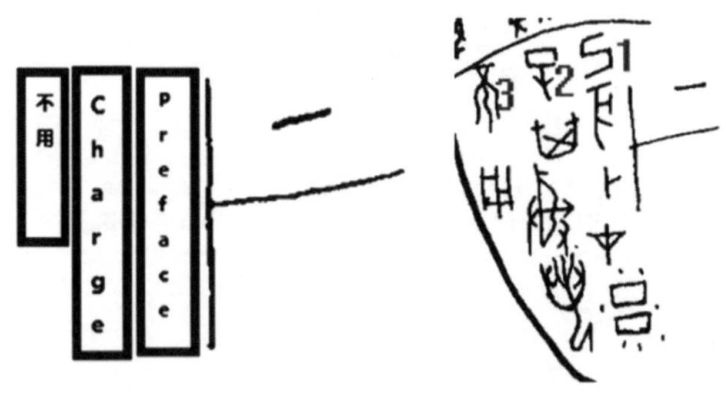

圖 33　（左）基於形式的縱向行款圖示；
（右）HYZ 37，用數字標示出卜辭的不同部分

在 HYZ 37.10（圖 33）的卜辭中，史官將敘辭「己亥卜在雝」寫在第一列，命辭「子其射若」寫在第二列，用辭「不用」寫在第三列。文字整齊排列在兆幹之背與龜甲邊緣之間。卜辭上方還添加了邊界線，以與另一條卜辭區別開來。

3. 語法導向的行款

「語法導向」的行款是指依語法成分拆分書寫命辭和占辭。商代甲骨文中沒有標點符號，這樣拆解句子可能是為了模仿口頭語言的原始樣貌，也可能是為了表達史官對自己書寫內容的理解。無論是否自覺如此，這樣的行款都表明了*如何閱讀*這些句子。「語法導向」的行款有助於讀者分辨句子的成分及其相互之間的關係。這樣的論點無疑有利於證明史官的知識水平 —— 史官不僅認字，而且其中至少有一人精通修辭語法。

不管人們是否接受史官書寫甲骨文是為了方便閱讀和查詢，依照形式單位安排卜辭和按語法拆解部分卜辭的行為，本身就說明*史官如何理解*他所書寫的內容。其中的意圖和技巧不言自明。

(1) 單個兆璺的兆側刻辭使用的語法導向的行款

圖 34　HYZ 409

例 1：HYZ 409.18（圖 34）
丁卜：子令。囟（思）心。一[30]

這條卜辭共 6 字，在一個單個兆璺的兆背縱向排成兩列。該卜辭沒有使用 3+3 的字數平衡布局，而採用了語法導向布局。卜辭的最後一句「囟（思）心」正是貞卜人物想要得到的答案，該句單獨成列並且居中。可以很明顯地看出，這句話或許同時也是一句祈禱，被有意地與卜辭的其他部分區分開來。

圖 35　HYZ 480 的摹本（左）和拓本（右）

30　這條卜辭是為了了解人們是否會心甘情願地服從王子的命令。

例 2：HYZ 480.6（圖 35）

丙子，歲且（祖）甲一宰，歲且（祖）乙一宰，歲匕（妣）庚一宰。才（在）割（葛），來自觴（唐）。－

這條命辭較為複雜，開頭兩字是日期，之後是三個並列的分句。（最後一列是後辭。）三個分句的構成完全相同：「歲（動詞，獻祭）＋間接賓語（受祭者）＋直接賓語（作為犧牲的動物）」。史官分解了這條卜辭，並在第一、第二、第三分句之間留白。第二句和第三句的書寫方向略有不同，以便做進一步區分。

圖 36　HYZ 226

圖 37　HYZ 6

例 3：HYZ 226.11（圖 36）

庚辰卜：舌（刮）彡（肜）匕（妣）庚，用宰又牝。匕（妣）庚衍（侃）。用。－

這段命辭包括兩個句子，一句複雜，一句簡單。第一句的主句以「用」字開頭，其書寫角度與以合文「妣庚」結尾的首句不同，以表明它是一個獨立的語法成分。儘管主句的結尾「又牝」以現有的方式書寫顯得行款不平衡且怪異，但這幾個字被當作一個語法單位，所以沒有分行。後辭「妣庚衍（侃）」是占卜者所希望得到答案的信息，這句話獨立成列，也是為了表明它是一個語法單位。此外，以免混淆和誤解，結尾的書寫方向與前面的句子不同。

例 4：HYZ 6.1（圖 37）

甲辰夕，歲且（祖）乙黑牡一，叀（惠）子祝，若，且（祖）乙衍（侃）。用。翌日𠧞（刮）。_

為了呈現這條卜辭，史官利用兆璺的圖形，將第一句的主句與前面的從句分開。從句以 r 形行款環繞在兆璺區域 1 和區域 2，區域 2 的文字被區隔開來，以使文字在兆幹的末尾結束。第一句的主句以「叀（惠）」開頭，其後的後辭則是以「且（祖）」開頭的，兩個句子都包含了貞卜人物希望得到答案的信息，然後被寫在區域 3。與例 3 的 HYZ 226 一樣，後辭「祖乙衍（侃）」整句單獨成列。卜辭在第四列以用辭和事件表記結束，首尾保持在同一縱軸上。

(2) 成組兆璺的語法導向刻辭行款

成組兆璺的語法導向刻辭行款與單個兆璺的此類行款不同。單個兆璺中，史官在劃分卜辭時，只能利用三個自然的區域，相對狹小的間距，以不連貫的、非線性的角度來書寫。而對於成組兆璺，無論是橫向還是縱向的，史官都有更多的可利用空間，但這也意味著必須在龜甲的更大空間範圍內設計和書寫卜辭。

例 1：HYZ 32.2（圖 38）

庚卜，才（在）麄：叀（惠）五羖又𢀛二用，至（致）钔（禦）匕（妣）庚。一二三

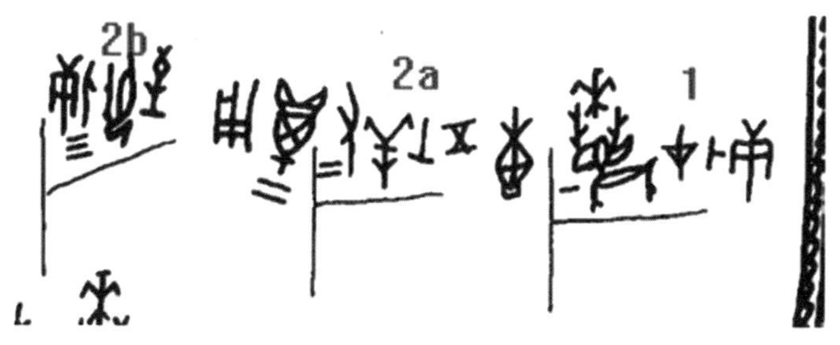

圖 38　HYZ 32

橫向排列的成組兆璺的兆側刻辭較為複雜，在處理這樣的卜辭時，一個方法是在每個兆璺旁分配一個語法單位。在 HYZ 32.2（圖 38）中，卜辭長 15 字（含兩處合文「𢀛二」和「妣庚」），對應著一組三個兆璺。包含了占卜日期和地點的敘辭「庚卜在麄」寫在了第一個兆璺的區域 1（形式導向行款）。命辭的主句「叀（惠）五羖又𢀛二用」，對應著第二個兆璺的區域 1。後置的從句「至（致）钔（禦）匕（妣）庚」，則對應第三個兆璺的區域 1。以這種格式書寫卜辭時，史官將敘辭限制在中軸線和第一個

兆璺的兆幹上半部分之間，以保持文本單元的完整，並將其與命辭（以「叀」開頭的部分）區分開。首句的最後一字「用」，與第二個從句的首字「至（致）」之間還有留空。

例 2：HYZ 209.1（圖 39）

庚申卜，歲匕（妣）庚牝一。子戻（髀）钔（禦）㞷（往）。一二三四五六

該卜辭有 12 字（含兩處合文），對應著一組六個縱向排列的兆璺，跨越龜甲右側三個不同的自然區域。第一個兆璺位於內腹甲，史官從龜甲左側開始刻寫，起點剛好位於兆幹的末端，文字右行越過了中央縱分線。文字環繞著第一至第四兆璺，命辭的兩個句子依其語法成分明確分為兩個部分。第一個句子以「歲」開始，以「牝一」結束，恰好終止於第二個兆璺兆枝的上方，而下一句以「子髀」開始，從靠右的位置，在第二個兆璺的兆幹背後書寫。

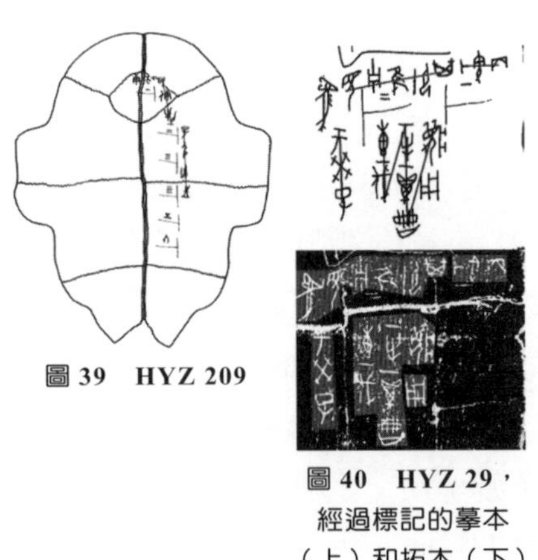

圖 39　HYZ 209

圖 40　HYZ 29，經過標記的摹本（上）和拓本（下）

例 3：HYZ 29.1（圖 40）

丙寅卜：其𢦔（禦），隹（唯）宁（賈）視馬于癸子，叀（惠）一伐、一牛、一鬯，䎽夢。用。一二

這條卜辭比較複雜，它被安排在横向排列的兩個成組兆璺旁。首句的敘辭横跨兩個兆璺的上方。史官將介詞短語「于癸子」稍微向內移動，貼近兆幹，以與前面的內容分開，這使餘下的文字縱向排列。命辭的主句「叀（惠）一伐一牛一鬯䎽夢」是貞卜人物希望得到答案的信息，這句與用辭一起，在兩個兆幹之間排成三列。從視覺角度來看，主句與用辭在中央的位置排成縱列，吸引了讀者對它的關注。

例 4：HYZ 241.11（圖 41）

辛亥卜，貞：琡羌又（有）疾，不死。子𠀠（占）曰：羌其死隹（唯）今，其瘳（瘳）亦隹（唯）今。一二

這條卜辭的整體布局環繞在水平排列的一組兩個兆璺的三面，首尾對稱，十分老練。這條卜辭的設計難點在於其占辭較長。史官將敘辭和命辭寫在兆璺的上方，並在第二個兆璺的兆幹處行款轉下。命辭的末句「不死」調整了空間布局，以與整條兆幹長度相符，而兆幹的末端則指示了剩餘的占辭應當如何書寫。占辭以「子占曰」起始，

縱向寫在兩條兆枝的下方，排成七列，每列二字。占辭由兩個完整的條件句組成。兩個條件句正反相對，但結果相同。史官利用第一個兆璺的兆幹，按照語法分解了這兩個句子。看上去，敘辭和命辭佔據了兆璺的外部空間，其內部則由占辭填充。

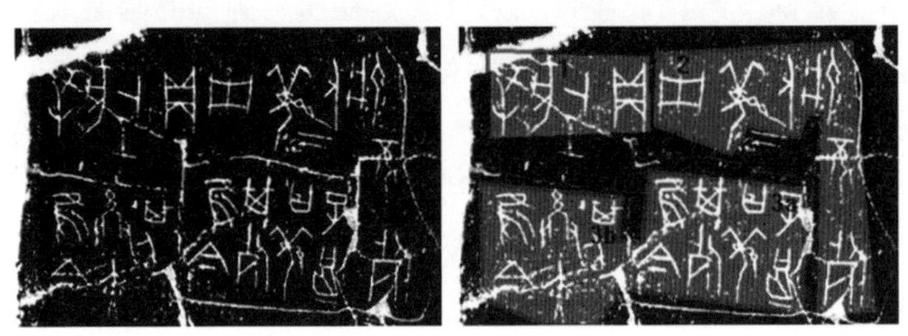

圖 41　HYZ 241，拓本，未標記（左），已標記（右）

（四）邊界線

史官會劃出各種形狀和長度的邊界線，其主要功能是劃分卜辭。邊界線保持了各條卜辭的完整和連貫，使其免於相互混淆。史官刻劃邊界線的行為表明它們應有重要的作用。[31] 我認為，這種作用部分涉及文本呈現，以及撰寫文本的史官是如何理解刻辭的。

另外，邊界線還起到這些作用：框定文字、導引行款、連接斷掉的自然紋路，著重刻劃已有紋路、設定路線，以及為縱向行款劃定界線。證據表明，花東卜辭中的邊界線在卜辭刻好後才加上，或者在契刻卜辭時一起刻劃。

31 Keightley, *Sources of Shang History*, 53–54.

花東卜辭中有兩種主要的邊界線：

1. 自然邊界線（如圖 2 所示）

2. 刻劃邊界線

1. 自然邊界線

花東史官創造性地應用了龜腹甲和龜背甲的自然紋路。兩種主要的應用是：

（1）區分不同卜辭（圖 42 左）

（2）框定單個卜辭（圖 42 右）

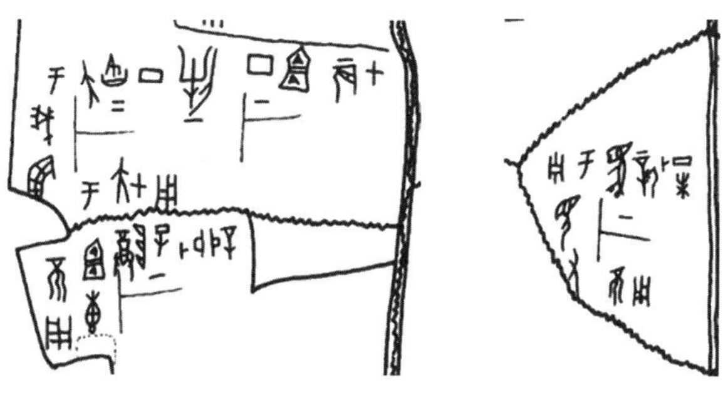

圖 42 （左）HYZ 34；（右）HYZ 7；波浪線和雙鉤線表示龜甲上的自然紋路

2. 經過修補和校正的自然邊界線

圖 42 中 HYZ 34 上的兩條卜辭同出一手，這位史官利用龜腹甲的自然紋路來區分卜辭。這意味著，史官*從讀者的角度出發*，認為位於紋路上方的「于大甲用」（HYZ 34.4）可能會被誤認為與紋路下方的「子尊宜」（HYZ 34.2）同屬一條卜辭而連屬讀之。

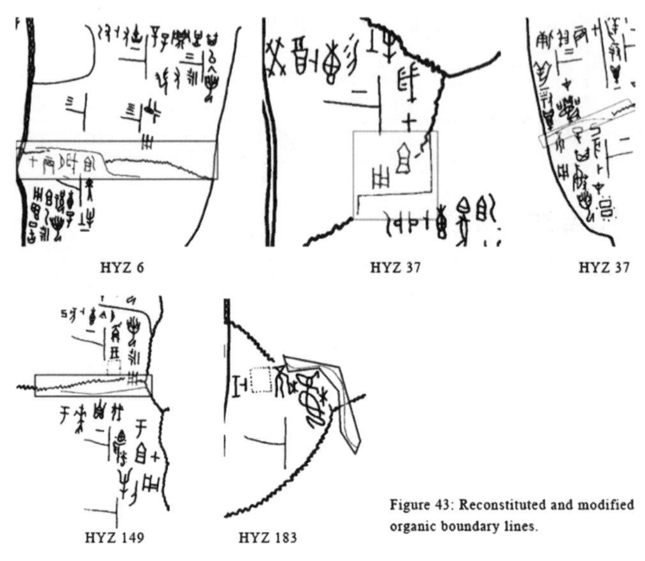

Figure 43: Reconstituted and modified organic boundary lines.

圖 43　經過修補和校正的自然邊界線

在圖 42 所示的例子中，無一字跨越自然邊界，這是花東史官的共同習慣。但有時文字也會逸出自然邊界，當這種情況出現時，一般來說，史官會在現有的自然邊界上加以刻劃，以對其進行修補和校正。這樣做的目的應該是為了保證每條卜辭的完整，以免與鄰近的其他卜辭產生混淆。圖 43 展示了五個這樣的例子。

3. 其他的史官刻劃邊界線

(1) 簡單分界線

一種簡單區分卜辭的方法是在卜辭文字相互靠近的地方劃一條短線。圖 44 展示了史官刻劃的各種形狀和長度的簡單分界線。

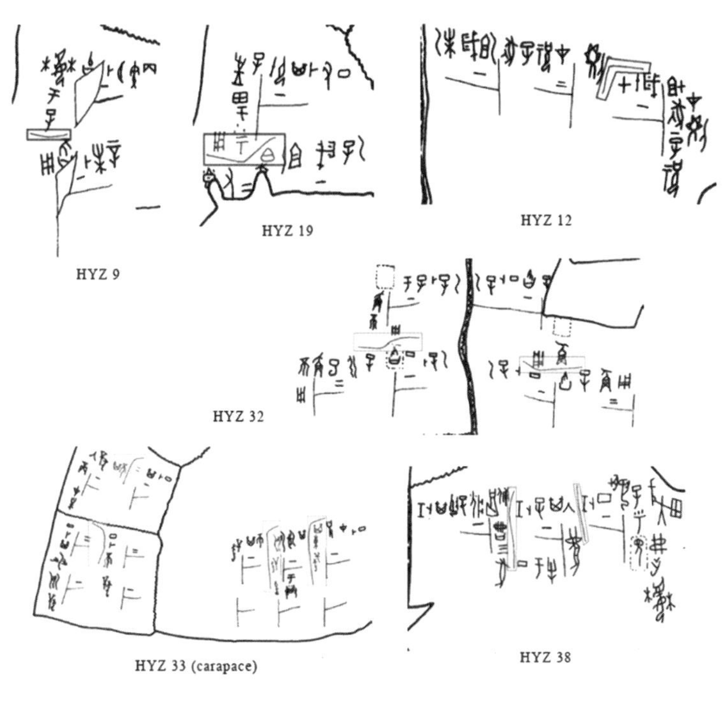

圖 44　簡單分界線

(2) 複雜分界線

當成組兆璺並非以橫向或縱向排列，尤其是當兆側刻辭的長度無法與成組兆璺相協調時，就需要較長、較複雜的分界線。

在圖 45 的 HYZ 4 上，一組兩個兆璺由一條長而曲折的邊界線勾勒出來，這兩個兆璺分別是在龜甲的上部和左側兩個自然區域燒灼出的。之所以需要這樣的分界線，不僅是因為這兩個兆璺之間相距較遠，其兆側刻辭也比較簡短，更重要的是，龜甲左側的第二個兆璺與右側的一個兆璺（兆序為一），因為後者側刻辭越過了縱分線，可能會造成混淆。

在圖 45 的 HYZ 150 上，一條長而曲折的邊界線勾勒出一組五個兆璺，這條線跨越了龜甲的兩個自然區域。這條線是為了區分第四、第五兆璺上方的文字與另一條卜辭，同時也是為了保證這一組非線性的兆璺聯繫在一起。

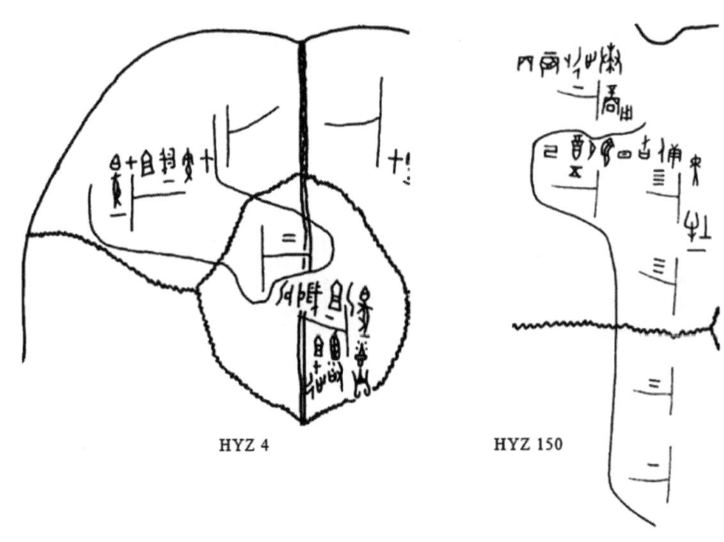

圖 45　複雜分界線

(3) 框線

在龜甲較為寬闊的下腹甲和舌腹甲部分逐步建立「方框」來區隔單獨的卜辭，這是花東卜辭的一個獨特特徵。這種設計是為了處理龜甲同一區域內高密度的、遞增的多個獨立兆璺及其兆側刻辭。HYZ 409（圖 46）顯示了這些同日（己日）劃出的方框是怎樣從密集的獨立兆璺及兆側刻辭發展出來的。HYZ 409 上的方框，包含其中的兆璺和刻辭，是逐步構建的，與此相比，HYZ 416（圖 46）則是這類文檔或「頁面」設計中的精品。龜甲的右半邊是成品，整齊劃一的可辨識的文字由相連的線段劃分為一條條卜辭，占卜的時間前後跨度為四天。

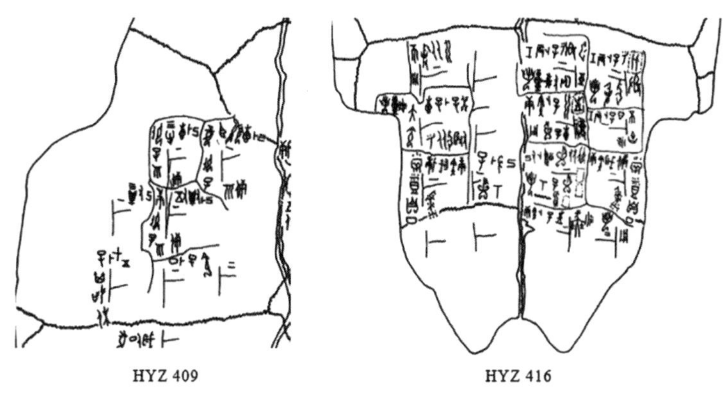

圖 46　複雜框線

(4) 縱向分欄文字

花東史官會在縱向書寫的卜辭行間增劃分界線（圖 47）。這種獨特的分解方式在全部花東卜辭中只出現過三次，其在整個商代甲骨文中的稀見性，使得這一新發現的意義更加重大。[32] 史官利用分界線劃分行列，使文字的走向清晰明白。這些分界線，不是為了方便契刻，而是為了方便閱讀。

32　孫亞冰：《殷墟花園莊東地甲骨文例研究》，頁 69。

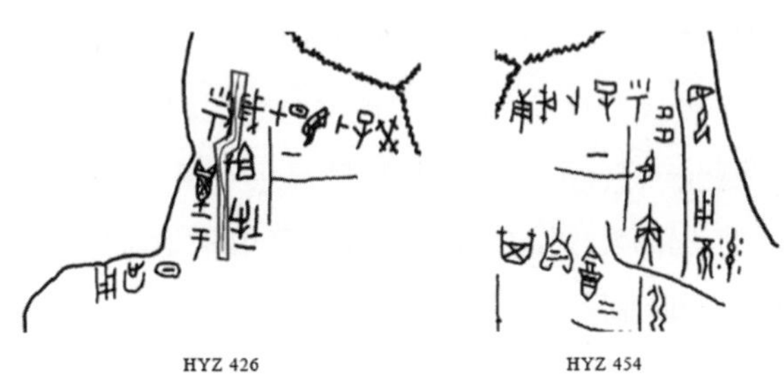

圖 47　縱向分欄文字

在 HYZ 426.1（圖 47）上，書寫這段刻辭的史官意識到，第二列第一個字「衩」（分界線的左邊）可能會與它前面的「歲」字（分界線的右邊）錯誤地連讀，因此史官在兩列文字之間添加了一條縱貫線，因為他*從一個讀者的角度出發*，意識到不這樣做可能會導致混淆和誤解。

在 HYZ 454.1（圖 47）上，史官則意識到，第二列第一個字「見」（分界線的右邊）可能會與它前面的「多」字（分界線的左邊）產生混淆。

(5) 預留邊界線

花東甲骨刻辭中有一些邊界線似乎是史官為以後的兆璺及兆側刻辭預留的。這說明史官刻劃邊界線不僅僅是為了框定卜辭和分隔文字，也為附近的空白區域勾劃輪廓。與其他邊界線不同，這種線條鈎勒處彎曲的弧形。這種特殊的形狀說明史官當時預期著與他們合作的貞卜人物將來會利用這些區域占卜。（但事實證明他們錯了。）此外，這些「指示性」的 c 形曲線背向已有的卜辭，似乎表明將來的卜辭會以 c 形行款呈現。

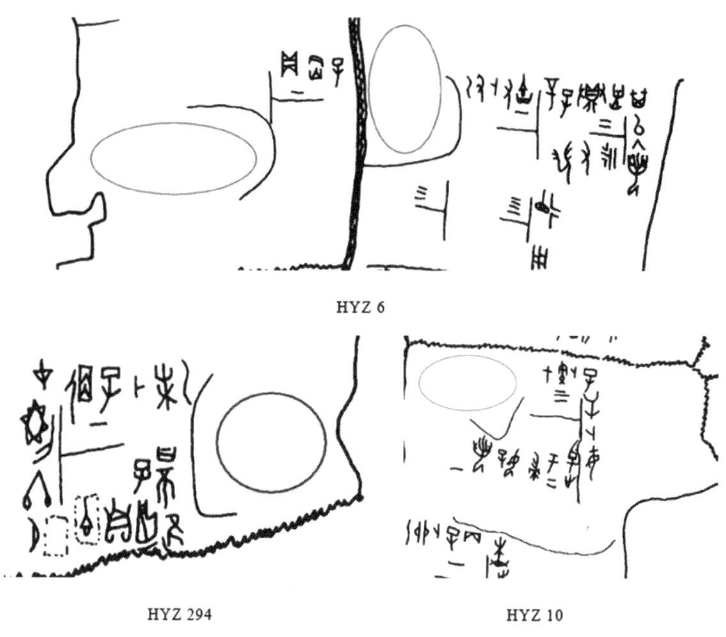

HYZ 6

HYZ 294　　HYZ 10

圖 48　預留邊界線

結論

1991 年發現的花園莊東地 3 號坑商代甲骨，自從三千多年前埋入地下後再不為人所知。在掩埋之前，見過它們的人亦只寥寥。

本文通過觀察甲骨刻辭的書寫細節，聚焦於商代卜辭記錄者的動機和意圖。這些商代史官為王族的某一位王子工作，並與同屬該王子的貞卜人物合作，這兩個專業群體發明並應用新的方法，以經濟地對他們的工作量進行微觀管理，保證連貫而有效地完成工作。史官們準確記錄了占卜內容，並在這些記錄的設計、書寫和展示方面表現出獨特的能力和原創性。更重要的是，卜辭的呈現方式揭示了史官對材料的掌控能力，證明了其文化素養和才能，也意味著這些記錄是供人閱讀和查詢的。本文已經證明，這些專業的史官並不像前人所說的那樣只事雕刻，機械地記錄口頭語言和給定的材料。相反，正如我在案例研究中所詳細展示的，他們是極有能力的專業人員，對於甲骨文記錄熟練且具專業性。這些案例研究不僅證明史官具有很高的讀寫能力，還表明他們在語法結構方面的高水平語言能力。

我承認這項研究的方法具有局限性，只適用於3號坑的刻辭，但與此同時，我的研究的一致性，反映了更普遍而深刻的現象。為宏觀地總結商代中國史官的書寫模式提供了新證據。

閱讀甲骨刻辭是極具挑戰性的，任何能夠幫助閱讀理解的方法，都是十分重要的。本研究的重點是通過仔細研究花東甲骨的整體性和外在特徵，來完善針對花東甲骨的閱讀方法。行款的考察補充了語文的研究，而結合二者，可使這些深受史官傳統影響的獨特文獻的研究更全面可信。

參考書目

周鴻翔 :《卜辭對貞述例》。香港：萬有圖書公司，1969 年。

Keightley, David N. *Sources of Shang History: The Oracle-bone Inscriptions of Bronze Age China.* Berkeley, Calif.: University of California Press, 1978.

———. "The Shang: China's First Historical Dynasty." In *The Cambridge History of Ancient China: From the Origins of Civilization to 221 B.C.* Edited by Michael Loewe and Edward L. Shaughnessy, 232–91. Cambridge: Cambridge University Press, 1999.

———. "The Diviners' Notebooks: Shang Oracle-Bone Inscriptions as Secondary Sources." In *Actes du colloque international commémorant le centenaire de la découverte des inscriptions sur os et carapaces/ Proceedings of the International Symposium in Commemoration of the Oracle-Bone Inscriptions Discovery.* Edited by Yau Shun-chiu and Chrystelle Maréchal, 11–25. Paris: Centre de Recherches Linguistiques sur l'Asie Orientale Ecole des Hautes Etudes en Sciences Sociales, 2001.

———. *Working for His Majesty: Research Notes on Labor Mobilization in Late Shang China (ca. 1200–1045 B.C.), as Seen in the Oracle Bone Inscriptions, with Particular Attention to Handicraft Industries, Agriculture, Warfare, Hunting, Construction, and the Shang's Legacies.* Berkeley,

Calif.: Institute of East Asian Studies, University of California, Berkeley, 2012.

———. “Theology and the Writing of History: Truth and the Ancestors in the Wu Ding Divination Records.” In ibid, *These Bones Shall Rise Again: Selected Writing on Early China.* Edited by Henry Rosemont Jr., 207–27. Albany, N.Y.: State University of New York Press, 2014.

李達良：《龜版文例研究》。香港：香港中文大學聯合書院中文系，1972 年。又收入於《甲骨文獻集成》，第 17 冊，頁 219–269。成都：四川大學出版社，2001 年。

李學勤：《周易溯源》。成都：巴蜀書社，2006 年。

劉源：〈試論殷墟花園莊東地卜辭的行款〉，《故宮博物院院刊》2005 年第 1 期，頁 112–116。

裘錫圭：〈關於殷墟卜辭的命辭是否問句的考察〉，《裘錫圭學術文集》，第 1 卷甲骨文卷，頁 321–322。上海：復旦大學出版社，2012 年。

———：〈釋厄〉，《裘錫圭學術文集》，第 1 卷甲骨文卷，頁 449–460。上海：復旦大學出版社，2012 年。

饒宗頤：《殷代貞卜人物通考》。香港：香港大學出版社，1959 年。

——— 譯：《近東開闢史詩》。臺北：新文豐，1991 年。

崎川隆（Sakikawa Takashi）：《賓組甲骨文分類研究》。上海：上海人民出版社，2011 年。

Schwartz, Adam Craig. *The Oracle Bone Inscriptions from Huayuanzhuang East*. Berlin: De Gruyter Mouton, 2019.

宋鎮豪、段志洪主編：《甲骨文獻集成》，40 冊。成都：四川大學出版社，2001 年。

孫亞冰：《殷墟花園莊東地甲骨文例研究》。上海：上海古籍出版社，2014 年。

姚萱：《殷墟花園莊東地甲骨卜辭的初步研究》。北京：綫裝書局，2006 年。

張桂光：〈花園莊東地卜甲刻辭行款略說〉，收入王建生、朱岐祥：《花園莊東地甲骨論叢》。臺北：聖環圖書，2006 年。

張世超：《殷墟甲骨字跡研究—𠂤組卜辭篇》。長春：東北師範大學出版社，2002 年。

章秀霞：〈花東卜辭行款走向與卜兆組合式的整理和研究〉，收入王宇信等主編：《紀念王懿榮發現甲骨文 110 周年國際學術研討會論文集（2009 中國福山）》，頁 174–192。北京：北京社會科學文獻出版社，2009 年。

中國社會科學院考古研究所：《殷墟花園莊東地甲骨》，6 卷。昆明：雲南人民出版社，2003 年。

周忠兵：〈談新劃分出的歷組小類〉，《甲骨文與殷商史（新二輯）》，頁 222–229。上海：上海古籍出版社，2011 年。

饒宗頤國學院院刊　增刊
2023 年 6 月
頁 59–104

象數之間：離卦在早期《易經》的多重意涵

史亞當（Adam Craig SCHWARTZ）
香港浸會大學文學院、饒宗頤國學院
高潔譯

本文探討《易經》離卦代表的象，尤其是〈說卦〉所列出的各種意象。〈說卦〉把基礎文本中提到或引伸出來的意象，放進一個結構井然、高度詮釋性的系統下闡述，而八卦各自的「意象程式」正是由此系統生成。本文提出〈說卦〉的意象程式具備明確架構，所載卦象並非毫無章法地隨意羅列，象與象之間實不乏關聯和互動。我的主要論點是《易》類文獻裡為數甚夥的意象是由簡單而直觀的象形方式生發出來的，類似於新近發現的戰國占筮書《筮法》中的成象方式，即將單爻象及三爻組合裡數字卦畫的整體形象，與萬物的形狀或文字的字形互相匹配。假如占卜者能從單一數字或數字序列的組合中看到如許之多「象形之象」，如《筮法》所示者，我們有理由相信可以從數爻、單卦和重卦的數字組合裡，觀察出更深層次的主觀和創新意象。一言蔽之，單卦和重卦之象絕非無所取義；數生卦，卦生象，象生辭，數、卦、象、辭共同構成最早的《易》類文本。專業卜者掌握筮卦傳統的專門知識，而戰國時期的《易》占在沿用傳統筮法的同時，又對八卦的意象程式加以發揚和闡釋。

關鍵詞：戰國占卜　專門知識　《筮法》《易經》　離卦

一、引言

關於數字筮占的新發現完全改變了我們對《易》類文獻編纂過程的看法。[1] 用植物莖、石頭、穀粒和其他相關

1 在本文中，筆者使用以下術語：《易》指的是《周易》、《歸藏》、《連山》三《易》，以及結果為單卦或重卦的筮占之書。《周易》僅指《易經》六十四卦經文，不包括解經之傳；而《易經》指《周易》及其所附傳即《十翼》。在談到《周易》時，筆者用「卦畫」一詞來指代六十四卦名前面由六根線組成的圖。筆者把卦名後的占辭稱為「卦辭」，把六爻各爻的占辭稱為「爻辭」。筆者根據爻在卦畫中所處的位置來指稱爻辭，自下而上，依次為初爻、二爻、三爻、四爻、五爻和上爻，而不使用數字（九和六）加行號的稱法（如初九、六二）。數字單卦和數字重卦的釋文亦自下而上，數字單卦和數字重卦也被稱為「數字單卦畫」和「數字重卦畫」。
李鼎祚（8 世紀）的《周易集解》（北京：中華書局，2016 年）是基礎文本，除《十翼》之外，筆者還引用了其他注解作為參考。本文所用《周易》和《歸藏》的出土抄本有：上海博物館藏戰國竹簡本《周易》、馬王堆西漢帛書《周易》和王家台秦簡《歸藏》，《連山》無存世本。馬承源主編：《上海博物館藏戰國楚竹書（三）》（上海：上海古籍出版社，2003 年），頁 1–70（放大圖版）、頁 131–260（釋文）。傅舉有、陳松長編：《馬王堆漢墓文物（一）》（長沙：湖南出版社，1992 年），頁 106–117。王明欽：〈王家台秦墓竹簡概述〉，收入艾蘭、邢文編：《新出簡帛研究》（北京：文物出版社，2004 年），頁 26–49。Edward Shaughnessy, *Unearthing the Changes: Recently Discovered Manuscripts of the Yijing (I Ching) and Related Texts* (New York: Columbia University Press, 2014) 提供了上海博物館藏戰國竹簡本《周易》、王家台秦簡《歸藏》、阜陽漢簡《周易》的介紹、釋文和譯注；他的早期作品 *I CHING: The Classic of Changes* (New York: Ballantine Books, 1996) 也提供了馬王堆西漢帛書《易經》的介紹、釋文和譯注。兩書都是一頁給出簡本的釋文及翻譯，對頁給出今本文本及翻譯，以及參考書目。至於本文所用的數字單卦和重卦例，參看濮茅左：《楚竹書〈周易〉研究：兼述先秦兩漢出土與傳世易學文獻資料》（上海：上海古籍出版社，2006 年）。張金平：《考古發現與易學溯源研究》（北京：中國社會科學出版社，2015 年）。

材料進行抽籤占卜，產生數字結果（一、四至九），再用線條記錄這些結果並垂直堆疊，形成三爻卦、四爻卦（罕見）和六爻卦，其中六爻卦在商代晚期（約公元前 1300–前 1046 年）似乎已經成為筮占常規。[2] 數字卦最初出現於晚商及西周（公元前 1045– 前 771 年）的物質文化中，鐫刻於占卜材料和紀念性器物上，或單個出現，或成對、成組出現（卦序與今本《周易》六十四卦卦畫的傳統排序相合）。

本文所探討的新證據表明，在西周末期，數字卦已經從實際的占卜結果序列轉化為一個程式化系統。在所有可能出現的數值中，該系統只使用兩種，一或七和六或八，因為它們出現的頻率最高。[3] 以一或七代表奇數，以六

2　迄今為止，數字四只出現在清華簡本的《筮法》中（完整引文見腳注 12），而未出現在任何實占卦例中。最晚到春秋晚期，在「四」的字形由四條平行的指示橫劃亖轉變為更抽象的「四」（形體可能借自「厶」）之後，「四」似乎就可以被用在書面占卜結果中。數字「二」和「三」則未曾被使用，因為它們的字形一直都由多條指示性橫劃構成。在記錄卦時似乎不用積橫劃而成的數字「二」到「四」，因為它們易在組成卦畫和閱讀占卜結果時造成混淆。有關數字卦的發現，參看張政烺：〈試釋周初青銅器銘文中的易卦〉，《考古學報》1980 年第 4 期，頁 403–415。英譯版參 Horst W.Huber, Robin D.S.Yates et al., "An Interpretation of the Divinatory Inscriptions on Early Zhou Bronzes," *Early China* 6 (1981): 80–96。

3　這指本文第二部分所討論的鼎卦戈銘文。李學勤構擬出西周時期的兩種揲蓍法，分別稱為「系統一」（系統「B」）和「系統七」（系統「A」）。系統 B 產生數字結果一、五、六、八、九，而無七，系統 A 產生數字結果五至九而無一。參看李學勤：《周易溯源》（成都：巴蜀書社，2011 年），頁 231。另外特別的是存在數字一和七

或八代表偶數，該簡化系統從而將可能的六爻結果限定為六十四種。將卦轉換為奇偶爻規範了筮占系統，最終形成一套卦畫，就像《易》類文獻中唯一完整流傳至今的《周易》的卦畫一樣。至少在戰國時期，常被稱為陰陽爻和男女卦（陰陽卦）的，是始於數字六或八和一或七，《周易》的爻和卦畫便是如此演變而來。[4] 在本文中，我持以下三點

在同一序列中出現的例子，見腳注 17 西漢時期之例。賈連翔列表展示出「系統一」的數字在商和西周時 31 件器物上共 64 次的分布比例，數據如下：一：49.6%；六：25.9%；八：17.6%；五：5.2%；九：1.7%；四：0%；以及「系統七」的數字在商和西周時期 30 件器物上共 47 次的分布比例，數據如下：七：35.5%；六：42.2%；八：15.1%；五：6%；九：1.2%；四：0%。見賈連翔：〈試論出土數字卦材料的用數體系〉，《周易研究》2014 年第 6 期，頁 29–32。同時列表展示出戰國時期天星觀簡、包山簡、新蔡葛陵簡中筮占卦畫裡的數字，發現如下分布：四：7，五：13，六：323，一：308，八：10，九：23。他指出「系統一」與《周易》的關係更為密切。兩個系統都使用三個偶數（四，六，八）和三個奇數（一／七，五，九），這是比較清楚的。見賈連翔：〈清華簡本《筮法》與楚地數字卦演算方法的推求〉，《深圳大學學報（人文社會科學版）》2014 年第 3 期，頁 58。

4 李零：《中國方術正考》（北京：中華書局，2006 年），頁 184–215，表示《周易》中的陰陽爻由數字一與八演變而來。數爻一／七與六在《筮法》中已經被稱為「陰」、「陽」（簡 13–15）。《筮法》把卦的性別分為男和女，確定性別的方法與〈說卦〉概述的方法相同，即通過計算構成卦的數爻／筆畫總數來確定卦的性別，其中陰爻或者偶數爻記作二。《筮法》共 228 個數爻，其中 85% 是一和六。這些資料表明，數字四、五、八、九在占卜過程中起特殊作用，而一／七和六是兩個常數。

立場：第一，《周易》是一部西周文獻；[5] 第二，卦畫始於數字；[6] 第三，卦畫中包含象，由此產生出《周易》的卦爻辭。

占卜中和占卜後記錄、重繪卦畫的過程，涉及數字結果的排列方向、布局和書寫風格，因此它在數字占卜和象的識別中必然起著關鍵作用。這反過來產生了預言、戒辭、卦名以及各種基於占卜經驗的文辭。商代晚期和西周的占卜者及與之配合的書手服務於當時的王、王室和貴族，他們掌握專業的占卜知識，負責編纂早期占卜書。系統化的六十四卦畫由文王所作，卦爻辭由文王之子周公所作，這是公認的，即傳統上人們認為像《周易》一樣的占卜書在商末周初時就已出現。零散的考古記錄雖無法證實這一點，但能證明當時確實具備所需的環境和各種要素。我們可以肯定商末周初是卜筮結合的，占卜者既懂得識讀甲骨卜兆，也懂得識讀數字卦畫。商代占卜者使用筆記作為甲骨占卜記錄的參考，我們因而能夠假設當時的筮占記錄也使用了類似的筆記。[7]

5 根據本文之後討論的鼎卦戈銘文，公元前 9– 前 8 世紀時《周易》至少由一套六十四卦畫與文本構成，文本包括卦辭和爻辭。

6 饒宗頤：〈殷代易卦及有關占卜諸問題〉，《饒宗頤二十世紀學術文集》（北京：中國人民大學出版社，2009 年），第 4 卷，頁 10–25。

7 David N. Keightley, "The Diviners' Notebooks: Shang Oracle-Bone Inscriptions as Secondary Sources," in *Actes du colloque international commémorant le centenaire de la découverte des inscriptions sur os et carapaces,* eds. Shun-chiu Yau and Chrystelle Marchal (Paris: Éditions langages croisés, 2001), 11–25.

鑒於卦畫起源於數字，最常出現的組合一六、一八、七八和七六會催化爻、單卦和重卦層面上的意象識別。以前兩種組合為例，《易經》學界常將 ䷱ 鼎卦和 ䷚ 頤卦稱為「象形之象」，即卦畫整體形似某一事物，而事物的形象又啟發了卦爻辭的創作。[8] 從重卦畫中觀察出「鼎」和「頤」，這一過程似乎只能發生在前述數字組合中。[9] 單卦亦如此，如坎為水，艮為山、門或手，巽為帶腿的平頂物體，如桌子、人腿到腰腹的部分，兌為開口或頂部分開的事物，如張開的嘴、公羊角及數字八。[10] 當然，這並不意味著在其他數字組合構成的爻和單卦中觀察不到意象，現在我們知道

---

8 對於「象形之象」這一術語，參看黃宗羲（1610–1695）：《易學象數論》（北京：九州出版社，2007 年），頁 129。大多數《易經》著作都將這兩個重卦作為此類範例，如劉大鈞：《周易概論（修訂版）》（成都：巴蜀書社，2016 年），頁 34。當談到從卦畫中識別意象時，筆者使用了「整體」或「一體」和「兩體」（即重卦分成的兩個單卦）這樣的術語，關於這些術語的更多應用，參看朱震（1072–1138）：《漢上易傳》（北京：九州出版社，2012 年）。

9 「頤」由「頁」（人頭）和有牙齒的「口」組成，最早在西周金文中出現時並沒有「頁」旁。該圖出自上博簡本《周易》。頤卦的卦爻辭源自卦畫與下頜的視覺圖像相似性。

10 坎象徵水，因為它的卦畫 ☵ 形似「水」的古文字字形（見圖 1）。除「八一八」之外，其他數字組合不太可能產生同樣的關聯。《筮法》中有佐證這一解釋的內容：凡爻象，八為水。巽象徵腿狀物體，如桌子或人，因為它的卦畫整體形似腿或桌面。參看黃宗羲：《易學象數論》，頁 155。艮與山之間的關聯，極有可能源於它的單卦畫（六六一）初爻、二爻兩個六，及它的重卦畫（六六一六六一）初爻、二爻和四爻、五爻四個六。學者們注意到《連山》得名於它的首幅卦畫艮，因為在其中可以觀察到「山峰連綿」之象。

意象也可以從其他數字組合中識別出來。[11]

在新近發現的戰國筮占書《筮法》中恰好有此類內容。《筮法》以圖表形式記錄在六十三支帶編號的竹簡上，內容包括如何闡釋數字重卦中的上卦和下卦。《筮法》基於具體的占卜規則，分別解釋了單卦的意義，並說明了單卦在一組四個單卦（即兩重卦）中如何相互作用。在〈爻象〉這一節（節 29/30；簡 52–59）中，單爻也有其相關聯的意象，就像〈說卦〉中羅列的卦象一樣。[12] 以下是數爻四（簡 58–59）和數爻八（簡 53–54）的意象：

> 四之象：為地，為員，為鼓，為耳，為環，為踵，為雪，為露，為霰。
>
> 凡肴（爻）象八：為風，為水，為言，為非（飛）鳥，為瘇脹，為魚，為罐筒，才上為醪，下為汰。

在《筮法》的數字卦中，數字「四」寫作▆。戰國時期「四」還有如下字形：▆，▆和▆。相比之下，這些「四」內部有筆畫，且有的筆畫還會穿透外部輪廓。字形之間的

11　一個典型例子，帛書本《周易》中坤卦（六六六）▆名為「川」▆，「川」似乎得名於數字組合之形與「川」字形的相似性。

12　清華大學出土文獻研究與保護中心編，李學勤主編：《清華大學藏戰國竹簡（肆）》（上海：中西書局，2013 年），《筮法》在頁 2–9（原大圖版）、頁 21–52（放大圖版）、頁 75–123（釋文）。只有數字四、五、八、九列出了爻象，如前所述，這四個數字出現的頻率很低，且大部分並非占卜者期望得到的結果。

差異，表明上述數爻四的意象是因形似「四」而與之產生關聯。這些意象看起來都是圓形的，並且都是相配的，因為其形皆似「四」的字形。它們按大小排列，除抽象的「員（圓）」之外，其餘都是具象的物體：兩個與身體有關，三個與天空有關，一個與土地有關，一個是樂器，一個是首飾。當占卜者看到時，便會聯想到該形的物體之象，這就是此處識別意象的方法。「四」的這種非典型寫法，即中空、沒有筆畫穿透輪廓，似乎專門用來更清楚地識別意象——我們可以稱之為「筮占形式」；還有一些其他文字也如此。[13]

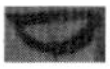

八	風	水	飛[14]	魚	衕[15]
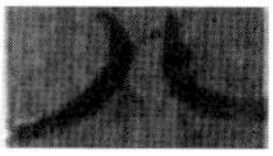	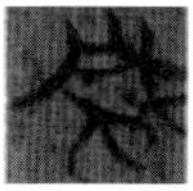				

圖 1 《筮法》中數爻八與其意象的字形相似性

13 中空的「四」在戰國時期的燕國璽印文字中確實出現過。早在商代記錄數字單卦和重卦時，「五」、「六」就被有意省筆簡寫，以免與「八」、「一」混淆。在《筮法》中，除數字卦部分之外，「四」都是以常規形式書寫。「九」亦如此，在數字卦中，它是以「筮占形式」書寫的，但在簡本的其他部分中，它以常規形式書寫。「九」字像右肘彎曲，是「肘」的初文。在筮占形式「九」中，像手臂的筆畫被拉直，肘部的彎曲被省略，類似於「一」的寫法。《筮法》（簡 56–57）中九的一些爻象，如「蛇」、「弓」和「曲」，顯然都是形似「九」的、彎曲或有自然曲線的物體，這與四的爻象生發方式相似。在帛書本〈易之義〉中，「九」與蛇也有同樣的形似聯繫。

14 「非」是「飛」的假借字，帛書本《易經》把「飛」寫作「翡」。

15 「衕」是「筩」（筒）的假借字。

另一方面，數爻八的意象則很大程度上源於它們的字形與「八」相似。如圖 1 所示，每個意象的字形中都有與數字「八」之形相似的一部分。而「瘇脹」、「言」、「醪」、「汏」等意象則不通過這種方式與「八」產生關聯，它們顯然演繹的是那些頂部敞開、底部鼓起或扇狀張開的東西。此處「言」通過兌卦與「八」聯繫起來，在〈說卦〉中，兌卦的主要卦象是「口」和「說」。兌卦的卦名似乎源於它的卦畫（一一八）與「兌」的字形相似（如圖 3 所示），「兌」即「說」的初文。[16]

《筮法》通過把數爻之形和萬物及字形配對來取象，這其實是識別意象最簡單和直觀的方法。由於爻象這一節的結構和語言與〈說卦〉中卦及卦象的羅列非常相似，我們現在有充分的理由相信，已有的配對例子不是偶然或巧合，還有更多的意象也是以同樣方式生發出來的。當然，這意味著《周易》中的意象從單卦畫和重卦畫中可見。如果占卜者能從單一的數字之形中看到如此多象形之象，那麼可以設想他們能夠從多個數字組合（即單卦和重卦），尤其是前述高頻組合中觀察出更深層次的主觀創新意象。

《筮法》中離卦的數字組合有「一六一」及其變體

16 「八」在《周易》中出現了一次，即 ䷒ 臨卦的卦辭「至於八月兇」，臨卦的下卦是兌卦。參看于省吾：《雙劍誃易經新證》（北平：大業印刷局，1937 年），第 1 卷，頁 12–13。

「九八一」和「一八九」，[17] 而無「一八一」。「一八一」是今本《周易》陰陽卦畫的早期形式，我們之所以知道這一點，主要鑒於晚商以降數字卦的存在及演變，且在上博簡本（戰國）和帛書本（西漢）《周易》中，卦畫看起來就是由「一」和「八」構成。[18] 上博簡還證明了大約在公元前三百年時，《周易》尚在傳寫過程中，其核心內容就已定型。本文將運用《筮法》的意象識別方法，分析《易傳》中列舉的離卦意象。在分析卦的構成時，筆者重新思考爻在卦中的作用，並著重討論中虛在意象識別中的作用。在這方面，《筮法》把數字八與其意象相關聯頗具參考價值。這種方法提供了一個更好的角度，有助於我們評判、闡釋《周易》中離卦意象的來源，並尋找在《易傳》中未出現或錯誤分類的「逸象」。另外，對於在結構上與離卦有關的重卦，如中孚、鼎、睽等，本文將展開詳細分析。

〈說卦〉（第一組）和〈繫辭〉（第二組）列出以下與

17　拋開這些組合不談，在《筮法》的〈祟〉這一節（節 26/30；簡 43–51）中，一個由「五四五」構成的離卦帶有不祥之意，「一四一五」的組合也帶有不祥之意。這些組合在簡本的任何圖表中都沒有出現過，但它們作為參考被列出，說明二者都是實際的占卜結果。李學勤在《周易溯源》中討論了一件四川省西北部墓穴出土的西漢陶罐，罐上刻有由「九八一七八一（或九？）」組成的數字卦，該數字卦可以轉化為離卦。

18　筆者使用「前身」這一術語來說明《周易》陰陽爻的數字起源，但並非要用早期數字卦的方法來分析上博簡本和今本《周易》中的爻，參看李零：〈早期卜筮的新發現〉，《中國方術正考》（北京：中華書局，2006 年），頁 204；〈跳出周易看周易〉，《中國方術續考》（北京：東方出版社，2000 年），頁 319。

離卦相關的意象：

第一組：

> 離為火，為日，為電，為中女，為甲胄，為戈兵。其於人也，為大腹。為乾卦，為鱉，為蟹，為蠃，為蚌，為龜。其於木也，為科上槁。
>
> 離也者，明也，萬物皆相見，南方之卦也……離，麗也……離為雉……離為目。

第二組：

> 日，火，網罟。

根據意象的這兩種分組及其在卦爻辭中的重要程度，筆者將其分為基本意象、意象和子意象，並進行了重組。此處的子意象主要是指基本意象及意象的功能、特徵、產物或衍生物。

1. 基本意象：網罟（即「羅」，「羅」亦兼為單卦與重卦名）。

子意象：雉，麗。

2. 基本意象：日，火。

子意象：明，電，麗，南方。

3. 基本意象（人身部位系統）：目，大腹（包含肚臍的腹部）。

4. 意象（父母與六子女系統）：中女。

5. 意象：外為硬殼、內裡柔軟且中部開口的物體。

子意象 1：甲冑。

子意象 2：蠃，蟹，龜，蚌。

6. 意象：兵戈（有堅硬鋒刃，火中鍛造）。

7. 意象：科上槁。

這兩組意象構成了離卦的基本意象指南。然而，為甚麼其中一些意象，如甲冑和貝類，在《周易》中沒有出現？其他卦的意象也有類似的情況。筆者認為可以有以下兩種解釋：一是今本《周易》中未出現的意象屬於《歸藏》或《連山》等其他《易》類文獻；二是今本《周易》中未出現的意象存在於該書其他版本中。第一種解釋意味著〈說卦〉其實是綜合性的指導篇章，可以為各種《易》類文獻提供參考。[19]

假設〈說卦〉在戰國時期流傳，那麼根據我們所了解的《筮法》中意象與數字的關聯方法，我們要如何闡釋〈說卦〉中的意象呢？不論當時人們認為卦由陰陽爻構成，還是由數字構成，《筮法》中的卦和意象得以與實物、文字字形相關聯的源頭都是形似。占卜者在數字結果中看到「四」，觀察出「露」，因為二者形似；占卜者看到「八」，觀察出「風」，因為八的字形使他聯想到風的樣子，或者更可能是因為「風」字（即「凡」部分）與「八」字形相似（《說文解字》亦有「風，八風也」之說，可參考）。《筮法》證明這是戰國時期識別和解讀意象的主要方法。

19 該結論也見於金景芳：《〈周易・繫辭傳〉新編詳解》（瀋陽：遼海出版社，1998 年），頁 184–191。

我們發現，離卦的大部分意象都可以用這種方法闡釋，不同之處在於，除了單爻，占卜者此時還要觀察多爻組合，包括取自一卦中兩爻的「半象」。[20] 簡而言之，網、目、包含肚臍的腹部、火、日，及外為硬殼且中有開口的物體，源於卦畫與具體事物或文字字形相似。圖 2 說明離卦的卦畫與其部分基本意象在戰國時期的字形相似，我們還可以追溯到西周時的字形，建立類似的聯繫。在這些字形中，至少確實可以看到形似「一」、「六」、「八」的部分，數字卦「一六一」與「目」的字形聯繫尤為直觀。在《筮法》中，「魚」字像魚尾的部分（圖 1）形似「八」，「火」字的底部也如此。從數字角度思考，「火」字整體像序列「六八七」。事實上，「火」字中總有一個類似於∧（六）的部分。[21]

今本《周易》中的離卦	上博簡本《周易》中的離卦	戰國時期的筮占記錄：數字卦「一八一」	《筮法》中的數字卦「一六一」（離卦）	戰國文字「日」	戰國文字「目」	戰國文字「火」

圖 2　離卦與「一六一」和「一八一」的對比及其相關意象的字形

20　于省吾：《雙劍誃易經新證》，第 1 卷，頁 2–4。

21　甲骨文「火」是象形字，寫作、，中部形狀像卦數「六」。在商代「熯」、「黑」等字中，「火」作為偏旁省寫為∧。「炎」由兩個「火」構成，在馬王堆西漢帛書中寫作，中部的卦數「六」形更為明顯。

「麗」似一語雙關，表示網罟附麗於支架之上。正如筆者下面將要討論的，離卦有兩類網的意象，手持的網和展開的網。「雉」是網的目標對象，[22] 而「日」和「火」下列出的子意象都是其衍生物或特徵。

最晚在戰國時期，占卜者已經把「一六一」組成的離卦卦畫看作是包含肚臍的腹部圖像。《筮法》中有一個人身圖（節 24/30），其中有由數字「一」、「六」構成的八卦，分別和與之相似的身體部位匹配，離卦為腹部（圖 3）。[23]〈說卦〉存在幾乎一致的對應，僅有離卦為目的差異。不過，〈說卦〉確實把腹部列為離卦的意象，只是不在這個意象系統中，而《筮法》在簡本的另一部分中，其實也認為目是離卦的意象。[24] 這意味著目與腹部都是離卦的意象，只是兩部作品的編纂者做了不同的編寫選擇。但對於我們來說，更重要的是離卦的卦畫、腹部和目三者之間的形狀關聯，以及當∧（六）被夾在一（一）之間時，

22 「雉」成為離卦的意象也可能是通過「日」實現的。夏含夷對本文此處的評論是：「離卦與日建立聯繫之後，自然就會與雉聯繫起來，因為雉很早就與日產生關聯了（朱雀是天之四靈之一，象徵老陽）。無需多加描繪雉的特點，這樣的聯繫就會在早期占卜者的心目中發揮作用。」

23 對於離卦與其基本意象「腹部」之間的關聯，最好的例證是四爻的爻辭。爻辭描述了婦女分娩的過程，參看曾憲通：〈《周易．離》卦卦辭及九四爻辭新詮〉，《古籍整理研究學刊》2004 年第 4 期，頁 45–48。腹部的子意象是鼓缶（離卦三爻，中孚卦三爻）和饋（家人卦二爻）。

24 在《筮法》死生節的（節 1/30，簡 1–2）第一卦例中，組合「一六一」有「哭」這一意象。

中虛在意象識別中所起的作用。一旦建立起卦畫、肚臍與目之間的聯繫，我們就可以明白「日」是如何融入離卦的意象基礎的。[25] 太陽、眼睛的虹膜、包含肚臍的腹部都是圓的，與 __ 上置∧構成的內部中空之形相似。在《筮法》的人身圖中，兌卦也是以同樣的方式表示出口鼻意象。其他占卜者從卦畫中識別出太陽的先後次序，都無關緊要，重要的是意象識別的模式是十分明確的。

以上我們運用《筮法》中識別爻象的模式，將離卦及其爻的基本意象來源分為物體形似和字形相似兩類。接下來我們將看到離卦的其他意象，包括兼為單卦與重卦名的羅是如何巧妙地融入這個模式的。離卦與其意象聯繫的關鍵，是夾在作為意象輪廓、貝殼或框架的兩條實線（一或

25 對於 ䷝ 離卦與其基本意象「日」之間的關聯，最好的例證是其三爻的爻辭「日昃之離」，還有 ䷶ 豐卦的卦爻辭，如卦辭「宜日中」和二爻、四爻的爻辭「日中見斗」。經學家把離卦上爻爻辭中的「日昃」解釋為太陽將要落下，因此，離卦的中虛本身就是太陽，參看荀爽（128–190）的注釋，見李鼎祚：《周易集解》，頁 195。又見黃宗羲：《易學象數論》，頁 142。腳注 39 中提到「日」在明夷和晉這一對重卦中所起的作用。對於離卦與其基本意象「目」之間的關聯，最好的例證是五爻的爻辭「出涕沱若」，以及 ䷈ 小畜卦四爻的爻辭「夫妻反目」，而離卦是小畜卦的上互卦。此外，「眇」（《說文》:「眇，一目小也。」）在全書中僅出現兩次，即 ䷵ 歸妹卦二爻的爻辭與 ䷷ 旅卦的三爻的爻辭「眇能視」，而這兩卦的卦畫中都包含離卦。見段玉裁：《說文解字注》（上海：上海古籍出版社，1988 年），頁 135。《左傳．僖公二十五年》中的占卜記錄也將離卦和日聯繫起來。

七）之間的中虛。[26] 對於數字「八」而言，中虛是 ⟨八⟩ 或 - - 之間的空間；對於「六」而言，中虛是∧內的空間。這就是〈說卦〉中一系列貝類和爬行動物意象生成的原理。

圖 3　人身卦圖

筆者在此要闡明〈說卦〉為何將「龜」（戰國時期字形 ⟨龜⟩）列為離卦意象。「龜」在《周易》中共出現三次：分別在 ䷨ 損卦（第 41 卦）、䷩ 益卦（第 42 卦）和 ䷚ 頤卦的爻辭中。在今本《周易》中，損卦與益卦順序相連，形成一對，因為把其中一卦的卦畫顛倒過來就是另一卦。根據〈說卦〉，龜之所以出現在這三卦的爻辭中，是因為在它們的卦畫中可以看到被放大的離卦。[27] 這很重要，因

26 朱熹的「八卦取象歌」有「離中虛」，見朱熹撰，蘇勇校注：《周易本義》（北京：北京大學出版社，1992 年），頁 188。

27 來知德（1526–1604）：《周易集注》（北京：民主與建設出版社，2015 年），頁 228。

為它證明了把重卦畫解讀為放大的單卦，也是戰國時期釋卦的方法。根據《筮法》中識別意象的方法，人們總要通過形狀相似在龜和離卦之間建立聯繫：單卦畫頂部和底部的陽爻形似烏龜背甲和腹甲，中虛形似烏龜頭部的開口；被放大的離卦形似烏龜殼，殼是烏龜的典型特徵。本文之後討論鼎卦時，筆者將再次運用典型特徵和意象識別的方法。漢代學者認同龜是離卦的意象，認為離卦取象於與之形似的外剛而內柔或內空之物。[28]

二、「虛」與 ䷼ 中孚卦（第 61 卦）

在〈說卦〉中，「科上槁」（腐木洞）這一意象也是通過中虛與離卦建立起聯繫。把 ☲ 旋轉九十度 ┃╏┃，更容易看出兩條實線陽爻如何構成簡筆的樹幹輪廓。洞，或者說腐朽源於中虛。中孚卦畫中部有二陰爻，即二中虛，因此像離卦與「科上槁」之間的關聯一樣，〈彖〉也將中孚與木聯繫起來。中孚的卦辭中有「利涉大川」，〈彖〉言「乘木舟虛也」。唐代《周易集解》收錄了六朝學者王肅（195–256）對此的進一步解讀：「中孚之象外實內虛有似可乘虛木之舟也。」[29]〈彖〉顯然並沒有用下兌上巽來闡釋

28 李鼎祚：《周易集解》，頁 225。在筆者看來，尚秉和：《周易尚氏學》（北京：中華書局：2016 年），頁 193，錯誤地把「龜」看作艮卦的意象。

29 李鼎祚：《周易集解》，頁 369。

中孚卦的構成，而是在其卦畫中看到一種離卦的互卦。[30] 重複離卦單卦的每一爻，中虛的空間就會擴大，並產生離卦所謂的純粹「大象」。[31]

根據王肅之言，〈彖〉所言之「虛」指的是中孚卦畫中部的空白空間（三、四爻），此中空開口對於識別「涉大川之舟」意象而言至關重要。雖然在《周易》的傳中，只有〈彖〉使用術語「虛」來指稱偶數爻，但在新近發現的《筮法》中也有類似的說法，這意味著最晚在戰國時期，中虛已經是釋卦解經話語的重要部分了。[32]

中孚卦的舟象是先秦《易傳》解釋一體卦畫、「隱象」與卦爻辭之間關係的一個例子。〈彖〉表明，卦辭中利涉大川的指令就是從這一意象中產生的。圖 4 提供了兩個早期的例子，說明了離卦的舟象是如何「出現」在占卜者眼前的。第一例是在安陽出土的商代晚期酒器陶範，於 1937 年公布，上面刻有一對數字卦。第二例是 1997 年在陝西省丰鎬遺址出土的商末周初陶罐碎片上的刻文。[33] 當轉換為陰（八）陽（一）爻時，第一例右側的數字卦「七七八六七五」

30 〈繫辭〉提到「刳木為舟」與 ䷺ 渙卦有關，這似乎是離卦的大象出現在渙卦卦畫二爻到五爻的間接證明，渙卦的卦辭中也包含占辭「利涉大川」。

31 出自來知德：《周易集注》。

32 在《筮法》死生節（節 1/30，簡 1、4）的第 1–2 卦例中，有關數字六和震卦的內容使用了術語「虛」。丘作為震卦的意象，見于省吾序言，尚秉和：《周易尚氏學》，頁 5–16。

33 黃濬：《鄴中片羽》（北平：尊古齋，1937 年），第 2 卷，頁 47。後者見徐良高：〈1997 年灃西發掘報告〉，《考古學報》2000 年第 2 期，頁 227。

相當於於中孚；第二例的數字組合「六六一八一五」可以轉換為 ䷴ 漸卦，離卦是漸卦的上互卦。從圖 3 可以看出，其中的數字組合「一八一」和「七八六」與商末「舟」、「宀」、「离」的字形相似，它們都是離卦的意象基礎。[34] 雖然筆者並不是說這些或其他任何數字組合此時有固定的名稱，但像這樣的例子說明了占卜產生的「圖像」類型，以及占卜者和書手平時看到的「意象」類型。我們可以確定的是，編纂占卜書所需的要素是顯而易見的，這類數字組合在數術和意象識別中起直接作用。

「七七八六七五」（右）	「六六一八一五」	「舟」	「家」字中的「宀」	离（罕）：「禽」、「擒」的義符。
		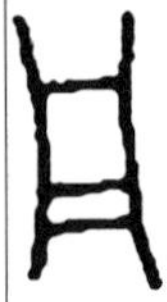		

圖 4　離卦的數字卦變體與意象的關聯

34 「宀」是一個基礎義符，被用在如「宗」、「家」、「牢」等字中。畜養動物出現在離卦的卦辭中，當然也出現在了 ䷈ 小畜卦和 ䷙ 大畜卦中。小畜卦的三爻至五爻是離卦互卦，大畜卦的三爻至六爻包含放大的離卦互卦。大畜卦在帛書本中被稱為「泰畜」，在上博簡本中被稱為「大篤」；小畜卦在上博簡本中被稱作「小熟」。「宗」在《周易》中出現了兩次，分別在 ䷌ 同人卦二爻和 ䷥ 睽卦五爻的爻辭中，且兩次都是離卦的中間爻。「家」（指建築結構，而非成家、家庭）只出現在有離卦（作為上卦、下卦或互卦）的重卦中；見大畜卦的卦辭，䷤ 家人卦初爻、四爻、五爻爻辭，豐卦上爻爻辭。

在《周易》及相關文獻的出土版本中，中孚卦的不同名稱有「中復」、「中」和「中絑」。這些名稱顯然源於上下有陽爻時三、四爻的中空所關聯的意象。[35]

下面關於羅與禽的部分將說明筆者為何將卦名中的「孚」譯作「俘獲」。

三、羅與禽

「羅」是解讀離卦的基礎意象，因為它兼為單卦與重卦的卦名。〈說卦〉遺漏了羅，但〈繫辭〉包含這個意象。〈繫辭〉記載了在上古時期，伏羲「作結繩而為罔罟，以佃以漁，蓋取諸離」。無論作名詞還是動詞，從羅的主要功能引伸開來，皆會產生捕獲和獲取的子意象。這與離卦的其他基本意象「目」、「日」、「火」衍生出「見」、「哭」、「涕」、「窺」、「眇」、「明」、「文明」等子意象的方式相同。在虞翻（164–233）的注解中有「離目見」，〈象〉將離卦卦畫解讀為「明作兩」，即兩個單卦中各有一個日，此即占卜者及經學家製造關聯、建立聯繫之例。

在帛書本《易經》和清華簡本《筮法》中，「離」都被稱為「羅」。《筮法》中還有關於「羅」得名緣由的說明：

35 參看 Shaughnessy, *Unearthing the Changes,* 169, fig. 4.1。對於「中」，參看《清華大學藏戰國竹簡（肆）》別卦，簡 8。中孚卦、渙卦（第 59 卦）、益卦（第 42 卦）與木的聯繫，通常歸因於巽卦，筆者之前提到巽卦的意象是帶腿的物體，此處是木。

> 奚古（故）謂之羅？司藏，是古（故）謂之羅。[36]

「離」在秦簡《歸藏》中被稱為「麗」，〈象〉也把「離」解釋為其同音字「麗」。「羅」與「離」古音相同（來母歌韻），這使得當代學者常簡單地把「羅」當作「離」的同音假借字，[37] 但這就意味著二者僅在字音上相關。而實際情況更加複雜且更有意義，因為「羅」與「離」都有網的基本義。具體來說，「離」是手持的網，用於捕捉空中之物，如鳥（由此可知短尾鳥「隹」在離字中的表義作用），而「羅」是展開的網（附「麗」於框架上），用於捕捉地上之物，如罾、禽和魚。也許「離」、「羅」古本一字，後來分化為兩個不同的字。[38] 二字的古文字字形可以通過網的朝向來區分，在「離」字中網朝上且有手柄（形如卜，像「七」的字形；參看圖 4 中的七八）；而在「羅」字中網朝下，且其糸旁表明「羅」由絲線織成。上舉〈繫辭〉中離卦有網的意象，早在漢代就有經學家說明這是因為「離為

36 《易傳》通常把「藏」歸於坎卦，因為坎卦與冬、水、北方相關。《筮法》中還有其他坎離卦象互易的情況，如坎卦與南方相關聯，離卦與北方相關聯。然而，「藏」確實與離卦的基本意象關係密切。因此筆者贊同廖名春的觀點：離卦與司藏相關聯完全不是筆誤。見廖名春：〈清華簡《筮法》篇與《說卦傳》〉，《文物》2013 年第 8 期，頁 70–72。

37 李學勤：〈清華簡《筮法》與數字卦問題〉，《夏商周文明研究》（北京：商務印書館，2015 年），頁 253。

38 參看劉大鈞：《周易概論》，頁 316–317。

目」而「目之重者唯罟」。[39] 離卦初爻的爻辭「履錯然敬之」也間接涉及網和其衍生義「俘獲」。

《周易》爻辭中的禽鳥都與離卦有關，[40] 如前所述，飛鳥是數爻八的意象，這種關聯或因數字八與鳥展翅飛翔之形相配，或因其與「飛」字形相似。在〈說卦〉中雉是與離卦相關的意象，更明顯的兩例在 ䷣ 明夷卦（第 36 卦）和 ䷷ 旅卦（第 56 卦）的卦爻辭中。[41] 前者由上坤下離組成（因此卦名中有「明」），其卦爻辭是關於飛鳥的整體敘述；後者由上離下艮組成，其五爻和上爻的爻辭中有「射

39 虞翻的注解，參看李鼎祚：《周易集解》，頁 452。

40 一個值得注意的例外是 ䷽ 小過卦（第 62 卦）的卦爻辭中出現了三次「飛鳥」，根據《周易集解》中虞翻等經學家的觀點，頁 372–378，飛鳥出現的原因是小過卦與中孚卦是對卦，小過卦相當於放大的坎卦，而中孚卦相當於放大的離卦，坎離亦相對。除把小過卦中所有的「飛鳥」都歸因於離卦之外，虞翻還認為卦畫似飛鳥之象的俗說是妄言，即以二陽在內為身、四陰在外為翼。《筮法》認為數爻八有飛鳥之象，《說文解字》把「離」定義為黃鸝鳥。參看《說文解字注》，頁 142。

41 將「明夷」譯作「Calling Pheasant」出自夏含夷，見 Shaughnessy, *I CHING,* 113。經學家們認同爻辭描述的飛行之物是鳥，而生發這一意象是由於離卦是 ䷣ 明夷卦的下卦。同時，一般認為卦名中的「明」也源於離卦，與其意象「日」有關。䷢ 晉卦（第 35 卦）與明夷卦相對，由上離下坤構成，也有意象「日」，這證明離卦與「日」相關。鴻是 ䷴ 漸卦（第 53 卦）爻辭的典型意象，而離卦是漸卦的上互卦（三爻—五爻），漢代經學家指出了這個聯繫，見《周易集解》，頁 325。

雉」和「鳥焚其巢」。[42] 卦名離、羅與鳥的關係，通過其與「禽」、「擒」字的聯繫進一步加深。「禽」由「离」（網）的象形加上聲符「今」構成，是「擒」的本字（加上義符「手」），早在商代甲骨文中就經常出現在田獵占卜的句末。網這一意象衍生出相關的目標與功能：鳥、罟、魚、人及俘獲，這就是〈繫辭〉解釋離卦起源的方法。

我們幾乎可以肯定，中孚的卦辭「豚魚吉」是在其卦畫中觀察到「離卦之網」的結果，再加上其爻辭「虞吉」（初爻）、[43]「得敵」（三爻）、「有孚攣如」（五爻），說明卦名中的「孚」應當理解為「俘獲」，而非「信」或「誠」。[44] 捕捉獵物（即捕獲）與俘獲人或戰利品等目標（即獲利），自古以來就是重要且常見的占卜主題，所以我們不難看出網是如何成為占卜書中一個類目的。正如筆者將在下一節繼續討論的那樣，占卜者需要的是相似性，無論是明顯

---

42 來知德：《周易集注》，頁 306–307。尚秉和：《周易尚氏學》，頁 254–255。來知德、尚秉和等學者把離卦的中虛與鳥巢聯繫起來，這是又一個中空之木或有洞之木的意象。另一個射鳥之例出現在 ䷧ 解卦（第 40 卦）上爻的爻辭中：「公用射隼于高墉之上獲之」，而離卦是解卦的下互卦。

43 另外，「虞」還出現在 ䷂ 屯卦三爻的爻辭「即鹿（或讀麓）无虞」中，而屯卦中初爻至五爻是放大的離卦。「屯」的詞義是填滿、儲藏，屯卦與離卦相關的其他意象有分娩（二爻；離為大腹）和「泣血漣如」（上爻；離為目）。

44 「孚」字由「爪」與「子」構成。「孚」字在西周金文中最早被用於敘述有關戰爭與掠奪的事件，確切地說是以實物（戰利品）和人為目標。「俘」是「孚」的後起孳乳字。在帛書本《周易》中「孚」寫作其同音字「復」，這使得理解它們變得更複雜了。

的、細微的、主觀的、或深奧的均可，以此在卦畫與萬物間建立聯繫來取象。今本《周易》中離卦卦名無疑應為「羅」，作名詞或動詞。[45]

總之，離卦與其意象的聯繫源自卦畫與實際事物或字形的相似性。儘管兼為單卦與重卦之名的「羅」源自意象「網」（及網眼），但它只是從離卦的眾多卦畫（變體）中觀察到的幾個基本意象之一。意象識別的關鍵是卦畫中明顯的中虛，當底部緊鄰一條實線（如一或七的橫筆）或處於兩條實線之間時，中虛之形會產生很多意象，包括網、日、火、目、下腹，還有帶框架或硬殼的開口物體、中空的木頭，以及牢、宗、家等字中的「宀」，而其中最後一組是逸象。

兼為單卦與重卦之名的「離」和「羅」，只意味著命名的人從卦畫中看出了網的意象，至少在《周易》傳統中是如此情況。但它並不意味著離卦在其他傳統中沒有別稱，也不意味著離卦沒有其他意象，或其他意象不能與網的意象共存。卦爻辭整體的開放性是《周易》的特徵之一。在占卜實踐和書寫文化的背景下，卦畫與意象之間的關聯是研究《周易》及相關文獻的起源、構成、演變的重

45 劉大鈞也採用這種翻譯方式，見劉大鈞：《周易概論》，頁 316–317。夏含夷把《歸藏》中的卦名「麗」譯為「Fastening」時說它原本的意思是被網困住，見 Shaughnessy, *Unearthing the Changes,* 208。在今本《周易》中小過卦上爻的爻辭是「飛鳥離之」，而在上博簡本和帛書本中都是「飛鳥羅之」，這可以佐證夏含夷的觀點。另外還可以比照《詩經．新臺》:「魚網之設鴻則離之」。參看廖名春：〈清華簡《筮法》篇與《說卦傳》〉，頁 72。

要基礎。本文的第一部分探討了爻、單卦、重卦取象的方式，也可以說是這種方式的靈感來源，在第二部分，筆者將繼續探討如何通過卦畫得出其卦爻辭。在此過程中，我們還將看到同一卦相互衝突的意象在卦爻辭中如何協同發揮作用，以及在某些情況下卦如何產生筆者所謂的「假象」。

四、卦畫是如何得出卦爻辭的：以鼎卦戈銘文為例

目前最確定的、且可能是年代最早的帶有相應爻辭的卦畫，見於一篇青銅戈銘文，這件私人收藏的銅戈時代約在兩周之際，即公元前 8 世紀左右。[46] 此真跡無疑屬於《易》類文獻傳統，對於《周易》的起源和成書來說，是一個極其重要歷史環節。

46 董珊，〈論新見鼎卦戈〉，《出土文獻與古文字研究（第四輯）》（上海：上海古籍出版社，2011 年）。在陝西省岐山縣鳳雛村（H11:85）出土了西周早期帶有數字卦和文本的甲骨，但太過零散，且缺乏足夠的語境，參看曹瑋：《周原甲骨文》（北京：世界圖書出版公司北京公司，2002 年）。饒宗頤：〈由卜兆記數推究殷人對於數的觀念〉，《饒宗頤二十世紀學術文集》，第 4 卷，頁 72。饒宗頤指出這種形式的甲骨刻辭看起來像是卦加上爻辭，確實與我們此處所討論的銘文的形式相似。另見 Shaughnessy, *Unearthing the Changes,* 12–13。秦簡《歸藏》的一個顯著特徵是卦辭以「曰」開頭。

六一一一六一曰：
鼎止（趾）真（顛）；
鼎黄耳，奠止（趾）。
八五一一六五：
拇（吝）。

圖 5　鼎卦戈銘文（拓本及釋文）

鼎卦戈銘文（圖 5）由兩個數字卦及所附文本構成，當轉換成陰陽爻時，這兩個數字卦「六一一一六一」和「八五一一六五」都相當於鼎卦，「鼎」是《周易》與《歸藏》中的卦名。在第一個數字卦之後是兩「爻辭」，它們與《周易》中鼎卦初爻和五爻的爻辭有驚人的相似性。在爻辭之後是第二個數字卦，緊接著是占辭「吝」。「吝」雖然不在《周易》中，但出現在《歸藏》中。兩個數字卦可能都是實際占卜的結果，或後者是實占結果，之後被轉寫成前者（一六組合）以便展示。[47] 筆者贊同後一種解釋，主要是因為在時間上它與由數字卦演變為規範系統的時期相合。而且，銘文的行款與書寫風格不同，第二個數字卦的大小與文字相近，而第一個數字卦則被寫得更大、更明顯。兩卦中數字六的寫法不同，第一卦的書寫風格表明它似乎是紀念性的。此外，連續畫兩個鼎卦的概率很小，這也有利於證明後一種解釋，當然這種可能性不能被完全排

47　賈連翔：〈數字卦的名稱概念與數字卦中的易學思維〉，《管子學刊》2016 年第 1 期，頁 101–103。

除，但確實很值得懷疑。似乎可以確定的是，兩爻辭對應著兩個偶數爻，且顯然與占卜方法相關。

《周易》中的鼎卦卦畫	鼎卦戈銘文中的「六一一一六一」	鼎卦戈銘文中的「鼎」
	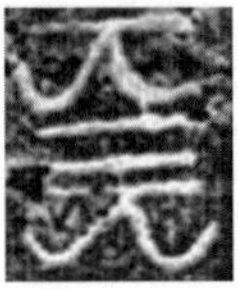	

圖 6 鼎卦

可以確定的是，此卦畫與爻辭是筮占的結果，筮占活動產生了數字卦及占卜者用專業知識釋卦的確定表述。這雖然不能證明我們所知的《周易》此時已在流傳，卻能有力證明對卦的判定及爻辭已經在流傳，而且占卜者了解這些知識。如果對於鼎卦而言是這樣，那麼其他卦也必然如此。根據現有證據，在西周晚期（公元前 887– 前 771 年），《易》類書籍或是已經以某種形式存在，或是在成書過程中。《左傳・莊公二十二年》中最早提到了《周易》這本書。

鑒於本文的研究目的，筆者在此提醒大家注意一六組合的數字卦畫、實物鼎和卦名之間明顯的形似關係。圖 6 提供了《周易》鼎卦卦畫、一六組合的鼎卦卦畫和銘文中重點突出的「鼎」字三者之間的對比。[48] 刻寫卦畫的人為了

48 字作「貞」，假借讀為「鼎」。

模仿鼎腿的輪廓，似乎特意把數字六的末端寫彎曲。[49] 從書手的主位角度來看，這種有意的書寫風格表明在卦畫中可以看到鼎的形象。一旦占卜結果「六一一一六一」產生，卜者就可以從中觀察到鼎的形象。銘文整體提供了第一手證據，表明卦畫因此最終得名為「鼎」，這在實物鼎、鼎字與鼎卦卦畫之間建立起明確的聯繫。卦畫一被識別並標明為「鼎」（無論是口頭形式還是書面形式，都不重要），以鼎為主題的爻辭自然就會相繼出現。由於該銘文不太可能恰好就是鼎卦卦畫與爻辭的來源，所以我們有理由相信最晚在西周晚期，數字卦「六一一一六一」及爻辭就已經在流傳了。根據戈銘內容，鼎卦的文本最開始極有可能由卦畫、整體占斷和爻辭構成，爻辭自下而上描繪鼎的形狀與獨特部分。

夏含夷曾多次以鼎卦的闡釋為例來探討《周易》中卦爻辭的構成：

> 中國各個時期的經學家都能在鼎卦底部的陰爻中看到鼎腿的形象，在二三四陽爻中（從底部數）看到堅固的鼎腹部分，在五陰爻中看到鼎的兩個把手，或稱之為「鼎耳」，在頂部陽爻中看到用於舉鼎的鉉。《易經》中鼎卦爻辭的意象或

49 董珊在〈論新見鼎卦戈〉中提到了六的獨特寫法，但未將其與鼎形聯繫在一起。賈連翔：〈數字卦的名稱概念與數字卦中的易學思維〉，顯然受益於董珊的研究，也提到了這一點，但同樣未建立聯繫。

> 預兆表明創作爻辭的人心中一定也有這些關聯。因此，第一句爻辭對應卦畫底部的陽爻，指的是鼎腿（鼎顛趾）；第二句爻辭對應被視為鼎腹三陽爻中的第一爻，指的是鼎的所盛之物（鼎有實）；第五句爻辭對應被視作鼎把手的陰爻，指的是把手，或「鼎耳」（鼎黃耳）；頂部陽爻指的是用於舉鼎的堅固的鉉（鼎玉鉉）。這些作為預兆的象或許是從卦畫的形狀自然生發出來的，反過來，這些象又引發出上文討論的那類有預言意味的韻文，這些韻文無疑衍生自特定的占卜情境。筆者認為，這就是《易經》中單個爻辭的產生過程，人們能自然而然地理解它。[50]

夏含夷提到的「中國各個時期的經學家」，大概始於《周易》之傳，確切地說是〈彖〉，它著重強調了鼎是一個意象（「鼎象也」）。當我們發現這條簡潔的解釋說明是整篇〈彖〉中唯一直言「象」的表達時，它的影響就更突出了。[51] 夏含夷所言「作為預兆的象或許是從卦畫的形狀自然生發而來的」無疑是正確的，但《筮法》等新抄本的發現，使我們開始意識到意象起源之中實際有更加複雜的層次。單爻（即單個數字）、單卦（即三數組合）、重卦（即六數組合）及其他數字組合，皆為取象之法。既然可

50 Shaughnessy, *I CHING,* 12–13.

51 虞翻指出了這一點，他進一步強調，卦爻辭是從卦畫中觀察到意象的結果，見李鼎祚：《周易集解》，頁 308。

以從單個數字中觀察出多重意象，那麼在不同的數字組合中識別出的意象數量就會激增。比如說，坤卦會因為數字「四」的筮占形式而有意象「地」嗎？在《筮法》的「四之象為地」出現之前，這是難以想像的。筆者此處只是想表達，我們所知的八卦與六十四卦以數字變體形式存在了幾個世紀，從實際占卜結果中觀察出的意象在卦爻辭的創作和發展中起著十分重要的作用。《周易》的卦爻辭之所以如此費解，其中一個原因是在這些被遺忘的數字卦畫中仍然隱藏著意象。重現早期的單卦與重卦變體，可能會再發現一些逸象。[52]

在單卦畫、重卦畫與意象之間建立關聯，需要它們與意象的典型特徵或標誌性特點相似。[53] 鼎、象、馬等漢字基

52 我們可以嘗試分析一個這樣的例子，當把數字轉換為陰陽爻時，數字卦（一八八六一一）相當於 ䷩ 益卦（第 42 卦）。它與其他十個數字卦排列成帶狀，被刻在一個西周早期陶罐上，該器於 1987 年在陝西省淳化縣被發現，見姚生民：〈淳化縣發現西周易卦符號文字陶罐〉，《文博》1990 年第 3 期，頁 55–57。筆者在此將指出從數字卦中看出的兩個意象。第一個意象在其下卦（初爻至三爻）中 —— 在一上重複八。這個數字組合與該卦後來的卦名「益」（商代晚期甲骨文）的古文字字形相似。如此處商代晚期甲骨文所示，二者相配是因為在「益」字中有像兩個八的部分。在初爻至四爻中可以看出第二個意象，它形成了一個不同的圖形 —— 被稱為「圭」（商代晚期甲骨文）的箭頭形石牌，「用圭」出現在益卦三爻的爻辭中，恰好位於這一形象的中心。各個時期的經學家都不知該如何解釋卦畫與卦名、卦名與相應的卦爻辭之間的關係。經學家們把意象「圭」強加在不同的卦（震卦或乾卦）上，並且只能通過「圭」的禮儀功能來界定它的對象。

53 參看〈繫辭〉的說法「象也者像也」。

於某些典型特徵而簡化，是該趨勢在古代書寫實踐中存在的實例（圖 7）。早在商代甲骨文中，刻手就已經想到簡化「鼎」的寫法，只保留鼎腿和鼎耳，而無明確的鼎身。這顯然是因為只有它們是用於辨認「鼎」字的必需部分。在戰國時期，「象」字簡化了象身，只留下其特有的長鼻、長牙和尾巴。在東周時期，「馬」字開始出現一種變體，將馬身與馬腿簡化為兩筆，只留下其獨特的眼睛（目作為聲符）與鬃毛。從這個角度來看，乾卦與〈說卦〉中列出的眾馬意象之間的關聯，雖然亦有其他解釋，但極有可能是因為乾卦卦畫的三陽爻形似兩周時馬字中代表鬃毛的三橫筆。

鼎	 甲骨文	 西周金文	 甲骨文變體
象	 商代族徽銘文	 西周金文	 戰國文字變體
馬	 西周金文	 東周金文變體	☰ 乾卦
	 上博簡《周易》	 戰國文字變體	

圖 7　文字變體中看到的意象典型特徵圖示

根據鼎卦戈銘文，我們假定初爻代表的鼎腿與五爻代表的鼎耳是最初用於從卦畫中識別出鼎的關鍵特徵。這強調了下卦巽的構成與功能，並且揭示了應被視為離卦假象的意象。

如前所述，〈說卦〉中巽卦有與帶腿物體相關的意象，這又是在卦畫與實物、文字之間有形似關聯的一例。巽卦的初爻六或八有機地構成物體的腿部，接下來的實線數爻（一一）則是桌面或從大腿到腰腹的人體中部，這就是為何在〈說卦〉與《筮法》中巽卦都有意象「股」。在「鼎」字的下半部分中觀察出數字組合「六一」或「八一」並不難，這裡我們用西周金文中的「鼎」字來說明，該字見於年代稍早於鼎卦戈的銅器銘文。事實上，我們幾乎可以斷定兼為單卦與重卦之名的「巺」（巽字的異體）本身，就源於其戰國文字字形中的「几」與卦畫（出自上博簡本《周易》）的相似性。這也正是為何桌（或床）是巽卦爻辭中的典型意象。巽卦與其另一個基本意象之間，也可以通過這種方式來建立聯繫，根據之前對《筮法》中數爻八意象的討論，巽卦與風之間的關聯可能是因為其初爻為數字八（圖 1）。

離卦在鼎卦卦畫中功能異常，兌卦作為 ䷥ 睽卦（第 38 卦）的下卦情況與之相似。下一節的討論中心 —— 卦名與爻辭中的「睽」，有可能與離卦的意象有關，[54] 這正如卦名與爻辭中的「鼎」，起源於或受啟發於巽卦的帶腿物

54　在睽卦卦畫中發現「離之目」，是尚秉和最喜人的發現之一，見尚秉和：《周易尚氏學》，頁 13–19、177–181。

體意象。兌卦因與離卦特定組合成睽卦，所以受其影響增加了「內視眼」（即「斜眼」）的假象，類似地，離卦因與下卦巽特定組合成鼎卦，所以增加了腹、耳、鉉等意象，除此之外，離卦從未與這些意象有關聯。在鼎卦卦畫中辨認出鼎形，會拆分離卦的卦體，使離卦脫離其正常的意象基礎。鼎卦唯一與離卦相關的意象出現在三爻的爻辭「雉膏不食」中，這句爻辭有雙重作用，它能引起人們對卦畫中出現的離卦的注意，並談到鼎的主要功能之一——烹飪食物。

總之，雖然木、火、金（下互卦乾卦的意象）的組合體現了鼎的化學成分及使用它所需的基本材料，為鼎卦提供了一個合理精巧的解釋。但對於解釋鼎卦卦名與其分層創作的爻辭而言，起源於形似的說法還是更有說服力的。[55]

五、䷥ 睽卦中的「逸象」

睽卦的意象，可能是《周易》中，甚至極有可能是整個《易》類文獻傳統中最奇異、最怪誕的。筆者在此將論證睽卦卦名和爻辭的產生方式與鼎卦相同。在先秦時，卦

55 早在西周初期，離卦、火、鑄造鼎戈等銅器三者之間就有關聯。除本文討論過的鼎卦戈銘文之外，在 1964–1972 年間，在河南省洛陽市發現了同一系列的三件西周早期銅戈，戈上的銘文只有離卦。劉雨、盧岩編：《近出殷周金文集錄》（北京：中華書局，2002 年），第 1074–1076 號。如前所述，在〈說卦〉中火（基本意象）與兵器（子意象）都作為離卦的意象被列出。更深入的探討見董珊〈論新見鼎卦戈〉。

名「睽」字的構造是「眀」在聲符（癸）之上，睽卦命名的靈感是在睽卦的上卦中觀察到了「離卦之目」（圖8）。在上卦中這個對正的「好眼」（五爻）一被觀察到，下卦兌就會受其影響脫離原本的意象基礎，從而產生偏斜的「斜眼」（三爻）假象。無論豎看還是橫看，睽卦卦畫整體都像內斜視眼的形象，或如《說文解字》所言：「目不相聽。」以癸為聲符的「揆」基本字義之一是度量距離，而看不清楚、無法精確判斷深度，恰好是下卦兌所代表的斜眼導致的問題。當爻辭言及上卦中的「好眼」時，校準與度量都恢復了，好事開始發生。

睽卦卦爻辭整體最突出的特徵，是事情結果與人們所預料的不同。例如，遇到危險或惡劣的情況並不會對人造成傷害或導致失敗。整體的卦運是小事會有好的結果，在所有爻辭的戒辭中我們都沒有發現不祥之事。睽卦富有哲理之處在於即使事物有差異也可以配對，且快樂隨之而來。雖異中求同，但也樂在異中。

可以被轉化為睽卦的數字卦，最早一例為「一一六一八一」，它與其他十個數字卦被刻在一件陶罐肩部的環狀帶間，也就是在上一節中討論過的那件西周早期陶罐（圖8）。[56]「睽」是西周（約公元前十世紀）時期的常見字，當然也可以用作卦的名稱。筆者不關注此卦最初的卦名是否為「睽」，只關注它怎樣得名，及其卦爻辭是在何種條件下產生的。給此卦命名、寫卦爻辭的人，一定意識到了目是離卦的意象。

56 姚生民：〈淳化縣發現西周易卦符號文字陶罐〉。

從戰國到秦漢，睽卦的卦名在《周易》、《歸藏》及相關文獻的抄本中各有不同：在上博簡本《周易》中為「楑」（圖 8），在清華簡本卦表《別卦》中為「傒」（圖 8），在秦簡《歸藏》中為「矔」，在輯佚本《歸藏》中為「瞿（懼）」（圖 8），在帛書本《周易》中為「乖」。

上博簡本的卦名為木字旁而非目字旁，《別卦》中為單人旁而非目字旁，且在底部增加了心字。《說文解字》將「楑」定義為一種樹，而「傒」可能是「悘」的初文。「楑」與「傒」古音相同，這使情況變得複雜起來，似乎宜把二字都看作今本「睽」的同音假借字。[57] 事實可能的確如此，但字形差異也不能忽視。[58]「楑」作假借字，應讀為「睽」，這沒甚麼問題，但對於《別卦》中的「傒」，筆者更傾向於把它看作本字，與「瞿（懼）」同義。比起不討論心字旁或認為它無實義，後一種解讀似乎更有說服力，尤其是考慮到，較《周易》而言，《別卦》中的許多卦名與《歸藏》卦名之間的對應關係更為密切。[59]

57 《清華大學藏戰國竹簡（肆）》，頁 134，編者把這兩個字看作「睽」的同音假借字。

58 Shaughnessy, *Unearthing the Changes,* 57–66.

59 李學勤：〈《歸藏》與清華簡《筮法》、《別卦》〉，《夏商周文明研究》（北京：商務印書館，2015 年），頁 270–273。

離卦之目	睽卦之斜目	「一一六一八一」（西周早期）	西周文字中的「睽」	戰國文字中的「睽／楑」	《別卦》中的「戣」	戰國文字中的「懼」
		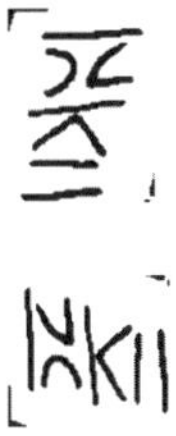		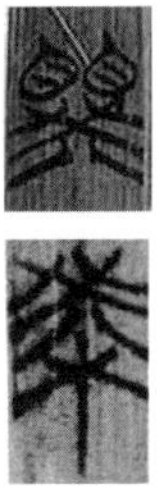		 戰國文字中的「瞿」 

圖 8 「睽」與「懼」

另外，雖然無法排除「瞿」是誤字而「乖」也是假借字的可能性，但我們認為二者應是睽卦的別稱。[60] 尤其是「乖」字此前未見，它在西漢帛書本《周易》中的出現似乎與易傳對它的解釋有關。「上火下水，反向而動」，即水向下流而火向上燒，此義與兩物相交不同。「瞿」字與「睽」字的基本構件都有「目」，鑒於《歸藏》與《周易》都屬於《易》類文獻傳統，且在古代會被共同使用，二者似乎是有意在對方名稱的基礎上營造差異，這大概是「睽」和「瞿」的情況。

60 于省吾：《雙劍誃易經新證》，第3卷，頁6。

除《易經》之外，最早以「睽」之名提到此卦的是《左傳．僖公十五年》和《左傳．僖公二十五年》，前者還包含睽卦上爻的部分爻辭「寇張之弧」。[61] 雖然這既不會影響相關出土文獻的可靠性，也不意味著今本《左傳》的內容與風格未經修訂，但確實為今本《周易》中的卦名確立了歷史優先地位。更重要的是，今本中的卦名完全符合本文的觀點，即卦名源於離卦之目的形象，其整體主題是從反常的角度看，事物相互交錯且無法度量。

由於上博簡本《周易》中的「楑」是「睽」的同音字，而《別卦》可能根本不屬於《周易》系統，我們沒有理由不認為「睽」是本字。[62] 帛書本卦名為「乖」，而〈序卦〉釋「睽」為「乖」，這可能與用單卦的自然要素系統解讀重卦及漢代的聲訓有關。另一方面，《歸藏》中的卦名「瞿」似乎在戰國到秦之間就已經在流傳了。《周易》與《歸藏》卦名之間的聯繫，說明二者在卦的命名、卦的借用、文字遊戲方面存在競爭與合作關係。

易傳通過單卦之間的聯繫來闡釋重卦，這打破了重卦畫、重卦名及意象之間關鍵的整體聯繫，除此之外爻辭中的其他意象相互關聯且表現一致。從占卜者（即讀者）的

61 睽卦上爻的爻辭為「先張之弧」而非「寇張之弧」，今本《周易》中「寇」在睽卦上爻爻辭的另一句「匪寇婚媾」中。這或許是因為在《左傳》的這一段落中說話人（卜史）把兩句話縮略雜糅，或許是因為「寇」是「先」的形誤字，二字結構相似。

62 廖名春：〈楚簡《周易》睽卦新釋〉，《周易研究》2006 年第 4 期，頁 32–38。

角度而言，意象並不是相背而行，而是相互交錯。[63]「見」在睽卦爻辭中反覆出現，強調了眼睛的意象；而從「睽」這個字中，我們明白了之所以可以看到如此不同尋常的意象，是因為眼睛的方向偏離。[64] 對睽卦的構成、文學層面及意象組的研究需另撰文分析，筆者此處只是想表達任何解讀卦爻辭的方法都應保持對基本意象眼睛的關注。在很久以前，某次占卜得出了後來被稱作睽卦的卦畫，它形似內斜視眼。這個形象一被識別，故事一樣的預言文本就產生了，異於上古漢語中任何其他文本。[65]

---

63 〈彖〉與〈象〉通過獨立的單卦之間的關係來解讀睽卦，既可以用火、澤等自然意象來解讀，也可以根據睽卦的女性性別解讀。如前所述，火上澤下描繪出相反的方向，即火向上燃燒而水向下流動。因此，睽卦的爻辭雖是有機的，但卻不協調——意象、結果的行動方向完全相反。同樣的道理，「二女」（離卦是中女，兑卦是少女）志向不同，彼此行動方向相反。

64 睽卦初爻的爻辭中暗含著關於「目」的雙關語。所有經學家都不知如何解釋「喪馬勿逐自復」，因為其中出現的馬是〈說卦〉中乾卦的意象，而睽卦中並不包含乾卦。那麼馬與失馬自復是如何成為睽卦爻辭的呢？首先，睽卦最重要的意象是眼睛，以及上卦中的好眼與下卦中不能正常工作的眼之間的關係。「喪馬」是「喪目」的同音表達，甲骨刻辭中有「疾目不喪明」（甲骨文合集 21037）及「目喪」（花園莊東地甲骨 59.2）。「目」在「馬」（見圖 7）字中是表音成分，二字同音。所以「喪馬」指的是眼睛斜視或失明，即下卦兑的假象。初爻占辭「勿逐自復」指的是上卦中對正的好眼。因為從四爻起將進入離卦，所以爻辭中的馬（即目）最終會回到正確位置。

65 李鏡池稱之為旅行日記，見李鏡池：《周易通義》（北京：中華書局，2015 年），頁 75–77。高亨認為睽卦記錄了古時幾個關於夏朝君主少康的故事，見高亨：《周易古經今注》（北京：中華書局，1987 年），頁 270–272。

六、結語

本文利用新的文獻材料，重新考察了〈說卦〉中離卦的意象基礎。〈說卦〉可能成書於戰國時期，是用於輔助閱讀《周易》的指南。該書列出的意象是從卦爻辭中收集而來的，其唯一目的是方便讀者查看哪些意象與哪些卦有關。〈說卦〉並不詳盡，且包含較為主觀的詮釋，其中仍有分類不當且解釋不充分的逸象。

清華簡本《筮法》的出現，證明了意象對解讀《易》類文獻的重要性，並將《易經》之傳置於一個更大更活躍的戰國解經傳統語境中。我們早已從《左傳》和《國語》的軼事記載中了解到占卜者如何讀卦與解卦，但《筮法》這樣真正的戰國時期占卜書確實改變了我們對這一問題的認識。《筮法》中包含大量的專門知識和技術詞彙，對於本文而言，它最重要的特色內容是一系列爻象、人身圖及與之相關的單卦。識別意象的基礎是數字的寫法和與之形似的實物之間的視覺關聯，或是數字和文字字形之間的關聯。回溯到二十世紀三十年代，偉大的古文字學家于省吾先生在《雙劍誃易經新證》的序言中說《周易》的意象源於在卦畫中觀察到的實物與文字。他宣稱《易》類文獻是對意象的研究。

〈繫辭〉闡明了羅與離卦卦畫的關係，筆者提出此意象源於像網形或是「網」字的數字組合，離卦意象組的其他意象也是這樣生發的。正如筆者開頭所言，假如占卜者能從單一的數字之形中看到如此多象形之象，我們有理由相信他們從多個數字組合（即單卦與重卦）中，觀察出更深層次的創新和主觀意象。在本文中，筆者提供了一些可能是西周時的數字卦例。我們還需要考慮許多其他的卦例，而且不僅是離卦，還有其他單卦與重卦。

鼎卦是六十四卦中最特別的，因為其卦畫各部分與實物鼎一一對應且形似。占卜者在卦畫與意象間建立聯繫，需要卦畫與物體或字形相似。人們可以從單爻、兩爻（稱之為半象）、單卦、放大的單卦、互卦、一體的重卦及它們之間所有的地方觀察出意象，再根據基本意象的功能和特徵衍生出子意象。《周易》之所以如此特別，並且始終無法被系統整理或精煉概括，正是因為重卦之爻中蘊藏了無數的意象。

《周易》中的意象及相關占卜書普遍被認為神秘非常，另一個原因在於它們本質上是主觀的，且這些意象最初是在特定的占卜語境被觀察到的。卦爻辭與意象的產生都沒有任何注解或規則，而這就是後世的易傳發揮作用之處。易傳嘗試用巧妙構建的解讀系統來理解它們，雖然其中一些系統可以解讀大部分卦爻辭，但包括「象形之象」在內，沒有一個系統能充分解釋全部內容。商周時期卜筮經常結合使用，並用來互證。根據我們對骨卜的了解，貞人會與刻手密切協作，在實際的筮占中應有類似的情況。與卜兆直接顯示在占卜媒介上不同，筮占的結果一定要記錄在某種材料上，以便占卜者為其服務對象作出解讀與判斷。對於有專業占卜知識的人來說，如果假設卦畫在圖像上毫無價值、且絕不會有視覺上的表現力，這就缺少了主位視角。《筮法》的發現證明單個數爻在圖像上並非毫無意義，由此我們明白了數字單卦與重卦中的數爻有許多圖形意義。貞人依據卜骨灼燒出現的卜兆之形作出判斷，而筮占者的依據是自己或合作書手記錄下的數字組合中所展現的意象。而本文所回顧的新發現，強調了在觀察類似《周易》中那樣的意象時，書寫文化與物質文化所發揮的基本作用。在占卜期間和占卜之後，這些數字結果的書寫方向、佈局和書寫風格都在意象識別中起了關鍵作用，又反過來作用於生成預言、戒辭、卦名及各種文辭。

參考書目

曹瑋：《周原甲骨文》。北京：世界圖書出版公司，2002年。

董珊：〈論新見鼎卦戈〉，《出土文獻與古文字研究（第四輯）》，頁 68–88。上海：上海古籍出版社，2011 年。

高亨：《周易古經今注》。北京：中華書局，1987 年。

黃濬：《鄴中片羽》。北平：尊古齋，1937 年。

黃宗羲：《易學象數論》。北京：九州出版社，2007 年。

饒宗頤：《饒宗頤二十世紀學術文集》。北京：中國人民大學出版社，2009 年。第 4 卷。

賈連翔：〈清華簡本《筮法》與楚地數字卦演算方法的推求〉。《深圳大學學報（人文社會科學版）》2014 年第 3 期，頁 57–60。

———：〈試論出土數字卦材料的用數體系〉。《周易研究》2014 年第 6 期，頁 29–32。

———：〈數字卦的名稱概念與數字卦中的易學思維〉。《管子學刊》2016 年第 1 期，頁 101–103。

金景芳：《〈周易 · 繫辭傳〉新編詳解》。瀋陽：遼海出版社，1998 年。

Keightley, David N. The diviners' notebooks: Shang oracle-bone inscritpions as secondary source, in *Actes du colloque international commémorant le centenaire de la découverte des inscriptions sur os et carapaces*, edited by Shun-chiu Yau 游順釗 and Chrystelle Marchal, 11–25. Paris: Éditions langages croisés, 2001.

來知德 :《周易集注》。北京：民主與建設出版社，2015 年。

李鼎祚著，王豐先校 :《周易集解》。北京：中華書局，2016 年。

李零 :《中國方術續考》。北京：東方出版社，2000 年。

——:《中國方術正考》。北京：中華書局，2006 年。

李學勤 :《周易溯源》。成都：巴蜀書社，2011 年。

———:〈清華簡《筮法》與數字卦問題〉，《夏商周文明研究》，頁 251–257。北京：商務印書館，2015 年。

———:〈《歸藏》與清華簡《筮法》、《別卦》〉，《夏商周文明研究》，頁 270–273。北京：商務印書館，2015 年。

廖名春 :〈楚簡《周易》睽卦新釋〉。《周易研究》2006 年第 4 期，頁 32–38。

———:〈清華簡《筮法》篇與《說卦傳》〉。《文物》2013 年第 8 期，頁 70–72。

劉大鈞 :《周易概論（修訂版）》。成都：巴蜀書社，2016 年。

劉雨，盧岩編 :《近出殷周金文集錄》。北京：中華書局，2002 年。

傅舉有、陳松長編 :《馬王堆漢墓文物（一）》。長沙：湖南出版社，1992 年。

濮茅左 :《楚竹書〈周易〉研究：兼述先秦兩漢出土與傳世易學文獻資料》。上海：上海古籍出版社，2006 年。

清華大學出土文獻研究與保護中心編，李學勤主編 :《清華大學藏戰國竹簡（肆）》。上海：中西書局，2013 年。

尚秉和：《周易尚氏學》。北京：中華書局，2016 年。

馬承源主編：《上海博物館藏戰國楚竹書（三）》。上海：上海古籍出版社，2003 年。

Shaughnessy, Edward. *I CHING: The Classic of Changes.* New York: Ballantine Books, 1996.

Shaughnessy, Edward. *Unearthing the Changes: Recently Discovered Manuscripts of the Yijing (I Ching) and Related Texts.* New York: Columbia University Press, 2014.

王明欽：〈王家台秦墓竹簡概述〉。收入艾蘭、邢文編：《新出簡帛研究》，頁 26–49。北京：文物出版社，2004 年。

徐良高：〈1997 年灃西發掘報告〉。《考古學報》2000 年第 2 期，頁 199–256、285–292。

段玉裁：《說文解字注》。上海：上海古籍出版社，1988 年。

姚生民：〈淳化縣發現西周易卦符號文字陶罐〉。《文博》1990 年第 3 期，頁 55–57。

于省吾：《雙劍誃易經新證》。北平：大業印刷局，1937 年。

曾憲通：〈《周易．離》卦卦辭及九四爻辭新詮〉。《古籍整理研究學刊》2004 年第 4 期，頁 45–48。

張金平：《考古發現與易學溯源研究》。北京：中國社會科學出版社，2015 年。

張政烺：〈試釋周初青銅器銘文中的易卦〉。《考古學報》1980 年第 4 期，頁 403–415。英譯本 "An Interpretation of the Divinatory Inscriptions on Early Zhou Bronzes." Translated by Horst W. Huber et al. *Early China* 6 (1981): 80–96.

朱熹著，蘇勇校注：《周易本義》。北京：北京大學出版社，1992 年。

朱震：《漢上易傳》。北京：九州出版社，2012 年。

饒宗頤國學院院刊　增刊
2023 年 6 月
頁 105–149

論西周編鐘銘文的文學性質

顧永光（Joern Peter GRUNDMANN）
國立中山大學中國文學系

段陶譯

本文旨在研究是否有可能從音韻相關的修辭手法角度，如押韻和格律，來討論中國早期青銅銘文中的對仗。這個問題的答案取決於這些音韻模式是否能被證明在塑造文本信息方面具有可識別的結構功能。解決這個問題之所以重要，是因為它提供了一些必要的線索，以說明銅器還在使用時，銘文是如何被誦讀和理解的。

* 本文最初的研究以及初稿的撰寫得到了中央研究院歷史語言研究所 2015/16 學年博士生獎學金的資助。在此，我對這一支持表示衷心的感謝。本文的早期版本已在 2016 年 8 月於聖彼德堡國立大學舉行的歐洲中國研究協會第 21 屆雙年會（the 21st Biennial Conference of the European Association for Chinese Studies held at the St. Petersburg State University）中發表。我想感謝小組成員和聽眾的有益評論和批評。我還要感謝《饒宗頤國學院院刊》的兩位匿名審稿人，他們對我的論證的各個方面提出了寶貴的建議，使我免於犯許多錯誤。簡而言之，餘下所有的瑕疵過失在我。

本研究首先在禮儀和物質語境下，討論了有關中國早期銅器銘文的文本性質和功能的一些爭議，隨後以西周晚期虢季編鐘銘的韻文作為分析樣本，進行了詳細的文學性探索。

關鍵詞： 銅器銘文　押韻　文學形式　文學性

一、緒論

2013年出版的《劍橋中國文學史》第一卷中，有這樣的描述：

> 西周青銅器銘文在多方面都堪稱中國文學之肇源。……刻在珍貴耐久的展品上的這些青銅器銘文，不僅僅是一種沉默的書寫：其逐漸形成的美學特徵，包括節奏、韻律、象聲詞及其他悅耳的聲音元素，表明它們是用於誦讀、聆聽的。[1]

儘管中國早期的青銅器銘文最終在中國文學史上找到了應有之地位，[2] 但正如上述段落所表明的，人們往往認為它們反映的東西比書面文學文本更多，或者說更少。這主要是由於一種並非完全沒有根據的信念，即在青銅禮器上鑄寫的信息可能與其他非語言的表達形式不可分割地交織在一起，共同構成了這些器物所參與的儀式表演。因此，在解釋青銅器銘文中詞彙的對仗現象時，許多學者傾向於將這

1 柯馬丁（Kern Martin）:〈早期中國文學：開端至西漢〉，收入孫康宜（Kang-i Sun Chang）、宇文所安（Stephen Owen）主編，劉倩等譯:《劍橋中國文學史（上卷・1375年之前）》（北京：三聯書店，2013年），頁39。

2 在早期中國文學領域，較早的開創性概論，如陸威儀（Mark Edward Lewis）的著作，只是順便提到了青銅器銘文的作用。參見 Mark Edward Lewis', *Writing and Authority in Early China* (Albany: State University of New York Press, 1999).

些特徵置於儀式和音樂的背景中。事實上，尤其是青銅鐘銘的押韻，常使人將文學領域和音樂表演的聽覺美學聯繫起來。例如陳致就觀察到了如下現象：

> 羽、宮、角、徵四聲構成了西周中期以後編鐘的基本旋律特點。與此相對應的是，西周青銅器銘文，有如下幾個特點：第一是西周中期以後四言套語的出現；第二是西周中期以後金文越來越普遍用韻的傾向。而在青銅器銘文尤以編鐘銘文，四言化與韻文化的發展脈絡更為明顯。[3]

儘管這一觀察很重要，但它並不一定意味著二者互為表裡，更不用說當涉及到西周青銅器銘文及其載體的相互關係時，對仗和音樂節奏保持一致。[4] 它也不表明青銅鐘的演奏與銘文的誦讀在時空上同時發生。[5] 恰恰相反，正如我們

3 陳致：〈從《周頌》與金文中成語的運用來看古歌詩之用韻及四言詩體的形成〉，收入氏著：《跨學科視野下的詩經研究》（上海：上海古籍出版社，2010 年），頁 17–59。又見陳致：《詩書禮樂中的傳統：陳致自選集》（上海：上海人民出版社，2012 年），頁 1–30。

4 這一點也體現在押韻和對四字短語的偏好，出現在鑄在作為飲食器的青銅容器上的銘文中。此外，畢鶚（Wolfgang Behr）提出的強有力的推斷是，最初的漢語韻律並不計算音節，而是計算重音和相對重音的音節。這進一步探討了陳致所發現的對青銅樂鐘的音樂特性和其銘文的文學形式之間可能存在的關聯。參見 Behr, *Reimende Bronzeinschriften und die Entstehung der chinesischen Endreimdichtung* (Bochum : Projekt Verlag, 2009), 382.

5 本文中使用的「誦讀」（retrieval）一詞，是為了統稱所有可能的誦

將在下面討論的，銘文的位置和大小，以及銘文對銅器傳承和用途的描述，包括對鐘聲的擬聲描述等，都表明銘文是為了耐久與超越那些使用銅鐘和銅容器的特殊事件。文本分析並非要顯示出文本與多媒體儀式表演的融合，而只是讓我們在一定程度上確定銅器的物質和聲音特徵轉移到了文本載體中。如果是這樣，那意味著我們實際上是在處理文學文本，文本中的對仗可望在詩歌意義上作為聲音相關的修辭來發揮作用。本文要探討的正是這種可能性。

在對西周晚期的虢季編鐘銘文進行全面的文學分析之前，我們先對有關西周青銅器銘文之文學性質的一些爭議進行一般性討論。最近的許多研究往往忽視甚至是忽略了這樣一個事實，即我們所處理的銘文，其創作環境、目的和誦讀語境都是不確定的。從文學分析的角度重新考慮其中一些問題，可能會加深我們對銘文文體的理解。

二、在儀式表演與文本創作之間

在西周中期至東周晚期（約公元前 950 年至前 221 年）貴族祖先祭祀的政治與宗教背景中，編甬鐘發揮了重要作用。[6] 這些權力和威望的象徵物，主要出土於華北平原青銅時代

讀形式或文獻中所運用的語言信息的實現，如默讀、大聲朗讀、在聽眾面前的朗誦等等。

6 Lothar von Falkenhausen, *Suspended Music: Chime–Bells in the Culture of Bronze Age China* (Berkeley and Los Angeles: University of California Press, 1993), 1–66.

權力中心附近的貴族墓中，在祭祀和宴席上用於伴奏。[7] 除了物質層面上的華貴，一些出土甬鐘的銘文也讓人著迷，它們傾向於四言，並顯示出了押韻模式，這兩者都讓人想起與傳世本《詩經》中用韻相關的文學形式，包括《周頌》以及一部分《大雅》。[8] 如上所述，這些語言特徵又常常被認為反映了西周貴族制度中祭祖儀式表演的音樂美學。[9] 例如，柯馬丁（Kern Martin）這樣認為：

7 同上注，頁 25。同時，也有大量西周銅鐘出土於窖藏。感謝一位匿名評審讓我意識到這一點。

8 清末語言學家王國維（1877–1927）在 1917 年的《兩周金文韻讀》中首次系統地描述了青銅器銘文中的韻文。關於二十世紀學術界對這一主題的研究綜述，以及迄今為止對這一問題最全面的梳理，見 Behr, *Reimende Bronzeinschriften und die Entstehung der chinesischen Endreimdichtung*, 65–96。在最近關於西周和東周銅器銘文用韻的研究中，還應該注意到楊懷源、孫銀瓊：《兩周金文用韻考》（北京：人民出版社，2014）。關於西周青銅銘文與《詩經》，特別是《周頌》中用韻和格律的相似性，見陳致：〈從《周頌》與金文中成語的運用來看古歌詩之用韻及四言詩體的形成〉。

9 這首先由馬伯樂（Henri Maspero）提出。參見 Henri Maspero, *La Chine Antique* (Paris: Presses Universitaires de France, 1927), 353–66. 最近的觀點參見 Martin Kern, "The Performance of Writing in Western Zhou China," in *The Poetics of Grammar and the Metaphysics of Sound and Sign,* eds. Sergio La Porta and David Shulman, (Leiden: Brill, 2007), 159–71; ibid, "Bronze Inscriptions, the *Shijing* and the *Shangshu*: The Evolution of the Ancestral Sacrifice during the Western Zhou," in John Lagerwey / Marc Kalinowski, eds., *Early Chinese Religion, Part One: Shang through Han (1250 BC to 220 AD)* (Leiden: Brill, 2009), 143–200; Constance A. Cook, *Ancestors, Kings and the Dao* (Cambridge, Mass.: Harvard University Asia Center, 2017), passim.

> 總的來說，在最早的《大雅》和銘文中，隨著時間推移發展出韻律和格律。這種規律性的發展是隨著西周中後期王室祭祀制度的鞏固而出現的。早期不太受約束的美學形式被更加公式化的表達方式所取代，這反映了皇家和貴族表演美學的逐漸固化。[10]

柯鶴立（Constance A. Cook）和孫岩（Yan Sun）在 *A Source Book of Ancient Chinese Bronze Inscriptions* 的導言中也提出了同樣的看法，該書是此門類的第一本英文參考書。

> 我們看到，在青銅樂器興起的同時，文本中的擬聲詞和押韻部分也在增加，這表明了音樂對於那些塑造了銘文以及最終使用銅器的儀式的重要性。[11]

10 原文：[o]n the whole, rhyme and meter developed over time in the earliest poetry of hymns and inscriptions. This development toward increased regularity appeared along with the consolidation of the royal institution of the ancestral sacrifice during the mid- and late Western Zhou. Earlier, less constrained aesthetic forms were replaced by a more formulaic mode of expression that reflected the gradually solidifying aesthetics of royal and aristocratic performances. Kern, "Bronze Inscriptions, the *Shijing* and the *Shangshu*: The Evolution of the Ancestral Sacrifice during the Western Zhou," 195.

11 原文：We see the rise of musical instruments cast in bronze at the same time that onomatopoeia and rhymed sections of text also increase, suggesting the importance of music to the ceremonies in which

在她最近的專著 *Ancestors, Kings and the Dao* 中，柯鶴立甚至進一步表明：

> 從〔西周青銅器銘文〕最早的例子中的用韻變化來看，鐘磬之聲和鼓聲引導著誦讀的停頓。……如果這些西周早期銘文中明顯的押韻和諧音指示出了這些表演中的音樂，我們可以推測，樂器實際上是伴隨（或故意反襯）銘文中保存的祭祀文本的咒語的。[12]

在這個概念中，儀式表演是在時間和空間中展開的真實過程，押韻和格律與其說是詩歌意義上的文本組織方式，不如說是構成複合媒介表演其中一部分的悅耳模塊。

---

the inscribed text was formed and the vessel eventually used. 參見 Constance A Cook and Paul R. Goldin, eds., *A Source Book of Ancient Chinese Bronze Inscriptions* (Berkeley: The Society for the Study of Early China, 2016), xix.

12 原文：From the shift in rhymes in even the earliest examples [of Western Zhou Bronze inscriptions], it appears that the recitation may have been punctuated with the striking of metal and stone chimes along with drums. [⋯] If the rhyme and assonance evident in even these Early Western Zhou inscriptions is an indicator of the musicality of these performances, we may speculate that instrumentation actually accompanied (or purposely contrasted) the incantation of ritual texts preserved in the inscriptions. 參見 Cook, *Ancestors, Kings and the Dao*, 10, 18. 柯鶴立早先在解釋豳公盨的用韻時就應用了這一假設。參見 Cook, "Sage King Yu and the Bin Gong Xu," *Early China* 35 (2013): 69–103, esp. 87–93.

畢鶚（Wolfgang Behr）從詩歌語言學的角度思考青銅器銘文中的用韻和格律發展。在其關於有韻青銅銘文的開創性研究中，他比較了早期中國詩歌的系統生成與兒童押韻的本體生成。[13] 在這個分析框架內，他將早期不規則的押韻銘文與嬰兒自發產生的押韻模式聯繫起來，後者往往也缺乏任何可辨識的格律。畢鶚指出，正如兒童一旦有了韻律意識，就一定會放棄他們歌唱式的吟誦那樣（這也是他們在 10 歲以前的「詩意」生發的特點），從押韻到有韻銘文的過渡，是以押韻與格律的規則結合為標誌的，押韻由此從一種裝飾方式變成一種明確的詩意修辭。[14] 他很快又補充道：

> 表現出這種結構特性的銘文並沒有突變成詩歌，因為它們仍然實際參與在宗教儀式的環境中，並在這些場合採用表演性的語言模式。[15]

相反，畢鶚認為詩歌文學性的出現與重複出現的語言修辭和橋段的美學應用相吻合，這些表現手法與發生情節有意識地超越了表演的時間界限。[16]

雖然這個定義完全令人信服，但似乎值得重新檢視這些文本，或者更具體地說，文本的選取是否確實在時空上與使用這些鑄銘銅器所呈現的儀式背景有關。儘管這個

---

13 Behr, *Reimende Bronzeinschriften und die Entstehung der chinesischen Endreimdichtung*, 9–15.

14 同上注，頁 384。

15 同上注。

16 同上注，頁 384–385。

觀點如今幾乎已成為早期中國研究的某種共識，但它仍然只是一個合理猜測。一方面，上古韻部以及聲部的相近可通標誌示著公式化的儀式講話的主題序列，四言句也與四聲樂調同步發展，這些都不可否認。[17] 這確實表明，在早期中國，文學形式、儀式性講話和音樂表演之間存在多層次的聯繫。但另一方面，在現存的西周或東周青銅器銘文中，沒有任何文本可以被合理地理解為禮儀的規範或「腳本」。因為很明顯，大部分的銘文都僅為「XX 作寶尊彝」這樣的簡單鑄造說明。然而，如果在任何特定的儀式中完整地背誦大部分（如果不是全部）較長的銘文，也是沒有意義的，因為它們結合了不同的情景和事件，在時空上都是相互分離的。即使是那些只描繪了一個或多或少連貫的儀式場景的罕見例子，在將其當作禮儀規範來解釋時也證明是有問題的。以西周晚期的𤼈鐘（《集成》246）銘文中的韻文為例來說明：[18]

17 姜昆武：《詩書成詞考釋》（濟南：齊魯書社，1989 年），頁 5–10; David Schaberg, "Command and the Content of Tradition," in *The Magnitude of Ming: Command, Allotment and Fate in Chinese Culture*, ed. Christopher Lupke (Honolulu: University of Hawai'i Press, 2005), 34–41; 見陳致：〈從《周頌》與金文中成語的運用來看古歌詩之用韻及四言詩體的形成〉，頁 17–59；陳致：〈「日居月諸」與「日就月將」：早期四言詩與祭祀禮辭釋例 ——《詩經》與金文中成語〉，收入於氏著：《詩書禮樂中的傳統：陳致自選集》，頁 42–64。

18 西周青銅器銘文的編號遵循《殷周金文集成》中的器號。參見中國社會科學院考古研究所編：《殷周金文集成（修訂增補本）》（北京：中華書局，2007 年），本文將省作「《集成》」。在《集成》出版後公布的銅器，器號索引自 2012 年中央研究院歷史語言研究

瘨趄趄（桓桓），夙（夙）夕聖趪（爽）*[s]ˁaŋ	【陽】a[19]
追孝于高且（祖）辛公 *C.qˁoŋ	【東】A
文且（祖）乙公 *C.qˁoŋ	【東】A
皇考丁公 *C.qˁoŋ	【東】A
龢鐈（林）鐘 [20]*toŋ	【東】A
用卲（昭）各（格）喜侃樂歬（前）文人 *ni[ŋ]	【真】B
用瘅（祓）耇（壽）*[N-t]uʔ	【幽】C

所「殷周金文暨青銅器資料庫」中編訂的 NA 與 NB 字母開頭的編號。網址見：http://www.ihp.sinica.edu.tw/~bronze/，本文將省作「青銅器資料庫」。《集成》中提供的隸定和釋文，偶爾也會通過採用吳鎮烽更謹慎的編纂而進行調整，參見吳鎮烽編：《商周青銅器銘文暨圖像集成》（上海：上海古籍出版社，2012 年）。

19 在此及之後青銅器銘文的例子中，我根據「白一平—沙加爾上古漢語構擬 ver. 1.1」轉錄了韻腳的大致音值。(20 September 2014, http://ocbaxtersagart.lsait.lsa.umich.edu/BaxterSagartOCbyMandarinMC2014-09-20.pdf). 我進一步根據白一平（William H. Baxter）的研究，為每個字標注了上古漢語韻部，並為文本劃分格律。參見 William H. Baxter, *A Handbook of Old Chinese Phonology* (Berlin: Mouton de Gruyter, 1992), 367–564. 格律參考了通韻與合韻的情況。參見 Behr, *Reimende Bronzeinschriften und die Entstehung der chinesischen Endreimdichtung*, 433, 470; 楊懷源、孫銀瓊：《兩周金文用韻考》，頁 92–144。通韻與合韻在格律一欄中以小寫字母標注。

20 我採納羅泰對這段話的理解，他指出：「『作』似為脫文，應補於 21、22 之中，此字也可能屬於同一套編鐘之中的其他鐘銘。……如是，則『龢鐈鐘』之前的文句，都是形容『龢鐈鐘』的。」參 Lothar von Falkenhausen, "Ritual music in Bronze Age China: An archaeological perspective," (Ph.D. diss., Harvard University, 1988), 968, n. 10.

（續上表）

匄永令（命）[21] *riŋ-s	【真】B
龏（綧）綰旞（髮）彔（祿）屯（純）魯 *[r]ˤaʔ	【魚】a
弋皇且（祖）考[22] *k-r̥ˤuʔ	【幽】C
高對爾剌（烈）嚴才（在）上 *daŋʔ-s	【陽】a
豐豐彙彙，𩰫（融）妥（綏）厚多福 *pək	【職】c
廣啟瘨身[23] *ni[ŋ]	【真】B
勵（擢）于永令（命）*riŋ-s	【真】B
褱受余爾䵼（𪏭）福 *pək	【職】c
瘨其萬年 *C.nˤoŋ	【真】B
櫅（齊）角戠（熾）光[24] *kʷˤaŋ	【陽】a
義（宜）文神無彊（疆）覭（顯）福 *pək	【職】c
用璃（寓）光瘨身 *ni[ŋ]	【真】B
永余寶 *pˤuʔ	【幽】C

21　此句採用馬承源的釋讀。參馬承源等：《商周青銅器銘文選》（北京：文物出版社，1988 年），第 3 冊，第 193 頁注 3。

22　把「弋」讀作「式」是遵照了裘錫圭的看法。裘錫圭是在丁聲樹認為「式」有勸令之語氣的觀點上進一步發展。參見丁聲樹，〈詩經「式」字說〉，《中央研究院歷史語言研究所集刊》第六本第四分（臺北：中央研究院歷史語言研究所，1936 年），頁 487–495；裘錫圭：〈卜辭「異」字和詩、書裡的「式」字〉，《中國語言學報》1983 年第 1 期，頁 178–179；陳英傑也有類似結論。見陳英傑：《西周金文作器用途銘辭研究》（北京：綫裝書局，2008 年），頁 371。

23　von Falkenhausen, "Ritual music in Bronze Age China," 969.

24　釋文參考連劭名：〈史墻盤銘文研究〉，收入陝西周原考古隊、尹盛平編：《西周微氏家族青銅器群研究》（北京：文物出版社，1992 年），頁 366。

如果這些句子不是最終嵌入到與銅器追述先祖、作器用途以及作器者的記憶相關的聲明中，那麼它們確實可以被視為一般的儀式性話語。[25] 由於西周的銘文是與銅器一起鑄造的，我認為將這些句子解讀為「說明書」或承諾更有意義，而非將其理解為使用樂鐘時的儀式性講話，或是對它們確實已按預期方式使用的確認，儘管這兩種理解在語法上都是可能的。

總而言之，我認為這些段落（銘文）的參考引用，不是體現在實際禮儀中使用的片段，相反，重點是他們的載體（如銅器），及其載體的歷史和象徵意義，包括其在祭禮中的作用。類似的看法也解釋了關於作器者接受王室冊命以及感謝王恩所採用的公式化表達，如「拜韻首」和「對揚天子丕顯休」。西周中期的盠駒尊（《集成》6011）是一件鑄成馬形的尊，正面鑄有文字，以其銘文為例：

> 隹（唯）王十又二月，辰才（在）甲申，王初執駒于㡯，王乎（呼）師豦召（詔）盠，王親旨（詣）盠駒易（賜）兩。
>
> 拜韻（稽）首曰：王弗望（忘）氒（厥）舊宗小子，𦿗皇盠身。[26] 盠曰：王倗下不其（期），則邁（萬）年保我邁（萬）宗。[27]

25 類似的西周晚期樂鐘押韻銘文文例，見井人妄鐘（《集成》109–112）與梁其鐘（《集成》187）銘文。

26 到目前為止還沒有對「𦿗」字比較好的釋讀。

27 陳英傑：《西周金文作器用途銘辭研究》，頁 452。

> 盠曰：余其敢對揚天子之休，余用乍（作）朕文考大中（仲）寶障（尊）彝。盠曰：其邁（萬）年世子孫孫永寶之。

雖然大多數學者會將這些敘述理解為儀式聲明，記錄了覲見周王時實際的行動順序，但朱其智在此提出了不同的解釋。他說：

> 「拜（手）䭬首」和「對揚」文句，在篇章中呈過渡性質，起著承上啟下的作用。從內容上看，它們是冊命儀禮的一部分，但從篇章結構上來看，當將它們歸入「作器之用」段落為妥。[28]

石安瑞（Ondřej Škrabal）甚至更進一步。他指出，在西周青銅器銘文和早期傳世文獻中，這兩個套語都已經發展成了表達領受王命和感謝周王的言辭，而不一定是字面意思所指的儀式行為。[29] 雖然我們在瘋鐘銘文中看到的

28 朱其智：《西周銘文篇章指同及其相關語法研究》（保定：河北大學出版社，2007 年），頁 85。

29 石安瑞（Ondřej Škrabal）：〈由銅器銘文的編纂角度看西周金文中「拜手稽首」的性質〉，收入北京大學出土文獻研究所編：《青銅器與金文（第一輯）》（上海：上海古籍出版社，2017 年），頁 541–559。石安瑞還認為，西周青銅器銘文中假意記錄作器者與周王之間應答的段落，以及提到作器者受賜與致謝的「拜手稽首」的姿態，都不能誤認為是對實際行動的描述，而必須從作器者在鑄造聲明中使用的修辭手法的角度來理解。在這個問題上，我非常同意他的觀點。

語句可能不是這種情況，但它們也需要首先被理解為構成銘文的結構元素。羅泰（Lothar von Falkenhausen）在其 1993 年的重要書評〈Issues in Western Zhou Studies〉中提出，所有已知的青銅器銘文都遵循一個標準化的三段結構，包括「申述功績」、「敬獻聲明」和「作器目的」。[30] 雖然不是每篇銘文都完整含有各部分，但這個模式還是為所有西周冊命金文提供了文本的「深層結構」。根據這個深層結構，瘋鐘銘文可以分為表達「敬獻聲明」的「瘋趄趄（桓桓），娥（夙）夕聖趚（爽），追孝于高且（祖）辛公、皇考丁公，龢鑙（林）鐘」部分，以及其後的「作器目的」這兩個部分。[31]

徐中舒（1898–1991）將典型的作器目的中的最後一部分進一步定義為嘏辭，這是《禮記》對周代祭祀的理想化表述中使用的一個術語。[32] 根據鄭玄（127–200）和孫希旦（1736–1784）的解釋，嘏辭是神祇借尸祝之口向祭祀者傳達的祝福之詞。[33] 因此，羅泰猜測：

30 原文作「announcement of merit」、「statement of dedication」以及「statement of purpose」。參見 Lothar von Falkenhausen, “Issues in Western Zhou Studies: A Review Article,” *Early China* 18 (1993): 152–6.

31 一些學者指出瘋鐘可能有一段記錄冊命的文字，鑄在第二個現在已經失傳的鐘上。因此，瘋鐘銘文中可能也有「申述功績」的內容。參見 von Falkenhausen, “Ritual music in Bronze Age China,” 967, n. 8.

32 徐中舒：〈金文嘏辭釋例〉，《中央研究院歷史語言研究所集刊》第六本第一分（臺北：中央研究院歷史語言研究所，1936 年），頁 1–44。

33 孫希旦：《禮記集解》（臺北：文史哲出版社，1990 年），頁 594–597。

> 青銅器銘文中的嘏辭顯然表明，這些銘文包含了「子子孫孫」在祭禮上向祖先之靈傳達的信息。[34]

然而，這些較長的銘文，除了其受眾包括祖先、當代的族人、同輩和後世子孫，這些嘏辭還是銘文文學結構的重要組成部分。[35] 同時，以上述引用的瘐鐘銘文為例，嘏辭緊接著作器者的承諾：「瘐其萬年櫅角䵼光」。這顯然是一個未來的承諾，沒有任何跡象表明此後的語句可視為是出自作器者祖先之口。相反，它們讀起來像是在預測祖先收到應許的犧牲後會有甚麼反應：「義文神無彊覭福，用瑀光瘐身，永余寶」。而且，正如瘐鐘文本中的情況一樣，大多數銘文的嘏辭最後都希望銅器可以被「子子孫孫永保用」，從而將整個文段變成與青銅器的使用有關的聲明。在某種程度上，這最後幾行是對「作父／祖 X 寶尊彝」這一敬獻聲明的補充，常以「子子孫孫永保用」作結。總之，我認為羅泰的三段結構最終使我們能夠將現存最長的銘文解釋為擴展的、多層次的鑄造聲明，其中對儀式行為

34 原文：The presence of *guci* in the bronze inscriptions strongly suggests that these inscriptions constitute the very messages that were presented to the spirits during a ceremony by their "pious descendants." 參見 Von Falkenhausen, "Issues in Western Zhou Studies," 24.

35 徐中舒在其研究開篇即言：「金文嘏辭雖非祭祀時所用，但此類器物，大半均為祭器。故銘文多述為父祖做器，而繼以祈匃之辭；或述其父祖功德，而申以錫降之文。」。見徐中舒：〈金文嘏辭釋例〉，頁 2。

的描述同時也是確認、指示和承諾。[36] 再加上對鑄器緣起事件的銘記，例如在大多數情況下是王室冊命，這些主張和承諾賦予了鐘和器皿超越祭祖禮儀實用器的意義。

還有其他幾點支持本文的立場。我們今天能夠通過語言學手段從青銅器銘文中取得的信息，本就在作器者與其同儕的生活記憶中存在。換句話說，他們根本沒有必要在祖先的祭祀活動中依靠銘文。這也許可以解釋為甚麼迄今為止發現的許多西周和東周青銅器根本沒有銘文。這也符合所有現存的銘文只有在近距離觀察時才能辨識的情況，而在祭祀中，幾乎沒有人會從這個角度去觀看。[37] 此外，就

36 本文的這段表述中參照了伊藤道治的觀點，即銘文是以作器者的身分敘述的。見伊藤道治：《中国古代国家の支配構造》（東京：中央公論社，1987 年），頁 13–30。關於對視角和語境主題的不同立場的討論，參見 Li Feng, *Bureaucracy and the State in early China: Governing the Western Zhou* (New York: Cambridge University Press, 2008), 11–20; Christian Schwermann, "Composite Authorship in Western Zhou Bronze Inscriptions: The Case of the 'Tianwang gui' 天亡簋 Inscription," in *That Wonderful Composite Called Author: Authorship in East Asian Literatures from the Beginnings to the Seventeenth Century*, eds. Christian Schwermann and Raji C Steineck (Leiden: Brill, 2014), 30–57.

37 羅泰和羅森（Jessica Rawson）都強調，基於其相對粗糙的裝飾，尤其是西周晚期青銅器的組合是要從一定距離觀賞的。因此，人們在閱讀銘文時的視角與器物裝飾所體現的視角明顯不同。參見 Jessica Rawson, "Statesmen or Barbarians? The Western Zhou as seen through their Bronzes." *Proceedings of the British Academy* 75 (1989): 91; Kern, "The Performance of Writing in Western Zhou China," 190; Lothar von Falkenhausen, "Late Western Zhou Taste," *Études chinoises* 18.1–2 (1999): 143–77.

食器和酒器而言，銘文通常鑄在容器的內側，在祭祀儀式和宴會上被完全遮蓋。[38] 所有這些都表明，鑄在禮器上的文字也許從不是用來在儀式中誦讀，而是要在銅器不使用時誦讀，大概是為了讓後來的讀者能夠通過閱讀銘文重新構建青銅器的使用儀式和社會政治背景。而我們可能永遠不會知道，一些青銅器被鑄上銘文是為了防止儀式的連續性被破壞，還是因為某些作器者覺得有必要把他們的政治譜系和社會地位的聲明寫下來，以期為子嗣塑造他們的形象。

無論如何，與其簡單地假設我們處理的是作器者及其後裔在儀式上實際誦讀的話語，不如將這些銘文理解為專門為了誦讀效果而設計的信息，這種方式可能更合理。在一些銘文中，這種方式由於「曰」的出現而變得明確，「曰」用於直接引語之前，多見於周王的命令。[39] 最重要的

38 一些學者認為，銘文信息可被感知，與食物的氣味混合在一起，在儀式中上達祖先之靈。參見 von Falkenhausen, *Suspended Music*, 147; Kern, "The Performance of Writing in Western Zhou China;" Cook, *Ancestors, Kings and the Dao*. 然而這種說法至多是一種可能的猜測，沒有任何證據可以證實這種假設。

39 王若曰常常標誌著周王之命（例如同意對作器者的任命）。「若」，上古音 *nak，亦即「諾」，上古音 *nˤak，表同意。參見羅振玉：《增訂殷虛書契考釋》（臺北：藝文印書館，1969 年），第 2 卷，頁 56。至於將西周銘文中的「若曰」理解為一種同意的聲明，參見 von Falkenhausen, "The Royal Audience and its Reflections in Western Zhou Bronze Inscriptions," in *Writing and Literacy in Early China: Studies from the Columbia Early China Seminar*, ed. Li Feng and David Prager Branner (Seattle and London: University of Washington Press, 2011), 264–7.

是，通過將這些在空間和時間上獨立的事件相互關聯地呈現出來，銅器銘文從而設法適應在不同時間點的不同背景下講話者和聽眾之間的轉換。這種手法只有在文學領域才能實現。它的有效還取決於在連貫情景中閱讀銘文的過程。假設銘文的不同部分是在不同的環境中被誦讀的或者一部分是在不同儀式上重演，其餘則否，這就相當於剝奪了銘文文本的性質。

這並不是說，一些儀式套語不能仿照王室冊命或祖先祭祀時的實際用語，如上述瘋鐘與盠駒尊銘文中的部分。然而，一旦它們進入銘文的文本，就變成了文學文本及其整體信息的組成部分，被後者的語言結構緊緊鉗制。一些學者可能會提出反對意見，指出至少在眾多的冊命銘文中發現的王室冊命，展示的是在授予儀式上交給受賜者的實際書面命令的節本。[40] 假設這基本上是正確的，我們就又必須說明實際命令和銘文中的命令之間的系統性差異。石安瑞指出了這一點，他說：

> 冊命銘文不是逐字抄存冊命文書內容的青銅版文書，而是利用文書中信息新創作的文章……形成針對許多不同的目標群——從過去的祖先，當時的家族成員，同僚、友人、婚姻聯

40 陳漢平：《西周冊命制度研究》（上海；學林出版社，1986 年）；von Falkenhausen, *Suspended Music*, 156–8.

> 盟成員等，至於後世的子孫 —— 的儀式信息。[41]

如果是這樣的話，我們確實可以有意識地超越表演的時間界限，合理地從文學文本的角度來談論西周的青銅銘文。

這就回到了最初的問題：銘文中的對仗，如押韻和格律，是否一定與表演性的儀式環境有關，還是說這些特徵也可以從文學的角度來理解？為了回答這個問題，我們首先需要準確定義「文學性」。文學性（literariness），正如本文使用的術語，指的是文本的內部組織方式，它突出了其語言方式。[42] 而且，後者應該在傳遞信息的形成和交流中發揮重要作用。那麼，我們如何判斷一篇特定銘文的語言特性是否屬於這個類別呢？如果押韻和其他類型的對仗可以被證明是一種擴展符語境（extended sign context），有助於加強對銘文信息的理解，那麼就可以確定了。[43] 例如，

---

41 石安瑞：〈由銅器銘文的編纂角度看西周金文中「拜手稽首」的性質〉，頁 547。

42 定義參見 Jan Assmann, "Kulturelle Texte im Spannungsfeld von Mündlichkeit und Schriftlichkeit," in Andreas Poltermann, ed., *Literaturkanon – Medienereignis – Kultureller Text: Formen interkultureller Kommunikation und Übersetzung* (Berlin: Erich Schmidt Verlag, 1995), 270–92. 英譯參見：Jan Assmann, *Religion and Cultural Memory: Ten Studies*, trans. Rodney Livingstone (Stanford Ca.: Stanford University Press, 2006), 101–21.

43 術語及其定義，參見 Wolfgang Behr and Joachim Gentz, "Einleitung zum Themenschwerpunkt, Komposition und Konnotation – Figuren der Kunstprosa im Alten China," *Bochumer Jahrbuch zur Ostasienforschung* 29 (2005): 5.

如果某些用韻序列與某些意義的主題或組合一致，就屬於這種情況。

接下來，本文將對一篇有韻的編鐘銘文文本進行全面的文學分析，以探討這種可能性。在現有的材料中，我選擇了西周晚期虢季編鐘（NA 1–8）銘文進行詳盡的文本分析，因為這是現存的西周和東周鐘銘材料中用韻最整齊的文本之一，展示了幾乎完美的押韻模式。[44] 此外，正如陳致之前所指出的，虢季鐘銘的文本在內容和文學形式上最接近於傳世的《毛詩》中的《周頌》韻文。[45] 因此，這項研究的結果可能對《毛詩》及其與西周銘文材料的關係研究也有一定意義。

三、虢季編鐘及其銘文

在 1990 年 3 月至 1991 年 5 月期間，對河南省三門峽市上村嶺遺址 M2001 墓進行考古發掘時，發現了虢季編鐘和大量的陪葬品，其中包括 58 件禮器。[46] 這座發現時尚

44 對於虢季編鐘及其出土情況更詳細的描述，可參考河南省文物考古研究所、三門峽市文物工作隊：《三門峽虢國墓》（北京：文物出版社，1999 年），頁 71–79。銘文輯錄於劉雨、盧巖編：《近出殷周金文集錄》（北京：中華書局，2002 年），頁 210–226；吳鎮烽編：《商周青銅器銘文暨圖像集成》（上海：上海古籍出版社，2012 年），第 27 卷，頁 500–514。

45 陳致：〈從《周頌》與金文中成語的運用來看古歌詩之用韻及四言詩體的形成〉，頁 25–26。

46《三門峽虢國墓》，頁 71–79。

未被破壞的墓葬，年代推定在西周末年至春秋早期，[47] 墓主虢季可能是虢氏小宗的宗子。[48] 除編鐘之外，該墓還出土了 31 件由墓主委託製作的青銅器，其中有 7 件列鼎，表明虢季一定是虢國之君。

在總共 39 件有銘文的虢季銅器中，大多數都僅對標準鑄造銘文範本有少許調整，例如七件虢季列鼎的每一件都鑄有以下銘文：

> 虢季乍（作）寶鼎，季氏其萬年子子孫孫永保用亯（享）。[49]

只有虢季編鐘前四個樂鐘（M2001:45；M2001:49；M2001:48；M2001:44）上相同的銘文為我們提供了較

47 虢國據稱是在西周早期由文王之母弟建立。在兩周時期，虢氏的幾個支脈統治家族並存，直到公元前 655 年滅於晉。對幾個虢氏家族的歷史，詳見陳夢家：《西周銅器斷代》（北京：中華書局，2004 年），頁 384–398；Lothar von Falkenhausen, *Chinese Society in the Age of Confucius (1000–250 BC): The Archaeological Evidence* (Los Angeles: Cotsen Institute of Archaeology, University of California, 2006), 91–111; and especially Li Feng, *Landscape and Power in Early China: The Crisis and Fall of the Western Zhou 1045–771 BC* (Cambridge: Cambridge University Press, 2006), 251–61. 對於上村嶺墓地斷代的爭議，可參考羅泰書中所列材料。Falkenhausen, *Chinese Society in the Age of Confucius (1000–250 BC)*, 92n35, n36.

48 李峰推測虢季的後綴季並不表示兄弟排行，而是屬於氏名的一部分，表示虢季是季氏小宗的宗子。參見 Li Feng, *Landscape and Power in Early China*, 252, 256.

49 《三門峽虢國墓》，頁 33–38.

長的文本，共包括 51 個字。其中，只有 M2001:49 和 M2001:48 上的銘文是全部可辨識的。

如果我們根據其押韻模式來排列文本，把每個韻腳位置都作為斷句的標誌，那麼銘文的內容如下：

隹（唯）十月初吉丁亥	
虢季乍（作）為𩎟鐘 *toŋ	【東】A
其音鴋雝 *loŋ	【東】A
用義（宜）其□（家）*kˤra ／□（穸＝賓）*pi[n]	【魚】c/【真】X
用與其邦 *pˤroŋ	【東】A
虢季乍（作）寶 *pˤruʔ	【幽】B
用亯（享）追孝 *qʰˤ<r>uʔ-s	【幽】B
于其皇考[50] *k-r̥ˤuʔ	【幽】B
用旛（祈）萬壽 *[N-t]uʔ	【幽】B
用樂用亯（享）*[qʰ]aŋʔ	【陽】C
季氏受福無彊 *kaŋ	【陽】C

除了第四句，文本的隸定與釋讀相對沒有太大的問題，這裡把第四句隸定為「用義（宜）其□（家）／□（賓）」。「義」，讀作「宜」，這在西周的青銅銘文中很

50 「用享追孝于」是一個以「享」和「孝」兩個詞為中心的祭祀用語的變體，這兩個詞在這裡用作動詞，意思是供奉或宴請。陳英傑：《西周金文作器用途銘辭研究》，頁 239–244、709–714；陳致：〈原孝〉，《人文中國》2002 年第 9 期，頁 229–252。修改稿刊於陳致：《詩書禮樂中的傳統：陳致自選集》，頁 159–176、164–167。

普遍，[51] 最後一個字形可以讀作「家」或者「賓」。[52] 在虢季編鐘 M2001:49 中，字形確實類似於西周晚期的頌壺蓋銘文（《集成》9732）中的「家」字。[53] 然而，編鐘 M2001:48 中的字形卻很像西周中期虘鐘銘文（《集成》88）中的，隸定為「㝉」，釋作「賓」。[54] 從文本的普遍討論而言，這兩種解釋都完全合理。雖然「賓」字常見於西周晚期和春秋時期鐘銘「用樂好賓」這句套語中，[55] 但這種句式，在同樣材料中卻沒有「家」字。然而，如果看一下我們的銘文中「家」和「邦」的毗連關係，就會發現這兩個概念在其他的西周銅器銘文中也是對應出現的。[56] 例如，在西周晚期毛公鼎銘文（《集成》2841）中，我們發現以下兩段王室冊命：[57]

> 王口：「父厝，今余唯肈（肇）巠（經）王命，命女（汝）辥（乂）我邦、我家內外……。
>
> 王曰：「父厝，今余唯𤔲（申）先王命，命女（汝）亟一方，圅我邦、我家……。

51 田煒：《西周金文字詞關係研究》（上海：上海古籍出版社，2016年），頁 61–63、228–229。

52 除了劉雨與盧巖《近出殷周金文集錄》中的釋文，其他都隸定作「家」而非「賓」。

53 容庚編：《金文編》（北京：中華書局，1985 年），頁 510。

54 同上注，頁 433。

55 陳英傑：《西周金文作器用途銘辭研究》，頁 323–325、338–340。

56 感謝夏玉婷（Maria Khayutina）指出這點。

57 也可參見叔向父禹鼎（《集成》4242）。

儘管這篇的背景與虢季編鐘銘文不同，但虢季既可以在宴請男性宗親時使用編鐘，又可以在召集虢國官僚的宴會上使用編鐘，也確實合理。由於個人的家庭和其政治事務之間的對比作為內部和外部或私人和「公共」之間的區別，似乎比宴客和政治之間較含糊的區別更適合語境，是故後文中將該字讀為「家」。[58]

就其傳達的信息而言，整個文本就像一個擴展的鑄造聲明，闡述了鐘的材料特徵、聲音特性以及用途，類似於本文開頭引用的瘭鐘銘文文本。在對文本進行深入的文學分析之前，我想再引用一些例子，以證明虢季編鐘銘文的內容並不特殊，而是遵循從西周中期一直到春秋晚期的青銅鐘銘的一般模式。到目前為止，現存最早的此類例子是西周中期的瘭鐘銘文（《集成》88）。

隹（唯）正月初吉丁亥	
虘乍（作）寶鐘 *toŋʔ	【東】a
用追孝 *qʰˤ<r>uʔ-s	【幽】B
于己白（伯）*pˤrak	【鐸】X
用亯（享）大宗 *[ts]ˤuŋ	【冬】A
用濼（樂）好宾（賓）*pi[n]	【真】X
虘眔（暨）蔡姬永寶 *pˤuʔ	【幽】B
用卲大宗 *[ts]ˤuŋ	【冬】A

58 對這一句的相似釋文，參見陳英傑：《西周金文作器用途銘辭研究》，頁 541–542。

在這篇銘文中，我們也可以看到與虢季編鐘銘文中提到的相同的三個作器目的，即祭祀作器者的父親和祖先以及宴請賓客。這種三段結構也出現在西周晚期的鮮鐘銘文（《集成》143）中，只是在鮮鐘銘文中，它前面還有一段因受周王賞賜而作器的簡短聲明：

隹（唯）□月初吉□寅	
王才（在）成周嗣（司）土（徒）淲宮	
王易（賜）羴（鮮）吉金	
羴（鮮）拜手䭫首 *l̥uʔ	【幽】A
敢（敢）對揚天子休 *qʰ(r)u	【幽】A
用乍（作）朕皇考䕌（林）鐘 *toŋʔ	【東】X
用侃喜上下 *gˤraʔ	【魚】b
用樂好賓 *pi[n]	【真】X
用旂（祈）多福 *pək	【職】a/b
子孫永寶 *pˤuʔ	【幽】A

同樣的結構也出現在春秋晚期齊鮑氏鐘（《集成》142）的銘文中：

隹（唯）正月初吉丁亥	
齊鞷（鮑）氏孫□羼（擇）其吉金[59]	
自乍（作）龢鐘 *toŋʔ	【東】X

59 對作器者身分的考證，見郭沫若：《兩周金文辭大系圖錄考釋（增訂本）》（北京：科學出版社，1957 年），頁 211。

（續上表）

卑（俾）鳴攸好[60] *q^{hʕ}uʔ	【幽】A
用亯（享）㠯（以）孝 *q^{hʕ}<r>uʔ-s	【幽】A
于訇（予）皇且（祖）文考 *k-r̥^{ʕ}uʔ	【幽】A
用匽用喜 *q^{h}(r)əʔ	【之】a
用樂嘉賓 *pi[n]	【真】X
及我倗（朋）友 *[G]^{w}əʔ	【之】a
子子孫孫永寶鼓之 *tə	【之】a

還可以舉出大致符合這種模式的更多例子。雖然這三個例子都不是很符合虢季編鐘銘文規則的格式和整齊的用韻模式，但是引人注意的是，除了內容相似之外，這些銘文的韻腳用字的選擇常常重複，都屬於有限的幾個韻部。考慮到前引㾴鐘銘文以及陳致提到過的類似的鐘銘，[61] 我們發現有八個韻部特別常見。它們分別是東（*-oŋ）、幽（*-uʔ）、陽（*-aŋ）、之（*ə[ʔ]）、真（*-in）、職（*-ək）、魚（*-aʔ）和冬（*-uŋ）。除冬部之外，其餘都屬於畢鶚根據現存西周銅器銘文材料總結出的十一個韻部，每個韻部有 10 個以上的韻字。[62] 此外，它們在銘文材料中的分布，在很大程度上是由於語言以外的因素，如常用韻和某些韻字在套語中的反覆使用，包括王命的頒布與領受以

60 這句的隸定參考郭沫若：《兩周金文辭大系圖錄考釋（增訂本）》，頁 211。

61 陳致：《跨學科視野下的詩經研究》，頁 12–18。

62 Behr, *Reimende Bronzeinschriften und die Entstehung der chinesischen Endreimdichtung*, 421.

及大多數銘文結尾的嘏辭。如史嘉伯（David Schaberg）所指出，前一種情況在連續或近似短語的末尾更喜歡以 *-aŋ、*-oŋ、*-ək、*-ə(ʔ) 和 *-u(ʔ) 結尾的詞。[63] 事實上，史嘉伯甚至提出，「將帶有這些韻尾（不僅是這些韻部）的詞置於短語的末尾（多於其他位置），這與王室風格和命令語氣有關。」[64] 因此，他談到了諧輔韻（consonance，即韻尾的押韻）而非押韻。

不管怎樣，屬於上述韻部的那些具有這些特定韻尾的詞彙分布確實很重要，因為正如史嘉伯進一步指出的，在這種特殊的語體中，某些韻腳往往與特定的概念領域有關。[65] 例如，我們看到陽部韻（*-aŋ）和東部韻（*-oŋ）在王室命令的表達中佔主導地位，而幽部韻（*-u(ʔ)）大多

63 原文作：the placement of words with these finals (not only these rhymes), at the ends of phrases (more than anywhere else) associated an utterance with the royal style and the style of command. 參見 David Schaberg, "Command and the Content of Tradition," in *The Magnitude of Ming: Command, Allotment and Fate in Chinese Culture*, ed. Christopher Lupke (Honolulu: University of Hawaii Press, 2005), 37–41.

64 原文：the placement of words with these *finals* (not only these rhymes), at the ends of phrases (more than anywhere else) associated an utterance with the royal style and the style of command. 參見 David Schaberg, "Command and the Content of Tradition," 38. 史嘉伯的觀察還涉及到白一平與沙加爾（Laurent Sagart）擬音中以 -k 和 -ʔ 結尾的某些字。

65 同上注，頁 37。

出現在貴族對前者的回應中。在從儀式講話到書面文本的過渡中，這些語音模式又會發生甚麼變化？本文的猜測是，它們變成了主題標記。蘇源熙（Haun Saussy）在《詩經》中《大雅》和《頌》的韻部分布方面觀察到的，正是這種現象。蘇源熙因而將這些韻部稱為「語音和主題單位」（phonetic and thematic units）。[66] 更重要的是，他區分了它們初次出現（可能是在儀式性講話的語境中）和它們在文學創作中的再加工。

> 究竟是韻腳組構成詩？還是王權理論規定了詩歌的內容？可以肯定的是，詩人使用這些詞彙是因為漢語中有這些詞；其中許多詞彙也會出現在相同主題的先秦散文中。但是，如果只是把這些詞彙看作一套有意義的術語，就會忽視詩歌技巧和傳播對內容的影響，以及隨著時間的推移對語言使用的影響。一定是在詩作先例將這些典型的韻腳集合起來並相互聯繫之後，它們才會具有如此持續的、象徵性的力量，最終成為王權的慣常隱喻，並且只要其中一個詞被使用，就會有整隊同伴趕來填滿一節詩。[……] 這些韻部使人猜測，採用合適主題的韻部應該是任何稱職的詩

66 Haun Saussy, "Repetition, Rhyme, and Exchange in the Book of Odes," *Harvard Journal of Asiatic Studies* 57.2 (1997): 538–42.

經作者必要的能力之一。[67]

問題是，這是否也適用於青銅銘文中某些文本的用韻，還是像史嘉伯所說的那樣，虢季編鐘銘文只能算作那些「罕見的例子，對儀式性語言中固有的可能性進行提煉和規範」的一種？[68] 下文將討論這個問題。

67 原文：Do the rhyme-words take over and write the poem on their own? Or does the theory of kingship dictate the poetry? To be sure, the poets use these words because these are the words the Chinese language makes available; many of these words would also occur in a prose document on the same subject. But to treat this vocabulary as nothing more than a set of meaningful terms would be to ignore the power of poetic technique and transmission to shape content and, over time, linguistic usage. It must have been after poetic precedent had assembled and linked these typical rhyme-words that they could have taken on such insistent, symptomatic force, eventually becoming obligatory metaphors of royal power and hastening in whole crews to fill out a stanza whenever one of them had been used. […] These rhyme-families invite the speculation that the ability to invoke thematically appropriate rhyme-series would have been part of the equipment of any competent *Shi jing* composer. 同上注，頁 541。

68 原文：extreme examples, distillations and regularizations of possibilities inherent in ceremonial speech. 參見 Schaberg, "Command and the Content of Tradition," 39.

四、虢季編鐘銘文的文學解讀

作為對虢季編鐘銘文文本進行更細緻的文學解讀的第一步，我將根據押韻模式，將文本分成小節，直觀地突出文本的內部結構。

隹十月初吉丁亥	
虢季乍為協鐘 *toŋ	【東】A
其音鳴雍 *loŋ	【東】A
用義其家 *kˤra	【魚】c
用與其邦 *pˤroŋ	【東】A
虢季乍寶 *pˤruʔ	【幽】B
用享追孝 *qʰˤ<r>uʔ-s	【幽】B
於其皇考 *k-r̥ˤuʔ	【幽】B
用祈萬壽 *[N-t]uʔ	【幽】B
用樂用享 *[qʰ]aŋʔ	【陽】C
季氏受福無彊 *kaŋ	【陽】C

拋開通常不屬於銘文押韻部分的紀年不談，虢季編鐘的文本可分為三個部分。我們可以清楚地區分這些段落，因為它們與韻腳的變化相一致。此外，我們發現銘文第二部分的第一行複述了鑄造聲明的第二行，並改變了結尾，

從而不僅引入了一個新的主題，而且還引入了用韻序列的第二個韻腳。由於中國早期的青銅器銘文通常遵循經濟原則，我們不能指望在任何銘文中找到這種餘贅，除非它滿足某種並非微不足道的功能。接下來，我們將更明確地看到，它顯然是作為一種結構性手段，以區分文本的兩個主要主題。此外，M2001:48 上的銘文超出了通常用於書寫的鐘面部分，表明該文本無論如何都不能再壓縮。由於銘文內容不存在不能節略的情況，那麼一定是出於文本文學形式的要求。

銘文文學性的另一個明確指示是「虢季乍為協鐘，其音鳴雍」這句。它表明，文本的誦讀可能不與樂鐘的音樂表演同時發生。虢季鐘銘與許多西周和春秋時期的鐘銘有相似之處，它們都是用擬聲詞來描述這座銅器的聲音。例如，在西周晚期的㝬鐘（又名宗周鐘，《集成》260）銘文中，我們發現了下述表達：

> 王對乍（作）宗周寶鐘，倉倉（*ts^{hʕ}aŋ-*ts^{hʕ}aŋ）悤悤（*[ts]^{hʕ}oŋ-*[ts]^{hʕ}oŋ），雒雒（*t^{ʕ}or-*t^{ʕ}or）雝雝（*q(r)oŋ-*q(r)oŋ），用卲各不（丕）顯且（祖）考先王。

這與西周晚期的逨鐘（NA 773）很相似，逨鐘銘曰：

> 逨敢對天子丕顯魯休䫉，用乍（作）朕皇考龔弔（叔）龢鐘。鎗鎗（ts^{hʕ}aŋ-*ts^{hʕ}aŋ）悤悤

> （*[ts]^{hʕ}oŋ-*[ts]^{hʕ}oŋ），搗搗（x-x）雝雝（*q(r)oŋ-*q(r)oŋ），用追孝，卲各喜侃前文人。

這樣的表達方式很可能是為了替代人們在聆聽奏鐘時的真實聽覺體驗。[69] 我認為，將這些擬聲短語理解為最初在樂鐘演奏中發出的儀式性講話的一部分，會產生誤導。相反，通過使用擬聲詞，文本能夠將聽覺表演美學納入並轉化為自己的美學概念，大概也為了使其超越表演場境的時間界限。同樣，如果是這樣的話，我們確實是在面對有意識的詩性文本或文本段落。

上文已經指出，在西周青銅器銘文中發現的許多韻部或複輔音都與某些儀式主題或概念域有著千絲萬縷的聯繫。這顯然也適用於虢季編鐘銘文中構成押韻結構的三個韻部。不僅如此，我認為這些既定的音韻主題單元在這裡是為了詩性地融合樂鐘的物理和聲音特性，並與之產生聯繫。

結果是，韻腳的劃分與文本的主題單元完全吻合。第一段押東韻（*-oŋ），介紹了鐘（*toŋ）的實體，與它的樂聲「雍」（*loŋ）一同建立了第一個用韻序列。[70] 第二句

69 相似的現象也出現在《詩經・周頌》中，例如〈執競〉與〈有瞽〉篇。柯馬丁曾對此二篇有過討論。Kern, “The Performance of Writing in Western Zhou China,” 166–8.

70 此處需要注意的是，實際的銘文並沒有顯示出有韻部或章節的劃分。這裡所討論的韻文只能被理解為所發明的一種單純的分析工具，以體現文本的結構，而這種結構本來是在誦讀中被意識到。

韻文進一步將鐘的物理特性和聲音與它的社會政治功能聯繫起來。第二句的缺韻被一個完美的句法對仗所彌補，將愉悅族人、親屬與鞏固政體（「邦」，*pˁroŋ）等同起來。第二段以鑄造聲明開始，用「寶」（*pˁuʔ）代替上一段韻腳的「鐘」（*toŋ），從而引入第二個用韻序列。[71] 這個序列是關於鐘在個人祖先祭祀中的意義。在這裡，重要的似乎不是鐘的物理形狀或聲音。相反，重點轉移到鑄造材料的珍貴上，據稱是周王賜給虢季的，因而鐘有資格用於祭祀先祖。[72] 因此，通過借鑑語言模式，我們把兩個「音韻—主題」結構並列，形成兩個互補的部分。最後一段將這兩個主題連接為一：「用樂用享」。

在這一點上有趣的是鐘（*toŋ）和寶（*pˁuʔ）之間的聯繫，以及它們所引入的既定「音韻—主題」單元。這兩個詞分別是各自用韻序列的開端，在每段的後續內容中疊加了它們的預期關聯。當涉及到鐘聲「雍」（*loŋ）時，這種語音和主題上的一致性也很重要。看似純粹的擬聲表達，想必是為了模仿重現鐘聲，其實也與西周祭祀語體中東部（*oŋ）字的語義領域有關。同樣的現象也可以在《詩經》的擬聲詞用法中觀察到。例如，我們可以檢視〈周頌・執競〉所用的陽部韻（*-aŋ）：

71 對此主題的吟誦伴隨著每章之後的換韻，也常常在《詩經・國風》中見到，參見 Saussy, "Repetition, Rhyme, and Exchange in the Book of Odes," 523.

72 這也見於〈周頌・載見〉。周王賜金於臣，後者委託王都鑄銅作坊製作銅器。

執競武王 *G^{w}aŋ	【陽】A
無競維烈 *[r]at	【月】X
不顯成康 *k-r̥^{ʕ}aŋ	【陽】A
上帝是皇 *[G]^{wʕ}aŋ	【陽】A
自彼成康 *k-r̥^{ʕ}aŋ	【陽】A
奄有四方 *C-paŋ	【陽】A
斤斤其明 *mraŋ	【陽】A
鐘鼓喤喤 *[G]^{wʕ}aŋ *[G]^{wʕ}aŋ	【陽】A
磬筦將將 *[ts]aŋ *[ts]aŋ	【陽】A
降福穰穰[73] *naŋ *naŋ	【陽】A

此處同理，用來渲染鐘聲、鼓點和管樂的擬聲詞，似乎是刻意選擇的，以配合與王權主題有關的陽部（*-aŋ）的聲韻主題。這也是〈周頌・載見〉的情況，它進一步顯示出與虢季編鐘銘文文本類似的三段結構。[74]

73 屈萬里：《詩經詮釋》（臺北：聯經出版事業公司，1983 年），頁 565。

74 陳致首次指出了虢季編鐘文本與〈毛詩・周頌・載見〉在文學上的相似性，特別是關於它們相似的用韻模式。陳致：〈從《周頌》與金文中成語的運用來看古歌詩之用韻及四言詩體的形成〉，頁 25–26.

載見辟王 *G^{w}aŋ	【陽】A
曰求厥章 *taŋ	【陽】A
龍旂陽陽 *laŋ	【陽】A
和鈴央央 *ʔaŋ	【陽】A
鞗革有鶬 *[s.r̥]^{ʕ}aŋ	【陽】A
休有烈光 *k^{wʕ}aŋ	【陽】A
率見昭考 *k-r̥^{ʕ}uʔ	【幽】B
以孝 *q^{hʕ}<r>uʔ-s	【幽】B
以享 *[q^{h}]aŋʔ	【陽】A
以介眉壽 *[N-t]uʔ	【幽】B
永言保 *p^{ʕ}uʔ 之	【幽】B
思皇多祜 *[g]^{ʕ}aʔ	【魚】C
烈文辟公 *C.q^{ʕ}oŋ	【東】c
綏以多福 *pək	【職】c
俾緝熙於純嘏[75] *kraʔ	【魚】C

在這兩個例子中，擬聲詞的選擇明顯遵循了基於儀式性講話傳統的語音修辭學考量。語音修辭學和樂聲的相互滲透導致了特殊語體和表演美學在文本媒介中的融合。它所產生的效果不可能通過現實中伴隨著音樂演奏的講話來實現，而是通過在不涉及鐘的任何實際使用環境之外的文

75 屈萬里：《詩經詮釋》，頁 578。

本誦讀來實現。因此，儀式性的多媒體表演的景象只是作為文本語音修辭層面上擴展符語境的參考。

我們甚至可以更進一步，通過提供整篇文本（不包括紀年套語）的擬音音標，來研究文本完整的語音修辭模式：[76]

虢季乍為協鐘 *toŋ	【東】A
其音鳴雍 *loŋ	【東】A
用義其家 *k^{ʕ}ra	【魚】c
用與其邦 *p^{ʕ}roŋ	【東】A
虢季乍寶 *p^{ʕ}ruʔ	【幽】B
用享追孝 *q^{hʕ}<r>uʔ-s	【幽】B
於其皇考 *k-r̥^{ʕ}uʔ	【幽】B
用祈萬壽 *[N-t]uʔ	【幽】B
用樂用享 *[q^{h}]aŋʔ	【陽】C
季氏受福無彊 *kaŋ	【陽】C

首先使人印象深刻的是，反覆出現的「用」字如何與第一個押韻韻部共振，使鐘作為主題和聲音貫穿全文。我們進一步觀察到，在韻腳位置之外的兩組複輔音分別出現

76 康森傑（Jeffrey R. Tharsen）首次將此方法應用於早期中國文獻的研究。參見 Jeffrey R. Tharsen, "Chinese Euphonics: Phonetic Patterns, Phonorhetoric and Literary Artistry in Early Chinese Narrative Texts" (Ph.D diss., University of Chicago, 2015).

在文本的兩個主要段落中。上述兩組詞也和韻腳一樣形成了主題單元。有了這些額外的信息，我們現在可以看到最後一段是如何完全融入文本的語音修辭模式的。結尾的兩行結合了每個複輔音的核心詞彙，從前面三行的倒數第二個音節中取得了頭韻序列，現在轉移到了韻腳位置。這又與文本的語義內容相吻合，因為最後兩行將前兩方面與樂鐘的功能重新整合在一起，將它們歸入其整體目的，即保證虢季家族受福無疆。

五、結論

迄今為止，文學形式分析在中國古代青銅器銘文的研究中仍嚴重不足，[77] 而本研究表明，這種方法可以加深我們對中國早期禮器銘文文本之意義和目的的理解。儘管西周青銅器銘文中的許多文本，尤其是鐘銘，都參考並採用了儀式講話、音樂和多媒體表演等方面作為其文學模式的基礎，但其概念同時也超越了儀式的時空背景。雖然在絕大

77 從文學性角度研究銘文的一些重要成果，可參看 Behr, *Reimende Bronzeinschriften und die Entstehung der chinesischen Endreimdichtung*; Tharsen, "Chinese Euphonics"; Robert Eno, "Reflections on Literary and Devotional Aspects of Western Zhou Memorial Inscriptions," in *Imprints of Kinship: Studies of Recently Discovered Bronze Inscriptions from Ancient China*, ed. Edward L. Shaughnessy (Hong Kong: The Chinese University Press, 2017), 261–85.

多數的有韻銘文中，擬聲詞和複輔音可能只是為了在銘文媒介中再現部分儀式場境，部分銘文似乎刻意在文學作品中加入這些元素，其中韻腳的分布是為了在擴展的符號語境中構建和傳達文本信息。這一發現對於研究中國早期青銅器銘文以外的韻文可能也很重要，因為詩意詩性，或者更確切地說，對仗的使用，仍然經常被認為在口頭文學傳統中主要是為了便於記憶。[78]

78 Kern, "Bronze Inscriptions, the *Shijing* and the *Shangshu*: The Evolution of the Ancestral Sacrifice during the Western Zhou," 180–2, Jan Assmann, *Das kulturelle Gedächtnis: Schrift, Erinnerung und politische Identität in frühen Hochkulturen* (Munich: Beck, 1999), 56–57; Stanley Jeyaraja Tambiah., *Culture, Thought, and Social Action: An Anthropological Perspective* (Cambridge, Mass.: Harvard University Press, 1985), 165.

參考書目

Assmann, Jan. "Kulturelle Texte im Spannungsfeld von Mündlichkeit und Schriftlichkeit," in *Literaturkanon – Medienereignis – Kultureller Text: Formen interkultureller Kommunikation und Übersetzung*, edited by Andreas Poltermann. Berlin: Erich Schmidt Verlag, 1995.

———. *Das kulturelle Gedächtnis: Schrift, Erinnerung und politische Identität in frühen Hochkulturen*. Munich: Beck, 1999.

———. *Religion and Cultural Memory: Ten Studies*, trans. Rodney Livingstone. Stanford Ca.: Stanford University Press, 2006.

Baxter, William H. A Handbook of Old Chinese Phonology. Berlin: Mouton de Gruyter, 1992. "Baxter-Sagart Old Chinese reconstruction, version 1.1." 20 September 2014, http://ocbaxtersagart.lsait.lsa.umich.edu/BaxterSagartOCbyMandarinMC2014-09-20.pdf.

Behr, Wolfgang. *Reimende Bronzeinschriften und die Entstehung der chinesischen Endreimdichtung*. Bochum: Projekt Verlag, 2009.

Behr, Wolfgang and Joachim Gentz. "Einleitung zum Themenschwerpunkt, Komposition und Konnotation – Figuren der Kunstprosa im Alten China," *Bochumer Jahrbuch zur Ostasienforschung* 29 (2005): 5–13.

陳漢平：《西周冊命制度研究》。上海：學林出版社，1986 年。

陳夢家：《西周銅器斷代》。北京：中華書局，2004 年。

陳英傑：《西周金文作器用途銘辭研究》。北京：綫裝書局，2008 年。

陳致：〈原孝〉。《人文中國》2002 年第 9 期，頁 229–252。

———：《跨學科視野下的詩經研究》。上海：上海古籍出版社，2010 年。

———：《詩書禮樂中的傳統：陳致自選集》。上海：上海人民出版社，2012 年。

Cook, Constance A. "Sage King Yu and the Bin Gong Xu." *Early China* 35 (2013): 69–103.

———. *Ancestors, Kings and the Dao*. Cambridge, Mass.: Harvard University Asia Center, 2017.

———. and Goldin, Paul R. eds., *A Source Book of Ancient Chinese Bronze Inscriptions*. Berkeley: The Society for the Study of Early China, 2016.

丁聲樹：〈詩經「式」字說〉。《中央研究院歷史語言研究所集刊》第六本第四分，頁 487–495。臺北：中央研究院歷史語言研究所，1936 年。

Eno, Robert. "Reflections on Literary and Devotional Aspects of Western Zhou Memorial Inscriptions," in *Imprints of Kinship: Studies of Recently Discovered Bronze Inscriptions from Ancient China*, edited by Edward L. Shaughnessy. Hong Kong: The Chinese University Press, 2017.

Falkenhausen, Lothar von. "Ritual music in Bronze Age China: An archaeological perspective." Ph.D. diss., Harvard University, 1988.

———. "Issues in Western Zhou Studies: A Review Article." *Early China* 18 (1993): 139–226.

———. *Suspended Music: Chime-Bells in the Culture of Bronze Age China*. Berkeley and Los Angeles: University of California Press, 1993.

———. "Late Western Zhou Taste." *Études chinoises* 18.1–2 (1999): 143–77.

———. *Chinese Society in the Age of Confucius (1000–250 BC): The Archaeological Evidence*. Los Angeles: Cotsen Institute of Archaeology, University of California, 2006.

———. "The Royal Audience and its Reflections in Western Zhou Bronze Inscriptions," in *Writing and Literacy in Early China: Studies from the Columbia Early China Seminar*, editd by Li Feng and David Prager Branner. Seattle and London: University of Washington Press, 2011.

郭沫若：《兩周金文辭大系圖錄考釋（增訂本）》。北京：科學出版社，1957 年。

河南省文物考古研究所、三門峽市文物工作隊：《三門峽虢國墓》。北京：文物出版社，1999 年。

伊藤道治（Itō Michiharu)：《中国古代国家の支配構造》。東京：中央公論社，1987 年。

姜昆武：《詩書成詞考釋》。濟南：齊魯書社，1989 年。

Kern, Martin. "The Performance of Writing in Western Zhou China," in *The Poetics of Grammar and the Metaphysics of Sound and Sign,* edited by Sergio La Porta and David Shulman, 109–75. Leiden: Brill, 2007.

———. "Bronze Inscriptions, the *Shijing* and the *Shangshu*: The Evolution of the Ancestral Sacrifice during the Western Zhou," in *Early Chinese Religion, Part One: Shang through Han (1250 BC to 220 AD)*, edited by John Lagerwey and Marc Kalinowski, 143–200. Leiden: Brill, 2009.

———. "Early Chinese literature, beginnings through Western Han," in *The Cambridge History of Chinese Literature*, Volume I: To 1375, edited by Stephen Owen, 1–115. Cambridge: Cambridge University Press, 2013.

———（柯馬丁）:〈早期中國文學：開端至西漢〉，收入孫康宜（Kang-i Sun Chang）、宇文所安（Stephen Owen）主編，劉倩等譯：《劍橋中國文學史（上卷・1375 年之前）》，頁 27–148。北京：三聯書店，2013 年。

Lewis, Mark Edward. *Writing and Authority in Early China*. Albany: State University of New York Press, 1999.

Li, Feng. *Landscape and Power in Early China: The Crisis and Fall of the Western Zhou 1045–771 BC*. Cambridge: Cambridge University Press, 2006.

———. *Bureaucracy and the State in early China: Governing the Western Zhou*. New York: Cambridge University Press, 2008.

連劭名:〈史墻盤銘文研究〉。收入陝西周原考古隊、尹盛平編:《西周微氏家族青銅器群研究》，頁 362–369。北京：文物出版社，1992 年。

劉雨、盧巖編:《近出殷周金文集錄》。北京：中華書局，2002 年。

羅振玉：《增訂殷虛書契考釋》。臺北：藝文印書館，1969 年。

Maspero, Henri. *La Chine Antique*. Paris: Presses Universitaires de France, 1927.

裘錫圭：〈卜辭「異」字和詩、書裡的「式」字〉。《中國語言學報》1983 年第 1 期，頁 178–179。

屈萬里：《詩經詮釋》。臺北：聯經出版事業公司，1983 年。

Rawson, Jessica. "Statesmen or Barbarians? The Western Zhou as seen through their Bronzes." *Proceedings of the British Academy* 75 (1989): 71–95.

容庚編：《金文編》。北京：中華書局，1985 年。

Saussy, Haun. "Repetition, Rhyme, and Exchange in the Book of Odes." *Harvard Journal of Asiatic Studies* 57.2 (1997): 519–542.

Schaberg, David. "Command and the Content of Tradition," in *The Magnitude of Ming: Command, Allotment and Fate in Chinese Culture*, edited by Christopher Lupke. Honolulu: University of Hawai'i Press, 2005.

Schwermann, Christian. "Composite Authorship in Western Zhou Bronze Inscriptions: The Case of the 天王簋 Inscription," in *That Wonderful Composite Called Author: Authorship in East Asian Literatures from the Beginnings to the Seventeenth Century*, edited by Christian Schwermann and Raji C Steineck. Leiden: Brill, 2014.

石安瑞（Škrabal, Ondřej）：〈由銅器銘文的編纂角度看西周金文中「拜手稽首」的性質〉。收入《青銅器與金文》，頁 541–559。上海：上海古籍出版社，2017 年。

孫希旦：《禮記集解》。臺北：文史哲出版社，1990 年。

Tambiah, Stanley Jeyaraja. *Culture, Thought, and Social Action: An Anthropological Perspective*. Cambridge, Mass.: Harvard University Press, 1985.

Tharsen, Jeffrey R. "Chinese Euphonics: Phonetic Patterns, Phonorhetoric and Literary Artistry in Early Chinese Narrative Texts." Ph.D diss., University of Chicago, 2015.

田煒：《西周金文字詞關係研究》。上海：上海古籍出版社，2016 年。

吳鎮烽編：《商周青銅器銘文暨圖像集成》。上海：上海古籍出版社，2012 年。

徐中舒：〈金文嘏辭釋例〉。《中央研究院歷史語言研究所集刊》第六本第一分，頁 1–44。臺北：中央研究院歷史語言研究所，1936 年。

楊懷源、孫銀瓊：《兩周金文用韻考》，頁 92–144。

中國社會科學院考古研究所編：《殷周金文集成（修訂增補本）》。北京：中華書局，2007 年。

中央研究院歷史語言研究所 2012 年「殷周金文暨青銅器資料庫」。網址見：http://www.ihp.sinica.edu.tw/~bronze/

朱其智：《西周銘文篇章指同及其相關語法研究》。保定：河北大學出版社，2007 年。

饒宗頤國學院院刊　增刊
2023 年 6 月
頁 151–185

試論「民」字在西周思想體系中的政治意涵 *

顧永光（Joern Peter GRUNDMANN）
國立中山大學中國文學系

沈燕飛譯

本文將探究西周文獻中「民」一字的政治涵義。筆者認為「民」字最初主要不是指稱實在的民眾，查考今文《尚書》與青銅器銘文中，「民」字所指的反而是一種抽象的政治概念，即「王業」。鑑於天子「受命於天」，治理「四方民」也就成了周王的責任。在這個脈絡下「民」成了一種因素或立場，讓周朝統治者藉以構想四裔之民與周王的理想政治關係。本文將以此為出發點，通過《尚書》和西周金文等文獻，探討「民」字對在西周王權的概念中所扮演的角色，以及與「四方」、「天命」等王權象徵的關聯。

關鍵詞：民　王業　四方　天命　金文　《尚書》

* 在研究的早期，本文得到了中央研究院歷史與語言學研究所 2015/16 學年博士生獎學金的資助。我對此表示誠摯的謝意。我還要感謝 Joachim Gentz 耿幽靜、管銀霖、謝文煥和《饒宗頤國學院院刊》的匿名審稿人，他們對本文提出了寶貴的建議，使我避免了許多錯誤。惟文中錯漏之責，仍由筆者自負。

一、引言

本文分析西周（約公元前 1050– 前 771 年）時期的「民」這一概念，它是《書》（《尚書》）和西周青銅器銘文所體現之政治意識形態的一部分。[1] 早期中國研究中普遍存在一種傾向，把「民」這個詞解釋為中國早期社會政治格局中的民眾，而下文將針對這一觀點加以闡述。一些學者指出，在西周青銅器銘文和《書》中，「民」通常指居於周王國邊疆的非周人，尤其是在新近獲得、原屬商朝領土的

1 銘文材料可以相對可靠地確定其所屬的西周時期階段。關於西周青銅器銘文的斷代標準，參見：Edward L. Shaughnessy, *Sources of Western Zhou History: Inscribed Bronze Vessels* (Berkeley: University of California Press, 1991), 106–55。除此之外，《書》和《詩》的傳世版本中沒有任何一篇可以根據科學證據可靠斷代為西周作品。基於當時的學術成果，顧立雅（Herrlee Glessner Creel，1905–1994）確定了當今《周書》中 12 篇可能源自西周。其中包括五篇「誥」，以及〈梓材〉、〈多士〉、〈君奭〉、〈多方〉、〈顧命〉、〈文侯之命〉、〈費誓〉諸章。見 H.G. Creel, *The Origins of Statecraft in China*, vol. 1, *The Western Chou Empire* (Chicago: The University of Chicago Press, 1970), 447–63。學者普遍接受顧立雅的見解，而本文也將遵循。然而，有證據表明，這 12 篇的創作時期也有可能更晚於西周。參見 Kai Vogelsang, "Inscriptions and Proclamations: On the Authenticity of the '*Gao*' Chapters in the *Book of Documents*," *Bulletin of the Museum of Far Eastern Antiquities* 74 (2002): 138–209。

東部地區之居民。[2] 儘管這些文本多處提到「民」，而其脈絡清楚證實了這一觀點，[3] 但我認為「民」實際上指的不是這些群體本身，而是他們對周朝統治者的歸服。這一點不僅關乎我們對「民」的理解，而且對於評估出現「民」的文本段落之重要性，亦必不可少。

「民」表示自治、邊緣群體這一想法，導致一些學者將「民」與其他在軍事文本中用於表示獨立地區和群體的術語串連起來。[4] 我們發現，在歷史現實中可能構成共同語境的元素，在文學語境中的設想卻大相徑庭，其中「民」就因此與軍事術語有所關聯。雖然青銅器銘文和《詩》中經常描述周人針對叛亂國家和入侵異族的軍事行動，[5] 但這

2 參見 Léon Vandermeersch, *Wangdao ou La voie royale: recherches sur l'esprit des institutions de la Chine archaïque*, vol. 2, *Structures politiques, les rites* (Paris: École française d'Extrême- Orient, 1980), 153–56；白川靜：〈金文通釈〉，《白鶴美術館誌》1978 年第 48 期，頁 174；Thomas Crone, "Der Begriff min in Texten der Westlichen Zhou-Dynastie (1050–771 v. Chr.)," Orientierungen 2 (2014): 33–53；豊田久：《周代史の研究：東アジア世界における多様性の統合》（東京：汲古書院，2015 年），頁 325–32。

3 參見 Crone, "Der Begriff *min* 民 in Texten der Westlichen Zhou-Dynastie (1050–771 v. Chr.)"。他就這一點提出了充分的證據。傳統觀點認為「民」指「平民」或「人民」，至今仍獲廣泛學者所接受，而本文第二部分將就此展開討論。

4 汪德邁和 Crone 都認為「民」在西周的歷史過程中偶爾會構成軍事衝突的主體。

5 參見 Creel, *The Origins of Statecraft in China*, 231–41。

些行動的目標從未被稱為「民」。事實上，這個詞基本不見於軍事語境中。這並不意味著在某種情況下，「民」一詞所指的人群並不會面臨軍事行動的打壓。只是在這種情況下，文獻資料不會稱他們為「民」，而是以不同的方式，稱其為某政體（主要是東部及東南部某「國」）或某民族。[6] 這樣做的修辭效果就是將敵軍與周朝社會劃分開來，而「民」恰恰相反，它總是強調潛在的多元群體與周王朝的隸屬關係和一致性。那麼，在我們討論的材料中，「民」的使用語境和作用是甚麼？「民」在《詩》和《書》中的中心地位又是甚麼？

基於我對相關篇章的解讀，包括許多在過往研究中不太受關注的內容，我建議將「民」作為一種政治觀念、一個天命的象徵來理解，而不是一個實際群體的稱呼。後文的分析將揭示，「民」明顯指一種政治理念，它允許周朝的精英們在一個總體的權威結構中與他們自己血統聯盟以外的群體聯繫在一起，而這種權力結構的設計是源自於一種超然的授命力量 —— 天或帝。在文獻資料中可以發現，「民」從來都不是指非周人本身，而是指他們在周人

6　這些事例在「異族」一節中進行了論述，參見 Creel, *The Origins of Statecraft in China*, 194–241。與玁狁的衝突是周與外族敵對關係的最突出例子。參見 Li Feng, *Landscape and Power in Early China: The Crisis and Fall of the Western Zhou, 1045-771 BC* (Cambridge: Cambridge University Press, 2006), 141–92。

集體身分的強化結構中的一個位置。[7] 在周人的政治想像中，將這些群體與周人聯繫起來的，既不是親緣關係，也不是宗族聯盟，更不是軍事上的朝貢關係，而是受周王權這一政治理念影響的權威結構。[8] 例如，我們發現僅在《周書》的五篇「誥」中，就有 65 次提到「民」，這並非巧合。這些篇章自稱源於武王和成王時期（約公元前 1045–前 1005 年），是周政權鞏固後的產物。每一部分都描述了在執掌或移交統治權時發表的公告或指令。在這些場合中，主人公闡述了上天賦予的命令，將周的精英們置於對「民」的權威和責任之上。正是在這樣的背景下，「民」反復出現在西周的文獻中，這個詞主要不是指人口群體，而是指這些群體在權威結構中的地位。這反過來又將這個詞與潛在政治話語聯繫起來，構成了在這些文本中使用「民」的語境。

7 關於集體身分的強化結構這一人類學概念，見 Jan Assmann, *Das kulturelle Gedächtnis: Schrift, Erinnerung und politische Identität in frühen Hochkulturen* (Munich: C. H. Beck, 1999), 130–60。關於青銅時代中國的基本社會政治單位是親緣族群或世系的討論，見 Lothar von Falkenhausen, *Chinese Society in the Age of Confucius (1000–250 BC): the Archaeological Evidence* (Los Angeles: Cotsen Institute of Archaeology, University of California, 2006), 19–28。

8 在《詩》和《書》中，有許多例子明確將周的王權等同於對民的統治，包括《詩》中的〈皇矣〉、〈泂酌〉、〈蕩〉、〈抑〉、〈烝民〉及〈思文〉，以及《書》中的相關篇章，如〈康誥〉、〈梓材》、〈召誥〉、〈洛誥〉、〈多士〉和〈多方〉。

接下來，我將首先對照先秦語境中對「民」的現有解釋，提出我對「民」意義的假設。隨後，我將分析西周青銅器銘文中「民」的使用、呈現，及其概念環境。而對《書》中「民」用例進一步探究，將使我們更清楚地了解「民」與構成周王權思想的其他天命標誌之間的象徵關係。

二、「民」及其參照問題

在對西周材料進行文本分析之前，我需要做一些解釋，以說明我的論述與先秦時期「民」相關研究總體狀況的關係。

在傳統意義上，「民」這個術語被理解為西周和其後構成春秋（公元前 770– 前 454 年）和戰國（公元前 453– 前 221 年）多國社會的政體中的主要群體。爭論主要圍繞一個問題，即在不同語境下，這個術語究竟指的是一個政體的社會等級制度中的哪些群體。雖然有的說法是，一方面是奴隸或農民，另一方面是推翻統治者的貴族，[9] 但學術界普遍認為，「民」指的是被君主或精英集團統治的「人

9 討論參見王玉哲：〈西周春秋時代的「民」的身分問題 —— 兼論西周春秋時的社會性質〉，《南開大學學報（哲學社會科學版）》1978 年第 6 期；重刊於《古史集林》（北京：中華書局，2002 年），頁 94–113；張榮芳：〈兩周的「民」和「氓」非奴隸說 —— 兩周生產者身分研究之一〉，《中山大學學報（社會科學版）》1979 年第 3 期，頁 30–43；以及周鳳五：〈「櫱」字新探 —— 兼釋「獻民」、「義民」、「人鬲」〉，《臺大中文學報》51 期（2015 年），頁 1–40。

民」或「平民」，往往與「人」的概念相關。[10] 不過，如近年發現的西周晚期𤔲公盨銘文以及尚未完全公布的清華簡材料（《清華大學藏戰國竹簡》）中對於「民」的使用，[11] 此類例子使學者們頻頻意識到，在不同語境中，「民」可能表示不同的地位群體，從無等級的群體一直到強大的世

10 「仁」和「民」的簡明定義，參見 David L. Hall and Roger T. Ames, *Thinking through Confucius* (Albany, NY: State University of New York Press, 1987), 138–46。

11 關於從香港古董市場購得該器的情況，以及對器物與其銘文內容的初步解讀，可參見李學勤：〈論𤔲公盨及其重要意義〉，《中國歷史文物》2002 年第 6 期，頁 4–12、89。裘錫圭：〈𤔲公盨銘文考釋〉，《中國歷史文物》2002 年第 6 期，頁 13–27。朱鳳瀚：〈𤔲公盨銘文初釋〉，《中國歷史文物》2002 年第 6 期，頁 28–34。李零：〈論𤔲公盨發現的意義〉，《中國歷史文物》2002 年第 6 期，頁 35–45。饒宗頤：〈𤔲公盨與夏書佚篇《禹之總德》〉，《華學》第 6 期（北京：紫禁城出版社，2003 年），頁 1–6。周鳳五：〈遂公盨銘初探〉，《華學》第 6 期（北京：紫禁城出版社，2003 年），頁 7–14。羅琨：〈豩公盨銘與大禹治水的文獻記載〉，《華學》第 6 期（北京：紫禁城出版社，2003 年），頁 15–25。沈建華：〈讀𤔲公盨銘文小札〉，《華學》第 6 期（北京：紫禁城出版社，2003 年），頁 26–30。張永山：〈𤔲公盨銘「隓山濬川」考〉，《華學》第 6 期（北京：紫禁城出版社，2003 年），頁 31–34。江林昌：〈𤔲公盨銘文的學術價值綜論〉，《華學》第 6 期（北京：紫禁城出版社，2003 年），頁 35–49；以及 Xing Wen, ed., *The X Gong Xu : A Report and Papers from the Dartmouth Workshop* (Hanover, NH: Dartmouth College, 2003)。清華簡參考清華大學出土文獻研究與保護中心編：《清華大學藏戰國竹簡》（壹）—（陸）（北京：中西書局，2010–2016 年）。根據對竹簡中楚國文字的分析，以及對一枚空白簡進行的放射性碳測定，李學勤提出這批竹簡的製作時間約為公元前 300 年，見氏著：〈論清華簡《保訓》的幾個問題〉，《文物》2009 年第 6 期，頁 73–75。

家。[12] 這就提出了一個合理的問題，即在某種意義上，「民」可以說是單一地表示一個主體人群。

高思曼（Robert H. Gassmann）在這方面提出了一個非常發人深省的建議，即應該從譜系分類的角度來看待這個問題。[13] 他認為，在春秋戰國的文獻中，「人」和「民」是一對互補概念，這兩個術語的分布取決於所描述的譜系角度，「人」總是指自己的血統或氏族成員，而「民」指其他親屬群體的成員。[14] 因此，從一個國家的統治氏族的角度來看，「民」指的是其臣民。

儘管文獻來源並不能證明高思曼提出的譜系因素，[15] 但他的初步假設還是提出了一個重要觀點。我認為，問題不在於「民」在絕對意義上指的是誰，而是在何種語境中使

12 參見陳英傑：《西周金文作器用途銘辭研究》（北京：綫裝書局，2008 年），頁 595。子居：〈清華簡《厚父》解析〉，2015 年 4 月 28 日。下載自清華大學出土文獻研究與保護中心，檢視日期：2017 年 1 月 15 日。網址：https://www.ctwx.tsinghua.edu.cn/info/1081/2221.htm。

13 Robert H. Gassmann, "Understanding Ancient Chinese Society: Approaches to *Rén* 人 and *Mín* 民," *Journal of the American Oriental Society* 120.3 (2000): 348–59；更多詳盡說明見 Robert H. Gassmann, *Verwandtschaft und Gesellschaft im Alten China: Begriffe, Strukturen und Prozesse* (Bern: Peter Lang, 2006), 283–337。

14 Gassmann, "Understanding Ancient Chinese Society," 352–53.

15 方妮安（Newell Ann Van Auken）反駁高思曼認為「仁」是家譜術語的意見，見 Newell Ann Van Auken, "Who is a *rén* 人? The Use of *rén* in 'Spring and Autumn' Records and Its Interpretation in the *Zuǒ*, *Gōngyáng*, and *Gǔliáng* Commentaries," *Journal of the American Oriental Society* 131.4 (2011): 555–90。

用。根據文本類型的不同，人們甚至可能會問「民」指的是甚麼社會政治角色，可以適用於不同人群中的不同行為者。比如，春秋晚期或戰國初期的代表性文本《左傳》，以其為例，其中「民」出現了 436 次。[16] 縱觀全文，構成概念對的並不是「人」和「民」，而是最廣泛意義上的「民」和「君」（統治者、霸主）。[17]「君」的意義無需置疑，它描述一個政治範疇，暗示著定義統治者的所有屬性。同樣，我們可以認為「民」也是一個政治範疇，至少當它與「君」聯繫在一起使用時是這樣。所以《左傳》中的「民」和「君」幾乎只出現在闡述統治和治國原則的語境中，也就不足為奇了。這些可能只是簡短的一般性陳述，如下面的段落：

君，將納民於軌、物者也。[18]

16 關於判斷《左傳》編撰時間的困難，見 Michael Loewe, ed., *Early Chinese Texts: A Bibliographical Guide* (Berkeley, CA: The Society for the Study of Early China and the Institute of East Asian Studies, University of California, 1993), 67–71。本次統計採用了「中國哲學書電子化計劃」數據庫提供的文字檢索功能，檢視日期：2006–2017 年。網址：http://ctext.org。

17 君這一稱謂的使用並不連貫，有時候會以「王」或「上」取而代之。很多情況下，我們也會發現統治者的名字會與「民」相提並論。此外，民和君並不是唯一的成對概念，例如君與臣亦可構成互補的組合。

18 《左傳．隱公五年》，頁 42。此處及下文引用《左傳》時，文本和句讀皆參考楊伯峻：《春秋左傳注》（北京：中華書局，1990 年）。

其他篇章使用「民」和「君」類比描述了統治者和臣民之間互惠的關係。

> 良君將賞善而刑淫，養民如子，蓋之如天，容之如地；民奉其君，愛之如父母，仰之如日月，敬之如神明，畏之如雷霆。[19]

而在另一篇章，「民」和「君」用來定義在更高層次權威結構語境中，統治者和臣民之間的關係，這裡以國家祭壇的形象為象徵：

> 君民者，豈以陵民？社稷是主。臣君者，豈為其口實，社稷是養。[20]

即使在涉及具體統治者及其臣民的情況下，「民」和「君」也總是根據他們各自在政治責任結構中的地位來表示這些行為者。在這一時期的其他文本中，「民」的用法也是如此。[21] 在不同語料庫中，構成該術語的屬性應當表現出一定

19《左傳・襄公十四年》，頁 1016。

20《左傳・襄公二十五年》，頁 1098。

21 筆者對先秦文本段落進行選擇性比較，因而得出這一假設。其中使用了「中國哲學書電子化計劃」數據庫的文字檢索功能，雖然這項隨機分析並無得出任何相反證據，但鑑於筆者在檢索期間非刻意地排除了部分語境，因此倘若採用更為全面的研究方式，所得出的結果可能會有所不同。

程度的差異，然而，「民」始終作為一個天命的標誌，與在構想的社會政令背景下的社會政治現實的術語網絡中的其他標誌互相關聯。因此，這個術語首先指的是「民」在這個天命中的位置，以及與其相關的政治屬性。

現在，我們把注意力轉向西周的資料，我們應該期望「民」的行為方式與上述情況類似。在這種背景下，從周朝精英的角度來看，「民」可能指的是本文開頭提到的自治的外圍人口，這種假設就變得重要起來。早在三十五餘年前，汪德邁（Léon Vandermeersch）就指出，在西周，「民」這個詞「明確地概念化了被排除在周氏貴族社會之外的人口群體，這些群體僅僅是通過祭祀關係組織起來的。」[22] 此外，根據西周大盂鼎（《集成》2837）[23] 和大克鼎（《集成》2836）銘文中的信息，他認為「民」主要指與四方有地緣政治關係的非周朝人口。[24] 在最近關於西周資料所見「民」之意義的研究中，Thomas Crone 和豐田

22 Vandermeersch, *Wangdao ou La voie royale*, 2: 154。原文為法語，由作者自行翻譯。

23 西周青銅器銘文使用「集成」編號，參中國社會科學院考古研究所編：《殷周金文集成》（北京：中華書局，2007 年）。在《集成》出版後發表的新銘文使用「殷周金文暨青銅器資料庫」的 NA 和 NB 編號，後文簡稱 AS 數據庫，參中央研究院歷史語言研究所：「殷周金文暨青銅器資料庫」，檢視日期：2012 年。網址：http://www.ihp.sinica.edu.tw/~bronze/。

24 Vandermeersch, *Wangdao ou La voie royale*, 2: 154。四方的概念遠非簡單表示空間維度，而是象徵著商和西周政治思想中的宇宙王權概念。後文將就此深入討論。

久並未參考汪德邁的研究，但也得出了相似的結論。[25] 如果情況確實如此，那麼我的初步假設是，「民」這個政治概念為周朝的精英們提供了虛構的社會政治結構，以便在一個共同的權力結構中界定他們與周朝人民的關係。在下文中，我們將分析這種關係是在何種語境中、如何被設想出來的。

三、民與周的王權概念

我們應該首先考察西周青銅器銘文材料，原因有二。一是與傳世文獻相比，青銅器銘文的文本未經後世編輯改動，而且所有文本至少大致可以確定年代。而更重要的是，他們所表達的信息提供了或多或少的詳細背景。

25 豊田久：《周代史の研究》，頁 325–32；Crone, "Der Begriff min 民 in Texten der Westlichen Zhou-Dynastie (1050–771 v. Chr.)," 33–53。然而，所謂「民本思想」的支持者崇尚另一種觀點。參見游喚民：《先秦民本思想》（長沙：湖南師範大學出版社，1991 年）；王保國：《兩周民本思想研究》（北京：學苑出版社，2004 年）。這一理論的支持者大多認為「民」指「平民」或「人民」，但我認為這在西周的親緣社會中是不合時宜的。在這裡，更有意義的說法是，儘管如此，在親屬團體中任然存在著沒有排名的宗族意義的社會政治約束，而不是假設一個超越世系的平民階層構成周朝精英的社會政治因素。然而，在西周社會中，賦予無等級的世襲階層（主要是在世襲莊園中居住和工作的農民，但不一定與宗族貴族有血緣關係）的意義，與西周文獻中「民」一詞的內涵完全不符，參見朱鳳瀚：《商周家族形態研究》（天津：天津古籍出版社，2004 年），頁 323–326。

在西周青銅器銘文中，「民」只在其中 9 篇出現了 13 次。[26] 然而，這僅有的例子對於更好地理解西周的「民」概念具有啟發意義。除了西周晚期的牧簋（《集成》4343）和大克鼎（《集成》2836）之外，「民」總是與四方聯繫在一起。所有銘文中的「民」也都出現在與天命（其中一個是帝的懿德）有關的，以及與周王權思想有關的文本中。其中最突出的是大盂鼎（《集成》2837）和史牆盤（《集成》10175）銘文中兩段非常相似的文字。在指出皇室冊命的日期和地點之後，大盂鼎銘文寫道：

> 王若曰：「盂，不（丕）顯玟（文）王受天有（佑）大令。在珷（武）王嗣玟（文）乍（作）邦，闢（闢）氒（厥）匿（慝），匍（敷）有四方，畯（允）[27] 正氒（厥）民。[……]」[28]

史牆盤銘文亦以類似方式開頭：

26 我的研究中不包括最近出土的曾伯陭鉞（NA 1203）銘文，該器被 AS 數據庫列為西周晚期或春秋早期，理由是它明顯指的是春秋時期的背景。在這篇簡短的銘文中，「民」字出現了兩次。

27 「畯（允）」遵循陳致教授提出的假設，張政烺也曾提出過這個假設。參見陳致：〈「允」、「畯」、「畯」試釋〉，《饒宗頤國學院院刊》創刊號（香港：中華書局，2014 年），頁 135–159。

28 西周青銅器銘文的釋文基本遵循 AS 數據庫的版本，一些重要的例外情況會另作解釋。

> 曰古文王，初盭（戾）龢（和）于政，[29] 上帝降懿德[30] 大甹（屏）。匍（敷）有上下，迨（會）受萬邦。[31] 㝬（繼＝彊）圉[32] 武王，適征（正）[33] 四方，達殷畯（允）[34] 民。

兩段文字都明確地將「民」與周王權的思想聯繫起來。以

29 此段銘文的釋讀參見裘錫圭：〈史牆盤銘解釋〉，收入《裘錫圭學術文集》第三卷（上海：復旦大學出版社，2012 年），頁 9。

30 劉華夏（Vassili Kryukov）提出：史牆盤的創新之處，在於它用懿德來替換天命，因而揭示德與命的對應關係。參見 Kryukov, "Symbols of Power and Communication in Pre-Confucian China (on the Anthropology of *de*): Preliminary Assumptions," *Bulletin of the School of Oriental and African Studies*, University of London 58.2 (1995): 321。

31 本文認為「萬邦」是周朝的盟友，他們協助周人推翻商朝。

32 本文依從王寧對「㝬圉」的解釋，參王寧：〈釋史牆盤銘的「強圉」〉，2014 年 7 月 10 日。下載自武漢大學簡帛研究中心，檢視日期：2017 年 3 月 29 日。網址：http://www.bsm.org.cn/?guwenzi/6225.html。

33 大部分學者把「征」理解為征伐，連劭名、馬承源指出「征」是「正」的假借字，表示「恢復正常秩序」、「糾正」。兩種意見都反映在出土及傳世文獻中，四方都不是征伐的主語。雖然如此，文獻中有很多周王恢復四方秩序的記載。參見連劭名：〈史牆盤銘文研究〉，收入尹盛平主編：《西周微氏家族青銅器群研究》（北京：文物出版社，1992 年），頁 362–369。馬承源主編：《商周青銅器銘文選》第三冊（北京：文物出版社，1988 年），頁 222。關於「征」的軍事意涵，參見 "Kinbun tsūshaku," Hakutsuru bijutsukan shi 50 (1979): 338。

34 同注 27。亦見裘錫圭：〈史牆盤銘解釋〉，頁 9–10。裘先生把「畯」讀為「悛」，訓為改。

武力奪取商王的地位後，治理四方之「民」，被描述為天命的最終主體或帝的懿德與文王的結合。四方和「民」作為互補的天命標誌出現。

然而，要理解這些段落在銘文中的意義，重要的是，接受正式命令以及與「民」的聯繫被置於一個規範性的過去之中，正如「曰古」(「古語有云」）一詞所表明的那樣。[35] 銘文實際要記錄的是，大盂鼎器主所受的冊命以及史牆盤器主所受的御賜。這兩個事件都描述了器主和周王之間的相互責任。因此，周朝開國君主與天或帝之間最初的聯繫成為了這兩個事件的背景。它提供了一個共同的概念或意義。這一點在西周晚期的師訇簋（《集成》4342）銘文中更加明確：

> 王若曰：「師訇，不（丕）顯文武，雁（膺）受天令。亦則於女（汝）乃聖且（祖）考克左右先王，乍（作）氒（厥）厷（肱）殳（股）。用夾豐（召）氒（厥）辟，奠大令，盭（盩）龢（龢）(= 戾和）雩（于）政。肆皇帝亡旲（斁），臨保我氒（有）周，雩四方民亡不康靜。」
>
> 王曰：「師訇。哀才（哉）！今日天疾畏（威）降喪，首德不克妻，古（故）亡丞于先王。鄉

35 我認為「古」在這裡代表著一個規範性的過去。參見 Kai Vogelsang, *Geschichte als Problem: Entstehung, Formen und Funktionen von Geschichtsschreibung im Alten China* (Wiesbaden: Otto Harrassowitz Verlag, 2007), 143–46。

> （嚮）女（汝）彶屯（純）卹周邦，妥（綏）立余小子，䟫（惇）乃事，隹（唯）王身厚[illegible]。今余隹（唯）䌛（申）稾乃令，令女（汝）叀雝我邦小大猷。邦佑潢辥。[……]」

在這裡，器主的祖先和周王室之間的關係被描繪成周王的一份義務，成為他的「肱股」。換句話說，正是對天令的共同責任，使王室和器主的血統成為一個目標共同體。然而，雖然在銘刻之時，最初的紐帶及其政治成就屬於「已逝的過去」，無法挽回，但作為這一最初義務的象徵和主體的「民」和基本地區，卻超越了歷史和世代的變遷，並繼續界定和賦予周氏宗族聯盟的永存的意義。例如，在大盂鼎銘文的後半部分，周王將一份公職委任給盂：

> 王曰：「盂，廼𥁕（紹）夾死（尸）司戎，敏諫罰訟，夙（夙）夕𥁕（召）我一人葊（烝）四方，雩我其遹省先王受民受彊（疆）土。」

「民」和疆土搭配動詞「受」，即「接受」或「被委託」，[36] 表明周王是將之作為一種義務的象徵。這些術語的類似用法也出現在傳世本《書》中，例如〈洛誥〉中的「民」有

36 在西周青銅器銘文中，動詞「受」主要是指接受王室的恩惠，這就意味著有義務以忠誠服務於君王的形式回報這些恩惠。在另一種意義上，它表示接受君王的授命或先王接受天命的意思。在後一種情況下，它直接表示承擔了一項義務。

如下用例：

> 周公拜手稽首曰：「王命予來承保乃文祖受命民［……］。」[37]

根據王國維（1877–1927）的說法，「民」是作為天命的一部分被委託給先王。[38] 四方和民這兩個詞所指的具體地理和社會政治現實可能因語境而異。然而，保持不變的是這些符號所包含的責任結構。在這個意義上，民也可以用來指周朝聯盟的共同義務，是一種消極的或告誡性的方式，如牧簋（《集成》4343）中的銘文：

> 王若曰：「牧，昔先王既令女（汝）乍（作）嗣（司）士。今余唯或㲋改，令女（汝）辟百寮有同（司）事，包廼多䜌（辭），不用先王乍（作）井（型），亦多虐庶民。」

以先王為榜樣，或以曾為先王服務的祖先為榜樣，就意味著承擔了周王權思想所隱含的義務。因此，粗暴對待民眾象徵性地或局部地違反了上述責任和義務，而這正是穆王

37 屈萬里：《尚書集釋》，《屈萬里先生全集》二（臺北：聯經出版，1983 年），頁 186。

38 王國維：〈洛誥解〉，收入氏著：《觀堂集林》（北京：中華書局，1959 年），頁 31。姜昆武把「受民」這個詞當作一個固定詞語，提出了類似的論點，即指出周朝接受「民」的非軍事屬性，參看氏著：《詩書成詞考釋》（濟南：齊魯書社，1989 年），頁 147。

有責任要防止的。

總結這一部分的分析，可以說，儘管「民」明顯表示周朝精英及其同族以外的人口，但同樣明顯的是，這是通過將社會政治現實轉化為政治理念來實現的。至少在上述例子中，我們可以進一步補充，冠尊（《集成》6014）銘文中的內容，「民」首先作為一種想像中的政治天命的象徵，周朝精英和他們的盟友都同樣致力於此。我們不要忘記，西周的「國家」不是統一的整體，而是一個主要依靠個人關係的世系聯盟。[39] 為了使這種個人紐帶世代相傳，前者需要得到一個政治理念的支持，以為每一代成員提供一個共同的權威和義務來源。這種思想體現在周王權的概念中。[40]

然而，「民」只是其中的一部分，另一個主要因素是四方，正如我們所看到的，在西周青銅器銘文中，四方大

39 許倬雲：《西周史》（臺北：聯經出版，1990 年），頁 107–138。朱鳳瀚：《商周家族形態研究》，頁 338–405。關於在西周行政結構建立中個人聯繫和義務的重要性，特別參見 Creel, *The Origins of Statecraft in China*, 317–87.

40 這些權力結構中可觸及的一面在官僚化的過程中顯現出來，這導致了西周國家在其行政結構中的構成，正如 Li Feng, *Bureaucracy and the State in Early China: Governing the Western Zhou* (Cambridge: Cambridge University Press, 2008) 中所描述的那樣。然而，正如 Carl Schmitt 所指出的：「任何純粹基於行使權力的技巧的政治制度，都不可能延續一代人的時間。政治與思想有著千絲萬縷的聯繫，因為沒有權威就沒有政治，沒有信仰的道德就沒有權威。」轉引 Jan Assmann, *Herrschaft und Heil: Politische Theologie in Altägypten, Israel und Europa* (Munich: Carl Hanser Verlag, 2000), 36。原文為德語，作者譯。

多與「民」有關。事實上，在 20 件西周器物中，有 7 處銘文採用了與上文相似的四方意象，但沒有提到「民」。[41] 鑒於西周青銅器銘文中使用的這類意象往往是局部反映全部的，我們可以合理地認為這些意象中也隱含著「民」。然而，更重要的是，正如「民」並不主要表示實際人口一樣，作為周王朝一部分的四方也沒有地理稱謂功能。四方首先是周朝從商朝繼承的天命標誌，就像許多其他文化特徵一樣，包括青銅器的鑄造。在商代甲骨文中，四方作為宇宙的天命標誌出現，在政治、宇宙論和禮制方面將大邑商定義為其中心。[42] 這種意義仍然反映在後世產生的大邑商理想化形象中，如《詩・商頌・殷武》：

商邑翼翼，四方之極。[43]

41 參見南宮乎鐘（《集成》181）；𤼈鐘（《集成》251）；五祀㝬鐘（《集成》358）；彔伯㦰簋蓋（《集成》4302）；師克盨／師克盨蓋（《集成》4467–4468）；另一個師克盨蓋（NA1907）；十二個逨鼎（NA0745–0756）和逨盤（NA0757）的銘文。

42 參見陳夢家：《殷虛卜辭綜述》（北京：中華書局，1988 年），頁 319–321；Sarah Allan, *The Shape of the Turtle: Myth, Art, and Cosmos in Early China* (Albany: State University of New York Press, 1991), 74–101; David N. Keightley, *The Ancestral Landscape: Time, Space, and Community in Late Shang China (ca. 1200–1045 B.C.)* (Berkeley: Institute of East Asian Studies, University of California, Berkeley, 2000), 55–96; Aihe Wang 王愛和 , *Cosmology and Political Culture in Early China* (Cambridge: Cambridge University Press, 2000), 23–74。

43 屈萬里：《詩經詮釋》，《屈萬里先生全集》五（臺北：聯經出版，1983 年），頁 628。

只有從現代陝西省省會豐和鎬一帶的渭河流域的周族祖地的角度來看，它才稱為一個地理上，或者更確切地說，地緣政治上的稱呼。[44] 據推測，在成王時期（公元前 1042– 前 1006 年），在鎮壓了由商朝王子發起的武庚之亂後，[45] 周朝在豐、鎬之後，在今洛陽附近建立了第二個永久性的行政中心，位於周朝中心區的東部。在《書》中的「誥」篇中，這一事件與周公的攝政有關，如〈洛誥〉中的一段記載，周公侍奉尚不成熟的成王：

> 周公拜手稽首曰：「朕復子明辟。王如弗敢及天基命定命，予乃胤保大相東土，其基作民明辟。」[46]

與居住在渭河流域的周朝中心地帶的年輕成王相比，周朝開國君主所得到的領土被指定為東方領土。然而，當涉及到王權的主題和實質時，這種觀點就發生了變化：

> 周公拜手稽首曰：「王命予來承保乃文祖受命民［……］。孺子來相宅，其大惇典殷獻民，

44 關於西周王朝的地理位置，參見 Li Feng, *Landscape and Power in Early China*, 27–62。

45 參見 Shaughnessy, "Western Zhou History," in Michael Loewe and Edward L. Shaughnessy eds., *The Cambridge History of Ancient China — from the Origins of Civilization to 221 B.C.* (Cambridge: Cambridge University Press, 1999), 310–13。

46 屈萬里：《尚書集釋》，頁 179。

亂為四方新辟［……］。曰其自時中乂，萬邦咸休，惟王有成績。」[47]

在這段話中，周公敦促周王經常到東部地區居住，以便確立他在四方的中心的統治者地位。這表明，西周政治神學中與皇家中心形象相對應的物理中心不同於周氏祖地。已經提到的冠尊（《集成》6014）可以證實這一觀點。它的文本採用了類似上面大盂鼎和史牆盤銘文中看到的主題和修辭：

隹王初遷宅于成周，復再珷（武）王豐（禮），祼自天。才（在）四月丙戌，王𢦏（誥）宗小子于京室，曰：「昔才（在）爾考公氏克逨（弼）玟（文）王，肄（肆）玟（文）王受茲□□〔大令〕。隹（唯）珷（武）王既克大（天？）邑商，則廷告于天，曰：『余其宅茲中或（國），自之辥（乂）民。［……］』」

根據文獻資料我們得知，對於周人來說，克伐商朝意味著取代其政治和宗教角色，成為溝通神的超然領域和人世的媒介。因此，就實際意義而言，成周或洛邑的建立，[48] 可能不過是在新征服的東部領土上建立一個行政前哨，通過

47 屈萬里：《尚書集釋》，頁 186–187。

48 關於成周和洛邑同一性的爭論，參見 Li Feng, *Landscape and Power in Early China*, 65–66。

建立由周朝諸侯和其他盟國統治的半自治的地區政體來控制。然而，就與天命有關的政治神學而言，這個地區必須被理解為安陽或大邑商的替代品，以作為商周共同的政治和宇宙天命的新中心。尤其是商的宇宙天命觀念是周人世界觀的核心，周人正是在此背景下解釋他們自己的權力崛起。因此，從地緣政治角度的「東土（東部地區）」，就變成了宇宙學角度的「中土（中央地區）」。《書．召誥》可能是證實這一觀點最重要的來源：

> （召公）曰：「［……］嗚呼！皇天上帝，改厥元子茲大國殷之命。惟王受命，無疆惟休，亦無疆惟恤。［……］
>
> 王來紹上帝，自服于土中。旦曰：『其作大邑，其自時配皇天，毖祀于上下，其自時中乂；王厥有成命治民。』」[49]

在這段話中，我們可以清楚地看到，周人把他們選擇的東都或處所視為一個文明中心，在那裡，君王應該把國家的政治天命與天或帝創建的宇宙天命相配合。這種宇宙觀的象徵化也見於其他古代文化中。[50] 根據上述資料，東部新居

49 屈萬里：《尚書集釋》，頁 174、176。

50 Eric Voegelin 用希臘語 omohalos 來指代古代中東和地中海文化中宇宙學定義的文明中心。參見 Voegelin, *Order and History*, vol. 1, *Israel and Revelation* (Columbia: University of Missouri Press, 2001), 66–69。

所不僅是周朝最初首次與「民」融合的地方，而且周王在新宅裡居住標誌著他開始與「天」互相照應和配合，或者說，作為天子，將天命散發到四方。

現在我們就可以全面探討西周材料中「民」指示甚麼人物或事物。正如從宇宙論和地理學的角度來看，四方決定了世界中心，「民」也把王定義為世界的統治者。[51] 從在陝西本土的周人角度來看，「民」所表示的群體當然是邊緣地區的非周族群。然而，正如我們所看到的，「民」這個詞並不屬於這個範疇。「民」象徵著與宇宙世界觀緊密相連的政治天命中的一個因素。正是在這種情況下，「民」發展成為見於《左傳》、戰國諸子學說等後世文本中的政治術語。

關於周王與「民」之間的關係，還有最後一點需要說明。Eric Voegelin 指出，在古代中東文化中，占領圓形城或文明中心的人們有特殊的義務去執行他們從超然的權威那裡得到的命令。[52] 這一因素也在周王權的概念中發揮了作用，特別是考慮到「民」的作用。〈召誥〉中的一段話非常清楚地闡述了王對民的責任，其中記錄了召公的直接講話：

51 根據 Peter Weber-Schäfer 提出的定義，我把普世（ecumene，或譯為人居領地）的概念理解為一種天命標誌，它反映了在普遍王權的制度媒介中表現人性統一的努力。參見 Weber-Schäfer, *Oikumene und Imperium: Studien zur Ziviltheologie des chinesischen Kaiserreichs* (Munich: Peter Lang, 1968), 11–20。

52 Voegelin, *Order and History*, 1: 68.

「天亦哀于四方民，其眷命用懋，王其疾敬德。[……] 其惟王位在德元，小民乃惟刑用于天下，越王顯。上下勤恤，其曰我受天命。」[53]

在這種情況下，我們必須考慮「德」這個詞的意義，因為在我們的許多資料中，「德」與「民」有著密不可分的聯繫。在一個以親緣關係為基礎的社會，如西周的世系聯盟，[54] 政治責任或多或少同樣也是親緣責任。因此，為了在共同的政治觀之下界定跨越親屬界限的責任，周人必須設計出強化義務的概念，以指導其社會政治網絡的運作。這就是我所理解的「德」的意義，在西周青銅器銘文中，這個詞被公開地引用在一些聲明中，使講者對周王權所代表的政治理念做出承諾。我對這個術語的基本理解遵循了孟旦（Donald J. Munro）的觀點，他認為在西周材料中的「德」應該被定義為「對規範的一致態度」。[55] 鑒於「德」的使用語境，我進一步理解，這個詞不僅表示一種「一致態度」，而且表示實施這些「規範」的義務或承諾。[56] 換句

53 屈萬里：《尚書集釋》，頁 175、177。

54 朱鳳瀚：《商周家族形態研究》，頁 229–405。

55 參見 Donald J. Munro, *The Concept of Man in Early China* (Stanford: Stanford University Press, 1969), 96–112; 185–97。孟旦的建議令人信服，因為它考慮到了西周文獻中使用「德」的確切背景，即社會成員表達了他們對周王權所代表的天命標誌的承諾。

56 這一點也反映在某些西周語境中的「德」和「命」（掌控、命令）之間的直接聯繫。參見小南一郎：〈天命と德〉，《東方學報》第 64 輯（京都：京都大學人文科學研究所，1992 年），頁 1–59；小南一郎：《古代中国天命と青銅器》（京都：京都大學學術出版會，2006 年），頁 201–226。

話說，「德」是指君王承諾將周王權所設想的理想天命應用於社會政治現實，並以此來吸引其他社會政治成員遵守天命，並為這一天命做出貢獻。例如，《書・梓材》便確實傳達了此信息：

> 今王惟曰：「先王既勤用明德，懷為夾；庶邦享作，兄弟方來。亦既用明德，后式典集，庶邦丕享。皇天既付[57]中國民越厥疆土于先王，肆王惟德用，和懌先後迷民，用懌先王受命。」[58]

君王有義務讓民眾服從天命，只有君王以身作則，致力於執行天命，才能完成這項任務。

基於以上的討論，我想用最後一個例子來說明我對「民」的理解，以解讀西周班簋（《集成》4341）銘文中一段相當困難的文字。在這裡，「民」的使用有些不同尋常，因為該文本在軍事衝突的背景下提到這個詞。器主講述了他的父親毛伯接受王命去征伐東國，這個東國不是鄰近的東部政體，而是東部外圍的部落。

57 馬融（公元 79–166）把「付」讀為「附」，參孫星衍：《尚書今古文注疏》（北京：中華書局，1986 年），頁 389。屈萬里把「付」釋為「與」，參屈萬里：《尚書今註今譯》（臺北：臺灣商務印書館，1977 年），頁 115。據此，我認為「付」是託付、委託的意思。可比較類似的表達：「皇天［……］付畀四方」，見於《古文尚書・康王之誥》。孔安國傳，孔穎達疏：《尚書正義》（北京：北京大學出版社，2000 年），頁 611–612。

58 屈萬里：《尚書集釋》，頁 170。

> 隹（唯）八月初吉才（在）宗周，甲戌，王令毛白（伯）更虢甗（城）公服，甹（屏）王立（位），乍（作）四方亟（極）。秉緐、蜀、巢令，易（賜）鈴鋚（勒）。咸，王令毛公㠯（以）邦冢君、土（徒）馭、𢦚人[59]伐東或（國）痟戎。[……]
>
> 三年靜東或（國），亡不咸斁天畏（威）。[60][……]
>
> 公告氒（厥）事于上：「隹（唯）民亡䚄（造）[61]才（哉）。彝炁（眭）天令，故亡允才（哉）。顯隹（唯）苟（敬）德，亡逌（攸）違。[……]」

關於對東部名義上的周領土內，不服從命令的民眾或部落的戰役的描述，並不難理解。然而，問題是如何解讀毛公隨後的宣告。例如，Thomas Crone 認為，這段話是在評論這場戰役的軍事成功，而「民」則是指文中前面提到的叛亂群體。

---

59 陳夢家（1911–1966）根據東周金文「𢦚徒四千」，把「𢦚人」解釋為庶人或徒兵。參陳夢家：《西周銅器斷代》（北京：中華書局，2004 年），頁 26。

60 此段文字的釋讀參照陳夢家：《西周銅器斷代》，頁 25–26。

61 陳劍提出此處的「造」相當於《毛詩．思齊》「成人有德，小子有造」之「造」。參陳劍：〈釋造〉，收入氏著：《甲骨金文考釋論集》（北京：綫裝書局，2007 年），頁 175。有趣的是，此句可視作班簋銘文的注解。

> 這些人是盲目和愚蠢的！他們無視上天的命令，因此不得不滅亡。啊，這是何等輝煌！現在他們尊重德，沒有人反抗。[62]

雖然這種解釋在考證材料的範圍內是成立的，但它與西周文獻中「民」和「德」的用法相悖。「民」從來不受軍事失敗的影響，「敬德」一詞總是指周王或其盟友精英的行為。因此，我認為「公」之「告」應該被理解為對實際情況的評論或解釋。儘管這場戰事取得了成功，但根據周朝的政治理論，這些民眾起義的事實本身就表明，周王缺乏讓這些民眾意識到天命的能力。因此，毛公的聲明可以理解為一種將政治思想與實際情況並列的抗議。因為這個轉變，即是由實際事件的如實報告轉變為政治宗教的理論聲明，這些群體在前一種情況下被點名，在後一種情況下被間接地稱為抽象意義上的「民」。

在這方面，有趣的是汪德邁重新思考郭沫若（1892–1978）著名的解讀，即「民」字的古文字字形象被尖銳的物體弄瞎了眼睛。然而，不同於郭沫若的理解，即以身體致盲的形象作為一種刑罰，汪德邁提出：

> 在古代文學作品中出現的失明，是指道德的盲目，而不是肉眼的失明。[63]

62 Crone (2014), 40. 原文為德語，作者譯。

63 Vandermeersch, *Wangdao ou La voie royale*, 2: 156.

事實上，正是由於君王洞察了天命，他有責任引導那些不能感知天命的人聽從他的社會、政治天命。

四、結論

如前文所示，在西周文獻中出現的「民」，是指向周人親緣思想中理想政治天命的系列象徵標誌之一。當「民」被用來指代實際人口時，它是通過將後者置於這一政治理念中來理解的。也就是說，「民」最初見於西周文獻時，就應該被理解為一個抽象概念，其存在是為了表達為中國早期王權制度提供意義的政治—宗教觀念。

本文沒有回答的問題是，周人如何從擴展的親緣關係角度來看待他們與「民」的關係，後世文本中「民之父母」的說法暗示了這一關聯。這個話題是我即將發表的博士論文的一部分，需要進一步分析《詩經》和豳公盨銘文。

參考書目

Allan, Sarah. *The Shape of the Turtle: Myth, Art, and Cosmos in Early China*. Albany: State University of New York Press, 1991.

Assmann, Jan. *Das kulturelle Gedächtnis: Schrift, Erinnerung und politische Identität in frühen Hochkulturen*. Munich: C. H. Beck, 1999.

———. *Herrschaft und Heil: Politische Theologie in Altägypten, Israel und Europa*. Munich: Carl Hanser Verlag, 2000.

van Auken, Newell Ann. "Who is a *rén* 人? The Use of *rén* in 'Spring and Autumn' Records and Its Interpretation in the *Zuǒ*, *Gōngyáng*, and *Gǔliáng* Commentaries." *Journal of the American Oriental Society* 131.4 (2011): 555–90.

陳劍：〈釋造〉。收入氏著：《甲骨金文考釋論集》，頁127–176。北京：綫裝書局，2007年。

陳夢家：《殷虛卜辭綜述》。北京：中華書局，1988年。

———：《西周銅器斷代》。北京：中華書局，2004年。

陳英傑：《西周金文作器用途銘辭研究》。北京：綫裝書局，2008年。

陳致：〈「允」、「𣅀」、「畯」試釋〉。《饒宗頤國學院院刊》創刊號，頁135–159。香港：中華書局，2014年。

Creel, H.G. *The Origins of Statecraft in China*, vol. 1. *The Western Chou Empire*. Chicago: The University of Chicago Press, 1970.

Crone, Thomas. "Der Begriff min in Texten der Westlichen Zhou-Dynastie (1050–771 v. Chr.)." *Orientierungen* 2 (2014): 33–53.

von Falkenhausen, Lothar. *Chinese Society in the Age of Confucius (1000–250 BC): the Archaeological Evidence*. Los Angeles: Cotsen Institute of Archaeology, University of California, 2006.

Gassmann, Robert H. "Understanding Ancient Chinese Society: Approaches to *Rén* 人 and *Mín* 民." *Journal of the American Oriental Society* 120.3 (2000): 348–59.

———. *Verwandtschaft und Gesellschaft im Alten China: Begriffe, Strukturen und Prozesse*. Bern: Peter Lang, 2006.

Hall, David L. and Roger T. Ames. *Thinking through Confucius*. Albany, NY: State University of New York Press, 1987.

姜昆武：《詩書成詞考釋》。濟南：齊魯書社，1989年。

江林昌：〈𤼈公盨銘文的學術價值綜論〉。《華學》第6期，頁35–49。北京：紫禁城出版社，2003年。

Keightley, David N. *The Ancestral Landscape: Time, Space, and Community in Late Shang China (ca. 1200–1045 B.C.)*. Berkeley: Institute of East Asian Studies, University of California, Berkeley, 2000.

小南一郎（Kominami Ichirō）：〈天命と德〉。《東方學報》第64輯。京都：京都大學人文科學研究所，1992年，頁1–59；

———：《古代中国天命と青銅器》。京都：京都大學學術出版會，2006年，頁201–26。

孔安國傳，孔穎達疏：《尚書正義》。北京：北京大學出版社，2000 年。

Kryukov, Vassili (劉華夏). "Symbols of Power and Communication in Pre-Confucian China (on the Anthropology of *de*): Preliminary Assumptions." *Bulletin of the School of Oriental and African Studies* 58.2 (1995): 314–333.

Li Feng (李峰). *Landscape and Power in Early China: The Crisis and Fall of the Western Zhou, 1045-771 BC*. Cambridge: Cambridge University Press, 2006.

———. *Bureaucracy and the State in Early China: Governing the Western Zhou.* Cambridge: Cambridge University Press, 2008.

李零：〈論𧻚公盨發現的意義〉。《中國歷史文物》2002 年第 6 期，頁 35–45。

李學勤：〈論𧻚公盨及其重要意義〉。《中國歷史文物》2002 年第 6 期，頁 4–12、89。

———：〈論清華簡《保訓》的幾個問題〉。《文物》2009 年第 6 期，頁 73–75。

Loewe, Michael ed. *Early Chinese Texts: A Bibliographical Guide*. Berkeley, CA: The Society for the Study of Early China and the Institute of East Asian Studies, University of California, 1993.

羅琨：〈𧻚公盨銘與大禹治水的文獻記載〉。《華學》第 6 期，頁 15–25。北京：紫禁城出版社，2003 年。

馬承源主編：《商周青銅器銘文選》第三冊。北京：文物出版社，1988 年。

Munro, Donald J. *The Concept of Man in Early China*. Stanford: Stanford University Press, 1969.

清華大學出土文獻研究與保護中心編，李學勤主編：《清華大學藏戰國竹簡》（壹）—（陸）。北京：中西書局，2010–2016 年。

裘錫圭：〈史牆盤銘解釋〉。《文物》1978 年第 3 期，頁 25–32。收入氏著：《裘錫圭學術文集》第三卷，頁 6–17。上海：復旦大學出版社，2012 年。

———：〈豳公盨銘文考釋〉。《中國歷史文物》2002 年第 6 期，頁 13–27。

屈萬里：《尚書今註今譯》。臺北：臺灣商務印書館，1977 年。

———：《尚書集釋》。《屈萬里先生全集》二。臺北：聯經出版，1983 年。

———：《詩經詮釋》。《屈萬里先生全集》五。臺北：聯經出版，1983 年。

饒宗頤：〈豳公盨與夏書佚篇《禹之總德》〉。《華學》第 6 期，頁 1–6。北京：紫禁城出版社，2003 年。

Shaughnessy, Edward L. *Sources of Western Zhou History: Inscribed Bronze Vessels*. Berkeley: University of California Press, 1991.

———. "Western Zhou History." In Michael Loewe and Edward L. Shaughnessy eds. *The Cambridge History of Ancient*

China — from the Origins of Civilization to 221 B.C., 310–13. Cambridge: Cambridge University Press, 1999.

沈建華：〈讀䜌公盨銘文小札〉。《華學》第 6 期，頁 26–30。北京：紫禁城出版社，2003 年。

白川靜（Shirakawa Shizuka）：〈金文通釈〉。《白鶴美術館誌》1978 年第 48 期。

孫星衍：《尚書今古文注疏》。北京：中華書局，1986 年。

豊田久（Toyota Hisashi）：《周代史の研究：東アジア世界における多様性の統合》。東京：汲古書院，2015 年。

Vandermeersch, Léon. *Wangdao ou La voie royale: recherches sur l'esprit des institutions de la Chine archaïque*, vol. 2, *Structures politiques, les rites.* Paris: École française d'Extrême- Orient, 1980.

Voegelin, Eric. *Order and History*, vol. 1, *Israel and Revelation.* Columbia: University of Missouri Press, 2001.

Vogelsang, Kai. "Inscriptions and Proclamations: On the Authenticity of the '*Gao*' Chapters in the *Book of Documents*." *Bulletin of the Museum of Far Eastern Antiquities* 74 (2002): 138–209.

———. *Geschichte als Problem: Entstehung, Formen und Funktionen von Geschichtsschreibung im Alten China.* Wiesbaden: Otto Harrassowitz Verlag, 2007.

Wang Aihe (王愛和). *Cosmology and Political Culture in Early China.* Cambridge: Cambridge University Press, 2000.

王保國：《兩周民本思想研究》。北京：學苑出版社，2004 年。

王國維：〈洛誥解〉。收入氏著：《觀堂集林》，頁 31–40。北京：中華書局，1959 年。

王寧：〈釋史牆盤銘的「強圉」〉，2014 年 7 月 10 日。下載自武漢大學簡帛研究中心，檢視日期：2017 年 3 月 29 日。網址：http://www.bsm.org.cn/?guwenzi/6225.html。

王玉哲：〈西周春秋時代的「民」的身分問題 —— 兼論西周春秋時的社會性質〉。《南開大學學報（哲學社會科學版）》1978 年第 6 期。重刊於《古史集林》，頁 94–113。北京：中華書局，2002 年。

Weber-Schäfer, Peter. *Oikumene und Imperium: Studien zur Ziviltheologie des chinesischen Kaiserreichs*. Munich: Peter Lang, 1968.

Xing Wen (邢文) ed. *The X Gong Xu : A Report and Papers from the Dartmouth Workshop*. Hanover, NH: Dartmouth College, 2003.

許倬雲：《西周史》。臺北：聯經出版，1990 年。

楊伯峻：《春秋左傳注》。北京：中華書局，1990 年。

游喚民：《先秦民本思想》。長沙：湖南師範大學出版社，1991 年。

張榮芳：〈兩周的「民」和「氓」非奴隸說 —— 兩周生產者身分研究之一〉。《中山大學學報（社會科學版）》1979 年第 3 期，頁 30–43。

張永山：〈燹公盨銘「隓山叡川」考〉。《華學》第 6 期，頁 31–34。北京：紫禁城出版社，2003 年。

中國社會科學院考古研究所編：《殷周金文集成》。北京：中華書局，2007 年。

「中國哲學書電子化計劃」，檢視日期：2006–2017 年。網址：http://ctext.org。

中央研究院歷史語言研究所：「殷周金文暨青銅器資料庫」，檢視日期：2012 年。網址：http://www.ihp.sinica.edu.tw/~bronze/。

周鳳五：〈遂公盨銘初探〉。《華學》第 6 期，頁 7–14。北京：紫禁城出版社，2003 年。

———：〈「㝬」字新探 —— 兼釋「獻民」、「義民」、「人鬲」〉。《臺大中文學報》2015 年第 51 期，頁 1–40。

朱鳳瀚：〈燹公盨銘文初釋〉。《中國歷史文物》2002 年第 6 期，頁 28–34。

———：《商周家族形態研究》。天津：天津古籍出版社，2004 年。

子居：〈清華簡《厚父》解析〉，2015 年 4 月 28 日。下載自清華大學出土文獻研究與保護中心，檢視時間：2017 年 1 月 15 日。網址：https://www.ctwx.tsinghua.edu.cn/info/1081/2221.htm。

饒宗頤國學院院刊 增刊
2023年6月
頁187–220

格式化的意義：對清華簡*〈湯在啻門〉的深描及其對中國早期思想生產的啟示

麥笛（Dirk Meyer）
英國牛津大學皇后學院
陳子如譯

這篇論文提供了對清華簡〈湯在啻門〉篇的「深描」（thick description，Geertz 1973）。「深描」通過探索〈湯在啻門〉的交際維度，並分析文本與施行之間的互動，在時間話語中重構〈湯在啻門〉的交際使用。該篇文本記錄了想像中的成湯帝和名臣伊尹（始終被介紹為「小臣」）在啻門的一次對話。該文本是高度格式化的，呈現了一次關於「古之良言至於今」的交談。對話由兩部分構架而成：一是在《書》的文本傳統中習見的慣用引言；一是從

* 筆者要感謝紐約市立大學布魯克林學院 Andrew Meyer 充滿洞見的評論和建議，對這篇論文的改善有極大的幫助。

「戲劇性」角度（Utzschneider）出發，對文本的總結評價。討論事項以目錄的形式出現，同時文本是押韻的，暗示了文本的完整性。然而看似貧乏的內容卻與勻稱的結構相矛盾，出現了古怪的空話，令現代讀者困惑不已。通過利用內容—形式理論和信息論，及考慮其表演性維度，本文探究了內容和形式之間的明顯衝突，並重構了戰國時期社群通過格式化文本闡明意義的策略。被放入這樣的脈絡後，作為戰國時期（約公元前 453– 前 222）思想景觀中演出文本之意義建構的參照物，這篇相當古怪的文本起到了更全面的作用。

一、文本與簡書

〈湯在啻門〉是篇相對較短的文本，由八個不同的模塊構成，共包含七個思想單元，可分為哲學核心和其應用兩部分。它被寫在 21 枚 44.5 厘米長的竹簡上，收錄在清華簡中。[1]

在簡片的頂部、底部和中間由三道繩索編連。有些簡片的尾部有兩個平行標記。按簡片背面的標記所示，前二十片來自同一個竹筒；只有 21 號簡片來自不同的竹筒。[2] 這裡使用的順序，是清華簡整理組基於文本中事件順序作的排序，簡片的背面並沒有序號。

11 號和 20 號簡片的上端已折斷；7 號簡片缺少尾部。不過似乎沒有文字缺失。若干字是模糊的（比如 40 號簡片中的相或地）。

平均每簡有 28 個字。簡文的書法大體一

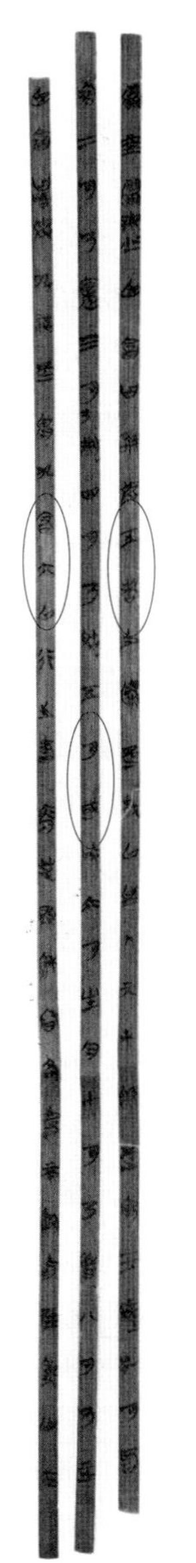

圖 1

1 竹簡的照片（141–148）發表在李學勤主編：《清華大學藏戰國竹簡（伍）》（上海：中西書局，2015 年），頁 14–17、71–84；頁 141–48 附帶注解。

2 Lǐ Shǒukuí 李守奎, "'Tāng zài Chì/Dì mén' dǎodú" 湯在啻門導讀 (paper presented at "Human Nature, Morality, and Fate in the Tsinghua University Bamboo Manuscripts, Tang chu yu Tang qiu 湯處於湯丘, Tang zai Chi men 湯在啻門, and Yin Gaozong wen yu san shou 殷高宗問于三壽", the International Consortium for Research in the Humanities at the University of Erlangen-Nuremberg, Erlangen, May 12, 2016).

致，僅有少數例外。據李守奎所言，簡文偶現楚國文字，而大部分書法表現出明顯的三晉特徵。[3] 簡文有二次修改的痕跡，抄寫者在已有書寫中加入了更多的字，表明了對文本完整性的關注。例如 6 號簡片上的好字；7 號簡片上的乃字；20 號簡片上的唯字。（可見圖 1，從右至左分別為 6 號簡、7 號簡、20 號簡）。簡本無標題，現有標題由清華簡整理組擬定。

簡文有斷句標記，或稱「換氣」標記。它們持續用於感歎或問題中，在表述核心概念時亦被反覆使用。

簡文的精心製作與文本內容在純粹的詞彙意義層面上存在明顯的矛盾，後者偶爾會出現相當的不足。二次修改和換氣標記表明，這篇簡文不僅是為了展示，更是為了使用、也就是被大聲朗讀出來而製作的。[4] 文本的某些特徵表明它十分適合這一目的：文本大部分是押韻的，而且句子往往被精心平衡處理，故保持著嚴格的平行格式，帶來一定的流暢韻律。由於其形式呈現受到了如此重視，它在詞彙層面上的內容就顯得尤為貧乏。從表面上看，該文本包含很多老生常談的表達和可預測的反問，而且它有許多缺乏詞彙解釋的數字，這些數字奇怪地脫離了前文的思路，讓現代讀者相當困惑。

3　同上注。

4　關於早期中國代表性文本的討論，見 Matthias L. Richter, "Textual Identity and the Role of Literacy in the Transmission of Early Chinese Literature", in *Writing and Literacy in Early China: Studies from the Columbia Early China Seminar,* eds. Li Feng and David Prager Branner (Seattle, WA: University of Washington Press, 2011), 206–36。

二、格式化的意義

我們應該如何閱讀〈湯在啻門〉？這篇相當古怪的文本，約在兩千五百年前為一個意義共同體（meaning community）創作，我們必須假設，這個共同體與二十一世紀的讀者幾乎沒有共同點。這篇文本的太多措辭看上去都是奇怪的陳詞濫調且毫無意義，它明顯不是與我們對話的作品，那麼我們如何能從其中發掘意義？誰是能理解這個文本的群體，他們是如何使用它的？它究竟有沒有意義？如有，那它產生意義的策略是甚麼，而我們今天應該如何解開這些策略？

（一）闡明閱讀策略

〈湯在啻門〉的古怪特點清楚表明，用傳統的窮盡式研究路徑來解讀文本，比如選出關鍵術語並在戰國時期的思想語境中討論它們，將不會得到甚麼結果。不幸的是，直到今天這仍然是中國哲學研究所採用的普遍方法。文本相當確切地違抗了這樣的理解策略，而且使用這種策略的唯一結果將是，我們斷定它是糟糕的文本，它完全無法產生意義，亦說明不了任何東西。很顯然，古代的共同體不會以這樣的方式使用它。考慮到其押韻和語句平衡的文本特徵，古人使用這一文本時的首要關切不太可能僅僅停留在其語彙層面。我們必須假定他們使用的是它的表演性維度。[5]

5 「表演性維度」的概念相當廣泛，可能包括文本的表演性根源。筆者將於結語討論戰國時期是否存在審美私讀。

這應該告訴了我們讀解文本的策略。通過給予〈湯在啻門〉一種寬容的理解，並假定它自身具有意義[6]，我將揭示它生產意義的策略，並重構它在古代的使用方式。我提議，分兩步分析其論證的文學形式：首先，探索其在微觀層面，即通過單一構件建構意義的方式；其次，將其在微觀層面建構意義的策略應用到整個文本中，即宏觀層面的分析。[7]

這樣的分析將表明，〈湯在啻門〉的意義主要不是在意指的水平層面上發展的，即單純的詞彙，而是首先通過

---

6 寬容的理解是所有成功交流的基礎。它要求把一個說話者的陳述（或者一個文本）解釋成正確的，也要求考慮一個論點最佳和最有利的可能理解。見 Normand Baillargeon, *A Short Course in Intellectual Self-Defense,* trans. Andréa Schmidt (New York: Seven Stories Press, 2007), 78。

7 筆者已經在不同的文本如《忠信之道》、《窮達以時》、《五行》上測試過這種策略，它們都是戰國時期的文本，以及《秋水》和《周武王有疾周公所自以代王之志》。見 Dirk Meyer, *Philosophy on Bamboo: Text and the Production of Meaning in Early China* (Leiden: Brill, 2012)；Meyer, "The Art of Narrative and the Rhetoric of Persuasion in the '*Jin Teng' (Metal Bound Casket) from the Tsinghua Collection of Manuscripts", *Asiatische Studien - Études Asiatiques* 68, no. 4 (2014): 937–68; Meyer, "Truth Claim with no Claim to Truth: Text and Performance of the 'Qiushui' Chapter of the Zhuangzi", in *Literary Forms of Argument in Early China,* eds. Joachim Gentz and Dirk Meyer (Leiden: Brill 2015), 297–340; Meyer "'Shu' Traditions and Text Recomposition: A Re-evaluation of 'Jin teng' and 'Zhou Wuwang you ji'", in *Origins of Chinese Political Philosophy: Studies in the Composition and Thought of the Shangshu (Classic of Documents),* eds. Martin Kern and Dirk Meyer (Leiden: Brill 2017), 224–48。

對美學的訴求來闡明。這是由韻律、格律和有規律的語句平衡實現的。文本產生了一個有哲學意義的啟示，它呼籲讀者具有感受美的能力，並能將美看作宇宙格式無所不在的證據，包括物質宇宙組織及人造文明。通過在文本構成層面重現這些格式，〈湯在啻門〉成為了它們的延伸。它從而彌合了物質宇宙和被建構的人類文明之間的差距。由此可見，朗誦文本成為了具有哲學意義的行為，傾聽者活躍地參與其中，並通過參與行為維持這些結構。

（二）單元一

單元一是〈湯在啻門〉大部分內容的範例：其特徵是引人入勝的聲音織體和精巧的創作結構，同時還包括朗讀標記或稱「換氣」標記的規律性使用。[8] 這和它在水平層面，即純粹詞彙層面上相當貧乏的意義建構奇怪地並置在了一起。

〈湯在啻門〉的開篇是「書」類傳統文本中的常見框架

8 由管錫華在 2002 年所主張，他尤其關注傳播中的文學，關於早期中國書寫中的標點已有很多討論。廖名春 2000 年指出了在手寫文本的文本分隔的問題上記號的重要性。李孟濤（Richter）專注於原稿，將以前未被發現的體系化納入了中國書寫中的標點研究。對中國文本中的標點的一般性討論見於何莫邪（Harbsmeier）1998；傅熊（Führer）和畢鶚（Behr）2005；Nikita Bichurin（1999–1853）是第一個討論中文標點的人（引自 Imre Galambos 高奕睿 , "Punctuation Marks in Medieval Chinese Manuscripts", in *Manuscript Cultures: Mapping the Field,* eds. Jörg B. Quenzer, Dmitry Bondarev and JanUlrich Sobisch (Berlin: De Gruyter, 2014), 342–57）。高奕睿在 2014 年討論了中古中文簡書中的標點符號。

（frame），即一種戰國時期由多種群體使用的語體風格。這種風格是出於社會政治和哲學的目的，在當下重建過去的嘗試。在他們的自我呈現模式中，這些文本以過去聲音的姿態（Gestus）存在於當下，並且和未來相關。[9] 這一框架進一步通過具體紀錄成湯（約公元前 1675– 前 1646，即商朝的開國之君，在安陽甲骨文中被記載為大乙）和他的一位顧問（即文本中所稱的「小臣」）之間的問答來作為文本的開場白。這從而將〈湯在啻門〉和一個獨特傳統關聯起來，使其被置入社會政治和哲學的辯論之中。在定位事件發生的時間和空間時，它採取了一個觀察周到的編年記事者的姿態，[10] 呈現出如同舞台表演的「戲劇性」開場，使〈湯在啻門〉十分適合口頭表演。[11] 單元一與「書」類傳

9 關於戰國時期「書」的傳統和它們充滿活力的社會政治和哲學維度，見 Dirk Meyer, *Traditions of Writings* 書 *(Shu) and Political Argument in Early China*。

10 關於利用特定框架結構將特定文本與「書」類傳統聯繫起來，見 Rens Krijgsman 武致知 , "The Textualization of Cultural Memory in Early Chinese Manuscripts" (Ph.D. diss., University of Oxford, 2016)；Dirk Meyer, "Recontextualization and Memory Production: Debates on Rulership as Reconstructed from 'Gu ming' 顧命 ", in *Origins of Chinese Political Philosophy,* eds. Kern and Meyer, 106–45。

11 關於早期文學的「戲劇性」特徵，見 Helmut Utzschneider, "Ist das Drama eine universale Gattung? Erwägungen zu den 'dramatischen' Texten in der alt. Prophetie, der attischen Tragödie und im ägyptischen Kultspiel", in his *Gottes Vorstellung: Untersuchungen zur literarischen Ästhetik und ästhetischen Theologie des Alten Testaments* (Stuttgart: Kohlhammer, 2007), 269–90。關於柯馬丁（Martin Kern）2009 年對《尚書》作為正式的朗誦文本的討論（Martin Kern, "Bronze

統的框架相連，在知識上統攝了《湯在啻門》的對話：

1.

|[1] 貞（正）月己晐（亥），湯才（在）啻（帝）門，
問於少（小）臣：
　「古之先帝亦有良言（*raŋ-*ŋan）青（情：
　[dz]eŋ）至於今（[k]r[ə]m）虎（乎）？」
少（小）臣倉（答）|[2] 曰：
　「又（有 *ɢʷəʔ）才（哉 *tsˤə）[illegible]。
　女（如）亡（無）又（有）良言（*raŋ-*ŋan）
　清（情：*[dz]eŋ）至於今（*[k]r[ə]m），
　則可（何）[illegible] 以成人（*deŋ-*niŋ）？
　可（何）以　成邦（*deŋ-*pˤroŋ）[illegible]？
　可（何）以　成地（*deŋ-*lˤej-s）[illegible]？
　可（何）以　成 |[3] 天（*deŋ-*l̥ˤin）
　[illegible]？」

Inscriptions, the *Shijing* and the *Shangshu*: The Evolution of the Ancestral Sacrifice during the Western Zhou", in *Early Chinese Religion, pt. 1, Shang through Han [1250 BC–220 AD],* eds. John Lagerwey and Marc Kalinowski [Leiden: Brill, 2009], 143–200），Yegor Grebnev 深化了 Utzschneider「戲劇性」的概念，並把它應用在早期中國文本，尤其是「書」的傳統中的演說內容，見 Yegor Grebnev, "The Core Chapters of the Yi Zhou shu" [Ph.D. diss., University of Oxford, 2016]。戲劇性演說的標準包括「第一人稱和第二人稱代詞、呼語詞和感歎詞在文本中的分布」。我們還可以進一步考慮將類似舞臺表演的演說框架看作戲劇性文本的另一個重要特徵。

在純粹的水平層面，即意指的語彙層面上，這一構架作用不大。成湯詢問小臣「古之先帝」的教導的本質，以及它是否對當下有所啟示。小臣作出了肯定回答，並以反問句回應關於具體事情的狀況。對我們來說，小臣以反問作出的回答顯得相當陳詞濫調，但事情並非看起來的那樣簡單。

小臣列舉出了有關社會領域的事項——成人和成邦，與之對應的是宇宙秩序中的成地和成天。正如在〈湯在啻門〉中更為普遍的情況那樣，這個單元在詞彙層面上只提供了陳詞濫調和老生常談——無論是提問者還是回答者——但它把它們編織進了一個引人入勝的聲音織體中，與具有嚴格規律性的語句格式成對。我用黃色和綠色標出了成對的諧音，用方框圈出了不和諧音。

文本以成湯的問題開頭，以語音網絡構成，把相關事項組織成有意義的單元。比如，如果忽視語音結構的話，就很難僅從語法上分析成湯帝的問題[12]，而且人們可能傾向於把「良言情」理解成「好的語句和情感」。然而，如果通過語音結構理解，就容易看到它們實際上明顯是兩對詞：良言（*raŋ-*ŋan）「天然有益的教導」必須構成一個單元，情今（*[dz]eŋ-*[k]r[ə]m）「[它們]（在我們）今天的實際情況／實質」構成另一個——由聲音織體組成。[13]

12「古之先帝亦有良言情至於今乎」。

13 雖然後一對詞可能沒呈現出良好的韻律——所以筆者說的是〈湯在啻門〉的語音織體——單元一和單元二之間相關主要元音的劃分清楚表明它們是兩個獨立但相關的組。因此，文本說的是「良言」（*-aŋ）和「情今」（*-e/ə）。

在揭示了該單元如何超越水平層面，即在純粹詞彙層面之外產生意義的方法後，其剩餘部分以相同的方式繼續，因為小臣的回答也是由聲音織體構架的，以一個簡短的兩音節肯定回答（有 *ɢʷəʔ 哉 *tsˤə「的確有［這樣的教導］」）作為顯著框架。

接下來的就十分有趣了：人們認為會出現押韻的事項——成就社會領域和宇宙領域的目錄——沒有使用原本會成為本單元特點的引人入勝的聲音織體。「成人、成邦、成天、成地」以粗拙的語音結構出現，每個詞都有一個不同的主要元音，它們的開頭和結尾有各種不同的發音位置。[14] 目錄正是通過有意營造這種看似不合常規的聲音特徵吸引觀眾的注意。而它的引人入勝是由平行詞組的緊湊結構造成的。

但目錄與流暢語音織體粗暴的決裂不僅是為了吸引聽眾的注意。它也強化了所說之言的意義。正如上面的語音對子一樣，[15] 這個單元通過塑造古代良言——它們以悅耳的聲音織體為特徵——和它們今天的實際情況之間的二元性來確立意義，聲音近似有形的樸拙特徵造就了它們在本體論層面上難以駕馭的表象。

儘管語音是笨重的，它們還是呈現出清晰的規律性和

14 則　可（何）（[illegible]）以成人（*deŋ-*niŋ）？
可（何）　以成邦（*deŋ-*pˤroŋ）　（[illegible]）？
可（何）　以成地（*deŋ-*lˤej-s）　（[illegible]）？
可（何）　以成天（*deŋ-*l̥ˤin）　（[illegible]）？

15 兩對詞「天然有益的教導」和它們對當下的影響。

美麗的平行性。它們的有形存在雖然難以駕馭，但被證明是和諧的。

對這個單元的分析顯示，任何通過抽取詞彙的意義，從而在水平意指層面上理解它的嘗試都注定要失敗。這種方法讓成湯帝和小臣所說的話看起來陳腐而平庸，並且沒有意義。顯然，詞彙是第二位的。更確切地說，這個單元首先通過聲音和結構產生意義。小臣的回答在水平的意指層面上是陳腐的，卻又顯示出並不是空洞的，而是修辭層面的抽象，其意義主要由文本構成的形式方面體現。

（三）單元二

許多戰國時期基於論證的文本（argument-based texts）在它們的第一個單元中都發展出了由整篇文本所支持的基礎論證模式。[16] 對評注者來說，這意味著通過解開文本開頭中闡明意義的策略，便可以得到正確閱讀文本之方法的關鍵。這也適用於〈湯在啻門〉。也許我們還沒弄清楚它到底說了甚麼，但我們已經知道了它是如何運作的。

單元二以大致相同的方式延續了成湯帝和他的建議者之間的談話。成湯帝提出一個問題，小臣以格式化的演說回答。

16 關於基於論述文本的製造意義的策略，見 Dirk Meyer, *Philosophy on Bamboo: Text and the Production of Meaning in Early China* (Leiden: Brill, 2012)。

2.

湯或（又）問於少（小）臣曰：

「幾言成人　？　（*deŋ-*niŋ）

幾言成邦　？　（*deŋ-*pˤroŋ）

幾言成地　？　（*deŋ-*lˤej-s）

幾言成天　？」　（*deŋ-*lˤej-s）

少（小）臣畣（答）曰|[4]【3】：

「五以成人，悳（德）以　光之　；（*kʷˤ aŋ）

四以成　邦，五以　相之　；（*[s] aŋ-s）

九以成地，五以　將之　；（*[ts]aŋ-s）

九以成天，六|[5]以　行之　。」（*[g] ˤ raŋ-s）

最令現代讀者感到驚訝的是，成湯帝沒有尋求教導的內容，而是直接詢問了它們的*數量*。雖然這對我們來說難以理解，細緻分析以下單元就能發現，成湯帝這樣的做法表明他已理解了——即使是含蓄地——這些教導和它們的含義。這正是另一個證實被這一時期許多文本所支持的關於修身的普遍但自相矛盾的觀點的例子，即只有已經具備美德的人才能進一步滋養他們的美德。[17]

17　關於中國話語中自我培養的矛盾，見倪德衛在 David S. Nivison, *The Ways of Confucianism: Investigations in Chinese Philosophy* (Chicago: Open Court, 1996), 33ff 中對「美德困境」的論述。

小臣的回答結構古怪，由圍繞數字四、五和九的規範表述組成，又加上「德」和數字六。但其後有一個清晰的體系：五標誌著人的領域（成人），四標誌著社會政治的領域（成邦）。它們一起形成了宇宙的九。不過，「成人」需要有足以使其與眾不同的美德。這產生了六，即「成天」所需要的數字。在沒有清楚說明的情況下，小臣繼續闡述人和宇宙是如何相互交織、彼此不可或缺的，進而說明只有賢人、有德之人才有可能在人的領域內實現天意。這樣說來，論點的形式和內容構成了單一的實體，其中它們相互體現著彼此。在小臣所作的規範表述中，它們不能被分開考慮。

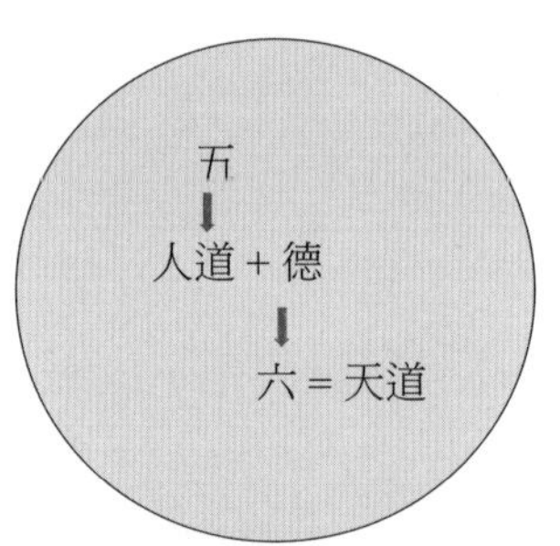

圖 2　人與宇宙的交織

但表現世界對稱性的不僅是數字。小臣對成湯帝的回答中，一方面是難以駕馭但勻稱的物質實在性，另一方面是教導的悅耳流動，二者之間的原型二元性也由「光」、「相」、「將」、「行」四字確認，這四個完美的押韻字描述了平衡體系中良言的核心。簡文中沒有一處明確這樣說，但顯然這四個字代表著成湯帝所尋求的古代教導的核心，它們將人和宇宙交織在一起。當我們把〈湯在啻門〉隱含的意義建構的普遍原則應用到這個單元時，就會知道這一點，因為這四個字是押韻的。

通過製造一個由數字四、五、九，以及德和六所組成的世界，並且在其中心社會和宇宙取得平衡，這個單元從而顯示了而非解釋光、相、將、行這些必需的要素，清晰地展示了古代教導，形成了文本的哲學核心。簡文的剩餘部分（三到七單元）逐一詳細闡述了這些關係的本質，表明了對人的五和有美德的睿智的規範表述背後的本體論現實；「五以成人，德以光之；四以成邦，五以相之；九以成地，五以將之；九以成天，六以行之。」。這樣，〈湯在啻門〉不僅表明了數字的重要性，還通過探索它們的實際對應物，展示了成湯帝對這個由教導彌合的平衡世界有傾向的、直覺的理解，因為他首先問的是關於數字的問題。

最後，這個單元也重現了德是人類活動的關鍵的觀點，這個觀點之前是由成對的詞語闡明的，現在必須同時在水平和垂直層面上理解：德和六（即人的五加上德）構造了這個陳述並因此囊括了人的五；五反過來是由社會的四加上德產生的，影響了宇宙的九。見下面的模式圖：

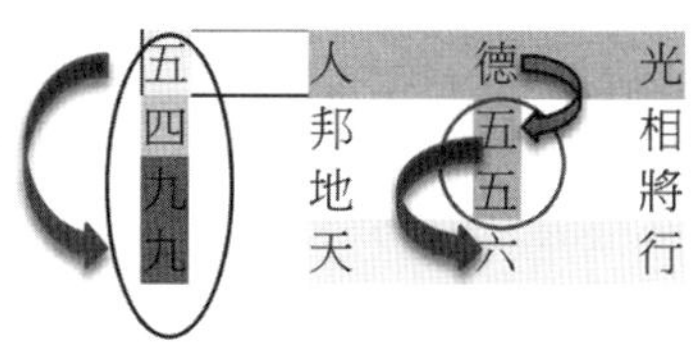

圖 3

（四）單元三

至此，顯現出高度平衡性和對稱性的論述形式是古代教導所投射的、小臣所描繪的世界的模仿。文本已經在它的核心本質中建立了宇宙平衡體系，它的剩餘部分繼續詳細描述了數字背後的內容，這些數字關聯了人和宇宙，將之嵌入世界這個平衡體系，它結合了人和社會（也就是邦）、地和天，以及人和宇宙。與當時以論證為基礎的文本並無不同，該文本也由哲學核心和其應用兩部分構成，而此刻文本出現一個明顯的轉變，即開始論述上述規範表述背後的現實。文本以探索人的五開始，隨後是社會的四和宇宙的九，最後是賢明的六。

3.

湯或（又）問於少（小）臣曰：

　「人可（何）得（德？）以生（*sreŋ）？

　　可（何）多　　以長（*sreŋ）？

　孰（*duk）少（小）（*s.tewʔ）而老（*C-rˤuʔ）？

　胡 (*gˤa) 猷（猷）是人（*niŋ），

　　而 |[6] 罷（一）亞（惡）（*ʔˤrak-s）

　　罷（一）好？（*qʰˤuʔ）」

少（小）臣畣（答）曰：

「唯皮（彼）**五味**之炁（氣），　是哉以為人。

　亓（其）末炁（氣），　是胃（謂）玉

（*ŋok）穜（種）（k.toŋʔ）：

鼠（一）月刣（始）|[7]揚（孕），[18]

二月乃裹，

三月乃刑（形），

四月乃胡（固），

五月或（又）收（褎），[19]

六月生肉，七月乃肌，

八月乃正|[8]，

九月䌛（顯／解／繲）章，[20]

十月乃成（*m-[d]eŋ），民乃時生（*sreŋ)。

亓（其）炁（氣）朁（潛）緐（歜）發紿（治），是亓（其）為長（*traŋʔ）虘（且）好才（哉）。

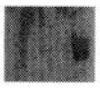

亓（其）炁（氣）畬（奮）|[9]昌，是亓（其）為嵤（當）（*tˁaŋ -s）䚢（壯）（*[ts]<r>aŋ -s）。

炁（氣）融交以備，是亓（其）為力。

炁（氣）戚（蹙）乃老，炁（氣）徐乃猷，炁（氣）逆亂以方|[10]【9】，是亓（其）為疾央（殃）。

18 一些評論家會讀作「揚（孕）」。

19 一些評論家會讀作「收（褎）」。

20 一些評論家會讀作「解（繲）」。

> 炁（氣）屈乃冬（終），百志皆竆（窮）。」

正如成湯帝在單元二對數字的突然詢問雖然看上去古怪地脫離了對話的流動，但真正顯示出了他對事情預先培養良好、直覺性的理解一樣，這個單元使用了一個相似、但在結構上相反的策略來表明成湯帝對事情的把握。既然數字被證明是教導的關鍵，那麼成湯帝所詢問的其實是人的範疇，而不是與人有關的數字五代表著甚麼。然而，他提出問題的方式說明他已理解了這些問題，因為他在問生、長、老、好、惡這五個核心要素。這反映在他的問題構成的方式上，其中一張押韵的網建構了人的各要素之間的關聯性，表明它們實際上是同一週期的不同階段。小臣的回答同樣以各要素的順序展開 —— 他稱其為人的五味之氣，這與他之前的話相互參照，表明成湯帝已經理解了 —— 並再一次以押韻和平行的句子格式為特徵。

他的回答遵從了嚴格的平行格式，用十個朔望月歷數了人誕生的周期。它以押韻作結，為表示出生周期的完成適用於整個民族：

> 十月乃成（*m-[d]eŋ），民乃時生（*sreŋ）。

韻律繼續佔據支配地位，表達了人的發展隨著世界和諧地流動，且從不會與之產生衝突。

（五）單元四 A 部分

在人的事情以其五個核心要素被闡明後，單元四繼續詳細闡述了單元二關於國邦的四個核心要素，以及治理其所必需的五個要素。它把國家的核心要素稱作「四正」，僅把它們指為治理國邦所必需的五個要素的目錄的一部分。顯然，第五個要素同樣也是助人成聖的：德。

4A.

湯或（又）問於少（小）臣：

「夫四以成邦，五以相之 |[11]，可（何）（*gˤaj）也（*lajʔ）？▇」

少（小）臣畲曰：

「唯皮（彼）四神（*Cə.li[n]），是胃（謂）四正（*Cə.li[n]）；

五以相之：**悳（德）**、事、役、正（政）、型（刑）▇。」

（六）單元四 B 部分

這個單元最好被認為和單元四 A 部分有套娃式的關係，因為它探索了和治理邦國有關的五個核心要素背後的內容：德、事、役、正（政）、型（刑），每個要素都以嚴格平行的二元對立目錄呈現。這是文本中最長的一個條目，而且給出了最具體的標準。通過呈現好和壞的二元對立，它連接了單元三的主題，其中人的問題得以發展。簡文中，單元四 B 部分中的每個陳述都有換氣標記，用以強調：

4B.

湯或（又）問於|[12]少（小）臣：

「媺（美）悳（德）奚若？　亞（惡）悳（德）奚若[illegible]？

微（美）事奚若？　亞（惡）事奚若[illegible]？

微（美）役奚若？　亞（惡）役奚若[illegible]？

微（美）|[13]正（政）奚若？　亞（惡）正（政）奚若[illegible]？

微（美）型（刑）奚若？　亞（惡）型（刑）奚若[illegible]？」

少（小）臣畣（答）[illegible]：

「悳（德）濬明執信以義成，　此胃（謂）|[14]微（美）悳（德），可以保成；

悳（德）變亟，執譌以亡成，　此胃（謂）亞（惡）悳（德），唯（雖）成或（又）渝[illegible]。

起事又（有）穫，民長|[15]萬（賴）之，　此胃（謂）微（美）事[illegible]；

起事亡（無）穫，病民亡（無）古（故），　此胃（謂）亞（惡）事[illegible]。

起役時訓（順），民備不俑，　此胃（謂）|[16]微（美）役[illegible]；

起役不時，大弼（費）於邦，　此

胃（謂）亞（惡）役。

正（政）柬（簡）以成，　　　　　　　此

胃（謂）微（美）正（政）；

正（政）仳（華）亂以亡（無）常，民|[17]咸

解（懈）體自卹，

此胃（謂）亞（惡）正（政）。

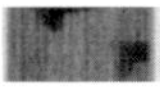

型（刑）情以不方，　　　　　　　此

胃（謂）微（美）型（型）；

型（刑）泰以亡常，　　　　　　　此

胃（謂）亞（惡）型（刑）。」

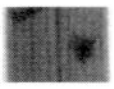

（七）單元五

在探索二單元的規範表述的過程中，單元五和六——它們探索了宇宙的九——和單元四（A 和 B 部分）在結構上是平行的。所有這些對子裡的第一個數字（單元四 A 部分中的四；單元五和單元六中的九）都是以抽象的押韻定義呈現的，而只有後面的數字在目錄中解釋得較為清楚。儘管如此，我們仍有可能了解這些未詳述的數字的內容。在單元四 A 部分中，前面的數字更小，因此被完全包含在目錄中。文本因此似乎暗示了「成（建立／征服？）邦」和「相之」相比是更小的成就；而隨著加上德，也就是使一個有成就的人成為聖人的品質（單元二），目錄變得完整。在單元五和六中，押韻對裡的前一個數字更大，因此沒有在接下來的目錄中被明確闡述——但我們從上文得知它包含人的五和社會的四。成湯帝的詢問一直是押韻的。

5.

湯或（又）|[18] 問於少（小）臣：

「九以成地，五以將之，可（何）(*gˤaj) 也（*lajʔ）？」

少（小）臣龠（答）曰：

「唯皮（彼）九神（*Cə.li[n]），是胃（謂）地真（*ti[n]），

五以將之 |[19]：水、火、金、木、土，以成五㔾（曲），以植五穀。」

6.

湯或（又）問於少（小）臣：

「夫九以成天，六以行之，可（何）（*gˤaj）也（*lajʔ）？」

少（小）|[20] 臣龠（答）曰：

「唯皮（彼）九神（*Cə.li[n]），是胃（謂）九宏（*[g]ʷˤ<r>əŋ），[真 *and* 耕 *rhyme contacts]*

六以行之：晝、夜、芚（春）、夏、秋、冬，各時不解，此隹（惟）事首，亦 |[21] 隹（惟）天道（）。」

（八）單元六

除了和與上天的宇宙的九有關的核心術語外，單元六是單元五的重複。

「唯彼九神，是謂九宏」這個短語不完全是直接押韻

的，因為神（*Cə.lin 真韻部）和宏（*[g]wˤ<r>əŋ *耕*韻部）沒有相同的主元音，而主元音通常是押韻的關鍵標誌。然而，考慮到它和上一個單元完全平行的建構，我們必須假定，對我們所討論的共同體來說，這已經足夠適合押韻了。就我們可以相信古漢語重構系統而言，[21] 在早期中國文獻中有充足的押韻對句沒有相同主元音的例子；[22] 而且真韻部和宏韻部之間也有明顯的押韻聯繫，我們所討論的詞就屬於這些韻部。[23] 這足以支持我的假設，即對於被討論的共同體來說，這些詞至少是交叉押韻的。

在單元二的四個規範表述中，亦即組織起〈湯在啻門〉全部內容的哲學核心中，德被證明是關鍵品質，是人（即個體）和社會（即國邦）之間的粘合劑，也是使人和宇宙能夠囊括彼此的元素。它是天和人、地和社會的結構化世界背後的原則。單元六的目錄現在把日夜和春夏秋冬作為不解之結列舉了出來，說明文本主張有德之人按照世界的自然格局生活。

21 筆者用的是白一平（Baxter）和沙加爾（Sagart）2014 年最後修改過的系統。然而，參見何莫邪在 2016 年提出的重要問題。

22 康森傑（Tharsen）給出了一下例子：在《詩經・小雅》的《節南山》中，領（*reŋʔ）和騁（*l̥reŋʔ）組成了一個押韻對；在《小宛》中，令（*riŋ/*riŋ-s）和鳴（*m.reŋ）、徵（*teŋ）和生（*sreŋ）押韻。見 “Chinese Euponics: Phonetic Patterns, Phonorhetoric and Literary Artistry in Early Chinese Narrative Texts” (Ph.D. diss., University of Chicago, 2015), 120。

23 大盂鼎銘文的押韻例子，見康森傑的討論（同上注）。

（九）單元七

單元七以標誌著終結的成湯帝的最後評論構成了〈湯在啻門〉的結尾。正是在這裡，文本公開了小臣的身份是伊尹（傳統認為供職於公元前 1600– 前 1549 年），他幫助成湯帝推翻了夏朝，並鞏固了商朝的統治，據說曾撰寫《尚書》中的《伊訓》一文來勸誡成湯帝的繼任者太甲：

7.

湯曰：

「天尹，唯古之先帝之良言，則可（何）以改之！」

簡文直到結尾還把中國思想史中最著名的人物之一叫做「小臣」不是出於疏忽。對同時代的接受者來說，「小臣」身份意料之外的揭示必然是個衝擊，是一種突然的領悟，其效果因此類似於成湯帝最後意識到他已經獲得了金科玉律。在早期中國的論述架構中，促成文本接受者的領悟時刻與文本主人公的領悟時刻平行的策略並不鮮見。[24] 它顯示了接受者的文本參與，並強調了文本的演出性質。在〈湯在啻門〉中，它還表示實現了的期望。正是通過成湯帝對教導的接受，伊尹才從「小臣」變成了為世人所記住

24 例如在《周武王有疾》中，周成王在從金縢中取出占卜記錄的一刻才意識到他對周公的不公，這個時刻也為文本接受者不斷重複。筆者曾對此有過詳細討論，見 Meyer, “The Art of Narrative”；以及 Meyer, “‘Shu’ Traditions and Text Recomposition”。

的天尹。這樣，〈湯在啻門〉就不僅是記錄了成湯帝和伊尹之間一次想像中發對話。它體現了大臣和他們的主上之間的規範關係的重複模式，這種關係由德的存在所組織，並一次次通過演出場景下的文本朗誦被賦予生命力。

三、結論：從〈湯在啻門〉看文本演出

細緻分析發現，〈湯在啻門〉的意義建構較少發生在水平層面，即意指純粹的詞彙層面，而主要通過在文本的微觀和宏觀層面上的語言網絡和平行結構之間建立對應關係來建構意義。然而，這不是說意指的詞彙層面完全不重要。〈湯在啻門〉中演員名字的選擇很好地體現了這一點。把場景設置在湯的統治時期，讓他詢問先帝教導的做法，顯示了同時代共同體與正統「遠古之道」分離的焦慮，由此為他們在當下重建古代之道的願望賦形，這是戰國各國佔用「書」傳統的共同做法。[25] 小臣的回答斷言，當下和遠古之間的差距可以通過獲取聖人昔時所用的宇宙模式彌合。

文本在演出中被激活了意義。文本不希望被挖掘出與哲學有關的術語，因為如果以這種方式被使用的話，也不會發現甚麼，反而是希望因為意義結構而被使用，這隱藏在水平層面之下，以俄羅斯套娃方式從文本的核心部分 —— 單元二 —— 打開。從文本嚴格的規律性構成和

25 對於這個問題，見 Dirk Meyer, *Traditions of Writings* 書 *(Shu) and Political Argument in Early China*。

聲音織體、語句重複、平行的句子架構、語音網絡和對數字壓倒性的關注來看，它是典型的由朗誦激活的真言（mantra）。不僅是文本，簡文的若干特徵也有利於這種用法，尤其是簡文中的記號，在大聲誦讀文本可作為輔助。每當成湯帝或小臣作出感歎時，這些記號就有規律地出現；[26] 它們標誌著重要的事；[27] 而且它們也使得作為編目一部分的單個事項有所組織，不致散亂。

最重要的也是最後一點，取決於剛才提到的特徵，文本不僅為其信息提供了可辨別的形式，還以形式表達了內容，通過演出產生了意義。它被「德」的存在所構架，體現了臣子和他們的主上之間的規範性關係的對話格式；它把成湯帝和接受者的領悟合二為一；以及，它時時通過文本演出重新激活古代的教導，加倍了成湯帝對古代教導與當下的相關性的憂慮，由此實現了伊尹的期望。

但〈湯在啻門〉在範圍更廣的戰國時期思想景觀中處於甚麼位置，以及它對我們理解那個時期有甚麼幫助呢？

第一，我們注意到最初的框架沒有增加任何思想上或語境上相關的東西。

正月己亥，湯在啻（帝）門，問於小臣

26 例如在單元一中，伊尹強調說有一些古代教導，其現實性與當下相關（有 *ɢwəʔ 哉 *tsˤə）。

27 例如在單元二中，成湯帝詢問各種教導的數量（幾言成人 ？幾言成邦 ？幾言成地 ？幾言成天 ？）

相反，這個框架的目的是連接文本和話語。它和「書」傳統中常見的那種背景說明有緊密的聯繫，這種聯繫可以在《尚書》和《逸周書》等文本中看到——這些文本在帝國時期的傳播過程中經歷了編輯和解釋上的變化——也可以通過出土文獻，比如藏於清華大學的簡牘文本，看到更廣闊的內容／更早期的版本。然而，〈湯在啻門〉沒有我們通常會在「書」傳統中發現的擬古元素。這可能是因為這種元素會和它真言式（mantra-esque）的語言產生強烈衝突，後者在很多方面都很平白，而這種真言式的語言對其意義的建構非常關鍵。無論如何，這都表明〈湯在啻門〉在那種話語中佔據了一個相當邊緣的位置，此外，它還表明從社會政治、哲學或者其他方面來看，文本與這種話語的關聯性有多大——當然，我們並不能斷言這種連接是否成功。雖然戰國時期的文本中很少引述「書」傳統，[28] 但這樣的例子表明，這些傳統在文化上一定有很強的說服力。[29] 這一部分是因為它們被設定為記錄古代帝王和大臣的談話。《湯在啻門》也同樣試圖通過將對話設定在成湯帝和他睿智的大臣伊尹之間來利用那種權威。因此我們了解到，「書」不是靜態的而是動態的傳統，亞群體、甚至邊緣化的群體都會與之發生聯繫，從而發展出

28 見 David Schaberg 史嘉柏, "Speaking of Documents: Shu Citation in Warring States Texts", in *Origins of Chinese Political Philosophy,* eds. Kern and Meyer, 320–59。

29 對於這一點的詳細討論，見 Dirk Meyer, *Traditions of Writings* 書 *(Shu) and Political Argument in Early China*。

他們所需的論述。[30]

第二，僅從迄今為止發現的戰國簡來看，戰國時期簡短的文本是常態，長文本屬於少數的例外，〈湯在啻門〉證實了這一情況。然而，傳世文本，也就是秦漢以後的編輯者所經手的文本，卻顯示出相反的局面。因此，我們必須假定隨著時間流逝，這些相當簡短的公告與其他文本相結合，並被納入更大的合集，發展成傳統流傳的那種多元文本。郭店一號墓出土的竹簡，如〈五行〉和〈性自命出〉已經暗示了這樣的發展；[31] 那些融合了諸如敘述、演講和目錄等不同文體而成的圓融精詳、廣為流傳的文本充分證實了這一點。[32]

第三，這種簡短、獨立、真言式的文本不依賴複雜的語境流傳，這記錄了那個時期文本共同體錯綜複雜的情況和文本的傳播情形。顯然，〈湯在啻門〉是在與圈內群體對話，這些共同體熟悉在表演場景中生成意義的方式。同

---

30 見 Dirk Meyer, *Traditions of Writings* 書 *(Shu) and Political Argument in Early China*。

31 見筆者在 Dirk Meyer, *Philosophy on Bamboo: Text and the Production of Meaning in Early China* (Leiden: Brill, 2012) 中關於獨立思想單元集成為複雜的《五行》的討論。艾蘭於 Sarah Allan, *Buried Ideas: Legends of Abdication and Ideal Government in Early Chinese Bamboo-slip Manuscripts* (Albany, NY: State University of New York Press, 2015) 也使用了那種模式。

32 今文《尚書》中的〈顧命〉是這一點的很好例子。對〈顧命〉的詳細解釋，見 Dirk Meyer, "Recontextualization and Memory Production: Debates on Rulership as Reconstructed from 'Gu ming' 顧命", in *Origins of Chinese Political Philosophy,* eds. Kern and Meyer, 106–45。

時，它與傳統溝通的嘗試表明，通過這樣做，它讓這些群體因為與傳統的那種聯繫而達成默許。特定的亞群體由此浮現出來，他們一方面會通過提及正統敘事（例如成湯帝和他的大臣伊尹）來構架他們的文化理解，另一方面，他們生產意義的策略在很多方面與常見方法不同。

第四，雖然〈湯在啻門〉主要依賴表演產生意義，但還是有人努力去製造它的實體副本。竹子作為書寫工具當然是一種商品，因此很可能較容易獲得，但製作一篇簡文依然有相應的成本。對某些可能是邊緣的共同體來說，製造這個文本是值得做的事情。它進一步表明口承與書寫這兩大傳統並不能被分開考量，而不像某些漢學家所堅稱的，這兩者可以絕對地歧為兩途。當論及文本生產及更重要的文本使用時，我們最終必須認識到，我們看到的文本往往是口語和書面語雜交的產物。

參考書目

Allan, Sarah. Buried Ideas: *Legends of Abdication and Ideal Government in Early Chinese Bamboo-slip Manuscripts.* Albany: State University of New York Press, 2015.

Baillargeon, Normand. *A Short Course in Intellectual Self-Defense.* Seven Stories Press, 2007.

Baxter, William H. and Laurent Sagart. *Old Chinese: A New Reconstruction.* Oxford: Oxford University Press, 2014.

Bichurin, Nikita. *Kitaiskaia Grammatika* (*Hanwen qiming* 漢文啟蒙). St Petersburg: v Litographii Gemiliana, 1838.

Engelhardt, Ute. "Longevity Techniques and Chinese Medicine". In *Daoist Handbook,* edited by Livia Kohn, 74–108. Leiden: Brill, 2000.

Führer, Bernhard and Wolfgang Behr. "Einführende Notizen zum Lesen in China mit besonderer Berücksichtigung der Frühzeit". In *Aspekte des Lesens in China in der Vergangenheit und Gegenwart,* edited by Bernhard Führer and Wolfgang Behr. Edition Cathay, Bd. 54. Bochum: Projekt Verlag, 2005.

Galambos, Imre. "Punctuation Marks in Medieval Chinese Manuscripts". In *Manuscript Cultures: Mapping the Field,* edited by Jörg Quenzer, Dmitry Bondarev, and Jan-Ulrich, 342–57. Berlin: De Gruyter, 2014.

Geertz, Clifford. *The Interpretation of Cultures: Selected Essays.* New York, NY: Basic Books, originally published 1973.

Grebnev, Yegor. "The Core Chapters of the *Yi Zhoushu*". DPhil dissertation, University of Oxford, 2016.

管錫華：《中國古代標點符號發展史》。成都：巴蜀書社，2002年。

Harbsmeier, Christoph. Language and Logic. *Science and Civilisation in China,* vol. 7. Cambridge: Cambridge University Press, 1998.

———. "Irrefutable Conjectures. A Review of William H. Baxter and Laurent Sagart, *Old Chinese. A New Reconstruction*". *Monumenta Serica* 64.2 (2016): 445–504.

Harper, Donald. *Early Chinese Medical Manuscripts: The Mawangdui Medical Manuscripts.* London: Wellcome Asian Medical Monographs, 1998.

Kern, Martin. "Bronze Inscriptions, The *Shijing* and the *Shangshu*: The Evolution of the Ancestral Sacrifice during the Western Zhou". In *Early Chinese Religion: Part One: Shang through Han (1250 BC–220 AD)*. Edited by John Lagerwey and Marc Kalinowski, 143–200. Leiden: Brill, 2009.

Krijgsman, Rens. "The Textualisation of Cultural Memory in Early Chinese Manuscripts". Ph.D. diss., Oxford University, 2016.

———. "An Inquiry into the Formation of Readership in Early China: Using and Producing the **Yong yue* 用曰 and *Yinshu* 引書 Manuscripts". *T'oung Pao,*104, no. 1–2 (2018): 2–65.

廖名春：〈郭店楚簡《性自命出》的編連分合問題〉。《中國哲學史》2002 年第 4 期，頁 14–21。

Lǐ Shǒukuí 李守奎 . " 'Tāng zài Chì/Dí men' dǎodú" 湯在啻門導讀 . Paper presented at "Human Nature, Morality, and Fate in the Tsinghua University Bamboo Manuscripts, Tang chu yu Tang qiu 湯處於湯丘 , Tang zai Chi men 湯在啻門 , and in Gaozong wen yu san shou 殷高宗問于三壽 ", the International Consortium for Research in the Humanities at the University of Erlangen-Nuremberg, Erlangen, 10–12 May 2016.

李學勤等編：《清華大學藏戰國竹簡（伍）》。上海：中西書局，2015 年。

Manuscript Cultures: Mapping the Field. Edited by Jörg Quenzer, Dmitry Bondarev, and Jan-Ulrich. Berlin: De Gruyter, 2014.

Meyer, Dirk. *Philosophy on Bamboo: Text and the Production of Meaning in Early China.* Leiden: Brill, 2011.

———. "The Art of Narrative and the Rhetoric of Persuasion in the '*Jinteng' (Metal Bound Casket) from the Tsinghua Collection of Manuscripts" . *AS/EA* 68.4 (2014): 937–68.

———. "Truth Claim with no Claim to Truth: Text and Performance of the 'Qiushui' Chapter of the Zhuangzi". In *Literary Forms of Argument in Early China,* edited by Joachim Gentz and Dirk Meyer, 297–340. Leiden: Brill, 2015

———. "Recontextualization and Memory Production: Debates on Rulership as Reconstructed from "Gu ming" 顧命

(Testimonial Charge)". In *Origins of Chinese Political Philosophy: Studies in the Composition and Thought of the Shangshu (Classic of Documents),* edited by Martin Kern and Dirk Meyer, 106–45. Leiden: Brill, 2017.

———. "'Shu' Traditions and Text Recomposition: A Re-evaluation of 'Jin teng' and 'Zhou Wuwang you ji'". In *Origins of Chinese Political Philosophy,* 224–48. Leiden: Brill, 2017.

———. *Traditions of Writings* 書 (Shu) *and Political Argument in Early China.* Forthcoming.

Nivison, David S. *The Ways of Confucianism: Investigations in Chinese Philosophy.* La Salle, IL: Open Court, 1996.

Origins of Chinese Political Philosophy: Studies in the Composition and Thought of the Shangshu (Classic of Documents). Edited by Martin Kern and Dirk Meyer. Leiden: Brill, 2017.

Richter, Matthias. "Textual Identity and the Role of Literacy in the Transmission of Early Chinese Literature". In *Writing and Literacy in Early China: Studies from the Columbia Early China Seminar,* edited by Li Feng and David Branner, 206–36. Seattle: University of Washington Press, 2011.

Schaberg, David. "Speaking of Documents: Shu Citation in Warring States Texts". In *Origins of Chinese Political Thought,* 320–59. Leiden: Brill, 2017.

Tharsen, Jeffrey R. "Chinese Euponics: Phonetic Patterns, Phonorhetoric and Literary Artistry in Early Chinese

Narrative Texts". Ph.D. diss., Chicago University, 2015.

Utzschneider, Helmut. "Ist das Drama eine universal Gattung? Erwägungen zu den 'dramatischen' Texten in der alt. Prophetie, der attischen Tragödie und im ägyptischen Kultspiel". In *Gottes Vorstellung: Untersuchungen zur literarischen Ästhetik und ästhetischen Theologie des Alten Testaments,* 269–90. Beiträge zur Wissenschaft vom Alten und Neuen Testabment 9/15. Stuttgart: Kohlhammer, 2007.

———. "Is There a Universal Genre of Drama? Conjectures on the Basis of "Dramatic" Texts in Old Testament Prophecy, Attic Tragedy, and Egypian Cult Plays". In *Literary Construction of Identity in the Ancient World: Proceedings of a Conference, Literary fiction and the Construction of Identity in Ancient Literatures: Options and Limits of Modern Literary Approaches in the Exegesis of Ancient Texts, Heidelberg, July 10–13, 2006,* edited by Hanna Liss and Manfred Oeming, 63–79. Winona Lake, Ind.: Eisenbrauns, 2007.

張瀚墨：〈《湯在啻門》、十月懷胎與早期中國術數世界觀〉。《饒宗頤國學院院刊》第 4 期（2017 年 5 月），頁 173–212。

趙平安：〈「地真」、「女真」與「真人」〉。《管子學刊》2015 年第 2 期 ，頁 104–5。

饒宗頤國學院院刊　增刊
2023 年 6 月
頁 221–271

論戰國晚期背景下北大竹書《周訓》與《呂氏春秋》之關係*

費安德（Andrej FECH）
香港浸會大學中國語言文學系
郭倩夢譯

本文研究對象分別為新近發現的西漢竹書《周訓》（現藏北京大學），以及成書於戰國晚期、集先秦諸子思想之大成的《呂氏春秋》。通過對比兩段同時見於二書的古史軼聞，筆者提出《呂氏春秋》的編撰者不單採用了《周訓》的材料，在收進〈仲秋紀〉和〈慎大覽〉時運用的剪裁技巧更是如出一轍。鑑於學界對〈十二紀〉、〈八覽〉、

* 本文是基於研究資助局資助的傑出青年學者計劃項目「戰國晚期思想中的『尚賢』與『天命』」（項目編號：22613218）的階段性成果。衷心感謝艾文賀（P.J. Ivanhoe）和 Eirik Lang Harris 在《周訓》的翻譯和詮釋方面所給予我的大力支持和寶貴反饋。我也由衷感謝尤銳（Yuri Pines）對我的譯文所提出的寶貴意見。最後，我要感謝兩位匿名審稿人對論文初稿所提出的批評意見和重要改進建議。

〈六論〉三部分之間的關係、成書時間和編排次序訖無定論，本文將有助局部釐清《呂氏春秋》的成書過程和編撰原則。此外，本文著力探討《周訓》的主人公周昭文君在《呂氏春秋》是如何呈現的。在某些章節裡，他被描繪成備受當世諸侯推崇的明君，秦惠王甚至「師之」。考慮到周昭文君與秦國之間的密切關係（儘管史實應非如此），文末將提出《周訓》成於何地的假設。

關鍵詞：《周訓》《呂氏春秋》 周朝　秦國　古史軼聞

引言

本文考察新近出土的竹書《周馴（訓）》和《呂氏春秋》兩者之間的關係，後者是成書於公元前 221 年秦一統前數十年間的綜合性哲學概論。兩部作品最為直觀的相似之處在於所涉及的兩段古史軼聞之間的高度相似性，因此釐清兩者之間的借用方向是至關重要的。雖然《周訓》中的相關部分已初步確定早於《呂氏春秋》，這一假設建基於兩個文本共同的「道家」特質、總體結構，以及呂不韋（卒於公元前 235 年）個人與《周訓》出處的聯繫。[1]

然而，其中的一些特徵，例如其曆法結構，在一些早期漢語文獻中普遍存在；而另一些特徵，例如《周訓》的「道家」特質及其來源，則並不明顯。[2] 因此，有必要仔細分析這兩個文本的相似之處。同樣應考慮到，《周訓》主人公周昭文公（公元前 4 世紀）在《呂氏春秋》中也扮演了重要的角色。除了釐清《周訓》與《呂氏春秋》之間的文本聯繫，本研究還試圖在相關的兩個國家，即周和秦的關係背景下來考察二者。

1　韓巍：〈西漢竹書《周訓》若干問題的探討〉，收入北京大學出土文獻研究所編：《北京大學藏西漢竹書．叁》（上海：上海古籍出版社，2015 年），頁 278。

2　Andrej Fech, “The *Zhou xun* 周訓 and ‘Elevating the Worthy’(*shang xian* 尚賢)”, *Early China* 41 (2018): 176–77.

一、《周訓》

《周訓》是北京大學藏西漢竹書中的一篇，這是一組可追溯至西漢時期的竹簡手稿，並於 2009 年被捐贈給北大。[3] 由於是私人團體非法獲得的，其發現和管理的情況仍不得而知。因此，北大藏漢簡同上博簡和清華簡一樣，可以定性為「被掠奪」的文物。同樣地，它們向學者們提出了一系列的問題。其中最嚴肅的倫理問題之一是，通過購買被掠奪的竹書學術界鼓勵被盜文物的黑市交易，並參與褻瀆墳墓的行為。[4] 至於在學術領域，由於無法結合原始考古環境研究這些竹書，我們對其功能和目的知之甚少。[5] 然而最普遍的問題是，無論某份被掠奪的文獻看似多麼真實，我們根本無法證明其實際上並非偽造，至少在使用傳統方法確定竹書真實性時是如此的。[6] 在北大藏漢簡中，

3 北京大學出土文獻研究所：〈北京大學藏西漢竹書概說〉，《文物》2011 年第 6 期，頁 49–56、98。

4 Paul R. Goldin, "*Heng Xian* and the Problem of Studying Looted Artefacts", *Dao* 12 (2013): 153–60.

5 關於中國早期墓葬文本的安置和功能，可參考 Guolong Lai, *Excavating the Afterlife: The Archaeology of Early Chinese Religion* (Seattle, Wash.: University of Washington Press, 2015)。

6 正如柯馬丁（Martin Kern）指出，偽造者甚至可以利用古代墓葬中大量存在的空白簡片，使其偽造的作品能夠通過碳 14 測年的檢測。而解決該問題的唯一方法就是檢測書寫竹簡所用的墨水。見 Martin Kern, "'*Xi Shuai*' 蟋蟀 ('Cricket') and Its Consequence: Issues in Early Chinese Poetry and Textual Studies," *Early China* 42 (2019): 45–46。

最突出的文本《老子》被懷疑是偽造的。[7] 儘管這種懷疑已經得到了有說服力的駁斥，[8] 但僅僅是存在此懷疑的事實本身，就表明了被掠奪竹書的問題狀況。

儘管如此，我認為，鑑於現存的被掠奪竹書即使是在其殘缺不齊的狀態下依然包含了諸多寶貴信息，如果不對其進行考察，同樣是有害的。例如，對於上博簡和清華簡的研究在諸多方面改變了我們對中國早期史學和哲學的理解。同樣，對北大藏漢簡的研究，具體來說，本文對《周訓》的研究，也有可能為早期中國研究提供新的證據。

回到《周訓》，其相應整簡長度約為 30.4 厘米，每簡書寫完整時有 24 個字。其筆法呈現「蠶頭燕尾」的隸書風格，與「定州八角廊」漢墓竹簡的書寫風格最為接近。[9] 後者出土於一座墓葬，其墓主亡於公元前 55 年，因此可以推測，現存的《周訓》抄本是在此前的一段時間完成的，很可能是在漢武帝時期（公元前 141 年 – 前 87 年在位）末年。在 2015 年 9 月出版的修復版本中，《周訓》篇

7 邢文：〈北大簡《老子》辨偽〉，《光明日報》2016 年 8 月 8 日，頁 16。

8 參見 Christopher J. Foster, “Introduction to the Peking University Han Bamboo Strips: On the Authentication and Study of Purchased Manuscripts,” *Early China* 40 (2017): 167–239; Thies Staack, “Could the Peking University *Laozi* 老子 Really be a Forgery? Some Skeptical Remarks,” heiDOK-The Heidelberg Document Repository at Heidelberg University, January 10, 2017, accessed April 20, 2020, http://ar chiv.ub.uni-heidelberg.de/volltextserver/22453/1/Staack_2017_Peking%20University%20Laozi.pdf。

9 閻步克：〈北大竹書《周訓》簡介〉，《文物》2011 年第 6 期，頁 71。

幅近五千字。[10] 這與竹書中某一簡所標明的「大凡六千」少了約一千個字。[11] 在哲學流派方面，該文本通常被認為是「道家」代表，因為在現存最早的漢代目錄《漢書．藝文志》的道家類中有《周訓》十四篇。[12] 但是，正如我在其他地方所論述的，這部作品的哲學思想明顯並非道家。因此，即使這兩個《周訓》文本實際上就是同樣的文本，我們也不得不得出這樣的結論，即將其歸類為道家學派很可能是基於內容以外的考慮。[13]

二、《周訓》篇章結構及其主人公

《周訓》共十四章，其中十三章分別對應了一年當中的十二個月和「閏月」，還有關於「享賀之日」的一章。[14] 據簡文記述，在每月的初一「更旦」），以及「享賀之日」，龔（共）太子都會至其父周昭文公的朝堂接受訓誨，學習如何成為一位「賢」者以繼承其父之位。每篇之中，訓誨均由相應的「格套」引入：

10 《北京大學藏西漢竹書．叁》，頁 121–145 後稱：《周訓》。抄本的整理工作由韓巍和閻步克共同完成。

11 《周訓》，頁 144，簡 211。

12 《漢書》（北京：中華書局），卷三十，頁 1730、1732，注 9。詳細探討見韓巍：〈西漢竹書《周訓》若干問題的討論〉，頁 265–279。

13 Andrej Fech, "The Zhou xun and 'Elevating the Worthy'," 176–77.

14 但是，其中也有一些段落無法與任何特定月份或日期相關聯。韓巍：〈西漢竹書《周訓》若干問題的討論〉，頁 252，將其命名為「小章」。

> 維歲[某]月更旦之日，龔（共）大子朝，周昭文公自身貳（敕）之，用茲念也。曰：

每次訓誡也以相似的「格套」收尾：

> 已學（教），大子用茲念，斯乃受（授）之書，而自身屬（囑）之曰：女（汝）勉毋忘歲[某]月更旦之馴（訓）。

雖然據《周訓》，周昭文公居住於東周的都城成周，而龔太子居住於西周的都城郟鄏，[15] 但作者依然將西周與東周這兩個國家視為一個政治統一體。儘管這並非文本中唯一的史實錯誤，有的學者卻認為周昭文公和龔太子確實會面了，而《周訓》則是他們對話的真實記錄。[16] 然而，正如我在其他地方所論證的，此書的創作時間應該是在戰國晚期。[17]

在早期的資料中，龔太子主要是以繼承人的身分出現

15 Li Xueqin, *Eastern Zhou and Qin Civilizations*, trans. K.C. Chang（New Haven, Conn.: Yale University Press, 1985）, 17。中文版可參《東周與秦代文明》（上海：上海人民出版社，2016 年）。吳榮曾：〈東周西周兩國史研究〉，收入氏著：《先秦兩漢史研究》（北京：中華書局，1995 年），頁 137–138。

16 閻步克：〈北大竹書《周訓》簡介〉，頁 73。儘管韓巍將《周訓》定性為諸子類的哲學著作，但他仍主張其來源於周昭文公與龔太子的實際會面，參韓巍：〈西漢竹書《周訓》若干問題的討論〉，頁 260–264。

17 Andrej Fech, "The Zhou xun and 'Elevating the Worthy'", 157, 171, 172–76.

的，他先於其父去世，因此其父有必要從其他（最初不太明顯的）候選人中選擇其繼任者。[18] 然而，尚不清楚這位不幸的王位繼承人是否與《周訓》的主人公一致。在後者的敘述中，龔太子還不配繼承王位，由此突出了他接受訓誨的必要性。而周昭文公被描述為一位重視道德修養的（小國）統治者，其試圖以過去賢明君主為例向其合法繼任者灌輸崇高的道德價值觀。[19]

儘管周昭文公在《周訓》中被描繪為「賢」君，但他在漢代以前及漢初的文獻中仍是一個邊緣人物，除《呂氏春秋》外，僅在《戰國策》中出現過。[20] 並且無法確定《戰國策》中相關人物是否為《周訓》的主人公。《東周策》「周文君免士工師籍」章記述了周文君的故事，由於二者謚號的相似性，大多將其視為周昭文君。[21] 他接受建議，沒有起用一位頗有聲譽、而早前被罷免的相國工師籍，因為歷史

18 《史記》（北京：中華書局，1959 年），卷 4，頁 161；范祥雍箋證，范邦瑾協校：《戰國策箋證》（上海：上海古籍出版社，2006 年），卷一，〈周共太子死〉，頁 69。

19 更多內容，請參閱 Andrej Fech, “The Zhou xun and ‘Elevating the Worthy’”, 157–58。

20 為對相關工作各方面進行全面研究，請參閱何晉：《〈戰國策〉研究》（北京：北京大學出版社，2001 年）。有關簡要概述，請參閱 Tsien Tsuen-hsuin, “Strategies of Warring States,” in ibid, *Collected Writings on Chinese Culture* (Hong Kong: The Chinese University Press, 2011), 37–38.

21 參閱范祥雍箋證：《戰國策箋證》，頁 34，注 1，及《戰國策集注匯考》（增補本），諸祖耿編撰（南京：鳳凰出版社，2008 年），頁 26–27，注 1。

證據往往證明，弒君者「皆大臣見譽者也」。[22] 在同卷的另一個故事中，我們看到周君和杜赫的一次對話，杜赫建議這位資源有限的小國君主重用尚未出名的人才，因為那些人在此時所謀求的利益也相對較少。[23] 該統治者之所以被確定為周昭文公，主要是因為在《呂氏春秋》中也提到了一段杜赫和周昭文公的對話（見下文第六節）。[24] 即使這兩個故事都是關於周昭文公的，我們也找不到任何對他的特別讚美。他被描繪成在動蕩時代諸多只關心自身存亡的君主之一。

《周訓》中周昭文公的訓誨可分為三種不同類型：（一）關於何為一代「賢」君及合適繼承人的普遍「理論」或哲學思考（第一章和第十二章）；（二）關於歷代聖王明君們的「古史」軼聞，這些軼聞構成了文本的其餘部分，且多固定以「昔」開頭；（三）出現在八個不同章節中的對龔太子的個人訓誨，接續歷史事例，並多以「今汝……」的固定格式開頭。與《呂氏春秋》的相似之處僅在「古史」軼聞部分。[25] 第一個可見於第七章，下一部分將就此進行探討。

22 《戰國策箋證》，卷一，〈周文君免工師籍〉，頁 33–34

23 《戰國策箋證》，卷一，〈杜赫欲重景翠於周〉，頁 67

24 吳榮曾：〈東周西周兩國史研究〉，頁 146；諸祖耿編撰：《戰國策集注匯考》（增補本），頁 50，注 1，引顧觀光（1799–1862），其堅持認為這次會面發生在周顯王（公元前 368– 前 321 年在位）三十六年，大約為公元前 333 年。

25 對於歷史軼事及其在哲學文本中作用的全面分析，請參閱 David Schaberg, "Chinese History and Philosophy," in *The Oxford History of Historical Writing*, vol. 1, Beginnings to AD 600, ed. Andrew Feldherr and Grant Hardy (Oxford: Oxford University Press, 2011), 394–414.

三、《周訓》(第七章)和《呂氏春秋·仲秋紀·愛士》

第一個共同的故事出現在《周訓》「七月」的訓誡，及《呂氏春秋·愛士》，後者是〈仲秋紀〉(一年中的第八個月份)的最後一篇。《周訓》中的內容如下(花括號中為北大簡中所缺失的段落，根據《呂氏春秋》的比照補充完整):

> 維歲七月更旦之日，龔(共)大子朝，周昭文公自身貳(敕)之，用兹念也。【九二】曰：
>
> 昔秦穆公乘馬而車為敗，右服失而野人得之，穆公自往求【九三】……
>
> {之，見埜人方將食之於岐山之陽。繆公歎曰:「食駿馬之肉而不還飲酒，余恐其傷女也!」於是徧飲而去。處一年，為韓原之戰，晉人}[26]……
>
> 已環穆公之車矣，晉粱(梁)囚(由)靡已扣穆公之左驂矣，晉惠公之右【九四】路石奮梲擊穆公之左袂，其甲隕者已六札矣。野人嘗食馬

26 缺失部分是根據《呂氏春秋》(新校釋，卷八，頁464)的比照進行重構的。

> 肉【九五】於岐山之陽者三百于餘人，[27] 畢為穆公奮於車下，述（遂）大剋（克）晉，虜【九六】惠公以歸。此《書》之所謂曰「君君子則正以行德，賤人則寬以盡其【九七】力」者也。人君其胡可以毋務惠於庶人？已學（教），大子用茲念，斯乃【九八】受（授）之書，而自身屬（囑）之曰：女（汝）勉毋忘歲七月更旦之馴（訓）。【九九】[28]

故事記述了秦穆／繆公（公元前 659– 前 621 年在位）是如何被一群他曾寬恕過的農夫們所救，而這也是中國早期最為人津津樂道的軼聞之一。該故事在《淮南子》、《漢詩外傳》、《史記》和《說苑》中的呈現，與其在《周訓》中有著很大偏差。[29] 這些差異更強調了後者與《呂氏春秋．愛士》的相似性，兩者幾乎完全一致（除《周訓》的兩個「格套」公式外）。兩個文本並列於下表：

27 陳奇猷在評論《呂氏春秋》中的這段文字時指出，該文本內容應該解釋為食馬肉之人從其族類中集結 300 餘人，而不是說食馬肉者有三百餘人。見《呂氏春秋新校釋》，陳奇猷校釋（上海：上海古籍出版社，2002 年），卷八，頁 468，注 14。

28 《周訓》，頁 130–131。

29 位於《韓詩外傳》和《史記》，該故事並無寓意。《淮南子》將其解釋為「此用約而為德者也」。《說苑》最後將其視為「此德出而福反也」。許維遹校釋：《韓詩外傳集釋》（北京：中華書局，1980 年），卷十，頁 351–352；《史記》，卷五，頁 188–189；何寧撰：《淮南子集釋》（北京：中華書局，1998 年），卷十三，頁 975；向宗魯校證：《說苑校證》（北京：中華書局，1987 年），卷六，頁 125。

表一：《周訓》及《呂氏春秋》中的秦穆公與農夫之事

		《周訓》	《呂氏春秋》
I	1	昔秦穆公乘馬而車為敗，	昔者秦繆公乘馬而車為敗，
	2	右服失而野人得之，	右服失而埜人取之。
	3	穆公自往求｜	繆公自往求之，
	4	……	見埜人方將食之於岐山之陽。
	5	……	繆公嘆曰：
	6	……	「食駿馬之肉而不還飲酒，
	7	……	余恐其傷女也！」
	8	……	於是徧飲而去。
	9	……	處一年，為韓原之戰，
	10	已環穆公之車矣，	晉人已環繆公之車矣，
	11	晉粱囚靡已扣穆公之左驂矣，	晉梁由靡已扣繆公之左驂矣，
	12	晉惠公之右｜路石奮梫擊穆公之左袂，	晉惠公之右路石奮投而擊繆公之甲，
	13	其甲隕者已六札矣。	中之者已六札矣。
	14	野人嘗食馬肉｜於峻山之陽者三百于餘人	埜人之嘗食馬肉於岐山之陽者三百有餘人，
	15	畢為穆公奮於車下，	畢力為繆公疾鬥於車下，
	16	迒大剋晉，	遂大克晉，
	17	虜｜惠公以歸。	反獲惠公以歸。

（續上表）

		《周訓》	《呂氏春秋》
II	18	此《書》之所謂曰	此《詩》之所謂曰
	19	「君君子則正以行德；	「君君子則正，以行其德；
	20	賤人則寬以盡其｜力」者也。	君賤人則寬，以盡其力」者也。
III	21	人君胡可以毋務惠於庶人？	人主其胡可以無務行德愛人乎？
IV	22		行德愛人則民親其上，民親其上則皆樂為其君死矣。[30]

顯而易見，兩個文本的前三個部分是一致的：(I) 敘述，(II) 引用權威的資料（分別為《書》和《詩》；值得注意的是相關段落並未出現在傳世本《書經》或《詩經》中），(III) 反問句揭示了故事的確切敘述對象：君主。在結構上，他們唯一的區別在於《呂氏春秋》中的結語（IV）「行德愛人則民親其上，民親其上則皆樂為其君死矣。」

儘管以上的並列內容揭示了個別字的一些偏差，但這些主要涉及的是字形上的相仿（「峻」和「歧」，第 14 行；「逑」和「遂」，第 16 行），或是語音學上的（「囚」和「由」，第 11 行；「于」和「有」，第 14 行；「毋」和「無」，第 21 行）[31] 或是語義上的（「得」和「取」，第 2 行；「奮」

30 《呂氏春秋新校釋》，卷八，頁 464。

31 所使用上古音根據許思萊（Axel Schuessler）：*Minimal Old Chinese and Later Han Chinese: A Companion to Grammata Serica Recensa* (Honolulu, Hawai‘i: University of Hawai‘i Press, 2009).

和「鬥」，第 15 行；「虜」和「獲」，第 17 行；「君」和「主」，以及「惠」和「愛」，第 21 行）。一些變體則反映了早期竹書中部首的不一致（「粱」和「梁」，第 11 行；「杸」和「投」，第 12 行；「剋」和「克」，第 16 行）。在中國歷史早期文字系統尚未規範時，這些情況都是非常普遍的。[32]

至於另一文本中缺少對應內容，有趣的是，它們在《周訓》中只出現了兩次。在第 12–13 行之間，可以找到《呂》書不存在的「左袂」、「其」和「隕」字。因此，《周訓》所敘述的是晉國戰士「路石」擊中了秦穆公的「左袂」，並且「其甲隕者已六札」，而在《呂氏春秋》中則是同一人擊中了秦穆公的「甲」，且「中之者已六札」。此外，在第 21 行中，《周訓》提到了「庶人」，而《呂氏

32 有關早期中文文本中的變體研究，請參閱 William G. Boltz, "Manuscripts with Transmitted Counterparts" in *New Sources of Early Chinese History: An Introduction to the Reading of Inscriptions and Manuscripts*, ed. Edward L. Shaughnessy (Berkeley, Calif.: The Society for the Study of Early China; The Institute of East Asian Studies, University of California, Berkeley, 1997), 253–83;；Edward L. Shaughnessy, "The Editing of Archaeologically Recovered Manuscripts and Its Implications for the Study of Received Texts," in ibid, *Rewriting Early Chinese Texts* (Albany, N.Y.: State University of New York Press, 2006), 19–61; Matthias L. Richter, "A Hierarchy of Criteria for Deciding on Disputed Readings", in ibid, *The Embodied Text: Establishing Textual Identity in Early Chinese Manuscripts* (Leiden: Brill, 2013), 65–72; Richter, "Variants of Little Consequence for the Content of the Text," ibid., 73–98。

春秋》中只稱之為「人」。

其他一文本獨有的內容的例子，都出現了在《呂氏春秋》中。就其功能而言，我們可以區分它們闡明某個單詞或短語之間語法關係的情況（「者」，第 1 行；「而」，第 12 行；「之」，第 14 行；「其」，第 19 和第 21 行；「君」，第 20 行），以及對故事內容有重要意義的例子（「力」和「疾」，第 15 行；和「反」，第 17 行）。特別有趣的是「畢力」（第 15 行）這句話，因為它與《詩》（第 II 單元，第 20 行）中的引文是相對應的，即一位統御「賤人」以「寬」的君主會使他們「盡其力」。在《周訓》中缺失了這樣的對應關係，這段軼事與相關引用的《書》之間的聯繫似乎不那麼明顯。

這同樣適用於引用的權威來源（第 II 單元）和隨後的反問句（第 III 單元）之間的聯繫。在《呂氏春秋》（第 21 行）中，這個問題使用了「行德」的表述，從而與《詩》引文「以行其德」建立了聯繫。《周訓》中正是缺少這種直接的語言聯繫。然而，《呂氏春秋》將這兩者聯繫起來成為一個問題，在引用的經典中，君主並不自身進行「德行」，而用「正」的態度引起「君子」的「德行」。[33] 換言之，

33 關於「君子」概念的原始含義及其後續的語義變化，請參見 Robert H. Gassmann, "Die Bezeichnung *jun-zi*: Ansätze zur Chun-qiu-zeitlichen Kontextualisierung und zur Bedeutungsbestimmung im *Lun Yu*", in *Zurück zur Freude: Studien zur Chinesischen Literatur und Lebenswelt und ihrer Rezeption in Ost und West. Festschrift für Wolfgang Kubin*, ed. Marc Hermann, Christian Schwermann, and Jari Grosse-Ruyken (St. Augustin, Nettetal: Steyler Verlag, 2007), 411–36。

《呂》書此處提出的反問，混淆了前引文所表述的君主及其臣下的角色。

最後一段（第 IV 部分），也就是《周訓》中所缺少的內容，使用頂真得出了一個普遍結論，即當民眾受到其君主善待時，則會心甘情願為之犧牲自己的生命。然而，由於它是以與君主有關的「行德」為開頭引入，這顯得也有問題。[34] 此外，這一結論似乎是多餘的，因為它只是以誇大其詞的形式重申了那個既定觀點，即民眾願意為一個仁慈寬厚的君主而盡心竭力。

關於兩部作品對權威文本認定的不同，該問題並非不值一提，而是亟待解決的。韓巍認為，從文體上來看，引文的內容更接近於《書》而非《詩》。[35] 事實上，我們在古文《尚書》「旅獒」一章中也發現了類似的表述：「德盛不狎侮。狎侮君子，罔以盡人心；狎侮小人，罔以盡其力。」[36] 的確，在此「太保」「訓」誡了君主不要輕視其民眾。那麼將這個引用來源認定為《詩》是錯誤的嗎？耐人尋味的是，在《呂氏春秋》〈十二紀〉的部分，沒有明確被稱為是引用自《書》的。雖然有一個引用〈鴻（洪）範〉篇的例子，但是此引文是通過其標題來引入的，而未使用

34 唐宋時期的類書中關於這段記載的參考資料，請參閱何志華和朱國藩編著：《唐宋類書徵引〈呂氏春秋〉資料彙編》（香港：香港中文大學出版社，2006 年），卷八，頁 60–62。

35 韓巍：〈西漢竹書《周訓》若干問題的討論〉，頁 281。

36《尚書正義》（北京：北京大學出版社，2000 年），卷十三，頁 388。

概稱的《書》。[37] 只有在隨後的〈八覽〉中，我們才發現明確引自《書》的引文，但因為其還提及相關的時代，從而產生了諸如《夏書》《商書》或《周書》之類的書名。[38] 與此相反，《詩》作為〈十二紀〉中唯一明確的引用來源，在此出現的頻率相當高。[39] 在此背景下，〈十二紀〉的作者以《詩》取代《書》，似乎可能是因為《書》的引文違背他們的慣例。

綜上所述，我們所看到的無疑是同一個故事。然而，兩個文本的變體表明，如果我們假定這兩個文本之間存在聯繫，那麼這種聯繫既不是直接複製，也不是口述。當前的過程很可能既涉及口頭傳播和複製，也涉及一定程度上的刻意改寫。

下一步，我將在文本各自的大背景下探討第 III、IV 部分。在《周訓》中，引用《書》中關於君主「正」和「寬」

37 在此我並不贊同 Michael Frederic Carson 在其博士論文中頁 436 的觀點，即在〈十二紀〉的部分，「只有《詩經》和《書經》兩個文本被明確引用」。見 Michael Frederic Carson, *The Language of the "Lü -shih ch'un-ch'iu": Some Characteristic Features of Grammar and Style in a Third Century B.C. Text* (Ph.D. dissertation, The University of Washington, 1980), 436。

38 請參閱田鳳台：《呂氏春秋探微》（臺北：學生書局，1986 年），頁 356–357；許錟輝：《先秦典籍引〈尚書〉考》（臺北：花木蘭文化出版社，2009 年），頁 326–331。

39 田鳳台：《呂氏春秋探微》，頁 357–359。

的內容，將此敘述與其他一些章節聯繫起來。[40] 這種「歷史性」軼聞和「理論性」訓誡之間的主題聯繫，貫穿了整個《周訓》文本。[41] 因此，雖然文本並沒有正式區分其哲學論點和說明性的「古史」軼聞，也沒有像一些先秦和漢初的著作那樣嚴格地將其對應起來，[42] 但其作者似乎已經熟悉了這種做法。在《呂氏春秋》中，軼聞故事與〈愛士〉的引言相關：

> 衣，人以其寒也；食，人以其饑也。饑寒，人之大害也。救之，義也。人之困窮，甚如饑

40 例如，「正」的概念在《周訓》的第一章中尤為突出。根據韓巍：〈西漢竹書《周訓》若干問題的討論〉，頁 266，提到的類似於在《戰國策》中將「貴正」的概念歸於列子所言。另一方面，君主之於民眾之「寬」的重要性在第十二章節亦有所討論（《周訓》，頁 138，簡 149–150）。

41 例如，可參見關於從「二月」的訓誡來看君主待其民眾以「德」的必要性的討論（《周訓》，頁 125，簡 37–38）以及「四月」中所敘述的楚昭王（公元前 516– 前 489 年在位）和其民眾的軼事（《周訓》，頁 127，簡 54–64）。

42 例如，可參見《韓非子》〈儲說〉六篇，其中又可分為「理論性」的「經」和闡釋性的「說」。關於這些章節的更多信息，可參閱 David Schaberg, "Chinese History and Philosophy," 400–1。在《韓非子》中，同樣還有〈解老〉和〈喻老〉兩篇分別對應了《老子》中所運用的哲學論證的注釋策略和說明性案例。更多內容，請參閱 Sarah A. Queen, "*Han Feizi* and the Old Master: A Comparative Analysis and Translation of *Han Feizi Chapter* 20, 'Jie Lao,' and Chapter 21, 'Yu Lao,'", in *Dao Companion to the Philosophy of Han Fei*, ed. Paul R. Goldin (Dordrecht: Springer, 2013), 197–256。

> 寒，故賢主必憐人之困也，必哀人之窮也。如此則名號顯矣，國士得矣。[43]

如果沒有這段介紹，那麼就不清楚秦穆公對那些野蠻的民眾慷慨寬厚的故事是如何被納入這一篇的，至少在目前的版本中，[44] 其標題為〈愛士〉。畢竟，「士」最初屬於「世襲貴族的最低階級」，但即使是在社會變動性極大的戰國時期，他們依然保留著貴族的氣質。[45] 引言闡明了君主可以通過同情普通人，來贏得有才能的「士」。

至於這兩部作品引經據典的格套語「此 X 之所謂也」，在《周訓》中非常常見，主要出現在周昭文公的古史軼聞（第四、七和九章）、理論闡釋（第一章）及對襲太子的個人訓誡，例如第十章中的如下片段：

> 今女（汝）能賢，則蓴（鄟）邑雖小，其庸不如三晉之始也？爾為【一二九】不賢，則周雖千乘，其徒步幾矣。夫從徒步而為千乘，此世之所【一三〇】上（尚）也。夫從千乘而去之徒步，此古之所病也。不徒可病，其於先【一三一】人有傷。此《書》之所謂曰：「女（汝）毋遺祖巧（考）羞哉」

43 《呂氏春秋新校釋》，卷八，頁 464。

44 在一個早期版本中，其標題為「慎窮」。陳奇猷校釋，《呂氏春秋新校釋》，卷八，頁 465，注 1。

45 Yuri Pines, *Envisioning Eternal Empire: Chinese Political Thought of the Warring States Era*, (Honolulu, Hawai‘i: University of Hawai‘i Press, 2009), 117–8, 137.

者，其此之謂乎？[46]

與此不同，在《呂氏春秋》中，該「格套」只見於上述秦穆公之事及〈慎大覽・報更〉篇中。後者介紹了晉國著名權臣趙盾（？–前 601 年）與一餓者的故事，趙盾更廣為人知的是其謚號「趙宣子」。值得注意的是，同樣的故事也出現在《周訓》中（見下章）。

上述兩個故事的最後一個共同點，是針對人君 / 人主基於短句「胡可……」的反問，其在《周訓》的七個不同章節中出現了八次，[47] 並且有所變化，而在《呂氏春秋》中僅出現了三次。除上述故事外，同樣在〈愛士〉篇中，接下來的一個片段記錄了晉國大臣、趙國的奠基者趙簡子，或稱趙鞅（？–前 476 年）的軼聞，他犧牲了自己心愛的白騾以挽救一個名為陽城胥渠的小官的生命。後來此人在趙國戰勝翟人的過程中起到了重要作用，故該則軼聞以這樣一個問題收尾：「人主其胡可以不好士？」。[48] 無論《周訓》和《呂氏春秋》之間有何聯繫，這一不同尋常的格套（至少對《呂氏春秋》而言）出現於同一篇的兩個相續（按時間順序排列）故事中，表明其作者試圖統一其格式。值

46《周訓》，頁 137。

47 其在第 2、3、4、7、9、12 章各出現一次，在所謂的「小章」中出現了兩次。

48《呂氏春秋新校釋》，卷八，頁 465。關於譯本，請參見諾布洛克、王安國譯注：《呂氏春秋》，頁 203–204。關於這樁軼事歷史意義的簡短探討，可參閱許富宏：《呂氏春秋先秦史料考訂編年》（南京：鳳凰出版社，2017 年），頁 240–241。

得注意的是，這兩則故事都包含了對戰鬥的描寫，而篇尾同樣也涉及到了軍事問題。[49] 這與本篇的整體主題相一致，與秋天對應，暗示著戰爭的開始。[50]

下一則相似故事是描述趙盾和一個饑餓者偶遇的軼聞。如上所述，其與前面的內容有幾個共同的特徵，我將在下一節中闡釋它。

四、《周訓》（第九章）和《呂氏春秋·慎大覽·報更》

《周訓》中該章的開頭殘佚，但從其結尾我們可以推斷，相關的訓誡是在九月初一所「授」的。缺失部分暫據《呂氏春秋》的相仿部分補全。這兩個文本的共同之處之一在於，它們不尋常地將趙盾稱為趙宣孟，這結合了其謚號「宣」及其在兄弟姐妹中「孟」的輩分排行。

{·維歲九月更旦之日，龔（共）大子朝，周昭文公自身貳（敕）之，用茲念也。曰：}

49 《呂氏春秋新校釋》，卷八，頁465。關於翻譯，請參考 John Knoblock and Jeffrey Riegel, trans., *The Annals of Lü Buwei*, 203–4。

50 Knoblock and Riegel, *The Annals of Lü Buwei*, 42–43。鑑於以上所述，我不贊同陶鴻慶（1859–1918）和陳奇猷（《呂氏春秋新校釋》，卷八，頁469，注20）的觀點，即認為在其所收錄的版本中，這一章內容混亂無章。而秦穆公故事中所引用的《詩》內容，原本是位於趙簡子和陽城胥渠的記載的反問句之後的，指的是提到的這兩則軼事。

{昔趙宣孟將上之絳，見骫桑之下，有餓人臥不能起者，宣孟止}[51]……

車，為下飬（飧），挫（斸）[52]而餔之，餓人再咽而能視矣。宣孟問之曰：「爾何為[一一一]而飢若此？」對（對）曰：「臣宦於降（絳），歸而糧絕，羞行气（乞）而曾（憎）自取，故至於[一一二]若此。」宣孟予之脯二朐，拜受而弗敢食。問其故，曰：「臣有老母，將[一一三]以遺之。」宣孟曰：「斯食之，吾更予女（汝）。」乃賜之脯二束與餘布百，述（遂）[一一四]去之上。處三年，晉靈公欲殺宣孟，伏士與房中以侍（待）。發酒，宣孟[一一五]智（知）之，中飲而出。靈公令房中

51 基於《呂氏春秋》的相似文本重構。《呂氏春秋新校釋》，卷十五，頁 901。

52 不同於《周訓》（頁 134，注 3）的整理者將⺼解釋為「斸」（清潔，使潔淨），陳劍認為應將該問句中的這個字形解讀為「傾」（傾斜，倒出），請參閱〈《周訓》「為下飧挫而餔之」解〉，2016 年 6 月 18 日，下載自復旦大學出土文獻與古文字研究中心，檢視日期：2020 年 4 月 20 日。網址：http://www.gwz.fudan.edu.cn/Web/Show/2835。我同意該解讀，因為這個動作的對象是由字符「飬」來表示的，這顯然是「飧」／「飱」的一種異體字形，指的是中國古人出行時所攜帶的一種裝在壺中的「水澆飯」。值得注意的是，在晉靈公下令企圖對趙盾進行的暗殺故事中，《公羊傳》中強調了趙盾的節儉。其中記載了儘管趙盾位高權重，但他也僅是以簡單的米粥和魚飧為食；請參閱（漢）何休解詁，（唐）徐彥疏：《春秋公羊傳注疏》（北京：北京大學出版社，2000 年），卷十五，頁 385（宣公 6 年）。因此，人們很容易想到在此提及「米粥」，是為了向有所了解的讀者引發關於趙盾的其他故事。

> 之士疾追殺之。一人追遽，先及宣【一一六】孟，見宣孟之面，曰：「欸！君邪！請為君反死。」宣孟曰：「而名為誰？」反走，【一一七】且對（對）曰：「何以名為？臣，夫委桑下之餓人也。」環（還）斲（鬬）而死。宣孟述（遂）生。【一一八】此《書》之所謂也，「德幾無小」者也。故壹德一士，猶生其身，兄（況）德萬【一一九】人虖？故《詩》曰「赳赳武夫，公侯之干城」，「濟濟多士，文王以甯（寧）」。人君其胡【一二〇】可以毋務愛士？已學（教），大子用茲念，斯乃受（授）之書，而自身屬（囑）之曰：【一二一】女（汝）勉毋忘歲九月更旦之馴（訓）。【一二二】[53]

這則故事同樣是先秦時期和早期帝國時代最流行的軼聞之一，主要見於《左傳》和《史記》。根據這兩個資料，該宴會事件只是晉靈公（公元前 620– 前 607 年在位）企圖暗殺趙盾的幾次嘗試之一。在《左傳》記載中，趙盾被兩個不同的人所救：一個是車右提[54]彌明，他識破了晉靈公伏擊趙盾的計劃，並在幫助其主人逃離現場的過程中犧牲了；而另一人名為靈輒，在此事件之前，他被趙盾於飢餓中所救，而後做了晉靈公的甲士。與提彌明不同，靈輒似

53 《周訓》，頁 134。

54 在《公羊傳》的相似記載中，該車右的姓氏被記載為「祁」。《春秋公羊傳注疏》，卷十五，頁 386（宣公 6 年）。

乎毫發無損地逃離了現場。[55] 而《史記》則記載是示[56] 眯明（有時被記載為示彌明）先前於飢餓中為趙盾所救，並且同樣也是他在晉靈公宴會上救出趙盾後成功逃脫。[57]

這個圓滿的結局在《周訓》和《呂氏春秋》的相應記述中發生了悲劇性的轉折，其中著重強調了這個無名餓人是如何急切地犧牲自己的生命以報答趙盾的恩情。與秦穆公的故事不同，我們還有第三個文本顯示《周訓》與《呂氏春秋》間的密切關係，即《說苑》。因此，在下面的表格中，我把這三個文本並列起來。鑑於故事篇幅，我將其分為兩個部分。第一部分是：

表二：《周訓》、《呂氏春秋》及《說苑》中趙盾與飢者的故事（第一部分）

		《周訓》	《呂氏春秋》	《說苑》
I	1	……	昔趙宣孟將上之絳，	趙宣孟將上之絳，
	2	……	見骫桑之下，	見翳桑下
	3	……	有餓人臥不能起者，	有臥餓人，不能動，
	4	車，	宣孟止車	宣孟止車

55 楊伯峻編著：《春秋左傳注》，修訂本，全四冊（北京：中華書局，1995 年），第二冊：頁 659–662（宣公 2 年）。關於靈輒是否逃離現場的討論，可參閱《春秋左傳注》，第二冊，頁 662 注。

56 楊伯峻指出「提」、「祁」、「祇」和「示」四種變體字音相去不遠。《春秋左傳注》，第二冊，頁 659 注（宣公 2 年）。

57《史記》，卷三十九，頁 1674。

（續上表）

		《周訓》	《呂氏春秋》	《說苑》
I	5	為下飧，揎而餔之，	為之下食，蠲而餔之，	為之下 ，自含而餔之，
	6	餓人再咽而能視矣。	再咽而後能視。	餓人再咽而後能視。
	7	宣孟問之曰：	宣孟問之曰：	宣孟問：
	8	「爾何為｜而飢若此？	「女何為而餓若是？」	「爾何為饑若此？」
	9	對曰：	對曰：	對曰：
	10	「臣宦於降，歸而糧絕，	「臣宦於絳，歸而糧絕，	「臣居於絳，歸而糧絕，
	11	羞行气而曾自取，	羞行乞而憎自取，	羞行乞而憎自取，
	12	故至於｜若此。」	故至於此。」	以故至若此。」
	13	宣孟予之脯二朐，	宣孟與脯一朐，	宣孟與之壺飡脯二朐，
	14	拜受而弗敢食。	拜受而弗敢食也。	再拜頓首受之，不敢食。
	15	問其故，	問其故，	問其故，
	16	曰	對曰：	對曰：「向者食之而美，
	17	「臣有老母，將｜以遺之。」	「臣有老母，將以遺之。」	臣有老母，將以貢之。」
	18	宣孟曰：	宣孟曰：	宣孟曰：
	19	「斯食之，吾更予女。」	「斯食之，吾更與女。」	「子斯食之，吾更與汝。」

（續上表）

		《周訓》	《呂氏春秋》	《說苑》
I	20	乃賜之脯二束與餘布百，	乃復賜之脯二束與錢百，	乃復為之簞食，以脯二束與錢百。
	21	述｜去之上。	而遂去之。[58]	去之絳。[59]

就單個詞語層面而言，不同文本之間的差異，主要涉及的同樣是字形上相似的字符（「對」和「對」，第19行；「述」和「遂」，第21行），或者是語音上的（「气」和「乞」，第11行；「予」和「與」，第13和19行），或者是語義上的（「飢」和「餓」，第8行；「此」和「是」，第8行；「布」和「錢」，第20行），以及一些變體字再次證明了早期文本中部首的模糊性（「曾」和「憎」，第11行）。在另一文本沒有對照內容的字（如果撇開《說苑》不談），大多是為了強調（「矣」，第6行），或者是為了明確語法（「後」，第6行；「之」，第13行；「而」，第21行）。《說苑》有時會支持《周訓》（「餓人」，第6行；「饑」，第8行；「二」，第13行；「上」／「絳」，第21行），有時會與《呂氏春秋》一致（「與」，第13和19行；「復」，第20行），但有時與這兩者皆不相符（第5，13–14，16行）。這表明，即使是《說苑》的編纂者借用了《周訓》或《呂氏春秋》中的這個故事，[60] 他使用的版本

58《呂氏春秋新校釋》，卷十五，頁901。

59《說苑校證》，卷六，頁127–128。

60 關於唐宋時期類書中這一說法的參考資料，請參閱何志華和朱國藩編著：《唐宋類書徵引〈呂氏春秋〉資料彙編》，卷十五，頁127–128。

與我們今天所見的版本並不一致。

故事第二部分的內容並列如下：

表三：《周訓》、《呂氏春秋》及《説苑》中趙盾與一飢者的故事（第二部分）

<table>
<tr><th></th><th></th><th>《周訓》</th><th>《呂氏春秋》</th><th>《説苑》</th></tr>
<tr><td rowspan="13">I</td><td>1</td><td>處三年，</td><td>處二年，</td><td>居三年，</td></tr>
<tr><td>2</td><td>晉靈公欲殺宣孟，</td><td>晉靈公欲殺宣孟，</td><td>晉靈公欲殺宣孟，</td></tr>
<tr><td>3</td><td>伏士與房中以侍。</td><td>伏士於房中以待之，</td><td>置伏士於房中，</td></tr>
<tr><td>4</td><td>發酒，</td><td>因發酒於宣孟。</td><td>召宣孟而飲之酒，</td></tr>
<tr><td>5</td><td>宣孟|智之，中飲而出。</td><td>宣孟知之，中飲而出。</td><td>宣孟知之，中飲而出，</td></tr>
<tr><td>6</td><td>靈公令房中之士疾追殺之。</td><td>靈公令房中之士疾追而殺之。</td><td>靈公命房中士疾追殺之，</td></tr>
<tr><td>7</td><td>一人追遽，先及宣|孟，</td><td>一人追疾，先及宣孟，</td><td>一人追疾，先及宣孟，</td></tr>
<tr><td>8</td><td>見宣孟之面，曰</td><td>之面曰：</td><td>見宣孟之面，曰：</td></tr>
<tr><td>9</td><td>「欸！君邪！</td><td>「嘻，君轝！</td><td>「吁，固是君耶！</td></tr>
<tr><td>10</td><td>請為君反死。」</td><td>吾請為君反死。」</td><td>請為君反死。」</td></tr>
<tr><td>11</td><td>宣孟曰：「而名為誰？」</td><td>宣孟曰：「而名為誰？」</td><td>宣孟曰：「子名為誰？」</td></tr>
<tr><td>12</td><td>反走，|且對曰「何以名為？</td><td>反走對曰：「何以名為？</td><td>反走，且對曰：「何以名為？</td></tr>
<tr><td>13</td><td>臣，夫委桑下之餓人也。」</td><td>臣骫桑下之餓人也。」</td><td>臣是夫翳桑下之臥人也。」</td></tr>
</table>

（續上表）

		《周訓》	《呂氏春秋》	《說苑》
I	14	環斲而死。宣孟述生。｜	還鬭而死。宣孟遂活。	還鬬而死，宣孟得以活。
I.1	15			此所謂德惠也。
	16			故惠君子，君子得其福；
	17			惠小人，小人盡其力；
	18			夫德一人猶活其身，
	19			而況置惠於萬人乎？
	20			故曰德無細，怨無小。
	21			豈可無樹德而除怨，
	22			務利於人哉？
	23			利出者福反，
	24			怨往者禍來，
	25			刑於內者應於外，
	26			不可不慎也。

（續上表）

		《周訓》	《呂氏春秋》	《說苑》
II	27	此《書》之所謂也，	此《書》之所謂	此《書》之所謂
	28	「德幾無小」者也。	「德幾無小」者也。	「德無小」者也。
	29	故壹德一士，	宣孟德一士	（18 夫德一人）
	30	猶生其身，	猶活其身，	（18 猶活其身，）
	31	兄德萬｜人虖？	而況德萬人乎？	（19 而況置惠於萬人乎？）
	32	故《詩》曰	故《詩》曰：	《詩》云：
	33	「赳赳武夫，公侯之干城」，	「赳赳武夫，公侯干城」，	「赳赳武夫，公侯干城。」
	34	「濟濟多士，文王以寗」。	「濟濟多士，文王以寧」	「濟濟多士，文王以寧。」
III	35	人君其胡｜可以毋務愛士？	人主胡可以不務哀士？	人君胡可不務愛士乎？[61]
IV	36		士其難知，唯博之為可，博則無所遁矣。[62]	

同樣地，我們可以看到各字的變體在字形上（「詸」和「遂」，第 14 行），在語音上（「委」和「骫」，第 13 行），或是在語義上（「遽」和「疾」，第 7 行；「生」和「活」，第 14 和 30 行；「愛」和「哀」，第 35 行）都是極為相似的。在此，同樣還有一些不定部首的示例（「侍」

61 《說苑校證》，卷六，頁 127–128。

62 《呂氏春秋新校釋》，卷十五，頁 901–902。

和「待」，第 3 行；「環」和「還」，第 14 行；「兄」和「況」，第 31 行；「甯」和「寧」，第 34 行）。缺乏對照內容的詞主要是服務於語法目的，例如，助詞「且」（《周訓》第 12 行）和「而」（《呂氏春秋》第 6 和 31 行）。雖然《說苑》交替地支持了《周訓》（「三」，第 1 行；「且」，第 12 行；「愛」，第 35 行）及《呂氏春秋》（「活」，第 14 和 18 行）的變體，但其中包含了一段兩者都缺失的長段落（I.1）。其內容是：

> 此所謂德惠也（15）。故惠君子，君子得其福；惠小人，小人盡其力（16–17）。夫德一人猶活其身，而況置惠於萬人乎（18–19）？故曰德無細，怨無小（20）。豈可無樹德而除怨，務利於人哉（21–22）？利出者福反，怨往者禍來，刑於內者應於外，不可不慎也（23–26）。

值得注意的是，將君子與小人（16–17）並列的兩句話，即使有一些變化，也出現在秦穆公和農夫們的軼聞中，[63] 而隨後兩行（18–19）則出現在《周訓》及《呂氏春秋》關於《書》和《詩》（第 29–31 行）的引文中。這就驗證了一個假設，即許多早期中國文本是基於可互換、可延伸的

63 《說苑校證》，卷六，頁 125。該軼事出現在同一段落，題為「復恩」，是關於趙盾與一飢者的故事。

「文獻構件」構成的。[64] 在該段落中，不同的「構件」通過押韻的方式連接起來，例如字符「身」、「人」、「慎」（第18、19、22和26行）都屬於「真」部。

正如前一章的例子，《周訓》和《呂氏春秋》共有以下三個部分：（I）軼聞，（II）《書》和《詩》中的引用，以及最後（III）用反問句強調愛「士」的必要性。在《呂氏春秋》中，反問句之後又增加了一個部分（IV）：「士其難知，唯博之為可，博則無所遁矣」（第36行）。這部分與故事沒有直接的聯繫，但這似乎反映了這部書對於士的認識的整體關注。值得注意的是，該部分內容似乎與我們分析的第一個故事的附加句有類似的頂真結構。也就是說，它以重複前一部分的最後一個短語作為開頭，即此處的「士」，並以感歎助詞「矣」結尾。

至於「此《書》之所謂也」的句式，雖然在《周訓》中非常普遍，但在《呂氏春秋》中卻僅有此例，而其他《書》之引文的內容多以動詞「曰」在前引入。[65] 事實上，如上所述，《書》在《呂氏春秋》中單獨作為引用文獻本身就是極不尋常的。至於內容方面，引《書》部分的「德幾無小」並未見於任何傳世的《尚書》文本。該現象是傳世文獻及新進出土竹書中大多數引《書》材料所具有的特

64 更多內容，可參閱 William G. Boltz, "The Composite Nature of Early Chinese Texts", in *Text and Ritual in Early China*, ed. Martin Kern (Seattle, Wash.: University of Washington Press, 2005), 50–78。

65 田鳳台：《呂氏春秋探微》，頁356–357。

點。[66] 同時，這句話與《墨子・明鬼下》中的《禽艾》之言「得璣無小，滅宗無大」的前半在語音上相近。[67] 諸如此類基於語音相似性的變體，是不同文本中引《書》材料最常見的變體形式之一。[68]

另一方面，引《詩》材料的引人注目之處在於，其利用了屬於《詩經》不同部分的兩首詩歌（《國風・周南・兔罝》和《大雅・文王之什・文王》）在題材和韻律（韻部：耕）上的共通之處，將兩首詩歌的詩行合併為一個單獨的段落。這種做法在早期《詩經》的注釋中非常罕見，可能是作者希望由此提供更多權威的證據來證實故事的寓意。《周訓》（第 33 行）中格助詞「之」的出現構成了另一個有趣的特徵。就此而論，它強調了語法上已經非常顯著的一點，即赳赳武夫，是公侯「之」干城。此舉不僅多餘，而且還改變了詩歌的四音節韻律，那麼其原因何在？在早期竹書中的《詩》引文中，對於一些小品詞的省略，

---

66 David Schaberg, "Speaking of Documents: *Shu* Citations in Warring States Texts", in *Origins of Chinese Political Philosophy: Studies in the Composition and Thought of the Shangshu (Classic of Documents)*, ed. Martin Kern and Dirk Meyer (Leiden: Brill, 2017), 324–26, 333。關於郭店楚簡中的引《書》材料，請參閱廖名春：〈郭店楚簡引《書》論《書》考〉，收入氏著：《新出楚簡試論》（臺北：臺灣古籍出版社，2001 年），頁 83–110。

67 《墨子閒詁》，孫詒讓撰，孫啟治點校（北京：中華書局，2001 年），卷八，頁 248。鑑於《呂氏春秋》中的相似內容，「得璣」一詞很大程度上被理解為「德幾」的語音變體（同上）。

68 Schaberg, "Speaking of Documents," 332–3。

例如最後的「兮」，以及隨之產生的格律變化相當普遍。[69] 不過，至少在現存文獻中，這種刻意添加的方式確實非常罕見。值得注意的是，關於該行引文僅有的另一早期例證是在《左傳》中，[70] 該句子被理解為「公侯」是「赳赳武夫」的「干城」的意思，而不是反過來。[71] 因此，我們或許會認為，《周訓》的特徵性閱讀可能是為了糾正《左傳》對這句話的自由解讀，但鑑於現有證據及《周訓》對這一經典在注釋方式上有相當大自由度的這一事實，故這一猜想只是推測性的。

在總結《周訓》和《呂氏春秋》之間的對比時，我想指出的是，這兩部作品通過引入包含共同術語「德」（第 28、29 和 31 行）和「士」（第 29 和 34 行）銜接段落（第 29–31 行）的方式來連接權威資料，這並非《呂氏春秋》中其餘部分的特徵，但在《周訓》中卻屢見不鮮。[72]

69 Martin Kern, "The *Odes* in Excavated Manuscripts", in *Text and Ritual in Early China*, 176.

70 何志華和陳雄根編著：《先秦兩漢典籍引〈詩經〉資料彙編》（香港：香港中文大學出版社，2004 年），頁 9。

71 《春秋左傳注》，第二冊，頁 858（成公 12 年）。另見 Christoph Harbsmeier, "On the Scrutability of the *Zuozhuan* (Review Article of Zuo Tradition)," *Journal of Chinese Studies* 中國文化研究所學報 67 (2018): 265–6。

72 如可參見第一章。《周訓》，頁 123，簡 14–17。

五、〈報更〉篇中的周昭文公

值得注意的是，〈報更〉篇下一個故事的主人公是周昭文公。據說他禮遇厚待了在當時還默默無聞的政客張儀（？– 前 309 年）。在張儀成為秦國宰相之後，使周昭文公受到其他大國強國統治者的尊重，以報答其恩情：

> 張儀，魏氏餘子也，將西游於秦，過東周。客有語之於昭文君者曰：「魏氏人張儀，材士也，將西遊於秦，願君之禮貌之也。」昭文君見而謂之曰：「聞客之秦。寡人之國小，不足以留客。雖游然豈必遇哉？客或不遇，請為寡人而一歸也，國雖小，請與客共之。」張儀還走，北面再拜。張儀行，昭文君送而資之，至於秦，留有間，惠王說而相之。張儀所德於天下者，無若昭文君。周，千乘也，重過萬乘也，令秦惠王師之，逢澤之會，魏王嘗為御，韓王為右，名號至今不忘，此張儀之力也。[73]

如果以《史記》為參照，那麼這段記錄似乎表現出與《周訓》中類似的對歷史事實的漠視。據《史記》，逢澤之會發生在公元前 342 年，遠在張儀出任秦相之前（即公元前 328 年）。[74] 此外，司馬遷認為這次會面是為了朝見

73 《呂氏春秋新校釋》，卷十五，頁 902。

74 《史記》，卷五，頁 203。

周「天子」，因其在公元前 343 年賜封了秦惠文王之父秦孝公（公元前 361– 前 338 年在位）「伯」的爵位。因此，基於諸多原因，將周昭文公視為逢澤之會的主要受益者是不準確的。而他在秦國的聲望及其為秦惠文王「師」的地位，同樣值得懷疑。

周昭文公在此的形象寫照有時被視為是對上述所引《戰國策》故事的呼應，即杜赫建議一位未具名的周君任用在當時尚未顯赫的人才，因為此時對他們的籠絡尚負擔得起。[75] 然而，我認為這裡的重點是，為確保一個有前途的「士」效力，君主應對其極盡尊重，並且無論其多窮困潦倒都給予其充分的物質支持。此外，儘管《呂氏春秋》的描述不準確，其對周昭文公的讚美遠勝於《戰國策》對那位未具名的周君的恭維。

此處最需要回答的問題是，為甚麼在〈報更〉一篇中，周昭文公緊接著趙盾故事而出現呢？最有可能的情況是，〈報更〉的作者將趙盾的軼事與《周訓》及其主人公聯繫了起來。這當然只有在他們對《周訓》很熟悉（並且借用其內容）的情況下才有可能。通過對這兩則軼事的比較可以看出它們的一些文本特徵，雖然有些在《呂氏春秋》的其餘篇目中未曾出現，卻是整個《周訓》的特點，這也說明了其前後的問題。再者，《呂氏春秋．八覽》有兩處《周書》的引文與《周訓》相似，這表明，《周書》

75 參見注 23。同樣可參看吳榮曾：〈東周西周兩國史研究〉，頁 146。

甚至可能被引為《書》的權威來源。[76]

雖然借用方向的問題已經解決了，但對上述兩個文本的比較表明，它們之間的差異最好理解為一個複雜流傳過程的結果，包括了口述、抄錄和一定程度上的有意修改。我認為，這種看似複雜的過程可以通過以下考慮來解釋。首先，這兩部書的版本與呂不韋朝廷所流傳的材料並不完全一致。畢竟，無論是北大的《周訓》抄本，還是更大程度上的《呂氏春秋》傳世本，都與借用事件相隔了數百年的傳播，毋庸置疑，這也導致了大量有意和無意的改動。此外，戰國晚期還流通著幾個《周訓》副本也合情合理。因此，本文所討論的兩個軼聞實例之間的差異，可能由於它們隸屬於不同的文本傳承譜系。

回到周昭文公和張儀的故事，我們看到，它似乎並非是「通識」的一部分，因為沒有其他已知的來源提及他們的相遇和張儀的感激之情。周昭文公之所以以明君「顯」，正如〈報更〉篇引言所提及的，[77] 在現存資料中闕如。相反地，在《漢書》〈古今人表〉中，周昭文公屬於

76 引用自〈慎大覽．慎大〉（《呂氏春秋新校釋》，卷十五，頁 850）的第一句引文「若臨深淵，若履薄冰」實際上是毛詩 195 中的名句，但它同樣也出現在《周訓》的第一章中（頁 123，簡 17）。引用自〈離俗覽．適威〉（同上，卷十九，頁 1289）的第二句引文「民善之則畜也，不善則讎也」，這在《周訓》的「小章」中文王（以其名「昌」被提及）對其子「發」，即未來的周武王，的訓誡有明顯的相似之處（頁 142，簡 187–188）。雖然這兩句引文經常出現在其他早期文獻中，但只有《呂氏春秋》認為它們屬於《周書》。

77《呂氏春秋新校釋》，卷十五，頁 901。

「中下」的範圍。[78] 這意味著他充其量只是一個平庸的君主，甚至不如與其大約同時代的競爭者西周首領——武公，武公被列在其上面兩個位置。而且，依據故事中所描述的周昭文公對於「士」不加節制的尊敬，即使與「他」在《周訓》中的訓誡相比，也似乎顯得過於誇大。因此，這個故事要麼可以追溯到失傳的軼聞，要麼其實是由該篇作者捏造出來的，這也不無可能。

下面，我將分析《呂氏春秋》其他部分對於周昭文公的描寫，以了解其與〈報更〉篇中的形象描寫是否吻合。

六、《呂氏春秋》其他篇章中的周昭文公

除〈報更〉篇外，周昭文公還見於《呂氏春秋．有始覽．諭大》：

> 季子曰：「…… 故曰：『天下大亂，無有安國；一國盡亂，無有安家；一家皆亂，無有安身』，此之謂也。故小之定也必恃大，大之安也必恃小。小大貴賤，交相為恃，然後皆得其樂。」定賤小在於貴大，解在乎薄疑說衛嗣君以王術，杜赫說周昭文君以安天下，及匡章之難惠子以王齊王也。[79]

78 《漢書》，卷二十，頁 946。

79 《呂氏春秋新校釋》，卷十三，頁 727–728。

〈有始覽〉通常被認為包含了有關〈八覽〉設計意圖的線索。該設定嚴格區分了「經」與「解」；然而，這並未達成預期。[80] 本篇「理論性」部分強調了「小」對「大」的依賴，同時提及它們之間的互相依存。關於衛嗣君（？–公元前 293 年）和周昭文公的簡述，可以在〈士容論．務大〉中一併找到對應內容。[81]〈士容論〉是整部作品的最後一卷，有時被認為是為了「填補文本總體設計中存在的空白」（fill in the gaps that existed in the overall design of the text）[82] 而倉促創作的。值得注意的是，相關段落並未被視為是某理論的「解」，其內容如下：

> 薄疑說衛嗣君以王術。嗣君應之曰：「所有者千乘也，願以受教。」薄疑對曰：「烏獲舉千鈞，又況一斤？」杜赫以安天下說周昭文君。昭文君謂杜赫曰：「願學所以安周。」杜赫對曰：「臣之所言者不可，則不能安周矣；臣之所言者可，

80 劉殿爵（D.C. Lau）："A Study of Some Textual Problems in the *Lü-shih ch'un-ch'iu* and Their Bearing on Its Composition",《中國文哲研究集刊 1》（1991 年），頁 67–68；Knoblock and Riegel, *The Annals of Lü Buwei*, 30–32；何志華：〈《呂氏春秋》編排結構重探〉，見氏著《〈呂氏春秋〉管窺》（香港：中華書局，2015 年），頁 82。

81 匡章（亦名田章，活躍於公元前 334– 前 295 年）和惠施（約公元前 380– 約前 305 年）的相關對話可見於〈開春論〉（《呂氏春秋新校釋》，卷二十一，頁 1474）。有關這部書不同篇章中對「解」的安排，請參閱何志華：〈《呂氏春秋》編排結構重探〉，頁 72–74。

82 Knoblock and Riegel, *The Annals of Lü Buwei*, 32，引自楠山春樹。

則周自安矣。」此所謂以弗安而安者也。[83]

這段話幾乎「一字不差」地出現在《淮南子》中，並且在此處作為《老子》「大制無割」的例證。[84] 該例子論證了同一軼聞在不同的文本下，可以被用來證實截然不同的立場。[85] 與《戰國策》中的軼事相反，在此，杜赫督促周昭文公在治理政務時盡可能採取更為廣泛的視角，著眼於天下大勢。解決這種不一致的辦法是，將周昭文公和杜赫規勸的未具名周君分別開。上述內容也含有支持這種分離的證據。然而，也可能是在早期中國流傳著關於周昭文公和杜赫的諸多軼事，支持了不同的思想流派和政治需求。

〈報更〉一篇同時提及周昭文公及趙盾和孟嘗君（田文，？–約前 280 年），前者是說明一個人如何因敬「士」受益的良好例子。但這一點似乎並不明顯，也不那麼值得稱道。因為，周昭文公，正如衛嗣君一樣，[86]（錯誤地）認為治理他們的小國與統治整個天下的原則不同。儘管已經

---

83 《呂氏春秋新校釋》，卷二十六，頁 1714。許富宏：《呂氏春秋先秦史料考訂編年》，頁 91，認為此次相遇發生在公元前 314 年。

84 《淮南子集釋》，卷十二，〈道應〉，頁 842。

85 其他例證，可參閱 Paul van Els and Sarah A. Queen, "Anecdotes in Early China", in *Between History and Philosophy: Anecdotes in Early China*, 11–16。

86 在《漢書・古今人表》（卷二十，頁 945–946）中，衛嗣君是作為比周昭文公更年長的同代人所提及，但根據《史記》（卷十五，頁 730）所載，他於公元前 324 年才登基。在班固（32–92 年）的分類中，這位統治者被劃入「下上」的部分，比周昭文公被列在的「中下」部分還低了一級。

得到了他們的謀士的糾正，但從文中所描述的故事來看，並不清楚最後這兩位君主的想法是否與其謀士相一致，如果是，在政治上又產生了甚麼結果。[87] 我們可以試圖將周昭文公與張儀和杜赫的分別相遇聯繫起來，認為他是基於杜赫的建議而對張儀有所厚待的。但是，最後必須指出的是，傳世的《呂氏春秋》並未為這種說法提供任何證據。有鑑於此，該書中關於周昭文公的軼事可分為兩大類：一類是將他與杜赫聯繫在一起（可能突出他對執政原則的困惑），另一類將他視為張儀的恩人（使他獲得了秦國和其他強國的尊重）。

在本文最後一節，我將論述周昭文公與秦國之間所謂的聯繫，並且探討能否在「他」的作品中為這種聯繫找到證據。

七、《周訓》與秦國

如前所述，〈報更〉一篇認為在戰國晚期的諸侯國中，周昭文公與秦的關係尤為密切。據說秦國第一個稱「王」的統治者，秦惠文王，還以周昭文公為其「師」。這

87 在其他一些文本中，衛嗣君被塑造成一個拒絕在其政治決策中區分「大」與「小」的人，而是強調堅持單一的執政原則。該原則分別被記錄為，在《戰國策》中對人民的「教化」。參《戰國策箋證》，卷三十二，頁 1845，「衛嗣君時胥靡逃之魏」。以及《韓非子》中對於「法」和「誅」的運用。參王先慎撰：《韓非子集解》，（北京：中華書局，2003 年），卷九，頁 228，「內儲說」。當然，如果直接將這些軼事與《呂氏春秋》聯繫起來則顯得過於出格。

些事件在現實中發生的可能性都很小。然而，該軼聞的史實性在此無關緊要，因為它的存在本身就已經表明，某一群人認為應使其流傳。無論這個群體是否參與了《周訓》或／和《呂氏春秋》的創作，很明顯這樁軼事主要是為了鞏固周昭文公的威望，尤其是在秦國的威望。另外，如果與周昭文公相關的文字不存在，那麼這個故事就毫無意義了。因此，在最後，周昭文公與張儀相交的記述似乎傳達了《周訓》和秦國之間的一種特定關聯性。

我想我們還有更多的理由可以假定這部作品與秦國之間存在著某種聯繫。首先，恰如韓巍所注意到的，有些簡文具有秦系文字的典型特徵。[88] 其次，在「閏月」的訓誡中，文本使用了「牘」這一術語。[89] 該術語與秦國有關，其最早的出現（在現存文獻中）可追溯至公元前 217 年 7 月 26 日。[90] 史達將這一術語的出現與公元前 221 年「秦統一後而隨之發生的詞彙變化」（lexical changes directly following the Qin unification）聯繫在一起。[91] 然而，我認為，由於我們只能接觸到一小部分的先秦文獻，因此很可能尚未發現更早該術語被提及的證據。但即使其最早出現的時間值得商榷，它與秦國之間的關聯似乎是肯定的。此外，《周訓》第五章中所使用的「城旦」這一術語，是秦

88 韓巍：〈西漢竹書《周訓》若干問題的探討〉，頁 255。

89 《周訓》，頁 140，簡 167。我要感謝史達為我指出這一點。

90 Thies Staack, "Single- and Multi-Piece Manuscripts in Early Imperial China: On the Background and Significance of a Terminological Distinction," *Early China* 41 (2018): 280.

91 Staack, "Single- and Multi-Piece Manuscripts," 282.

漢時期的法律體系中最為嚴厲的刑罰之一，而大量出土的法律文書也佐證了這一點。[92]

撇開語言學上的證據，《周訓》中似乎還呼應了秦人歷史上的「周之認同」，[93] 他們認為自己才是周的正統繼承者。[94] 在《周訓》的設定中，周國最後一位顯赫而有能力的貴族訓誡其籍籍無名的繼任者，這與秦國尤為息息相關。當然，作為一個小小的周國首領，周昭文公並沒有「天子」的正式權威，然而他被描述為秦惠文王之師，這意在彰顯其聲望。

這些觀點說明了《周訓》很有可能是在秦國被創作出來的。

結論

上述分析表明，《呂氏春秋》的作者不僅從《周訓》借用了兩個故事，還使用其主要人物和「作者」對其中部

92 Robin D.S. Yates, "Slavery in Early China: A Socio-Cultural Approach," *Journal of East Asian Archaeology* 3 (2002): 283–331; Anthony Jerome Barbieri-Low and Robin D.S. Yates, *Law, State, and Society in Early Imperial China: A Study with Critical Edition and Translation of the Legal Texts from Zhangjiashan Tomb no. 247*, vol. 2 (Leiden: Brill, 2015), 415n27.

93 Lothar von Falkenhausen with Gideon Shelach, "Introduction: Archeological Perspectives on the *Qin* 'Unification' of China," in *Birth of an Empire: The State of Qin Revisited*, ed. Yuri Pines et al. (Berkeley, Calif.: University of California Press, 2014), 44.

94 特別是在呂不韋領導下的滅東周之戰後，宣告了周王朝覆滅的命運。《史記》，卷五，頁 219。

分內容進行了初步設計。值得注意的是，他們在主題上選擇了符合其作品大綱的故事。《周訓》中的大部分篇章都基於世襲原則明確探討了權力轉移的問題。而且在某些章節中，君主被強烈勸解制定一些（「韓非子」模式的）舉措來維護其地位，以防止潛在的大臣的侵害。對於具有平均主義思想的《呂氏春秋》作者而言，顯然對這樣的段落不感興趣。[95] 因此，這兩章論述了君主對於普通民眾和「士」的仁厚似乎是一種很自然的選擇。

同樣，我們看到了，在呂不韋的主持下，門客們是如何通過撰寫引言來將借用的內容與某一個章節的其餘部分融合在一起，從而建立了不同故事之間的聯繫，或對其共同點的闡述。此外，書中經常對借用的軼聞進行簡短總結性討論。因為《呂氏春秋》的〈十二紀〉和〈八覽〉部分都可以證明這些技巧，由此可以推斷它們的編著者在處理借用資料時遵循了同樣的編輯原則，至少在借用《周訓》時如此。我們是否可以由此得出結論，《呂氏春秋》正如有時所宣稱，是作為一個整體被創作出來的[96]，尚有待商榷，但如果聲稱〈十二紀〉和〈八覽〉是彼此獨立創作的，則顯然過於牽強。

95 Yuri Pines, "Disputers of Abdication: Zhanguo Egalitarianism and the Sovereign's Power", *T'oung Pao* 91 (2005): 282.

96 張雙棣：《〈呂氏春秋〉史話》（北京：國家圖書館出版社，2019 年），頁 26。

參考書目

The Annals of Lü Buwei. Translated, annotated, and with an introduction by John Knoblock and Jeffrey Riegel. Stanford, Calif.: Stanford University Press, 2000.

Barbieri-Low, Anthony Jerome, and Robin D.S. Yates. *Law, State, and Society in Early Imperial China: A Study with Critical Edition and Translation of the Legal Texts from Zhangjiashan Tomb no. 247*. Vol. 2. Leiden and Boston: Brill, 2015.

北京大學出土文獻研究所：《北京大學藏西漢竹書・叁》，共兩卷。上海：上海古籍出版社，2015 年。

北京大學出土文獻研究所：〈北京大學藏西漢竹書概說〉。收入《文物》2011 年第 6 期，頁 49–56、98。

Boltz, William G. "Manuscripts with Transmitted Counterparts." In *New Sources of Early Chinese History: An Introduction to the Reading of Inscriptions and Manuscripts*. Edited by Edward L. Shaughnessy, 253–83. Berkeley, Calif.: The Society for the Study of Early China; The Institute of East Asian Studies, University of California, Berkeley, 1997.

———. "The Composite Nature of Early Chinese Texts." In *Text and Ritual in Early China*. Edited by Martin Kern, 50–78. Seattle, Wash.: University of Washington Press, 2005.

Carson, Michael Frederic. *The Language of the "Lü-shih ch'un-ch'iu": Some Characteristic Features of Grammar and*

Style in a Third Century B.C. Text. Ph.D. dissertation, The University of Washington, 1980.

Chan-Kuo Ts'e. Translated by Crump, James I., Jr. Oxford: Clarendon Press, 1970.

陳劍：〈《周馴》「為下飧捲而餔之」解〉。復旦大學出土文獻與古文字研究中心，2016 年 6 月 18 日，http://www.gwz.fudan.edu.cn/Web/Show/2835。

徐彥疏：《春秋公羊傳注疏》，共兩卷。北京：北京大學出版社，2000 年。

楊伯峻編：《春秋左傳注》，修訂本，全四冊。北京：中華書局，1995 年。

The Complete Works of Han Fei Tzŭ: A Classic of Chinese Legalism. Vol. 1. Translated by W.K. Liao. London: Arthur Probsthain, 1939.

Fech, Andrej. "The *Zhou xun* 周訓 and 'Elevating the Worthy' (*shang xian* 尚賢)." *Early China* 41 (2018): 149–78.

Foster, Christopher J. "Introduction to the Peking University Han Bamboo Strips: On the Authentication and Study of Purchased Manuscripts." *Early China* 40 (2017): 167–239.

Gassmann, Robert H. "Die Bezeichnung *jun-zi*: Ansätze zur Chunqiuzeitlichen Kontextualisierung und zur Bedeutungsbestimmung im *Lun Yu*." In *Zurück zur Freude: Studien zur Chinesischen Literatur und Lebenswelt und ihrer Rezeption in Ost und West. Festschrift für Wolfgang Kubin*. Edited by Marc Hermann, Christian Schwermann, and Jari Grosse-Ruyken, 411–36. St. Augustin, Nettetal: Steyler Verlag, 2007.

Goldin, Paul R. "*Heng Xian* and the Problem of Studying Looted Artefacts." Dao 12 (2013): 153–60. *The Gongyang Commentary on The Spring and Autumn Annals: A Full Translation*. Translated by Harry Miller. Basingstoke, Hampshire: Palgrave Macmillan, 2015.

The Grand Scribe's Records. Vol. 1, *The Basic Annals of Pre-Han China*. Edited by William H. Nienhauser, Jr. Translated by Tsai-fa Cheng, Zongli Lu, William H. Nienhauser, Jr., and Robert Reynolds. Bloomington, Ind.: Indiana University Press, 1994. Vol. 5.1, The Hereditary Houses of Pre-Han China, Part I. Edited by William H. Nienhauser, Jr. Translated by Weiguo Cai, Zhi Chen, Scott Cook, Hongyu Huang, Bruce Knickerbocker, William H. Nienhauser, Jr., Wang Jing, Zhang Zhenjun, and Zhao Hua. Bloomington, Ind.: Indiana University Press, 2006.

王先慎：《韓非子集解》。北京：中華書局，2003 年。

許維遹校釋 :《韓詩外傳集釋》。北京：中華書局，1980 年。

《漢書》，全十二冊。北京：中華書局，1962 年。

韓巍：〈西漢竹書《周訓》若干問題的探討〉。收入《北京大學藏西漢竹書・叁》，頁 249–298。上海：上海古籍出版社，2015 年。

Harbsmeier, Christoph. "On the Scrutability of the *Zuozhuan*." *Journal of Chinese Studies* 中國文化研究所學報 67 (2018):

253–79.

何晉：《〈戰國策〉研究》。北京：北京大學出版社，2001 年。

何志華（Ho Che Wah）：〈《呂氏春秋》編排結構重探〉，出處同前。《〈呂氏春秋〉管窺》，頁 27–86。香港：中華書局，2015 年。

何志華和陳雄根（Chan Hung Kan）編著：《先秦兩漢典籍引〈詩經〉資料彙編》。香港：香港中文大學出版社，2004 年。

何志華和朱國藩（Chu Kwok Fan）編著：《唐宋類書徵引〈呂氏春秋〉資料彙編》。香港：香港中文大學出版社，2006 年。

許錟輝（Hsu Tan-huei）：《先秦典籍引〈尚書〉考》，全兩冊。臺北：花木蘭文化出版社，2009 年。

Kern, Martin. "The Odes in Excavated Manuscripts." In *Text and Ritual in Early China*. Edited by Martin Kern, 149–93. Seattle, Wash.: University of Washington Press, 2005.

———. "'Xi shuai' 蟋蟀 ('Cricket') and Its Consequence: Issues in Early Chinese Poetry and Textual Studies." *Early China* 42 (2019): 39–74.

Lai Guolong. *Excavating the Afterlife: The Archaeology of Early Chinese Religion*. Seattle, Wash.: University of Washington Press, 2015.

Lau, D.C. "A Study of Some Textual Problems in the *Lü-shih ch'un-ch'iu* and Their Bearing on Its Composition." *Bulletin of the Institute of Chinese Literature and Philosophy, Academia Sinica* 中國文哲研究集刊 1 (1991): 45–87.

Li Xueqin 李學勤 . *Eastern Zhou and Qin Civilizations*. Translated by K.C. Chang. New Haven, Conn.: Yale University Press, 1985.

廖明春：〈郭店楚簡引《書》論《書》考〉，出處同前。《新出楚簡試論》，頁 83–110。臺北：台灣古籍出版社，2001 年。

陳奇猷校釋：《呂氏春秋新校釋》，全兩冊。上海：上海古籍出版社，2002 年。

孫詒讓撰，孫啟治點校：《墨子閒詁》，全兩冊。北京：中華書局，2001 年。

Pines, Yuri. "Disputers of Abdication: Zhanguo Egalitarianism and the Sovereign's Power." *T'oung Pao* 91 (2005): 243–300

———. *Envisioning Eternal Empire: Chinese Political Thought of the Warring States Era*. Honolulu, Hawai'i: University of Hawai'i Press, 2009.

Queen, Sarah A. "*Han Feizi* and the Old Master: A Comparative Analysis and Translation of *Han Feizi* Chapter 20, 'Jie Lao,' and Chapter 21, 'Yu Lao.'" In *Dao Companion to the Philosophy of Han Fei*. Edited by Paul R. Goldin, 197–256. Dordrecht: Springer, 2013.

———, trans. and intro. "Responses of the Way." In *The Huainanzi: A Guide to the Theory and Practice of Government in Early Han China*. Translated and edited by

John S. Major, Sarah A. Queen, Andrew Seth Meyer, and Harold D. Roth, with additional contributions by Michael Puett and Judson Murray, 429–82. New York: Columbia University Press, 2010.

Richter, Matthias L. "A Hierarchy of Criteria for Deciding on Disputed Readings." In idem, *The Embodied Text: Establishing Textual Identity in Early Chinese Manuscripts*, 65–72. Leiden: Brill, 2013.

———. "Variants of Little Consequence for the Content of the Text." In idem, *The Embodied Text*, 73–98.

Schaberg, David. "Chinese History and Philosophy." In *The Oxford History of Historical Writing*. Vol. 1, *Beginnings to AD 600*. Edited by Andrew Feldherr and Grant Hardy, 394–414. Oxford: Oxford University Press, 2011.

———. "Speaking of Documents: Shu Citations in Warring States Texts." In *Origins of Chinese Political Philosophy: Studies in the Composition and Thought of the Shangshu (Classic of Documents)*. Edited by Martin Kern and Dirk Meyer, 320–59. Leiden: Brill, 2017.

Schuessler, Axel. *Minimal Old Chinese and Later Han Chinese: A Companion to Grammata Serica Recensa*. Honolulu, Hawai'i: University of Hawai'i Press, 2009.

《尚書正義》，全二冊。北京：北京大學出版社，2000 年。

Shaughnessy, Edward L. "The Editing of Archaeologically Recovered Manuscripts and Its Implications for the Study of

Received Texts." In idem, *Rewriting Early Chinese Texts*, 9–61. Albany, N.Y.: State University of New York Press, 2006.

《史記》，全十冊。北京：中華書局，1959 年。

The Shoo King or the Book of Historical Documents. Translated by James Legge. 2nd ed. 1893–94. Reprint, Taipei: SMC Publishing Inc., 1992

向宗魯校證：《說苑校證》。北京：中華書局，1987 年。

史達（Staack, Thies）：〈北大漢簡《老子》是否為偽造品？一些懷疑的言論〉"Could the Peking University *Laozi* 老子 Really be a Forgery? Some Skeptical Remarks"，heiDOK-海德堡大學文獻庫，2017 年 1 月 10 日，http://archiv.ub.uni-heidelberg.de/volltextserver/22453/1/Staack_2017_Peking%20University%20Laozi.pdf.

———：〈秦漢時期的單獨簡與編冊簡：術語區分的背景和意義〉"Single- and Multi-Piece Manuscripts in Early Imperial China: On the Background and Significance of a Terminological Distinction"。《古代中國》，第 41 期（2018 年），頁 245–295。

田鳳台：《呂氏春秋探微》。臺北：學生書局，1986 年。

Tsien Tsuen-hsuin. "Strategies of Warring States." In idem, *Collected Writings on Chinese Culture*, 33–46. Hong Kong: The Chinese University of Hong Kong Press, 2011.

van Els, Paul, and Sarah A. Queen. "Anecdotes in Early China." In *Between History and Philosophy: Anecdotes in Early China*. Edited by Paul van Els and Sarah A. Queen, 1–37.

Albany, N.Y.: State University of New York Press, 2017.

von Falkenhausen, Lothar, with Gideon Shelach. "Introduction: Archeological Perspectives on the Qin 'Unification' of China." In *Birth of an Empire: The State of Qin Revisited*. Edited by Yuri Pines, Gideon Shelach, Lothar von Falkenhausen, and Robin D.S. Yates, 37–51. Berkeley, Calif.: University of California Press, 2014.

吳榮曾：〈東周西周兩國史研究〉，出處同前。《先秦兩漢史研究》，頁 133–147。北京：中華書局，1995 年。

邢文：〈北大簡《老子》辨偽〉。《光明日報》2016 年 8 月 8 日，第 16 頁。

許富宏：《呂氏春秋先秦史料考訂編年》。南京：鳳凰出版社，2017 年。

閻步克：〈北大竹書《周訓》簡介〉。《文物》2011 年第 6 期，頁 71–74。

葉山：〈中國早期的奴隸制：一種社會文化模型〉"Slavery in Early China: A Socio-Cultural Approach"。《東亞考古學刊》*Journal of East Asian Archaeology*，第三期（2002 年），頁 283–331。

張雙棣：《〈呂氏春秋〉史話》。北京：國家圖書館出版社，2019 年。

范祥雍箋證，范邦瑾協校：《戰國策箋證》，全兩冊。上海：上海古籍出版社，2006 年。

諸祖耿編：《戰國策集注匯考》，增補本，全三冊。南京：鳳凰出版社，2008 年。

饒宗頤國學院院刊　增刊
2023 年 6 月
頁 273–301

「白一沙」上古漢語語音構擬的若干問題

許思萊（Axel SCHUESSLER）
美國沃特堡學院
王雪婷譯

本文就上古漢語語音構擬，尤其是白一平—沙加爾於 2014 年的構擬方案，就其方法論提出若干問題，並針對「白—沙」體系中的具體例證進行討論。

關鍵詞： 上古音構擬　比較方法　假設—演繹法
白一平—沙加爾　語源學　諧聲系列

一、簡介

上古音的實際全貌，我們無從得知，因為我們誰也沒在那個時代生活過。我們只能對寥寥無幾的語言材料加以解釋，而這些解釋可能比我們預期的更加主觀。每一個嘗試構擬上古漢語的學者，或多或少都是基於相同的材料（中古漢語、諧聲系列、《詩經》韻部），卻得出不同的上古漢語語言。也許真正的上古音正如白一平（William H. Baxter）與沙加爾（Laurent Sagart）二人所構擬那樣，也可能是白一平早年獨自提出的構擬，[1] 或者由王力、李方桂、潘悟雲等學者各自提出的方案，但上古音也可能跟已有的方案完全不同。又或者，怎樣構擬出來的上古音都是不可置信的。

首先看一下「隹 / 維 / 惟（解作「為」、「是」，拼音 *wéi*，中古音 jiwi，其中「隹」字中古音也有讀為 tświ < *tui）解作為、是）> 唯（作「唯一」解）」這組系詞，諸家的上古漢語擬音如下：

*di̯wər	高本漢（Bernhard Karlgren）[2]
*rəd	李方桂 [3]

1 William H. Baxter, *A Handbook of Old Chinese Phonology* (Berlin: Mouton de Gruyter, 1992).

2 Bernhard Karlgren, *Grammata Serica Recensa* (Stockholm: Museum of Far Eastern Antiquities, 1957).

3 李方桂：《上古音研究》，《清華學報》第 9 卷（1971 年），頁 1–61。

*lul	許思萊[4]
*iuəi(?)	王力[5]
*ljuəj	許思萊[6]
*wjij	白一平[7]
*t(ə)-wij	沙加爾[8]
*k-lul	潘悟雲[9]等（另參許思萊[10]）
*ɢ^{w}i	鄭張尚芳[11]
*wi	許思萊[12]（另參白一平[13]）
*ɢ^{w}ij	白一平—沙加爾（另參鄭張尚芳[14]）

按：（1）聲母。「隹」有兩個中古音讀法：*tświ* 和 *jiwi*（中古音聲母 *ji-* 為喻母四等），諧聲系列的字還包

4 Axel Schuessler, "R and L in Archaic Chinese," *Journal of Chinese Linguistics* 2, no. 2 (1974), 186–99.

5 王力：《同源字典》（北京：商務印書館，1982 年）。

6 Axel Schuessler, *A Dictionary of Early Zhou Chinese* (Honolulu: Hawai'i University Press, 1987).

7 Baxter, *A Handbook of Old Chinese Phonology*.

8 Laurent Sagart. *The Roots of Old Chinese* (Amsterdam: John Benjamins Publishing Company, 1999), 94.

9 潘悟雲：《漢語歷史音韻學》（上海：上海教育出版社，2000 年）。

10 Schuessler, "R and L in Archaic Chinese," 186–99.

11 鄭張尚芳：《上古音系》（上海：上海教育出版社，2003 年）。

12 Schuessler, *Minimal Old Chinese. and Later Han Chinese: A Companion to Grammata Serica Recensa* (Honolulu: Hawai'i University Press, 2009).

13 Baxter, *A Handbook of Old Chinese Phonology*.

14 鄭張尚芳：《上古音系》。

括「帷」，中古音讀成 *jwi-*（中古音聲母 jw- 為喻三），等等。在「隹」（解作「為」）中，高本漢假設聲母 *d 來自中古音 *ji-*，以解釋假定語音與 tświ< 上古音 *tui 的相似性。後來李方桂得出的結論是，喻母四等可以追溯到上古音 *r-，並認為後者的語音應近於齒塞音方能進行通假，因此構擬為 *rəd。有學者認為李方桂的 *r- 實際上是 *l-，依據的是上古音 *r- 明顯是中古音 l- 的來源，以及根據藏緬語中的同源詞（漢語「六」*ruk，參考西藏語「六」*drug*）。同時，人們意識到喻三的上古音來源實際上可以簡化為 *w-，就像「帷」*wəi 一樣，這使李方桂的 *rəd 和隨之而來的聲母 *l- 在這個諧聲系列中格格不入。最後，學者普遍確定「隹」的中古喻四聲母可追溯至上古音 *wi；請注意，該詞轉寫的是佛教文獻中的印度語 vi，聲母喻四（而不是預期的喻三 *w-）是由高元音 / i / 引起的。因此，白一平和其他人將「隹」構擬為 *wij 或 *wi。為了使 *wij 與早期中古音 *wi 相聯繫，沙加爾一度提出上古漢語曾有所謂 *t- 的詞首詞綴，只是後來失落，因此構擬為 *t(ə)-wij。潘悟雲建議聲母可能讀為 *k-l-。鄭張尚芳及其他學者比如白一沙將清小舌音 *q 引入上古音，因此尋找對應的濁音導致將 yù 聲母改寫為上古音 *Gw-。筆者認為 *q- 和 G- 的推論有太多假設成分，亦沒有必要；理論疊加愈是抽象，構擬的古音益發與古人真正使用的語言脫節。（2）「隹」的韻部：中古音 -i 與 -n 在諧聲系列和早期詩韻中時有互換；還要注意殷朝的「殷」發音為「衣」。因此，高本漢認為中古音 -i 的上古音必須近於 -n，構擬出 -r（*diwər）。其他人建議讀為 *-l，是以筆

者一度主張讀 *lul。最終學者們得出的結論是韻部部當作 *-ij。為了使單詞符合理論上的詞根結構「輔音—元音—輔音」，韻母給定作 -j，而其作用有如輔音韻母，但這也是純粹的假設。筆者個人主張定為 *-i，因此「隹」字上古擬音為 *wi。

上古音的構擬依賴三個要素：(1) 已知數據、語言事實；(2) 來自諧聲系列的證據，即字形證據；(3) 理論、猜想、構思、假設，包括內部構擬，亦即基於語言分布模式而得出的結論。上古音的構擬結果取決於要素的優先次序。

當諧聲優先時，出現的問題是：用這個形符寫成的字是甚麼？在這個情況下，語言數據可以變得次要。然後基於「隹」的中古音一讀作 tświ，「隹／維／惟」可以構擬出上古音 *di̯wər（高本漢[15]）或 *t(ə)-wij（沙加爾[16]）等形式。

當理論先行時，我們不禁要問：上古漢語詞彙是如何適應理論的？我們可以得出 *rəd（李方桂[17]）、*k-lul（潘悟雲[18]）和 *ɢʷij（白一沙和鄭張尚芳[19]）這樣大相逕庭的上古音構擬，其中最後者源於小舌音理論。

語言數據優先時，出現的問題是：為甚麼用這個字形

15 Karlgren, *Grammata Serica Recensa*.

16 Sagart, *Roots of Old Chinese,* 94.

17 李方桂，《上古音研究》，頁 1–61。

18 潘悟雲，《漢語歷史音韻學》。

19 鄭張尚芳，《上古音系》。

寫上古漢語詞？然後會得到上古音 *wjij（白一平[20]）——源於中古漢語中藏緬語的梵語轉錄；該詞不是一個語言問題，而是一個語文學問題，可能跟語言是無關的。筆者傾向使用最後的方法，讓語言數據優先於書寫和理論：

wéi	現代標準漢語
vi [wi]	申叔舟（1417–1475 年）（標準讀音，明朝，見 W. South Coblin 柯蔚南[21]）
ywi [yi]	八思巴文（元朝，見柯蔚南[22]）
(jiwi)	《切韻》（601 年成書），注意：本擬音未經音韻學證實，純屬基於已確定韻部和方言的構擬（李方桂[23]）
iui	西北古漢語（公元 400 年，見柯蔚南[24]）
wiˀ	普通話（Jerry Norman 羅傑瑞[25]）

---

20 Baxter, *A Handbook of Old Chinese Phonology*.

21 W. South Coblin, *A Handbook of 'Phags-pa Chinese* (Honolulu: Hawai'i University Press, 2007).

22 同上。

23 李方桂：《上古音研究》，頁 1–61。

24 W. South Coblin, *Studies in Old Northwest Chinese,* Journal of Chinese Linguistics Monograph 4 (Berkeley, California: Project on Linguistic Analysis, 1991).

25 Jerry Norman, "Common Dialectal Chinese" in *The Chinese Rime Tables: Linguistic Philosophy and Historical-Comparative Phonology*, ed. David P. Branner (Amsterdam/Philadelphia: John Benjamins Publishing Company, 2006), 233–254.

wi　漢傳佛教方言（柯蔚南[26]），轉寫梵文 *vi*

___？　上古漢語

*wəy or *wi　藏緬語中的「為」

因此，筆者相信「隹 / 維 / 惟」的上古音為 *wi（另作 *wij 和 *wjij，三種寫法皆可），且幾乎不可能是任何其他讀音；至於「隹」的中古音 tświ 有何作用，則是一個語言學或字形的問題。

白—沙體系以理論為先。[27] 他們的上古音構擬可從兩個方面來解讀：

（1）他們提出了一些富有想像力的新想法去探索上古音的可能性，以合理方式進行有趣的思想遊戲。從這個意義上說，兩位作者為該領域作出了重要貢獻，他們的巨大努力實在可圈可點。

（2）又或者可以將白—沙體系理解為上古漢語的最終構擬。儘管白—沙明確表示不應如此看待其構擬，但又似乎暗示了這一點，而引用白—沙構擬理論的學者亦將此上古漢語新構擬視為真正的周代語言。恕筆者難以採取此角度看待白—沙體系，因為本人感興趣的是上古漢語的實際面貌，而不是理論上的可能性。因此，筆者將上古漢語視為一種古人在現實中可能會說的語言。筆者的觀點與

26 W. South Coblin, "Notes on the dialect of the Han Buddhist transcriptions," in *Proceedings of the International Conference on Sinology*, (Taipei: Academia Sinica, 1981), 121–183.

27 Baxter and Sagart, *Old Chinese*.

白一沙體系中的許多觀點相反，當中涉及整體方法和細節。本文將嘗試闡述為何筆者認為白一沙的上古漢語新構擬缺乏說服力，除了那些從白一平《漢語上古音手冊》(*A Handbook of Old Chinese Phonology*, 1992，以下簡稱《手冊》）觀點延續下來的特徵。[28] 其餘大部分屬於「姑妄言之，姑妄聽之」的性質。

二、方法論

（一）重建方法闡述

有兩種截然不同的歷史重建方法：一種是運用新語法學派規則（語音演變規律無例外）的傳統方法，其始於證據和數據，並據此得出結論。例如，Szemerényi 編寫的印歐語系手冊提供了證據、數據、事實，總結了其他人的建議，然後繼以其中典型句子的說法是「這些數據得出以下結論……」。[29] 讀者可以聽取他的論據和見解，並就證據的優缺點選擇同意與否。例如：印歐語詞根的結構是甚麼？傳統的新語法學派在印歐語系語言中都以 *pet-（飛翔）、*kwi（誰）、*aǵ-（駕駛）和 *i-（走）作為證據；這一經驗性的證據得出以下結論，印歐語系詞根可以具有 CVC、CV、VC、V 或簡稱（C）V（C）的結構。例如，在所有印歐語系語言中，drive（駕駛），如拉丁文

28 Baxter, *A Handbook of Old Chinese Phonology*.

29 Oswald J.L. Szemerényi, *Introduction to Indo-European Linguistics*, 4th ed. (Oxford: Oxford University Press, 1990/1996).

ag-ere，梵文 aj-āmi 等，始終都指向 *aǵ- 作為一個共同的來源。

在其他方法中，假設和理論優先。嚴格遵守了印歐語系詞根具有 CeC 結構的假設學說，並在喉音的幫助下將所有證據納入該方案。詞根 *pet- 似乎證明了這個觀點，但隨後 *aǵ- 變成了 h_2eǵ-，*i- 變成了 *$h_1$ei-（i 和 u 在喉音結構上是輔音）。

《手冊》遵循了傳統的方法。在證據似乎不確定的情況下，他使用了幾種標準之一來確定所有可能性中最合理的構擬。除了內部結構模式和普遍現象外，可以使用的準則或工具尚有精簡原則（所謂奧卡姆剃刀定律 "Occam's razor"，即最簡單的解釋便是正解），以及擬音的自然性。這種方法是《手冊》經常遵循的早期方案。

整體而言，白一沙摒棄了這些工具，並無提到奧卡姆或自然性。相反，他們明確地使用了假設演繹法，基本上是要求讀者相信他們的構擬（因為他們幾乎沒有說明為甚麼他們的意見優於其他解釋）。[30]

首先考慮精簡原則：

*q 之類的上古漢語新構擬小舌音（喉音）：白一沙如何從中古音「景」kjɐŋ´ 得出上古音新構擬中的 *C.qraŋʔ（明亮的）？

- **假設 1**：由於諧聲字中古音 kjɐŋ´「景」～ ʔjɐŋ´「影」有聯繫，因此假設中古音 ʔ- 和 k- 原本的上古音更

30　譯者按：以上三段為英文原文的撮寫，原文談及印歐語系相關的議題，但與此處的論述無關。

為相似。

- **假設** 2：因此，某些中古音 ʔ 是從上古音新構擬 *q 而來，如早期中古音 jɐŋ´「影」構擬為上古音 *qraŋʔ。
- **假設** 3：有別於潘悟雲 1997 年提出的意見，[31] 白—沙認為上古音新構擬 *q 和 *k- 就諧聲規則而言迥然不同。因此，中古音 k- 也源於 *q-。
- **假設** 4：由於 *q- 已用於中古音 ʔ- 的來源，因此聲母必須不同，因此假設存在一個不可指定的前綴 *C-：中古音 kjɐŋ´「景」來自上古音新構擬的 *C.qraŋʔ。

上述每一個假設都可能正確，也可能不正確；這意味著白—沙的構擬只有四分之一的可能性為真，也就是說，只有在所有假設都正確的情況下才為真。

大量的假設使得這種上古音新構擬變得不可信，而「奧卡姆剃刀定律」本應提供一個鮮明的信號。

替代方案：傳統構擬，即盡可能將已知事實（例如中古漢語）的時期推前，並且僅根據令人信服的證據（諧聲、押韻）進行調整。倘若說諧聲中的 *k- 和 *q- 比 *k- 和 *ʔ- 更具說服力，此一假設實屬毫無根據。最簡單、最合理的解釋是：

中古漢語 kjɐŋ´「景」是上古漢語的 *kraŋʔ；及
中古漢語 ʔjɐŋ´「影」是上古漢語的 *ʔraŋʔ。

「影」的上古音 *ʔraŋʔ 與上古漢語「景」*kraŋʔ 同

31 潘悟雲：〈喉音考〉，《民族語文》1997 年第 5 期，頁 10–24。

韻，是因為同樣意指「明亮的～陰影」。

這種解釋只需要一、兩個假設。

其次為擬音是否自然。

一如上例，在此再以「影」上古漢語新構擬 *qraŋʔ 中的 *q 或 qi 閃族語咽化 /ˁ/（咽音）作為中古漢語四等之一等 / 四等的詞源，例如 gāng「亢」的上古漢語新構擬 *k-ŋˁaŋ：這些聲音不是東亞地區常見的發音。如此解釋中古漢語四等，恐怕並非持之有故，因為上古漢語新構擬中的 *q 毫無根據，而這些格格不入的發音應為鮮明的信號。當需要利用閃族語（白一沙）、美洲亞大巴斯卡語（李方桂[32]）或希臘語等遠親語言的獨有特性，試圖構擬出一套完整的音系，難免會降低其可信度。

僅這些主張和假設，就對上古漢語新構擬的合理性提出了質疑。

（二）不合理性論述

筆者認為，假設演繹法是基於「確認謬誤」，即論證始於一個想法（假設），然後支持者在任何可能的地方尋找證據以進行驗證。無論是所謂的借用外來語（如 Ruc 或 Lakkia），還是對形符進行過度的語音詮釋 —— 這一切都未能論證其假設更勝傳統或替代解釋的方案，可說是本末倒置。白一沙引用了愛因斯坦的理論，但在客觀精確的科學和扎實的語言學研究中（如白一平 1992 年提出的方

32　李方桂：《上古音研究》，頁 1–61。

案）[33]，假設必然是通過歸納法（即數據評估）所得，然後才提出這一「理論」並準備得以「證偽」。

（三）構擬方法的可行性

白一沙有一種構擬上古漢語的新方法，該方法已在白一平《手冊》和沙加爾（1999a）中有所預示。[34] 他們試圖以自己構擬的上古音捕捉所有可能與其假設相符的替代特徵，所以他們的方案滿布方括號、括號、連字符和點號。因此，*jǔ* 矩在上古漢語新構擬中是 *[k](r)aʔ，這意味著存在四種可能性：

*k^{w}aʔ
*q^{w}aʔ
*k^{w}raʔ
*q^{w}raʔ

或以 *quǎn*「犬」說明：上古漢語新構擬 *[k]^{whʕ}[e] [n]ʔ，聲母有可能是 q 而不是 k，韻腹有可能是 i 而不是 e，而韻尾則可能是 r 而不是 n，即起碼存在九種可能性。讀者現在可以從中自由選擇任何一種可能性，並且可以選擇將漢語詞與藏緬語 *kywal 或 *kwi 相聯繫，以及同古希臘語 kýōn 或是其他語言中的某個詞語連接在一起。但要認真地考慮：如

33 Baxter, *A Handbook of Old Chinese Phonology*.

34 Baxter, *A Handbook of Old Chinese Phonology*; Sagart, *The Roots of Old Chinese*.

果只有九分一機會正確，這組可能性（不是「構擬」）對讀者有何意義？還是應該認為它們全都是正確的嗎？）如果你決定使用 *qʷʰˤerʔ，那麼就有九分八的機會出錯。就「矩」而言，任何可能性都只能是四分一機會正確；如此類推。這如何能夠解構上古漢語？學者怎可能將這種矛盾的代數式用於自己的研究？要信服於上古漢語新構擬的觀點，除了參照構擬方案本身，筆者還能如何找到扎實的根據？

久經考驗的傳統歷史構擬方法，能夠提供確切的數據和經已證實的字詞形式（真實的漢藏語系、中古漢語）以作參考，而不是一堆理論上的可能性。「矩」很有可能是 *kʷaʔ（小舌音並無根據，同樣是假說性的構想；而介音「(r)」只是一種可能），而筆者認為「犬」很可能是 *khwînʔ（小舌音見上文，而中古漢語韻母 n 可能源自上古漢語 r，並不意味著大多數或所有韻母 n 皆有可能源自 *r）。這些構擬不是經過驗證的上古漢語語音形式，但至少可能性相對較高。無論如何，此為力能所及矣。

（四）非漢藏語言在上古漢語構擬中的作用

在不考慮同源藏緬語的情況下，僅依據其自身的優點來構擬上古漢語，原則上是正確的第一步。但最終，上古漢語必須符合漢藏語系的整體框架。正如沙加爾指出：「毫無疑問，藏緬語的發展可以幫助中國歷史語音學的學生限制他們對漢語早期歷史的假設。」[35] 與此相反，白一

35 Laurent Sagart, "Review of Matisoff Handbook of Tibeto-Burman," *Diachronica* 23, no. 1 (2006): 221.

沙忽略了藏緬語，卻大量使用了他們認為借自上古漢語的南方語詞。當中將借詞視為上古漢語詞來處理，卻沒有釐清以下兩個問題：

（1）借用的方向當然不僅是單向的從漢語到其他語言，尤其是在中國擴展和吸收其他民族語言的初期階段。例如「狗」：上古漢語中的原始漢藏語詞是「犬」*khwînʔ，*gǒu*「狗」不是漢藏語系詞。正如白一沙指出的事實，「狗」也出現在苗瑤語中。[36] 白一沙認為苗瑤語是從上古漢語（上古漢語新構擬 *Cə.kˤroʔ）借來的，但筆者確信當周朝向南擴展時，這個非漢藏語系的字詞已被苗瑤民族及其語言所吸收。上古漢語的形式為 *kloʔ（參照瑤 *klo^{B}「狗」；另參許家平（Weera Ostapirat）），[37] 外來的介音 *l 總是導致中古漢語一等 / 四等類型音節（許思萊；上古漢語新構擬中的音位分布異常不平衡，介音 / r / 豐富，介音 / l / 不存在；筆者對此認同，之所以會將外來的介音 / l / 投射到上古漢語，是因為它在中古漢語一等 / 四等中留下了痕跡）。[38]

白一平與沙加爾：上古漢語新構擬 *Cə.kˤroʔ

>> 苗瑤 *qluwX，原始瑤族語 *klo^{B}

36 Baxter and Sagart, *Old Chinese*, 215.

37 Weera Ostapirat, "Issues in the reconstruction and affiliation of Proto-Miao-Yao," *The 14th International Symposium on Chinese Languages and Linguistics* (IsCLL-14), (Taipei: Academia Sinica, 2015), 357.

38 Axel Schuessler, *ABC Etymological Dictionary of Old Chinese* (Honolulu: Hawai'i University Press, 2007).

許思萊和許家平：苗瑤 *kluB (?)，原始瑤族語 *klo^{B}

「狗」

>> 晚期上古漢語：*klo^{B}

（2）即使假設越語支語言 Ruc 這類鮮為人知的南方語言，確實都借用了上古漢語詞彙（這到底是怎麼發生的？），我們首先要排除本土化，即添加本土前綴等，然後再將異常的語言特徵（前綴）直接投射回上古漢語。

三、一些細節

儘管白一沙的學識令人印象深刻且佩服萬分，但仔細考慮後，他們的許多主張和假設（儘管是發人深省的建議）都存在問題，因此筆者不得不對他們書中的任何內容都持懷疑和不信任的態度。但整體而言，筆者相信從白一平《手冊》繼承下來的資料（包括更新和修改）。因此，不妨直接追溯到白一平《手冊》提出的內容。

（一）形符的解釋

當中古漢語同音字寫作兩個不同的字形時，則可以推算它們的上古音可能是不同的。在這一點上，筆者同意白一沙的觀點。一個好的例子是「羊」與「昜／陽」，它們是上古漢語 *jaŋ 與 *laŋ（上古漢語新構擬將前者擬音為 *Gaŋ）。

中古漢語「五」ŋuo´ 與「午」ŋuo´ 之間的差異在某些情況下難以分辨（如兩者確實存在差異的話）。再次使用白—沙的理論，筆者將首先在此探討語音區別的可能性。諧聲系列在這沒有幫助，因為所有包括這些形符的單詞都統一指向上古漢語的詞根 *ŋa，除中古漢語「杵」thjwo´ 外，一切都取決於誰來解釋。[39] 中古漢語「杵」thjwo´ 的語音似乎與中古漢語「午」ŋuo´ 的要素截然不同（韻部除外），也沒有可能存在任何語義聯繫（「杵」與地支）。像「杵」和「午」這樣的形符就類似於羅夏墨跡測驗（Rorschach test），其中的解釋可能更多揭示出觀察者自身的傾向，而不是有關上古漢語的內容。

白—沙利用他們的小舌音假說來解釋「五」*ŋˤaʔ 與「午」*[m].qʰˤaʔ 之間的區別，這是建基於一個假設——將「杵」讀音構擬為 *t.qʰaʔ（兩位學者究竟是如何從 q 得出 *[m] .qʰˤaʔ？）。然而，中古漢語同音字形不一定可追溯至不同的上古漢語音節，例如意為「面對、違背、反對」的字詞毫無規律地與兩種聲符混合（據筆者所見，與白—沙相反）：

wǔ *ŋâʔ 午（作「抵抗」解，語出《禮記》）；wǔ, wù < *ŋâʔ, *ŋâ-s 仵（作「等於」解，語出《莊子》）

wù *ŋâ-s 晤（作「見面，面對面」解，語出《詩經》）；五（作「見面」解，商代甲骨文，語出徐中舒編《甲骨文字典》）「捂」（作「翻臉」解，語出《儀禮》）；牾「違逆／抵觸」《呂氏春秋》；（作「遭遇」解，語出《楚辭》）；迕（作「違背」解，語出《列子》）；忤（作「反對」

39 Baxter and Sagart, *Old Chinese*, 128ff.

解，語出《韓非子》）

yǔ　*ŋaʔ 禦（作「捍衛、反對、防止」解，語出《詩經》）

聲母是 *ŋ- 的藏緬語之同源詞，也可以書寫為「五」和「午」（這說明藏緬語如何如前述「幫助……限制……對漢語早期歷史的假設」）：

wú　*ŋâ 吾（作「我」解）= 藏緬語 *ŋa；藏文 ŋa

wǔ　*ŋâʔ 五 = 藏緬語 *(-)ŋa；藏文 lŋa

yà　*ŋrâ-s 御（迓）（作「見面、歡迎、反對」解，語出《詩經》）= 藏緬語 *ŋra；緬甸文 ŋra[E]（作「遇到、找到」解）

yù　*ŋa-s 御（作「管理、服務、監督、駕駛戰車」解）= 藏文 *mŋa'-ba*（作「佔有、擁有」解）；*mŋa'*（作「可能、統治」解，即「擁有權利、控制」；*mŋag-pa*（作「收費、發送、服務」解）。

hǔ　*hŋâʔ 滸（作「河岸」解，語出《詩經》，參照藏文 dŋo（作「岸上、河岸」解 —— 有時同一字詞在其他語言的元音為 /a/，其藏語元音則為 /o/）。

當包含同一語音的不同語詞始終以特定形式進行書寫時，這並不排除同音詞，但可能反映了書寫傳統。任何學習過英語的人都會自動將 enough 中的 /f/ 音寫成 gh，而將 bluff 中的 /f/ 音寫成 f，而不會將這兩者混淆。

對於中古漢語「杵」tśhjwo´，輔音聲母與「午」的對應關係未遵循可識別模式，這是獨特的，因此需要視之為不規律的情況，否則就對語音過度詮釋。無論如何，我們應透過這個異常的字形「杵」，看出「午」這個諧聲系列的語音複雜性。另一方面，只要剖析其他八個包含「午」的字形，就會發現所有單詞都指向一個簡單的音節類型 *ŋa。根據簡約原則，我們更應當關注 *chǔ* 這個詞，而不是試圖使其他八個含有「午」的字形與這個例外的「杵」保持一致。當然，簡約原則並不總是適用，但是除非我們有更明確的證據（資料），否則此為力能所及矣。

與沙加爾及白—沙研究中的其他部分一樣，我們在這裡看到擬定問題的方式是本末倒置。他們提出了一個問題：由於中古漢語「杵」的聲母是 tśhj-，所以「午」的聲母是甚麼？相反，大多數研究者會從以下問題開始：由於所有包含「午」的單詞都帶有中古漢語聲母 *ŋ，那為甚麼「杵」的聲母有違規律？換句話說：作者假定「杵」是原始的或是常規的，因此必須重新解釋「午」的大部分資料。下面是另一個例子。

（二）詞源 vs 心理聯繫

任何研究詞源的人都很容易被心理聯繫所誤導：無論是自己、他人，甚至是數千年前的作者。正如筆者自己的研究一樣，白—沙也不例外。這既涉及詞語形態學，也關係到字形和音系學的解釋。

以「陰影」之「影」的上古漢語新構擬 *qraŋʔ 為例，

其中具「明亮」義的「景」*C.qraŋʔ「表聲」。兩位學者認為這些詞源於同一詞根，從而確立了這些詞的聲母為*q。[40] 但是，「陰影」如何會衍生出「明亮」呢？*C- 會使單詞轉換為語義相反的詞嗎？（註：筆者在 2015 年的評論中，不小心將上古漢語新構擬的形式與字形互換了。）[41] 這個可能極低。筆者認為，上古漢語字形顯然是「景」*kraŋʔ 和「影」*ʔraŋʔ。原因在於，無論是漢字創造者，還是現代物理學家，皆會將「影子」與「光明」這兩個概念聯繫起來，因此「景」的語音相近。

縱觀其他白—沙以外的示例，值得注意的是，很多與遺傳相關的詞都被稱為「動物幼崽」，例如王力：[42]

gǒu 狗　*kôʔ = *kloʔ；作「小狗、狗」解，在東方方言中是「羔」*kâu

=gǒu 豿　*kôʔ；作「熊或老虎的幼仔」解，是「狗」的延伸

jū 駒　*ko；作「小馬」解

hǒu 犅　*hôʔ；作「牛犢」解

gāo 羔　*kâu；作「小羊」解；在東方方言中是「豿」

這些詞看起來都很相似。但是，倘若它們在詞源上相

40　Baxter and Sagart, *Old Chinese*, 28.

41　Axel Schuessler, “New Old Chinese,” *Diachronica* 32, no. 4 (2015): 571–98.

42　王力：《同源字典》，頁 182–183。

關，中古漢語 *ô 一等（一等 -ou 與 *-ju 三等）則必須表示「與狗有關」的意思等，*-âu 必須表示「與羊有關」的意思，聲母 *x- 必須表示「與牛有關」的意思，未經修改的字形 *ko 必須表示「與馬有關」的意思。因此，這些詞是不相關的。由於這些詞恰好具有相同的邏輯類別和聲音，造字者可能將不相關的單詞聯繫起來，因此字形上使用了相同的偏旁「句」。

有一個簡單的經驗法則，儘管它不是萬無一失的證據：當在生物學、解剖學或物理學（等）手冊的同一頁上找到聽起來類似的字詞時，其中並不一定存在詞源聯繫，因為強烈的心理分類很容易讓人墮入詞源學的陷阱，詳情可參照下述之「血」和「脈」一例。實際上，與某些對象或現象相關的概念，會因為詞根不同而區分開來。身體的各個部分並不會來自相同的詞根（除非是透明語素）。

（三）舉例：「血」

白一沙為中古漢語 xiwet「血」構擬了一種奇怪的上古音 *m̥ˁ(r)ik，這是延續了沙加爾的說法。[43] 讀者可能會折服於著名作家的博學精湛的推理。沙加爾和白一沙所應用的此類做法貫穿全書。

43 Baxter and Sagart, *Old Chinese*, 240; Laurent Sagart, "The Chinese and Tibeto-Burman Words for 'Blood,'" in *In Honor of Mei Tsu-Lin: Studies in Historical Syntax and Morphology*, eds. Alain Peyraube and Sun Chaofen (Pairs: Le Centre de recherches linguistique sur l'Asie orientale, EHESS, 1999), 165–81.

以下是以「血」作為聲符的文字讀音（所謂的「漢」，是筆者建議的一種漢朝時期之語音形式；上古漢語即許思萊 2009 年提出的「簡式上古音」，除非標記為「上古漢語新構擬」）：

血 漢 huet, *hwît　作「血」解，參照藏緬語 *s-hy-wəy，原始彝語支 *swi，Magarihyu <hwi

洫 漢 huit, *hwit　作「護城河」解（中古漢語 xjwək）

恤 卹 漢 suit, *swit　作「關心」解

卹 漢 suət, *sût　作「擦、刷」解，語出《禮記》，參照原始緬甸語 *sut「擦、掃」

侐 漢 huɨk, huɨ`, *hwək, *hwək-s (?)　作「安靜」解，語出《詩經》，非韻部詞

殈 漢 huek, hyek, *hwêk, *hwek　語出《禮記》= 砉，語出《莊子》

諧聲字形表明大多數單詞的聲母詞根是 *w（*sw-，*hw-），韻部表明中古漢語「血」xiwet 類似於上古漢語 *hwit（所以是白一平或「簡式上古音」的 *hwît），[44] 不論是漢語族、詞典，還是文本，皆證實了這一點。這個詞顯然與藏緬語 *s-hywəy 或 *hywəy 有關（Matisoff [45]）；也許

44 Baxter, *A Handbook of Old Chinese Phonology*.

45 James A. Matisoff, *Handbook of Proto-Tibeto-Burman: System and Philosophy of Sino-Tibetan Reconstruction* (Berkeley: University of California Press, 2003).

這個詞的藏緬語只是 *s-wi> *hwi）。漢語單詞有時以 -t 結尾，藏緬語對應詞以一個開放的元音結尾，例如表「白天、太陽」之「日」*nit = 藏緬語族 *ni。這個例子應該是相對明確，並且已經得到解決。

在白一沙的觀點中，一如既往未有提供對上古漢語新構擬 *m̥ˤ(r)ik 的解釋。與培根（Sir Francis Bacon）的警告「絕對不要盲從權威」相反，筆者不得不暫且信服於他們的主張，又或者自己尋找背景資料，即會發現白一沙的主張即使並非完全不可信，亦經常屬於「姑妄言之，姑妄聽之」的性質。

現在讓我們看看沙加爾是如何得出這一構擬結果的。

1. 沙加爾將上古漢語聲母構擬為 *m-

有兩個線索使他相信「血」的聲母是 *m-（或更確切地說 *m̥-），而它們實際上只涉及中古漢語「恤」sjwet。至於「血」的上古音聲母構擬，僅是通過聯想而間接產生。

（1）在某版本的《詩經》中，中古漢語詞「恤」sjwet 被中古漢語「謐」mjet 代替。沙加爾將此視為「恤」是 *m- 的證據。在任何可能的情況下啊，白一沙總會以語音方式解釋字形；筆者認為，這個做法似乎會造成對字形過度的語音詮釋。在大多數乃至所有語言中，都會出現這樣的情況，文本中用一個詞代替另一個含義適合上下文的詞。中國文學中有很多這樣的例子（例如《左傳》中的《詩經》引文）。因此，「恤」和「謐」也可能是這種關聯替代的一個例子。在構擬上古漢語時，要假設語音相近，必須首先排除這種替代的可能性。然而，沙加爾的體系甚至連這一點都沒有嘗試過。

（2）「恤」*m- 的第二個證據來自《釋名》，它用中古漢語「恤」sjwet 解釋了中古漢語「戌」sjwet，後者意為「地支的第十一位」。這種漢朝時期的註解對於上古漢語幾乎沒有幫助，原因有二：（a）《釋名》著者劉熙處於東漢時期，「恤」和「戌」當時讀音相同，並不能證明兩字之前為同音詞。（b）即使這些詞在上古漢語中是同音詞，但《釋名》這類的作品都是雙關語的集合，即使是有語音參數，也是不為人知（參照柯蔚南）。[46] 因此，《釋名》不能用以證明上古音。有見及此，我們實際上不用考慮「戌」為 *m- 的額外證據（中古漢語「威」mjät，其中「戌」似乎表音，並且具有泰語阿霍姆語相同的 *mit*。根據包擬古的說法，這些都指向了上古漢語複輔音「戌」為 *sm- ），因為「戌」的聲母 *sm- 根本與「恤」和「血」毫無關係。

上述論點充其量只是與「血」有間接關係，甚至與「血」無關。

然後，沙加爾將「衊」（《說文解字》中意為「沾染鮮血」，《廣雅》中意為「血」）與「血」聯繫起來，以此作為 *m- 進一步的證據。據我們所知，前者不是上古漢語詞，顯然只是出自後世的字典。此外，沙加爾還引用了土家族語的詞「血」*mie35*。這些詞與「血」的假定詞源關

46 W. South Coblin, "Beyond BTD: An excursion in Han Phonology," Unpublished Manuscript, n.d. PDF file.

聯，應當跟「血」的上古漢語詞無關。沙加爾僅為驗證理論主張（確認謬誤），而引用了這些邊緣詞。

沙加爾這種對於「血」的上古音構擬，理應在藏緬語中找到大量反證。然而，沙加爾在其 1999 年的論文中提出，大部分藏緬語詞皆是由漢語借詞組成。[47] 因此，藏緬語 *hywəy 一定是借自後來的（即上古漢語之後）漢語（這需要另一個額外的假設，即上古漢語 *-t <*-k 最終在藏緬語中丟失了）。筆者與許多學者看法大同小異，認為漢藏同源的假說有可取之處，亦很難想像為甚麼在早期王朝時代，上古漢語詞彙浪潮會一路席捲東南亞和喜馬拉雅地區。

2. 沙加爾將「血」的韻部構擬為 *-ik

據筆者所知，無論原始漢語中的韻部如何，我們所獲得的語言數據始終指向古漢語中的韻部 *-it（上古漢語 *hwit）。同樣，無論出於何種原因，無論諧聲系列反映甚麼，筆者都更傾向先依賴語言證據。

白—沙通過確立「脈」*mrêk（白—沙 *C.m <r> [i] k），而構擬出最終的 *-ik（白—沙「血」*m̥(r)ik）（註：從詞源關聯的角度而言，為何將其構擬為 [i]，而不是更直接的 i？）。正如上述「狗」一例，此處同樣是混淆了詞源學與心理聯繫，因為上古漢語新構擬中的「血」和「脈」會出現在生理學教科書的同一頁上。

47 Sagart, “The Chinese and Tibeto-Burman Words for ‘Blood,’” 165–181.

3. 結論

由此可得出結論：白一沙理所當然地將「血」上古音構擬成 *m̥ˁ(r)ik，[48] 但筆者認為「血」的上古音應當是 *hwît（或 *hwit 或任何一種轉寫形式），除此以外別無其他更合理的構擬。

四、結論

總而言之，從筆者的角度來看，由於以下幾個原因，筆者認為白一沙的上古漢語新構擬及其理據皆存在問題，部分原因如下：

- 理論框架本末倒置，即從非比尋常的語詞和邊緣詞開始（即：「杵」和「午」；小舌音假說；以邊緣數據驗證理論主張，例如「衊」，土家語 *mie35*）。
- 詞源往往是一個比較主觀的領域（洫～淢；血～脈；血～衊；影～景；圄～圉）。
- 對形符進行過度的語音詮釋（恤～血；影～景；杵～午）。
- 用其他功能填充「構擬」（上古漢語新構擬「犬」*[k]ʷ ʰ ˁ[e][n]ʔ）

48 同上。

每位研究上古漢語的學者都有自己的觀點和體系，並與其他人意見出現分歧。此為這個高度詮釋領域之本質。其他學者之間的觀點往往分野太大，以至於有些學者會對截然不同的提案視若無睹。白一沙的構擬方案似乎有提供無數令人振奮的論點，但從筆者的角度來看，這一上古音構擬方案稍欠嚴謹的審查，其合理性成疑。

筆者還未一一梳理筆者在白一沙體系中偶然發現的錯誤。遺憾的是，筆者在整本書中不斷遇到上述各種問題，幾乎是一頁又一頁，甚至一項接一項，此等假說充其量是姑妄言之，姑妄聽之。筆者認為上古漢語新構擬並不能稱上是有用的體系。除此以外，還有其他可行而合理的解決方案（但絕非全然確定），其中一例便是白一平《手冊》，又或是許思萊其後於 2009 年據此所提出之構擬方案。[49]

49 Schuessler, *Minimal Old Chinese and Later Han Chinese*.

參考書目

Baxter, William H. *A Handbook of Old Chinese Phonology.* Berlin: Mouton de Gruyter, 1992.

——— and Laurent Sagart. *Old Chinese: A New Reconstruction.* Oxford: Oxford University Press, 2014.

Bodman, Nicholas C. *A Linguistic Study of the Shih Ming.* Cambridge, Mass.: Harvard University Press, 1954.

Coblin, W. South. "Notes on the Dialect of the Han Buddhist Transcriptions." In *Proceedings of the International Conference on Sinology*, 121–83. Taipei: Academia Sinica, 1981.

———. *Studies in Old Northwest Chinese.* Journal of Chinese Linguistics Monograph 4. Berkeley, California: Project on Linguistic Analysis, 1991.

———. *A Handbook of 'Phags-pa Chinese.* Honolulu: Hawai'i University Press, 2007.

———. "Beyond BTD: An excursion in Han Phonology." Unpublished Manuscript, n.d. PDF file.

Karlgren, Bernhard. *Grammata Serica Recensa.* Stockholm: Museum of Far Eastern Antiquities, 1957.

李方桂：〈上古音研究〉，《清華學報》第 9 卷（1971 年），頁 1–61。

Matisoff, James A. *Handbook of Proto-Tibeto-Burman: System and Philosophy of Sino-Tibetan Reconstruction.* Berkeley: University of California Press, 2003.

Norman, Jerry. "Common Dialectal Chinese." In *The Chinese Rime Tables. Linguistic Philosophy and Historical-Comparative Phonology*. Edited by Davied P. Branner, 233–54. Amsterdam/Philadelphia: John Benjamins Publishing Company, 2006.

Ostapirat, Weera. "Issues in the Reconstruction and Affiliation of Proto-Miao-Yao." *The 14th International Symposium on Chinese Languages and Linguistics (IsCLL-14)*, 347–58. Taipei: Academia Sinica, 2015.

潘悟雲：〈喉音考〉，《民族語文》1997 年第 5 期，頁 10–24。

———：《漢語歷史音韻學》。上海：上海教育出版社，2000 年。

Sagart, Laurent. *The Roots of Old Chinese.* Amsterdam/Philadelphia: John Benjamins Publishing Company, 1999.

———. "The Chinese and Tibeto-Burman Words for 'Blood.'" In *In Honor of Mei Tsu-Lin: Studies in Historical Syntax and Morphology*. Edited by Alain Peyraube and Sun Cahofen, 165–81. Paris: Le Centre de recherches linguistique sur l'Asie orientale, EHESS, 1999.

———. "Review of Matisoff Handbook of Tibeto-Burman." *Diachronica* 23, no. 1 (2006): 206–23.

Schuessler, Axel. "R and L in Archaic Chinese." *Journal of Chinese Linguistics* 2, no. 2 (1974): 186–99.

———. *A Dictionary of Early Zhou Chinese*. Honolulu: Hawai'i University Press, 1987.

———. *ABC Etymological Dictionary of Old Chinese*. Honolulu: Hawai'i University Press, 2007.

———. *Minimal Old Chinese and Later Han Chinese: A Companion to Grammata Serica Recensa*. Honolulu: Hawai'i University Press, 2009.

———. "New Old Chinese." *Diachronica* 32, no. 4 (2015): 571–98.

Szemerényi, Oswald J.L. *Introduction to Indo-European Linguistics*. 4th ed. Oxford: Oxford University Press, 1996.

王力：《同源字典》。北京：商務印書館，1982 年。

鄭張尚芳：《上古音系》。上海：上海教育出版社，2003 年。

饒宗頤國學院院刊　增刊
2023 年 6 月
頁 303–371

文化互動與較量——以宋朝（960–1279）和南唐（937–965）為例*

伍伯常
香港理工大學通識教育中心
蘭倩譯

本文的主旨，是探討宋朝與南唐之間無處不在的文化較量。本文採用突顯地域特點及互動關係的概念框架，強調宋代的文化成就並非驟然出現，而是經歷融合調和進而締造新陣容的漫長過程。在此意義上，宋太祖時代出現宋代士大夫對南唐文化所作的諸種輕視鄙棄，甚至對抗態度，似乎是不同文化在初遇時互相適應以至最終融合的必經階段。歸根到底，與南唐所進行的文化互動及比拼，皆由宋代士大夫倡導，目的是建立朝代正統以及加強文化認同。本文亦探討筆記資料對歷史研究的作用。歷史學者一

* 作者在此向提供了寶貴意見和建議的匿名評審人表示衷心感謝，同時也真誠感謝編輯成員，他們的博學和學術熱情進一步完善了文章。

直不重視軼聞資料，將之貶抑為欠缺事實根據的傳聞；相對而言，正史的記載翔實得多。然而，結合正史和軼聞的研究，可以揭示兩者的矛盾，反映出軼聞在相關語境中的重要作用。本文強調軼聞雖然存在結構性問題，但對於社會及文化研究而言，史料價值不容忽視。

關鍵詞：文化較量　正統　南唐陪臣　筆記　南唐

一、引言

本文以正史、雜史、文集和筆記為研究材料，旨在論述宋朝（960–1279）與南唐（937–975）之間的文化互動與較量。[1] 當宋朝為實現國家統一開展軍事行動之時，南唐並無招架之力，因而政權崩塌。但對於擁有強烈文化自信的宋朝文人來說，戰爭的勝利既不圓滿也不徹底。[2] 南唐的領土已完全歸屬於宋朝，但是潰敗僅停留在政治和軍事領域，其文化優勢依然完好無損。與學者們傾向描繪的文化輝煌相反，北宋在建立政權伊始，仍然保持著晚唐和五

1 宋與南唐研究的原始資料，詳見陳高華、陳智超：《中國古代史史料學》（北京：北京出版社，1983 年）。西方學者中，Johannes L. Kurz 以在此領域的深入研究而聞名，他的卓越成果可參其文："Sources for the History of the Southern Tang (937–975)," *Journal of Song-Yuan Studies* 24 (1994): 217–35; ibid, "The Invention of a 'Faction' in Song Historical Writings on the Southern Tang," *Journal of Song-Yuan Studies* 28 (1998): 1–35; ibid, "A Survey of the Historical Sources for the Five Dynasties and Ten States in Song Times," *Journal of Song-Yuan Studies* 33 (2003): 187–224。

2 本文間或使用 "literati（文人）" 而非 "scholar-officials（士大夫）" 一詞，原因在於後者通常指通過科舉考試的官員，而前者通常被模糊定義為受過教育的階層或對文學藝術感興趣的人群。在某些情況下，"literati" 更適合本文的討論，因為部分研究對象是文人，但不一定是官僚；不過，絕大多數研究對象同時擁有兩種身分。

代時期樸實無華、驍勇豪邁的文化傳統，[3] 這些傳統不僅在軍中流行，也體現在文人墨客所青睞的行事作風中。[4] 倘若構成優秀文化的關鍵要素是底蘊深厚、文筆精妙和意趣高雅，那麼南唐文化明顯優於北宋初期文化。[5] 除個別追求社

3 關於宋代輝煌文化的綜述，參劉伯驥：《宋代政教史》（臺北：臺灣中華書局，1971 年），下冊；姚瀛艇等編：《宋代文化史》（開封：河南大學出版社，1992 年）；楊渭生：《宋代文化新觀察》（保定：河北大學出版社，2008 年）。自 1993 年起，附屬於四川大學的四川大學古籍整理研究所和四川大學宋代文化研究資料中心合作編輯出版了系列書籍《宋代文化研究》。學者們大多傾向於強調宋代文化的偉大和深遠影響，如張舜徽：〈論宋代學者治學的博大氣象及替後世學術界所開闢的新途徑〉，收入氏著《中國史論文集》（武漢：湖北人民出版社，1956 年），頁 78–130。Peter K. Bol 翻譯了此文："On the broad character of the scholarship of Sung period scholars and the new road they opened for later Sung scholarship"；see *"This Culture of Ours": Intellectual Transitions in T'ang and Sung China* (Stanford, Calif.: Stanford University Press, 1992), 458。除了宋代文化的發展，宋文化對鄰國的影響同樣引起了學者的關注，如韓國學者金渭顯曾就此課題出版專書，見《宋代文化在高麗的傳播及其影響》（臺北：中央研究院中山人文社會科學研究所，1995 年）。

4 有關柳開（948–1001）的生平，伍伯常曾撰文研究柳開在北宋初期兼具文士和豪俠的雙重身分，這種雙重角色恰好說明了北方文人長於武術和兵法的文化趨勢，詳見〈北宋初年的北方文士與豪俠——以柳開的事功及作風形象為中心〉，《清華學報》2006 年第 2 期，頁 295–344。

5 南唐的文化成就及其重要性可參孫康宜：*The Evolution of Chinese Tz'u Poetry: From Late T'ang to Northern Sung* (Princeton, N.J.: Princeton University Press, 1980); Daniel Bryant：*Lyric Poets of the Southern T'ang: Feng Yen-ssu, 903–960, and Li Yü, 937–978* (Vancouver: University of British Columbia Press, 1982)；村上哲見：

會變革的宋朝文人欣然接受南唐文化並希望將其融入自身文化，其他的文人則對尚未被征服的南唐文化憤懣不已。這種情感沒有隨著時間推移淡化，而是一直鮮活存在並且引起了下一代士大夫的焦慮；他們總是試圖在持續的文化較量中戰勝南唐這一長期競爭對手。本文論述中的「文化較量」是指宋與南唐之間在以下方面的競爭：文學表達、文化心態、文化底蘊、君主的敏鋭觸角和施政方針。

本文在闡釋歷史史實和議題時，採用以地域意義及動態互動為特徵的理論框架。本文認同宋代獨特的文化及其繁榮興盛，乃深受儒家思想影響之故。[6] 其他主要宗教如

〈南唐李後主と文房趣味〉，收入氏著《中国文人論》(東京：汲古書院，1994 年) 頁 119–57；陳葆真：《李後主和他的時代——南唐藝術與歷史論文集》(臺北：石頭出版社，2007 年)；謝學欽：《南唐二主新傳》(北京：中國文史出版社，2007 年)；林瑞翰：〈南唐之文風〉，收入氏著《讀史偶得》(臺北：幼獅文化事業公司，1977 年)，頁 160–76；劉萍：〈南唐文化政策探析〉(碩士論文，南京師範大學，2011 年)；孫承娟以獨特視角探討後代文人為現實目的，以調和的態度對南唐文化進行有選擇的借用和渲染 (appropriation and coloration)。詳見其博士論文："Rewriting the Southern Tang (937–975): Nostalgia and Aesthetic Imagination" (Ph. D.diss. Harvard University, 2008)。

6 宋代的研究中，儒家文化的影響似乎尤為受到學者們的關注。比如 Dieter Kuhn 強調在唐宋時期統治精英階層的變化：宋代任人唯賢的科考制度招募士大夫，這一新興階層取代了唐代盛行的貴族世家；儒家思想影響下的宋朝士大夫試圖將其所學運用到官場中。因此，宋代的各種變革實質上是按照儒家思想重塑文化和習俗。具體見 Kuhn, *The Age of Confucian Rule: The Song Transformation of China* (Cambridge, Mass.: Belknap Press of Harvard University Press, 2009). Kuhn 並非唯一持此觀點的，約二十年前，伊佩霞 (Patricia

佛教和道教，在形塑宋代文化與社會方面亦發揮了重要作用。[7] 本文意在強調宋代文化成就並非一蹴而就；相反，它經歷了一個漫長的吸收和調適過程，形成了新的文化組合。無論是對抗、認同或調整，北方與南方的動態文化互動在中國帝國時期經常發生，發生在宋代的這些互動僅是

Buckley Ebrey）曾出版一本強調儒家對社會和文化影響的專著，見 Ebrey, *Confucianism and Family Rituals in Imperial China: A Social History of Writing about Rites* (Princeton, N.J.: Princeton University Press, 1991)。儘管本研究未直接涉及儒家文化，但這一思想學派有助於對於明確本文涉及的概念和討論範圍亦有幫助。此外，在制度與實踐方面，Brian E. McKnight 探討了儒家文化背景下宋代罪犯與社會的關係。參 McKnight, *Law and Order in Sung China* (Cambridge: Cambridge University Press, 1992)。

7 佛教和道教對宋代文化的重要影響體現在方方面面。具體可參黃敏枝：《宋代佛教社會經濟史論集》（臺北：臺灣學生書局，1989年）；顧吉辰：《宋代佛教史稿》（鄭州：中州古籍出版社，1993年）；游彪：《宋代寺院經濟史稿》（保定：河北大學出版社，2003年）；劉長東：《宋代佛教政策論》（成都：巴蜀書社，2005年）；閆孟祥：《宋代佛教史》（北京：人民出版社，2013年）；Morten Schlütter, *How Zen Became Zen: The Dispute over Enlightenment and the Formation of Chan Buddhism in Song-dynasty China* (Honolulu, Hawai'i: University of Hawai'i Press, 2008); Robert Hymes, *Way and Byway: Taoism, Local Religion, and Models of Divinity in Sung and Modern China* (Berkeley, Calif.: University of California Press, 2002)；孔令宏：《宋代理學與道家、道教》（北京：中華書局，2006年），下冊；松本浩一：《宋代の道教と民間信仰》（東京：汲古書屋，2006年）；吾妻重二：《宋代思想の研究 —— 儒教・道教・仏教をめぐる考察》（吹田：関西大學出版部，2009年）；黎志添編：《道教圖像、考古與儀式 —— 宋代道教的演變與特色》（香港：香港中文大學出版社，2016年）。

一個更大整體中的一部分。[8] 探討東南地區如何形塑中國文化並非新議題，比如 Hugh R. Clark 曾論述福建在此方面起到的作用，他還提出文化創新往往始於地方層面。[9] 福建僅代表部分東南地區，若要研究南唐，則需擴大區域範圍。更大的研究範圍有助於全面探討地域文化如何形塑宋代文化。[10]

8 更多研究可參 Hugh R. Clark, *Portrait of a Community: Society, Culture, and the Structures of Kinship in the Mulan River Valley (Fujian) from the Late Tang through the Song* (Hong Kong: Chinese University Press, 2007); idem, *The Sinitic Encounter in Southeast China through the First Millennium CE* (Honolulu, Hawai'i: University of Hawai'i Press, 2016)。有關北方文化與南方文化之間關係的深入討論，可參 Victor H. Mair and Liam C. Kelley, eds., *Imperial China and Its Southern Neighbours* (Singapore: Institute of Southeast Asian Studies, 2015)。最近，Clark 發表了兩篇文章，研究唐宋交接時期南方地區的轉型，見 Clark, "Why Does the Tang–Song Interregnum Matter? A Focus on the Economies of the South," *Journal of Song–Yuan Studies* 46 (2016): 1–28；同上，"Why Does the Tang–Song Interregnum Matter? Part Two: The Social and Cultural Initiatives of the South," *Journal of Song–Yuan Studies* 47 (2017–2018): 1–31。

9 除前注所列的兩本專著，Clark 還另外出版了一本研究福建的專著：*Community, Trade, and Networks: Southern Fujian Province from the Third to the Thirteenth Century* (Cambridge: Cambridge University Press, 1991)。

10 本文並非認為宋代文化的形成僅僅受到南唐文化的影響，正如一些學者所提出的，唐代文化亦有啟發作用。例如宋真宗（趙恆，997–1022 在位）對宋代文化和制度起源的定義一直是學界研究的議題。概括而言，皇帝有意將宋的文化淵源與唐聯繫起來。如樓勁曾探討皇帝試圖淡化五代時期對宋的影響，但卻強調了唐宋之文化和制度的連續性。詳參其文〈宋初禮制沿革及其與唐制的關

宋與南唐的文化競爭佐證了學者對朝代正統和政治宣傳的研究，雙方支持者都趨向於將事情描述得對自己更有

係——兼論「宋承唐制」說之興〉，《中國史研究》2008 年第 2 期，頁 57–76。部分文人稱讚唐代士大夫對家法的推崇，可見他們贊同皇帝的看法。參錢易（968 或 976–1026），《南部新書》，收入上海師範大學古籍整理研究所編《全宋筆記》（鄭州：大象出版社，2003 年），第一編，第 4 冊，卷四，頁 43；馬永卿（1109 年進士），《懶真子》，收入上海師範大學古籍整理研究所編《全宋筆記》（鄭州：大象出版社，2008 年），第三編，第 6 冊，卷二，頁 166。蘇頌（1020–1101）持相同觀點，他對柳玭（卒於 895 年）所著《柳氏敘訓》大為讚賞。見蘇頌：《丞相魏公譚訓》，收入氏著《蘇魏公文集（附魏公譚訓）》（北京：中華書局，1988 年），下冊，頁 1129–1130。以上事例證明宋代士大夫普遍推崇唐制。有趣的是，推崇唐代制度讓某些為自身文化自豪的宋代士大夫大為不滿，他們試圖擺脫唐文化的影響。出於此心態，他們建議當朝採取符合實際的政策，而非死守過時的做法。墨縗從事可以為證。此現象出現於混亂的晚唐時期：官階在給事中、舍人以上的文官和刺史以上的武官，父母死後都遵循墨縗從事。此慣例一直延續到宋代。重孝道的人主張，若無緊急戰事，官員在父母死後應辭官並守喪三年。他們認為墨縗從事只是戰爭期間的權宜之計，此時違逆孝道不可避免；宋朝不應盲目遵循已經過時的唐制。詳參王闢之（1026 年在世），《澠水燕談錄》，收入《澠水燕談錄 · 歸田錄》（北京：中華書局，1981 年），卷四，頁 35。另一問題是宋代士大夫的官員選拔制度採取的是唐制。錄取的四項標準，即體貌豐偉、言辭辨正、楷法遒美、文理優長。這些特質可概括為「身言書判」。除書法外，其他標準亦被詬病：駢文成為判詞的主流風格，導致文風過於華麗和誇張，官員還經常混入瑣碎和無關緊要的描述。所幸的是，經過很長一段時間後，此陋習在宋代逐漸消失了。基於外貌的任官制度似乎亦難以招納合適人選進入官場。詳見洪邁（1123–1202），《容齋隨筆》（上海：上海古籍出版社，1978 年），卷十，頁 127。樓勁雖然解釋了這一時期的部分動態，但不足以描繪全貌；毫無疑問，對此問題仍有許多值得探討的空間。

利，西方歷史學家有時稱此為「歷史修正主義」或「歷史否定主義」。以 *The Vichy Syndrome: History and Memory in France since 1944* 此書為例，Henry Rousso 詳細介紹了戰後法國的政治和文化心理。法國人被維希時期戰敗、攻佔、鎮壓的痛苦記憶所困擾，他們不得不選擇要記憶、隱藏和遺忘的內容。這種選擇涉及歷史和集體記憶之間複雜的相互作用：集體記憶可能不是因歷史上真實發生的事件而產生，卻往往是由一系列強化、遺忘、扭曲和戲劇化的處理造成的。儘管這一困境發生在法國，但部分情況可用於強化本文的基本概念，特別是當宋朝士大夫面對宋與南唐文化互動與較量時，被突出、忽略、闡述的內容。[11]

由於本文討論的是政權合法化和非法化的實踐，歷史編纂似乎不可避免地掩蓋較量過程中真正發生的事情。本文援引的許多史料都是出於讚美或貶低的目的。在此背景下，所援引一手材料的性質需特別釐清。首先，筆者希望強調：真實性問題可能沒有得到盡如人意的解決。歷史研究中對軼聞有效性的爭議導致了兩難困境。目前學界的普遍共識是，筆記材料十分有趣，但卻不一定真確。換句話說，由於軼聞的性質和來源，這些歷史證據僅有暗示作用，並不能作為證據。作為有趣的記聞，或描繪人物的傳記，軼聞的史料價值成疑。大部分軼聞見於筆記，一般認為其價值次於正史。多數軼聞留存於筆記中，但筆記的價

11 詳參 Henry Rousso, *The Vichy Syndrome: History and Memory in France since 1944* (Cambridge, Mass.: Harvard University Press, 1991)。承蒙匿名評審人對此問題提出頗具啟發的建議，謹此敬表謝忱。

值被認為低於正史。[12]

自唐代（618–907）始，史館負責編修前朝歷史，此舉被後代所沿襲。朝廷支持編修正史，供職於史館的史官有權閱覽官方檔案和記錄，這些是個人修史者接觸不到的。相比之下，筆記被視為私人編撰的野史，由於無法使用系統整理的文檔且缺乏規範的核證方法，筆記編撰者收集與記錄資料的方式同樣被視為非官方的。

使用軼聞的主要問題之一是其來源較為模糊，它可能是真實或虛構的，但無法透過其他材料進行驗證。另一問題是，它常常以一種旨在娛樂讀者的文學形式去敘述，不可避免地存在誇大和戲劇的內容。因此，人們通常認為軼聞不夠可靠或僅屬於道聽途說。在此背景下，軼聞的可靠性完全取決於該筆記的編撰者。[13] 由於這些局限，一些歷史

12 古代史研究的原始資料，詳參陳高華、陳智超：《中國古代史史料學》。

13 以司馬光（1019–1086）編撰的《涑水記聞》為例，此書因史料價值豐富而備受學界褒讚。詳參馮暉：〈《涑水記聞》的史料價值〉，《華南師範大學學報（社會科學版）》1997 年第 6 期，頁 133–135, 137; 思泉：〈從《涑水記聞》看司馬光的著史原則〉，《月讀》2015 年第 8 期，頁 21–25。宋敏求（1019–1079）編撰的《春明退朝錄》亦享有較高聲譽。作為顯要官員，宋敏求熟知制度和朝廷事務，此為《春明退朝錄》被認為極具研究價值之原因。參郭凌云：〈北宋黨爭影響下的歷史瑣聞筆記創作〉，《雲南民族大學學報（哲學社會科學版）》2013 年第 5 期，卷 30，頁 144–145。另一例是由田況（1005–1063）編撰的《儒林外史》。因作者觀點正直且公平，此筆記被認為相對可靠。參封閃：〈從《儒林公議》看北宋科舉制度發展情況〉，《德宏師範高等專科學校學報》2018 年第 4 期，卷二十七，頁 27–31。儘管個別筆記以其真實可靠而著稱，但更多筆記的記載經常誇大其詞，甚至毫無根據。

學家對軼聞的價值持相當的保留態度。簡言之，筆記可彌補正史之不足，但使用時需格外謹慎。[14]

基本上，筆者不反對這一觀點，即在某些情況下軼聞不足以證明史實，但應注意到，這類材料可以在復刻當時的流行觀點和訴求方面發揮重要作用。因此，需要說明運用軼聞材料的目標和用意：與正史相比，軼聞的一大優勢在於涵蓋範圍廣，且其中大部分內容未見錄於正史。理論上，正史記錄了政治、軍事、社會、經濟、文化和科學領域的重大事件；然而，由於正史的編撰者均為士大夫，他們的社會背景和隸屬關係必然要求他們更多關注重大歷史事件。

從其內容可見，正史主要記載帝王將相和軍政精英的大事。比較而言，筆記收錄的軼聞保留了世俗生活的起起落落，往往更貼近於普通人的日常生活，從而提供了更多的文化、社會史料。儘管敘述常帶有文辭修飾，軼聞提供了眾多歷史人物的生平事跡，讓讀者可以更深入地了解他們的個性。正是由於這些優點，一些歷史學家在社會和文化研究中使用了軼聞材料。[15] 以起源於南唐的文房四寶為

14 薛繁洪：〈筆記小說在歷史研究中的史料價值與應用——以《世說新語》為例〉，《文化學刊》2018 年第 9 期，頁 227–229。

15 一般公認陳寅恪（1890–1969）在歷史研究中利用筆記資料，其專著《元白詩箋證稿》便是此方面的傑作。有趣的是，陳寅恪強調筆記可使用，同時亦指出它無法與正史相提並論。參姚春華：〈陳寅恪筆記小說證史的方法論〉，《長春理工大學學報》2010 年第 12 期，卷五，頁 72–73、118。全面研究陳寅恪對中古研究之深遠貢獻的著作，可參考汪榮祖：《史家陳寅恪傳》（臺北：聯經出版事業公司，1984 年）。

例，在引用的宋史材料中，筆記佔了相當大的比重。它保留了許多社會和文化軼聞，在相關研究中發揮了不可磨滅的作用。[16]

除拓展史料的範圍之外，軼聞還體現了人們的意願和期望。因此，軼聞的歷史價值不在於其真確性，而在於它反映了時人的認識和追求。文化記憶，或者說，當今社會回顧歷史主動選擇的一種方式，很大程度上依賴筆記中的軼聞作為其主要資料來源。Jan Assmann 詳細闡述了記憶在塑造文化認同中的作用，以及記憶如何用於保留信息。[17]

16 詳參 Ng Pak-sheung, "A Regional Cultural Tradition in Song China: 'The Four Treasures of the Study of the Southern Tang' ('*Nan Tang wenfang sibao*,')" *Journal of Song Yuan Studies* 46 (2016): 57–117。

17 Jan Assmann 的理論，參其著作 *Religion and Cultural Memory: Ten Studies* (Stanford, Calif.: Stanford University Press, 2006)；同上，*Cultural Memory and Early Civilization: Writing, Remembrance, and Political Imagination* (Cambridge: Cambridge University Press, 2011)。此觀念被致力於中國研究的學者採用，正如柯馬丁（Martin Kern）所說：「從某種意義來說，文化記憶屬於一種社會建構，它包含過去那些對現代社會具有根本意義的部分，且完全依託於制度化的傳播機制。保存於記憶中的並非過去本身，而是為了現在與未來的記憶，對歷史選擇性的重建和重組。」參考 "*Shi jing* Songs as Performance Texts: A Case Study of 'Chu ci' (Thorny caltrop)," *Early China* 25 (2000): 67。南唐研究的概念框架方面，孫承娟認為宋代文本中關於南唐的表述可視為對最近的過去的懷念與記憶的過程，從而成為一種廣義上的文化記憶。此觀點重申了文化記憶在相關研究中的可用性。Sun Chengjuan, "Rewriting the Southern Tang" (Ph. D.diss., University of Harvard University, 2008), 8。

筆記也可被視為政治宣傳。某些情況下，軼聞作者試圖激發讀者對特定事件的反思，會設法從個人的角度和願望出發描述相關史實。在這種情況下，軼聞不僅增加了文本的深度，亦反映了書寫者的思維觀念。[18] 這種強調創作者當時的價值與態度的研究策略為本文提供了思路。這種著重當代價值和認識的研究方法，啟發了本文的思路。除了討論南唐陪臣在北宋文壇的重要地位，本文還探討了在哪種情況下軼聞有助於研究歷史。

然而，本文運用大量軼聞並不意味著淡化正史與編年史的重要性，這些原始材料提供了全面的、以時間為序的歷史。在此意義上，在下文探討歷史的研究框架中，筆記軼聞與正史（及編年史）互為補充。

18 相關研究已開展。基於筆記中的軼聞記錄，羅昌繁對五代十國時期的君臣形象及其互動方式進行了分類，詳參其文〈北宋初期筆記小說中的五代十國君臣形象〉，《許昌學院學報》2012 年第 4 期，頁 59–62。亦有研究討論唐代及五代官員的形象刻畫，參蔡靜波：〈論唐五代筆記小說中的官吏形象〉，《社會科學家》2006 年第 6 期，頁 171–174。另有兩例，研究宋代文人精心收集軼事，通過史書編撰，連同科舉考試以強調新儒家對於治亂興衰、為後世所借鑑的重大意義。參丁海燕：〈宋人史料筆記關於史書采撰的幾點認識〉，《遼寧大學學報（哲學社會科學版）》2013 年第 5 期，卷四十，頁 48–53；宮云維：〈從史料來源看宋人筆記中科舉史料的價值〉,《漳州師範學院學報（哲學社會科學版）》2001 年第 4 期，頁 79–85。

二、五代時期南唐與宋的文化差異

宋代文人認為五代十國（907–979）戰亂頻發，導致禮樂急速衰落。[19] 由於宋代施行「聖政」，文化發展再次達到高峰。對於宋朝在此巨變中發揮的重要作用，范仲淹（989–1052）有過詳細闡述：

> 皇家起五代之季，破大昏，削群雄，廓視四表，周被萬國，乃建禮立法，與天下畫一。而

19 據《宋史·禮志》記載，戰亂時期，「其禮文儀注往往多草創，不能備一代之典」。脫脫（1313–1355）等：《宋史》（北京：中華書局，1977 年），卷九十八，頁 2421。有關五代丟失的音樂辨別及雅樂演奏方式，見薛居正等編：《舊五代史》（北京：中華書局，1976 年），卷一百四十四，頁 1923。然而，唐代典章制度在五代初期並未完全消失，儘管戰亂不斷，人們仍可施行舊有禮制。故費袞（1192 在世）曾質疑：「使當時人人能守唐制如此，豈不能久立國乎？」見《梁谿漫志》（上海：上海古籍出版社，1985 年），卷五，頁 56。此外，部分並未詳細記載的習俗在五代得以保留，王溥（922–982）獲甲科進士第一時，王仁裕（880–956）任主考官。王溥按唐代門生習俗及第後拜見王仁裕以表尊敬。王溥當上宰相後，也並未忘記王仁裕的恩情：休假時會專程拜訪恩師，促膝長談。見葉夢得（1077–1148）：《石林詩話》，引自胡仔：《苕溪漁隱叢話》（北京：人民文學出版社，1962 年），前集，第 1 冊，卷二十四，頁 166；亦見葉夢得撰、逯銘昕注：《石林詩話校注》（北京：人民文學出版社，2011 年），卷 3，頁 202。有關王仁裕及其時代研究，可見杜德橋（Glen Dudbridge），*A Portrait of Five Dynasties China: From the Memoirs of Wang Renyu (880–956)* (Oxford: Oxford University Press, 2013)。然而，五代時期得以保存的禮樂僅為一小部分，遠比不上失傳的部分。

> 億兆之心帖然承之，弗暴弗悖，無復鬮兵於中原者登九十載。[20]

「九十載」覆蓋了北宋開國至宋仁宗（趙禎，1022–1063在位）統治時期，但個別文人坦言：此階段宋代文化並未穫實質性成果。根據朱弁（婺源人，卒於1144年）的描述，晁以道（字說之，1059–1129）談到自開國至昭陵時期（即宋仁宗）的文化繁榮均源於江南。[21] 雖然北宋卓越的軍事戰略有利於實現國家統一，但在製禮作樂等各種文化延續方面卻成果有限。

唐代滅亡後很長時間北宋才建立，以往的儀禮制度早已被遺忘，故宋代士大夫大多對前朝慣例一無所知。[22] 在宋太祖時期缺乏官儀的現象比比皆是，[23] 如每月初一和十五的官員上朝觀見，均未有儀仗護衛。[24]

---

20 范仲淹：〈宋故太子賓客分司西京謝公神道碑銘〉，收入曾棗莊、劉琳等編：《全宋文》（上海：上海辭書出版社；合肥：安徽教育出版社，2006年），第19冊，卷三百八十八，頁22，此段文字中「中原」一詞似乎涵蓋整個北宋區域，並未專指北方。

21 朱弁：〈曲洧舊聞〉，收入《師友談記．曲洧舊聞．西塘集耆舊續聞》（北京：中華書局，2012年），卷一，頁97。【晁以道嘗為余言，本朝文物之盛，自國初至昭陵時，並從江南來。】

22 丁謂（966–1037）：〈丁晉公談錄〉，《丁晉公談錄（外三種）》（北京：中華書局，2012年），頁28–30。

23 岳珂：《愧郯錄》，收入《全宋筆記．第七編》（鄭州：大象出版社，2016年），第4冊，卷四，頁46–47。

24 田況：《儒林公議》，收入《全宋筆記》（鄭州：大象出版社，2003年），第一編第5冊，頁111。【每朔望起居及常朝，並無仗衛。】

宋太祖登基後不久，在祠堂祭祀時，祭祀儀禮尚未恢復，甚至傳統的祭文風格都不復存在。[25] 皇帝祭天時，幾乎無任何禮儀可遵循。即使個別儀式得到恢復和實施，但在數量和質量上都明顯不足，與前朝作法大相徑庭。[26]

在北方，宋王朝為了統一大業，只顧增強軍力，阻礙了文化發展。據《宋朝事實類苑》記載，宋太祖以武力恢復天下安寧，故不急於提拔文官。[27] 令文官們更狼狽的是宋太祖經常譏笑他們。太祖打算擴建首都開封外城，親自到朱雀門並制定修築方案。大臣趙普（921–991）陪同前往，宋太祖指著門上牌匾問趙普：「何不祇書『朱雀門』，須著『之』字安用？」

趙普回答：「語助。」

皇帝大笑：「之乎者也，助得甚事！」[28]

對話中四個詞均為助詞。皇帝下令去掉助詞「之」字，因為他不了解為何匾額中包含無義之詞。[29] 軼聞中的宋太祖粗野質樸，似乎對辭藻修飾持保留態度。然而他的確是一位傑出的統治者，手腕靈活。即使嘲諷文人，卻也清

25 宋太祖下令文武百官為地壇祭拜寫祭文並上呈朝廷，祭文將匿名被文官抄錄。詳參文瑩：《玉壺清話》，收入《湘山野錄．續錄．玉壺清話》（北京：中華書局，1984 年），卷一，頁 5–6。

26 文瑩：《玉壺清話》，卷二，頁 15–16。文瑩並未描述過去儀式的細節，亦未說明後來的儀式如何趨於簡陋和違背慣例，此問題值得進一步研究。

27 江少虞（1145 在世）：《宋朝事實類苑》（上海：上海古籍出版社，1981 年），卷一，頁 3。

28 文瑩：《湘山野錄》，《湘山野錄．續錄．玉壺清話》，卷二，頁 35。

29 趙彥衞（約 1140– 約 1210）：《雲麓漫鈔》（北京：中華書局，1996 年），卷二，頁 31。

楚經他們文筆潤色之內容可提升朝廷威嚴。[30] 以下事件，可反映宋太祖對祭禮的變通和適應能力：

皇帝在宗廟祠堂祭祀時，注意到一旁籩、豆、簠、簋等用具，便問道：「此何等物也？」

侍臣以「禮器」為對。

皇上繼續問：「我之祖宗寧曾識此？」

宋太祖下令盛放食物時先將禮器撤去，待其祭拜祖先後，再讓百官重新擺放禮器，按儒家禮儀完成祭祀。當時的宗廟祭儀規定：先呈上牙盆，後舉行儀式。康節先生（邵雍，1011–1077）稱讚宋太祖：「太祖皇帝其於禮也，可謂達古今之宜矣。」[31] 此例充分顯示了皇帝以靈活策略

30 例如，宋太祖祭天時，曾任翰林學士兼太僕正的盧多遜（934–985）掌管禮儀，他熟知各類祭祀流程和次序的細節。皇帝賞識他的博學多才，說道：「宰相須用讀書人。」後來，盧多遜身居要職、地位顯赫。見李燾：《續資治通鑑長編》（北京：中華書局，1979年），第 2 冊，卷七，頁 171。該書以下簡稱《長編》。又見蔣紹愚：《宋朝事實類苑》，卷一，頁 10。本文採用的官職翻譯主要參考 Charles O. Hucker, *A Dictionary of Official Titles in Imperial China* (Stanford, Calif.: Stanford University Press, 1985)。

31 邵伯溫（1057–1134）：《邵氏聞見錄》（北京：中華書局，1983 年），卷一，頁 5。根據柯睿（Paul W. Kroll）的說法：籩是一種「竹製容器，用於盛放祭祀的乾糧」；豆為「盛放食物帶柄的碗（或盤），部分附有蓋或環狀耳」；簠為「鏤空竹筐，形製為長方形或橢圓，腹壁斜直，內部為圓，用於盛放祭祀或宴饗中煮熟的穀物」；簋為「器身為圓的食器，雙耳或四耳，部分帶蓋，圈足下接三足或接方座，用以盛放煮熟的穀物。」參 *A Student's Dictionary of Classical and Medieval Chinese* (Leiden: Brill, 2015), 20, 91, 122, 147。有關禮器在古代祭祀中的意義，可參考李先登：《商周青銅文化》（北京：商務印書館，1997 年），增訂版。

應對傳統文化，這種源於政治動機的策略旨在突顯政權合法性。

除祭祀外，宋太祖同樣注重自前朝開始恢復的禮樂制度。傳統政治家強調實用性，傳統政客重視實用，這個原則體現在特定場合中，旨在延長國祚。草擬制度時，他們最關心該制度對解決政治和社會問題的適用性和潛在效率。儘管不同時期制度均發生改變，但無緣無故恢復前朝制度卻相當罕見。從此意義上來說，所謂的恢復古代傳統基本可視為表面的政治宣傳。

然而恰恰相反，古代帝王對恢復傳統禮樂表現出極大興趣，這似乎與國家當前的政治或軍事管理毫無關係。此舉並不僅是為了滿足統治者的個人幻想，相反是經過深思熟慮的計策，旨在宣告統治正統的延續。薛居正（912–981）在《舊五代史》中〈樂志〉序談到：「古之王者，理定制禮，功成作樂，所以昭事天地，統和人神，歷代已來，舊章斯在。」[32] 顯然，沿用和改革禮制都是為了確立皇朝正統。

北宋建立之前，已開始恢復傳統禮樂。譬如，後周世宗（柴榮，954–959 在位），委託王朴（905–959）製禮作樂。王朴使命之一便是重調音律，效果未如預期。宋太祖即位後，認為雅樂音調過高且不甚和諧，[33] 於是下令和峴（933–988）重定音律。然而仍是收效甚微，和峴調音後仍

32 《舊五代史》，卷一百四十四，頁 1923。

33 王銍（1130–1143 在世）：《默記》，《默記・燕翼詒謀錄》（北京：中華書局，1981 年），卷一，頁 7。

高出唐代五個音調。[34]

恢復文化傳統的過程中，宋太祖始終面臨諸多障礙而無法達到最佳效果。相比之下，宋太宗（趙匡義，976–997 在位）在振興傳統上似乎表現更為突出。他的功績之一在於「章服稽古，以為後則」。[35] 事實上，許多宋代士大夫已點明了這兩位皇帝做出的不同貢獻。以宋祁（998–1061）為例，他指出宋太祖以武力統一國家，而宋太宗崇尚文治。[36] 儘管過度簡化了兩位皇帝的形象，但此說法反映了宋人對他們的普遍印象。[37]

總體來看，儘管宋初皇帝們試圖恢復文化傳統，但禮樂的衰落則持續到宋中期，說明這些努力並未見成效。正如韓琦（1008–1075）所說：「自唐末至於五代，兵革相仍，禮樂廢缺。故公卿大夫之家，歲時祠饗，皆因循便俗，不能以近古制。」[38]

---

34 《宋史》，卷一百二十六，頁 2937；蔣紹愚：《宋朝事實類苑》，卷十九，頁 223。

35 如宋代採用魚袋劃分官員等級，見岳珂：《愧郯錄》，卷四，頁 46–50。

36 宋祁：〈孝治篇〉，收入《全宋文》，第 23 冊，卷四百八十八，頁 206。

37 此說法並未準確反映宋初情況。首先，北漢是被宋太宗武力征服的。其次，事實上宋太祖一生都積極保持了文化弘揚和軍事儲備的良好平衡：他十分重視維護國家統一不可缺少的軍事力量，同時，他亦未忽略文化手段對實現王朝永固的重要作用。《儒林公議》記載，他注重弘揚教育，時常前往國子監視察建設工作。有識之士注意到了宋太祖志在天下太平。參田況：《儒林公議》，頁 87。

38 韓琦：〈韓氏參用古今家祭式序〉，收入《全宋文》，第 40 冊，卷八百五十三，頁 26。

為了扭轉此局面，宋人多方尋找失傳的文化。如《松窗百說》所言：「燕雲九州，衣冠結束至今似唐時。餘事不變者亦眾，如博之樗蒲、雙六皆是也，中國凡幾易矣。」[39] 然而燕雲各州已被軍事強大的遼國所控制，宋朝未有機會收復失地。

另一復興傳統文化的是南唐。馬令編纂的《南唐書》[40] 對此有生動記載：

> 嗚呼！西晉之亡也，左衽比肩，雕題接武，而衣冠典禮，會于南史。五代之亂也，禮樂崩壞，文獻俱亡，而儒衣書服，盛於南唐。豈斯文之未喪，而天將有所寓歟？不然，則聖王之大典，掃地盡矣。南唐累世好儒，則儒者之盛，見於載籍，燦然可觀。[41]

39 李季可（1157 在世）：《松窗百說》，收入《全宋筆記》（鄭州：大象出版社，2013 年），第六編，第 3 冊，頁 31。有關契丹人統治下的民族認同感，見史懷梅（Naomi Standen），*Unbounded Loyalty: Frontier Crossing in Liao China* (Honolulu, Hawai'i: University of Hawai'i Press, 2007)。

40 序作於 1105，以下簡稱《馬書》，以區別於陸游（1125–1210）所作《南唐書》。

41 馬令：《南唐書》，收入傅璇琮等編《五代史書彙編》（杭州：杭州出版社，2004 年），第 9 冊，卷十三，頁 5347。馬令家族祖籍宜興，遷居南唐都城金陵後，世代生活於此。馬令祖父馬元康飽讀詩書，通曉南唐史。其生前未能完成編修南唐史，馬令遂決定繼承其遺志。在其祖父收集的史料、筆記軼聞的基礎上，馬令於 1105 年完成了《南唐書》的編纂工作。雖然馬令傾向於正面書寫南唐史，但仍在序言中明確承認中原王朝的合法地位，不會遮蔽南唐的逾矩行為。

誠然，此段集中關注南唐的文化成就，但或許亦反映了宋代文人如何看待此事。[42] 張方平（1007–1091）同樣談道：「五季積衰，王土剖分，江南區區，為多才臣。」[43] 由於南唐統治者的持續努力，其文化水平超過了當時其他政權。

42 事實上，南唐在古代史的地位並不限於保存文化。1040 年，陝西某佚名都轉運使上呈朝廷，請求製造兩至三萬套南唐制式的紙甲。在其管轄範圍內，士兵將配備該種盔甲。朝廷批准了這一請求，令其生產中使用遠年帳籍。見司馬光：《涑水記聞》（北京：中華書局，1989 年），卷十二，頁 240。此外，南唐在與契丹人打交道時展示了出色的外交策略。「方石晉（936–947）以父事契丹，而契丹每以兄事南唐，蓋戎狄習見唐之威靈，故聞後裔在江南，猶尊之不敢與他國齒，南唐亦頗恃以自驕。」參陸遊：《南唐書》，收入《五代史書彙編》，第 9 冊，卷十八，頁 5607。換言之，南唐在外交上比北方更佔優勢，尤其面對契丹的附庸國後晉。有關遼與南唐的外交關係，Johannes L. Kurz 認為遼滋長了南唐統治者與宋相互牽制的政治野心。詳參其文："On the Unification Plans of the Southern Tang Dynasty," *Journal of Asian History* 50, no. 1 (2016): 23–45。總體上，儘管南唐有上述成就，對大多數宋人而言，南唐最顯著的成績仍在於保留和延續傳統文化。

43 張方平：〈宋故太中大夫尚書刑部郎中分司西京上柱國賜紫金魚袋累贈某官刁公墓誌銘並序〉，收入《全宋文》，第 38 冊，卷八百二十六，頁 280。在南唐眾多文人士大夫中，韓熙載、江文蔚、徐鍇、徐鉉、高越、潘佑、湯悅和張洎無疑是最出色的。江南人文薈萃，宋朝士大夫不禁感慨：「江左（即江南）三十年間（李氏统治時期），文物有元和（806–820）之風。」見馬令：《南唐書》，卷十三，頁 5347。唐憲宗（李純，778–820）統治的元和年間，一直被視為唐朝之盛世。有關江南統治者如何保存和促進文化發展，見史溫（998–1022 在世）：《釣磯立談》，收入《五代史書彙編》，第 9 冊，頁 5016；劉崇遠，《金華子》，《玉泉子．金華子》（上海：中華書局，1958 年），卷一，頁 35。

最初有所舉措的是徐知誥（又名李昪，889–943），後唐時期，他邀請北方文人集體南遷。當時唐已滅亡近二十年。南下的文化傳播者中，有兩位文人對江淮（江南的別稱）文化起到推動作用：

（一）韓熙載（902–970）

韓熙載，北海人，早年隱居於嵩山。同光年間（923–926），考中進士。其父韓光嗣（卒於926）曾任平盧節度副使。當駐軍驅逐當時的軍長符習（卒於933）之時，韓光嗣受命任留後。後唐明宗（李嗣源，926–933在位）即位後，鎮壓戰亂，誅殺韓光嗣。韓熙載很快在926年逃往江南。[44] 他曾在北方任職一段時間，熟悉其治理、儀理規範，因此在江南，他的意見大多受到統治者的重視：「吉凶儀制不如式者，隨事稽正，制誥典雅，有元和之風。」[45]《馬書》記載韓熙載熟知儀禮規範，提到在徐知誥葬禮上，李璟（916–960）任命原拜虞部員外郎、史館修撰的韓熙載為太常博士，負責儀禮之事。當時江文蔚雖統領太常寺卿，常與韓熙載商討事宜，但謚號和先帝廟宇之名均由韓熙載決定。[46]

44 陸遊：《南唐書》，卷十二，頁5588。有關後唐明宗生平及其執政，詳見 Richard L. Davis, *From Warhorses to Ploughshares: The Later Tang Reign of Emperor Mingzong* (Hong Kong: Hong Kong University Press, 2014)。

45 文瑩：《湘山野錄》，卷三，頁55。

46 馬令：《南唐書》，卷十三，頁5347–5348。

（二）江文蔚（901在世）

江文蔚，建州人，以博學多識、長於詞賦而著稱。他前往北方，後唐明宗朝獲進士，任河南府館驛巡官。在後唐首府的做官經歷讓他有充分機會觀摩祭典，積累了豐富的禮儀和朝儀知識。江文蔚因明宗之子李從榮（904–933）發動政變而被罷免，逃往江南。[47] 與文學優勢恰恰相反，當時的南唐僅具備最基本的禮儀典禮規範。江文蔚根據任職後唐的經驗，制定出朝覲、祭祀、宴饗的禮儀細則並上呈朝廷，儀禮規範由此建立。徐知誥死後，李璟因江文蔚熟於喪禮，任命他為工部員外郎兼判太常寺，以規範喪葬儀式。江文蔚及其同僚亦確立了喪禮。[48]

後唐一向以重振李氏雄風為己任，試圖重建唐代禮制。然而當後唐統治北方之時，距離唐朝滅亡已近二十年，完全還原唐代禮樂幾乎毫無可能。並且後唐皇室事實上來自於一個突厥部落沙陀，通過改革架構和長期的發展，並因應實際需要，後唐政體混合了外族習俗和專制軍

47 陸遊：《南唐書》，卷十，頁5545。

48 馬令：《南唐書》，卷十三，頁5350。

權。[49] 儘管後唐宣稱要恢復唐朝禮樂，但真正恢復的僅僅是不會影響現有政治、軍事根基的朝廷禮儀。換言之，對施政管理來說，重建禮制更多是裝飾意味。原後唐官員任職於南方時，對此地的貢獻亦包含對晚唐禮儀的失真模仿。

由於徐知誥的疆域僅限於揚子江一帶，他對唐朝實際的統治一無所知，無法判斷北方士大夫陳述的真實性，便相信他們的建議並將其作為朝廷統治之策。在此情況下，被扭曲的「唐代舊制」在南方立足，並最終成為徐知誥主張的「中興唐祚」的基礎。

雖然南唐未有繼承純正的傳統或禮儀，但傳統與新興元素的結合遠勝於毫無建設。南唐滅亡後，江南立刻成為宋朝建立禮制的參照對象。

---

49 當同時代大部分傳統形式被破壞或丟失時，後唐卻以延續唐代禮樂為榮。據《舊五代史》記載，當後唐莊宗（李存勖，923–926 在位）稱帝於郊野荒漠時，他的宴樂曲目除當時盛行的邊部鄭聲外，便所剩無幾。真正的宮廷音樂幾乎湮滅。莊宗、明宗統治時期，未有一人可以重新演奏太廟的雅樂。見《舊五代史》，卷一百四十四，頁 1923。此外，朝儀亦被破壞。928 年，朝儀變革，包括押班宰相、通事舍人、閣門外放仗都要拜揖。參王溥編：《五代會要》（上海：上海古籍出版社，1978 年），卷六，頁 93。但在 944 年，這種有悖於傳統的做法遭到精通禮學的張昭（894–972）的批評。他認為：「舊制唯押班宰相、押樓御史、通事舍人，各緣提舉讚揚，所以不隨庶官俱拜。自唐天成末，議者不悉朝儀，遽違舊典，遂令押班之職，一例折腰，此則深忽禮文，殊乖故實。且宰臣居庶僚之首，御史持百職之綱，嚴肅禁庭，糾繩班列，慮于拜揖之際，或爽進退之宜，於是凝立靜觀，檢其去就。若令旅拜旅揖，實恐非儀。」同上，卷六，頁 93–94。因此，不難理解南唐效仿的後唐禮樂並非前朝真正施行的禮樂。

江南亦在藏書與校勘方面作出貢獻。南唐豐富的藏書，不僅出於統治者的倡導，亦得益於避難文人與當地文人的不懈努力。[50] 相較之下，北方由於內亂和外敵入侵，藏書量遠不如江南。[51] 據《春渚紀聞》記載：「自石晉之亂，契丹自中原輦載寶貨圖書而北。」[52] 因此，北宋初期官方藏書數量極少，江南卻汗牛充棟。[53]

南唐致力於藏書，最後卻被宋朝收入囊中。金陵淪陷後，宋太祖下令太子洗馬呂龜祥廣徵南唐藏書，運往開封。[54] 宋人編撰歷史材料時會回避或淡化此事，以維護其文化優越感。據《麟臺故事》載：

50 譬如，博學多才的青州學者朱遵度喜藏書，旅居金陵時，寫下千卷《鴻漸學記》、千卷《群書麗藻》和數卷本的《漆書》，均廣為流傳。參鄭文寶：《江表志》，收入《五代史書彙編》，第 9 冊，卷二，頁 5086。

51 程俱（1078–1144）撰、張富祥編校：《麟臺故事校證》（北京：中華書局，2000 年），卷一，頁 19。

52 何薳（1077–1145）：《春渚紀聞》（北京：中華書局，1983 年），卷五，頁 74–75。此處「北」指契丹統治區。當然，若斷言中原在傳播典籍上未有貢獻是有失公允的。唐代以前，未出現木刻版五經，均為手抄本。然而 932 年，「宰相馮道（882–954）、李愚（卒於 935），請令判國子監田敏（879–971）校正《九經》，刻板印賣。朝廷從之。雖極亂之世，而經籍之傳甚廣。」參邵博：《邵氏聞見後錄》（北京：中華書局，1983 年），卷五，頁 36。但此貢獻僅限於經書流傳，並不能解決其他類型書籍散佚的問題。

53 洪邁：《容齋隨筆．五筆》，卷七，頁 884–85。

54 李燾：《續資治通鑑長編》，卷十六，頁 354。亦可參 Johannes L. Kurz, "The Politics of Collecting Knowledge: Song Taizong's Compilations Project," *T'oung Pao* 87, nos. 4–5 (2001): 296–97。

> 上崇尚儒術，屢下明詔，訪求羣書，四方文籍，往往而出，未數年間，已充牣于書府矣。至是，乃于史館建祕閣，仍選三館書萬餘卷以實其中。[55]

《麟臺故事》含糊其辭稱三館收攬之書由宋太宗訪求而來，卻未言明藏書從諸國掠奪而得。[56] 但該記載歪曲了史實，《長編》記載建隆（960–963）年間：

> 三館所藏書僅一萬二千餘卷。及平諸國，盡收其圖籍，惟蜀、江南最多，凡得蜀書一萬三千卷，江南書二萬餘卷。又下詔開獻書之路，於是天下書復集三館，篇帙稍備。[57]

顯然，藏書多源於眾多戰敗國。978 年，宋太祖到訪崇文院時，詢問諸國之藏書：

---

55 程俱：《麟臺故事校證》，卷一，頁 19。三館的建立及其意義，可參陳樂素：〈宋初三館考〉，《求是集》（廣州：廣東人民出版社，1984 年），第二集，頁 1–14。Kurz 亦探討了源於諸國的藏書如何促進北宋崇文院的建立，詳參 *Das Kompilationsprojekt Song Taizongs* (reg. 976–997) (Bern: Peter Lang, 2003), 39–46。

56 程俱：《麟臺故事校證》，卷一，頁 19。

57 李燾：《續資治通鑑長編》，卷十七至三十二（北京：中華書局，1979 年），第 3 冊，卷十九，頁 422。Johannes L. Kurz 詳細介紹了 976 年，呂龜祥被宋太祖派往金陵時，清點了南唐的藏書數目，「呂龜祥清點出兩萬餘卷，直接運往開封史館。」參 Kurz, "The Politics of Collecting Knowledge," 296–97。

> 淧親王、宰相檢閱問難。復召劉鋹、李煜令縱觀，上謂煜曰：「聞卿在江南好讀書，此中簡策多卿舊物，充近猶讀書否？」[58]

這些記載說明原藏於江南之書對宋代的徵書尤為關鍵。宋人心中，江南藏書的價值遠高於其他諸國：「太祖平江南，賜本院書三千卷，皆紙札精妙，多先唐舊書，亦有是徐鍇（920–974）手校者。」[59] 馬令亦談到：

> 其書多讎校精審，編帙完具，與諸國本不類。昔韓宣子適魯，而知周禮之所在。且周之典禮，固非魯可存，而魯果能存其禮，亦為近於道矣。南唐之藏書，何以異此？[60]

簡言之，在藏書層面來看，宋代文化之興盛主要發生在消滅諸國，尤其是打敗南唐以後。[61]

在禮樂、藏書外，南唐亦保留了北方沒有的多種雜

58 李燾：《續資治通鑑長編》，卷十九，頁 423。

59 蔣紹愚：《宋朝事實類苑》，卷五十，頁 653，亦可參同上，卷三十，頁 389，卷三十一，頁 393–394。

60 馬令：《南唐書》，卷二十三，頁 5407。

61 曹士冕：〈譜系雜說〉，《法帖譜系》，收入《百川學海（附索隱）》（臺北：新興書局，1969 年），第 2 冊，卷一，頁 697；陳鵠：《西塘集耆舊續聞》，收入《師友談記．曲洧舊聞．西塘集耆舊續聞》，卷三，頁 318。

藝，比如古代的宮廷御宴。[62] 就食物的種類及其精良製作而言，五代的宮廷御宴甚至比不上普通官員的家宴，更別說繼承唐代文化的南唐宮廷御宴。[63]

江南的飲食和生活方式均受到宋代士大夫的讚賞和模仿。宋代官員陶穀（903–970）十分熱衷吃「雲英麨」，此名字面有「雲花交融」之意，指用蒸熟的瓜果與蜂蜜混合而成的各類糕點。前南唐官員鄭文寶（953–1013）引進過此類點心。[64] 由於茶葉受到士大夫的青睞並成為江南日常所需，飲茶文化亦逐漸發展。比如，另一位前南唐官員湯悅（940–983 在世）創作了〈森伯頌〉，以「森伯」喻茶：「方飲而森然嚴乎齒牙，既久而四肢森然。」此句隱含茶葉的純正和芬芳散發出的餘韻讓人沉醉其中。陶穀讚賞湯悅道：「二義一名，非熟夫湯甌境界，誰能目之。」[65]

江南地區官員喜用「肉臺盤」營造盛大排場，此風俗

---

62 例如，後唐一名御廚陪同宦官去往江南，聽聞崔胤（853 或 854–904）在長安屠殺太監，宦官慌忙逃走。御廚只得留在江南，為吳國效力。徐知誥建立南唐後，仰賴這名御廚準備御膳；他做的菜會讓人聯想到前朝的繁華。見陸遊：《南唐書》，卷十七，頁 5599；亦見《江南餘載》，收入《五代史書彙編》，第 9 冊，卷二，頁 5119。

63 陶穀：《清異錄》，收入《叢書集成初編》（北京：中華書局，1991 年），第 2845–2846 冊。卷三，頁 226。

64 食譜載：「藕、蓮、菱、芋、雞頭、荸薺、慈姑、百合，並擇淨肉爛蒸之。風前吹晾少時，石臼中搗極細，入川糖蜜熟再搗，令相得，取出作一團，停冷性硬，淨刀隨意切食。糖多為佳，蜜須合宜，過則大稀。」同上，卷二，頁 117–18。

65 同上，卷四，頁 297。一般認為，喝茶中的森然指「味純正濃郁」。由於茶的重要性，南唐派朝廷重臣徐履負責在建陽設立茶管局。

在宋代被廣為效仿。[66] 宋人在入主江南一百多年後，其時尚仍受到南唐的影響。南唐末年，金陵的官員和平民都喜歡穿綠色服飾。衣服染色時將其置於夜露之中，據說此處理可提亮顏色，時人稱此色澤為「天水碧」。[67] 有趣的是，南唐滅亡一百五十年後，因「時爭襲慕江南風流」，這種明亮顏色在宋代又重新流行起來。[68]

因為文化發展遠勝於北方，南唐皇帝與士大夫往往對其不屑一顧。李璟對曾在江南做官的北方文人王仲連表示過輕蔑：「自古及今江北（楊子江以北）文人不及江南才子之多。」古典文化普遍認為才子指文學上出類拔萃的人。王仲連同意此看法，但亦指出孔子出身於曲阜之事

66 孫晟（卒於 956 年）在江南做官二十年，曾進拜司空。他的生活富裕且奢侈，菜餚並非擺在餐桌上，而是由婢女手持托盤圍繞其四周侍奉。許多同時代的人效仿此舉，被稱為「肉臺盤」。參歐陽修編，徐無黨校《新五代史》（北京：中華書局，1974 年），卷三十三，頁 365；《舊五代史》，卷一百三十一，頁 1733。沈括（1031–1095）記錄石曼卿（994–1041）曾與一富裕鄰居喝酒。宴會上，十多個婢女端著佳餚、瓜果和樂器，她們樣貌姣好、服飾華麗。一名婢女獻上美酒，酒過三巡有音樂表演，婢女們依舊站著端著菜餚。直到宴飲完畢才退居一旁。「京師人謂之『軟槃（盤）』」；當中「軟」指女性柔軟的身軀。參沈括著、胡道靜編校：《夢溪筆談校證》（上海：上海古籍出版社。1987 年），卷九，頁 350。趙與時（1175–1231）結合《新五代史》與《夢溪筆談》的記載，認為「軟槃」源於「肉臺盤」，參《賓退錄》（上海：上海古籍出版社，1983 年），卷二，頁 22。

67 龍袞：《江南野史》，收入《五代史書彙編》，第 9 冊，卷三，頁 5176。

68 蔡絛：《鐵圍山叢談》（北京：中華書局，1983 年），卷三，頁 44。

實。由於孔子地位毋庸置疑，李璟不禁感到慚愧。[69] 李璟對王仲連的回答似乎毫無準備，因為過於關注文學發展而忽略了儒家影響。不過由於南唐令人矚目的文化成就，他的優越感仍未消失。

即使淮地淪陷、國力銳減之後，江南士大夫亦未丟失文化優越感。事實上，他們以採用後周（951–660）和北宋年號為恥。江南使用北方政權的年號僅是名義上的外交策略，實際上普遍流行以甲子作為記年單位。鄂州頭陀寺南齊（479–502）王簡栖（卒於 505 年）立的石碑可見一斑。韓熙載、徐鍇分別於碑陰、碑面題詞。後者的題詞末尾寫著「唐歲在己巳」，[70] 己巳年是宋太祖在位的開寶二年。

另一江南士大夫輕視宋朝的例子是污衊其自然環境。張洎（934–997）曾被派往開封進獻貢品，返回江南後寫了十首醜化宋朝都城的詩。其中為討好李煜而用一堆灰形容開封。[71]

69 鄭文寶：《江表志》，卷二，頁 5085。亦可參 Sun Chengjuan, “Rewriting the Southern Tang” (Ph.D.diss., University of Harvard University, 2008), 67–68。

70 陸遊：《入蜀記》，《渭南文集》卷四十六，收入《陸游集》（北京：中華書局，1976 年），第 5 冊，頁 2441–2442。地方郡縣棄用王朝年號，此舉在南唐很常見。《懶真子》記載，盧州東林寺一幅《須菩提》畫像中題有「戊辰歲樵人王翰作」。當時為開寶元年（968 年）《懶真子》繼而指出：「南唐自顯德五年用中原正朔，然南唐士大夫以為恥，故江南寺觀中碑多不題年號，後但書甲子而已。」見馬永卿：《懶真子》，卷二，頁 152。

71 蔣紹愚：《宋朝事實類苑》，卷七十四，頁 984。

南唐滅亡後，部分文人士大夫仍以優越文化自居而輕視宋朝。徐鉉（916–991）遷往開封後，嘲笑冬天穿皮裘大衣的官員：「中朝自兵亂之後，其風未改，荷氈被毳，實繁有徒，深可駭也。」一天，徐鉉上朝時看到女婿吳淑（947–1002）亦穿皮裘。徐氏回家後訓斥吳淑：「吳郎士流，安得效此？」

吳氏回答：「晨興霜重，苦寒，然朝中服之者甚眾。」

徐鉉說道：「士君子之有操執者，亦未嘗服。」這是說他自己。

之後，徐鉉被貶至邠州新平。此地嚴寒，他仍固執不穿皮裘衣物。沒多久被寒氣所傷腹瀉而亡。楊億（974–1020）寫下此事並批注：「鉉之志可悲矣。」[72] 徐氏對服飾的選擇，與其固守傳統文化有很大關係。

---

72 葉寘：《愛日齋叢抄》，收入《愛日齋叢抄．浩然齋雅談．隨隱漫錄》（北京：中華書局，2010 年），卷五，頁 108。徐鉉亦透露出對待漏院前粥麵商販來往喧雜的厭惡，他皺眉說：「真同寨下耳！」參丁謂：《丁晉公談錄》，頁 13。有關徐鉉在北宋的仕途與生活，見 Bol, “This Culture of Ours,” 156–57；周軍：〈徐鉉其人與宋初「貳臣」〉，《歷史研究》1989 年第 4 期，頁 120–132；李文澤：〈徐鉉行年事跡考〉，四川大學古籍整理研究所編，《宋代文化研究》第三輯（成都：四川大學出版社，1993 年），頁 98–112；金傳道：〈徐鉉三次貶官考〉，《重慶郵電大學學報（社會科學版）》2007 年第 3 期，卷十九，頁 99–103。徐鉉宋朝為官的經歷及對原屬國的忠誠亦引起西方學界的關注。Nathan Woolley 詳細討論了徐鉉的正統觀及其立場。參其文 “From Restoration to Unification: Legitimacy and Loyalty in the Writings of Xu Xuan (917–992),” *Bulletin of the School of Oriental and African Studies* 77, no. 3 (2014): 547–67。

三、北方的文化崇拜

南唐滅亡之前，備受推崇的江南士大夫在北方同樣頗負文學盛名。譬如翰林學士湯悅奉李璟之命為揚州孝先寺碑撰寫碑文。後周世宗遠征南唐時曾在此寺停留，對碑文大為讚賞。此外，交戰之際，南唐的詔書亦大多出自湯悅之手，文辭得當、富有文采。後周世宗每當閱讀其文時，都欽佩不已。當時沈遇、馬士元等後周文臣因表現不佳而被調往他處。交戰之後，湯悅作為進貢使臣受到後周世宗額外禮遇，這是對他出眾才華的尊崇。[73]

後周對戰南唐儘管在軍事上大獲全勝，但文化上卻遭遇敗北。甚至後周的武將也有類似看法。當後周世宗宣告紫金山大捷時，將軍齊藏珍說：「陛下神武之功，近代無比，於文德則未光。」聽此，世宗點頭贊同。[74]

南唐士大夫在五代時期的北方已大受尊敬，在北宋亦獲得同等的名望和尊崇。北宋官員李穆（928–984）作為特使被派往江南時，遇到徐鉉之弟徐鍇。徐鍇的儒雅

73 楊億：《楊文公談苑》，收入《楊文公談苑．倦遊雜錄》（上海：上海古籍出版社，1993 年），頁 99。另一受到北方文人讚賞的士大夫是馮延魯（又名馮謐，卒於 971）。被俘後，任後周太府卿。馮氏在開封做官三年，常與眾儒生飲酒賦詩，佳作頻出且都流傳甚廣。王禹偁：〈馮氏家集前序〉，收入《全宋文》，第 8 冊，卷一百五十四，頁 23。

74《舊五代史》，卷一百二十九，頁 1705。

風流讓李穆印象深刻，不禁感慨：「二陸之流也。」[75] 馮延巳（903–960）在北方同樣聲名遠播，他的詞被譽為：「典雅豐容，雖置在古樂府，可以無愧。」[76] 刁衎（945–1013）同樣受到宋代士大夫稱讚：「雖處偽庭（指南唐），而儒雅清素，名重中朝。」[77] 一次，宋太祖命李煜寫信勸劉鋹歸降於宋；李煜遂命近臣潘佑（938–973）草擬內容。潘佑揮毫數千字，文采非凡且極具說服力。[78] 此信被宋代士大夫讚

75 陸遊：《南唐書》，卷五，頁 5501。「二陸」指西晉（265–316）著名文學家陸機（261–303）、陸雲（262–303）兩兄弟。《桯史》亦記載「三徐」以博學多才給北方文人留下深刻印象。岳珂：《桯史》（北京：中華書局，1981 年），卷一，頁 3–4。當時，其父徐延休及弟弟徐鍇均已去世。徐延休的博學多才可見吳處厚：《青箱雜記》（北京：中華書局，1985 年），卷七，頁 72；趙彥衛援引此記載，但誤將徐延休認為是徐鉉，見《雲麓漫鈔》，卷九，頁 155。宋人心中，徐鉉的名聲似乎高於其弟徐鍇，因為徐鍇早已在南唐滅亡前去世，而徐鉉則入宋為官。後來，許多文人成為徐鉉的弟子，故宣揚其名聲。參葉夢得：《石林燕語》（北京：中華書局，1984 年），卷十，頁 155–156。

76 吳曾（1127–1160 在世）：《能改齋漫錄》（上海：上海古籍出版社，1979 年），卷十七，頁 499。有關馮延巳（馮延嗣）作品的翻譯，見 Bryant, ed. and trans., *Lyric Poets of the Southern T'ang*。

77 見張方平：〈宋故太中大夫尚書刑部郎中分司西京上柱國賜紫金魚袋累贈某官刁公墓誌銘並序〉，卷八百二十六，頁 278。刁衎的生平，可參 Kurz, *Das Kompilationsprojekt Song Taizongs*, 193–95。

78 周必大（1126–1204）：《二老堂雜志》，收入《全宋筆記》（鄭州：大象出版社，2012 年），第五編，第 8 冊，卷二，頁 341。潘佑此信寫於 970 年，即南漢（917–971）滅亡的前一年。見 Johannes L. Kurz, *China's Southern Tang Dynasty, 937–976* (Abingdon, Oxon: Routledge, 2011), 98–99。

為：「真一時之名筆也。」除了廣泛流傳於江南，潘佑所寫之書同樣被北方文人收藏和重視。[79]

與此相反，與南唐相比，宋初本土士大夫缺乏文學和經典訓練，知名大臣之間的對話充斥著粗魯與淺薄，有時令宋太祖難堪。[80]宋初北方士大夫中，普遍認為陶穀與竇儀（914–966）的文名位居全國第一、第二。[81]但如此受尊敬的二人，在學識上卻難以與大多數南唐士大夫相提並論。南唐滅亡前，陶穀與竇儀在不知情的情況下與江南儒生同測學識。當被問及帝王年號時，陶穀與竇儀只知後蜀（934–965）曾用「乾德」，而南唐士大夫可上溯至輔公祏（卒於 624）時期。[82]

---

79 蔣紹愚：《宋朝事實類苑》，卷四十，頁 522。

80 蔡絛：《西清詩話》，收入蔡鎮楚編：《中國詩話珍本叢書》（北京：北京圖書館出版社，2004 年），卷一，頁 328。當然，並非所有宋朝儒生都不了解禮樂傳統及其發展。例如張昭就熟悉古代人祭傳統。見文瑩：《玉壺清話》，卷二，頁 16。韓休（673–740）的後代韓溥學富五車，熟悉朝廷典章和唐氏宗族，因見多識廣，被譽為「近代肉譜」。見蔣紹愚：《宋朝事實類苑》，卷五十九，頁 783。竇儀則以嚴格遵守傳統家規而聞名，見方鵬（生於 1470）：《責備餘談》，收入《四庫全書存目叢書．史部》（濟南：齊魯書社，1996 年），第 282 冊，卷二，頁 37–38。還有一些氏族沿用傳統儀式。如李夫人及其家族自唐以來以家規聞名，亦恪守傳統祭禮。見李廌（1059–1109）：〈李母王氏墓誌銘〉，收入《全宋文》，第 132 冊，卷兩千八百五十三，頁 194–195。然而，僅有少數文人掌握這些傳統。

81 丁謂：《丁晉公談錄》，頁 17。

82 陳鵠：《西塘集耆舊續聞》，卷八，頁 370。有關此事的詳細經過，見葉夢得：《石林燕語》，卷七，頁 99–100；亦同上，附錄一，汪應辰（1118–1176）：《石林燕語辨》，頁 211–212。

南唐滅亡後，南方士大夫對宋產生了更大的文化影響。因戰敗被俘而受歧視，南唐陪臣常常倍感失意。但部分江南士大夫作為仁義君子之典範而贏得了宋朝同僚的尊重。隨著宋人對江南優良風俗的欣賞和模仿，一些宋士大夫往往亦承認需要效仿範例以推動社會革新。[83]

措辭精當和善用典故無疑是文學修養的主要特徵，但從治理朝政的角度來看，符合儒家仁義的祭祀大典和統治行為，在移風易俗與化民成俗上作用更大。這或許可以解釋南唐陪臣為何受到高度重視，因為他們可滿足宋代破舊立新和道德教化的需要，這些對於治國安邦不可或缺。

出於這種實際需求，部分南唐陪臣因謹慎行事和奉行仁義而受到褒讚，因為這些長處有利於發揮典範作用。南唐士大夫中，徐鉉始終是關注的焦點。當他在宋朝為官時，他的正直品性和文章受到了宋士大夫的尊崇。朝中大臣如王溥、王祐（923–986）與之交好，李至（947–1001）和蘇易（957–995）視他為老師。以清識著稱的李穆（928–984）對別人說：「吾觀江表冠蓋，若中立有道之士，惟徐公近之耳。」徐鉉生活節儉，食不重肉。對此他解釋道：「亡國之大夫已多矣。」[84]《丁晉公談錄》記載徐鉉曾對諸多士大夫說：「軒裳之家，雞豕魚鱉果實蔬茹皆可備

83 此說並非認為北方官員在此方面毫無作為。李昉（925–996）、李沆（947–1004）和趙鄰幾（922–979）同樣以奉行仁義而聞名遐邇。見文瑩：《湘山野錄》，卷三，頁 56；王闢之：《澠水燕談錄》，卷三，頁 29。本文認為，宋人長期關注南唐的本質原因在於此政權久負盛名。

84 田況：《儒林公議》，頁 124。

矣。」除了食物自給，徐鉉奉行儒家理想的行為準則：不食沽酒市脯，他對儒家推崇備至。[85]

此外，徐鉉的仁義亦受到頌揚。《國老談苑》記載，徐鉉由南唐入開封後，購置了宅院。一年後遇到房屋主人，見其貧困潦倒，問道：「得非售宅虧直而致是耶？予近撰碑，獲潤筆二百千，可賞爾矣。」房主試圖拒絕卻未成功，隨後徐鉉安排手下將錢交與房主。[86]

宋士大夫對徐鉉忠於李煜同樣稱讚有加。金陵即將陷落之時，李煜希望派使臣勸宋撤軍。朝中大臣大多不願冒險。徐鉉自告奮勇，臨危受命，李煜感激涕零：「時危見臣節，汝有之矣。」後來，宋太祖命徐鉉編撰《江南錄》。

85 丁謂：《丁晉公談錄》，頁 13。徐鉉的節儉生活亦體現在其他方面。正如楊億提到：徐鉉在家時僅吃蔬果，於書房誦讀道教《黃庭經》，見楊億：《楊文公談苑》，頁 160。他還彙編了記載怪力亂神的筆記小說集。參徐鉉：《稽神錄》（北京：中華書局，1996 年）。徐鉉明顯奉行儒家學說，但同時對道教，甚至怪力亂神表現出極大興趣。《稽神錄》的宗教、社會意義及對宋代小說創作之影響，可參蕭相愷：〈徐鉉及其小說《稽神錄》〉，《揚州大學學報（人文社會科學版）》，2002 年第 5 期，頁 28–31；馬珏玶：〈社會性別敘事視野下的《稽神錄》〉，《思想戰線》，2004 年第 5 期，頁 39–43；蔣偉：〈宗教神鬼觀念對《稽神錄》創作影響淺談〉，《宜春學院學報》，2007 年第 3 期，頁 95–97。

86 王君玉：《國老談苑》，《丁晉公談錄（外三種）》，卷二，頁 78。另一值得關注的人物是刁衎。他在李煜統治期間身居高位，在江南做官時，他的衣著、飲食十分奢侈。到開封後他的生活發生巨變：「以純澹夷雅知名於時，恬於祿位，善談笑，喜棋弈，交道敦篤，士大夫多推重之。」見《宋史》，卷四百四十一，頁 13054。刁衎家境富裕，因其父刁彥能（約 890–957）曾多年任昭武軍節度。

書末，徐鉉未批評李煜治國不力，卻把南唐陷落完全歸因於天命，非人力可挽回。[87] 其原因在於：「其不忠於舊主則無從敬於新主之意。」[88]

總體上，徐鉉質樸節儉的生活方式和堅毅的道德品質並非矯揉造作，而是根植於其道德良知和文化信仰；作為效仿的對象，範圍不僅限於日常生活，還有行為舉止。正人君子的形象深深影響了他的弟子：鄭文寶就因秉持操守被當時的宋人稱讚。[89]

除了提高個人修養，儒家倫理培養了誠實、質樸的民風，造就了理想的太平盛世。傳統士大夫認為，修身齊家是治國平天下不可或缺的基礎。此觀念可追溯至記載周朝施政和禮儀的儒家經典《禮記》。《禮記》的〈大學〉一章

87 田況：《儒林公議》，頁 124。關於徐鉉在北宋做官時，如何處理效忠與王朝正統的複雜問題，參小林一男：〈南唐官僚徐鉉と宋太宗朝——『江南錄』と正統論をめぐって〉,《早稲田大学大学院文学研究科紀要》，1997 年第 4 冊，卷四十二，頁 101–103（譯者按：原注 1997 年疑為誤，該文實際於 1996 年出版，可參 https://iss.ndl.go.jp/books/R000000004-I4191393-00?ar=4e1f）; Woolley, "From Restoration to Unification," 547–67。有關北宋如何提倡忠君觀念及該政策如何影響選任南唐陪臣。參伍伯常：〈北宋選任陪臣的原則：論猜防政策下的南唐陪臣〉，《中國文化研究所學報》，2001 年第四十一期（新第 10 期），頁 1–31。

88 周密（1232–1308）：《志雅堂雜鈔》，收入《浩然齋雅談 · 志雅堂雜鈔 · 雲煙過眼錄 · 澄懷錄》（瀋陽：遼寧教育出版社，2000 年），卷二，頁 43。字面意為「長江以南」的「江南」在此指的是江北淪陷於後周之後的南唐領土。

89 蔡絛：《鐵圍山叢談》，卷三，頁 46。

中，明確指出個人行為與政治之間的關係：「心正而後身修，身修而後家齊，家齊而後國治，國治而後天下平。」[90] 按此邏輯，「合族同居」成為達成修身齊家的標誌，而推動合族同居則被認為有利於穩固統治。

合族同居完全滿足了宋朝實現王朝永固的願望。為了讓百姓完全奉行儒家思想，僅僅依靠賞罰是不夠的，而更有意義的是用禮樂教化潛移默化地移風易俗。此傾向足以解釋為何宋朝建國後一直大力推行合族同居。開寶八年（975），宋太祖下詔四川、陝西地區，若父母安在，子孫別籍異財，則處以死刑。[91]

宋太宗即位後，向大臣們強調守孝悌乃風化之基本。若有人忤逆父母、兄長，別籍異財，御史臺和地方官員可檢舉此人。此策略意圖在於：宋朝自建立以來二十餘年，「事為之防，曲為之制，紀律已定，物有其常，謹當遵承，不敢踰越。」他亦提醒大臣們重視此國策。[92] 太宗曾強調繼續延續其兄長的政策，維護孝悌仁愛等社會風氣，便

90 儒家學說對宋代家禮的影響，參 Ebrey 伊佩霞, *Confucianism and Family Rituals in Imperial China*; 山根三芳：《宋代禮說研究》（廣島：溪水社，1996 年）; 惠吉興：《宋代禮學研究》（石家莊：河北大學出版社，2011 年）。有關儒家經典對古代社會和政權統治的影響，見 Michael Nylan 戴梅可：*The Five "Confucian" Classics* (New Haven, Conn.: Yale University Press, 2001)。宋代不同群體延續氏族、家庭的策略，參陶晉生：《北宋士族 —— 家族．婚姻．生活》（臺北：中央研究院歷史語言研究所，2001 年）。

91 李燾：《續資治通鑑長編》，卷十，頁 231。

92 同上，卷十七，頁 382。

能長治久安。[93]

遵循南唐遺風是為了樹立社會風氣之典範。正如王禹偁（954–1001）所言：五代時期北方傳統習俗已被破壞，「化百年之污俗，以為非孝悌不足以敦本，非旌表不足以勸民。」因此，宋朝官府嘉獎曾隸屬南唐洪州縣的胡氏家族，其家族四代同堂，力行儒道。[94] 官府高度讚揚了洪州胡氏的孝道和義舉，提倡北方百姓應效仿他們，減少亂世之舉，回歸淳樸民風。除胡氏家族外，曾隸屬南唐江州縣的陳氏家族亦因延續合族同居，恪守儒家道義而被樹立為典範。[95]

甚至在北宋末年仍可見到借南唐遺風以立風俗的現象。南唐滅亡百年之後，魏泰創作的《東軒筆錄》體現出部分宋人讚賞此類功績。《東軒筆錄》記載了縣令鍾離君如何對待已故前縣令之女。出於憐憫，他委託同僚之子娶

93 因戰亂頻發的晚唐五代長久缺乏教化，除了延續宋太祖的策略外，宋太宗亦採取新舉措以促進道德教化。雍熙（984–987）初年，官府詔令官員遵循喪禮。至道（995–997）年間，一名官員無力贍養其母，宋太宗得知後贈與金錢。另一蜀地官員在北方任職，其父獨自留在家中無法自理。皇帝大為吃驚，下詔譴責不孝的官員，並命朝臣匯報未贍養父母的案例。最終，贍養父母的詔令變成了法律。參曾鞏（1019–1083）：〈本朝政要策．名教〉，收入《全宋文》，第58冊，卷一千二百五十八，頁84。顯然，提倡孝道旨在提升社會的忠孝仁義和名教觀念。

94 胡氏家族亦建書齋、集藏書以促進教育。詳參王禹偁：〈諸朝賢寄題洪州義門胡氏華林書齋序〉，收入《全宋文》，第8冊，卷一百五十四，頁19。

95 文瑩：《湘山野錄》，卷一，頁16。

此孤女，而非自己的女兒。[96] 通過效仿典範以培養道德並非新概念，其意義在於宋士大夫如何利用南唐來弘揚社會道德。

四、宋人懷有敵意地對抗

面對南唐的燦爛文化，宋太祖表現得充滿敵意。一般情況下，帝王氣象緣於君主的精神面貌和個人魅力，這才是較量的焦點，而非文學才華。李煜形象文雅，而宋太祖則完全不同：

> 太祖天表神偉，紫黲而豐碩，見者不敢正視。李煜據江南，有寫御容至偽國者，煜見之，日益夏懼，知真人之在御也。[97]

為了塑造宋太祖真命天子的形象，上述材料屬於北宋的大肆宣傳。以上引文乃北宋為了描述宋太祖是真命天子而作的肆意宣傳。雖然李煜俊逸有奇相，但是以上引文使他對這位素未謀面的理想君主心悅誠服。甚至在論及文學時，雄才大略仍是決定雙方較量的關鍵，而非文學技巧和深厚底蘊。金陵圍困之時，李煜派徐鉉出使開封。徐鉉憑藉其巧言善辯，試圖說服宋太祖撤軍。覲見太祖時，徐鉉認

96 魏泰：《東軒筆錄》（北京：中華書局，1983 年），卷十二，頁 138–139。

97 田況：《儒林公議》，頁 86。

為其難登大雅之堂，同時極力稱讚李煜的博學多才、精明睿智。徐鉉朗誦李煜廣為傳誦的〈秋月〉後，太祖大笑說道：「寒士語爾，我不道也！」徐鉉並未屈服於此譏諷。相反地，他認為太祖誇大其詞，言過其實。他便請求皇帝吟誦其詩。殿內的官員驚懼地對視。皇帝回答：

> 吾微時自秦中歸，道華山下，醉臥田間，覺而月出，有句曰：「未離海底千山黑，纔到天中萬國明。」鉉大驚，殿上稱壽。[98]

徐鉉或許不敢直言他的惶恐。顯然，此事為突出宋太祖的英雄形象而被戲劇化處理了。陳巖肖（1151 在世）稱讚該詩說：「大哉言乎！撥亂反正之心，見於此詩矣。」[99] 宋人陳善（1169 在世）比較宋太祖與李煜時，以「措大家孔眼」作為結語，說李煜是毫無見識的文人。此結論暗指李煜目光如豆，如一介窮書生，只顧奢侈享受而不顧國家危難。[100] 上述兩段評論說明：即使宋太祖的文學技藝難以

---

98 陳師道（1053–1102）：《後山詩話》，收入何文煥編：《歷代詩話》（北京：中華書局，1981 年）卷一，頁 302。有人認為《後山詩話》收入此詩時修改了它的內容。該詩其他版本可參陳郁（1184–1275）：《藏一話腴》、《甲集》，收入《全宋筆記》（鄭州：大象出版社，2016 年），第七編，第 5 冊，卷一，頁 6。

99 陳巖肖：《庚溪詩話》，收入丁福保編：《歷代詩話續編》（北京：中華書局，1983 年），卷上，頁 162。

100 陳善：《捫蝨新話》，收入《全宋筆記》（鄭州：大象出版社，2012 年），第五編，第 10 冊，卷七，頁 59–60。

與李煜的博學多才相提並論，但其帝王風範和宏大視野遠超過南唐後主。

由於宋朝在政治、軍事上的優勢，縱使江南的顯赫大臣去往開封，士氣仍然被壓制而難以施展外交手腕。徐鉉被派往開封請求暫緩出兵時，趙普考慮到徐鉉善辯，多次建議宋太祖挑選一位賢才接待徐鉉。但皇帝只派了一名三班使臣。由於該武官目不識丁，徐鉉的雄辯無用武之地。[101]

一些宋朝士大夫試圖讚頌此舉。如岳珂（1183–1234）談到：此事並非皇帝不敢派文官與徐鉉一爭高下，因為仍為朝效力的陶穀與竇儀均有實力超過徐鉉。但因為皇帝希望維護大國尊嚴和體面。另外，此舉符合太祖不戰而屈人之兵的對策，被認為是良策。[102]

當徐鉉準備覲見宋太祖時，宋朝大臣們十分擔心徐鉉發揮雄辯之優勢，建議皇帝為此會面做好準備。但面對徐鉉的勸阻，宋太祖僅採用了直接且實際的應對之策，說道：「爾謂父子者為兩家可乎？」此法果然奏效，徐鉉無以對答。[103] 不久後，徐鉉重返開封向太祖多次乞求從江南撤軍。直到最後皇帝被激怒，手握其劍說：

101 陳長方（1108–1148）：《步里客談》，收入《全宋筆記》（鄭州：大象出版社，2008 年），第四編，第 4 冊，卷一，頁 4。

102 岳珂：《桯史》，卷一，頁 3。

103 李燾：《續資治通鑑長編》，卷十六，頁 348。

「不須多言，江南亦有何罪，但天下一家，臥榻之側，豈容他人鼾睡乎！」鉉皇恐而退。[104]

此例可以很好地說明史家李燾（1115–1184）如何為天子行為找到合理解釋。評論此事時，李燾推測宋太祖起初曾試圖與徐鉉論辯，但對他毫無休止的爭論逐漸失去耐心。於是太祖「後乃直加威怒，其時勢或當然也」。[105] 岳珂讚揚此回應，並評論：「大哉聖言，其視騎省之辯，正猶螢爝之擬羲舒也。」[106] 羅璧（1244–1309）亦讚歎太祖之言一針見血，毫無避諱掩飾。故朱熹（1130–1200）同樣認為宋太祖光明正大，回應適切。[107] 毫無疑問，天子之言完全體現了「強權即公理」。在「弱國無外交」的前提下，可以預見的是：即使徐鉉在論辯與外交上天賦異稟，都無法挽救南唐滅亡的結局。

南唐被滅後，李煜被俘，押往開封，為宋太祖嘲笑李煜的文學創作提供了一個機會。皇帝曾說：「李煜若以作詩工夫治國事，豈為吾虜也？」[108] 宋文人批判李煜的另一

104 同上，卷十六，頁 350。

105「初猶以理折鉉，後乃直加威怒，其時勢或當然也。」同上，卷十六，頁 348。

106 岳珂：《桯史》，卷一，頁 3。

107 羅璧：《識遺》，收入《全宋筆記》（鄭州：大象出版社，2017 年），第八編，第 6 冊，卷十，頁 152–153。

108 蔡絛：《西清詩話》，卷一，頁 336–337。

重點是他奢靡的生活方式。[109] 如果君主生活奢侈，即使有優越的文化，對於增強國力仍然毫無作用。

一次宴會上，宋太祖對李煜說：「聞卿在國中好作詩。」為了嘲諷李煜，命令他吟誦最滿意的詩句。猶豫良久，李煜吟誦其〈詠扇詩〉:「揖讓月在手，動搖風滿懷。」皇帝繼而問道：「滿懷之風，卻有多少。」[110] 問句中「卻有多少」實際指「如此微不足道之事何需文采？」這顯示了太祖對李煜之愚鈍的輕蔑。從天子角度來看，帝王應關心朝中政要而非瑣屑小事。此話一出，宋太祖無處不在的帝王氣象再次俘獲群臣，眾人無不歎服。[111] 顯然，在太祖心目中李煜缺乏帝王之德，充其量只是一個出眾的翰林學士。[112]

---

109 楊行密（852–905）執政時，賦稅很低，以施行仁政獲得百姓擁戴。在他去世當日，人們不忍傷心落淚。曾敏行（1118–1175）細緻比較了楊行密與李煜執政期的賦稅，發現前者比後者稅率低幾倍。長者回憶說李煜統治期為了奢靡享樂一再加稅。詳參曾敏行：《獨醒雜志》（上海：上海古籍出版社，1986年），卷一，頁3。《默記》則記載了李煜奢靡生活的另一面：「小說載江南大將獲李後主寵姬者，見燈輒閉目云：『煙氣！』易以蠟燭，亦閉目云：『煙氣愈甚！』曰：『然則宮中未嘗點燭耶？』云：『宮中本閣每至夜，則懸大寶珠，光照一室，如日中也。』觀此，則李氏之豪侈可知矣。」王銍：《默記》，卷中，頁28。

110 葉夢得：《石林燕語》，卷四，頁60。

111 王陶（1020–1080）：《談淵》，收入《叢書集成初編》（北京：中華書局，1991年），第2855冊，頁4。

112 葉夢得：《石林燕語》，卷四，頁60。

有趣的是，這種驍勇好戰、毫無畏懼的男子形象，在北宋早期受到推崇，甚至成為評判一個人見識與仕途的標準。張齊賢（943–1014）還是布衣平民時，倜儻不羈、逍遙大度。他非常貪吃，飯量驚人，甚至連強盜都不禁感慨：「真宰相器也。不然，安能不拘小節如此也！」[113] 張齊賢做官後，食量絲毫未減，人們驚歎：「享富貴者，必有異於人也。」[114]

宋代初期，在崇尚武力的士大夫中，柳開（948–1001）因蠻橫無禮而臭名昭著。因為家庭富庶，柳開經常散播錢財以廣交好友。不過掌握財政大權的叔父經常約束他，一天晚上憤怒的柳開企圖燒毀房屋，叔父自此因畏懼而不再管束他。[115] 柳開作官後秉性並未改變：不僅強迫同僚的妹妹嫁給他，還喜歡食人肝臟。諷刺的是，《宋史·

113 劉斧：《青瑣高議》（上海：上海古籍出版社，1983 年），《後集》，卷二，頁 124–25。

114 歐陽修：《歸田錄》，收入《澠水燕談錄．歸田錄》，卷一，頁 12。同時期另一位行俠仗義、令人欽佩的人是張詠（946–1015）。少年時受人歡迎，學習劍術，水平極高，因打抱不平而手刃一個忘恩負義的僕人。這名僕人得知主人中飽私囊，便威脅主人將長女嫁與他。文瑩：《玉壺清話》，卷四，頁 39–40。王鞏（1048–1117）：《聞見近錄》，收入《全宋筆記．第二編》（鄭州：大象出版社，2006 年），第 6 冊，頁 21。

115 吳處厚：《青箱雜記》，卷六，頁 63–64。

文苑傳》將其納入其中。[116]

宋文人顯然欽佩和尊重南唐文化成就，而文化較量是宋文人與南唐文人文化互動的重要組成部分。譬如，王禹偁曾試圖突顯北方的文化優勢。受宋太祖欣賞的張洎被任命為參知政事，他將兩軸手書的古律詩贈予翰林學士王禹偁。王禹偁以「啟」答謝並回信：「追蹤季札（公元前約590–前約510）辭吳，盡變為國風；接武韓宣適魯，獨明於易象。」此句暗含張洎唯有到北方後才能繼承文化正統。[117] 在博學多才的南方文人眼裡，這種吹噓無疑算得上毫無根據的嘲諷。總之，北宋初期與南唐的文化較量，對中朝文人來說是十分棘手的問題。

宋朝在其中期達到文化成熟。由於長期文化繁榮和斐然成就，文化成熟體現在宋文人對於本文化和身分強烈的自豪感。[118] 他們強烈的文化自豪感顯著體現在與盛唐的

116 彭乘：《墨客揮犀》，收入《侯鯖錄．墨客揮犀．續墨客揮犀》（北京：中華書局，2002 年），卷四，頁 320；蔡絛：《鐵圍山叢談》，卷三，頁 46。柳開的事跡當然很多只是謠傳或被嚴重誇大，但這種編造和誇張的傾向足以反映宋人如何看待柳開。詳參伍伯常：〈北宋初年的北方文士與豪俠 —— 以柳開的事功及作風形象為中心〉，頁 295–344。

117 王銍：《王公四六話》，收入《百川學海（附索隱）》，第 5 冊，卷二，頁 2499。張洎入宋後的仕途，見賈春超：〈由張洎入宋看宋初用人方略〉，《安陽師範學院學報》2007 年第 4 期，頁 66–68。

118 宋人的文化心態及其意義，參楊理論、駱曉倩：〈宋代士大夫的自我意識與身分認同：從蘇軾詩歌說開去〉，《西南大學學報（社會科學版）》2018 年第 3 期，卷四十四，頁 132–144。

文化較量中。[119] 然而，盛唐並非唯一目標，因為文人已經注意到南唐。面對優越的江南文化，宋代文人刻意貶低南唐，以建立更優越的北宋文化。除了貶低江南傳統禮樂制度的影響和地位，宋人還羞辱江南文人，以制衡南唐文化的優越地位。

為了證實對對手的指控，宋文人詳細審視南唐的文學作品，希望挖掘出值得批評的缺陷。例如，江為一直被認為是劉宋（420–479）時期著名文人江淹（444–505）的後代。江為訪學於白鹿洞書院時，在牆上題了首詩。李璟到訪書院時，看到此詩大為讚賞：「吟此詩者大是貴族

119 大量筆記顯示宋人熱衷於證明宋代文化優於與唐代。一方面，宋代文人讚賞唐代克己奉公的士大夫。另一方面，他們指出唐代典章與舊禮中存在缺陷，宋人勿盲目遵循。晚唐混亂之際，級別較高的文武大臣往往墨縗從事。宋代喪禮遵循唐制，墨縗從事的做法引起爭論，因為「論者以時無金革，士大夫解官終制可也。」參王闢之：《澠水燕談錄》，卷四，頁 35。唐代以相貌出眾作為選拔官員的標準同樣受到質疑，因為容貌與個人能力、品行毫無關係。見洪邁：《容齋隨筆》，卷十，頁 127。另一遭到詬病的是勳官制度。正如洪邁所說：其祖先獲封，從銀青光祿大夫至檢校尚書、祭酒。樂平縣所有人的差傜或賦役程度等同於里長。宋朝沿用此制，可見於元豐（1078–1086）時李清臣（1032–1102）論官制的記載。《容齋續筆》中引李清臣奏言：「國朝踵襲近代因循之弊，牙校有銀青光祿大夫階，卒長開國而有食邑。」見洪邁：《容齋隨筆・續筆》，卷五，頁 275–276。對此問題，宋代文人的態度顯然互為衝突，尚未統一。整體上看，質疑唐制體現了宋人對文化認同和文化特質強烈的自我意識。

矣。」[120] 但宋人首先反駁江為並非江淹後代，繼而補充：「作此詩者，決非貴族。」[121] 此評論無異於否定了李璟的文學修養和審美標準。

宋人渴望發現南唐文化任何不當之處，他們仔細檢查文學作品，不放過任何微小的重複或杜撰的痕跡。以創作聞名的李煜被一宋代學者指責抄襲前朝作品。《顏氏家訓》有一句：「別易會難。」通過修改句法，李煜把前人句子取為己用，引致宋人質疑他在文學原創性方面的聲譽。[122]

韓熙載亦曾因過度用典而被宋人指責。譬如，他被批評在同一首詩中反覆運用指涉愛情和情人幽會的陽臺和蓬島。如宋人胡仔（1110–1170）所說：「何用事重疊如此。」[123] 因其重複用典，宋文人批評此詩並不是常人所說的好作品。

徐鉉甚至因文體不一致亦被宋人列入批評之列。最明顯的例子莫過於陳善的評論。柳宗元的（773–819）的〈壽州安豐縣孝門銘〉被徐鉉收入《文粹》。該文序言以表開頭：「壽州刺史臣承思言。」根據文體，「以表為序亦文之一體也」，徐鉉由於無視此傳統而顛倒順序，錯把該銘放在開頭，表置於最末。這讓宋文人不免質疑徐鉉的博學

120 龍袞：《江南野史》，卷八，頁 5215–5216。

121 黃朝英（1101 在世）：《靖康緗素雜記》（上海：上海古籍出版社，1986 年），卷九，頁 76–77；《漫叟詩話》，援引自胡仔：《苕溪漁隱叢話》，第 1 冊，卷二十六，頁 175。

122《復齋漫錄》，援引自胡仔：《苕溪漁隱叢話》，《後集》，第 2 冊，卷三十九，頁 318。

123 胡仔：《苕溪漁隱叢話》，第 2 冊，卷十八，頁 127。

多才。[124]

由於不了解古代服飾，徐鉉的學識受到進一步質疑。張耒（字文潛，1054–1114）在此方面猛烈抨擊了徐鉉。他評論徐鉉不屑穿皮裘服飾：「鉉之為此言，是不甘為亡國之俘，為醜言以薄中朝士大夫耳。」為了證明徐鉉觀念有誤，張文潛引用《詩經》及鄭玄（127–200）注，穿皮裘可回溯至三代，即夏（約前 2070– 約前 1600）、商（約前 1600– 前 1046）和周（前 1046– 前 256）。[125] 大致而言，皮裘是否為野蠻人的服飾是一個備受爭議的問題，使之成為宋與南唐文化較量的爭議之一。

宋人還專門批評南唐文人思想消沉，文風萎靡。宋人陳鵠（1184–1215 在世）評價李煜的〈臨江仙〉淒涼怨慕，

124 陳善：《捫蝨新話》，卷六，頁 55。需注意的是，《文粹》可能實際指姚鉉（967–1020）編的《唐文粹》（柳宗元的銘文可見於卷六十七）。有關此文集的編者，《四庫全書總目提要》批評陳善誤以為徐鉉編纂，即《捫蝨新話》錯把姚鉉當做徐鉉，此錯誤在《全宋筆記》等現代出版物中都得到了糾正。然而，此問題似乎更加複雜：《捫蝨新話》的編者為何人與版本差異有很大關係。《四庫全書》參考《津逮祕書》使用的是徐鉉，而其他版本如《儒學警悟》則為姚鉉。由於本文無法判斷孰對孰錯，故留此問題以待討論，辨別愈多則愈清晰。《捫蝨新話》版本的流傳，參李紅英：〈《捫虱新話》版本源流考〉，《中國典籍與文化》2007 年第 3 期，頁 61–66。有關陳善的文學作品及其生平等，見王林知：〈《儒學警悟》研究〉（南京大學碩士論文，2017 年），頁 36–47。

125 張耒：《明道雜誌》，收入《全宋筆記》（鄭州：大象出版社，2006 年），第二編，英文原文沒寫卷數，第 7 冊，頁 11。

屬於亡國之音。[126] 這種萎靡文風不僅限於李煜。他的心腹大臣李坦私下向其獻曖昧詩，君臣之分已然消失，此無疑為國家滅亡之預兆。[127]

此外，南唐的統治者被批評未重視富國強兵，而韓熙載、徐鍇等朝廷大臣，即便在國家危亡之際，仍只顧著創作句式工整的駢文。因此宋人推斷南唐統治精英們視而不見國家劫難，一味追求宋文人所謂的柔婉輕浮文風。陸遊曾抄錄頭陀寺石碑碑陰的部分碑文，其中寫道：

> 皇上鼎新文物，教被華夷，如來妙旨，悉已遍窮，百代文章，罔不備舉，故是寺之碑，不言而興。[128]

該石碑立於 969 年，陸遊評論當時南唐深處危難，六年內將有滅頂之災。顯然，經常誇耀李煜才華橫溢的韓熙載似乎並不在意國家瀕臨滅亡。陸遊認為，韓熙載碑文中的誇張和虛偽十分荒謬，無疑是對後世的嘲笑。韓熙載死後，李煜後悔自己未能任韓熙載為丞相。陸遊評論道：「君臣之惑如此，雖欲久存，得乎？」[129] 對於宋文人來說，直至歐陽修（1007–1072）、宋祁（998–1061）、宋庠（996–1066）出現之後，才實現了南唐萎靡文風到宋代文風的完

126 陳鵠：《西塘集耆舊續聞》，卷三，頁 315。

127 田況：《儒林公議》，頁 131。

128 陸遊：《入蜀記》，卷四十六，頁 2442。

129 同上注。

全轉變。[130]

涉及史書時，前江南官員同樣受到指摘。比如，《儒林公議》讚揚徐鉉品行端正，但也提及徐鉉參與編纂《江南錄》時，未有提及潘佑是因對李煜諫言而自殺。相反地，徐鉉在書中將潘佑之死歸為個人仇恨，使其蒙羞。熟悉該事件的人認為，徐鉉隱瞞了潘佑是因直諫自殺的重要細節，是未按史官原則秉筆直書。[131] 王安石（1021–1086）評論此事，認為徐鉉是因害怕像潘佑那樣直諫李煜而坐牢，間接導致國家的衰亡。揭露徐鉉因嫉妒潘佑的剛正不阿，並試圖掩蓋自己的過失，故隱瞞潘佑的忠誠並捏造其他罪名誣蔑潘佑。若果真如此，那麼徐鉉不僅誣蔑忠臣，還嚴重欺瞞君主。[132]

簡言之，文化較量中宋人展現出對文化認同、獨特性和優越性的強大自信。同時亦突顯出一種敵對的心態，特別是試圖彰顯超越南唐的文化優勢。在此背景下，為了鞏固自身的文化特質、優越地位，並加強自我的文化認同，宋文人借力於對南唐文化的尖銳批評。

隨著時間推移，宋人在評價南唐時，獲取文化優勢的目的逐漸減少，取而代之的是批評過去來表達對當朝的不滿。因此，頌揚宋朝與支持南唐的人並無甚麼區別，因為

130 王銍：《王公四六話》，序，頁 2473–74。

131 田況，《儒林公議》，頁 124。有關宋人如何看待《江南錄》的內在缺陷，見陳曉瑩：〈《江南錄》：先天不足的「千古信書」〉，《史學集刊》2014 年第 2 期，頁 51–57。

132 王安石：〈讀《江南錄》〉，收入《全宋文》，第 64 冊，卷一千三百九十八，頁 279–280。

他們都是利用歷史事件作為自己論證的基礎。在唐代，因為人們相信「姑」指女子，故大姑山、小姑山寺廟中的塑像都是美麗女子。[133] 南唐士大夫糾正了「姑」的含義：認為該字為「孤」，而非女子的「姑」。雖然當時很多人將「姑」與女子傳說聯繫起來，與這種情感渲染不同，「姑」應釋為孤絕，孤山應理解為「獨山」，意思是該地區唯一的山。在澄清此事後，南唐用土地像代替了女子塑像。然而到了宋代，小姑山廟裡又再次立女子像，[134] 就連宋代文人都認為宋人的愚昧和粗疏「曾不若南唐也」。[135] 毫無疑問，此事反映南唐士大夫並不迷信。相比之下，北宋官員盲目迷信，南唐士大人善於破除迷信。

文化較量逐漸消失的另一例子是對於「上天有好生之德」的認同。以仁慈聞名的李煜，曾於青龍山打獵。當時有隻母猴深陷圈套，當它看著李煜的時候，眼裡噙滿淚水。它以額頭觸地，反覆指著肚子。此舉讓李煜大吃一驚，下令不要殺死母猴。當晚，母猴生下兩個小猴子。[136] 該事在古代被用來宣揚好生之德。宋代中期，帝王似乎不願繼續草原文化中的尚武和乖戾，而更多受到南唐寬恕、溫和文化的影響。類似於李煜，宋仁宗也表現出對動物的仁慈。當他讀到《舊五代史》中後周太祖（郭威，

133 孫光憲（卒於 968 年），《北夢瑣言》（上海：上海古籍出版社，1981 年），卷十二，頁 94。
134 歐陽修：《歸田錄》，卷二，頁 35。
135 吳曾：《能改齋漫錄》，卷五，頁 112–13。
136 文瑩：《湘山野錄》，卷二，頁 27。

951–954 在位）一箭射殺了一對嬉戲的水鳥時，宋仁宗為此哀傷，並譴責郭威「逞藝傷生」。[137]

有趣的是，在宋朝皇室的祖籍真定，即唐代成德的一個縣，成德節度使王武俊（735–801）善於騎射，亦能「一箭雙雕」。[138] 唐代中期，包括成德在內的河北地區由於受到胡人（胡指漢族以外的民族）遊牧文化的影響，當地人剽悍勇猛，弓馬嫻熟。郭威是河北堯山縣人，也勇武過人。因此，儘管地理位置相近，文化背景相似，但有趣的是，宋仁宗並未認同後周開國皇帝的狩獵之趣，卻與距離更遠的南唐後主一樣憐惜生靈。

五、結論

本文探討了在歷史研究中對筆記資料的應用。由於結構缺陷，筆記通常被認為價值有限，對於其是否值得引用總是有爭議。筆者認為，儘管此類材料用於證史時普遍被認為缺乏可信度和可靠性，但筆記記載了大量社會、文化史實，對過度強調關係朝代存亡之重大政治、軍事事件的正史有充分補充作用。這種特質，反映筆記的重要作用：它突顯了當代的視野和追求，從而美化了往日舊事。在此意義上，筆記可作為參考，但這些參考不足以被視為真實的歷史；相反，它們僅僅反映當時人們的某種願望甚至幻

137 文瑩：《玉壺清話》，卷五，頁 45。

138 皮日休（834–883 在世），《皮子文藪》（北京：中華書局，1965 年），卷四，頁 42。

想。換言之，部分描述可能看起來過於戲劇化，但這些誇張有助於人們理解宋人究竟如何看待與南唐的文化互動與較量。

在研究宋與南唐之間的關係及它們對彼此的看法時，本文聚焦於兩者的文化較量，及文化較量在塑造宋代文化上為何值得學界關注。通過本文探討，可實現以下幾個目標：

本文指明了南唐的文化優勢及其表現，以期構建一個概念框架來討論宋代不同地域的文化互動。宋太祖和士大夫們深知建朝初期普遍流行的勇猛彪悍之風，在文化和文學領域難以企及南唐。相反，他們不得不依靠自己雄厚的政治、軍事力量打敗其在文化較量中的對手。在此情況下，宋初的主要基調是以武力壓倒南唐的文化優勢。這一取向完全符合宋初的政治和軍事環境：宋太祖具雄才大略，他擢用武將在身邊，以完成統一大業。

一旦宋朝積累了足夠豐富的文化財富，雙方較量的方向隨之改變。統治者和大臣將軍事競賽轉為文化競賽以確保絕對勝利。自此，文化較量仍在繼續，但焦點轉移到此前由南唐主導的精雅與博學方面。此轉向在宋真宗（997–1022 在位）統治時期尤為明顯。宋真宗崇尚文化，他身邊的文人之中有許多來自南方。

本文亦勾勒出宋代文化是如何被塑造的。宋朝並未完全依靠自身的發展，而是採取兼容並取之策略。盛行於南唐與北宋早期的二種文化，在融合之前必然經歷磨合。在此意義上，宋太祖統治時期對南唐文化的蔑視、抗拒甚至對抗，似乎是無法避免的階段，以實現適應與最終的融合。根本上說，宋人主導了與南唐文化的互動與較量，目的是為了建立政權的合法性，同時塑造宋代自身的文化特質和文化認同。[139]

總體而言，文化較量議題中仍有諸多文學和藝術問題值得探討，本文難以囊括無遺。本文指出，通過以上文所論為重點來考察文化較量，為探討地區文明如何形成宋代文化提供了有效的方法。

139 承蒙匿名評審人對結論提供修改意見，筆者在此深表謝意。

參考書目

Assmann Jan. *Religion and Cultural Memory: Ten Studies*. Stanford, Calif.: Stanford University Press, 2006.

———. *Cultural Memory and Early Civilization: Writing, Remembrance, and Political Imagination*. Cambridge: Cambridge University Press, 2011.

吾妻重二：《宋代思想の研究 —— 儒教・道教・仏教をめぐる考察》。吹田：関西大学出版部，2009 年。

Bol, Peter K. *"This Culture of Ours": Intellectual Transitions in T'ang and Sung China*. Stanford, Calif.: Stanford University Press, 1992.

Bryant, Daniel, ed. and trans. *Lyric Poets of the Southern T'ang: Feng Yen-ssu, 903–960, and Li Yü, 937–978*. Vancouver: University of British Columbia Press, 1982.

蔡靜波：〈論唐五代筆記小說中的官吏形象〉。《社會科學家》2006 年第 6 期，頁 171–174。

蔡絛：《鐵圍山叢談》。北京：中華書局，1983 年。

———：《西清詩話》。收入蔡鎮楚編：《中國詩話珍本叢書》，2004 年，卷一，頁 275–396。北京：北京圖書館出版社。

曹士冕：〈譜系雜說〉，《法帖譜系》。收入《百川學海（附索隱）》，第 2 冊，卷一，頁 693–720。臺北：新興書局，1969 年。

Chang, Kang-i Sun. *The Evolution of Chinese Tz'u Poetry: From Late T'ang to Northern Sung*. Princeton, N.J.: Princeton

University Press, 1980.

陳長方：《步里客談》。收入《全宋筆記》，第四編，第 4 冊，頁 1–14。鄭州：大象出版社，2008 年。

陳高華、陳智超：《中國古代史史料學》。北京：北京出版社，1983 年。

陳鵠：《西塘集耆舊續聞》。收入《師友談記 · 曲洧舊聞 · 西塘集耆舊續聞》，頁 269–406。北京：中華書局，2002 年。

陳樂素：〈宋初三館考〉。收入氏著《求是集》，第二集，頁 1–14。廣州：廣東人們出版社，1984 年。

陳葆真：《李後主和他的時代 —— 南唐藝術與歷史論文集》。臺北：石頭出版社，2007 年。

陳善：《捫蝨新話》。收入《全宋筆記》，第五編，第 10 冊，頁 1–128。鄭州：大象出版社，2012 年。

陳師道 (1053–1102)：《後山詩話》。收入何文煥編：《歷代詩話》，卷一，頁 301–315。北京：中華書局，1981 年。

陳曉瑩：〈《江南錄》：先天不足的「千古信書」〉。《史學集刊》2014 年第 2 期，頁 51–57。

陳巖肖：《庚溪詩話》。收入丁福保編：《歷代詩話續編》，卷上，頁 161–191。北京：中華書局，1983 年。

陳郁：《藏一話腴》、《甲集》。收入《全宋筆記》，第七編，第 5 冊，頁 1–50。鄭州：大象出版社，2016 年。

程俱撰、張富祥編校：《麟臺故事校證》。北京：中華書局，2000 年。

Clark, Hugh R. *Community, Trade, and Networks: Southern Fujian Province from the Third to the Thirteenth Century.* Cambridge: Cambridge University Press, 1991.

———. *Portrait of a Community: Society, Culture, and the Structures of Kinship in the Mulan River Valley (Fujian) from the Late Tang through the Song*. Hong Kong: Chinese University Press, 2007.

———. *The Sinitic Encounter in Southeast China through the First Millennium CE*. Honolulu, Hawai'i: University of Hawai'i Press, 2016.

———. "Why Does the Tang–Song Interregnum Matter? A Focus on the Economies of the South." *Journal of Song–Yuan Studies* 46 (2016): 1–28.

———. "Why Does the Tang–Song Interregnum Matter? Part Two: The Social and Cultural Initiatives of the South." *Journal of Song–Yuan Studies* 47 (2017–2018): 1–31.

Davis, Richard L. *From Warhorses to Ploughshares: The Later Tang Reign of Emperor Mingzong*. Hong Kong: Hong Kong University Press, 2014.

丁海燕：〈宋人史料筆記關於史書采撰的幾點認識〉。《遼寧大學學報（哲學社會科學版）》2013 年第 5 期，卷 41，頁 48–53。

丁謂：〈丁晉公談錄〉，《丁晉公談錄（外三種）》，頁 1–36。北京：中華書局，2012 年。

Dudbridge, Glen. *A Portrait of Five Dynasties China: From*

the Memoirs of Wang Renyu (880–956). Oxford: Oxford University Press, 2013.

Ebrey, Patricia Buckley. *Confucianism and Family Rituals in Imperial China: A Social History of Writing about Rites*. Princeton, N.J.: Princeton University Press, 1991.

方鵬：《責備餘談》。收入《四庫全書存目叢書・史部》，第 282 冊，頁 1–50。濟南：齊魯書社，1996 年。

費衮：《梁谿漫志》。上海：上海古籍出版社，1985 年。

馮暉：〈《涑水記聞》的史料價值〉。《華南師範大學學報（社會科學版）》1997 年第 6 期，頁 133–135，137。

封閃：〈從《儒林公議》看北宋科舉制度發展情況〉。《德宏師範高等專科學校學報》2018 年第 4 期，卷 27，頁 27–31。

宮雲維：〈從史料來源看宋人筆記中科舉史料的價值〉。《漳州師範學院學報（哲學社會科學版）》2001 年第 4 期，頁 79–85。

顧吉辰：《宋代佛教史稿》。鄭州：中州古籍出版社，1993 年。

郭凌雲：〈北宋黨爭影響下的歷史瑣聞筆記創作〉。《雲南民族大學學報（哲學社會科學版）》2013 年第 5 期，卷 30，頁 144–149。

何薳：《春渚紀聞》。北京：中華書局，1983 年。

洪邁：《容齋隨筆》。上海：上海古籍出版社，1978 年。

胡仔：《苕溪漁隱叢話》。北京：人民文學出版社，1962 年，兩冊。

黃朝英：《靖康緗素雜記》。上海：上海古籍出版社，1986 年。

黃敏枝：《宋代佛教社會經濟史論集》。臺北：臺灣學生書局，1989 年。

Hucker, Charles O. *A Dictionary of Official Titles in Imperial China*. Stanford, Calif.: Stanford University Press, 1985.

惠吉興：《宋代禮學研究》。石家莊：河北大學出版社，2011 年。

Hymes, Robert. *Way and Byway: Taoism, Local Religion, and Models of Divinity in Sung and Modern China*. Berkeley, Calif.: University of California Press, 2002.

賈春超：〈由張洎入宋看宋初用人方略〉。《安陽師範學院學報》2007 年第 4 期，頁 66–68。

———：《江南餘載》。收入傅璇琮等編《五代史書彙編》，第 9 冊，頁 5099–5123。杭州：杭州出版社，2004 年。

江少虞：《宋朝事實類苑》。上海：上海古籍出版社，1981 年。

蔣偉：〈宗教神鬼觀念對《稽神錄》創作影響淺談〉。《宜春學院學報》，2007 年第 3 期，頁 95–97。

金傳道：〈徐鉉三次貶官考〉。《重慶郵電大學學報（社會科學版）》2007 年第 3 期，卷 19，頁 99–103。

薛居正等編：《舊五代史》。北京：中華書局，1976 年。

Kern, Martin. "*Shi jing* Songs as Performance Texts: A Case Study of 'Chu ci' (Thorny caltrop)." *Early China* 25 (2000): 49–111.

金渭顯：《宋代文化在高麗的傳播及其影響》。臺北：中央研究院中山人文社會科學研究所，1995 年。

小林一男：〈南唐官僚徐鉉と宋太宗朝 ——『江南錄』と正統論をめぐって〉。《早稲田大学大学院文学研究科紀要》，1997 年第 4 冊，卷四十二，頁 101–103。

孔令宏：《宋代理學與道家、道教》。北京：中華書局，2006 年。

Kroll, Paul W. *A Student's Dictionary of Classical and Medieval Chinese*. Leiden: Brill, 2015.

Kuhn, Dieter. *The Age of Confucian Rule: The Song Transformation of China*. Cambridge, Mass.: Belknap Press of Harvard University Press, 2009.

Kurz, Johannes L. "Sources for the History of the Southern Tang (937–975)." *Journal of Song-Yuan Studies* 24 (1994): 217–35.

———. "The Invention of a 'Faction' in Song Historical Writings on the Southern Tang." *Journal of Song-Yuan Studies* 28 (1998): 1–35.

———. "The Politics of Collecting Knowledge: Song Taizong's Compilations Project." *T'oung Pao* 87, nos. 4–5 (2001): 289–316.

———. *Das Kompilationsprojekt Song Taizongs (reg. 976–997)*. Bern: Peter Lang, 2003.

———. "A Survey of the Historical Sources for the Five Dynasties and Ten States in Song Times." *Journal of Song-Yuan Studies* 33 (2003): 187–224.

———. *China's Southern Tang Dynasty, 937–976*. Abingdon, Oxon: Routledge, 2011.

———. "On the Unification Plans of the Southern Tang Dynasty." *Journal of Asian History* 50, no. 1 (2016): 23–45.

黎志添編：《道教圖像、考古與儀式——宋代道教的演變與特色》。香港：香港中文大學出版社，2016 年。

李紅英：〈《捫虱新話》版本源流考〉。《中國典籍與文化》2007 年第 3 期，頁 61–66。

李季可：《松窗百說》。收入《全宋筆記》，第六編，第 3 冊，頁 1–45。鄭州：大象出版社，2013 年。

李燾：《續資治通鑑長編》。北京：中華書局，1979 年。

李文澤：〈徐鉉行年事跡考〉。四川大學古籍整理研究所編，《宋代文化研究》第三輯，頁 98–112。成都：四川大學出版社，1993 年。

李先登：《商周青銅文化（增訂版）》。北京：商務印書館，1997 年。

林瑞翰：〈南唐之文風〉。收入氏著《讀史偶得》，頁 160–76。臺北：幼獅文化事業公司，1977 年。

劉長東：《宋代佛教政策論》。成都：巴蜀書社，2005 年。

劉崇遠，《金華子》。《玉泉子．金華子》，頁 31–66。上海：中華書局，1958 年。

劉斧：《青瑣高議》。上海：上海古籍出版社，1983 年。

劉伯驥：《宋代政教史》。臺北：臺灣中華書局，1971 年。

劉萍：〈南唐文化政策探析〉。碩士論文，南京師範大學，2011 年。

龍衮：《江南野史》。收入《五代史書彙編》，第 9 冊，頁 5145–5239。杭州：杭州出版社，2004 年。

樓勁：〈宋初禮制沿革及其與唐制的關係 —— 兼論「宋承唐制」說之興〉。《中國史研究》2008 年第 2 期，頁 57–76。

陸遊：《入蜀記》。收入《陸游集》，第 5 冊，頁 2406–2459。北京：中華書局，1976 年。

———：《南唐書》。收入《五代史書彙編》，第 9 冊，頁 5451–5611。杭州：杭州出版社，2004 年。

羅璧：《識遺》。收入《全宋筆記》，第八編，第 6 冊，頁 1–160。鄭州：大象出版社，2017 年。

羅昌繁：〈北宋初期筆記小說中的五代十國君臣形象〉。《許昌學院學報》2012 年第 4 期，頁 59–62。

馬珏玶：〈社會性別敘事視野下的《稽神錄》〉。《思想戰線》2004 年第 5 期，頁 39–43。

馬令：《南唐書》。收入《五代史書彙編》，第 9 冊，頁 5241–5450。杭州：杭州出版社，2004 年。

馬永卿：《嬾真子》。《全宋筆記》，第三編，第 6 冊，頁 149–214。鄭州：大象出版社，2008 年。

Mair, Victor H., and Liam C. Kelley, eds. *Imperial China and Its Southern Neighbours*. Singapore: Institute of Southeast Asian Studies, 2015.

松本浩一：《宋代の道教と民間信仰》。東京：汲古書屋，2006 年。

McKnight, Brian E. *Law and Order in Sung China*. Cambridge: Cambridge University Press, 1992.

村上哲見：〈南唐李後主と文房趣味〉。收入氏著《中国文人論》，頁 119–57。東京：汲古書院，1994 年。

伍伯常：〈北宋選任陪臣的原則：論猜防政策下的南唐陪臣〉。《中國文化研究所學報》，2001 年第四十一期（新第 10 期），頁 1–31。

———：北宋初年的北方文士與豪俠 —— 以柳開的事功及作風形象為中心〉。《清華學報》2006 年第 2 期，第 36 卷，頁 295–344。

———. "A Regional Cultural Tradition in Song China: 'The Four Treasures of the Study of the Southern Tang' ('*Nan Tang wenfang sibao*.')" *Journal of Song-Yuan Studies* 46 (2016): 57–117.

Nylan, Michael. *The Five "Confucian" Classics*. New Haven, Conn.: Yale University Press, 2001.

歐陽修：《歸田錄》。收入《澠水燕談錄・歸田錄》，頁 1–70。北京：中華書局，1981 年。

彭乘：《墨客揮犀》。收入《侯鯖錄・墨客揮犀・續墨客揮犀》，北京：中華書局，2002 年。

皮日休：《皮子文藪》。北京：中華書局，1965 年。

錢易：《南部新書》。《全宋筆記》，第一編，第 4 冊，卷四，頁 1–131。鄭州：大象出版社，2003 年。

曾棗莊、劉琳等編：《全宋文》。上海：上海辭書出版社；合肥：安徽教育出版社，2006 年。

Rousso, Henry. *The Vichy Syndrome: History and Memory in France since 1944*. Cambridge, Mass.: Harvard University Press, 1991.

閆孟祥：《宋代佛教史》。北京：人民出版社，2013 年。

Schlütter, Morten. *How Zen Became Zen: The Dispute over Enlightenment and the Formation of Chan Buddhism in Song-dynasty China*. Honolulu, Hawai'i: University of Hawai'i Press, 2008.

邵博：《邵氏聞見後錄》。北京：中華書局，1983 年。

邵伯溫：《邵氏聞見錄》。北京：中華書局，1983 年。

沈括著、胡道靜編校：《夢溪筆談校證》。上海：上海古籍出版社。1987 年。

史溫：《釣磯立談》。收入《五代史書彙編》，第 9 冊，頁 4995–5037。杭州：杭州出版社，2004 年。

思泉：〈從《涑水記聞》看司馬光的著史原則〉。《月讀》2015 年第 8 期，頁 21–25。

脫脫等：《宋史》。北京：中華書局，1977 年。

Standen, Naomi. *Unbounded Loyalty: Frontier Crossing in Liao China*. Honolulu, Hawai'i: University of Hawai'i Press, 2007.

蘇頌：《丞相魏公譚訓》。收於氏著《蘇魏公文集（附魏公譚訓）》，下冊。北京：中華書局，1988 年。

Sun, Chengjuan. "Rewriting the Southern Tang (937–975): Nostalgia and Aesthetic Imagination." Ph.D.diss. Harvard University, 2008.

孫光憲：《北夢瑣言》。上海：上海古籍出版社，1981 年。

陶穀：《清異錄》。收入《叢書集成初編》，第 2845–2846 冊，頁 1–350。北京：中華書局，1991 年。

陶晉生：《北宋士族——家族．婚姻．生活》。臺北：中央研究院歷史語言研究所，2001 年。

田況，《儒林公議》。收入《全宋筆記》，第一編，第 5 冊，頁 83–134。鄭州：大象出版社，2003 年。

王鞏：《聞見近錄》，收入《全宋筆記》，第二編，第 6 冊，頁 1–36。鄭州：大象出版社，2006 年。

王君玉：《國老談苑》。《丁晉公談錄》（外三種）》，頁 37–86。

王林知：〈《儒學警悟》研究〉。南京大學碩士論文，2017 年。

王闢之：《澠水燕談錄》。收入《澠水燕談錄．歸田錄》，頁 1–140。北京：中華書局，1981 年。

王陶：《談淵》。收入《叢書集成初編》，第 2855 冊，頁 1–6。北京：中華書局，1991 年。

王銍：《王公四六話》。收入《百川學海（附索隱）》，第 5 冊，頁 2473–2521。

———：《默記》。《默記．燕翼詒謀錄》，頁 1–7。北京：中華書局，1981 年。

文瑩：《玉壺清話》。收入《湘山野錄．續錄．玉壺清話》，頁 1–117。北京：中華書局，1984 年。

———：《湘山野錄》。收入《湘山野錄．續錄．玉壺清話》，頁 1–63。

汪榮祖：《史家陳寅恪傳》。臺北：聯經出版事業公司，1984 年。

Woolley, Nathan. "From Restoration to Unification: Legitimacy and Loyalty in the Writings of Xu Xuan (917–992)." *Bulletin of the School of Oriental and African Studies* 77, no. 3 (2014): 547–67.

魏泰：《東軒筆錄》。北京：中華書局，1983 年。

吳處厚：《青箱雜記》。北京：中華書局，1985 年。

王溥編：《五代會要》。上海：上海古籍出版社，1978 年。

吳曾：《能改齋漫錄》，兩冊。上海：上海古籍出版社，1979 年。

蕭相愷：〈徐鉉及其小說《稽神錄》〉。《揚州大學學報（人文社會科學版）》2002 年第 5 期，頁 28–31。

謝學欽：《南唐二主新傳》。北京：中國文史出版社，2007 年。

歐陽修編，徐無黨校：《新五代史》，三冊。北京：中華書局，1974 年。

徐鉉：《稽神錄》。北京：中華書局，1996 年。

薛繁洪：〈筆記小說在歷史研究中的史料價值與應用——以《世說新語》為例〉。《文化學刊》2018 年第 9 期，頁 227–229。

山根三芳：《宋代禮說研究》。廣島：木更津市，1996 年。

楊渭生：《宋代文化新觀察》。保定：河北大學出版社，2008 年。

楊億：《楊文公談苑》。收入《楊文公談苑 · 倦遊雜錄》，頁 1–181。上海：上海古籍出版社，1993 年。

姚春華：〈陳寅恪筆記小說證史的方法論〉。《長春理工大學學報》2010 年第 12 期，第 5 卷，頁 72–73, 118。

姚瀛艇等編：《宋代文化史》。開封：河南大學出版社，1992 年。

葉夢得：《石林燕語》。北京：中華書局，1984 年。

———：《石林詩話校注》。北京：人民文學出版社，2011 年。

葉寘：《愛日齋叢抄》。收入《愛日齋叢抄 · 浩然齋雅談 · 隨隱漫錄》，頁 1–165。北京：中華書局，2010 年。

游彪：《宋代寺院經濟史稿》。保定：河北大學出版社，2003 年。

岳珂：《桯史》。北京：中華書局，1981 年。

———：《愧郯錄》。收入《全宋筆記》，第七編，第 4 冊，頁 1–170。鄭州：大象出版社，2016 年。

張耒：《明道雜誌》。收入《全宋筆記》，第二編，第 7 冊，頁 1–30。鄭州：大象出版社，2006 年。

張舜徽：〈論宋代學者治學的博大氣象及替後世學術界所開闢的新途徑〉。收入氏著《中國史論文集》，頁 78–130。武漢：湖北人民出版社，1956 年。

趙彥衛：《雲麓漫鈔》。北京：中華書局，1996 年。

趙與時：《賓退錄》。上海：上海古籍出版社，1983 年。

曾敏行：《獨醒雜志》。上海：上海古籍出版社，1986 年。

鄭文寶：《江表志》。收入《五代史書彙編》，第 9 冊，卷二，頁 5071–5098。杭州：杭州出版社，2004 年。

周必大：《二老堂雜志》。收入《全宋筆記》，第五編，第 8 冊，頁 329–382。鄭州：大象出版社，2012 年。

周軍：〈徐鉉其人與宋初「貳臣」〉。《歷史研究》1989 年第 4 期，頁 120–132。

周密：《志雅堂雜鈔》。收入《浩然齋雅談．志雅堂雜鈔．雲煙過眼錄．澄懷錄》，頁 47–65。瀋陽：遼寧教育出版社，2000 年。

朱弁：〈曲洧舊聞〉。收入《師友談記．曲洧舊聞．西塘集耆舊續聞》，頁 53–268。北京：中華書局，2012 年。

饒宗頤國學院院刊　增刊
2023 年 6 月
頁 373–423

十三世紀華北地區的本地精英網絡與蒙古帝國的管治

朱銘堅
香港大學中文學院

本文以《中州啟劄》內二百通書信為中心，重構十三世紀金元過渡時期華北地區漢文人的書信網絡。本文首先呈現了北方不同地區的文人如何通過書信保持聯繫，認為最近有研究提出文人網絡在 1234 年金朝滅亡後已解體的說法值得商榷，進而探討忽必烈的庇蔭體系以及書信網絡中幾個主要的中介人，如何把部分的文人網絡在 1260 年以後轉化為本土政治精英網絡，後者繼而促進了蒙古帝國在華北地區的管治。

關鍵詞：蒙古帝國　精英網絡　忽必烈　華北　書信研究

一、簡介

在不多於半世紀裡，蒙古人締造了一個橫跨歐亞大陸的大帝國。他們是如何管理帝國的偌大領土呢？不少歷史學家將蒙古人得以成功維持帝國，歸功於其對資源的有效調度、以及在不同的佔領地上靈活採用當地傳統的統治方法。[1] 在今日的華北地區，蒙古統治精英在漢族士人的幫助下，汲取了所謂的「漢族統治方法」（漢法）而展開了統治。蒙古人把在已滅亡的金朝（1115–1234）領土上生活的人稱為「漢人」，不管他們實際的種族背景是女真抑或契丹。在這個基礎上，我將「漢族士人」定義為學者：（1）其故鄉（原居地）曾隸屬於金朝的管轄範圍之人；（2）實踐傳統學術精英文化之人；（3）受過教育，遵循儒家的基本價值觀和道德標準之人。今人的學術論著已廣泛討論忽必烈（1215–1294，在位：1260–1294）延聘漢族士人及

1 David Morgan, *The Mongols* (Oxford: Blackwell, 1986), 頁 108–11；John Joseph Saunders, "The Nomad as Empire-Builder: A Comparison of the Arab and Mongol Conquests"，收入 *Muslims and Mongols*, ed. G. W. Rice (Christchurch: University of Canterbury, 1977)，頁 36–66，特別是頁 46–49；Thomas T. Allsen, *Mongol Imperialism: The Policies of the Grand Qan Möngke in China, Russia, and the Islamic Lands, 1251–1259* (Berkeley: University of California Press, 1987；Michal Biran, "The Mongol Transformation: From the Steppe to Eurasian Empire," *Medieval Encounters* 10.1–3 (2004)，頁 339–61；與最新近的 *Nomads as Agents of Cultural Change: The Mongols and their Eurasian Predecessors*, eds. Reuven Amitai and Michal Biran (Honolulu: University of Hawai'i Press, 2015)。

其採用漢族統治方法的原因，[2] 然而尚有以下問題仍未得到解決：蒙古人是如何招攬漢族士人的呢？後者又是如何設法在蒙古統治下擔任有影響力的職位？通過詳細分析一部尚未吸引學術界關注的書信集，我試圖探索其中的漢族士人網絡在何種程度上有助解明上述兩個問題。

近來，王錦萍提出了一個論點，即在 1234 年蒙古人征服金朝之後，依賴於女真—金國家權力扶持的漢族士人網絡已經消亡。她又指出，與士人網絡相反，非士人社會團體，譬如宗教神職人員、村民和婦女，則在當地社區中形成了網絡，對穩定當地社會貢獻良多，更協助了蒙古在

2 見 Morris Rossabi, *Khubilai Khan: His Life and Times* (Berkeley, CA: University of California Press, 1987)，頁 28–36；Herbert Franke, "From Tribal Chieftain to Universal Emperor and God: The Legitimation of the Yuan Dynasty, 收入其 *China under Mongol Rule* (Brookfield, VT: Variorum, 1994) ，第四章，頁 4–85。有關元朝採用歷代統治中國的王朝行政結構的具體研究，見 David M. Farquhar, *The Government of China under Mongolian Rule: A Reference Guide* (Stuttgart: Franz Steiner Verlag Stuttgart, 1990)，頁 1–11；Elizabeth Endicott-West, *Mongolian Rule in China: Local Administration in the Yuan Dynasty* (Cambridge, MA: Council on East Asian Studies, Harvard University, 1989)，頁 3–15。有關為蒙古人服務的漢族士人的詳細討論，請參閱 *In the Service of the Khan: Eminent Personalities of the Early Mongol-Yüan Period (1200–1300)*, eds. Igor de Rachewiltz et al. (Wiesbaden: Harrassowitz, 1993)；蕭啟慶：〈忽必烈「潛邸舊侶」考〉，收錄在其《元代史新探》（臺北：新文豐出版公司，1983 年），頁 263–302；與趙琦：《金元之際的儒士與漢文化》（北京：人民出版社，2004 年），頁 251–97。

中國的統治。[3] 與王錦萍藉著山西的證據支持其論證相比，另一位學者王昌偉則專注於關中（今陝西）士人。王錦萍認為漢族士人對蒙古治理中國影響有限，王昌偉則認為在金元過渡之際，關中士人「非常的『官方』導向，許多士人將進入官僚體系視為其終極目標。」[4] 這些士人並不需要官僚制度以外的空間，他們主張以朝廷為中心的活動和由上而下的政治等級制度，[5] 這反過來有助蒙古人建立一個以漢族傳統為依歸的中央官僚機構。學術界對金元過渡期間士人的不同學術觀念，表明我們需要重新思考士人在十三世紀華北地區所扮演的社會、政治或學術思想上的角色。

在金朝滅亡後，士人網絡在多大程度上消亡了？通過檢視一部名為《中州啟劄》的書信集中編錄的兩百通書信，我重構了金元過渡時期的士人書信網絡。[6] 該書信集

---

3 Wang Jinping, "Between Family and State: Networks of Literati, Clergy, and Villagers in Shanxi, North China, 1200–1400" (Ph.D. diss., Yale University, 2011)。在另一篇最近發表的文章中，王還通過展示 1244 年全真教道觀和全真教信徒的網絡如何促進了大規模道教經典的印刷，探討了宗教網絡在金元過渡時期的文化影響。見 Wang Jinping, "A Social History of the *Treasured Canon of the Mysterious Capital* in North China under Mongol-Yuan Rule," *East Asian Publishing and Society*, 4.1 (2014)，頁 1–35。

4 Ong Chang Woei, *Men of Letters within the Passes: Guanzhong Literati in Chinese History, 907–1911* (Cambridge, MA: Harvard University Asia Center, 2008)，頁 206。

5 同上注，頁 76–131。

6 吳弘道編：《中州啟劄》（北京：書目文獻出版社，1988 年，據清手稿版本翻印於北京圖書館古籍珍本叢刊），卷 116，頁 1–31。有關《中州啟劄》的彙編和其傳播的討論，請參閱附錄。

是由一位名叫吳弘道（字仁卿，13 世紀人）的元代士人所編，其中寫於 1301 年的序言說明了該集在十三世紀晚期已大致編成，然而序文卻沒有載錄吳弘道收集和出版這些信件的背後動機。至於書信集標題中的「啟劄」，原意是指兩種截然不同的官方文書「啟」和「劄」。「啟」是指正式的問候通信，而「劄」則是指官僚文件，但是《中州啟劄》所收錄的均是漢族士人之間的私人通信而非行政通信。[7] 在四十八名可識別的撰信人中，[8] 最為年長的是趙秉文（1159–1232），而最年輕的則可能是劉因（1249–1293）。收錄在《中州啟劄》的書信作者以及收信人皆是漢族士人。在書信集所收錄的兩百餘通書信中，著名士人如趙秉文和元好問（1190–1257）分別只佔了其中的兩通和七通。這與宋代（960–1279）士人的書信集形成了鮮明的

7 這證明了「啟」和「劄」正如十三、十四世紀的百科全書所述，在元代被混而為一而成為當時個人通信的一種形式。見劉應李（1274 年進士）編：《新編事文類聚翰墨全書》，翻印於《四庫全書存目叢書》，〈子部〉（濟南：齊魯書社，1995 年），第 169 冊，卷 1，頁 18。最近有關「劄」等官僚文件對中國宋代個人信件書寫慣例影響的討論，見 Tsui Lik Hang, "Bureaucratic Influences on Letters in Middle Period China: Observations from Manuscript Letters and Literati Discourse"，收入 *A History of Chinese Letters and Epistolary Culture*, ed. Antje Richter (Leiden: Brill, 2015)，頁 363–97。

8 值得注意的是，我的計算方法與著名的清朝文獻家陸心源（1834–1894）略有差異。陸心源在《中州啟劄》中列出了四十四封信的作者。見陸心源：《儀顧堂書目題跋彙編》（北京：中華書局，2009），頁 448。主要基於北京圖書館（今中國國家圖書館）的複製本，我又在陸氏所列的書信作者外再加添了四位：王鶚（1190–1273）、馮璧（1162–1240）、木庵與王儀。

對比，因大部分宋人書信集中的信件均屬於著名的文學人物，如孫覿（1081–1169）、黃庭堅（1045–1105）和蘇軾（1037–1101）。[9]《中州啟劄》所收最多的是著名儒家大師許衡（1209–1281）的書信，共三十三通。繼許衡之後，又有商挺（1209–1288）的十五通和楊果（1197–1271）的十四通，而後二人均是忽必烈政府中的高級官員。

《中州啟劄》所收書信作者皆是當時著名士人這一事實又引伸出許多問題。例如這一系列信件能在多大程度上闡明金元過渡時期的士人活動和精英網絡？而士人網絡的空間分布是甚麼樣的？它如何隨著時間的推移而演變？王昌偉曾建議將金元過渡時期的士人納入官僚結構看待。那麼這些信件能否幫助我們了解士人在金元過渡時期所扮演的行政角色？士人網絡在多大程度上與非士人的佛教、道教網絡重疊或相互影響？此外，由於書信網絡中絕大部分士人皆是漢人，他們又是如何與蒙古統治者以及劃分在「色目人」類別之下的西亞及中亞精英有著連結？希望上述問題的答案能有助解決以下這一關鍵問題：漢族士人網

9 有關對蘇軾信件的研究，見 Ronald C. Egan, "Su Shih's 'Notes' as a Historical and Literary Source," *Harvard Journal of Asiatic Studies* 50.2 (1990)，頁 561–88。與 "Su Shi's Informal Letters in Literature and Life"，收入 *A History of Chinese Letters and Epistolary Culture*，頁 475–507。至於有關孫覿信件的討論，見 Tsui Lik Hang, "How Do You Respond to a Request for an Epitaph? A Case Study in Epistolary Communication between Literati Officials"，發表於「十至十三世紀中國的政治、文化與社會」學術研討會暨嶺南宋史研究會第三屆年會（嶺南大學，香港，2012 年 12 月 9 日）。

絡如何促進蒙古人在十三世紀統治華北？

二、士人網絡的空間分布

《中州啟劄》收錄的兩百通信件涉及共四十八位撰信者和六十九位收信者，當中六十七名撰信和收信人的籍貫可資識別。他們籍貫的地理分布表明書信網絡並非局限於一個地區而是遍及華北各地：二十六人的籍貫位於今日河北、十三人位於山東、十一人位於河南、九人位於陝西、五人位於山西、兩人位於遼寧、一人位於江西。此外，士人網絡是動態的——因為撰信人和收信人很少終其一生都留在故鄉，這種動態也影響到士人網絡的空間分布及其範圍。在《中州啟劄》所收錄的書信中，致呂遜（1209–1273）和游顯（1210–1283）二人的最多（超過三十通書信），當中呂遜的動向和書信網絡亦因此有助闡釋這一現象。下引徐世隆（1206–1285）致呂遜的一通信，以使我們對後者的動向有一概括了解：

> 北渡以來餘二十一年矣，遊從之久又非一日，蓋已熟某之為。與人交，重氣節，輕貨財，決非為利而往者。既而從周君南轅，居一年，又從北旆，久之復南下。[10]

10 徐威卿：〈與呂子謙參議〉，《中州啟劄》，卷一，收入《北京圖書館古籍珍本叢刊》（北京：書目文獻出版社，1990 年），第 116 冊，頁 7 上。

據徐世隆憶述，呂遜曾與其上司「周君」同遊。在南方逗留一年以後，呂隨周到北方，在北方任事教長一段時間後，呂遜又隨周君回到南方。徐世隆表明這通信是他在北渡二十一年後所寫，這又提供了另一重要線索。徐世隆的墓誌銘謂其在1233年蒙古征服河南之後才遷居華北，儘管是次遷徙很可能非出於徐所自願，而是被蒙古人強迫的。按徐世隆北渡之年推斷，可知上引徐世隆與呂遜的一通信撰於1254年。[11] 雖然信中並未明確說明呂遜在北方曾遊歷何處，但可知呂自1230年代至1250年南下前，大部分時間均在北方度過。然而呂遜在上述期間曾遊歷過的地方，以及呂的上司周君的身份還懸而未決，為此我們還需參照其他信件。

馮璧（1162–1240）的另一通信，也是其中一通今日倖存最早的寫給呂遜的信，讓我們得知呂遜曾於何時遊歷燕地（今河北）。馮璧曾在金朝奉職，是一位資深的翰林學士。蒙古攻陷開封府後，馮璧遷居山東，並留在該地直到1236年，[12] 該信是馮在1230年代中期在山東逗留期間所寫。據馮稱，呂遜在較早前的一封信中提到近來陪同一名參謀返燕。[13] 馮璧信中所記載呂遜的活動在某程度上對應了上述徐世隆的描述。餘下的問題是：呂遜在北方停

11 蘇天爵（1294–1352）：《元朝名臣事略》（北京：中華書局，1996年），卷十二，頁250。

12 王慶生：《金代文學家年譜》（南京：鳳凰出版社，2005），頁497。

13 馮內翰：〈與呂子謙參議〉，《中州啟劄》，卷一，收入北京圖書館古籍珍本叢刊，第116冊，頁3上。

留了多久？他是在何時開始遷移至南方？以下徒單公履（？–1289）的信件提供了一些線索：

> 近聞車從有河南之行，已是廻程能一來淇上，作三數月之留，聊遂握手以慰。[14]

得知呂遜前往河南的計劃後，徒單公履寫了以上一通信，邀請呂到位於衛州附近的淇探訪他，並在該處停留幾個月。不同的史料均述及徒單在 1252 年秋已搬到衛州，並在那裡開始講學。[15] 這表明此信的撰寫以及呂遜的河南之行不可能早於 1252 年的後半年。另一種推斷呂遜何時遷到河南的方法，是去追溯其上司「周君」的活動。正如上面徐世隆的信所述，呂遜是周君的助手，並隨同後者供職各地。雖然周君在《中州啟劄》中給呂遜的三十三通信中經常被提到，但其全名卻從未被透露過。如何才能找出周君的身份？王惲（1227–1304）在一首悼詞中記載了呂遜與江淮都轉運司的關係。一位名叫周惠（？–ca.1261）的官員在 1252 年秋，被指派於衛州附近地區設立江淮都轉運司，[16] 這

14 徒單雲甫：〈與呂子謙〉，《中州啟劄》，卷三，同上注，第 116 冊，頁 17 下。

15 王惲：〈壬子夏六月陪蕭徵君飲方丈南榮同會者烏大使正卿董端卿經歷學士徒單雲甫張提點幾道王秀才子初洎家府小子惲隅侍席末云〉與〈哀友生季子辭並序〉，《王惲全集彙校》，楊亮、鍾彥飛編（北京：中華書局，2014 年），卷十四，頁 601，卷六十五，頁 2770。

16 王惲：〈淇州創建故江淮都轉運使周府君祠堂碑銘〉，同上注，卷 54，頁 2476–79。

亦是蒙古大汗蒙哥（1209–1259，r.1251–1259）重建江淮地區，準備進而征服南宋的部分計劃。周惠在入職衛州之前曾在真定任參謀。[17] 高勝舉在另一封信中透露了呂遜所遊歷過的地方。[18] 從周惠和呂遜活動的高度一致性，可推知前者是後者的上司。

上面所討論的書信讓我們粗略地了解呂遜在 1230 年代至 1250 年代之間所遊歷過的地方。在燕地居住了十數年之後，呂遜並未回到其在今日山東的故鄉東平，而是於 1252 年末搬到了衛州。值得我們注意的是，呂遜在 1230 年代和 1240 年代逗留河北期間，與在故鄉東平的馮弼和河南的王鶚（1190–1273）通信。當呂遜在 1250 年代搬到河南後，時在河北燕地的王鶚繼續寫信給呂。呂遜和王鶚在 1230 年代至 1250 年代之間的遷徙只是士人在金元過渡期間遊歷的其中兩個例子。[19] 問題是在金元過渡期間，呂遜的遷徙在士人之間有多典型？對於呂遜與周惠經常一起遊歷又應作何解釋？

17　元好問著，狄寶心編：〈信武曹君阡表〉，《元好問文編年校注》（北京：中華書局，2012 年），第 5 冊，頁 1028–33。

18　高勝舉尚書：〈與呂子謙〉，《中州啟劄》，卷 3，收入北京圖書館古籍珍本叢刊，第 116 冊，頁 18 下。

19　馮內翰：〈與呂子謙參議〉；王百一丞旨：〈與呂子謙參議〉，《中州啟劄》，卷 1，同上注，第 116 冊，頁 3 上至 4 上。

三、士人對官僚服務的看法

眾所周知，蒙古人認為被其所征服的臣民屬於皇親和勳臣的戰利品之一，而這亦是士人和其他人在金朝被蒙古征服後所面對的命運。在《中州啟劄》收錄的 48 位書信作者中，至少有 9 人是金朝進士。當金朝在 1234 年滅亡後，他們失去了作為統治精英養尊處優的地位。與其他被認為是「被征服者」的士人一樣，他們被蒙古強迫向北遷移，成為蒙古領主的徵用勞工。一些俘虜選擇逃亡並成為流民。[20] 除了強迫遷移和逃避囚禁之外，士人們在通信中提到，出仕志向也驅使他們遷徙，如下面的信中所示：

> 天困我輩，未嘗一日得志於世間，故沾沾然有萬里之舉。[21]

士人之所以渴望長途跋涉來擔當政務並分享被提拔的喜悅，是因為這樣的機會很少。與此前的女真政權相比，蒙古政府高層的民事職位不僅較少，而且競爭激烈。蒙古

20 牧野修二研究了金元過渡時期的社會動盪如何導致士人轉變為囚犯、奴隸或民兵，以及他們如何設法恢復原來的地位。見 Makino Shuji, “Transformation of the shih-jen 士人 in the late Chin 金 and early Yüan 元,” *Acta Asiatica* 45 (1983)，頁 1–26。關於金元過渡期間漢族文人悲慘狀況的詳細討論，見趙琦：《金元之際的儒士與漢文化》，頁 1–31。

21 陳參議季淵：〈與呂子謙〉，《中州啟劄》，卷三，收入《北京圖書館古籍珍本叢刊》，第 116 冊，頁 17 上。

人以及西亞和中亞精英均對這些職位虎視眈眈，這在一定程度上限制了漢族士人的政治影響力。在 1230 年代至 1250 年代之間，大多數士人難以在朝廷上當高官，大部分只是在蒙古領主或漢人世侯的幕府中任吏職。漢人世侯在華北的不同地區有權管理其世襲的封地。[22] 這些漢族世襲領主在金元過渡期扮演了有影響力的軍事、社會政治和文化角色。除了為蒙古軍事行動提供援助外，漢人世侯還招募了分散在中國各地的漢族士人，協助行政機關或在其管轄的地方學校任教，社會秩序遂得以恢復，而漢族文化也得以保留。[23] 漢族士人在 1260 年之前的通信中所提到的

22 溫海清：《畫境中州：金元之際華北行政建置考》（上海：上海古籍出版社，2012 年），有關於金元過渡期間華北地區行政管理的新近討論。

23 Igor de Rachewiltz, "Personnel and Personalities in North China in the Early Mongol Period," *Journal of the Economic and Social History of the Orient* 9.1 (1966)，頁 88–144，同時論述了「漢人世侯」（世襲領主）在華北地區的重要意義。其他關於「漢人世侯」的學術研究包括 Françoise Aubin, "The Rebirth of Chinese Rule in Times of Trouble: North China in the Early Thirteenth Century"，收入 *Foundations and Limits of State Power in China*, ed. S.R. Schram (London: School of Oriental and African Studies, University of London, 1987)，頁 113–46；孫克寬：《蒙古漢軍及漢文化研究》（臺北：文星書店，1958）；蕭啟慶：〈元代幾個漢軍世家的仕宦與婚姻—元代統治菁英研究之二〉，收入《中國近世社會文化史論文集》，中央研究院歷史語言研究所出版品編輯委員會編（臺北：中央研究院歷史語言研究所，1992），頁 213–77，後收入其《蒙元史新研》（臺北：允晨文化，1994），頁 265–348；池內功：〈蒙古的金國經略與漢人世侯的成立〉（モンゴルの金国経略と漢人世侯の成立），第 1–4 部分，收入岡本三夫編：《四国学院大学創立 30 周年記念論文集》，（善通寺市：

官名和職位，讓我們認識到他們在金元過渡期間所承擔的職責，其中大多數是行政機構內的吏職。

然而即使要躋身這些次級官僚職位也絕非易事。宋金時期，考試資格越來越受到重視；相比之下，在金元過渡期間，個人聯繫和舉薦是事業發展的關鍵。在《中州啟劄》收集的200封信中，有百分之十是士人要求庇廕的。在大多數情況下，曾在官僚機構服務過的士人會代其親戚和朋友撰寫這些書信，如1224年的金朝狀元王鶚在其給呂遜的一通信中便提到以下內容：

> 表弟韓茂之，閑書筭，為趙相和糴官、倉官數年矣，今茲得清信，歸鄉里，為某守墳。儻得一虛名係都運與闊生門下，則安矣。[24]

在另一封信中，商挺為一位李元帥向忽必烈身邊的顧問劉秉忠（1216–1274）尋求舉薦：

四國學院大學文化學會（四国学院大学文化学会），1980年），頁51–96；《四國學院大學論集》（四国学院大学論集）第46期（1980年），頁42–61；第48期（1981年），頁1–39；及第49期（1981年），頁11–29；井之崎隆興（井ノ崎隆興）：〈蒙古朝治下的漢人世侯 — 河朔地區與山東地區的兩種型態〉（蒙古朝治下における漢人世侯 — 河朔地区と山東地区の二つの型），《史林》第37期（1954年第6期），頁27–48。

24 王百一丞旨：〈與呂子謙參議〉，《中州啟劄》，卷1，收入《北京圖書館古籍珍本叢刊》，第116冊，頁4a。

> 少懇帥府李元帥者，勇而有謀，籌通方略，歷歷可取。今馳傳赴闕，意望吾師一言保奏，想尊意必有所處，餘不待喋喋也。[25]

在大部分情況下，我們不知道收信人如何閱讀、接收和回覆此類請求。其中一個例外是許衡對楊恭懿（1225–1294）的推薦。在1250年代寫給京兆宣撫使廉希憲（1231–1280）的信中，許衡稱：

> 友兄楊元甫，隱士也。篤信好學，操履不苟，實我輩所仰重。執事時肯眷顧，美事也。[26]

據姚燧（1238–1313）撰的〈領太史院事楊公神道碑〉所記載，「宣撫司、行省欲以掌書記共議事」祿用楊恭懿，[27]證明許衡的推薦得到了廉希憲的重視。然而楊恭懿卻並沒有接受這個職務。在楊的神道碑中，姚燧謂楊渴望退隱的態度促使他拒絕出仕。[28]儘管我懷疑楊在1250年

25 商左山孟卿：〈與寥休國師〉，《中州啟劄》，卷二，同上注，第116冊，頁14上。

26 許左丞魯齋：〈與廉宣撫〉，《中州啟劄》，卷2，同上注，第116冊，頁12下。此書信亦被收錄於許衡的選集內，題為〈與廉宣撫三首〉；見淮建利、陳朝雲編：《許衡集》（鄭州：中州古籍出版社，2009），卷九，頁237。

27 姚燧著：〈領太史院事楊公神道碑〉，收入查洪德編：《姚燧集》（北京：人民文學出版社，2011年），卷十八，頁278。

28 同上注。楊恭懿的官方傳記基本上與喪葬碑的記載吻合。見《元朝名臣事略》，頁13.265；宋濂（1310–1381）等：《元史》（北京：中華書局，1976年），卷五十一，頁3841。

代末和1260年代需丁憂和其健康狀況欠佳也是可能的解釋。[29] 無論如何，與楊恭懿不同的是金元過渡期間的大多數士人都迫切希望找到官僚職位——甚至擔任一向以來被士大夫所鄙視的吏職。[30] 1260年之前士人的仕宦經歷部分證明了這一事實，因為超過百分之七十的撰信人和收信人僅僅擔任低級官員或次級官僚職位，一眾士人自金朝滅亡以來經歷了將近三十年的黯淡時光，直至1260年忽必烈登基才出現了救贖。通過比較1260年之前和之後寫的信件中提到的官職，可見在1260年以後撰寫的信中，中央和地方行政部門的高級職位比低級官員和次級官僚職位多百分之三十。這種現象，很大程度上歸功於書信網絡中的漢族士人在政治上的陞遷。我們可以追溯到《中州啟劄》中26位撰信和受信人在1260年之前和之後的仕宦變遷，其中16位在1260年之前僅擔任低級官員和次級官僚職位的人，在1260年後成為中央和地方行政部門的高級官員。至少有11位和4位撰信人分別擔任中書省的翰林院士和參政，另有5位和10位收信人出任同一職務。

自1260年大蒙古國建立了日益成熟的官僚體系之後，更多高級職位出現了。然而，這並不一定意味著漢族士人將獲得任命。即使漢族士人成功佔據中央政府的關鍵職位，也不表示他們能長期維持其統治地位。這是因為朝廷的權力結構取決於皇帝的政治議程，而這些議程會隨著

29 姚燧：〈領太史院事楊公神道碑〉，《姚燧集》，卷十八，頁265–66。

30 見 Endicott-West, *Mongolian Rule in China*，頁105–28討論了學者—官員如何看待元代的文書人員。

時間的推移而改變。根據中國大陸學者姚景安的說法，忽必烈需要儒士的才能以鞏固他的權力、促進他的管治。但當政治形勢趨於穩定，忽必烈逐漸感到政治保守的儒士成為他擴張主義政策的障礙。在「金以儒亡」的陰影下，忽必烈開始反對並最終放棄了儒士。[31] 一些漢族高級官員參與李璮（？–1262）在 1262 年的叛亂是一個關鍵事件，部分解釋了為何忽必烈的態度出現了轉變。[32] 此後皇帝越來越依賴西亞和中亞的顧問和官員。與那些主張仁政和對徵收更

31 姚景安：〈忽必烈與儒臣和儒學〉，《中國史研究》（中國社會科學院歷史研究所，1990 年），卷一，頁 31–39。

32 王明蓀：《元代的士人與政治》（臺北：臺灣學生書局，1992 年），頁 67–79。有關李璮之亂的二次史料，見愛宕松男：〈李璮之亂與其的政治意義：蒙古王朝治下在漢地的封建制與其州縣制的開展〉（李璮の叛亂と其の政治的意義：蒙古朝治下に於ける漢地の封建制とその州縣制への展開），《東洋史研究》第 6 期（1941 年第 4 期）：頁 253–78，重印收入《愛宕松男東洋史學論集》，卷四，《元朝史》（東京：三一書房，1988 年），頁 175–98；孫克寬：〈元初李璮事變的分析〉，收入《蒙古漢軍及漢文化研究》，頁 44–65；黃寬重：〈割據勢力、經濟利益與政治抉擇 — 宋、金、蒙政局變動下的李全、李璮父子〉，收入國立臺灣大學歷史學系編：《世變、群體與個人：第一屆全國歷史學學術討論會論文集》（臺北：國立臺灣大學歷史學系，1996 年），頁 87–106，另有一個修訂版收錄在黃寬重：《南宋地方武力：地方軍與民間自衛武力的探討》（臺北：東大圖書，2002 年），頁 275–306。關於李璮之亂的英文簡短敘述，見 Morris Rossabi, "The Reign of Khubilai Khan"，收入 *The Cambridge History of China*, vol. 6, *Alien Regimes and Border States 907–1368*, eds. Herbert Franke and Denis Twitchett (Cambridge: Cambridge University Press, 1994)，頁 424–26；Rossabi, *Khubilai Khan*，頁 62–67。

高稅額有保留的漢族同僚不同，這些西亞和中亞的理財專家為了資助朝廷的支出以及高昂的軍事行動，會設法把政府的收入擴至最大。考慮到忽必烈政府下不同族群的相對權力，我此前描述 1260 年後漢族士人的政治地位上升主要是與 1260 年前的情況作對比。在書信網絡中有幾個中介人，他們的內部和外部聯繫在多大程度上可以幫助解釋漢族士人在 1260 年以後所起到的政治作用？信中提到的人們是如何在蒙古統治者和漢族士人之間建立聯繫，並促進後者在官場中崛起？以下部分我將會回應這些問題。

四、士人網絡內中介人的內部和外部連接

分析信件中提到的人們，有助揭示漢族士人與蒙古人以及色目人的關係。在排除所有撰信和收件人之後，200 通信的正文中出現了將近 300 個名字（包括全名、部分名稱和縮寫名稱），大約涉及 200 人。幾乎所有這些名字都指向了漢人。與其中一位最常被置書的呂遜關係密切的周惠被提及的次數最多（8 次），其次是廉希憲（4 次）和闊闊（1223–1262）（3 次）。他們是 200 通信中提到的三名蒙古人及色目人的其中之二（信中提到的另一個非漢人是忽都魯，由於缺乏資料，其行跡難以追查）。如何解釋廉希憲和闊闊的頻繁出現？仔細研究他們的生活以及與漢族士人的關係，有助了解士人文化如何彌合蒙古人、色目人和漢人三種被蒙古統治者強加的「種族」差異。

廉希憲和闊闊都是忽必烈的家臣，忽必烈在 1244 年

命令兩人在資深儒士王鶚的指導下學習，[33] 故他們很可能是最早接觸儒學的蒙古人。闊闊也曾跟隨另一位儒家學者張德輝（1195–1274）學習。[34] 1252 年，闊闊被委派到不同的路徵召軍戶。他僅登記擁有強壯男丁和豐富出產的家庭，從而把徵召軍戶對大眾的干擾減到最小。大汗蒙哥十分欣賞闊闊的成就，並命令他監督燕京的匠局。在忽必烈登基後，闊闊在 1261 年 7 月被擢升為中書左丞。[35] 在中書省任官期間，闊闊似乎與他的漢族同事王惲相處愉快，這可以由後者給闊闊的詩得到證實。[36] 闊闊很快被任命為大名路宣慰使，但他在 1262 年不幸病逝，使我們無法進一步考察他與漢族士人的互動程度。[37]

廉希憲出生於回紇族，他的父親是拖雷（1192–1232）家族長年的家臣，而拖雷的兒子正是日後的大汗蒙哥和忽必烈。[38] 12 世紀 50 年代，廉希憲與忽必烈的關係變得更加密切，因為前者娶了回紇人孟速思（1206–1267）之女

33 《元史》，卷一三四，頁 3250。

34 王惲：〈中堂事記〉，卷三，收入《王惲全集彙校》，卷八十二，頁 3413。

35 《元史》，卷一三四，頁 3250–3251。

36 王惲：〈上闊闊學士〉，收入《王惲全集彙校》，卷十四，頁 600。

37 《元史》，卷一三四，頁 3250–51。見蕭啟慶，〈元代蒙古人的漢學〉，收入《蒙元史新研》，頁 95–216，尤其是頁 111。

38 以上關於廉希憲生平事跡的敘述，及其與漢族士人的關係，主要採用他的英文傳記，見 Hsiao Ch'i-ch'ing, "Lien Hsi-hsien"，收入 *In the Service of the Khan*，頁 480–99。另見 Michael C. Brose, *Subjects and Masters: Uyghurs in the Mongol Empire* (Bellingham, WA: Center for East Asian Studies, Western Washington University, 2007)，頁 122–29。

為妻，而孟速思的第二任妻子是忽必烈妻子的妹妹。在廉希憲通過婚姻成為忽必烈的連襟之前，他從青年時代起就師從一位著名的老師學習儒家經典，很快便能總結經典的大義並將其付諸實踐。據記載，廉希憲對經史非常感興趣。他喜歡讀書，以至於書不離手、廢寢忘食。在 1240 年代，某次廉希憲在讀《孟子》時，他被忽必烈召喚，於是他就帶著書去見忽必烈，而後者則詢問他關於孟子（公元前 372– 前 289）的教義。他在回答中概述了關於王道、性善、義利，以及仁慈與暴力之間的區別。[39]20 世紀著名的歷史學家陳垣（1880–1971）將廉希憲歸類為色目人中的儒家，在很大程度上亦歸因於廉對儒家學說的傾向。[40] 廉希憲所接受的儒家教育，部分解釋了為甚麼他提名像許衡這樣的著名儒家大師來主理教育事務，並在 1250 年代中期任職京兆宣撫使期間，能與另外兩位漢族士人姚樞（1203–1280）和商挺緊密合作。[41] 除了善用上述學者的學

39 元明善（1269–1322）:〈平章政事廉文正王神道碑〉，收入李修生主編：《全元文》（南京：江蘇古籍出版社，2004 年），卷二十四，頁 353；《元朝名臣事略》，卷七，頁 125；《元史》，卷一二六，頁 3085。

40 Chen Yüan 陳垣 , *Western and Central Asians in China under the Mongols: Their Transformation into Chinese* (*Yuan Xiyu ren Huahua kao* 元西域人華化考), trans. and annot. Ch'ien Hsing-hai 錢星海和 L. Carrington Goodrich 譯註 (Los Angeles: Monumenta Serica at the University of California, 1966)，頁 21–23。

41 許左丞魯齋：〈與廉宣撫〉，《中州啟劄》，卷二，收入《北京圖書館古籍珍本叢刊》，第 116 冊，頁 12 下至 13 上；《元朝名臣事略》，卷七，頁 124；《元史》，卷一二六，頁 3085；蕭啟慶：《廉希憲》（Lien Hsi-hsien），頁 483。

術和管理才能外，廉希憲還以自己的積蓄在京兆拯救了許多淪為奴隸的漢族士人，並將他們登記為儒戶。[42] 在 1259 年，當廉希憲隨忽必烈圍攻鄂州（今湖北武漢）時，他帶領一百多名儒士在營地前跪拜，要求蒙古王子以公費贖回在宋地被掠為戰俘的士人。忽必烈同意了廉的請求，隨即釋放了超過五百名士人。[43] 1260 年，當一位名為李槃的真定名士被不公地囚於獄中時，廉希憲向新登位的忽必烈報告了這一事情，皇帝隨即把無辜的李槃釋放。[44] 1263 年當廉被召到京師任中書平章政事後，他與一群在中央政府供職的漢族士人共事，當中包括他在京兆的舊同僚商挺和姚樞。他們與阿合馬領導的一批理財專家在朝廷競爭，積極推廣漢法，如恢復監察制度，以及把舉薦全國漢族士人入仕的渠道制度化。[45] 正如蕭啟慶（1937–2012）簡明扼要地指出，廉希憲「是一位非漢人儒士，在捍衛儒家觀點的過程中首當其衝地受到理財專家的衝擊」。[46] 可能由於阿合馬的攻訐，廉在 1270 年辭去了中書平章政事的職務返回家鄉。未幾，一些漢族士人乞求皇帝重新起用廉希憲，其中王惲在 1271 年請求讓廉希憲負責四川事務，[47] 而魏初則於

42《元朝名臣事略》，卷七，頁 126；《元史》，卷 126，頁 3085；蕭啟慶：《廉希憲》（Lien Hsi-hsien），頁 483。

43 Hsiao Ch'i-ch'ing, "Lien Hsi-hsien"，頁 484；《元朝名臣事略》，卷七，頁 126；《元史》，卷一二六，頁 3086。

44《元朝名臣事略》，卷七，頁 127。

45 Hsiao Ch'i-ch'ing, "Lien Hsi-hsien"，頁 490–91。

46 同上注，頁 480。

47 同上注，頁 493。

1274 年請求把廉希憲召回京師，並起用他在中書任官。[48] 儘管漢族士人的努力可能因阿合馬的反對而徒勞無功，但卻證實了他們對廉的支持。直到 1278 年，廉希憲終於在另一漢人官員董文忠（1231–1281）的舉薦下重返京師，而董此前曾師事廉的老師王鶚。然而，廉仍未能回到中書省任職，這很可能是由於其健康不佳及阿合馬的持續排斥。[49] 廉希憲在 1280 年離世，許多士大夫對此感到惋惜。[50] 很多漢族士人撰寫悼詞與詩悼念廉，當中胡祗遹（1227–1293）、閻復（1236–1312）、侯克中（1225–1315）、姚燧與李元禮等人的作品時至今日仍然存世。[51] 總而言之，廉希憲對漢族士人的同情及其對儒家教義的堅持，部分解釋了為甚麼他即使有回紇背景仍被納入漢族士人網絡之內，這從漢族士人經常在通信中提到廉的名字和為紀念他撰寫的悼詞可以得到證實。不幸的是，在廉希憲現存的幾篇著作中，很難找到他作為交流橋樑連接漢族士人與蒙古精英的確鑿證據。[52] 儘管如此，廉希憲與在朝廷效力的漢族士人相處融洽，加上其與忽必烈的關係親密，表明他在

48 同上注，頁 493。

49 同上注，頁 495。

50《元朝名臣事略》，卷七，頁 142。

51 王德毅、李榮村、潘柏澄編：《元人傳記資料索引》（北京：中華書局，1987 年），頁 1507。亦見 Hsiao Ch'i-ch'ing, "Lien Hsi-hsien"，頁 496。

52 廉希憲的作品僅有很少尚存於今日。現代彙編《全元文》收錄了 3 篇廉希憲的文章。見《全元文》，卷八，頁 286–90。而最近的彙編《全元詩》（楊鐮主編，北京：中華書局，2013 年）則沒有包含廉的任何詩作，表明了其詩作並未流傳至今日。

聯繫漢士與蒙古精英起到關鍵作用。[53] 廉的這一角色對忽必烈招攬漢族士人舉足輕重。

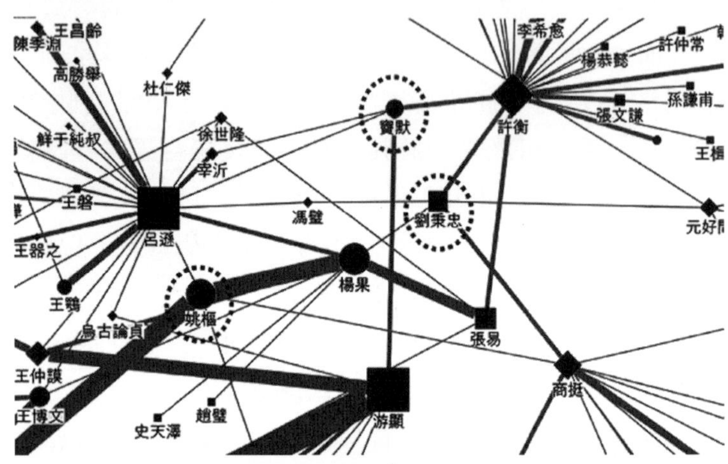

圖表 1　金元過渡時期漢族士人的書信網絡。菱形節點代表撰信人，方形節點代表接收信人，圓形節點代表撰信和收信人。節點的大小和線的粗幼表示發送和 / 或接收的書信的數量。中間人用虛線圈出。要訪問和瀏覽包含《中州啟劄》中書信全文和我的網絡數據，請參閱 **http://dh.chinese-empires.eu/analysis/ZhongZhouQiZha2/zzqz_table.html**

除了廉希憲的聯繫之外，分析書信網絡也是一種探索蒙古人如何招募漢族士人的方法。我把撰發和 / 或收到最多信件的人定義為核心人物。儘管他們之間缺乏直接的書信溝通，但值得注意的是，撰發和 / 或收到 15 封以上信件的 6 個核心人物（即呂遜、游顯、姚樞、許衡、楊果和商挺）均通過 3 個中介人相互聯繫，（見圖表 1）這三個人

53　見王梅堂：〈元代內遷畏吾兒族世家—廉氏家族考述〉，收入《元史論叢》（南昌：江西教育出版社，1999 年），卷七，頁 123–36；Brose, *Subjects and Masters*，頁 122–35，討論了廉希憲家族的婚姻網絡。

是姚樞、劉秉忠、竇默（1196–1280）。他們的社會和政治角色值得學術界關注。他們有一共同經歷：在忽必烈的藩邸擔任顧問。儘管他們與漢族士人的大部分通信都是始於他們加入忽必烈之後，但我們不應將他們在書信網絡中的核心作用僅僅歸因於他們在忽必烈的幕府中服務，因為他們可能在加入忽必烈之前就已經在漢族士人網絡中擔任中介人，儘管這一猜測尚不能證實，因為無法確切知道書信的撰寫年月，且缺乏其他史料佐證。在大多數情況下，人們開始相互聯繫的確切時間仍未可知；因此我們不應過分強調以重建網絡作為解釋工具，並推論說，核心中介人的個人關係促進了忽必烈招募漢族士人。例如我們無法把商挺在 1253 年被延攬至忽必烈的幕府歸因於他與劉秉忠和姚樞的聯繫，因為商挺寫給兩人的三通信都是在 1260 年之後寫的。[54] 事實上通過重建書信網絡只能讓我們知道兩個人通過信件保持聯繫，並促使我們進一步調查他們何時開始有接觸，以及他們在何時才會安心地依靠其通信人作為社會資本。換句話說，經重建的網絡暗示了一些人際關係，可以揭示漢族士人在 1260 年以後晉升的原因。仔細研究這些人際關係——特別是它們如何隨著時間的推移而發生變化——可能有助於確定其在多大程度上能解釋忽必烈如何招攬漢族士人。許衡的例子正好說明了這一點。

54 商挺是在 1253 年被招募以協助忽必烈治理關中。見《元朝名臣事略》，卷十一，頁 218。至於商挺寄給劉秉忠與姚樞的信，見商左山孟卿：〈與姚尚書〉，〈與晦公國師〉與〈與寥休國師〉，《中州啟劄》，卷二，收入《北京圖書館古籍珍本叢刊》，第 116 冊，頁 13 下至 14 上。

我們清楚知道許衡在1250年代致信與廉希憲、劉秉忠和竇默，[55] 這一事實在一定程度上讓我們推測許衡與這些忽必烈顧問的親密關係如何促使他後來在1260年代升任中書左丞。然而若把這種推理應用到其他撰信人則較困難，因為其他撰信和收信人的文學作品和傳記信息並不像許衡那樣豐富，使我們幾乎無法辨別特定人物何時相遇或開始通信。未能確定書信撰於何時，在某種程度上限制了重建的書信網絡的解釋能力，特別是在忽必烈如何招攬漢族士人這一方面。此外，還有一個問題有待解決：為何忽必烈要招攬漢族士人？

根據官方記載，在1244年，忽必烈仍為王子之時便開始招募漢族士人擔任其顧問。[56] 現有的學術論著通常把忽必烈早期招募漢族士人和後來採用「漢法」歸因於其認可漢族士人治理農耕地區的專業知識、其母親的影響以及其個人經歷和早年對漢文化的認識。[57] 仔細研究書信網絡

55 許左丞魯齋：〈與竇先生〉、〈與仲晦仲一〉、〈與廉宣撫〉，《中州啟劄》，卷二，收入《北京圖書館古籍珍本叢刊》，第116冊，頁8–9、12下。這些書信亦被收入許衡的文集。見《許衡集》，卷九，頁223、228、237。我們從許衡的年譜中可大致推斷出書信撰於何時，見鄭士范：〈許魯齋先生年譜〉，重印收入《北京圖書館藏珍本年譜叢刊》（北京：北京圖書館出版社，1999年），第35冊，頁585–654。

56《元史》，卷四，頁57。

57 見蕭啟慶：〈忽必烈「潛邸舊侶」考〉，頁264–68；羅茂銳：《忽必烈汗：他的生活與時代》（Khubilai Khan），頁13；白鋼：〈關於忽必烈附會漢法的歷史考察〉，《中國史研究》，1981年第4期：頁93–107；趙華富：〈論忽必烈「行漢法」的原因〉，《史學月刊》，1985年第4期：頁22–28；姚景安：〈忽必烈與儒臣和儒學〉，頁31–39。

中的中間人劉秉忠——一位最早加入忽必烈和侍奉其最久的士人[58]——有助揭示未來大汗對儒家和漢族士人的態度。劉秉忠深諳儒、佛、道的儀式和教誨。他在 1230 年代出家成為佛教僧人之前，曾與全真道士有著密切的聯繫。[59] 劉秉忠在 1242 年跟隨一位名叫海雲（1202–1257）的僧侶覲見忽必烈。[60] 忽必烈對劉的才華印象深刻，因而把他留下擔任顧問。我們從王磐（1202–1293）撰寫的劉秉忠行狀中得知：

58 有關對劉秉忠一生及其對蒙古帝國的貢獻的研究，見葛仁考：《元朝重臣劉秉忠研究》（北京：人民出版社，2014 年）；陳得芝：〈耶律楚材、劉秉忠、李孟合論：蒙元時代制度轉變關頭的三位政治家〉，收入《元史論叢》（北京：中國廣播電視出版社，2004 年），卷九，頁 6–11；Chan Hok-lam 陳學霖, "Liu Ping-chung 劉秉忠 (1216–74): A Buddhist-Taoist Statesman at the Court of Khubilai Khan," *T'oung Pao* 53.1–3 (1967): 頁 98–146。

59 張文謙（1217–1283）：〈故光祿大夫太保贈太傅儀同三司謚文貞劉公行狀〉，收入《全元文》，卷一一六，頁 282。

60 關於對海雲的生涯以及他與忽必烈的相遇的討論，見 Jan Yun-hua 冉雲華，"Chinese Buddhism in Ta-tu: The New Situation and New Problems"，收入 *Yuan Thought: Chinese Thought and Religion under the Mongols*, eds. Chan Hok-lam and Wm. Theodore de Bary (New York: Columbia University Press, 1982)，頁 384–90；Jan Yun-hua, "Hai-yun"，收入 *In the Service of the Khan*，頁 224–42、尤其是頁 235–37；Mark Halperin, "Buddhists and Southern Chinese Literati in the Mongol Era"，收入 *Modern Chinese Religion I: Song-Liao-Jin-Yuan (960–1368 AD)*, eds. John Lagerwey and Pierre Marsone (Leiden: Brill, 2014)，頁 1440–43。

> 聖天子邂逅一見，即挽而留之，待以心腹，契如魚水，深謀密畫，雖耆宿貴近不得與聞者，悉與公參決焉。[61]

徐世隆在一篇祭文中也提到劉秉忠和忽必烈之間的親密關係：「（劉秉忠）早識龍顏，情好日密，話必夜闌。」[62] 除此之外，忽必烈的妻子察必皇后（1227–1281）謂「（劉秉忠）言則帝聽」。[63] 的評語也證明了這一點。值得留意的是，劉秉忠之所以能吸引到蒙古王子的注意乃是因其所擁有的特殊技能，而非其對不同流派經典教義的了解。[64] 事實上，劉秉忠並非首位因其專精占卜和天文學而獲蒙古統治精英垂青的漢族士人。在數十年前，首任蒙古大汗——成吉思汗（1162–1227，在位 1206–1227）——便因為學識淵博的契丹學者耶律楚材（1190–1244）擁有這些技能而錄用他成為顧問。[65] 值得注意的是書信網絡中幾個核心人物和中介人也擁有專業知識。我們知道許衡在專注於儒家教義之前便已通曉醫學、占卜、數學和水利，[66] 而

61 王磐：〈劉太保碑銘並序〉，收入《全元文》，卷二，頁 300。

62 徐世隆：〈祭太保劉公文〉，同上注，卷二，頁 399。

63 《元史》，卷一一四，頁 2871。

64 張文謙：〈故光祿大夫太保贈太傅儀同三司謚文貞劉公行狀〉，收入《全元文》，卷八，頁 284。

65 韓儒林：《穹廬集：元史及西北民族史研究》（上海：上海人民出版社，1982 年），頁 181。

66 姚燧：〈中書左丞姚文獻公神道碑〉，收入《姚燧集》，卷十五，頁 216。

竇默則是一名擅長針灸的醫師。[67] 書信網絡中的漢族士人對專業技能的共同興趣，可能不單促進了他們之間的聯繫，亦引起了蒙古統治者對他們的關注。無論如何，劉秉忠是其中一名向忽必烈推薦儒學的早期顧問之一，最重要的是他成功說服未來的皇帝招募儒士。事實上，書信網絡中的大多數漢族士人，是因與劉秉忠的直接或間接聯繫而跟隨忽必烈。例如其中一位主要的中介人竇默就是通過李德輝（1218–1280）的舉薦而成為忽必烈的下屬，而李此前曾獲劉秉忠推薦；[68] 另一位重要中介人姚樞也是在竇默的推薦下加入了忽必烈的幕府。[69]

儘管越來越多的漢族士人通過劉秉忠的關係擔任忽必烈的顧問，但這並不一定意味著蒙古王子會為他們分配行政職責 —— 更不用說在 1260 年之後任命他們到政府的關鍵職位。事實上，為了獲得蒙古王子的青睞，漢族士人需要與其他來自西亞和中亞的顧問競爭。[70] 我認為，大汗蒙

67 《元朝名臣事略》，卷八，頁 151。

68 同上注，卷十一，頁 213。

69 同上注，卷八，頁 152。

70 見蕭啟慶：《西域人與元初政治》（臺北：臺大文學院，1966 年）；李符桐：〈畏兀兒人對於元朝建國之貢獻〉，收入《李符桐論著全集》（臺北：臺灣學生書局，1992 年），3，頁 271–338 與杉山正明著，周俊宇譯：《忽必烈的挑戰：蒙古帝國與世界歷史的大轉向》（クビライの挑戦：モンゴルによる世界史の大転回）（北京：社會科學文獻出版社，2013 年），頁 104–6 有關於西方和中亞精英對元朝政治影響的一般概述。對元代「雜類」下特定民族進行的研究，見 Morris Rossabi, “The Muslims in the Early Yuan Dynasty” 和 Herbert Franke, “Tibetans in Yuan China”，收入 *China under Mongol Rule*,

哥在 1250 年代發起的行政和財政改革對漢族士人的命運至關重要。為了在龐大的陸上帝國內有效地動員人力和自然資源，大汗進行了一系列改革以完成以下目標：（1）限制和平衡在帝國內農耕子民所承受的負擔；（2）在王公貴族的封地內重申皇帝的權威；（3）在活躍戰區減少破壞和人口分散；（4）在以前遭受破壞的地區恢復經濟活力。[71] 有趣的是蒙哥大汗的改革計劃與此前漢族士人顧問的提案頗相似。劉秉忠在 1249 年向忽必烈提出的萬言策中強調「尊主庇民」的重要性。[72]「正朝廷，振紀綱」有助於實現前者，[73] 而後者則可以通過減稅和向大眾發還貸款來實現。[74] 姚樞在 1250 年第一次見到忽必烈後，也提出了類似

ed. John D. Langlois (Princeton: Princeton University Press, 1981)，頁 257–95 和 296–328；Thomas T. Allsen, "The Yuan Dynasty and the Uighurs of Turfan in the 13th Century" 與 Igor de Rachewiltz, "Turks in China under the Mongols: A Preliminary Investigation of Turco-Mongol Relations in the 13th and 14th Centuries"，收入 *China among Equals: the Middle Kingdom and Its Neighbors, 10th–14th Centuries*, ed. Morris Rossabi (Berkeley: University of California Press, 1983)，頁 243–80 和頁 281– 310；Michael C. Brose, *Subjects and Masters: Uyghurs in the Mongol Empire*。

71 Allsen, *Mongol Imperialism*，頁 85。

72 張文謙：〈故光祿大夫太保贈太傅儀同三司謚文貞劉公行狀〉，收入《全元文》，卷八，頁 283；王磐：〈劉太保碑銘並序〉，同上注，卷二，頁 299。

73 同上注，卷八，頁 283。

74 對於劉秉忠在 1249 年提交給忽必烈的完整提案，見《元史》，卷一五七，頁 3688–92。見 Chan Hok-lam, "Liu Ping-chung 劉秉忠 (1216–74)"，頁 119–22 是部分的英文翻譯和提案摘要。

的建議。姚不僅提議在中書省下設立行政部門以確保政策執行的一致性，而且還要修改法律制度，讓朝廷掌有執法權力，使封建王侯不再擁有懲罰其子民的特權，大汗的權威因而得到加強。姚樞隨後提出了一系列措施，如減少稅收和徵用民力，鼓勵農業生產以及引入福利和救濟措施以恢復經濟繁榮。[75] 從這個角度來看，建立公民秩序的共同願景似乎為非漢族征服者和漢族士人之間提供了一個共同點，正如包弼德曾指出，此前女真人在採用漢法的同時亦維護他們獨特的民族認同。[76]

蒙哥的大戰略與漢族士人提議之間的高度一致性，可以解釋為何蒙哥的弟弟忽必烈委託儒家學者執行行政任務。忽必烈在其封地邢州的良好管治，以及他成功解決兄長蒙哥的爭執，只是漢族士人證明能力的其中兩個例子，[77] 為漢族士人在 1260 年後的政治陞遷奠定了基礎。忽必烈在 1260 年登基之後，此前曾受蒙古王子庇廕的 14 位漢族士人中的 12 人得到了拔擢：8 人成了中書省的參議、亦有 4 人成了翰林院士。因此，漢族士人網絡的一部分轉化為一個本土政治精英網絡。

相較於忽必烈的支持態度，漢族士人之間的相互支持

75 《元朝名臣事略》，卷八，頁 157–58。

76 Peter K. Bol, "Seeking Common Ground: Han Literati Under Jurchen Rule," *Harvard Journal of Asiatic Studies*，1987 年第 2 期，頁 461–538。

77 有關漢族謀臣對忽必烈貢獻的討論，見 Rossabi, *Khubilai Khan*，頁 22–52。對於忽必烈與其兄弟蒙哥的關係，見同書頁 34–36 和 Allsen, *Mongol Imperialism*，頁 50–51。

對他們在 1260 年後的政治成功也至關重要。如上所述，漢族士人在通信中極力舉薦其親友任官，可見他們普遍有一個共同的願景：這可能源於儒家的「外王」概念。他們希望把其所學應用於政治領域，並以維護漢文化價值和恢復傳統的治國模式為最終目標。除了建立中央集權的體制外，一些漢族士人還建議恢復科舉考試，這可能基於他們認為科舉可為漢族士人創造更多的就業機會。然而，漢族士人對於考試內容的分歧卻延遲了科舉的恢復。[78] 這種分歧只是其中一個例子，說明書信網絡中的漢族士人並非一個連貫的整體。

事實上，漢族士人群體當中的差別之一是他們不同的學術取向，而這起源於北宋時期（960–1127）對儒學的兩種不同演繹：蘇軾倡導的文化追求和程頤（1033–1107）主張的道德修養。諸如趙秉文等金朝晚年的學者，便試圖通過把兩派納入一個更廣泛的儒學定義來調和兩派之間的

78 許多前金進士，如王鶚和徒單公履，曾在 1260 和 1270 年代主張恢復科舉考試。然而，那些堅持程頤和朱熹教義的學者對這些建議持懷疑態度：他們認為復辟科舉會導致對文學導向研究的偏見，並成為他們熱切斷言的經典研究和道德修養的威脅。見《元朝名臣事略》，卷十三，頁 266–67；《元史》，卷五十一，頁 3842；Lam Yuan-chu 劉元珠 , "On Yuan Examination System: The Role of Northern Ch'eng-chu Pioneering Scholars," *Journal of Turkish Studies* 9（1985 年），頁 197–203。另外，見蕭啟慶：〈元代的儒戶：儒士地位演進史上的一章〉，收入其《元代史新探》（臺北：新文豐出版公司，1983 年），頁 1–58；安部健夫：〈元代知識人と科挙〉，《史林》1959 年第 6 期，頁 113–52 與 Rossabi, *Khubilai Khan*，頁 70–71 討論了重開科舉的辯論。

差異。儘管有趙秉文等人的嘗試，但學者對儒學的演繹在金朝滅亡之後又出現了不一致，並形成了兩個獨特的知識分子群體。[79] 由文學家組成的文化主義群體模仿蘇軾的文化追求風格，強調文學的美感。這個群體偏愛奢侈的生活方式，他們經常舉辦酒會，參與社交聚會和展現文學才華。相比之下，另一群所謂道德主義的學者堅持程頤的理學，強調通過教育和學習儒家經典來完善道德行為。[80]

日本歷史學家安部健夫（1903–1959）曾指出，兩個知識分子群體各自遵循自己的發展歷程而且互不干涉。然而呂遜的書信網絡揭示了兩個知識分子群體確實通過中介人很好地聯繫在一起。呂遜和文化主義群體中的王鶚、勾龍瀛、徒單公履、康曄、杜仁傑（1208–1290）、王磐、徐世隆等有關連。與此同時，他也收到了郝經（1223–1275）、[81]

79 Bol, "Seeking Common Ground"，頁 461–538；Hoyt Cleveland Tillman, "Confucianism under the Chin and the Impact of Sung Confucian Tao-hsüeh"，收入 *China under Jurchen Rule: Essays on Chin Intellectual and Cultural History*, eds. Hoyt Cleveland Tillman and Stephen H. West (Albany, NY: State University of New York Press, 1995)，頁 71–114；與 Ong Chang Woei, "Confucian Thoughts"，收入 *Modern Chinese Religion I*，頁 1404–06、1421–24。

80 安部：〈元代知識人與科舉〉，頁 113–52；孫克寬：《元代漢文化之活動》（臺北：臺灣中華書局，1968 年），頁 155–56。

81 關於郝經的知識取向如何融合到南宋理學道德家朱熹的最近研究，見 Christian Soffel and Hoyt Cleveland Tillman, *Cultural Authority and Political Culture in China: Exploring Issues with the* Zhongyong *and the* Daotong *during the Song, Jin and Yuan Dynasties* (Stuttgart: Franz Steiner Verlag, 2012)，頁 111–88。

竇默和姚樞等道德主義群體的來信。呂遜之所以能成為中間人角色，很可能是由於兩個知識分子群體並不是相互排斥的。事實上，道德修養也是文化主義群體中人的一個主要關注點，而道德主義群體中人也表達了他們對詩歌創作的興趣。王鶚和王磐兩人都是文化主義群體的領袖；然而前者教導學生以「窮理」為先，後者則不停地閱讀宋代道學家程頤和朱熹（1130–1200）等人的著作。[82] 相反，像許衡和郝經這些道德主義群體中人的文集中也收入了許多詩和賦。[83] 最重要的是，文化主義和道德主義群體均認為有必要建立文治秩序。這一共通點不僅使呂遜能夠彌合這兩個群體，而且還促進了漢族士人網絡的凝聚力，儘管網絡成員的知識取向不盡相同。除了將漢族士人的相互支持和集體行動歸因於他們在金元過渡期間曾一起經歷社會和政治動盪外，在爭奪蒙古霸主的恩寵期間，面對色目精英的挑戰也有助團結漢族士人。[84]

本文討論的書信網絡展示了士人如何通過書面通信相互聯繫，這有助於塑造網絡中不同族群的士人身份。在

82 《元朝名臣事略》，卷十二，頁 240、246。

83 見《許衡集》，卷十一，頁 252–77；郝經：《郝文忠公陵川文集》（太原：山西人民出版社，2006 年），頁 1–15.1–237。有關郝經文學的近期學術研究列表，見 Christian Soffel and Hoyt Cleveland Tillman, *Cultural Authority and Political Culture in China*，頁 24 ，注 26。

84 見蕭啟慶：《西域人與元初政治》，有對被歸為「雜類」下的精英對元代政治影響的一般性調查。

這裡，蕭啟慶提倡的「士人化」概念有助我們了解這一現象。「士人化」是指那些具有非漢族背景但採用漢族士人文化的人。與那些放棄自己的文化和民族身份，以及被漢人傳統同化的「漢化」人不同，「士人化」的非漢族人可以選擇性地保留對自己有利的文化、種族和政治身份。[85] 雖然書信網絡主要由漢族士人組成，但它並不是自我封閉的；相反，它對廣泛意義上與士人文化有關的人開放——無論其人的種族或宗教背景如何。蒙古族的闊闊和回紇族的廉希憲，或者像海雲和木庵這樣的佛教僧侶均被納入網絡之中。儘管上述四人均已「士人化」，但闊闊和廉希憲仍保留了獨特的民族和政治身份，而海雲和木庵則保留了他們的宗教身份。我認為這種共享的士人身份加強了網絡中人的內在凝聚力，從而提高了他們在1260年後的政治地位。

值得我們注意的是，《中州啟劄》所收的200通信中，沒有一封是寄予道士的，只有一通信是由一位佛教僧人寫給另一位佛教僧人的。宗教人士在金元之際是有影響力的社會精英，然而他們似乎被本文討論的漢族士人網絡

85 有關「士人化」與「中國化」差異的討論，見蕭啟慶：〈論元代蒙古色目人的漢化與士人化〉，收入《元代的族群文化與科舉》（臺北：聯經出版公司，2008年），頁55–84。對於「士人化」如何促進不同民族類型的士人互動，以及他們在元代形成各種社會關係，詳細研究見蕭啟慶：《九州四海風雅同：元代多族士人圈的形成與發展》（臺北：聯經出版公司，2012年）。

邊緣化了。[86] 這種明顯的邊緣化可能是源自史料的偏頗。雖然《中州啟劄》所收的 200 通信已大致囊括了華北地區漢族士人在 1230 到 1290 年代之間所寫的書信件，[87] 但它們只是眾多可以揭示人際關係的文體之一，故我們還應考慮其他諸如詩歌、序跋、墓誌銘等作品。[88] 此外，飯山知保的著作指出碑刻和拓片等材料有時候也會揭示相關人等的社交網絡。[89]

---

86 對於有影響力的宗教團體如全真教、漢傳佛教徒與藏傳佛教徒在蒙古治下的 13 世紀中國的研究，見鄭素春 ，《全眞教與大蒙古國帝室》（臺北：臺灣學生書局，1987 年）; Pierre Marsone, "Daoism under the Jurchen Jin Dynasty"，收入 *Modern Chinese Religion I*，頁 1126–29；Sechin Jagchid, "Chinese Buddhism and Taoism during the Mongolian Rule of China," *Mongolian Studies*, 6（1980 年）：頁 61–98；Jan Yun-hua, "Chinese Buddhism in Ta-tu"，頁 375–417；野上俊靜：《元史釋老傳研究》（元史釈老伝研究）（京都：野上俊靜博士頌壽記念刊行會，1978 年）; 胡其德：《蒙元帝國初期的政教關係》（臺北：花木蘭文化出版社，2009 年）。

87 基於對《中州啟劄》收錄的所有信件的粗略調查和兩個現代彙編，《全遼金文》（閻鳳梧主編，太原：山西古籍出版社，2002 年）與《全元文》，我們可以識別出共約 270 封由華北士人在十三世紀寫的書信。因此，《中州啟劄》佔所有現存信件的百分之七十五。

88 例如 Chen Wen-yi, "Networks, Communities, and Identities: On the Discursive Practices of Yuan Literati" (Ph.D. diss., Harvard University, 2007) 與 "Social Writings from the Song and Yuan: The Recipients of Prefaces by Jizhou and Mingzhou Writers" (paper presented at Prosopography of Middle Period China: Using the Database, Warwick University, Coventry, England, December 13–16, 2007).

89 見飯山知保：《金元時代的華北社會與科舉制度：另一個「士人層」》（金元時代の華北社会と科挙制度：もう一つの「士人層」）（東京：早稲田大學出版部，2011 年）。

最理想的情況是我們能夠參考上述所有可資引用的材料，以重建金元過渡期一個完整的精英網絡。事實上，書信網絡中的漢族士人與華北地區有影響力的道教派別之間有著密切聯繫，這從前者紀念全真教道士和道觀的作品中可以得到證實。在這些作品中，楊奐（1186–1255）、王鶚和徒單公履等士人形容他們與其道教友人均有著通過政治參與改變世界這一共同願景。[90] 元代儒學、道教和佛教的融合也在一定程度上促進了三教信眾之間的思想交流。[91] 我懷疑像劉秉忠這些精通三教教義的人，在聯繫漢族士人網絡與全真道教以外的其他著名宗教團體方面起到了重要作用。蒙古統治者與這個由政治和社會精英交織而成的網絡合作，我認為對於其在 13 世紀治理華北至關重要，而要驗證這一假設則需要對蒙古時期的精英網絡進行廣泛的研究。

90 有關於漢族士人在金元過渡時期如何描述全真教運動的研究，見 Florian C. Reiter, "A Chinese Patriot's Concern with Taoism: The Case of Wang O (1190–1273)," *Oriens Extremus*, 33.2（1990 年），頁 95–131；Ong Chang Woei, *Men of Letters within the Passes*，頁 103–5、108–9；Wang Jinping, "Between Family and State"，頁 72–88；Mark Halperin, "Accounts of Perfection in a Flawed World: 13th-Century Chinese Literati and Quanzhen Taoism" (paper presented in the panel "Being Imperial in the East, II: Frontiers, Groups, and Centres in East Asian Empire" at Leeds International Medieval Congress 2014, University of Leeds, England, July 10, 2014)。

91 Liu Ts'un-yan 柳存仁, "The Syncretism of the Three Teachings in Sung-Yuan China"，收入其 *New Excursions from the Hall of Harmonious Wind* (Leiden: E.J. Brill, 1984)，頁 54–95；Liu Ts'un-yan and Judith Berling, "The 'Three Teachings' in the Mongol-Yüan Period"，收入 *Yüan Thought*，頁 479–512。

五、餘論

本文以《中州啟劄》所收的200通書信為基礎，重構了金元過渡時期漢族士人的書信網絡，證明身處華北不同地區的士人如何通過書信保持聯繫。書信網絡的空間分布隨著士人的移動改變；而士人的移動可能與其任職不同崗位有關。儘管士人在金朝滅亡後失去了作為統治精英的尊貴身份，但他們通過在漢人世侯的幕府中擔任文職，以另一種方式實踐他們渴求出仕的願景。士人的堅持似乎得到了回報，書信網絡中有相當部分的士人在1260年忽必烈登基後被納入蒙古的官僚體系，並重新獲得統治精英的地位。

仔細考察漢族士人的書信網絡，發現他們在1260年後的政治升遷在某種程度上受益於一位名叫廉希憲的回紇人。作為忽必烈的長期家臣和儒家的擁護者，廉希憲的背景表明他是漢族士人與蒙古和色目統治精英之間的溝通橋樑。此外，竇默、劉秉忠、姚樞這三名中介人與書信網絡中的六名核心成員有關，故他們與未來大汗忽必烈的關係對漢族士人的命運起到重要作用，其中劉秉忠的角色至關重要。早於1240年代已為忽必烈效力的劉秉忠，在蒙古王子幕下的漢族士人中服務時間最長。他通過其社交網絡向蒙古王子推薦漢族士人。在忽必烈的庇蔭下，一些漢族士人後來被委派行政任務，部分原因是他們的建議符合蒙哥大汗的大戰略。忽必烈對漢族士人的專業表現留下了深刻的印象，這為他們在1260年後日益增長的政治力量奠定了基礎。

上述結論對元代歷史研究者而言可能並不陌生。然而這種網絡分析的嘗試與已有的學術研究成果不同：重建漢族士人關係糾結的網絡揭示了我們此前可能未有覺察到的模式或證據。網絡分析使我們發現了一些把華北不同地區與不同學術取向的士人聯繫起來的溝通橋樑，從而讓這些不同的士人個體形成了對漢族文化的認同。書信網絡的重構為 1260 年後漢族士人政治地位的上升提供了一個可能的解釋，儘管它不一定是唯一的答案。本論文也探討了幾個關鍵中介人如何徵求忽必烈贊助網絡內部的一些漢族士人，發現忽必烈登基後，與三位中介人關係密切的漢族士人在蒙古政府中擔任了重要職務。自此以後，他們變成了一個由本土政治精英組成的網絡。這些政治精英成功說服蒙古統治者遵循蒙哥大汗的一些重大戰略，繼續採取漢法進行治理，從而促進蒙古在北部地區的治理。除了研究精英網絡如何影響蒙古在 13 世紀的統治之外，也可窺見在中國內的這種網絡與伊兒和金帳等蒙古汗國內精英網絡之間的關係。對蒙古帝國內的精英網絡進行比較研究，能在多大程度上闡明蒙古霸主的統治原則？這超出了本文的範圍，有待進一步的研究。

參考書目

丁立中編：《八千卷樓書目》。北京：國家圖書館出版社，2009 年。

傅增湘著，傅熹年編：《藏園群書經眼錄》。北京：中華書局，2009 年。

晁瑮：《晁氏寶文堂書目》。上海：上海古籍出版社，2005 年。

國立中央圖書館編：《國立中央圖書館善本書目》，第二教正版。臺北：國立中央圖書館，1986 年。

郝經：《郝文忠公陵川文集》。太原：山西人民出版社，2006 年。

黃丕烈著，潘祖蔭輯，周少川點校：《士禮居藏書題跋記》。北京：書目文獻出版社，1989 年。

黃虞稷撰，瞿鳳起、潘景鄭整理：《千頃堂書目》，上海：上海古籍出版社，1990 年。

陸心源：《皕宋樓藏書志》，重印收入《續修四庫全書》。上海：上海古籍出版社，1995–2002 年。

———：《儀顧堂書目題跋彙編》，北京：中華書局，2009 年。

繆荃孫、吳昌綬、董康撰，吳格整理點校：《嘉業堂藏書誌》，上海：復旦大學出版社，1997 年。

錢大昕：《元史藝文志》，重印收入《續修四庫全書》，上海：上海古籍出版社，1995–2002 年。

閻鳳梧主編：《全遼金文》，太原：山西古籍出版社，2002 年。

楊鐮主編：《全元詩》，北京：中華書局，2013 年。

李修生主編：《全元文》，南京：江蘇古籍出版社，2004 年。

靜嘉堂文庫編：《靜嘉堂文庫漢籍分類目錄》，東京：靜嘉堂文庫，1930 年。

蘇天爵：《元朝名臣事略》，北京：中華書局，1996 年。

楊亮、鍾彥飛編：《王惲全集彙校》，北京：中華書局，2014 年。

劉應李編：《新編事文類聚翰墨全書》，重印收入《四庫全書存目叢書》，濟南：齊魯書社，1995 年。

淮建利、陳朝雲點校：《許衡集》，鄭州：中州古籍出版社，2009 年。

楊士奇：《文淵閣書目》，重印收入《景印文淵閣四庫全書》，臺北：臺灣商務印書館，1984 年。

查洪德編校：《姚燧集》，北京人民文學出版社，2011 年。

葉盛：《菉竹堂書目》，重印收入《四庫全書存目叢書》，濟南：齊魯書社，1996 年。

永瑢、紀昀等著：《四庫全書總目提要》石家莊：河北人民出版社，2000 年。

狄寶心編註：《元好問文編年校注》，北京：中華書局，2012 年。

宋濂主編：《元史》，北京：中華書局，1976 年。

張金吾著，馮惠民編：《愛日精廬藏書志》，北京：中華書局，2012 年。

鄭士范：《許魯齋先生年譜》，重印收入《北京圖書館藏珍本年譜叢刊》，北京：北京圖書館出版社，1999 年。

吳弘道編：《中州啟劄》，清手稿版本，重印收入《北京圖書館古籍珍本叢刊》，北京：書目文獻出版社，1988 年。

———：《愛日精廬》，手稿版本，重印收入《四庫全書存目叢書補編》，濟南：齊魯書社，2001 年。

朱睦㮮：《萬卷堂書目》，重印收入《續修四庫全書》，上海：上海古籍出版社，1995–2002 年。

安部健夫：〈元代知識人與科舉〉（元代知識人と科挙），《史林》1959 年第 42 卷第 6 號，頁 113–52。

Allsen, Thomas T. "The Yuan Dynasty and the Uighurs of Turfan in the 13th Century." In *China among Equals: the Middle Kingdom and Its Neighbors, 10th–14th Centuries*. Edited by Morris Rossabi, 243–80. Berkeley: University of California Press, 1983.

———. *Mongol Imperialism: The Policies of the Grand Qan Möngke in China, Russia, and the Islamic Lands, 1251–1259*. Berkeley: University of California Press, 1987.

Aubin, Françoise. "The Rebirth of Chinese Rule in Times of Trouble: North China in the Early Thirteenth Century," in *Foundations and Limits of State Power in China*. Edited by S.R. Schram, 113–46. London: School of Oriental and African Studies, University of London, 1987.

白綱，〈關於忽必烈附會漢法的歷史考察〉，《中國史研究》1981 年第 4 期，頁 93–107。

Biran, Michal. "The Mongol Transformation: From the Steppe to Eurasian Empire." *Medieval Encounters* 10, nos. 1–3 (2004): 339–61.

Bol, Peter K. "Seeking Common Ground: Han Literati Under Jurchen Rule." *Harvard Journal of Asiatic Studies* 47, no. 2 (1987): 461–538.

Brose, Michael C. *Subjects and Masters: Uyghurs in the Mongol Empire*. Bellingham, WA: Center for East Asian Studies, Western Washington University, 2007.

Chan Hok-lam 陳學霖 . "Liu Ping-chung 劉秉忠 (1216–74): A BuddhistTaoist Statesman at the Court of Khubilai Khan." *T'oung Pao* 53, nos. 1–3 (1967): 98–146。

陳得芝：〈耶律楚材、劉秉忠、李孟合論：蒙元時代制度轉變關頭的三位政治家〉，收入《元史論叢》9，北京：中國廣播電視出版社，2004 年，頁 1–22。

Chen Wen-yi 陳雯怡 . "Networks, Communities, and Identities: On the Discursive Practices of Yuan Literati." Ph.D.diss. Harvard University, 2007.

———. "Social Writings from the Song and Yuan: The Recipients of Prefaces by Jizhou and Mingzhou Writers." Paper presented at Prosopography of Middle Period China: Using the Database, Warwick University, Coventry, England, December 13–16, 2007.

Chen Yuan 陳垣 . *Western and Central Asians in China under the Mongols: Their Transformation into Chinese* (*Yuan Xiyu ren Huahua kao* 元西域人華化考). Translated and annotated by Ch 'ien Hsing-hai 錢星海 and L. Carrington Goodrich. Los Angeles: Monumenta Serica at the University of California, 1966.

鄭素春：《全眞教與大蒙古國帝室》。臺北：臺灣學生書局，1987 年。

De Rachewiltz, Igor. "Personnel and Personalities in North China in the Early Mongol Period." *Journal of the Economic and Social History of the Orient* 9, no. 1 (1966): 88–144.

———. "Turks in China under the Mongols: A Preliminary Investigation of Turco-Mongol Relations in the 13th and 14th Centuries." In *China among Equals: the Middle Kingdom and Its Neighbors, 10th–14th Centuries*. Edited by Morris Rossabi, 281–310. Berkeley: University of California Press, 1983.

Egan, Ronald C. "Su Shih's 'Notes' as a Historical and Literary Source." *Harvard Journal of Asiatic Studies* 50, no. 2 (1990): 561–88.

———. "Su Shi's Informal Letters in Literature and Life." In *A History of Chinese Letters and Epistolary Culture*. Edited by Antje Richter, 475–507. Leiden: Brill, 2015. Endicott-West, Elizabeth. Mongolian Rule in China: Local Administration in the Yuan Dynasty. Cambridge, MA: Council on East Asian Studies, Harvard University, 1989.

Farquhar, David M. *The Government of China under Mongolian Rule: A Reference Guide*. Stuttgart: Franz Steiner Verlag Stuttgart, 1990.

Franke, Herbert. "Tibetans in Yuan China." In *China under Mongol Rule*. Edited by John D. Langlois, 296–328. Princeton: Princeton University Press, 1981.

———. "From Tribal Chieftain to Universal Emperor and God: The Legitimation of the Yuan Dynasty." In *Herbert Franke, China under Mongol Rule*, 4–85. Brookfield, VT: Variorum, 1994.

葛仁考：《元朝重臣劉秉忠研究》。北京：人民出版社，2014 年。

Halperin, Mark. "Accounts of Perfection in a Flawed World: 13th-Century Chinese Literati and Quanzhen Taoism." Paper presented in the panel" Being Imperial in the East, II: Frontiers, Groups, and Centres in East Asian Empire" at Leeds International Medieval Congress 2014, University of Leeds, England, July 10, 2014.

———. "Buddhists and Southern Chinese Literati in the Mongol Era." In *Modern Chinese Religion I: Song-Liao-Jin-Yuan (960–1368 AD)*. Edited by John Lagerwey and Pierre Marsone, 1433–92. Leiden: Brill, 2014.

韓儒林：《穹廬集：元史及西北民族史研究》。上海：上海人民出版社，1982 年。

蕭啟慶：《西域人與元初政治》。臺北：臺大文學院，1966 年。

———：〈元代的儒戶：儒士地位演進史上的一章〉。收入《元代史新探》，頁 1–58。臺北：新文豐出版公司，1983 年。

———：〈忽必烈「潛邸舊侶」考〉。收入蕭啟慶：元代史新探，頁 263–302。臺北：新文豐出版公司，1983 年。

———：〈元代幾個漢軍世家的仕宦與婚姻 — 元代統治菁英研究之二〉。收入中央研究院歷史語言研究所出版品編輯委員會編：《中國近世社會文化史論文集》，頁 213–77。臺北：中央研究院歷史語言研究所，1992 年。重印收入蕭啟慶：《蒙元史新研》，頁 265–348。臺北：允晨文化，1994 年。

———. "Lien Hsi-hsien." In *In the Service of the Khan: Eminent Personalities of the Early Mongol-Yuan Period (1200–1300)*. Edited by Igor de Rachewiltz et al., 480–99. Wiesbaden: Harrassowitz, 1993.

———：〈元代蒙古人的漢學〉。收入蕭啟慶：《元代史新探》，頁 95–216。臺北：允晨文化，1994 年。

———：〈論元代蒙古色目人的漢化與士人化〉。《元代的族群文化與科舉》，頁 55–84。臺北：聯經出版公司，2008 年。

———：《九州四海風雅同：元代多族士人圈的形成與發展》。臺北：聯經出版公司，2012 年。

胡其德：《蒙元帝國初期的政教關係》。臺北：花木蘭文化出版社，2009 年。

黃寬重：〈割據勢力、經濟利益與政治抉擇 — 宋、金、蒙政局變動下的李全、李璮父子〉。收入國立臺灣大學歷史學系編：《世變、群體與個人：第一屆全國歷史學學術討論會論文集》，頁 87–106。臺北：國立臺灣大學歷史學系，1996 年。另有一個修訂版收錄在黃寬重：《南宋地方武力：地方軍與民間自衛武力的探討》，頁 275–306。臺北：東大圖書，2002 年。

黃裳：《翠墨集》。北京：三聯書店，1985 年。

———：《來燕榭書跋》。上海：上海古籍出版社，1999 年。

———：《劫餘古豔 — 來燕榭書跋手跡輯存》。鄭州：大象出版社，2008 年。

飯山知保：《金元時代的華北社會與科舉制度：另一個「士人層」》（金元時代の華北社会と科挙制度：もう一つの「士人層」）。東京：早稻田大學出版部，2011 年。

池內功：〈蒙古的金國經略與漢人世侯的成立〉（モゴルの金国経略と漢人世侯の成立）。第 1–4 部分收入岡本三夫編：四國學院大學創立 30 周年記念論文集（四国学院大学創立 30 周年記念論文集），頁 51–96。善通寺市：四國學院大學文化學會（四国学院大学文化学会），1980 年；《四國學院大學論集》（四国学院大学論集）第 46 期（1980 年），頁 42–61；第 48 期（1981 年），頁 1–39；及第 49 期（1981 年），頁 11–29。

井之崎隆興（井ノ崎隆興）：〈蒙古朝治下的漢人世侯 — 河朔地區與山東地區的兩種型態〉（蒙古朝治下における漢人世侯 — 河朔地区と山東地区の二つの型）。《史林》1954 年第 37 卷第 6 號，頁 27–48。

Igor de Rachewiltz et al. *In the Service of the Khan: Eminent Personalities of the Early Mongol-Yuan Period (1200–1300)*. Wiesbaden: Harrassowitz, 1993.

Jagchid, Sechin. “Chinese Buddhism and Taoism during the Mongolian Rule of China.” *Mongolian Studies* 6 (1980): 61–98.

Jan Yun-hua 冉雲華 . "Chinese Buddhism in Ta-tu: The New Situation and New Problems." In *Yuan Thought: Chinese Thought and Religion under the Mongols*. Edited by Chan Hok-lam and Wm. Theodore de Bary, 375–417. New York: Columbia University Press, 1982.

———. "Hai-yun." In *In the Service of the Khan: Eminent Personalities of the Early Mongol-Yuan Period (1200–1300)*. Edited by Igor de Rachewiltz et al., 224–42. Wiesbaden: Harrassowitz, 1993.

Lam Yuan-chu 劉元珠 . "On Yuan Examination System: The Role of Northern Ch 'eng-chu Pioneering Scholars." *Journal of Turkish Studies* 9 (1985): 197–203.

李符桐：〈畏兀兒人對於元朝建國之貢獻〉，收入《李符桐論著全集》3，頁 271–338。臺北：臺灣學生書局，1992 年。

柳存仁（Liu Ts'un-yan）：〈宋 — 元中國三教的融合〉（The Syncretism of the Three Teachings in Sung- Yuan China）。收入柳存仁：《和風堂新文集》（New Excursions from the Hall of Harmonious Wind），頁 3–95。萊頓：E. J. 布里爾，1984 年。

———. "The Syncretism of the Three Teachings in Sung Yuan China." In Liu Ts'un-yan. *New Excursions from the Hall of Harmonious Wind*, 3–95. Leiden: E.J. Brill, 1984.

——— and Judith Berling. "The 'Three Teachings' in the Mongol-Yuan Period." In *Yuan Thought: Chinese Thought and*

Religion under the Mongols. Edited by Chan Hok-lam and Wm. Theodore de Bary, 479–512. New York: Columbia University Press, 1982.

Makino, Shuji 牧野修二. "Transformation of the shih-jen 士人 in the late Chin 金 and early Yuan 元." *Acta Asiatica* 45 (1983): 1–26.

Marsone, Pierre. "Daoism under the Jurchen Jin Dynasty." In *Modern Chinese Religion I: Song-Liao-Jin-Yuan (960–1368 AD)*. Edited by John Lagerwey and Pierre Marsone, 1111–59. Leiden: Brill, 2014.

Morgan, David. *The Mongols*. Oxford: Blackwell, 1986.

野上俊靜：《元史釋老傳研究》（元史釈老伝研究）。京都：野上俊靜博士頌壽記念刊行會，1978 年。

Nomads as Agents of Cultural Change: The Mongols and Their Eurasian Predecessors. Edited by Reuven Amitai and Michal Biran. Honolulu: University of Hawai'i Press, 2015.

Ong Chang Woei 王昌偉. *Men of Letters within the Passes: Guanzhong Literati in Chinese History, 907–1911*. Cambridge, MA: Harvard University Asia Center, 2008.

———. "Confucian Thoughts." In *Modern Chinese Religion I: Song-Liao-Jin-Yuan (960–1368 AD)*. Edited by John Lagerwey and Pierre Marsone, 1378–1432. Leiden: Brill, 2014.

愛宕松男：〈李璮的叛亂與其政治意義：蒙古朝治下於漢地的封建制及其州縣制的展開〉（李璮の叛亂と其の政治的意義：蒙古朝治下に於ける漢地の封建制と

その州縣制への展開）。《東洋史研究》1941 年第 6 卷第 4 號，頁 253–78。重印收入《愛宕松男東洋史學論集》，第四冊，《元朝史》，頁 175–98。東京：三一書房，1988 年。

Reiter, Florian C. "A Chinese Patriot's Concern with Taoism: The Case of Wang O (1190–1273)." *Oriens Extremus* 33, no. 2 (1990): 95–131.

Rossabi, Morris."The Muslims in the Early Yuan Dynasty." In *China under Mongol Rule*. Edited by John D. Langlois, 257–95. Princeton: Princeton University Press, 1981.

———. *Khubilai Khan: His Life and Times*. Berkeley, CA: University of California Press, 1987.

———. "The Reign of Khubilai Khan." In *The Cambridge History of China, 6. 414–89*. Edited by Herbert Franke and Denis Twitchett. Cambridge: Cambridge University Press, 1994.

Saunders, John Joseph. "The Nomad as Empire-Builder: A Comparison of the Arab and Mongol Conquests." In *Muslims and Mongols*, 36–66. Edited by G. W. Rice. Christchurch: University of Canterbury, 1977.

Soffel, Christian and Tillman, Hoyt Cleveland. *Cultural Authority and Political Culture in China: Exploring Issues with the Zhongyong and the Daotong during the Song, Jin and Yuan Dynasties*. Stuttgart: Franz Steiner Verlag, 2012, 111–88.

杉山正明著，周俊宇譯：《忽必烈的挑戰：蒙古帝國與世界歷史的大轉向》（クビライの挑戦：モンゴルによる世界史の大転回）。北京：社會科學文獻出版社，2013。

孫克寬：《蒙古漢軍及漢文化研究》。臺北：文星書店，1958 年。

———：〈元初李璮事變的分析〉。收入孫克寬：《蒙古漢軍及漢文化研究》，頁 44–65。臺北：文星書店，1958 年。

———：《元代漢文化之活動》。臺北：臺灣中華書局，1968。

孫楷第：《元曲家考略》。上海：上海古籍出版社，1981。

Tillman, Hoyt Cleveland. "Confucianism under the Chin and the Impact of Sung Confucian Tao-hsüeh." In *China under Jurchen Rule: Essays on Chin Intellectual and Cultural History*. Edited by Hoyt Cleveland Tillman and Stephen H. West, 71–114. Albany, NY: State University of New York Press, 1995.

Tsui Lik Hang 徐力恆. "How Do You Respond to a Request for an Epitaph? A Case Study in Epistolary Communication between Literati Officials." Paper presented at the Conference on Studies of China's Politics, Culture and Society during 10th–13th centuries China-cum-the 3rd Annual General Meeting of the Song Studies Group for the Lingnan Region"

十至十三世紀中國的政治、文化與社會學術研討會暨嶺南宋史研究會第三屆年會。香港：嶺南大學，2012 年 12 月 9 日。

———. "Bureaucratic Influences on Letters in Middle Period China: Observations from Manuscript Letters and Literati Discourse." In *A History of Chinese Letters and Epistolary Culture*. Edited by Antje Richter, 363–97. Leiden: Brill, 2015.

Wang Jinping 王錦萍 . "Between Family and State: Networks of Literati, Clergy, and Villagers in Shanxi, North China, 1200–1400." Ph.D.diss. Yale University, 2011.

———. "A Social History of the Treasured Canon of the Mysterious Capital in North China under Mongol-Yuan Rule." *East Asian Publishing and Society* 4, no. 1 (2014): 1–35.

王梅堂：〈元代內遷畏吾兒族世家—廉氏家族考述〉。收入《元史論叢》7，頁 123–36。南昌：江西教育出版社，1999 年。

王明蓀：《元代的士人與政治》。臺北：臺灣學生書局，1992 年。

王慶生：《金代文學家年譜》。南京：鳳凰出版社，2005 年。

溫海清：《畫境中州：金元之際華北行政建置考》。上海：上海古籍出版社，2012 年。

姚景安：〈忽必烈與儒臣和儒學〉。《中國史研究》1990 年第 1 期，頁 31–39。

王德毅、李榮村、潘柏澄編：《元人傳記資料索引》。北京：中華書局，1987 年。

雒竹筠，李新乾編：《元史藝文志輯本》。北京：北京燕山出版社，1999 年。

趙華富：《論忽必烈「行漢法」的原因》。《史學月刊》1985 年第 4 期，頁 22–28。

趙琦：《金元之際的儒士與漢文化》。北京：人民出版社，2004 年。

中國古籍善本書目編輯委員會編：《中國古籍善本書目：集部》。上海：上海古籍出版社，1991 年。

饒宗頤國學院院刊　增刊
2023 年 6 月
頁 425–465

我們有多愛自己的父母——對由愛至孝的再思考

蔡亮
法國聖母諾特丹大學

在西方哲學研究中，子女是否對父母有盡孝道的責任，一直是一個有爭議的問題。儒家傳統一般認為孝是最基本的倫理道德，而孝道作為最重要的社會價值，一直主導著二十世紀以前的傳統東亞社會。很多學者由此認為，子女對父母的愛是儒家所推崇最基本、最強烈的人類感情。本文的宗旨並不在於討論孝道應否成為一種倫理道德，而是旨在運用生命進程的研究框架，深入細讀《論語》、《孟子》中關於子女對父母的愛之討論。雖然孩提之童對父母有著強烈的情感依附，但相比之下，成年人對父母的愛卻有著間斷性和不持續性的特點。成年人對父母的感情不足以促成孝道的行動，針對這個觀察，孔子和孟子強調孩提之童對父母的愛，用孩提之童對父母強烈的情感依附來合法化孝道，並希望以此為孝行提供足夠的行為動機。本文論述道，子女對父母之愛並不能自然而然地轉化為一種倫理道德的孝道，而儒家提倡以孝行為中心的各種禮儀，則旨在以行動培養和加強對父母的愛。

關鍵詞：孝　孔子　論語　孟子　血緣之愛

前言

父母與子女的關係一直是重要的學術課題，哲學、社會學、心理學和醫學都對此有所研究。在西方討論往往集中於父母如何照顧培育孩子。至於子女，尤其是成年子女如何處理與父母的關係及照料年老父母，在西方雖然也是普遍的社會問題，但很少引起學術上的關注。Christian Sommers 寫道：「今天，不少倫理學家認為孝道是一個虛幻的價值或責任，或者認為孝道作為一種價值或責任只具有從屬衍生的地位。」[1] Sommers 的話總結了西方學術界的一個普遍看法，即無論是成年還是未成年，子女對父母是否有盡孝道的義務，仍然是一個有爭議的問題。[2] 與此形成鮮明對比的是，儒家傳統將孝道作為最根本的倫理道德。在二十世紀初，孝道作為社會基本道德價值遭受攻擊，一眾學者抨擊孝道壓制了個性和個體的創造力，更阻礙了中國走向現代化的進

1 Christina Hoff Sommers, "Filial Morality," *The Journal of Philosophy* 83, no. 8 (1986): 439. See also Philip J. Ivanhoe, "Filial Piety as a Virtue," in *Working Virtue: Virtue Ethics and Contemporary Moral Problems*, ed. Rebecca L. Walker and Philip J. Ivanhoe (Oxford: Clarendon Press, 2007), 297–312.

2 Amy Mullin 在她的文章裡梳理了這個爭論。見 "Filial Responsibilities of Dependent Children," *Hypatia* 25, no. 1 (2010): 157–73。另見 Nancy S. Jecker, "Are Filial Duties Unfounded?" *American Philosophical Quarterly* 26, no. 1 (1989): 73–80。有關西方傳統孝道觀念，見 Jeffrey Blustein, *Parents and Children: The Ethics of the Family* (New York: Oxford University Press, 1982)。

程。[3] 但是，隨著近二十年中國經濟騰飛，儒家思想開始復興，儒家的孝道概念尤為如是。[4] 孝順成為了政府倡導的社會價值（圖一：中國夢和社會主義核心價值觀）。

早在政府提倡孝道之前，學者們對孝已經進行了激烈的討論。爭論的一個焦點是，孝是否為儒學的根基，孝這個價值觀是否會引發親親相護，成為腐敗的根源。[5] 無論學者對這個問題的答案是甚麼，大家都比較一致地認為孝是一種指導子女與父母關係的倫理，而且認為在儒家的學說中愛父母是人最根本和最強烈的感情。

3 五四知識分子寫了大量文章批評孝道，比如吳虞：〈家族制度為專制主義之根據論〉，趙清、鄭城編：《吳虞集》（四川人民出版社，1985年），頁 61–66。吳虞：〈說孝〉，《吳虞集》，頁 172–177。陳獨秀：〈東西民族根本思想之差異〉，《獨秀文存》第一卷《論文》（香港遠東圖書公司，1965 年），頁 35–40。魯迅：〈二十四孝圖：家庭與中國之根本〉，《南腔北調集》（香港三聯書店，1958 年），頁 168–169。

4 對與當代儒家思想在中國的復興，參見 Sébastien Billioud and Joël Thoraval, *The Sage and the People: The Confucian Revival in China* (New York: Oxford University Press, 2015)；Jeremy Page, "Why China is Turning Back to Confucius," *The Wall Street Journal*, September 20, 2015, Eastern edition, access date 01/18/2022, https://www.wsj.com/articles/why-china-is-turning-back-to-confucius-1442754000；Yu Hua, "When Filial Piety is the Law," *New York Times,* July 7, 2013, A21, access date 01/18/022, https://www.nytimes.com/2013/07/08/opinion/yu-when-filial-piety-is-the-law.html; "Ideology in China: Confucius Makes a Comeback," *The Economist*, May 19, 2007, 64, 01/28/2022, https://www.economist.com/asia/2007/05/17/confucius-makes-a-comeback。

5 *Dao: A Journal of Comparative Philosophy* 有兩期專刊討論孝道是否會導致道德腐敗。見 *Dao: A Journal of Comparative Philosophy*, vol. 7, nos.1–2 (March–June 2008)。

圖 1 社會主義核心價值觀公益廣告「孝當先．中國夢」(中國共產黨中央委員會宣傳部宣傳教育局，2017 年

2017 年中國共產黨中央委員會宣傳部宣傳教育局（中宣部宣教局）的社會主義核心價值觀公益廣告。右邊的標語是「孝當先．中國夢」。在宣傳圖片中，一個中年男子正在幫他年邁的父親洗腳，而他大概四五歲的兒子，想替爸爸擦汗。一方面，中國社會比較普遍的說法是，你如何對待你的父母，你的子女也會如何對待你。另一方面，儒家經典《孟子》和《論語》提到，成年人需要保持一份赤子之心，要像幼童一樣對父母有深深的依戀。

本文並不準備探討子女是否對父母有盡孝的義務，也不打算談論孝道是否應該被當成一種美德。[6] 作者打算以生

6 針對西方傳統對孝道的忽略，艾文賀（Philip J. Ivanhoe）有一篇文章專門論述作為一種美德價值的孝道，參見 Ivanhoe, "Filial Piety as a Virtue."。又見 Chenyang Li, "Shifting Perspectives: Filial Morality Revisited," *Philosophy East and West* 47, no. 2 (1997): 211–32；Zhang

命進程為框架對《論語》、《孟子》中對於父母感情的討論進行細讀。早期儒家認為年幼的子女對父母有強烈的依戀的感情，但是隨著年齡的增長，成年子女對父母的感情雖然仍然是自發且自然的，但是這種感情具有間斷和不連貫的特點。這些觀察與現代心理學遙遙呼應。子女對父母的愛隨年齡變化，因此僅靠這種有時間性（temporal）且持續變化的愛，並不足以履行孝道。實際上，孔子和孟子經常談到，在與父母的互動中，子女往往缺乏真正的感情。他們用孩提之童對父母的依戀來合理化並激勵孝順行為。為了保持赤子之心，成年子女需要不斷的用特定的環境喚起自己對父母的感情並遵循各種禮儀孝順父母，從而加強這種感情。以生命進程的框架考察子女對父母的愛，有助於我們理解一些關於孝行的傳統故事，這些故事都強調成年子女對父母有一種像小時候那樣強烈依戀的感情。

另外，一些學者直接將孝道等同於親情。對父母感情變化的認識，以及研究這種變化的感情與儒家的孝道的關係，也可以讓我們對將孝道簡單化，直接將其理解為親情這種觀念有所反思和改寫。一方面，我們可以看到儒家強調我們對父母盡孝的時候需要真實的感情，正如儒家強調進行禮儀活動中需要真實感情。林放問禮之本，「子曰：大哉問！禮，與其奢也，寧儉；喪，與其易也，寧戚。」另外一方面，僅僅依賴與不斷變化的對父母的感情很難直接引導出孝道的行為，孝道需要不斷的用禮儀來培養和

Xianglong, "A Temporal Analysis of the Consciousness of Filial Piety," trans. Huang Deyuan, *Frontiers of Philosophy in China* 2, no. 3 (2007): 309–35。

磨礪。[7]

從這個角度來分析孝道也可以讓我們對《孟子》中對於道德根基的爭論提出新的理解。《孟子》究竟認為「孝」還是「四端」是道德的根基呢？對這個問題，學者各持所見。不過我們可以看到對父母的愛與「不忍人之心」有著相同的特點：都是道德的萌芽，經過適當的刺激和持續的培育都可以發展為道德。對父母的愛可以發展為孝道，而「不忍人之心」可以發展為仁義，但是無論是孝道還是仁義都需要個體不斷的在合適的環境中磨礪自己的行為，激勵道德萌芽的生長壯大。

一、研究綜述

約 20 年前，巫鴻先生在研究武梁祠武石像的時候，描述 70 多歲的老萊子在 90 多歲的父母面前表現得仍然像

7 對於品德倫理學以及如何在禮儀和行動中逐漸養成品德，參見 Edward Slingerland, "Virtue Ethics, the *Analects*, and the Problem of Commensurability," The Journal of Religious Ethics 29, no. 1 (2001): 97–125；Michael Puett, "Ritualization as Domestication: Ritual Theory from Classical China," in *Ritual Dynamics and the Science of Ritual, vol. 1, Grammars and Morphologies of Ritual Practices in Asia*, ed. Axel Michaels et al. (Wiesbaden: Harrassowitz Verlag, 2010), 365–76。又見 Rosalind Hursthouse and Glen Pettigrove, "Virtue Ethics," in *The Stanford Encyclopedia of Philosophy*, Winter 2016 Archive edition (Metaphysics Research Lab, Stanford University, 2016), article published Jul 18, 2003, revised Dec 8, 2016, https://plato.stanford.edu/archives/win2016/entries/ethics-virtue。

小孩子一樣。巫鴻對此的解釋是，理想狀況下，我們不希望父母變老；如果父母不變老，那麼作為他們的子女也必須一直在幼年中。[8] 南愷時先生（Keith Knapp）在研究六朝時期孝道故事時也探討了此例，他指出老萊子的行動體現了孟子闡發的赤子之心，孟子認為對父母應該一直保持者孩童那種的愛。[9] 南愷時先生的觀點與下見隆雄先生的研究相呼應，後者認為孝道故事中有一個很明顯的主題：即孝順的子女在面對父母時，應該在心中始終把自己當成小孩子。[10]

當代讀者大概會覺得隔閡或是怪異。比如老萊子在大廳侍奉父母飲食的時候穿著五彩衣服；70 多歲的老萊子像小孩子一樣玩玩具，在地上爬，騎木馬；當他不小心滑倒摔跤時，老萊子像嬰兒那樣哭泣。與此相對應得是伯瑜的故事：70 多歲的伯瑜犯錯誤的時候，讓他的母親揍打他作為對自己的懲罰。[11]

8 Wu Hung, "Private Love and Public Duty: Images of Children in Early Chinese Art," in *Chinese Views of Childhood*, ed. Anne Behnke Kinney (Honolulu, Hawai'i: University of Hawai'i Press, 1995), 79–110.

9 Keith Nathaniel Knapp, *Selfless Offspring: Filial Children and Social Order in Medieval China* (Honolulu, Hawai'i: University of Hawai'i Press, 2005), 147–51.

10 下見隆雄：《孝と母性のメカニズム —— 中国女性史の視座》（東京：研文出版，1997 年），頁 38–39。

11 沈約：《宋書》（北京：中華書局，1974 年），頁 627。關於伯瑜故事的詳細討論，見 Wu Hong, *The Wu Liang Shrine : the Ideology of Early Chinese Pictorial Art* (Stanford University Press, 1989), 286–87。

哲學家認為孝是儒家的核心價值，有些學者甚至認為孝是儒家道德學說的根基。在《論語》中，孔子的弟子有子說：「孝弟也者，其為仁之本。」（《論語・學而》）[12]《孟子》記載：「仁之實，事親是也。」（《孟子・離婁上》）[13] 對孝的研究非常豐富，但是對於儒家要求在盡孝道的時候保持孩童之心或赤子之心的這個現象的探討卻比較缺乏。[14]

本文試從這個角度，拋磚引玉，以細讀方式研究《論語》和《孟子》如何討論對父母的愛和其與孝道之間的互

12 《論語》。CHANT (CHinese ANcient Texts), http://www.chant.org.proxy.library.nd.edu/PreHan/Search.aspx, accessed August 3, 2020。

13 《孟子》。CHANT (CHinese ANcient Texts), http://www.chant.org.proxy.library.nd.edu/PreHan/Search.aspx, accessed August 3, 2020。

14 有些學者直接將孝道等同於對父母的親情，很多研究中孩童對父母的愛與成年人對父母的愛也很少被區別論述。比如劉清平論述道：「孔子和孟子通常將孝道，或者用更普遍的說法，血緣的親情作為人生的基礎和更高的原則」（Confucius and Mencius always take filial piety, or, more generally speaking, consanguineous affection, as not only the foundation but also the supreme principle of human life）。見 Qingping Liu, "Filiality versus Sociality and Individuality: On Confucianism as 'Consanguinitism,'" *Philosophy East and West* 53, no. 2 (2003): 234，另見 Philip J. Ivanhoe, *Ethics in the Confucian Tradition: The Thought of Mengzi and Wang Yangming*. 2nd ed. (Indianapolis, Ind.: Hackett Publishing Company, 2002), 3。

動。[15] 早期儒家思想強調成年人對父母的愛與孩童時期對父母的愛有顯著的區別。儒家認為孩童時期對父母的愛是一種最根本的自然感情，而成年人對父母的愛，雖然也是自然的，但是其表現是間斷性的，往往需要特殊環境的刺激。如果簡單地將孝道等同於子女對父母的愛，那麼我們將會忽略儒家對父母子女關係的複雜闡述。正是意識到成年子女對父母的感情不足以引發持久的孝行，孔子和孟子才不斷強調返回孩童之心。孔子、孟子的理念跟現代心理學相互呼應。結合現代心理學對孩童依戀父母的研究，我們可以對一些讓人迷惑的孝道故事進行比較合理的解釋。對父母的愛隨著年齡的增長和對這個世界的探索會逐漸消退隱藏，但是儒家的理想是讓成年女子對父母也有著深厚和無條件的愛，而儒家以

15 一些學者認為對父母的愛可以直接自然的引導出孝道的行為。這種觀點跟一些西方倫理哲學家的觀點互相呼應。後者認為，父母和子女之間的理想的道德關係（moral ideal of the parent-child relationship）應該是以愛和相互的尊敬為特點。Christina Sommers 批評了這種觀點，認為「將家庭關係理解為自然而然，主動的，沒有責任約束的觀點是完全不現實的（moral perspective on family relationships as spontaneous, voluntary, and duty-free is simply unrealistic）」。見 Sommers, "Filial Morality," 448–51。遺憾的是，在 Sommers 討論對父母的倫理孝道的時候，她論述了多種觀點，但忽略了儒家的孝道觀點。在最近關於對於父母倫理義務的論文中，Simon Keller 和 Anders Schinkel 也完全忽略了儒家的孝道。見 Keller, "Four Theories of Filial Duty," *The Philosophical Quarterly* 56, no. 223 (2006): 254–74; Schinkel, "Filial Obligations: A Contextual, Pluralist Model," *The Journal of Ethics* 16, no. 4 (2012): 395–420。對西方孝道觀點的批評，參見 Chenyang Li, "Shifting Perspectives: Filial Morality Revisited"。

孝行為目標設計的各種禮儀來規定各種行為則是喚醒加強子女對父母感情的一種有效手段。[16]

二、不斷變化的對父母的愛

《孟子》中，孩提之童對父母的愛，因為自然而然，而被當成良知良能的表現。

> 人之所不學而能者，其良能也；所不慮而知者，其良知也。孩提之童，無不知愛其親者；及其長也，無不知敬其兄也。親親，仁也；敬長，義也。無他，達之天下也。(《孟子．告子下》)

這一段討論經常被學者所引用，人天生具有的良知良能成

16 瑞麗（Lisa Raphals）從性別角度研究了孝道。她論述道，雖然傳統的看法認為孝道基於自然的愛，對女性孝道的要求很大程度上是一種文化建構，因為女性需要對她們丈夫的父母履行孝道，而對於丈夫的父母並沒有自然的愛。見 Raphals, "Reflections on Filiality Nature and Nurture," in *Filial Piety in Chinese Thought and History*, ed. Alan K.L. Chan and Sor-hoon Tan (London: RoutledgeCurzon, 2004), 215–25。另參 Hsiung, Ping-chen. "Constructed Emotions: The Bond between Mothers and Sons in Late Imperial China," *Late Imperial China*, vol. 15 no. 1, 1994, p. 87–117; "Sons and Mothers: Demographic Realities and the Chinese Culture of Hsiao." In *Women in the New Taiwan: Gender Roles and Gender Consciousness in a Changing Society,* edited by Farris, Catherine S., Lee, Anru, and Rubinstein, Murray A. (Armonk, N.Y.: M.E. Sharpe, 2004), 14–40。

為人性為善的依據。值得注意的是，孟子提到的良知良能的例子，不是指成年人對父母的愛，而是指孩提之童對父母的愛。孩提之童因為他們的生存和心理健康都依賴與照顧他們的人，大多數情況下，照顧他們的人就是他們的父母，所以孩提之童對其父母有著強烈的依附感情。這種觀察描述跟現代心理學的研究和為人父母的經驗相呼應。John Bowlby 在他著名的依附理論（attachment theory）中提到年幼的子女能很自然地把自己和母親維繫在一起，這是一種本能的反應。當他們還是嬰幼兒的時候，他們會用被動的方式來獲得母親的關注，比如微笑、哭鬧、煩躁不安。而當他們逐漸長大，他們會採取更主動的方式來加強對母親的依附，如跟隨、擁抱、撫摸。[17] 對一個正常發育的幼童來說，他們都會對照顧自己的人產生精神上和身體上的情感依附關係。就是那些被照顧人忽略虐待的年幼孩子，他們對照顧自己的人也會產生相對來說強烈的感情依附。[18] 因為年幼的孩子對父母有著身體上和感情上的依附

17 John Bowlby, "Beginnings of Attachment Behaviour," in idem, *Attachment and Loss*, vol. 1, *Attachment* (London: Hogarth Press, 1969), 265–98.

18 Diane Benoit, "Infant-Parent Attachment: Definition, Types, Antecedents, Measurement and Outcome," *Paediatrics and Child Health* 9, no. 8 (2004): 541–45; Corinne Rees, "Childhood Attachment," *British Journal of General Practice* 57, no. 544 (2007): 920–22; Grazyna Kochanska, "Emotional Development in Children with Different Attachment Histories: The First Three Years," *Child Development* 72, no. 2 (2001): 474–90。當代的研究注重於討論兒童對父母健康的情感依附有助於兒童的生理和心理的發展。儒家對子女與父母關係的關注點於此區別，其著重論述兒童對父母的愛可以塑造子女對父母（理想的）情感和行為。

關係，這讓他們願意迎合父母的意志，聽從他們的指令，自願地模仿他們的行為和接受他們的價值觀念。剝奪父母的愛對年幼的孩子來說會有根本性的創傷，就是短暫跟父母的分離也會引起比較嚴重的焦慮。[19]

但是這種對父母強烈的依附情感會隨著幼兒逐漸長大而慢慢消退。青少年和成年人變得獨立，並忙於自己各種追求。從子女情感需求的角度來說，父母的愛逐漸變得不再重要。成年人會專注於尋找友誼，追求浪漫關係，以及得到社會認同。進一步來說，成年子女需要追求自主性。作為獨立的個體，他們會對自己的行為負責，並根據自己的判斷做出各種決定。要成年子女服從與父母的意志要求，即使這是一種社會文化的期待，也變得甚為困難。

孟子清楚認識到子女對父母依附情感的變化，他指出在人生的不同階段，人有著不同的追求，對父母的愛和感情也因此有所變化。

> 人少，則慕父母；知好色，則慕少艾；有妻子，則慕妻子；仕則慕君，不得於君則熱中。（《孟子．萬章上》）

19 參見 Jerrold R. Brandell and Shoshana Ringel, “Bowlby’s Theory of Attachment,” in *Attachment and Dynamic Practice: An Integrative Guide for Social Workers and Other Clinicians* (New York: Columbia University Press, 2007), 29–52；Harry T. Reis, “Caregiving, Attachment, and Relationships,” *Psychological Inquiry* 11, no. 2 (2000): 120–23；Phillip R. Shaver and R. Chris Fraley, “Attachment Theory and Caregiving,” *Psychological Inquiry* 11, no. 2 (2000): 109–14。

子女幼年的時候，父母是子女的宇宙中心。當子女長大成年人的時候，他／她開始追求自己的伴侶，想建立家庭，想有所成就並在社會上得到認可。這些行為都會讓他／她不再重點關注父母，對父母的依戀也逐漸淡薄。孟子的觀察與現代心理學和社會學的研究遙相呼應。現代心理學和社會學指出，當成年子女結婚之後，父母就不再是他們主要的情感支柱，他們對父母的感情也不再具有優先性。在這一階段，他們更依靠自己，要求自己的生活跟父母的生活有一些邊界。[20] 在現代社會看來，這都是自然和健康的變化，但是儒家認為對父母的疏遠是一種道德上的缺陷。《荀子》引用舜的話：「妻子具而孝衰於親。」[21] 建立家庭有了妻兒之後，對父母的孝道就逐漸衰落。「孝衰於妻子」常見於先秦兩漢的典籍中，比如《管子》、《文子》、《鄧析子》、《說苑》都有相同的說法。[22] 現代民謠也重複著同

20 Deborah M. Merrill, *When Your Children Marry: How Marriage Changes Relationships with Sons and Daughters* (Lanham, Md.: Rowman & Littlefield, 2011).

21 劉殿爵、陳方正編：《荀子逐字索引》，《先秦兩漢古籍逐字索引叢刊》（香港：商務印書館，1996 年），卷二十三，頁 116。

22 劉殿爵、陳方正編：《管子逐字索引》，《先秦兩漢古籍逐字索引叢刊》（香港：商務印書館，2001 年），CHANT (CHinese ANcient Texts), accessed March 15, 2020；劉殿爵、陳方正編：《文子逐字索引》，《先秦兩漢古籍逐字索引叢刊》（香港：商務印書館，1992 年），卷四，頁 23；劉殿爵、陳方正編：《鄧析子逐字索引》，《先秦兩漢古籍逐字索引叢刊》（香港：商務印書館，1998 年），卷二，頁 6；劉殿爵、陳方正編：《說苑逐字索引》，《先秦兩漢古籍逐字索引叢刊》，（香港：商務印書館，1992 年），卷十，頁 79。

樣的訊息：「喜雀尾巴長，娶了媳婦不要娘。」[23]《禮記》引用孔子之語，說即使統治者更強調對父母盡孝的義務，而民眾仍然容易忽略父母而花更多的精力在自己的子女上。「民猶薄於孝而厚於慈」大概是當時學者的共識。[24]

成年人對父母的愛具有間斷性，其不穩定的狀態不足以讓子女自然履行孝道。只有那些充分體現孝道德行的人才能終其一生保持他們對父母強烈持久的愛。聖人舜就是一個突出的例子。孟子談到舜的孝行，說：「大孝終身慕父母。五十而慕者，予於大舜見之矣。」（《孟子．萬章上》）「五十而慕者」是非常例外的情況，舜因為孝順所以五十歲的時候還對父母有強烈的依戀和愛。

西漢時代的《新序》重新敘述了舜的故事，強調舜能把孝道體現到極致，正是因為他對父母一直保持了孩童時候的那樣強烈的愛。《新序》講道：

> 昔者舜……父瞽瞍頑，母嚚及弟象傲，皆下愚不移。舜盡孝道，以供養瞽瞍。瞽瞍與象為浚井塗廩之謀，欲以殺舜，舜孝益篤，出田則號

23 "The Ungrateful Son" in *Chinese Mother Goose Rhymes*, trans. Isaac Taylor Headland (New York: Fleming H. Revell, 1900), 60–61. See also the online primary source "Children and Youth in History," The Roy Rosenzweig Center for History and New Media (CHNM) at George Mason University, accessed March 10, 2020, http://chnm.gmu.edu/cyh/primary-sources/browse/?tags=East+Asia.

24 〈坊記第三十〉，收入孫希旦、沈嘯寰、王星賢編：《禮記集解》（北京：中華書局，1989 年），卷三十，頁 1288。

泣，年五十，猶嬰兒慕，可謂至孝矣。[25]

舜的父親、後母和後母的兒子都想謀殺舜，如果品性敗壞的父母想殺死自己，那麼作為個體他／她該怎麼應對這樣的悲劇呢？《孟子》提到之所以舜的父母預謀殺死他，因為他的父母想佔有他的財產，他的同父異母弟弟想霸佔他的妻子。（《孟子・萬章上》）如果將舜所面臨的這種情形放在西方哲學的語境下討論，謀殺行為直接摧毀了舜和父母之間的關係。因而舜對他的父母也不再承擔盡孝的義務和責任。[26] 而且，任何獨立的人都有保護自己不受傷害的天性，主動遠離會傷害甚至謀殺自己的人，出於自我保護，也很自然的對想謀殺自己的人產生憎恨情緒。但是，舜的行動完全背離了人的自然天性。作為聖人的舜雖然知道父母準備謀殺他，但是仍然誠心誠意地照顧父母，不僅如

25 劉殿爵、陳方正編：《新序逐字索引》，《先秦兩漢古籍逐字索引叢刊》（香港：商務印書館，1992 年），卷一，頁 1。

26 先秦秦漢典籍都幾乎一致稱讚舜的孝道。當代學者研究舜的孝道多集中於《孟子》中假設的舜面臨的一個道德困境。即如果舜的父親殺害了一個無辜的人，舜作為一個聖人天子應該如何面對。舜的孝道是否會讓他忽視國家的法律正義的系統去庇護他的父親。見 Lauren F. Pfister, "Sublating Reverence to Parents: A Kierkegaardian Interpretation of the Sage-King Shun's Piety," *Journal of Chinese Philosophy* 40, no. 1 (2013): 50–66；Liu Qingping, "Confucianism and Corruption: An Analysis of Shun's Two Actions Described by *Mencius*," *Dao* 6, no. 1 (2007): 1–19；Yang Zebo, "Corruption or Hypercriticism? Rethinking Shun's Two Cases in *Mencius*," trans. Niu Xiaomei and Richard Stichler, *Contemporary Chinese Thought* 39, no.1 (2007): 25–34。

此，他仍想獲得父母的愛，父母的疏離讓舜感到感情上的折磨。孟子談到這種被父母疏離的折磨，說不能得到父母的（愛和贊同），就不能算作一個人，不能順從父母的意志，就不能算作一個子女：「不得乎親，不可以為人；不順乎親，不可以為子。」（《孟子・離婁上》）

舜的行為動機和背後的情感都是令人迷惑和非常難以理解的。但是先秦秦漢的經典都提到，舜對父母保持了一份赤子之心，這就為我們解釋舜的行為提供了一條重要的線索，我們才能理解儒家對舜的孝道行為的描述：

> （孟子）曰：「……『我竭力耕田，共為子職而已矣，父母之不我愛，於我何哉？』帝使其子九男二女，百官牛羊倉廩備，以事舜於畎畝之中。天下之士多就之者，帝將胥天下而遷之焉。為不順於父母，如窮人無所歸。天下之士悅之，人之所欲也，而不足以解憂；好色，人之所欲，妻帝之二女，而不足以解憂；富，人之所欲，富有天下，而不足以解憂；貴，人之所欲，貴為天子，而不足以解憂。人悅之、好色、富貴，無足以解憂者，惟順於父母，可以解憂。」（《孟子・萬章上》）

孟子提到舜非常痛苦於一個現實：他努力的勞作，履行一個兒子的義務，但是他的父母根本不愛他。聖人堯帝讓他的九個兒子，兩個女兒，百官大臣都去侍奉舜，堯帝將他的牲畜，糧倉都賜給舜。天下的學者都歸順舜，堯帝把整個天下都給了舜。但是，舜因為得不到自己父母的愛和接受，他感覺自己「如窮人無所歸」。人都希望自己被天下的學者接納歡迎，舜達到了這個理想，但是這不足以解除舜的憂慮。擁有美麗的女性是男性所希望的，舜娶了堯帝的兩個女兒作為妻子，但是這不足以解除他的憂傷。人都希望富足，舜擁有天下，但是這不足以解除他的憂傷。榮華富貴是人所希望擁有的，舜貴為天子，但是這不足以解除他的憂傷。被人尊敬歸附，擁有美麗的女性，富有天下，貴為天子，這些都不能讓舜感到快樂。只有他被父母接納得到父母的愛，舜才可以擺脫憂慮 。

政治權力、財富、名譽，這些是一般人所渴望和努力追求的，舜都擁有了。但是舜並不快樂，因為他焦慮的是如何得到父母的愛。舜對父母的愛的渴望正是年幼兒童的一種心理狀態。成年人會花主要的時間精力去追求政治權力、社會地位、財富，但這些東西對年幼的兒童來說卻不重要。年幼的兒童所關心的是父母對自己的愛和照顧，因為父母的愛和照顧能為他／她提供物質上和情感上的安全感，而這種安全感的成功建立才能讓他／她逐漸有信心去開拓外面的世界。

當用年幼兒童的心理狀態作為參照，我們就更能理解早期儒家經典對孝的論述。《論語》中孔子說道：「父在，觀其志；父沒，觀其行；三年無改於父之道，可謂孝矣。」(《論語．學而》)「三年無改於父之道，可謂孝矣」在《論語》中出現了兩次，在《禮記》中出現了一次。[27]

27 見《論語》卷四，頁 20；《禮記集解》，卷三十，頁 1287。

雖然這句話非常有名，但是讓一個獨立的成年人遵從自己父親的原則是非常具挑戰性的要求，任何一個成年人的自主性都要求根據自己的判斷行事。但是如果試想這是對一個年幼兒童的要求，那麼這種要求就變得合理了。就是在現代講求個人主義的西方社會，父母在子女幼年的時候都會成為他們的行動模範，父母的品行和原則會幫助自己的子女形成自己的世界觀。儒家提倡的孝行很多時候要求成年人回到孩童的心理狀態，在這個心理狀態下對父母的愛和依附依戀有顯著的優先性。

實際上，早期儒家直接用孩提之童的愛來合法化孝行，為其提供一種理性的基礎。《禮記》中提到孝子對父母保持了深厚感情時的各種表現，鄭玄（127–200）注：「孝子不失其孺子之心。」[28]《禮記》還有另外一則故事：

> 曾申問於曾子曰：「哭父母有常聲乎？」曰：「中路嬰兒失其母焉，何常聲之有？」[29]

曾子將子女對失去父母的悲傷與嬰兒在路上與母親失散的悲傷相比較，曾子對嬰幼兒的觀察與現代心理學的認識一致。John Bowlby 提到，當一個六個月或更大的健康嬰兒與自己所依戀的母親分離並被置於陌生人中，他首先的反應是哭泣以喚回母親。「他會大聲哭泣，使勁搖晃小床，將自己摔倒，急迫尋找各種聲音或身影，希望那是消失了的母

28《禮記集解》，卷二十四，頁 1214。
29《禮記集解》，卷二十一，頁 1103。

親。[30] 早期儒家提倡，當一個人為逝去的父母哭泣時，應該像嬰幼兒失去母親而想用哭聲把她尋找回來那樣聲嘶力竭。

墨子嘲笑儒家，認為他們學說的理性建立在嬰幼兒對父母的感情之上。《墨子》中公孟子和墨子的辯論很好地闡釋了墨家對儒家的批評。

> 公孟子曰：「三年之喪，學吾之慕父母。」子墨子曰：「夫嬰兒子之知，獨慕父母而已。父母不可得也，然號而不止，此亦故何也？即愚之至也。然則儒者之知，豈有以賢於嬰兒子哉。」[31]

在《禮記》中，儒家描述和規定了應如何表達對父母逝去的悲哀。他們認為一個人在父母剛剛去世的前三天需要一天哭泣五次。在三年服喪期間中，服喪的兒子需要「斬衰苴杖，居倚廬，食粥，寢苫枕塊，所以為至痛飾也」。服喪的人需要住在簡陋的房間裡，穿著粗布衣服，睡在草席上，吃沒有肉的粥這些行為體現了服喪人深深的悲哀，這種悲哀讓他們失去了追求生活的舒適這種最基本的慾望。儒家同時強調服喪的兒子走路的時候應該需要拐杖，以表明失去父母的悲傷直接損害他的身體，讓他難以行

30 原文：He will often cry loudly, shake his cot, throw himself about, and look eagerly toward any sight or sound which might prove to be his missing mother。見 John Bowlby, "Grief and Mourning in Infancy and Early Childhood," *The Psychoanalytic Study of the Child* 15 (1960): 15。

31 劉殿爵、陳方正編：《墨子逐字索引》，收入《先秦兩漢古籍逐字索引叢刊》（香港：商務印書館，2001 年）。

走。[32] 一個沒有孝道的人，很快會將自己逝去的父母遺忘，這種人甚至比不上有感情的鳥獸「將由夫患邪淫之人與，則彼朝死而夕忘之，然而從之，則是曾鳥獸之不若也」。而一個孝子，在服喪二十五個月結束之後，仍然會覺得哀痛思念父母：「哀痛未盡，思慕未忘。」[33]

失去父母對大部分人來說都是非常痛苦的經歷。對於嬰幼兒來說更是一種嚴重的創傷，對他們的情感和身體都會有長期的損害。[34] 儒家對三年之喪情感的規定對一個成年人來說可能過於苛求難以接受。即使成年人對失去父母有深深的悲哀，但是除了對父母的感情之外，他們有自己的生活和其他的關注，不太可能兩三年中時時刻刻都沉浸在思念父母中而徹底放棄自己的生活和樂趣。而對一個幼兒來說，失去父母意味著失去了一切，受到的打擊和對生活的影響能跟儒家規定的三年之喪相比較。[35]

32 《禮記集解》，卷十五，頁 900；卷三十八，頁 1373。

33 《禮記集解》，卷三十八，頁 1373。

34 James Sengendo and Janet Nambi, "The Psychological Effect of Orphanhood: A Study of Orphans in Rakai District," *Health Transition Review* 7, no. S1 (1997): 105–24.

35 現代心理學研究認為兒童失去父親／母親或雙親會在心理上造成創傷。參見 William Worden, *Children and Grief: When a Parent Dies* (New York: Guilford Press, 1996); Mevludin Hasanović et al., "Psychological Disturbances of War-Traumatized Children from Different Foster and Family Settings in Bosnia and Herzegovina," *Croatian Medical Journal* 47, no. 1 (2006): 85–94; Jane D. McLeod, "Childhood Parental Loss and Adult Depression," *Journal of Health and Social Behavior* 32, no. 3 (1991): 205–20; "Psychological Problems and Parental Loss," *Science News* 113, no. 2 (1978): 21。

三、情感的變化與孝道行為

儒家孝道學說面臨著兩個困境：第一，子女孝行的實施能力與對父母感情的變化是不匹配的；第二，子女生活重心的轉移和父母年老之後需要子女照顧的要求存在矛盾。年幼的子女對父母有著強烈的依戀和依附感，願意主動服從父母的權威和意願，但是他們的能力卻不足以讓他們實施孝道。年幼的子女願意主動做各種事情討好父母，但是年輕力壯的父母卻不需要他們子女的幫助。當父母逐漸衰老，情感上和身體上都更需要依賴子女的時候，成年子女卻因為有自己的生活和其他追求分散了對父母的感情，這種變淡薄的感情本身不足以產生儒家規定的孝道行為。《孟子》中兩次提到只有體現了孝道極致的舜，才能在五十歲的時候仍然保持對父母強烈的依戀。

對於普通成年人來說，對父母的愛是很自然的感情，但是他們不能在日常生活中時時惦記父母，把對他們的愛作為優先性的感情。儒家希望把孝道建立在子女對父母的愛之上，但是他們需要喚醒和加強成年子女對父母的愛。孔子不斷提醒他的弟子父母在他們年幼時候的照顧和愛，以此希望來合法合理化孝道。比如，「孟武伯問孝。子曰：『父母唯其疾之憂。』」[36]（《論語・為政》）

孝道規定的是子女對父母的侍奉，當孟武伯問甚麼是孝的時候，孔子的回答卻換了一個視角，不講子女應該如

36 這一段話也可以從另外一個角度解釋。即為了讓父母不擔心自己的身體，子女應該照顧好自己。

何對待父母，而是提醒弟子父母是如何對待他們的，是如何時時擔心他們的身體焦慮他們的疾病的。

孔子著名的弟子之一宰我，直接在孔子面前質疑三年之喪。宰我認為徹底否定自我慾望的三年之喪的時間太長。宰我說，三年不練習禮儀，禮儀將荒廢，三年不演奏音樂，音樂也會被遺忘。

孔子沒有直接反駁宰我的質疑，而是試圖喚醒宰我對父母的依戀和愛，他提到從出生到三歲，嬰幼兒都在父母的懷抱下成長，而三年之喪只是報答父母的愛。

> 子生三年，然後免於父母之懷，夫三年之喪，天下之通喪也。予也，有三年之愛於其父母乎？[37]（《論語．陽貨》）

孔子認為三年之喪是天下普遍遵從的禮儀，但他並未用外在的規定來要求宰我的行為。相反，孔子努力喚醒宰我對父母的感情，他想用這種感情成為三年之喪的驅動力，弟子從而可以主動接受否定自我慾望的艱苦的三年之喪。

如果子女對父母的感情深厚，生活完全以父母為中心，父母逝去之後，精神奔潰以至於幾年都茶飯不思也是有可能的。這種情況下實施儒家的三年之喪的禮儀就相對來說容易一些。但是儒家所要面對是像宰我一樣的一般成

37 《禮記》也引用了孔子，表示子女出生之後至少需要三年以上父母的照顧，父母對年幼子女的照顧用來合理化三年之喪。參見《禮記集解》卷三十八，頁 1377。

年人，一般成年人對父母已經沒有如此強烈的感情了。所以孔子會不斷提到幼年孩童與父母的關係，想以此喚醒成年人在孩提之時對父母的那種愛，期望在這種強烈的愛的前提之下，履行三年之喪基於真實的感情。孔子意識到成年人對父母感情不足的困境，所以他並沒有要求宰我一定要履行三年之喪。反而他反問宰我是否能在父母逝去一年後享受美味與華麗的衣服，如果能遺忘失去父母的痛苦而享受生活，孔子說，那麼你就按照自己的慾望來做。[38]

> 子曰：「食夫稻，衣夫錦，於女安乎？」曰：「安。」「女安則為之！夫君子之居喪，食旨不甘，聞樂不樂，居處不安，故不為也。今女安，則為之！」[39]（《論語·陽貨》）

宰我直接承認了自己對父母的感情不足於實施三年之喪，孔子沒有直接反駁宰我，而是敘述了一個理想狀態。這個理想狀態下，因為對父母感情深厚，所以在父母逝之後無法享受鮮美的食物，快樂的音樂和舒適的住宿，所以才會

38 參見 David S. Nivison, "Weakness of Will in Ancient Chinese Philosophy," in idem, *The Ways of Confucianism: Investigations in Chinese Philosophy*, ed. Bryan W. Van Norden (Chicago, Ill.: Open Court, 1996), 79–81。

39 Thomas Radice 認為在儒家傳統中孝道首先是一系列規定孝行的禮儀。見 Radice, "Confucius and Filial Piety," in *A Concise Companion to Confucius*, ed. Paul R. Goldin (Hoboken, N.J.: Wiley Blackwell, 2017), 189。

有三年之喪。但是理想的狀況並不是現實狀況，成年子女對父母的感情不足於履行孝道是早期儒家經常面對的困境。《論語》中有兩處談到孔子對於子女孝行的不滿意。

> 子游問孝。子曰：「今之孝者，是謂能養。至於犬馬，皆能有養；不敬，何以別乎？」（《論語．為政》）
>
> 子夏問孝。子曰：「色難。有事弟子服其勞，有酒食先生饌，曾是以為孝乎？」（《論語．為政》）

為父母提供食物、住宿，侍奉父母，做到這些似乎符合儒家要求的禮儀。孔子卻批評這種孝行，說其跟父母的互動跟與養牲口沒有區別。真正的孝道需要對父母有情感上的尊敬。只有愛父母的子女，才能在實行孝道時和氣愉悅。《禮記》提到：

> 孝子之有深愛者，必有和氣；有和氣者，必有愉色；有愉色者，必有婉容。[40]

有趣的是，先秦典籍同時提到，讓成年人情感上愛父母甚至比實施禮儀所規定的行動更具挑戰。他們觀察到，在行動上尊敬父母實施孝行的人並不一定情感上愛父母。

40《禮記集解》，卷二十四，頁 1214。

《莊子》提到「以敬孝易，以愛孝難」。[41]《韓非子》認為哪怕是享有孝子名聲的人，也很少真正的愛父母，「孝子愛親，百數之一也」。[42] 荀子直接指出一些孝行要求，比如讓兒子謙讓父親，本來就是違犯天性的 ——「夫子之讓乎父⋯⋯皆反於性而悖於情也。」[43]

雖然荀子和孟子對於如何成為一個有道德的人有著不同的學說，但是他們關於成年人對父母感情的觀察卻是很一致。[44] 兩個思想家都認為成年人日常生活中對父母的愛和

---

41 劉殿爵、陳方正編：《莊子逐字索引》，收入《先秦兩漢古籍逐字索引叢刊》（香港：商務印書館，2000 年），卷十四，頁 38。《莊子》也提到子女對父母的愛是無條件的自然之愛，認為「子之愛親，命也，不可解於心」。同上，卷四，頁 10。《莊子》在這裡泛泛而談子女對父母的愛，沒有像其他先秦典籍那樣將年幼子女對父母的愛和成年子女對父母的愛區別開來。參見 Ikeda Tomohisa, "The Evolution of the Concept of Filial Piety (*xiao*) in the *Laozi*, the *Zhuangzi*, and the Guodian Bamboo Text *Yucong*," in *Filial Piety in Chinese Thought and History*, 12–28。

42 劉殿爵、陳方正編：《韓非子逐字索引》，《先秦兩漢古籍逐字索引叢刊》（香港：商務印書館，2000 年），卷三十七，頁 121。

43 劉殿爵、陳方正編：《荀子逐字索引》，《先秦兩漢古籍逐字索引叢刊》（香港：商務印書館，1996 年），卷二十三，頁 114。當荀子提到兒子謙讓父親違背了人的天性的時候，他指的是成年人。年幼的孩童，尤其是 3 歲以下的孩童，在大多數情況下會很自然的服從父母的意志。

44 萬百安（Bryan W. Van Norden）提到「荀子認為人類天生會關心在意他們的親人（Xunzi acknowledges that humans innately care for their own kin）」；見 Van Norden, "Virtue Ethics and Confucianism," in *Comparative Approaches to Chinese Philosophy*, ed. Bo Mou (Hants, England: Ashgate, 2003), 112。萬百安引用了 *Readings in Classical*

感情已經衰退到不重要的地位，成年人很難像年幼的孩童那樣時時刻刻惦記著父母。成年人對父母自然的愛不足以直接讓人履行孝道。荀子和孟子對如何解決履行孝道時情感不足的問題，如何培養孝道時提出了不同的方案。荀子認為禮義可以塑造人的行為，引導人們肩負孝道的責任。他談到孝子並不是因為天性成為孝子，而是因為遵循了禮義。

> 「天非私曾騫孝己而外眾人也，然而曾騫孝己獨厚於孝之實，而全於孝之名者，何也？以綦於禮義故也。天非私齊魯之民而外秦人也，然而於父子之義，夫婦之別，不如齊魯之孝具敬文者，何也？以秦人從情性，安恣睢，慢於禮義故也，豈其性異矣哉！」[45]

荀子認為如果我們不用禮義來規定我們的行為，而僅僅是跟隨自己的情感行事的話，我們就不能維繫儒家理想的父子關係。

Chinese Philosophy (ibid., 121n54) 第 270–71 頁作為證據。我認為他具體指的是《荀子》裡的這段話：「凡生天地之間者，有血氣之屬必有知，有知之屬莫不愛其類……故有血氣之屬莫知於人，故人之於其親也，至死無窮。」見 Philip J. Ivanhoe and Bryan W. Van Norden, eds., *Readings in Classical Chinese Philosophy* (New York: Seven Bridges Press, 2001), 270–71。

45 劉殿爵、陳方正編：《荀子逐字索引》，《先秦兩漢古籍逐字索引叢刊》，（香港：商務印書館，1996 年），卷二十三，頁 116。

形成對比的是，孟子認為我們對父母的情感可以被喚醒，需要的是合適的外在刺激。孟子用葬禮的形成來說明自己的觀點：

> 蓋上世嘗有不葬其親者。其親死，則舉而委之於壑。他日過之，狐狸食之，蠅蚋姑嘬之。其顙有泚，睨而不視。夫泚也，非為人泚，中心達於面目。蓋歸反虆梩而掩之。掩之誠是也，則孝子仁人之掩其親，亦必有道矣。(《孟子．滕文公上》)

當成年人對父母的感情逐漸淡薄的時候，有些人會不再關心或徹底忽視年老的父母。《禮記》談到雖然不斷地教導民眾孝道，但是「民猶忘其親」。[46] 對父母感情淡薄，可以解釋為甚麼有些人甚至不埋葬逝去的父母，而是將屍體棄置野外。然而，子女對父母曾經深厚的感情，可以在合適的環境中被喚醒，從而可能發展成為孝道。當子女看到逝去父母的屍體腐爛或被動物撕食的時候，出於本性的感情會出現，促使他們花力氣去埋葬保護父母的屍體。這種被環境喚醒的對父母的感情與齊宣王對將要被宰割的作為犧牲的牛的惻隱之情有相同之處。(《孟子．梁惠王上》) 這種被環境喚醒的本性感情也與看見無辜的小孩將要墮入水井時產生的「怵惕惻隱之心」可相比較（《孟子．公孫丑上》）：

46《禮記集解》，卷三十，頁 1289。

第一，這種被喚醒的感情是本性和自然的，不是通過後天學習獲得的。

第二，如萬百安（Bryan Van Norden）所論述，這種被喚醒的感情具有認知性和行動指導性的特點（cognitive and behavioral dimensions）。[47] 這種感情會直接促成行動：不忍看見父母屍體腐爛的人會埋葬屍體，不忍看見將要被屠殺的牛的顫抖的齊宣王讓臣下釋放了這頭牛，不忍看見無辜的小孩墮入水井的人會去救那個小孩。

第三，因為是基於真實的感情，這些行動不僅是真誠的，而且行動就是目的本身。孟子強調齊宣王打算用羊來替代他所憐憫的牛的時候，他不是因為吝嗇而捨不得屠宰牛；去救將要墮入水井的小孩的人，不是因為擔憂自己的名聲或是想得到小孩父母的感謝；埋葬逝去父母的人不是因為害怕別人批評，是他自己為遺棄父母屍體的行為感到羞愧，汗流浹背。[48]

雖然這些出自於本性的情感能夠促進道德行為的產

47 Bryan W. Van Norden, "Mengzi and Xunzi: Two Views of Human Agency," in *Virtue, Nature, and Moral Agency in the* Xunzi, ed. T.C. Kline III and Philip J. Ivanhoe (Indianapolis, Ind.: Hackett Publishing Company, 2000), 103–34; Craig K. Ihara, "David Wong on Emotions in Mencius," *Philosophy East and West* 41, no. 1 (1991): 45–53.

48 Sin Yee Chan 認為具有同情心和孝的感情都是利他主義的關注。Kim Myeong-seok 也認為同情心和孝的感情是一種基於關注的感情。參見 See Sin Yee Chan, "Filial Piety, Commiseration and the Virtue of *Ren*," in *Filial Piety in Chinese Thought and History*, 180–81；Kim Myeong-seok, "What *Cèyǐn zhī xīn* (Compassion/Familial Affection) Really is," *Dao* 9, no. 4 (2010): 419–20。

生，但也只是道德的萌芽。[49] 這些「不忍人之心」的情感雖然真實且出於本性，但是這些情感在生活中的出現同時也是零星的，他們往往是在特定特殊的場合的刺激下才會表現出來。僅僅是這些自然情感本身不能讓一個人成為有道德的人。[50] 具體到孝道來說，對父母的愛是自然的，是孝道的萌芽，但是僅僅是這種不斷變化的愛不足以讓人成為孝順的子女。[51] 對父母的愛需要不斷地去培養成長，如果不去

49 艾文賀將這種感情稱為「（giveaway actions）」，他認為其自發性和指導行動性是其真實性的證明。參見 *Ethics in the Confucian Tradition*, 39–40。又參 also Mark Csikszentmihalyi, *Material Virtue: Ethics and the Body in Early China* (Leiden: Brill, 2004), 139。

50 Xiusheng Liu 將休謨（David Hume）關於同情心的理論與孟子的「不忍人之心」相比較。Marion Hourdequin 用孟子的同情心理論來理解和批判 Michael Slote 的關懷和同情倫理學（ethics of care and empathy）。他們都指出因為同情心不具有持續性，僅僅是同情心本身很難成為道德的基礎，同情心發展為道德需要有正確的方向引導。見 Liu, *Mencius, Hume, and the Foundations of Ethics* (Aldershot, England: Ashgate, 2003), esp. 30–37; Hourdequin, "The Limits of Empathy," in *Virtue Ethics and Confucianism*, ed. Stephen C. Angle and Michael Slote (New York: Routledge, 2013), 209–18。

51 如果對父母的愛與「不忍人之心」具有相同的性質，那麼我們需要回答一個問題：如何理解儒家所提倡的「愛有等差（graded love）」。當孟子對墨子的「兼愛」學說進行批評的時候，當孟子攻擊愛鄰居的兒子跟愛自己兄弟的兒子一樣的觀點的時候，孟子是如何論述批評背後的邏輯？首先，如 Kwong-loi Shun 所指出，在《孟子》中我們並不能找到「愛有等差」這個命題。其次，David B. Wong 論述道，孟子批評墨子的兼愛思想，強調對家庭成員的愛，並不是因為在孟子的學說中具有生物屬性的血緣關係有著優先性。而是因為我們在一生之中將與家庭成員分享大

有意識地培養這種愛（「苟不充之」），孟子認為「不足以事父母」（《孟子・公孫丑上》）。[52]

總而言之，如果我們簡單地認為儒家把孝道等同於對父母的愛，把對父母的愛作為道德的基礎，那麼我們會忽略《論語》、《孟子》對父母子女關係的複雜認識。早期儒家認識到子女對父母的愛和感情是不斷變化的；成年人對父母感情淡化而不足以產生孝道。早期儒家認識到了這個困境，因此他們轉向了年幼的孩童對父母（或照顧他們的人）無條件的愛，他們希望成年人能夠喚醒這種曾經擁有的對父母的愛，從而在這種愛的促動下去履行孝道。事實上，無論是孝道的學說，還是對禮儀規定的孝行，都在不斷強調如何加強成年子女對父母的愛，如何讓成年人重新擁有「赤子之心」。孟子說到，聖人對人的生活接近於禽

部分時間，家庭是我們發展我們的道德情感和履行我們的道德行為首要和最重要的場所。David B. Wong 對《孟子》學說的解釋與出土材料《性自命出》所談論的各種感情與相應環境的互動的觀點相呼應。見 Kwong-loi Shun, *Mencius and Early Chinese Thought* (Stanford, Calif.: Stanford University Press, 1997), 146–49; David B. Wong, "Universalism versus Love with Distinctions: An Ancient Debate Revived," *Journal of Chinese Philosophy* 16, nos. 3–4 (1989): 251–72；有關 *Human Nature Comes via Mandate* 之討論，見 Michael Puett, "The Ethics of Responding Properly: The Notion of *Qing* 情 in Early Chinese Thought," in *Love and Emotions in Traditional Chinese Literature*, ed. Halvor Eifring (Leiden: Brill, 2004), 43–51。

52 「凡有四端於我者，知皆擴而充之矣，若火之始然，泉之始達。苟能充之，足以保四海；苟不充之，不足以事父母。」見《孟子・公孫丑上》。

獸感到憂慮，所以讓契來教各種人倫禮儀，正如君臣、夫婦、長幼、朋友之間的關係需要遵循一定的價值禮儀，父子之間的關係也需要用「親」這個倫理價值來協調塑造，「使契為司徒，教以人倫：父子有親，君臣有義，夫婦有別，長幼有敘，朋友有信」（《孟子．滕文公上》）。[53]

血緣之愛不能自然地成為作為一種道德的孝道。相反，遵循禮儀的盡孝行為可以激發培養子女對父母的感情，這是先秦兩漢學者普遍提倡的教化方式。《孝經》引用孔子，說「教民親愛，莫善於孝」。[54]《周禮》說遵循孝行，跟父母的關係才會逐漸親近——「一曰孝行，以親父母」。[55]

53 見《孟子．滕文公上》。

54 劉殿爵、陳方正編：《孝經逐字索引》，收入《先秦兩漢古籍逐字索引叢刊》（香港：商務印書館，1995年），卷十二，頁3。

55 劉殿爵、陳方正編：《周禮逐字索引》，收入《先秦兩漢古籍逐字索引叢刊》（香港：商務印書館，1993年），卷二，頁25。

參考書目

Barnett, Douglas, and Joan I. Vondra. "Atypical Patterns of Early Attachment: Theory, Research, and Current Directions." *Monographs of the Society for Research in Child Development* 64, no. 3 (1999): 1–24.

Benoit, Diane. "Infant-Parent Attachment: Definition, Types, Antecedents, Measurement and Outcome." *Paediatrics and Child Health* 9, no. 8 (2004): 541–45.

Billioud, Sébastien, and Joël Thoraval. *The Sage and the People: The Confucian Revival in China*. New York: Oxford University Press, 2015.

Blustein, Jeffrey. *Parents and Children: The Ethics of the Family*. New York: Oxford University Press, 1982.

Bowlby, John. "Grief and Mourning in Infancy and Early Childhood." *The Psychoanalytic Study of the Child* 15 (1960): 9–52.

———. "Beginnings of Attachment Behaviour." In idem, *Attachment and Loss*, vol. 1, *Attachment*, 265–98. London: Hogarth Press, 1969.

Brandell, Jerrold R., and Shoshana Ringel. "Bowlby's Theory of Attachment." In *Attachment and Dynamic Practice: An Integrative Guide for Social Workers and Other Clinicians*, 29–52. New York: Columbia University Press, 2007.

陳獨秀：《東西民族根本思想之差異》。收入《獨秀文存卷一：論文》，頁 35–40。香港：遠東圖書公司，1965 年。

"Children and Youth in History." The Roy Rosenzweig Center for History and New Media (CHNM) at George Mason University. http://chnm.gmu.edu/cyh/primary-sources/browse/?tags=East+Asia.

劉殿爵、陳方正、何志華編：《鄧析子逐字索引》。收入《孔叢子逐字索引・鄧析子逐字索引・尹文子逐字索引・公孫龍子逐字索引》。香港：商務印書館，1998 年。

———：《管子逐字索引》。香港：商務印書館，2001 年。

———：《韓非子逐字索引》。香港：商務印書館，2000 年。

———：《墨子逐字索引》。香港：商務印書館，2001 年。

———：《說苑逐字索引》。香港：商務印書館，1992 年。

———：《文子逐字索引》。香港：商務印書館，1992 年。

———：《孝經逐字索引》見《爾雅逐字索引・孝經逐字索引》。香港：商務印書館，1995 年。

———：《新序逐字索引》。香港：商務印書館，1992 年。

———：《荀子逐字索引》。香港：商務印書館，1996 年。

———：《周禮逐字索引》。香港：商務印書館，1993 年。

———：《莊子逐字索引》。香港：商務印書館，2000 年。

Csikszentmihalyi, Mark. *Material Virtue: Ethics and the Body in Early China*. Leiden: Brill, 2004.

Filial Piety in Chinese Thought and History. Edited by Alan K.L. Chan and Sor-hoon Tan. London: RoutledgeCurzon, 2004.

葛兆光：《古代中國文化講義》。上海：復旦大學出版社，2006 年。

Hasanović, Mevludin, Osman Sinanović, Zihnet Selimbašić, Izet Pajević, and Esmina Avdibegović. "Psychological Disturbances of War-Traumatized Children from Different Foster and Family Settings in Bosnia and Herzegovina." *Croatian Medical Journal* 47, no. 1 (2006): 85–94.

Hourdequin, Marion. "The Limits of Empathy." In *Virtue Ethics and Confucianism*. Edited by Stephen C. Angle and Michael Slote, 209–18. New York: Routledge, 2013.

Hursthouse, Rosalind, and Glen Pettigrove. "Virtue Ethics." In *The Stanford Encyclopedia of Philosophy*, Winter 2016 Archive edition. Metaphysics Research Lab, Stanford University, 2016. Article published Jul 18, 2003, revised Dec 8, 2016. https://plato.stanford.edu/archives/win2016/entries/ethics-virtue.

"Ideology in China: Confucius Makes a Comeback." *The Economist*, May 19, 2007, 64. https://www.economist.com/asia/2007/05/17/confucius-makes-a-comeback.

Ihara, Craig K. "David Wong on Emotions in Mencius." *Philosophy East and West* 41, no. 1 (1991): 45–53.

Ikeda Tomohisa. "The Evolution of the Concept of Filial Piety (*xiao*) in the *Laozi*, the *Zhuangzi*, and the Guodian Bamboo Text *Yucong*." In *Filial Piety in Chinese Thought and History*, 12–28.

Ivanhoe, Philip J. *Ethics in the Confucian Tradition: The Thought of Mengzi and Wang Yangming*. 2nd ed. Indianapolis, Ind.:

Hackett Publishing Company, 2002.

———. "Filial Piety as a Virtue." In *Working Virtue: Virtue Ethics and Contemporary Moral Problems*. Edited by Rebecca L. Walker and Philip J. Ivanhoe, 297–312. Oxford: Clarendon Press, 2007.

Ivanhoe, Philip J., and Bryan W. Van Norden, eds. *Readings in Classical Chinese Philosophy*. New York: Seven Bridges Press, 2001.

Jecker, Nancy S. "Are Filial Duties Unfounded?" *American Philosophical Quarterly* 26, no. 1 (1989): 73–80.

Keller, Simon. "Four Theories of Filial Duty." *The Philosophical Quarterly* 56, no. 223 (2006): 254–74.

Kim Myeong-seok. "What *Cèyǐn zhī xīn* (Compassion/Familial Affection) Really is." *Dao* 9, no. 4 (2010): 407–25.

Knapp, Keith Nathaniel. *Selfless Offspring: Filial Children and Social Order in Medieval China*. Honolulu, Hawai'i: University of Hawai'i Press, 2005.

Kochanska, Grazyna. "Emotional Development in Children with Different Attachment Histories: The First Three Years." *Child Development* 72, no. 2 (2001): 474–90.

Li Chenyang. "Shifting Perspectives: Filial Morality Revisited." *Philosophy East and West* 47, no. 2 (1997): 211–32.

孫希旦注，沈嘯寰 、王星賢點校：《禮記集解》。北京：中華書局，1989 年。

Liu Qingping. "Filiality versus Sociality and Individuality: On

Confucianism as 'Consanguinitism.'" *Philosophy East and West* 53, no. 2 (2003): 234–50.

———. "Confucianism and Corruption: An Analysis of Shun's Two Actions Described by *Mencius*." *Dao* 6, no. 1 (2007): 1–19.

Liu Xiusheng. *Mencius, Hume, and the Foundations of Ethics*. Aldershot, England: Ashgate, 2003.

呂妙芬：《孝治天下：〈孝經〉與近世中國的政治與文化》臺北：中央研究院，2011 年。

魯迅：〈二十四孝圖：家庭與中國之根本〉。《南腔北調集》，頁 168–169。香港：三聯出版，1958 年。

McLeod, Jane D. "Childhood Parental Loss and Adult Depression." *Journal of Health and Social Behavior* 32, no. 3 (1991): 205–20.

Merrill, Deborah M. *When Your Children Marry: How Marriage Changes Relationships with Sons and Daughters*. Lanham, Md.: Rowman & Littlefield, 2011.

Mullin, Amy "Filial Responsibilities of Dependent Children." *Hypatia* 25, no. 1 (2010): 157–73.

Nivison, David S. "Weakness of Will in Ancient Chinese Philosophy." In idem, *The Ways of Confucianism: Investigations in Chinese Philosophy*. Edited by Bryan W. Van Norden, 79–90. Chicago, Ill.: Open Court, 1996.

Page, Jeremy. "Why China is Turning Back to Confucius." *The Wall Street Journal*, September 20, 2015, Eastern edition.

https://www.wsj.com/articles/why-china-is-turning-back-to-confucius-1442754000.

Pfister, Lauren F. "Sublating Reverence to Parents: A Kierkegaardian Interpretation of the Sage-King Shun's Piety." *Journal of Chinese Philosophy* 40, no. 1 (2013): 50–66.

"Psychological Problems and Parental Loss." *Science News* 113, no. 2 (1978): 21.

Puett, Michael. "The Ethics of Responding Properly: The Notion of *Qing* 情 in Early Chinese Thought." In *Love and Emotions in Traditional Chinese Literature*. Edited by Halvor Eifring, 37–68. Leiden: Brill, 2004.

———. "Ritualization as Domestication: Ritual Theory from Classical China." In *Ritual Dynamics and the Science of Ritual*, vol. 1, *Grammars and Morphologies of Ritual Practices in Asia.* Edited by Axel Michaels et al., 365–76. Wiesbaden: Harrassowitz Verlag, 2010.

Radice, Thomas. "Confucius and Filial Piety." *A Concise Companion to Confucius*. Edited by Paul R. Goldin, 185–207. Hoboken, N.J.: Wiley Blackwell, 2017.

Raphals, Lisa. "Reflections on Filiality Nature and Nurture." In *Filial Piety in Chinese Thought and History*, 215–25.

Rees, Corinne. "Childhood Attachment." *British Journal of General Practice* 57, no. 544 (2007): 920–22.

Reis, Harry T. "Caregiving, Attachment, and Relationships." *Psychological Inquiry* 11, no. 2 (2000): 120–23.

Schinkel, Anders. "Filial Obligations: A Contextual, Pluralist Model." *The Journal of Ethics* 16, no. 4 (2012): 395–420.

Schneider-Rosen, Karen, Karen G. Braunwald, Vicki Carlson, and Dante Cicchetti. "Current Perspectives in Attachment Theory: Illustration from the Study of Maltreated Infants." *Monographs of the Society for Research in Child Development* 50, nos. 1–2 (1985): 194–210.

Sengendo, James, and Janet Nambi. "The Psychological Effect of Orphanhood: A Study of Orphans in Rakai District." *Health Transition Review* 7, no. S1 (1997): 105–24.

Shaver, Phillip R., and R. Chris Fraley. "Attachment Theory and Caregiving." *Psychological Inquiry* 11, no. 2 (2000): 109–14.

Shimomi Takao 下見隆雄. *Kō to bosei no mekanizumu: Chūgoku joseishi no shiza* 孝と母性のメカニズム——中國女性史の視座. Tokyo: Kenbun shuppan, 1997.

Shun Kwong-loi. *Mencius and Early Chinese Thought*. Stanford, Calif.: Stanford University Press, 1997.

Sin Yee Chan. "Filial Piety, Commiseration and the Virtue of *Ren*." In *Filial Piety in Chinese Thought and History*, 176–88.

Slingerland, Edward. "Virtue Ethics, the *Analects*, and the Problem of Commensurability." *The Journal of Religious Ethics* 29, no. 1 (2001): 97–125.

Sommers, Christina Hoff. "Filial Morality." *The Journal of Philosophy* 83, no. 8 (1986): 439–56.

"The Ungrateful Son." In *Chinese Mother Goose Rhymes*. Translated by Isaac Taylor Headland, 60–61. New York: Fleming H. Revell, 1900.

Van Norden, Bryan W. "Mengzi and Xunzi: Two Views of Human Agency." In *Virtue, Nature, and Moral Agency in the Xunzi*. Edited by T.C. Kline III and Philip J. Ivanhoe, 103–34. Indianapolis, Ind.: Hackett Publishing Company, 2000.

———. "Virtue Ethics and Confucianism." In *Comparative Approaches to Chinese Philosophy*. Edited by Bo Mou, 99–121. Hants, England: Ashgate, 2003.

Wong, David B. "Universalism versus Love with Distinctions: An Ancient Debate Revived." *Journal of Chinese Philosophy* 16, nos. 3–4 (1989): 251–72.

Worden, J. William. *Children and Grief: When a Parent Dies*. New York: Guilford Press, 1996.

Wu Hung. "Private Love and Public Duty: Images of Children in Early Chinese Art." In *Chinese Views of Childhood*. Edited by Anne Behnke Kinney, 79–110. Honolulu, Hawai'i: University of Hawai'i Press, 1995.

吳虞：〈家族制度為專制主義之根據論〉。收入趙清、鄭城編：《吳虞集》，頁 61–66。成都：四川人民出版社，1985 年。

———：〈說孝〉。收入趙清、鄭城編：《吳虞集》，頁 172–77。成都：四川人民出版社，1985 年。

Yu Hua. "When Filial Piety is the Law." *New York Times,* July 7, 2013, A21. https://www.nytimes.com/2013/07/08/opinion/yu-when-filial-piety-is-the-law.html.

Zebo, Yang. "Corruption or Hypercriticism? Rethinking Shun's Two Cases in *Mencius*." Translated by Niu Xiaomei and Richard Stichler. *Contemporary Chinese Thought* 39, no.1 (2007): 25–34.

Zhang Xianglong. "A Temporal Analysis of the Consciousness of Filial Piety." Translated by Huang Deyuan. *Frontiers of Philosophy in China* 2, no. 3 (2007): 309–35.

饒宗頤國學院院刊　增刊
2023 年 6 月
頁 467–476

評艾蘭《湮沒的思想——出土竹簡中的禪讓傳説與理想政制》

Allan, Sarah. *Buried Ideas: Legends of Abdication and Ideal Government in Early Chinese Bamboo-Slip Manuscripts*. New York: State University of New York Press, 2015. Pp. 386.

〔中譯本〕艾蘭著，蔡雨錢譯，北京：商務印書館，**2016** 年 **10** 月。**396** 頁。

費安德（Andrej FECH）
香港浸會大學
龐琨譯

艾蘭的專著討論了近年出土的四篇文獻：郭店一號墓的〈唐虞之道〉，上博簡的〈子羔〉和〈容成氏〉，以及清華簡的〈保訓〉。從大量的戰國出土文獻中選擇這四篇的原因，是它們都討論了一個共同的話題，即權力轉移過程中合法的非世襲繼位。艾蘭教授並非第一次討論早期中國的權力更替及其兩種基本模式——世襲與禪讓，在其第一部專著 *The Heir and the Sage: Dynastic Legend in*

Early China[1]（中譯本：《世襲與禪讓：古代中國的王朝更替傳說》[2]）中，已經詳細地論述了這一問題。不過，她的早期著作主要依靠傳世文獻，近作則是基於新出土的先秦文獻，且這些文獻沒有可以對讀的傳世文獻。艾蘭的文章表明，傳世文獻中有關權力禪讓的記載傾向於支持世襲王朝的概念，而出土文獻中禪讓思想則罕見地對世襲制提出了嚴重的質疑。艾蘭認為，作為集權政府，一統中國的秦朝及其後的漢朝限制了當時的意識形態，以壓制禪讓思想視為世襲制的潛在威脅，故自茲以降，來自禪讓思想的質疑便消失了。先秦時期有著關於權力正統性的生動思想論述，通過研究相關竹書文獻，我們得以重塑其中的重要組成部分。

《湮沒的思想》一書共分八章。在第一章「導論」中，艾蘭簡要介紹了前舉四篇出土文獻，並提出該書的兩大主旨。一是從哲學角度，探索新發現的文本如何影響我們理解中國古代政治哲學的發展。二是從文獻的角度，使讀者了解這些類型的文獻，以及簡文的釋讀、出版等相關問題。基於此種目的，作者在隨後的章節提供了每篇文獻的譯文，並將它們放在各自的歷史語境和哲學脈絡下進行討論。

第二章「歷史與傳說」闡明了艾蘭對古代中國權力

1 Sarah Allan, *The Heir and the Sage: Dynastic Legend in Early China* (San Francisco: Chinese Materials Center, 1981).

2 艾蘭（Sarah Allan）著，孫心菲、周言譯：《世襲與禪讓：古代中國的王朝更替傳說》（北京大學出版社，2010 年）。

轉移問題的理論立場。在她看來，朝代循環的概念是中國傳統特立於其他文明的重要特質，這種概念可以一直追溯到周代。與此相應，每個朝代都由賢德之人創立，經過幾代世襲繼承，最終葬送在墮落的子孫手中。末代君王的惡行使得上天能夠合理將統治權移交於另一家族的賢人，此人正將是新世襲王朝的開創之君，而這個王朝則又會終始循環一如前朝。這樣一來，朝代循環的概念就體現了兩種互為牴牾的價值觀：以德為治還是權力世襲，或者換句話說，忠於國家還是忠於宗族。然而，隨著過去的一些諸侯在各自封地內大膽稱「王」，周朝的政治地位逐漸衰落，朝代循環的觀點很難再站得住腳，因為推翻式微的周廷將不再導致新朝代的建立。作者認為，這個問題正是中國哲學最富成果、最激動人心的時期之核心所在。

在這種情況下，禪讓權力予最為賢能之人的思潮第一次出現了。艾蘭認為，這種思想來自於當時新興的「士」階層，他們承續了貴族的血脈，但並非嫡子，亦無土地。這個受過良好教育的階層強調應當任人唯賢，亦是湧現哲學家的沃土。顧頡剛（1893–1980）認為禪讓傳說是由墨家後學創造的，但艾蘭持不同意見，她將這些傳說歸因於孔子的形象。彼時的孔子聲名鵲起，一躍而為當時最卓越的哲學家，他的德行被公認超越任何君王。她認為，這四篇文獻很可能是始皇帝焚書政策的犧牲品，因為它們的特徵恰符合他的法令。艾蘭接著討論早期中國文學遺產史上的另一大事件 —— 漢代以新的標準化書寫重構先秦遺書 —— 並分析所涉及的標準和工作。這種重構往往相當於重新書寫原文，有時是因為需要修改原文中的字，有時則是因為要改變原來的文體。

第三章「楚文字竹簡」談及將單篇流傳的抄本彙編成大規模、多章節文本的趨勢。艾蘭認為，這種趨向或許是因為用於書寫的物質材料發生了改變。由於文本最初是記錄在木牘或竹簡上，其規模和長度也不免受到限制，而從漢代某個階段，人們開始使用長卷絲綢書寫，故可以容納更多內容，能將多個文本整合在一起。因此，使用絲綢是催生大規模、多章節文本的關鍵步驟。我認為，這個假設尚需更多的證據才能令人信服，這一點後文再談。該章節隨後對郭店簡、上博簡、清華簡等多宗出土文獻的多個議題進行了頗具啟發性的討論。例如，在上博簡部分，作者除了介紹其內容，還討論了竹簡的獲取情況、其所屬墓葬的可能位置、墓主人的身份等問題；清華簡部分亦細緻如斯。此外，艾蘭還全面介紹了出土文獻在出版上的諸多困難，並詳述了出版流程中涉及的各個階段。她接著針對上博簡和清華簡真實性的一些質疑和問題作出回應，因為這兩批竹簡並非通過考古發掘獲得，而是購自香港文物市場。為了釋疑，艾蘭明確回答道：「任何人都不可能具有偽造它們所必須的廣博的傳世文獻知識、古文字學能力及創造性的想象力。事實上，最能證明這些文獻真實性的理由大概就是，無論是單個的文字還是思想的發展，它們在方方面面都與各種早期傳世文獻及銘文材料（包括金文和甲骨文）具有複雜的關聯性。」（頁 70；頁碼為英文原著，下同。）

第四章「崇尚禪讓」討論的是〈唐虞之道〉，這篇文獻在一座約公元前300年的楚墓中出土，收錄於1998年出版的《郭店楚墓竹簡》[3]中。本章還設定了框架和方法，以便處理艾蘭所挑選的其他文獻。艾蘭首先介紹竹簡文本，然後提供該段文本的英譯全文，接著進行文本細讀，並分析其主要概念和主旨，包括該文本對禪讓話題的立場。在章節最後，艾蘭給出了簡文的英譯及中文釋文的對照。作者還嘗試根據她本人的解讀重排某些簡支的順序，亦提供了一些與其他學者不同的文字釋讀意見，而在每次艾蘭都闡明了其解讀的優點。有一點非常重要，她將文本分為不同的主題單元，同時也給出了原始簡號，便於與其他出版物交叉引用。

〈唐虞之道〉是一篇哲學論文。文章認為，禪位於賢是「聖」與「仁」的極至，它在任何歷史時期都是保障良好統治的最佳方法。這種權力轉移的形式被認為是調解「尊賢」與「愛親」這對矛盾概念的唯一手段，並且對國民大有裨益。艾蘭的結論是，即便不是〈唐虞之道〉這篇特定的文章本身，其包含的論證在早期中國也有很大的影響力。《孟子》、《荀子》甚至《韓非子》對待禪讓的態度，都可以視作對這個觀點的回應。

第五章「〈子羔〉與早期儒家的性質」與第六章「〈容成氏〉：禪讓與烏托邦想象」分析了上博簡中的兩篇文獻，均收錄於2002年出版的《上海博物館藏戰國楚竹書

3 荊門市博物館編：《郭店楚墓竹簡》（文物出版社，1998年）。

（貳）》[4]。一般認為，這兩篇文獻的寫作年代下限為公元前278年。與哲學論著〈唐虞之道〉的體裁不同，〈子羔〉由孔子與其弟子子羔之間的對話構成。不過，〈子羔〉篇描繪了夏商周三代始祖的超自然孕生，從而使該文獻與其他儒家文獻區分開來。艾蘭認為，〈子羔〉篇的主要議題是如何對照聖人舜的賢德（正是這種「德」令他獲取了天下的統治權）來評價超自然孕生的三代始祖。此外，文本中的舜與孔子之間還存在著內隱聯想，因此後者聲稱「在〈子羔〉中，具有超自然性的三代始祖如果生活在同一時代，都將會效命於舜。這一論斷很容易讓人想到，最應成為統治者的當代聖人就是孔子本人」（頁167）。〈子羔〉篇也因此佐證了艾蘭的論點，即孔子對禪讓傳說的發展起到了很大的推動作用。

〈容成氏〉是迄今發現的篇幅最長的楚文獻，從敘述史的角度討論禪讓制。與《莊子》中對原始烏托邦及其（被人類文明的創造者）毀滅的描述略為相近，〈容成氏〉也將歷史描述為從最初的烏托邦和諧中不斷衰退的過程，而和諧的主要特徵之一就是讓位於賢。文章不太關注「天命」的概念，而將禪讓視作宇宙與社會和諧的表徵。艾蘭總結道：「在文獻上和哲學上，該篇簡文都與傳世典籍中的戰國諸子學說有各種各樣的關聯，但它傳達的訊息卻與其中任一都不相符。」（頁222）

第七章「〈保訓〉：得中而成王」討論了2010年出版

4　馬承源主編：《上海博物館藏戰國楚竹書（貳）》（上海：上海古籍出版社，2002年）。

的《清華簡大學藏戰國竹簡》第一輯[5]中的一篇短文獻。該輯所錄文獻年代定位在公元前 305 年，前後誤差 30 年。這就是說，艾蘭書中所討論的四篇文獻時代相近。〈保訓〉篇的體裁是「訓」，並且聲稱具有確切歷史記錄的權威性。〈保訓〉意在記錄文王臨終前給他的兒子發 —— 也就是將要履極的武王 —— 的遺言。這段文本最著名的大概是引入了「中」作為禪讓的關鍵概念。學界已從哲學、法學、政治學等角度對這一概念進行過剖析，[6]艾蘭則引入了地理學的闡釋角度，將「中」確定為今河南省的嵩山一帶。因此，她從宇宙觀的角度解讀禪讓，暗示權力會轉移到該地區的人手中。顯然，我們有有理由對這種主張持懷疑和保留態度。根據《史記》，處於嵩山附近的洛陽確實被認為是天下之中。[7]然而到了戰國時期，儘管洛陽仍舊掌握在垂死的周王廷手中，但這種地理區域的佔有已不再代表它可以淩駕於其他諸侯之上。在這個例子中，我更為認同劉光勝的觀點，他主張文本中存在數個不同的「中」的概念，包括一個哲學概念。[8]

在第八章「餘論」中，艾蘭首先回顧了在二十世紀中

5 朱鳳瀚：〈北京大學藏西漢竹書概說〉，《文物》2011 年第 6 期，頁 55。

6 關於對〈保訓〉裡「中」這一概念的不同解讀，參 Liu Guozhong *Introduction to the Tsinghua Bamboo-Strip Manuscripts*, trans. Christopher J. Foster and William N. French (Leiden & Boston: Brill, 2016), 139–44.

7 《史記》，卷四，頁 133。

8 Liu Guozhong, *Introduction*, 144.

國研究領域的發展背景下，她對禪讓問題的研究討論。她尤其強調了法國結構主義學者，如列維· 施特勞斯，對其研究方法的影響。隨後，她回到這本書涉及的四篇文獻，總結了它們的共性與區別，並最後重申孔子的人格「對堯舜治下理想國之禪讓傳說的發展，甚至對於那些並非他追隨者的人來說，都提供了重要啟示。」（頁 327）。

儘管這部專著頗具啟發性，我對艾蘭的一些觀點還是持懷疑態度。第一點，雖然此為嘗試性，但她假設我們今日所知的多章節文本之所以產生，是因以絲綢為書寫載體而導致。首先，遠在秦統一六國之前，絲綢就已經被用作書寫材料。[9] 因此，多章節文本持續穩定地出現，似當由更多的因素造成，而非僅僅因為絲綢的應用。艾蘭認為漢代學術官僚化是其中一個因素，這我當然同意。但是她認為文獻定本會先寫在絲綢上，然後保存於宮廷秘府，這點仍然缺乏證據。我們知道，漢代秘府中一些建朝 200 年以後的文獻仍然是寫在竹簡上的。[10] 此外，即便是主要與早期中國文本的傳寫有關的事件，亦即秘府的官員劉向（前 79–前 8 年）和劉歆（前 46–23 年）所做的文獻編輯，也是抄寫在竹簡而非絲綢上。在解釋郭店簡三種《老子》殘簡以及馬王堆《老子》帛書的時候，艾蘭「絲綢假說」的缺

9 見於《墨子》。詳參 Liu Guozhong, *Introduction*, 6。

10 Edward L. Shaughnessy, *Rewriting Early Chinese Texts* (Albany: State University of New York Press, 2006), 2; Matthias L. Richter, *The Embodied Text: Establishing Textual Identity in Early Chinese Manuscripts* (Leiden & Boston: Brill, 2013), 5.

陷尤為明顯。馬王堆《老子》帛書與傳世《老子》在內容上幾乎完全一致，代表了文本演變較晚時期的形態，而與傳世本的相似度只有三分之一的郭店殘簡，反倒可以追溯到文本形成的較早時期。艾蘭的假設前提是：《老子》文本的生成是將內容相關的材料整合在一起，直到一個「定本」出現，才最終以帛書的形式出現。這個觀點有以下幾個問題。

第一，目前最完整的《老子》出土文獻 —— 北大簡《老子》，只比馬王堆文獻的年代晚了幾十年。[11] 第二，也是更重要的一點，這個觀點意味著，郭店簡的特定彙編在幾十年後被一字不差地編入「五千言」的流傳版本。對此，儘管目前有很多看法，我還是認同裘錫圭與顧史考（Scott Cook）的說法，即，這樣一種假設顯得「令人難以理解，且巧合過甚因而難以採信」。[12] 哪怕考慮到《太一生水》可能與郭店《老子》丙篇合編一冊，這種情況也不會改變。依我看來，目前的學術成果無法證明帛書的抄寫對早期中國多章節傳世文獻的出現有何影響。

書中另外一個可能引起爭議的問題是，艾蘭主張，孔子在禪讓觀的生成方面發揮莫大作用，「甚至那些並非他追隨者的人」也因此受到啟發。正如我們在〈子羔〉篇

11 朱鳳瀚：〈北京大學藏西漢竹書概說〉，《文物》2011 年第 6 期，頁 55。

12 兩人的觀點皆見於 Scott Cook, *The Bamboo Texts of Guodian: A Study & Complete Translation* (Ithaca: East Asia Program Cornell University, 2012), 204–5。

中所見，孔子僅與禪讓典範之一 —— 舜帝有暗示性的關聯，畢竟孔子之名在這篇文獻中只被提及一次。至於其他文獻，其中一些如〈容成氏〉，幾乎沒有提及任何儒家的特定價值觀，譬如「仁」。因此，我們似乎只能這樣說，孔子的影響僅限於那些提及他的名字或美德的文獻，而在其他的情況下，這種說法則顯得有些牽強附會。

綜上，《湮沒的思想》雖然主要在於探討非繼承性權力轉移的話題，但同時也提供了大量關於出土簡帛竹書文獻研究的資料。毫無疑問，這部著作對有志於早期中國思想研究的學生將大有裨益。除了艾蘭所分析的這些文獻，其他出土文獻如北大簡（《北京大學藏西漢竹書》）的〈周訓〉在西漢禪讓問題上亦將發揮重要作用。「湮沒」的思想出土日多，而《湮沒的思想》將注定會是這段奇妙思想旅程的里程碑。

饒宗頤國學院院刊　增刊
2023 年 6 月
頁 477–483

評來國龍《幽冥之旅：楚地宗教的考古學研究》[1]

Lai, Guolong. *Excavating the Afterlife: The Archaeology of Early Chinese Religion*. Seattle and London: University of Washington Press, 2015. Pp. xi+320.

方破（Paul FISCHER）
西肯塔基大學哲學與宗教系
郭倩夢譯

在這本新書中，來國龍以扎實的論證，闡明了一種對於中國早期墓葬的新認識，同時亦十分到位地介紹了早期中國研究中考古學和藝術史的交匯領域。本書開篇便已揭示其論述的核心主張：「墓穴是一座橋樑，是死後幽冥（afterlife）旅途中的驛站，亦是關於死後世界諸多既定概念的具象呈現。」（頁 1）通覽全書，來國龍將這一主張與其他對立的觀點進行了對比，並透過舉證，以鞏固其論點，當中大部分證據來自最新的資料。正是在搜集了這些

1　原作名為 *Excavating the Afterlife: The Archaeology of Early Chinese Religion*，而此處中譯名依作者意願將 Early Chinese 譯成「楚地」，而非早期中國。

證據的廣大背景下，來國龍能夠清晰地闡明他更宏大的目標：「本書旨在界定這些〔由墓葬物品證明的〕宗教活動之性質，並對自戰國時期至秦漢時期不斷變化的宗教信仰和儀式實踐，進行綜合說明。」（頁 11）因此，讀者不但可以參酌本書對於中國早期墓葬建造方面的具體論述，另一方面亦可受益於本書對新近考古發現的廣泛考查，了解它們會如何塑造我們對中國早期思想史的理解。

全書包括四個正文章節，首尾導言和結論均經過精心撰寫。導言部分既有理論方面的考量，也簡述了大量正在進行的中國考古挖掘工作之具體發現。理論方面跨越了幾個學術領域，包括宗教學和古文字學，特別是藝術史角度的分析尤為出色。對後續正文章節的內容，來國龍概述道：「在宗教藝術領域，出現了幾項顯著且經久不衰的創新：（1）伴隨橫室墓產生的新埋葬方式，橫室墓提供了對亡者進行祭祀儀式的空間；（2）新的喪葬習俗，如普遍使用明器以標明亡者與生者之間斷絕聯繫；（3）更廣泛地運用擬人化、混合圖像和書面文本，藉此與神靈世界溝通；（4）冥界官僚體系的構建；以及（5）新發展的宇宙觀、帝國和死後幽冥的概念，其中死後幽冥被認為是通往宇宙終極的旅程。」（頁 12）針對這五個焦點的考查交織貫穿了全書。

在第一章，「無法成為祖先的亡者」中，來國龍描繪了受祀對象範圍的不斷擴大。祖先（及各種自然神）是商代晚期至周代早期的主要受祀對象，但這個無形神靈的「神譜」隨後有所擴展，吸納了以前被忽略的人群。這個新群體「由『絕無後』者組成，其中或為『強死』，或為『兵死』。由於他們未得善終或乏嗣而無法成為祖先譜系的一部分，而這一類靈體的加入，挑戰了從商朝和西周朝傳承下來的宗教體系」（頁 28）。來國龍認為，這個群體由先前被剝奪受祀權利的個體組成，具有不確定性，正是對宗教系統的一個核心「挑戰」。祖先們可能會為其後裔的福祉而倍感欣慰（畢竟，後裔們是以某種方式用祭祀品來「供奉」他們），而這一組能夠極往知來的靈體卻難以預測，並且根據死亡情況，他們可能充滿報復性，也許還反覆無常。該如何去安撫一個潛在的強大且憤怒的陌生靈體？將他們納入祭祀儀式和占卜訴求，對於任何可能出現的緊張矛盾或誤解，正是個緩解的好方法。

其他神靈，無論是天上的，還是塵世的，同樣令受祀對象的行列顯著增加。太一、后土、司命、司禍、大水，以及其他神靈都進行了應有的討論，但是來國龍在後面的章節特別檢視了生殖神（祖）的演變。這種需要安撫的亡魂數量增加與戰國時期死亡人數的增加息息相關。儘管這樣的推斷總是受限於證據不夠充分，但來國龍轉述道：「根據歷史資料中的軼事記載，歷史學家們估計，從戰國中期到漢代早期人口減少了近一半。」（頁 48）早期戰爭衝突的倖存者或許曾感謝過祖先神靈在戰鬥中保佑，但是在秦一統前的數十年，以至其後幾個世紀間，倖存者們似乎亦擔憂，新近死者的靈魂有機會帶來惡意影響，不論他們是否與其本人有關，甚至不管他們在戰爭中是否其同袍。

在第二章,「墓葬空間的變化」中,來國龍描述了從豎穴「土坑」墓向橫式「槨室」墓的轉變,並且在前一章的基礎上,提出這種轉變的部分動機是「新觀念認為亡者是兇惡且有潛在威脅的厲鬼,需要被安撫和隔離」(頁56)。亡者最終的確切去向仍是個謎,既有證據指向上至天界,也有指向地下的。當然,沒有任何證據表明存在「裁定者」來決定人死後的去向,更沒有證據說明這類決定是基於道德考慮。相反,身份地位似乎是關鍵:一個可行的假設是,顯赫且有權勢的人升至上界,而普通人則下降到一個名稱各異的陰間世界。

後期橫室墓的形制和內容都被來國龍用作核心論點的證據。演變了的形制能代表一類房屋,而墓葬內容則開始包括「旅行裝備」。這種如同房子一般的墓葬,來國龍將其解釋為「一個驛站,一個靈魂將從那前往宇宙終極的臨界之所」(頁76)。而無論是列在墓葬清單上的「旅行裝備」,還是實際出土的此類隨葬品,都是這一觀點的佐證。在擂鼓墩一號墓中,「出土的清單將隨葬品分為若干類,而其中一類被標明為亡者在死後幽冥靈魂之旅中所使用的旅行裝備」(頁76)。在接下來的兩章中,來國龍繼續分析了出土的「旅行裝備」。

在第三章,「神靈無形」中,來國龍描述了在墓葬中發現的擬人化形象。這些圖像聯繫並融合了生者、亡者靈魂、神祇和動物。除了一些模稜兩可的生殖崇拜特例,大多數早期的擬人化圖像都是陪伴精英死者前去幽冥的奴僕。隨後,在戰國中期,出現了亡者的「肖像畫」。現存的有關畫作只有四幅；可惜其中一幅摺疊粘連在了一起，還有一幅則尚未出版。另外兩幅以人物為特徵 —— 子彈庫墓葬帛畫中繪有男子御龍，陳家大山墓葬帛畫繪有女子伴龍鳳。結合著名的馬王堆墓葬銘旌來考慮，來國龍認為「這些圖像描繪了墓主在死後幽冥世界的靈魂旅程，因此具有神奇的力量來幫助並引導亡者跨越臨界階段以進入幽冥」（頁 117）。

另一類在早期墓葬中發現的擬人化圖像是「混合圖像」（鎮墓獸）。來國龍描述了生殖神（祖）從直白的陽具符號到帶鹿角的擬人化形象之演變。他還大膽宣稱：「我的論點是，所謂的鎮墓獸，是南方豎穴式楚墓的一個流行特徵，但實際上它並不是一個守墓裝置，而是中國早期生殖神的象徵」（頁 122）。在思考了考古學和文本證據後，他得出結論：「根據現有的證據，對生殖神的崇拜似乎起源於對精英女性的葬禮習俗，她們通常是貴族和統治者的妻子、配偶⋯⋯隨著時間的推移，這些鎮墓獸方座開始作為其他社會精英人員的隨葬物品，其中包括男性。」（頁 128）來國龍在這一章亦對馬王堆太一帛畫作出了有趣重構和詮釋。儘管我不想在這篇書評中破壞他解釋的影響，但只能說「這裡關鍵的宗教概念是『精神佔有』」（頁 132）。

第三章討論了圖像，而第四章「予冥界之書」涉及的是文本。來國龍主要研究了三類墓葬文書：一是墓主及其家人提供的隨葬物品清單「遣冊」，二是助喪物品清單「賵書」，三是給冥界官僚機構的官方文書「告地書」。關於兩種清單，來國龍表示：「在這些墓葬品中，戰車、禮器和樂器都是墓主社會地位的象徵，而衣服、家具和食物是戰國時期流行的墓葬品新興種類」（頁 140）。而告地書則與生者國度使用的移牒類似，似乎用作通往幽冥目的地之「護照」。因此，它們是「旅行證件」，這與前一章的「靈魂之旅繪畫」共同構成了「旅行裝備」的子集，而這對來國龍的論點至關重要。他還將告地書分為平民用、王室用和囚犯用。

告地書對應的「冥界官僚機構」是「在秦漢帝國的形成時期首次出現的」（頁 154）。來國龍推測，這可能源於較早的戰國時期思想，即「戰亡者可以聚集於一個飛地」（頁 155），這在第一章「無法成為祖先的亡者」中有所暗示。來國龍在本章的結尾部分提出，這種官僚體系是由一群不同的占卜者、主禮者和地方官員所組成的。

在第五章「旅向西北」中，來國龍提及了多處亡者的最終歸宿，從「縱軸」的「上帝之庭」和「冥界官僚」，到「橫軸」的昆侖和蓬萊。但他強調的是一個鮮為人知的地方，即「那些兵死者」靈魂所至之所 —— 西北部的不周山。在帝所指派之管理者武夷的統轄下，不周山是新亡者具體歸宿的早期例子。來國龍表示「我們只能推測，將兵死者的靈魂聚集於武夷神管轄範圍內，是為了控制這些強大且有潛在危害的靈體⋯⋯」（頁 165）。與此論點同樣重要的是，不周山位於周文化區域邊緣，這意味著墓主的靈魂必須經歷一場旅行。

除了第四章中提到的，遣冊中書面的「旅行裝備」和告地書，還有在一些早期陵墓中發現的「日書」。這些「日書」包括了「日曆、曆書、天文曆法，和技術指南」（頁167），這些對於旅行而言非常有用。類似《易經》，日書是根據一個人在時間和空間上的特定位置來判斷吉凶，而不取決於神或是祖先的意志，也不依靠占卜者的解讀。

在簡短的結論部分，來國龍總結了他的研究結果。關於在本書中的宏觀目標，他寫道：「早在商代和西周時期，亡者被整體認為是仁慈但不具名的祖先。然而，在春秋時期，祖先的宗教重要性開始下降。與此同時，亡者開始被主要視為具有威脅性的個體，這群從前未被記載的死於暴力或乏嗣的亡者，便出現在戰國時期的宗教神譜中……」（頁190）在具體論證中，他總結道：「亡者歷經了一段險峻的異世之旅，從其埋葬地到一個想象中的宇宙終極之所，即西北的不周山，在那裡，亡者個體聚集形成了官僚化的社區。圖像、文字、地圖和實體物品被埋葬在墓中，作為亡者旅行途中的全套裝備。」（頁191）

來國龍成功寫出了一本會讓考古學家、藝術史學家、思想史學家、宗教學家以及對早期中國文化有廣泛興趣的人極感興趣的著作。他將自己與前人的理論相結合，並從過去幾十年間的考古記錄中援引證據。我認為，無論是他較為細節的觀點，即墓葬應被視為幽冥之旅開始時的「驛站」，還是更宏大的觀點，即中國宗教的「神譜」擴大至包括了那些重要且可能令人擔憂的兵死者，他的兩個論述皆得到了清晰表述和充分支持。還有其它大量無法在書評中一一介紹的細節，都在書中等待諸位讀者探尋。

饒宗頤國學院院刊　增刊
2023 年 6 月
頁 485–526

評柯馬丁、麥笛編《中國政治哲學之始源：〈尚書〉之編纂與思想研究》

Origins of Chinese Political Philosophy: Studies in the Composition and Thought of the Shangshu (*Classic of documents*). Edited by Martin KERN and Dirk MEYER. Leiden: Brill, 2017. Pp. vi+508

夏含夷（Edward L. Shaughnessy）
芝加哥大學東亞語言與文明學系（East Asian Languages and Civilizations, The University of Chicago）
楊起予譯

在「五經」之中，《尚書》或稱《書經》位列第二。這本研究《尚書》的重要英文著作的出版，顯然應該算作西方的早期中國研究的一大里程碑。正如兩位主編在其「序言」中所說，迄今兩千餘年，中國政治哲學各方面都受到了《尚書》的啟發。然而，他們還點出了一個事實：「略顯悖謬的是，《尚書》對中國政治傳統有多重要，它在西方學界就有多被忽略。」（頁 2）就在說這話之前，他們說：「西方學界對於《尚書》的重要研究屈指可數」，其實這麼說並不為過。[1] 如今在這一本 500 頁出頭的書中，我們一下子有了十四篇研究，直接處理了至少十四篇《尚書》，另外討論了兩篇《逸周書》。[2] 此書是兩次國際會議的產物，第一次會議於 2013 年在普林斯頓大學舉辦，第二次於 2014 年在牛津大學舉辦，如今出版的論文顯示出它們經過了作者的大量修訂，兩位主編對論文的編輯亦可謂大刀闊斧。在這十四章中，作者們各顯身手：有些深入

1 筆者數了一下，在每章之後所附的參考書目中，的確僅有八九篇前人研究。可其間甚至沒有包括伯希和（Paul Pelliot）的經典之作「*Le Chou king* en caractères anciens et Le *Chang chou che wen*」（古文《書經》與《尚書釋文》），見 *Mémoires concernant l'Asie Orientale* 2 (1916): 123–77，抑或艾爾曼（Benjamin Elman）的「Philosophy (*I-Li*) versus Philology (*K'ao-cheng*): The *Jen-hsin tao-hsin* Debate」（義理與考證之爭：「人心」與「道心」的辯論），見 *T'oung Pao* 2nd ser. 69, nos. 4–5 (1983): 175–222；連戴梅可（Michael Nylan）考察《尚書》、《逸周書》中周公形象的 "The Many Dukes of Zhou in Early Sources"（早期史料中的多面周公）亦未提及，而此文卻出現在柯馬丁主編的書中，見 Michael Nylan, "The Many Dukes of Zhou in Early Sources," *Statecraft and Classical Learning: The Rituals of Zhou in East Asian History*, ed. Benjamin A. Elman and Martin Kern (Leiden: Brill, 2010), 94–128。雖則如此，這一看法有其道理，西方學界對於《尚書》的研究確然不足。

2 根據本書十四位作者在各章中處理的順序，這些篇目分別為：〈堯典〉（柯馬丁第 1 章、馮凱第 2 章）、〈皋陶謨〉（馮凱第 2 章）、〈呂刑〉（馮凱第 2 章、陳力強第 13 章）、〈顧命〉（麥笛第 3 章）、〈多士〉與〈多方〉（耿幽靜第 4 章）、〈金縢〉（馬瑞彬第 5 章、麥笛第 6 章）、〈甘誓〉（柯馬丁第 8 章）、〈湯誓〉（柯馬丁第 8 章）、〈泰誓〉（柯馬丁第 8 章）、〈無逸〉（尤銳第 10 章、胡明曉第 11 章）、〈費誓〉（夏玉婷第 12 章）、〈禹貢〉（羅斌第 14 章）和《逸周書．商誓》（耿幽靜第 4 章）、〈王會〉（羅斌第 14 章）。

研讀了一篇（或幾篇）文本，另一些則橫跨多個文本、甚至整部《尚書》。不同讀者會對這些章節的相對得失評價不同，然而綜觀全書，此書顯然如二位主編的「序言」所保證一般，作出了重要貢獻。其實，對我而言，此書的唯一重大弊病乃是「序言」本身，它毀於一種令人反感的自鳴得意，二位主編從未明言前人的學術貢獻，從而貶損了前人研究，與此同時，他們又宣稱所有作者觀點一致，而這顯然不符合事實。下文會首先評述十四篇文章的內容，畢竟它們才是本書的核心，最後再回頭考察「序言」本身。

***

柯馬丁為本書貢獻了首篇文章〈《堯典》中的語言與王道思想〉（“Language and the Ideology of Kingship in the ‘Canon of Yao’”）。這篇對於〈堯典〉的研究，為柯氏兩年前剛剛發表的同名文章修改而成。[3] 相對於絕大多數

3 Martin Kern, “Language and the Ideology of Kingship in the ‘Canon of Yao’,” *Ideology of Power* and *Power of Ideology*, ed. Yuri Pines, Paul R. Goldin, and Martin Kern (Leiden: Brill, 2015), 118–51. 不知柯氏迫切地重刊此文，究竟意在強調此文獨一無二的重要性，抑或旨在表明該文亟待修正。他說「新版優於舊版」（頁 23 注）。然而，比對兩個版本的前十頁，除了一些格式上的修訂，二者幾乎完全相同，只有兩處段落刪增：一是在本書 29 頁添了一段，二是刪去了原版第 125 頁、第 126–27 頁中的一些段落（至少後者主要在關注《詩經》，置於本書會顯得格格不入）。譯注：柯氏舊作的中譯本可參柯馬丁撰、楊治宜、付蘇譯：〈《堯典》── 辭令與王道的意識形態〉，收入陳珏編：《漢學典範大轉移 ── 杜希德與「金萱會」》（臺北：聯經出版，2014 年），頁 57–90。

出版社，博睿（Brill）顯然在用紙上更為寬宏大量，書中另有兩章，或多或少也只是舊文重刊，已經在過去三年裡發表過。然而，收錄柯氏舊作的那本書很可能已經不像這本易於得見，而筆者目前尚未見到其他對此文的評論，故此文仍值得在此介紹。

柯氏對〈堯典〉提出了兩個主要論點：一者，該文本以「表演性演說」（performative speech）開場；二者，或許〈堯典〉出於秦漢時人之手，至少對於他們而言，〈堯典〉論述的總體效果支持了對於王道的特定看法。文章開篇，柯氏用了大量篇幅，重新解讀〈堯典〉首句（此處引用不加句讀，以規避理解上的偏見）：

> 曰若稽古帝堯曰放勛欽明文思安安允恭克讓光被四表格于上下

一般來說，此句大致會被翻譯為：

> 考索古事，帝堯名為放勛。他敬畏光明的德行，又能平和地思考，真正恭敬地做到謙讓，他的光芒遍布四面，使上下神祇都得以到來。

柯氏則一反傳統說解，不以「放勛」為堯名，說應該將開篇「帝堯曰」之後理解為帝堯的演說，「放勛」大概意謂「倣效〔過往的〕功績」。《孟子・滕文公上》、〈萬章上〉明言「放勛」為堯名，前人經說皆持此議。柯氏將《孟子》

以外的早期經說一律斷在漢代，故在改易前人舊說之時，他承認己說既與所有「漢代經說」分道揚鑣，也背離了《孟子》：

> 否認「放勛」為堯名，意味著我以為《史記》、《大戴禮記》以及其他漢代資料的解讀有誤。與此同時，《孟子》亦以「放勛」為堯之私名的情況引出了兩種可能：一者，這一違背了《尚書》本身文本結構的解讀確然出現甚早，可能是出於帝堯傳說的一脈分支傳統；二者，唯有在類似《史記》的漢代資料的影響下，《孟子》與堯相關的兩章（〈滕文公上〉與〈萬章上〉）才得以形成。（頁 28，注 21）

全盤否認前人說解，究竟對柯氏有何裨益？實在是讓人一頭霧水。畢竟除了起首二句，柯氏對於此段其餘內容的句讀和理解，實則與傳統解讀無異。柯氏對「表演性文本」的研究為人熟知，為了將〈堯典〉開篇解釋成一段「表演性文本」，他付出了太高的代價：幾近罔顧一切相反證據。倘若不去刻意將之解釋為「表演性文本」，便會覺得柯氏完全沒有必要背棄前說。

柯氏區分堯和舜，認為作為君主，堯行事激進，經常不聽從臣下的諫言，舜則更為順從，受其臣下引導。這一看法有趣，也有道理。他覺得「古文」《尚書》將〈堯典〉析分為〈堯典〉、〈舜典〉的做法，進一步支持了堯、舜二帝所代表的王道思想有別。他說「堯、舜可能被理解為代表帝國統治中互補的兩面，這兩個面向可因時勢變化而交替施用」（頁 54），這點聽起來也不無道理。他注意到王莽上位時將自己比作舜，奉祀舜於帝國宗廟之中，以之為自己的先祖，此一觀察也對。而後他雖未明言，卻繼續暗示道：這種對王權理解的區別是受到了秦漢政治思潮的影響。這顯然沒有考慮先秦時期或已就此一區別有所論辯，他再次逾越了他的證據所能推至的限度。總而言之，君臣權力的緊張關係或許始終是中國政治哲學的一大議題，它當然在秦漢時期很重要，但在秦漢之前、之後也同樣重要。

馮凱（Kai Vogelsang）為本書貢獻了〈《尚書》中針鋒相對的聲音〉（"Competing Voices in the *Shangshu*"）一文。他遵循柯氏的思路，認為〈堯典〉顯示出兩種不同政治哲學的交鋒（與柯氏相似，馮凱同樣注意到「古文」《尚書》將〈堯典〉分為了〈堯〉、〈舜〉二典），卻將相似的分析施用於《尚書》中的另外兩篇——〈皋陶謨〉和〈呂刑〉之上。與〈堯典〉相似，「古文」《尚書》也將〈皋陶謨〉析分為二：〈皋陶謨〉本身和〈益稷〉。皋陶原來是舜禹之臣，執掌刑法。按照傳統理解，〈皋陶謨〉是他的演說，而〈益稷〉是禹的某次（或幾次）演講。禹此後承繼舜之君位，最終被公認為是夏代的立國之君。馮氏據高本漢（Bernhard Karlgren）的譯文，將〈皋陶謨〉分為並列的 A、B 兩部分，謂二者雖然表面相似，實則顯示出不同的用詞與語法。更重要的是，A 部分著重於「君主的品德」(頁71),而即使B部分支離破碎,讀者不易察覺其顛覆性,它似乎顛覆了A部分的論點(頁72)。在總結這一分析時,他說:「這表明我們必須要考慮一種可能:《尚書》諸篇既非同質性單元(homogeneous units),也非不同層次相輔相成的混合性著作(composite writings)。事實恰恰相反,《尚書》諸篇包含了彼此敵對的話語,它們可能根本水火不容。」(頁78)

馮氏以同樣的方式分析〈堯典〉,發現了「用詞和政治哲學都截然不同的兩個部分」,一部分「以君主的品德為中心」,另一部分則「旨在論證由臣下主導的官僚制政府」(頁88),然後轉而分析〈呂刑〉篇。縱使注意到各個傳統《尚書》版本都沒有將〈呂刑〉析分為二,他仍然堅持分割文本為A、B兩部分。其中A部分包含7個分部,而B部分僅有一節,即所謂「『程序法』目錄和其他法規」。A部分聚焦於「德」,而他所判定的B部分強調「罰」。馮氏注意到「罰」字在B部分中出現了17次(而從未出現在他所判定的A部分中)。他提出兩種設想以解釋這種區別:「我們可以說不同的語境(比如君主是在對不同的群體演說)或文體(譬如演講與目錄、清單之別)要求運用不同的風格與詞彙,如此一來,A2與B1的內容之別,便意味著二者互相『補益』而非『對立』。另一種可能性是,我們應該嚴肅對待此類區別,認為它背後透露出不同作者、編者對於法律與政府的截然不同的立場。」(頁99)馮氏說第二種設想能夠「嚴肅對待」這些區別,從措詞上看,他的傾向顯而易見,儘管我們可能會想其他解讀也能「嚴肅對待」這些區別。

在總結一節中，馮氏發問：《尚書》的創作過程，是否存在他從〈堯典〉、〈臯陶謨〉、〈呂刑〉三篇之中考察出來的系統性矛盾？換言之，是否有一種聲音支持「卡理斯馬型統治」（charismatic rule），另一種聲音卻支持「官僚制政府」，二者互相抗衡？然而，結合他對於這三篇中詞彙和語法的分析，他發現「這些聲音未必截然對立」（頁102），又總結道：「在《尚書》諸篇中，相同的層次從未反復出現。」（頁 103）據此，他總結道：「考慮到《尚書》文本歷史的複雜性，這一情況在意料之中。事實上，任何程度的統一性才會讓人驚訝。對於現代《尚書》研究者而言，這意味著他們不僅需要分析每一篇，而且需要分析每一段落，還要考慮到它們所屬的更大的語境，以及無數摻入文本的改動和訓詁，等等。《尚書》中各式各樣、或者說針鋒相對的聲音，將會繼續使學者困惑。」（頁 103）這話顯然不誤，雖說我非常懷疑任何有志啃下整部《尚書》的人，怎會為發現些「針鋒相對的聲音」而困惑。

本書第三章由麥笛所作，他研究的〈顧命〉篇也被「古文」《尚書》析分為二，分別是〈顧命〉和《康王之誥》。傳統說法以為，〈顧命〉記錄了成王的臨終遺言，以及隨後其子釗嗣立為康王的史事。然而與柯、馮二氏不同，麥笛提議遵循今文《尚書》，將〈顧命〉和〈康王之誥〉視作統一整體。可讓人稍感困惑的是，他又稱〈顧命〉和〈康王之誥〉為 A、B 兩個部分，且強調它們性質懸殊。他弱化了傳統上對於〈顧命〉歷史背景的說解，謂

〈顧命〉「首先並非一篇記錄，它不通過記錄事件來記載歷史變動。應該將之理解為古代社群面對社會、智識經驗的動蕩之際，設法平息動蕩所作出的多層次的智識規劃」。（頁 106）繼而，他重複了在自己此前發表中為人熟知的觀點：在他看來，〈顧命〉「主要以口述形式」存在：

> 可以說〈顧命〉建構出一套敘事背景（周王將崩，造成危機，故亟待任命繼承人），從而為自己的物質存在正名。〈顧命〉大可（或者說「理應」？）主要以「口述形式」存在，之所以為演說建構出一套敘事背景，是因為作者並不習慣將演說記錄下來，所以要為自己的書寫行為找到一個原因。（頁 108）

注譯成王遺命之後，[4] 麥氏便將之與近出清華簡〈保訓〉篇

4　稍微令人困惑的是，麥氏很少提到此前的〈顧命〉英譯對他在翻譯上的幫助。他不時使用理雅各（James Legge）和高本漢（Bernhard Karlgren）的翻譯，尤其是在文辭更為晦澀的第二部分；麥笛搜集文獻時，似乎全然遺漏了夏含夷對〈顧命〉篇的大量翻譯，縱然夏氏早就提出「〈顧命〉篇強化了周王朝統治的鞏固」（麥氏亦持此觀點，見頁 137）。參 Edward L. Shaughnessy, "The Role of Grand Protector Shi in the Consolidation of the Zhou Conquest," *Ars Orientalis* 19 (1989): 51–77。譯注：該文中譯本可參夏含夷撰，楊濟襄、周博群譯：〈大保奭在周王朝的鞏固中所扮演的角色〉，收入黃聖松、楊濟襄、周博群等譯，范麗梅、黃冠雲修訂：《孔子之前——中國經典誕生的研究》（上海：中西書局，2019 年），頁 121–40。

進行比對，也提供了〈保訓〉的全文翻譯。[5]

著手翻譯〈顧命〉後半部分之前，麥氏插入了一段其所謂「重構情境與記憶生產」（Recontextualization and Memory Production）的理論分析，謂「一旦置於歷史語境之中，文本不再具有『即時性』（immediacy），其作為『可被傳播的事件』（communicative event）的性質隨之突顯。當一場演說被重新放置於真實或想像的特定歷史情境之中，它便不僅僅是在重演這一事件 —— 如今，演說成為了一種介導的、檔案性質的物件。它不再具有表演性，面對的也不再是事件當時的見證者。因而，包含演說的文本成為了後人的行為參照，它可能存在於口耳相傳之中、抑或被書寫下來。無論〈顧命〉如何流傳，作為後世的行為參照，它首先不是為了記錄當時的歷史，而是超越時空限制，用來教育更為廣大的聽眾群體。它變成了一個表面在存儲記憶，實際是在建構記憶的『記憶之場』（*lieu de mémoire*）」（頁 127）可這話我聽上去，不過是變著花樣

5 相較〈顧命〉而言，麥氏翻譯〈保訓〉時的注釋少得多。其譯文特點同樣在於：從未提及任何西方學界對於〈保訓〉的相關研究。對此，我們可以注意到陳慧的〈清華簡《保訓》裡的「中」與理想君主〉，參 Shirley Chan, "*Zhong* 中 and Ideal Rulership in the *Baoxun* 保訓 (Instructions for Preservation) Text of the Tsinghua Collection of Bamboo Slip Manuscripts," *Dao* 11.2 (2012): 129–45。艾蘭（Sarah Allan）《被埋葬的觀念 —— 早期中國竹簡中的禪讓傳說與理想政府》第七章提供了〈保訓〉篇全文的譯注，參 Sarah Allan, *Buried Ideas: Legends of Abdication and Ideal Government in Early Chinese Bamboo-slip Manuscripts* (Albany, N.Y.: State University of New York Press, 2015), 263–314。

說「文本是文本」。最後，麥笛如此總結道：

> 我無意表明〈顧命〉全部出於東周時人編造，畢竟其間的某些元素可能有更為古老的源頭。但它被塑造為政治——哲學話語中的「記憶之場」，從這可以看出，顯然有東周時期的文本摻入其間。(頁 138)

麥氏的推定違背了幾乎其他所有對〈顧命〉的斷代。[6] 如果能同時給出具體的證據，尤其是語言學、文字學方面的證據，這一推定才會更具說服力。

由耿幽靜（Joachim Gentz）所撰寫的第四章題為「同一上天、歷史與人民：在周室對殷遺的演說《尚書·多士》、《尚書·多方》與《逸周書·商誓》中重新為周代定位」(“One Heaven, One History, One People: Repositioning the Zhou in Royal Addresses to Subdued Enemies in the ‘Duo shi’ 多士 and ‘Duo fang’ 多方 Chapters of the *Shangshu* and in the ‘Shang shi’ 商誓 Chapter of the *Yi Zhoushu*”)；該標題很好地提示了文章的內容。耿氏以為，這三篇文本在世界文學中獨具特色，因為當其試圖說服被鎮壓的敵人時，周人實將克殷這一「歷史斷裂」理解為「連續」。(頁 174) 他還認為這三篇《書》類文獻表現

6 中國傳統說法顯然將〈顧命〉斷在西周。這一斷代不僅得到中國學術界的普遍承認，也受到絕大多數西方學者的認可，包括柯馬丁和馮凱（參麥文頁 110 注 17）。

出相似的結構，並將之概括如下（頁 157）：

- 控訴近來被鎮壓的殷民叛亂
- 援引歷史先例：夏朝亦為商人所推翻
- 暴君商紂臭名昭著，背棄天道秩序
- 是故上帝改命有周
- 使用反問句，控訴近來殷頑民的叛亂
- 命令殷民合作，同時威脅斬除不服之人

繼而，他辨識出 31 個《尚書》諸篇成書的不同「模件」（modules）（頁 160–61），發現其中許多為《尚書》獨有，今古文《尚書》諸篇皆然。他注意到〈多士〉、〈多方〉與〈君奭〉、〈酒誥〉等《尚書》其他篇章有不少相似語句。在本章之中，他翻譯、分析了〈多士〉、〈多方〉二篇（還在「附錄」中全文翻譯了此前從未被譯過的〈商誓〉篇，見頁 182–88[7]），並留心於修辭元素，提出〈多方〉、〈多士〉

7 耿氏將難解的〈商誓〉篇翻譯得大體可靠。然而需要指出，耿氏引據的版本將會對本章，以及下面柯馬丁〈《尚書》中的「誓」〉（The 'Harangues' (*shi*, 誓) in the *Shangshu*）一章對《尚書》文體的討論影響甚巨。恰如耿氏在其翻譯開頭表明，他所使用的〈商誓〉文本來自黃懷信、張懋鎔、田旭東的《逸周書彙校集注》，見黃懷信、張懋鎔、田旭東：《逸周書彙校集注》（上海：上海古籍出版社，1995 年），頁 477–494。該書於 2007 年重新修訂，如今已被學界公認為今日最佳校注本，故耿氏的選擇有理可據。然而應該點明：一旦黃懷信覺得必要，他會經常「改正」傳世諸本，而僅在討論部分提及原本的讀法。譬如，〈商誓〉中有三處傳世諸本皆作「先誓王」，黃懷信將之改為「先哲王」，而耿氏翻譯為「此前商代睿智結構相當縝密，不似〈商誓〉在組成、修辭上頗為鬆散。

的國王」(頁 183 兩處，頁 186 一處)。有大量語文學證據支持此一修訂：「先哲王」不僅作為語例見於〈康誥〉、〈酒誥〉、〈召誥〉等《尚書》諸篇，而且更為重要的是，西周金文證實「哲」、「誓」二字是異體字，有兩篇文例相近的銘文如此描述先祖：

> 梁其鐘：克哲厥德
>
> 番生簋：克誓厥德

所以，幾乎能夠肯定耿氏的翻譯是正確的。此文的「誓」字在早期不過是「哲」字的異體。然而，之所以提醒這一點，乃是因為正如十九世紀的朱右曾(1838 年進士)所說，篇中三處「先商誓王」無疑影響了〈商誓〉篇名，耿氏、柯氏又將〈商誓〉譯為「對商人的長篇演說」(頁 155、286)。朱右曾說見黃懷信等：《逸周書彙校集注》，頁 477。在如此翻譯〈商誓〉篇名之後，耿氏在同一頁表明：

> 雖然該篇被歸為「誓」體，然其結構、行文與《尚書》諸誓不類，卻更接近〈多士〉、〈多方〉二篇。(頁 155)

此說亦不誤。然而，他繼而將此三篇文本皆處理為「誓」：

> 因而，在對殷頑民這一特定群體演說時，〈商誓〉與〈多士〉、〈多方〉遵循了一定的修辭、寫作模式。這一模式也出現在《尚書》其他「誓」篇之中，用於警告不服從王命的特定群體。(頁 156)
>
> 柯馬丁在其分析中描述了《尚書》「誓」篇諸元素的固定排列順序，這三篇文本的構成模式與之幾乎一致。(頁 158)

柯氏在其負責的部分談及〈商誓〉，云：

> 傳統說法以為，該篇為克商後武王對受俘商臣之演說，如此一來，〈商誓〉則非戰爭演說，反倒與《尚書．多士》、〈多方〉相近。(頁 286)

此說亦不誤。然而遺憾的是，耿、柯二人皆未注意到該篇之所以名「誓」純屬偶然。〈商誓〉絕非「誓」體，而是與〈多士〉、〈多方〉一樣，皆為典型的「誥」體。

在總結此章之時，耿氏討論了飽受爭議的成書年代問題。與此前馮凱使用的方法相類，[8] 他也將《尚書》與西周金文進行比較，發現二者之間「缺乏術語、概念的共通之處」，謂「銅器銘文無助於為〈多士〉、〈多方〉二篇斷代」（頁 177）。他轉而以其所謂「意識形態」為斷代依據，認為此類文本的寫作年代必然離西周中期不遠，亦即克殷百年之後。他在第 179 頁說：「商代乃至西周早期，統治者仍然依賴於諸侯的忠誠與親善，此後轉而依賴天意，可天意卻不可憑依。」對我而言，耿氏在這點上的許多論證似乎違背直覺。其實，銅器銘文證據表明，至於西周中期，那些還能在銘文中辨認出來的殷遺民，也已全然歸順周人政權。既然如此，我們難免疑惑，為何西周統治者還覺得有必要去說服殷遺民。筆者無意表明傳世的〈多士〉、〈多方〉是《尚書》中時代最早的周代文獻，可如果不將它們視為周人克殷本身的直接產物，便很難為它們最初的成書想像出一個更為合理的歷史背景。

第五、六章分別由馬瑞彬（Magnus Ribbing Gren）與麥笛撰寫，二者皆研究《尚書・金縢》篇，特別注意其對應於清華簡中的戰國寫本，彼處該篇被命名為〈周武王有疾周公所自以代王之志〉。由於二章實際皆為舊文重

8 Kai Vogelsang, "Inscriptions and Proclamations: On the Authenticity of the 'Gao' Chapters in the *Book of Documents*"（銘文與誥命：論《尚書》「誥」篇之可靠性）, *Bulletin of the Museum of Far Eastern Antiqutie*s 74 (2002): 138–209.

刊，此前又都發表在廣為刊行的學術刊物上，[9] 馬文「稍有改動」，麥文只作出大量格式上的調整，[10] 我以為似乎無需詳加評述。然而，麥氏對舊文作出了一個重大改動，[11] 他自己也特別提醒我們注意，故似乎也應該在此予以強調。

麥氏在其 2014 年發表文章的「結論」部分中，謂簡本〈周武王有疾周公所自以代王之志〉的形式表明它旨在被廣泛傳播，為人私下閱讀。

> 〈周武王有疾〉敘事之戲劇性表明：它的形式似乎適合私下閱讀。文本開篇框架頗可展現這一點：當一個猶豫的聽眾面對文本及其所述信息時，〈周武王有疾〉以一戲劇性的布局，將一切所需的背景知識交代清楚。我們預設該文本不僅

9 Magnus Ribbing Gren, “The Qinghua ‘Jinteng’ 金縢 Manuscript: What It Does Not Tell Us about the Duke of Zhou”（清華簡《金縢》篇：它沒有告訴我們關於周公的甚麼信息？）, *T’oung Pao* 102.4–5 (2016): 291–320; Dirk Meyer, “The Art of Narrative and the Rhetoric of Persuasion in the ‘*Jīn téng’ (Metal Bound Casket) from the Tsinghua Collection of Manuscripts”（清華簡《金縢》中敘述和修辭的技巧）, *Asiatische Studien / Études Asiatiques* 68, no. 4 (2014): 937–68.

10 麥文換湯不換藥的改述多如牛毛，此外，麥笛為自己在本書中的論文「‘Shu’ Traditions and Text Recomposition: a Reevaluation of ‘Jinteng’ 金縢 and ‘Zhou Wu Wang you ji’ 周武王有疾」（《書》的多重傳統及文本重塑：〈金縢〉與〈周武王有疾〉再評價）添置一節，取名為「文本與素材」（Text and Fabula）（譯注：「fabula」指敘事形成之前，尚未經過作者編撰、改造過的原材料），又刪去了自己在此前發表中頻頻使用的幾類表格。

11 見下文注 12。

> 是為了一小簇熟悉背景知識的受眾所作，更是為了可以被廣泛傳播而作，而該寫本的物質性進一步支持它是獨立傳播的：它被大範圍地生產，並不僅是追求將文本書寫下來而已。
>
> 個人可以私下閱讀〈周武王有疾〉，這點對於我們理解戰國晚期的閱讀方式、知識傳播有重大意義。雖然我對此篤信不疑，但是我也堅持：將周公描繪為一位忠藎無私侍奉君長之政治家，雖然是一套僵化的周王朝意識形態宣傳，但更有超越於此的政治哲學面向的意義。[12]

相較於此前論述，麥氏在眼下這本出版於 2017 年的書中的文章裡，對於古代中國文獻的生產、接受背景的闡述大相徑庭：

> ……〈周武王有疾〉並不僅僅是一篇敘事（narrative）：它要求聽眾激活儲存於文化記憶中的歷史背景，在這個意義上，該文本具有表演性。它典雅、對稱的簡省也造就了它根本意義上的殘缺，唯有被一群內部人士接受時，這一作為美學建構的文本才能煥發出其全部意義。
>
> 對我而言，這點指向該文本的另一特質。既然〈周武王有疾〉所預設的聽眾是一批受周代文

12 Meyer, "The Art of Narrative and the Rhetoric of Persuasion in the '*Jīn téng,'" 962–63.

> 化和記憶所支配的群體，這便暗示要想使得文本被成功接受，便要求聽眾在一定程度上熟悉〈周武王有疾〉的結論，因而也熟悉周王朝所宣揚的價值觀。所以，如果某群體極為懷疑周公的意圖，這批人便不會是〈周武王有疾〉的目標聽眾。更有可能的是，〈周武王有疾〉是在「向皈依者布道」(preaching to the converted)。所謂「皈依者」，指的是縱使這一群體信奉正統周代價值觀，他們也意識到、甚至可能認同一些在周文化記憶中對周公地位的懷疑。……
>
> 聽眾對周公既將信將疑 —— 這一聽者經驗構成了〈周武王有疾〉的一部分。因而這一文本的實現顯然要建立在表演之上，即正式地將懷疑周公一事再次表演出來。該文本結構上、視覺上的特質似乎極為適合口頭表演[13]，可能吟誦者會特別標明寫本中的頓挫之處，以易於大聲吟誦。(頁 244–46)

短短三年之內，麥氏對文本的分析並無實質變化，而在寫本社會背景的問題上得出的結論卻大相徑庭。這讓人不禁懷疑：他的這些結論究竟有多牢靠？

第七章是葛覺智(Yegor Grebnev)的〈《逸周書》與《尚書》中的演說〉("The *Yi Zhoushu* and the *Shangshu*:

---

13 原文於此包括一條注釋：「此處我更正本人在 2014 年文章(即上引〈清華簡《金滕》中敘述和修辭的技巧〉)中的說法。」(頁 61)

The Case of Texts with Speeches"）。傳統上認為，《尚書》與《逸周書》包含了同樣文體[14]的文本，葛氏此文便旨在辨析二者中相似的文本群。葛氏的論述建立在他近期完成的博士論文之上，[15]關注那些被稱為演說或主要以演說為特點的文本。正如他指出，這意味著其研究不僅涵蓋了「今文」《尚書》中除個別例外的所有篇目（可以理解所謂「例外」乃是〈禹貢〉，其本質在於敘述而非演說），也涵蓋了現存 59 篇《逸周書》中的 34 篇。由於其研究囊括了《尚書》、《逸周書》中幾乎所有的文獻，他進一步提議運用一種「形式分析法」（formalistic approach）（頁 267）去區分諸演說。他將演說分為「戲劇性」（dramatic）演說（《尚書》28 篇中有 19 篇，而《逸周書》各篇中僅有 3 篇），它們「情感深重，帶有個人色彩，擁有更為豐富的加強語氣手法」；「非戲劇性」（non-dramatic）演說（《尚書》僅有〈洪範〉1 篇，而在《逸周書》卻有 16 篇之多），它們「似乎使用了加強語氣的手法裝點門面，這點讓人想起『戲劇性演說』，但本質上還是論述（頁 255）」；「與夢境啟示相關的簡短演說」（brief speeches related to dream revelations），其中包括了《逸周書》的 3 篇（頁 270）；

14 相較於「文體」（genres），葛氏更傾向使用「文本類型」（textual types），並為此添加了一條腳注（頁 251 注 9），說他所選取的術語「在分析文本結構的歷時性演變時，或許能夠更為細緻」。我沒有明白他作此區分背後的理據。

15 Yegor Grebnev, "The Core Chapters of the *Yi Zhou shu*"（《逸周書》的核心篇）(Ph.D. diss., University of Oxford, 2016).

「寫下創作背景的文本」(texts with writing-informed contextualization),包括《尚書》1 篇(〈呂刑〉)以及《逸周書》3 篇(頁 270);「包含對話的情節型故事」(plot-based stories with dialogues),《尚書》僅〈金縢〉1 篇,還有《逸周書》的 2 篇(頁 272);「包含演說,卻難以歸類的文本」(texts with speeches that are difficult to classify),包括《尚書》5 篇以及《逸周書》6 篇(頁 273)。說這聽起來頗似博爾赫斯《天朝仁學廣覽》(*Celestial Emporium of Benevolent Knowledge*)或許對葛氏來說並不為過。在向本書其中一位審稿人伊若泊(Robert Eno)致謝的腳注中,葛氏考慮到了這一點:

> 可能我的分類看起來過分機械,畢竟我將文本形式上易於識別的特徵置於首位,而弱化了那些更為複雜的特質,也在相當程度上忽略了文本的內容。誠然,倘若不僅關注表面形式上的相似之處,轉而強調文本內部的重大區別,我的研究可能會更加細緻。然而,如果要作出這點改進,會要求我去倚賴更多的主觀闡釋,可能會使研究喪失很多透明度,而這點是我想要避免的。然而我承認:對文本複雜性的檢省,將會補益我停留在文本外圍的形式分析,甚或會在許多重要方面對其形成挑戰。(頁 253,注 13)

在文末被稱為「討論」的總結部分,他表明:

> 《尚書》主要收入「戲劇性演說」，而所有這一切讓《逸周書》看上去與《尚書》截然不同。因此，在《尚書》內部，似乎曾有人試圖使諸篇類型保持一致。與此同時，《逸周書》更像是一盤將極為不同的文本湊合在一起的雜燴。如果我們信從末篇《周書序》的邏輯，會發現《逸周書》諸篇只有一個共同點：它們都被認為與周代有或多或少的聯繫。（頁 276–77）

這一描述顯然無可非議，但無非常識而已。人們可能會期待葛氏在其博士論文的基礎上提供一套更為主觀的「對文本複雜性的檢省」；即使冒著犧牲透明度的危險，它也無疑會展現出《逸周書》更為豐富的多樣性。

第八章〈《尚書》中的「誓」〉（“The ‘Harangues’ (*shi* 誓) in the *Shangshu*”）是柯馬丁為本書貢獻的第二篇文章。[16] 恰如題目所示，「誓」在傳統上被劃分為《尚書》六體之一。他研究了六篇被稱為「誓」的戰場演說，尤其注重其中三篇：一是傳統上以為的夏代初年啟之演說〈甘誓〉；二是託名於商代開國君主湯的〈湯誓〉，傳說此一演說作於湯伐桀（夏世末君）之先；三是據說在克商進程中，周武王昧爽至於牧野，與商紂交戰之前所作的〈牧誓〉。柯氏提供了對此三篇短文的全文翻譯。

16 譯注：中譯參柯馬丁撰、付蘇、郭西安譯：〈《尚書》中的「誓」〉，《文貝：比較文學與比較文化》2（2014.5）：95–125。收入本書的文章有較大改動。

柯氏以一修昔底德的評論開篇：《伯羅奔尼撒戰爭史》記錄戰爭演說的方法，乃是「讓每一位講者主要去說我假定他們在既定場合裡該說的話」。[17] 與之相類，柯氏通篇都在強調《尚書》中的戰爭演說或「誓」出於事後建構：

> 我認為它們並非真實的講辭，而是事後的想像。（頁 284）
>
> 這一切都不該被視為檔案性的記錄，而應該被視為後人追憶歷史時的理想建構。（頁 285）
>
> 它把我們從傳統的、方法論上經不起推敲的假設中解放出來，這一傳統假設認為：傳世文本孑然獨立，不受外界影響，它們以某種無法解釋的方式，幾個世紀以來一直維持著原貌，因而，我們可以根據其語言特質為之單獨斷代。（頁 304）
>
> 所有這些文本都屬於一個「公共素材庫」（common repertoire）、或從屬於幾個獨立的素材庫，在戰國晚期的某些時刻，它們促成了新文本的形成，而這些新文本才具備後來傳世本的輪廓。（頁 306）

此說同樣無可非議，但也無甚新見。在第 288 頁，柯氏已經注意到幾乎所有當代學者皆將這些文獻斷在東周時期，而在第 305 頁，特別在其文後半部分的重心——與〈牧

17 Thucydides, *The Peloponnesian War*, trans. Martin Hammond (Oxford: Oxford University Press, 2009), 12 (1.22). 柯氏引文見頁 281。

誓〉相關的分析中，他又提到顧立雅（Herrlee G. Creel）宣稱〈牧誓〉「幾乎肯定不如傳言所說一般，乃是武王演說」，柯氏繼而說「陳夢家、張西堂、松本雅明也得出同樣的結論，皆懷疑〈牧誓〉當斷代在戰國時期」。

柯氏提出的第二個論點是：人們在此後周代的禮儀慶典上表演諸〈誓〉，它們構成了慶典的一部分。

> 武王手持黃鉞、揮舞白旄這一鮮明意象，頗有可能通過早期表演傳統進入到人們的歷史想像之中。這一表演傳統可能是從周代祖先祭祀的儀節中發展而來……（頁 300）
>
> 在周代先祖宗廟中，每次這般表演武王演說，都會促醒人們去幻想周代奠基時分的那場原初誓辭……（頁 308）
>
> 不論是哪一種情況，從戰國和漢代作者既知〈泰誓〉，又知〈牧誓〉的情況來看，似乎當時存在著不止一個版本的武王戰爭演說，這些版本逐漸找到了自己的方式，被納入了不同的書寫記錄之中。也可能直到周代末年，直至前 256 年，前 1046 年的克商之役仍然通過表演而為人銘記。（頁 311）

顯然有這種可能性。可據我所知，無論文獻抑或文物上的證據，都不曾表明其中有哪一篇誓辭真正出現在任何周禮之中。其實柯氏自己也注意到，對於文章後半部分的主題〈牧誓〉而言，「似乎並沒有其在漢代以前的早期接受史」（頁 288）。是故縱使禮儀必然發生過，表演亦頗有可能佔據其中一席之地，我們至多只能去幻想誓辭在其間的位置而已。

史嘉柏（David Schaberg）所作的第九章〈說書——戰國文本對《書》的引用〉（"Speaking of Documents: *Shu* Citations in Warring States Texts"）與本書的其他幾章格格不入，因為它並未直接處理哪篇《尚書》，而是去考察了它們在戰國、秦、漢文本之間的「回聲」（echoes，我刻意使用此一譬喻，以合乎史氏所強調的「聲音」）。由於史氏重新探討了自己在十年前、甚至二十年前談過的話題，這篇書評旨在評述《尚書》研究，故用許多篇幅探討史氏更大的關懷並無意義，畢竟這些關懷幾乎就是他本人過往學問的「回聲」。

正如他在飽受讚譽的《井然有序的過去：早期中國歷史書寫的形式與思想》（*A Patterned Past: Form and Thought in Early Chinese Historiography*）所呈現得一般，[18] 史嘉柏的文字極為優美，優美到讀者極易被其辭藻迷惑。但我們不妨探討一下其文首二句與末二句之間的鴻溝：

18 David Schaberg, *A Patterned Past: Form and Thought in Early Chinese Historiography* (Cambridge, MA: Harvard University Asia Center, 2001). 譯注：本書「附錄」的中譯本參史嘉柏撰，張瀚墨譯：〈口述性與《左傳》和《國語》的源頭〉，收入《當代海外中國研究二集》（上海：華東師範大學出版社，2013 年），頁 95–116。

> 倘若天真地認為早期中國經典是對當時語言發展的記錄，便意味著這一發展過程有過一場驚人的斷裂。在與西周相關的文本（譬如《尚書》、《詩經》中較古的部分）和戰國文獻（譬如《左傳》）之間，存在著一個句法、用詞劇烈變革的黑暗時代。（頁320）
>
> 被經典化之前的《書》並未直接發展成《尚書》：倘若假設二者之間有直接的繼承關係，便會引起類似托勒密天文學體系所要面對的問題；我們固然可以想方設法地去論證二者無別，但其實更簡單的處理辦法是：去追問在先秦時期，書寫究竟有無口傳重要。今人過度強調戰國時人所面對的《書》是一本被寫定的、沉默、喑啞之《書》，而唯有將口傳視為先秦文本流傳的主要方式，才能補偏救弊，喚起一個活生生的言說世界。在這個世界中，古人的聲音仍然是知識人話語的一部分。（頁356）

一位作家的辭藻既然能如此優美，其所說必有其理。但我認為，無論複雜簡單與否，沒有任何證據足以將這一「劇烈變革的黑暗時代」與「一個活生生的言說世界，其間古人的聲音仍然是知識人話語的一部分」掛鈎。史氏在另一處也像柯馬丁一樣開始幻想，他幻想出某種時光錄音機，能讓我們重溫古人之聲：

> 上文說想像出一整套古體、擬古段落的選集，或許對我們有所裨益。想像另一種可能，去重構古人如何聽《書》、說《書》的世界，也會有所裨益。比如，我們可以根據某段引《書》文字，推導這段文字的讀音，再將上文建議的擬古段落選集中的相關文字找出，推導其讀音，最後比勘二者。換言之，將任何給定的音串與給定語音匯集資料中的大量其他音串進行比勘。如此比勘，並非為了繞過被書寫下來的文字，而是去找出那些被不同的書寫決策所掩蓋，卻在根本上讀音一致的詞、句本身。實現這一可能，目前尚存一定的困難，但因為歷史語音學、文獻數據化領域的進展，它或許並非遙不可及。至少在我們考慮的早期中國中，「復古」並非一個僅與書寫有關，而無關乎口傳的現象。唯有去踐行此處所建議的這種比勘，才能揭示出戰國文本背後的作者通過聲音、而非閱讀去了解包括所謂「書」的古體作品。（頁 322–23）

幻想這種可能或許頗有趣，但這終究不過幻想而已。

此後兩章則引領我們回歸《尚書》本身。尤銳（Yuri Pines）所寫的第十章、胡明曉（Michael Hunter）所作的第十一章都探討了〈無逸〉篇。我會分別討論這兩篇研究。讓人好奇的是，尤銳開篇說在被歸於西周早期、專門記錄周公之言的《尚書》諸篇中，〈無逸〉往往被視為不太重要的一篇，胡氏反倒稱「無論在實質上、抑或形式上，〈無逸〉都屬於為《書》學傳統作出了最大哲學貢獻的文本」。（頁 394）

尤氏指出，他本人之所以對〈無逸〉產生興趣，乃是因為它將歷史先例視為當下政府行為之模板。尤氏開篇便給出〈無逸〉的通篇譯注。該篇以四位先王為善治之楷模：先殷之中宗、高宗、祖甲及周文王，四者皆有愛護下民之特質。尤氏強調高宗、祖甲及文王在掌權之前，據說都有與下民同居的經驗，而這種經驗影響了他們的統治。雖然「保民」是絕大多數《尚書》文本之中心觀點，尤銳仍以為至少在被斷在西周的九篇文獻之中，[19]〈無逸〉獨樹一幟——它在王者、平民之間從未提及任何臣子、顧問之類的角色。此外，在戰國政治哲學的背景下，〈無逸〉尚有一與眾不同之特徵：強調體力勞動對於教化理想君主的重要性。據尤銳說，絕大多數戰國思想家鼓勵統治者享受安逸，以使官僚體制的運行不受其干擾。據此，他總結文章此節道：「〈無逸〉違背了我們對於經典的期待，它貌似不能代表東周時期的主流意識形態傾向，反倒代表了邊緣的、甚至在某些方面具有『反叛性』的文本。」（頁 381）

在該章總結部分，尤氏坦誠地稱其對〈無逸〉的年代推測是「猜想」。由於未找到任何表明〈無逸〉出自西周抑或戰國的語言學證據，他認為前 771 年西周陷落後不

19 「五誥」（〈大誥〉、〈康誥〉、〈酒誥〉、〈召誥〉、〈洛誥〉）與〈多方〉、〈多士〉、〈梓材〉、〈君奭〉合計九篇，尤氏以為皆為西周意識形態之代表。

久，王室東遷，尚未安定，或許在某種程度上是刺激〈無逸〉創作的歷史背景。對此，他指出最近出版的清華簡《繫年》（尤氏本人也發表了一份對《繫年》的英語研究[20]）可能會解釋何以對彼時周王統治的「小政府」而言，關注「小民」比關注官員以及「不朝于周」的地方諸侯更為重要（頁 386）。我確信尤氏本人會欣然承認其結論的推論性質，但正如其「結語」所說，「這篇短文足以表明，倘若我們以新視角看待流傳千年的文獻，仍然可能得出新見」。（頁 388）

相較於尤銳，胡明曉將〈無逸〉置於遠為廣闊的語境下討論。或許受到兩位編者在「導論」中引用馬克思．繆勒（Max Müller）那句「倘若一個人只了解一種〔宗教〕，他實則一無所知」（“He who knows one [religion], knows none”）（頁 10）的影響，胡氏開篇便將〈無逸〉（其實還包括另外許多《尚書》篇章）與古代世界各處的智慧文學（wisdom literature）相比較，特別關注那些以「老年人給青年人指導」的形式所呈現的智慧文學。然而，除了說明一個很可能顯而易見的觀點——「老年人一直在給年輕人指導」，我沒看出來用幾乎 10 頁篇幅將這些格言警句一併討論，得出了甚麼對這些文獻的新見。

20 Yuri Pines, “Zhou History and Historiography: Introducing the Bamboo Manuscript *Xinian*”（周代史與歷史書寫：清華簡《繫年》介紹），*T'oung Pao* 100, nos. 4–5 (2014): 287–324. 譯注：尤銳此後將對《繫年》的研究擴展成了一本專著，參 Yuri Pines, *Zhou History Unearthed: The Bamboo Manuscript* Xinian *and Early Chinese Historiography* (New York: Columbia University Press, 2020)。

當胡氏轉向〈無逸〉本身，他給出的理解與尤氏有微妙區別。如我們所見，尤銳以為該篇旨在宣揚君主早年躬自參與體力勞動之美德，胡氏則認為〈無逸〉僅止於力陳君主需「知」他人之勞苦。他們二人也明確反對對方的理解（見尤文頁 368，注 29；胡文頁 406，注 42），然而，雖然對此後的儒家哲學包括《尚書》闡釋來說，「知」、「行」之別極為關鍵，但對我而言，上述兩種解釋的差別僅是浮於表面，並未觸及問題本質。

我以為，尤、胡二氏對於〈無逸〉的理解存在著更為關鍵的分歧：二者對〈無逸〉之「歷史書寫」理解不同。（雖使用了「歷史書寫」一詞，但「歷史書寫」在此顯然也包括了對文本政治寓意的理解）。尤氏認為躬身勞作之君主可為其後嗣效法，胡氏反倒稱「安逸不僅是勤勞的對立面，先人之勤勞也間接導致了後人之安逸」（頁 405）。〈無逸〉先描繪了早先勤懇的君主，他們每一位都享國數年，而那些越接近朝代末世的君主「生則逸……或十年，或七八年，或五六年，或四三年」。這讀起來像是後世「王朝循環」說的先聲，即歷朝歷代由積極進取、品德美好的君主所創立，而終將結束於虛弱恣肆的君主之手；恰如成功家庭的後代易於怠惰而揮霍家產，那些積極進取君主的後嗣也易於耽於逸樂，終使王朝走向滅亡。胡氏將〈無逸〉稱作一種「元話語評論」（metadiscursive comment）：

> 簡言之，我提議將〈無逸〉視為對於智慧文學中教育文體（instructions genre）核心價值之一

> 的「元話語的評論」。它一方面闢出一修辭空間，為君王、貴族追逐逸樂正名，而在另一方面，特別關注《尚書》及相關文獻的一般教訓所面臨的困境：正是那些幫助一代人實現物質充沛所需的品質，間接導向了下一代人的罪惡。（頁 407）

在其結論部分，胡氏單憑這一描述幾近隨便地給〈無逸〉斷代，說：

> ……〈無逸〉有元話語的特質，其披著《書》經外衣，實為哲學文本，這都表明此篇成書頗晚，或在戰國晚期。（頁 413）

倘若如尤銳所說（也如上文所注），〈無逸〉從未透露出任何成書於戰國時期的語言學線索，我們便好奇單憑文本形式一點，胡氏何以將結論推展之於如此境地。

夏玉婷（Maria Khayutina）所作第十二章《〈粊誓〉、西周誓約文獻與早期中國的法律文化》（"'Bi Shi' 粊誓, Western Zhou Oath Texts, and the Legal Culture of Early China"）使我們從「元話語」驟然轉向地方歷史。夏氏開篇翻譯了這一僅有 180 字的短篇，隨後她承認其間並無文辭晦澀之處。文章從篇題展開討論，說縱使如今大多數傳世本作「費誓」（「費」讀「祕」音時，與「畢」得相假借，一般以為今日山東省某地），此為「今文」《尚書》之寫法，「古文」《尚書》原作「粊誓」。至於該篇篇題中的「誓」，她注意到在《尚書》其他「誓」篇之中，講者皆稱其演說為「誓」，因而篇題稱「誓」，而此處講者僅稱其為「命」，故她根據西周金文用例，說應該將〈粊誓〉之「誓」理解為「誓約」（oath），而非如《尚書》其他篇目般解作「戰場演說」抑或「長篇演講」（如柯馬丁於本書第八章所為）。雖然〈粊誓〉中許多部分讀起來確實近似金文乃至後世文獻中的「誓約」，但鑑於〈粊誓〉開篇便在呼告士卒向淮夷、徐戎進軍，篇末提及征伐之確切日期，我們可以理解何以後世《尚書》的編纂者將其視為戰場演說。然而，通過質疑〈粊誓〉篇題，夏氏得以細究誓約及其在中國早期刑法發展中所扮演的角色。

夏氏繼而指出，至少有兩種、可能有三種對於該篇歷史背景的不同理解：《書序》以為〈粊誓〉為周公長子、公認的魯國始君伯禽所作，且更為明確地將之置於周初三監之亂的歷史背景之下。另一方面，今古文《尚書》中〈粊誓〉所處篇第不同，或表明有人認為〈粊誓〉所描繪的時代晚於三監之亂：「今文」《尚書》置之於〈顧命〉、〈呂刑〉之間，亦即將之斷在康王繼位之後，穆王統治之前；而「古文」《尚書》將之置於倒數第二位，恰好位於根據內容可以斷在秦穆公（約公元前 659– 前 621 年）治下的《秦誓》篇之前。〈粊誓〉中並無可資斷代的內容：僅可以確定〈粊誓〉的講者為一位諸侯（「公」），而據後文此公向「魯人」發話，可知其為一魯國諸侯。篇中所言伐淮夷、徐戎一事也無助於斷代，畢竟貫穿整個西周、乃至春秋時代，淮夷、徐戎都在斷斷續續地見於文獻記載。夏玉婷考察了此類戰爭的證據，卻認為「無法證實魯人與淮夷在春秋時代曾經交戰」，故其結論有過度簡化的危險，謂「整個春秋時代都與〈粊誓〉的歷史背景不相符，這支持了傳統的看法，即該篇描繪的是成王時期的戰爭」。（頁 424）而當她轉向語言分析時，卻給出了截然不同的斷代意見。

夏氏在考察〈粊誓〉語言時，首先將之與三篇不同的西周晚期金文中的誓約作比。雖然〈粊誓〉用語與金文相近，卻有兩點重大區別。一者，〈粊誓〉的講者命令聽眾「聽」命，這一說法從未見諸銘文，反倒見載於〈秦誓〉，亦多見於《左傳》這類晚出文獻中的誓約部分。二者，〈粊誓〉提及「郊」、「遂」這兩個從未見載於西周金文的行政區域，將它們置於西周背景下似明顯是時代錯亂。繼而，夏氏將〈粊誓〉與《詩經．魯頌．閟宮》作比，後者可能是《詩經》中我們可以確定年代的、創作時間最晚的一篇詩（至少學界默認它作於魯僖公統治時期〔約公元前 659– 前 627 年〕）。鑑於〈粊誓〉與〈閟宮〉的相似之處，許多現代學者也將之斷在公元前 7 世紀。最後，夏氏指出《左傳》記載在僖公之孫魯宣公治下（約公元前 608– 前 591 年），魯國初次制定了法典，或者說至少首次公開頒布了何時使用刑罰之理據，而〈粊誓〉與此類法典亦有相似之處。所有這些證據使她總結道：〈粊誓〉必然作於這段時期，與「古文」《尚書》篇次所示一致。至少對我來說，其結論有相當道理。

然而，夏氏並不滿足於僅為〈粊誓〉的寫作時間斷代，而是進一步去推測〈粊誓〉為何、甚至如何被書寫下來。她從未明確提及揚・阿斯曼（Jan Assmann）的研究（僅將他其中一部作品列在「參考文獻」中[21]），卻經常訴諸阿斯曼著名的「文化記憶」（cultural memory）概念，說〈柒誓〉作者或作者群選擇了「古代的『誓約』形式，通過引入一些類似西周命辭的表述，或許意在造作出一篇讓彼時讀者以為傳自古代的文獻」。（頁 430）她甚至不顧研究者自身之局限，試圖指出〈柒誓〉之作者為誰，至少試圖指出它出於哪個文人圈子之手。她給出的答案是：〈柒誓〉出於臧文仲（卒於公元前 619 年）或臧文仲圈子中的文士之手。臧文仲因見於《左傳》、《國語》而知名，孔子以之為反面典型。

> 從技術上說，對於臧文仲交遊範圍內的文士而言，創作出類似於〈柒誓〉的文獻並無難度。臧文仲以司寇之職，顯然能夠接觸魯國檔案，並得以進入公室宗廟，得窺保存於其中受魯國先公委託而作的銅器銘文。倘若此類檔案與銅器銘文包含一些魯國始封時之記述，便與其他地區所見的西周早期銅器銘文並無二致，故其間不會有今本〈柒誓〉「聽命」、「郊、遂」一類表述。然而，

21 Jan Assmann, *Cultural Memory and Early Civilization: Writing, Remembrance, and Political Imagination* (Cambridge and New York: Cambridge University Press, 2011). 譯注：中譯參揚・阿斯曼撰，金壽福、黃曉晨譯：《文化記憶：早期高級文化中的文字、回憶和政治身分》（北京：北京大學出版社，2015 年）。

> 我們可以頗為確定，這些檔案也必然囊括了許多近世之命辭及誓約文獻，它們與西周中晚期銅器銘文相類。在對此等文獻進行研究之後，臧文仲之流便能輕易地偽造「古代文獻」。（頁438）

於我而言，一如夏氏結論所示，〈柴誓〉作於春秋早期無甚疑義。然而，我並未看出其間有任何有意無意的「復古」跡象，毋論任何語言、觀念上的「偽造」痕跡。相反，〈柴誓〉作者僅僅在用當時的語言寫作，其與西周晚期的語言在根本上並無大別。至於〈柴誓〉這一為人所偶然創作而出，且無甚歷史、哲學意蘊的文本為何會出現在《尚書》之中，則是今人難以知曉之謎。可一旦它被收入《尚書》之中，後世的編纂者和學者則會想方設法賦予其更為久遠的出身。似乎對我而言，倘若「文化記憶」這一概念能解釋甚麼，便是後世編纂者的這股衝動。

本書倒數第二章是陳力強（Charles Sanft）所作的〈《尚書》中的諸種法律觀念〉（"Concepts of Law in the *Shangshu*"）。此文以一觀察開篇：在學者常常用以討論法律問題的幾篇《尚書》文獻中，有一種情形貫穿始終：諸篇對何謂法律、如何用法的理解同中有異。而在《尚書》諸篇之中，〈康誥〉與〈呂刑〉二篇顯然最為重要，後者乃是陳氏分析的重點（當然，他對法律概念的考察覆蓋了整部《尚書》，非獨〈呂刑〉而已）。他以為〈康誥〉仍然在呈現一幅法律依附於美德、擇選賢人決訟的理想圖景，是〈呂刑〉布置出一整套法理體系，是故縱然傳統上極為重要的注家蔡沈（1167–1230）對〈呂刑〉持否定態度——他以為〈呂刑〉乃是為了警誡何種統治需要避免（頁464），陳氏仍然說〈呂刑〉「在諸篇《尚書》之中最能反映一種貫穿中國歷史終始的、對於法律實踐的看法」。（頁471）

陳氏通過幾個主題來探討何以〈呂刑〉會被視為《尚書》中的特例：首先是法律實踐在社會中扮演的角色（即法律、尤其刑罰是否必要），其次是刑罰分類，特別是贖刑制度的作用，再次是疑獄在判案過程中定位問題，最後是嫌疑人的動機問題。陳氏認為〈呂刑〉對其中一些問題的理解與另外幾篇《尚書》有同有異，而他所以為異者，傳統經師皆以為同；他所以為同者，傳統經師則以為異。我雖非對其分析盡信無疑，卻欣然樂見陳氏的分析皆立足於文本及傳統經說之上。在下文中，我僅會考察其中兩個問題，其中一例筆者並未被陳氏之讀解說服，而在另一例中，我認為陳氏糾正了前人對於〈呂刑〉的重大誤解。

對於通常意義上的法律、尤其是刑罰而言，早期中國思想家最為常見的假設之一，便是認為它們無疑必要，卻只能是必要的惡。陳氏認為，〈呂刑〉或許未必認同這種對於刑罰的傳統看法。為此，他高度重視〈呂刑〉多次使用的「祥刑」一詞，該詞明顯是一「對頂」（oxymoron），陳氏將之翻譯為「有益的刑罰」（beneficial punishment）。他雖注意到鄭玄讀祥為「詳」，有「詳審」之義，卻說這種讀法太過簡單，將文本的深意消解得寡淡無味，故不予理會。可能鄭玄的理解寡淡無味，但對我而言，這似乎與經典的偽《孔傳》的解讀「告汝以善用刑之道」並無二致。

陳氏亦引用此句以支持自己的解讀，他將之譯為「我會告訴你善於運用刑罰的辦法」。（“I will tell you of the way of using punishments well.”）（頁 455）這一翻譯當然無可厚非，但我想說「善於運用刑罰」絕不等同於「有益的刑罰」。

另一方面，我認為陳氏對於另一問題的討論作出了重要貢獻，糾正了傳統注家的偏見。如上所述，蔡沈批評〈呂刑〉公然允許交付贖金以抵消肉刑，而歷代注家皆與蔡氏異口同聲，批評此種明目張膽利用法律程序盈利的規定。然而陳氏令人信服地指出：〈呂刑〉謂此舉僅適用於疑獄的情況下，如此〈呂刑〉便與《尚書》其他長期被視為公正典範的篇目（譬如〈大禹謨〉篇）保持了一致。這並不意味著〈呂刑〉與其他幾篇《尚書》道一風同，（恰如陳氏所說，〈呂刑〉中的法律審判似從未考慮嫌疑人的主觀意圖），但它也顯然並非《尚書》中的「例外」。

本書末章是羅斌（Robin McNeal）的〈早期中國文獻中的國家空間模範：《尚書．禹貢》與《逸周書．王會》中的貢賦網絡與權力、權威的表達〉（“Spatial Models of the State in Early Chinese Texts: Tribute Networks and the Articulation of Power and Authority in *Shangshu* ‘Yu gong’ 禹貢 and *Yi Zhoushu* ‘Wang hui’ 王會”）。即便該文尚不至於讓我們折回「元話語評論」，也必然會引領我們回到宏觀問題。他以如下三個問題開始：

> 一旦學者試圖以歷史語言描繪中國早期國家，他們便會直面許多根本意義上的不確定性，

> 而晚近學術又將這些不確定性突顯出來。早期中國國家的範圍與結構怎樣？在多大程度上，能夠有效描述世界其他地區國家形成的模型可以成功地施用於中國？而在此國家形成時期又存在著多少國家？（頁 475）

羅斌首先指出傳統史學將早期中國描繪成單一文明，而與此相對，他認為考古記錄「為我們提供了截然不同的圖景」，其以多元為主導特徵，其中自然地理之多元尤為引人注目（當然，「多元」絕不僅僅體現在此一方面）。羅氏此章之興趣主要在於地理，不過有些刺目的是，他所關注的兩篇文獻——《尚書・禹貢》和《逸周書・王會》，都屬於早期文學傳統中對中國地理多元性程度大加讚賞的篇章。[22]

22 筆者很高興看到這篇對〈王會〉篇的英文介紹。〈王會〉屬於《逸周書》中最為有趣的幾篇之一，也在《逸周書》學術傳統中頗具分量。然而，選擇將該篇與《尚書・禹貢》作比則不太尋常。因為〈王會〉篇描繪了異域的奇花異草，特別是奇珍異獸，學者往往將之與《山海經》比較討論（羅斌將《山海經》譯為「歷經山巒、水路之旅程」（*Itineraries through Mountain Ranges and Waterways*），頁 483。另一方面，學者一般用《逸周書》第六十二篇〈職方〉與〈禹貢〉作比，而羅氏並未提及此篇。〈職方〉篇與《周禮・夏官・職方氏》之內容、語言多有相類之處。此處不便處理二者孰先孰後的複雜問題，但黃沛榮〈周書研究〉（國立臺灣大學博士論文，1976 年，頁 244–64）有力地論證了《周禮》早出。與〈禹貢〉篇相似，〈職方〉篇同樣描繪了中國世界之九州，二者對各區域之稱呼亦大體近似（〈禹貢〉之「徐」、「梁」在〈職方〉篇中被替換為「幽」、「並」）。另外，〈禹貢〉、〈職方〉不僅於空間方位上所述相似，更在地方物產上有類似描述。

在現代中國的歷史地理研究中，〈禹貢〉顯然佔據中心地位。在 1934 年至 1937 年期間出版的半月刊〈禹貢〉便是受其啟發得名，由現代中國歷史學之父顧頡剛（1893–1980）和歷史地理學之父譚其驤（1911–1992）擔任主編。相較於學界對〈禹貢〉篇的一般介紹而言，甚至與近來西方學界的研究相比，羅氏並未增添太多新知。[23] 而另一方面，他對於《逸周書 · 王會》篇的解釋確然對理解早期中國文學作出了真正貢獻。〈王會〉是《逸周書》第五十九篇，無論出於何種原因，這篇文獻都令人著迷，尤其是它描述了據說在成王統治初期，八方獻於周室之草木鳥獸。遺憾的是，羅氏在此僅言及一對怪犬（其中一隻「人面，能言」，另一隻「能飛，食虎豹」），此外對其他動植物並無討論。恰如他總結時所言，他意在藉〈王會〉、〈禹貢〉討論更大的問題：

> 這幅帝國影像既出乎幻想，又被投射至於傳奇般的過去之中，它成為了我們今日所謂「外交關係」的模範，也清楚地表明了歷史想像如何來

23 參陸威儀（Mark Edward Lewis）《早期中國的洪水神話》第五章所述：Mark Edward Lewis, *The Flood Myths of Early China* (Albany, NY: State University of New York Press, 2006)。又見 Vera Dorofeeva-Lichtmann（魏德理）, "Ritual Practices for Constructing Terrestrial Space (Warring States–Early Han)"（戰國至於漢代早期建構地理空間的禮儀實踐）, in *Early Chinese Religion*, pt. 1, *Shang through Han (1250 BC–220 AD)*, eds. John Lagerway and Marc Kalinowski (Leiden: Brill, 2009), 595–644。

> 創造、維持政治現實。衡量兩千年來《尚書》重要性的最佳尺度之一，恰恰是它將自身對過去的想像施加於未來的能力。（頁 491）

***

在此書評的開頭，筆者表明該書僅僅為「序言」所毀損，我形容該序有一種「自鳴得意」的特質，它既貶損了過往學術史，又對本書的學術成果言過其實。單單考慮一下以下三段表述：

> 「偽」古文《尚書》的問題值得進一步評論，而在此「序言」及隨後各章之中，我們都大大超越了迄今為止學界總結的標準論述。（頁 4）
>
> 有趣的是，在《詩經》、《尚書》、《周易》這三部被視為五經早期核心的經典中，《尚書》是唯一一部西方學者一般不會單獨研究的經書：另兩部經典則皆有專題研究（《易》所受到的關注遠多於《詩》）；或許是因為《尚書》以單純貯藏歷史信息而知名，唯有它總是為人所「用」，而非「研究」。可倘若一個文本並未被真正地研究，又如何能被使用？顯然不能。學者在《尚書》中尋找信息時犯下的種種錯誤，也恰恰是因為對於此文本的性質、結構、流傳、修辭缺乏理解。而在所有這些方面，傳統假設仍然在引

> 導學者似是而非地使用《尚書》，認為它似乎描述的是歷史實情 —— 至少對與西周相關的幾篇文獻來說，情況就是如此。（頁 7）
>
> 在如此努力之下，我們欣喜地看到虛假的確定性被轉化為更有趣、更具啟發性的問題和可能。在這部論文集中，我們嚴格檢視了《尚書》各篇的語言結構，探索了文化記憶的修辭模式，在多種可能的歷史背景（從西周的奠基時期開始，至於近乎千年之後的早期帝國）中考察了特定的政治觀念。我們的結論往往出人意表，甚至足以推翻兩千年來積累的智慧……（頁 8–9）

這些論斷無一能經得住推敲。第一個有關「偽」古文《尚書》的論斷實在匪夷所思。「序言」僅對此拋出一句話，而此書的其他部分從未處理任何漢代以後《尚書》的流傳問題，也顯然並未討論「今文」、「古文」之爭。欲解答這類問題，重讀伯希和（Paul Pelliot）在 1916 年寫下的〈古文《書經》與《尚書釋文》〉（“*Le Chou king* en caractères anciens et Le *Chang chou che wen*”），會有用得多。[24] 第二條引文控訴此前學者一直在利用一部「從未真正被研究過的文本」，只能說讓人震驚。大量中國學者在《尚書》之上投注了不計其數的心力，而二位主編經常暗示、而非明說他們誤用了《尚書》。姑且不論中國方面的情況，兩位學者似直至 2012 年才公開介入《尚書》研究（僅在此

---

24 見上文注 1。

書出版 5 年之前)，竟然來質疑老一輩西方漢學家，讓人瞠目結舌。至於上述最後一段引文，無論是給其他學者的《尚書》研究貼上「虛假的確定性」標籤，還是聲稱本書多學科的研究辦法獨一無二，都表明二位主編可能對該領域的學術完全不像他們自以為的那樣了解。很少有研習《尚書》的學者能形成一股對文本的確定感。縱然王國維(1877–1927)這一幾乎被公認為現代中國最為偉大的歷史學家，都承認僅能讀懂差不多一半《尚書》。[25] 而由中國、日本、甚至西方學者引入《尚書》研究的學科之多元，遠遠不止於「語言結構」、「政治哲學」而已，甚至可以說超出了「文化記憶」概念所框定的範圍。

二位編者似乎認為，是他們首次發現了《尚書》乃是由不同時期的不同作者所作的不同類型文本的集合，且經歷了一段複雜的流傳過程：

> 正如本書中的許多研究所示，我們今日讀到的《尚書》、或者說早至漢代學者所讀的《尚書》，往往已非出於一手之創作，而是隨著時間的推移而演化。這將斷代問題全盤轉化為另一種問題意識：關鍵不在於「創作」(composition)，而在於

25 參王國維：〈與友人論《詩》、《書》中成語書〉，收入氏著：《觀堂集林》，卷二，頁一上(1923 年原列；北京：中華書局，1983 年重印)，第 1 冊，頁 75。他寫道：「《詩》、《書》為人人誦習之書，然於六藝中最難讀。以弟之愚闇，於《書》所不能解者殆十之五，於《詩》亦十之一二。」

> 「改作」(recomposition)、「編纂」(compilation)和「編輯」(editorship),在於在公元前第一千年內文本發展的動態過程。……〔而非〕允許我們接受那些傳統信念,譬如「文本出於單一作者之手」;「自西周首次創作以來,《尚書》始終保有維持原貌,並無改動」;「早期中國文本以書寫形式傳播,而非以記憶、表演等方式流傳」。(頁 6–7)

借用電影《北非諜影》(*Casablanca*)雷諾上尉(Captain Renault)的一句臺詞:聽說《尚書》竟然不能維持原貌,還被後人動過手腳,「我感到震驚!震驚!」然而,「某些學者」(這點也是二位主編的寫作令人不快的特徵之一,他們一而再、再而三地如此理解、或者說實際上是曲解其他「不知名」學者的學術)確實舉出了許多證據,表明《尚書》中最早的那批文本是以相當接近西周金文的語言被書寫下來的。(不錯,這些《尚書》文本是被寫下來的。順帶說一句,金文也是被寫下來的。)這點確鑿有據,二位主編卻似乎對此格外惱怒,將之貶低對《尚書》「真實性」、「穩定性」的「證實」,認為這種論證「只會將問題過分簡化,導致還原主義」。

> 簡而言之,無論某些學者會如何費盡心血地堅持論證《尚書》文本之「真」,無論他們多麼堅信《尚書》中與西周有關諸篇的流傳乃是出乎連續、穩定的書寫,這些觀點最終必然站不住腳。……無論以何種方式,我們幾乎所有的研究

> 都討論了斷代和文本流傳問題，可沒有哪一篇沿用了傳統說法。恰恰相反，通過細緻的文本分析和與其他早期作品的比較，本書所給出的結論顯然更為複雜。（頁 6）
>
> 傳統中國語言學骨子裡的主要弊病之一，便在於將時代之「早」等同於「可信」（這點往往刺激學者亟欲「證實」某物之早出），反過來，只要能證實文本準確地反映了歷史，便能說明它不僅確然為「真」，而且縱使其作者本人未必親臨歷史現場，該文本也是真正的上古時期的記錄……我們根本對此種「證實」毫無興趣，因為它只會將問題過分簡化，導向還原主義。（頁 8）

筆者無意貶損本書諸位作者的任何貢獻，他們其中幾位也舉出銅器銘文和「傳統中國語言學」作為證據，去討論《尚書》諸篇的斷代。然而，無論在中國、乃至西方的學術傳統中，都能看到更為嚴謹的對於《尚書》的語言學研究，其程度超越了本書所呈現的一切相關內容。儘管如此，甚至儘管「序言」作出了一些誇張論斷，我還是樂意重複自己在此書評開篇所說的話：「綜觀全書，此書顯然如二位主編的『序言』所保證一般，作出了重要貢獻」，它標誌著「西方的早期中國研究的一大里程碑」。還剩下許多篇《尚書》仍待研究，我們期待在本書之後，能夠湧現出更多的學術成果討論它們，甚或對此處所討論的章節進行重新檢省。

饒宗頤國學院院刊　增刊
2023 年 6 月
頁 527–538

評田菱《閱讀哲學、創作詩篇：中國中古時期互文模式的意義創造》

SWARTZ, Wendy. *Reading Philosophy, Writing Poetry: Intertextual Modes of Making Meaning in Early Medieval China*. Harvard-Yenching Institute Monograph Series 111. Cambridge, MA: Harvard University Asia Center, 2018. Pp. xii+304.

朱夢雯
香港浸會大學饒宗頤國學院

玄言詩在中古時期曾一度盛行，這一詩體伴隨著魏晉時期玄學的發展和門閥士族對清談的好尚而興起，卻在進入南朝後逐漸式微，被一種注重平易詩風和追求聲律形式的新興詩體而取代。[1] 的確，現存幾部成書於六世紀的文

1　沈約是最早一批對玄言詩提出批評的論家之一。他本人不僅主張詩歌創作之「易」，而且也是聲律規則積極的推廣者與實踐者。沈約對玄言詩的評價本質上代表了南朝齊梁文人一種新的文學審美旨趣。見沈約撰：《宋書》（北京：中華書局，1974 年），卷六七，頁 1778–1779。

論對玄言詩都頗有微詞，認為其「平典似道德論。」[2] 這樣的批評自中古以降便成為權威性話語而延續下來，受其影響，魏晉玄言詩不僅在保存數量方面呈現出大規模的佚失，而且在很大程度上被詩學的傳統敘述所忽視。自 1980 年代以來，現代學界對玄言詩展現出日漸增長的研究興趣：八十和九十年代幾部重要的文學史著作皆對其闢有專論，[3] 而近廿年以來更有數本關於玄言詩的研究專著面世。[4] 這些論著對於重新考量玄言詩在中古文學發展進程的位置而言，各有其貢獻和價值，但在探索新的研究方法和視角進而對這種詩體獲得新的理解方面，它們大多缺乏創見，而局限於傳統敘述對玄言詩藝術價值與抒情性的指摘上。

正是在這種批評和研究背景下，田菱（Wendy Swartz）的近著 *Reading Philosophy, Writing Poetry* 對玄言詩的探

---

2 鍾嶸撰，曹旭注：《詩品集注》（上海：上海古籍出版社，1994 年），頁 24。

3 這方面主要的著作包括，葛曉音：《八代詩史》（西安：陝西人民出版社，1989 年）；王鍾陵：《中國中古詩歌史》（南京：江蘇教育出版社，1988 年）；羅宗強：《魏晉南北朝文學思想史》（北京：中華書局，1996 年）；張伯偉：《禪與詩學》（杭州：浙江人民出版社，1992 年）等。

4 這方面的主要專著包括，張廷銀：《魏晉玄言詩研究》（臺北：文史哲出版社，2003 年）；胡大雷：《玄言詩研究》（北京：中華書局，2007 年）；王澍：《魏晉玄學與玄言詩研究》（北京：中國社會科學出版社，2007 年）；楊合林：《玄言詩研究》（上海：上海古籍出版社，2011 年）；蔡彥峰：《玄學與魏晉南朝詩學研究》（北京：人民文學出版社，2013 年）等。

討展現出令人耳目一新的突破性。題名的後半部分作：*Intertextual Modes of Making Meaning in Early Medieval China*，點明了主導這一研究的關鍵概念——互文（intertextuality）。作者借助西方文化理論，重新審視了玄言詩所處的時代語境，指出「這是一個文化財富急劇增長的時代，這一時期的文士階層面對其文化遺產發展出了一種獨特的、多元融合的方式」，[5] 並由此進入了一個集文本、符號、知識和意義於一體的豐富積藏。從這樣的視角出發，田氏選擇了一條不同於前人的研究路徑：她並未試圖以後世的文學批評取向作為衡量中古玄言詩的標準，而將這種獨特的詩歌寫作看成是一種文化記憶的展現和創造意義的有效方式，以求獲得更充分的理解。第一章首先從多個面向概述性地介紹了中古時期的閱讀和寫作行為，接著進入主體部分的章節，圍繞自三國曹魏（220–266）至南朝劉宋（420–479）的五個個案展開考察論述。不同於流行的批評和研究僅將玄言詩繫於東晉一小部分詩人的觀念，田氏通過五個章節的有序架構和有力論證，在更廣的歷史語境下展現出「玄風」書寫的演進歷程，並指出玄言詩並非簡單代表一種亞文體或一個詩歌流派，而是「表現了一種通過抽象的範疇、文字或山水以觀察並言說形而上內容的

5 原文作 “It witnessed an exponential growth in cultural wealth as the literati class developed a distinctive mosaic of ways to participate in their cultural heritage.”，見 Wendy Swartz, *Reading Philosophy, Writing Poetry: Intertextual Modes of Making Meaning in Early Medieval China* (Cambridge: MA: Harvard University Asia Center, 2018), 3。

方式」。[6]

第二章「嵇康與拼貼詩學」（Xi Kang and the Poetics of Bricolage）將嵇康（223–262）這位著名的竹林名士、善琴的隱者與傳統名教的叛逆者作為「第一位玄言詩人」。田氏用「拼貼」（bricolage）一詞，是借自 Claude Lévi-Strauss（1908–2009）的文化人類學著作，後者描述一類「專業 DIY」型的匠人，稱其為「拼貼者」（bricoleur），並指出這種身份特徵的界定，取決於他們是否擁有從一個有限的異源（heterogeneous）資源庫（repertoire）中選擇材料並加以利用的能力。[7] 通過這一關聯，田氏強調了嵇康所使用的文本資源的多樣性。她在細讀嵇康寫給其兄嵇喜的十八首四言詩的基礎上，分析其中包含的看似毫不相關、卻各盡其用的文本來源，[8] 進而充分探討了嵇康如

---

6 原文作 “It illustrated a mode of perceiving and articulating metaphysical notions through materials ranging from abstractions to text to landscape.”，出處同上注，45–46。

7 見 Claude Lévi-Strauss, *The Savage Mind* (Chicago: University of Chicago Press, 1966), 17。

8 田氏指出：嵇康「從《詩經》挪用富含比興意蘊的意象……從《楚辭》移植忠貞與讒佞的道德托寓……從建安詩歌借鑑軍旅題材的書寫，從《老子》和《莊子》吸收關於虛靜、自保與超越的思想。」（“(Xi Kang) turned to the *Shijing* for ready lines imbued with evocative imagery and symbolic associations… drew on *Chuci* for established moral allegories of virtue and corruption… on Jian’an poetry for treatments of the military theme, and the *Laozi* and *Zhuangzi* for lessons on quietism, self-preservation and transcendence.”）見 Swartz, *Reading Philosophy, Writing Poetry*, 73–74。

何以近乎「拼貼者」的方式，揀選、騰挪不同來源的文本資料，從而形成「一組圍繞其兄仕途的語意貫通的詩體書信，並於其中蘊含著關於自身內在修養的連貫敘述」。[9]

可見，嵇康作詩如同匠人作業一般，根據所需從「工具箱」中選擇相應的材料來加工改造，這種創作方式涉及文化素材庫（cultural repertoire）的理論。本書第三章對東晉「一時文宗」、玄言詩代表人物孫綽（314–371）的考察，便充分運用了這一理論。作者巧妙地以孫綽的三首贈答長詩為此章論析的主體，三首詩贈答的對象分別是：當時的玄學家、同時是聲望卓著的軍事家並由歸隱而復出從政的謝安（320–385）；[10] 開國功臣之一、來自皇室親族的庾冰（296–344）；[11] 主張玄學、秉持高隱之心且與孫綽本人

9 同上注，74。

10 田氏將這首詩的寫作時間繫於 360 年前後，謝安由隱居而復出並接受桓溫（312–373）任命之時，見 Swartz, *Reading Philosophy, Writing Poetry*, 114；日本學者長谷川滋成認為此詩作於 362 年，即謝安復出後的第三年。見長谷川滋成：《孫綽の研究：理想の「道」に憧れる詩人》（東京：汲古書院，1999 年），頁 212。楊合林將此詩繫於 355 年，孫綽升任永嘉太守時，見楊合林：《玄言詩研究》，頁 362。我們缺乏證據對此詩進行確定的繫年，但田氏將其與 360 年前後「東山再起」的謝安形象關聯卻是頗有見地的。

11 庾冰是東晉掌國重臣庾亮（289–340）之弟，後者曾於晉成帝（司馬衍，325–342 在位）時與王導（276–339）共同輔政。庾氏兄弟不僅位居東晉開國元勳之列，而且與皇室有姻親關係（二人皆為成帝之舅）。田菱與楊合林都將此詩的創作時間繫於 339 年，即庾冰接替過世的王導擔任丞相之時。見 Swartz, *Reading Philosophy, Writing Poetry*, 120；楊合林：《玄言詩研究》，頁 338–39。

齊名的玄言詩人許詢（約 326–？）。[12] 田氏在深細地解讀這三首四言詩的基礎上，進一步指出：通過從一個多元的文學與文化資源集合中有目的地選擇內容，並根據需要的題材和預期讀者對所選內容加以融裁，孫綽這三首玄言贈答詩出色地展現了一種互文性詩學，使我們看到他是如何從多樣的哲學、文學和文本資源所構成的豐富異源素材庫中揀取所需，以達到頌美對方、表達玄思或追求仕進之目的。

第四章探討中古時期的著名雅集 —— 蘭亭之會。不同於本書其他章節以詩人個體為案例研究對象，作者在這裡轉向一個文人群體於雅集中共同參與的一組意義非常的玄言書寫。他們的作品，包括王羲之（303–361）在書法史上的傑作〈蘭亭集序〉，很大程度上得益於對會稽郡（在今浙江）蘭亭山水的感發，是展現山水品賞與玄言書寫之內在聯繫的極佳範例。山水和玄言之間的關係，是田氏此書屢屢回訪的問題，本文稍後還會對此作更進一步的析論。除此以外，這一章還探討了群體書寫的文化現象。通過重點解讀王羲之和孫綽的兩篇序，並對照二人相應的蘭亭詩作，田氏指出：儘管都援引莊子「齊物」的概念，王、孫二序在山水表現和玄思方式上具有顯著區別，這種

12 許詢較孫綽更年輕，但他與孫綽共同被推為當時最著名的玄言詩人。見劉義慶撰、劉孝標注、余嘉錫箋疏：《世說新語箋疏》（北京：中華書局，2007 年），頁 310。可惜的是，許詢的詩作幾乎全部散佚，唯有少量五言詩殘句存世。見逯欽立輯：《先秦漢魏晉南北朝詩》（北京：中華書局，1983 年），頁 894。

區別也反映在二人的詩作，以及其他集會參與者的蘭亭詩中。由此，田氏強調了在群體寫作語境下，往往易被語詞共性和同道精神所遮蔽的個性特徵。

本書的最後兩章分別探究了陶淵明（約 365–427）和謝靈運（385–433）—— 傳統論述中繼曹植（192–232）之後兩位最受推重的中古文學人物。其實，田氏在此前已出版了一部考察陶淵明接受史和學術史的專著。[13] 長期以來，陶、謝被分別對應於特定的詩歌題材，前者為田園隱逸、後者為山水自然。二人在各自題材下的典範性書寫都融入了一定程度的玄言內容，但陶、謝卻從未被看作傳統意義上的玄言詩人。田氏此書致力於重新閱讀中古玄言詩，對於陶、謝詩歌，她也顯然留下了討論的空間，但此書並未從正面直接突入，而是通過反思對二人詩作的普遍評價獲得了有效的切入角度。對陶淵明而言，田氏就陶詩為世所公認的「自然」特質加以考量，她認為這種以陶詩為「自然」的理解，「先決地排除或抵制了對其詩歌使用文本資源的探詢」。[14] 在詳盡地研究陶詩（包括著名的〈形影神〉一詩）中反覆出現的主題，如「死」、「忘」、「真」、「化」等範疇的基礎上，作者指出，其中不可否認存在《莊子》及其疏注的文本痕跡：

13 見 Swartz, *Reading Tao Yuanming: Shifting Paradigms of Historical Reception (427–1900)* (Cambridge, MA: Harvard University Asia Center, 2008)。

14 Swartz, *Reading Philosophy, Writing Poetry*, 5.

> 陶淵明從《莊子》中獲得了有助於發展關乎死亡與隱逸書寫的豐富概念與文本資源庫，而死亡與隱逸則是主導他大量詩文寫作的雙重主題。對於陶淵明涉及二者的表述，需要通過考察《莊子》原典中關鍵的文本和疏注，以得到充分的理解。[15]

至於謝靈運，他典型的山水書寫也常被推為「自然」，[16] 但與陶相較，謝的「自然」詩學更多是以山水自然本身為表現對象，且以一種「寫實」的方式進行觀察描寫。通過具體分析謝靈運詩與《易經》之間明顯的文本連結，[17] 田氏

15 同上注，頁 220。

16 例如，與謝靈運同時代的劉宋文人鮑照（約 416–466），便將謝詩比作「初發芙蓉」，認為其「自然可愛」。見李延壽撰：《南史》（北京：中華書局，1975 年），卷三四，頁 881。晚謝靈運一個世紀的蕭梁皇子和文壇領袖蕭綱（503–551）同樣以「自然」評價謝靈運的作品。見姚思廉撰：《梁書》（北京：中華書局，1973 年），卷四九，頁 691。

17 田書就謝靈運詩借用《易經》文本問題的分析誠然頗具啟發性，但她似乎忽視了近年來關於這一問題的相關研究成果。田氏在書中指出，除了 Francis Westbrook 發表於 1980 年的 "Landscape Transformation in the Poetry of Hsieh Ling-yün" 一文之外，學界鮮有專門探討謝詩對《易經》文本使用的研究，見 Swartz, *Reading Philosophy, Writing Poetry*, 222。然而，關於這個問題，近十年來已出現了一系列的相關研究，如李謨潤：〈謝靈運山水詩與《周易》〉，《青海師範大學學報》第 32 卷，2010 年第 4 期，頁 73–77；張一南：〈謝靈運詩文化用《易》典方式研究〉，《雲南大學學報》第 11 卷，2012 年第 2 期，頁 94–112；傅志前：〈貞觀厥美——謝靈運山水審美易學解讀〉，《周易研究》第 126 卷（2014 年），頁 63–67；劉育霞：〈《易》對謝靈運及其詩文的影響〉，《中南民族大學學報》第 34 卷，2014 年第 5 期，頁 137–140。

就謝「寫實詩人」的身份，及其詩對《易經》的移用等問題給出了獨到見解。在她看來，通過使用《易經》裡具體的卦辭和爻辭，謝靈運表現了自己對《易》所昭示的天人關係的認同，並通過詩歌創作展現出由外在的山水自然向自身現實處境的書寫轉化。在這個意義上，田氏認為，謝靈運的山水詩不應被簡單看成是「客觀寫實」之作，因為這些詩歌充溢交織著實際經驗、文本知識與認知問題，它們「不僅引領讀者跟隨著詩人在現實時空裡的遊覽過程，而且蘊含著精神世界中的種種迂曲進退」。[18]

現代學界研究中古玄言詩的一條關鍵思路，是對玄言書寫與山水表現之聯繫的關注。在這一方面，田書依個案組織章節並各個考察的方式，乍看之下似乎沒有對此作出專門探討。然而，終其全書，田氏其實不斷地回訪這一問題，且在關於嵇康、蘭亭詩與謝靈運的專章研究中對此進行了有益的探索。就嵇康論，她提出，嵇氏許多不見於山水詩史的四言詩其實都呈現出與自然的密切接觸，並且這些詩歌不同於早期如《詩經》、《楚辭》和建安詩裡山水自然表現所慣用的「比興」手法，而是顯示出一種「審美性觀照」，在這種觀照下「梳理山水之形、自然之法，進而透視自然神工所依賴並展現之『道』」。據田氏觀察，這種「審美性觀照」在蘭亭詩人筆下，不僅得到了延續，而且被進一步提升，充分反映在他們面對山水自然的玄思式品賞，並通過其群體寫作「探求山水自然所蘊含的玄

18 Swartz, *Reading Philosophy, Writing Poetry*, 245–246.

理」。[19] 對謝靈運這位世所公認的山水大師，田氏再次將其關注點放在一種為學者所普遍接受的批評觀點上，即以謝靈運山水詩末闡發玄理之句為「玄言尾巴」的問題。在梳理傳統文論和現代學界長期以來就這一問題的批評的基礎上，[20] 田氏選擇了一個大異於以往的閱讀視角，指出：如果我們以《易經・繫辭傳》的結構方式比照謝詩，就會發現「以言繫於象、象繫於意，而保證詮釋準確性」的方式，正是對謝詩結構完美的闡釋，它使我們看到「謝靈運詩後半部分的玄理表達是如何發展並加強了前半部分山水意象的意涵」。[21] 由此，本書進一步將謝靈運的山水表現與前代的嵇康和蘭亭詩人相關聯，充分揭示出中古山水詩演進的歷程。

無可否認，通過將探討的範圍由文本擴展到互文本，並從西方文化理論中汲取靈感，本書對中國三至五世紀的文學傳統、文化記憶和詩歌演進提供了許多新穎獨到的觀察視角，但與此同時，圍繞現代西方理論在此的適用性等問題，本書也啟發了我們的疑問與反思。例如，作者在第三章對孫綽詩歌「素材庫」的探討，是基於 Ann Swidler 的 *Talk of Love: How Culture Matters* 一書的觀點，而後者卻是一本考察當代美國情感文化的社會學研究著作。[22]

19 同上注，頁 159–160。

20 對以往相關研究的探討，見同上注，頁 224、257。

21 同上注，頁 257–258。

22 關於 Swidler 一書，見 Ann Swidler, *Talk of Love: How Culture Matters* (Chicago: University of Chicago Press, 2001)。

田氏試圖勾勒 Swidler 和美國人類學家 Clifford Geertz 對於相關文化現象的不同看法，並論證 Swilder 之見對形成本書觀點所扮演的重要角色，但在這一過程中，她的論述卻呈現為一小段令人費解又似乎無關主旨的內容。[23] 一方面，Swidler 就美國當代社會文化中特定面向所作出的考察及其結論，是否可以如此隨意地應用於中國中古的文學文化，本身仍是一個存疑的問題；另一方面，本書的預設讀者中有許多很可能並不熟悉 Swidler 和 Geertz 的研究，因而在閱讀過程中便容易陷入迷茫困惑。在本書第二章開篇的論述中，田氏同樣以較為隨意的方式將西方詩學理論直接與中國中古文學並置。她提出在古代中國，文人通過閱讀前人的作品來增進自己的寫作。為了輔助論證這一說法，她引述了 Miner 和 Brady 關於東亞文學語言「可以更適宜地被看作『不被影響的焦慮』(the anxiety of not being influenced)」的觀點，同時指出這一觀點是基於 Harold Bloom 著名的「影響的焦慮」(the anxiety of influence)一說有趣的發散。[24] 誠然，討論互文確有必要深入理解 Bloom 的影響理論，[25] 而在田氏看來，中國古代詩歌代表了一種與 Bloom 所闡發的西方詩學史不同的互文模式，這也是值得進一步探討的話題。然而可惜的是，她此處的論述，卻以援引一條缺乏說服力的觀點繼以相對不足

23 見 Swartz, *Reading Philosophy, Writing Poetry*, 108–09。

24 同上注，頁 43–44。

25 關於 Bloom 的著作，見 Harold Bloom, *The Anxiety of Influence: A Theory of Poetry* (New York: Oxford University Press, 1973)。

的闡述取代了仔細的界定和充分的比較論證，因而顯得草率且薄弱。

近十年來的美國漢學界，越來越多的學者注重重新思考中國中古文學的文化語境，並重新考察相關的傳統和經典化理解。田菱的這本新著為此注入了新的成果。[26] 書中也存在缺陷，例如在一些具體論述中，過於隨意地挪用西方理論，導致論證本身薄弱，甚至影響了讀者的閱讀和理解，此外亦有數處明顯的拼寫和編輯錯誤。[27] 但是整體而言，這本專著結構縝密、行文流暢、譯詩精美，能為讀者提供愉悅新鮮的閱讀體驗。

---

26 繼宇文所安（Stephen Owen）2006 年出版的專著 *The Making of Early Chinese Classical Poetry*（《中國早期古典詩歌的生成》）中探討中國手抄本時代文本的流動性等問題在學界產生重大影響後，美國漢學界關於中古文學的研究開始更多地呈現出重新思考這一時期的文化語境並重新探討一些基本的傳統認知的趨向。關於宇文一書，見 Owen, *The Making of Early Chinese Classical Poetry* (Cambridge, MA: Harvard University Asia Center, 2006)。〔中譯本〕宇文所安著，胡秋蕾、王宇根、田曉菲譯：《中國早期古典詩歌的生成》（北京：三聯書店，2012 年）。

27 例如，第二章注 6 引 Lévi-Strauss 一書的書名時，缺冠詞 “the”；同頁注 7 所引專著的作者名應為 “Yang Helin”，而非 “Chen Helin”，這一錯誤在書後的參考文獻中依然存在，見 Swartz, *Reading Philosophy, Writing Poetry*，頁 45、cc82。同章注 132 中的 “Zhuangzi” 指書名，而非人名，故需以斜體顯示，見頁 92；注 162 所引的楊儒賓文題目的羅馬音轉換，其中「怎麼」一詞應作 “zenmo” 而非 “zemo”，同樣的錯誤還見於第三章注 18，見頁 104、112；第三章注 68 中「邂逅」一詞的羅馬音標應作 “xiehou” 而非 “xiegou”，見頁 124。

饒宗頤國學院院刊　增刊
2023 年 6 月
頁 539–549

評內藤丘《藏語、緬甸語和漢語的歷史音韻學》

Hill, Nathan W. *The Historical Phonology of Tibetan, Burmese and Chinese*. New York: Cambridge University Press, 2019. Pp. xiv+373.

鄭子寧
墨爾本大學商業與經濟學院
王雪婷譯

漢藏語最早被承認為一個獨立語系已有一個多世紀，至今該領域已取得了長足進展。但是，對原始漢藏語的重建只是零星的嘗試，沒有達成多少共識，並且該語系中不同語言之間的譜系關係仍然存在爭議。內藤丘（Nathan W. Hill）的新書《藏語、緬甸語和漢語的歷史音韻學》代表了探索早期漢藏語系、亦即書中所稱的「泛喜馬拉雅語系」（Trans-Himalayan languages）的新嘗試。為保持行文一致，以下也使用此名稱代替常用的「漢藏語系」。

泛喜馬拉雅語系歷史音韻學存在一個迄今研究不足的關鍵領域，即構建健全的語音定律，用以描述這一系列語言的語音發展，而本書的出現正好彌補了此一學術空白。

健全語音定律的構建，在印歐語系的研究中起到了至關重要的作用。現代印歐語系中某些同源詞的形式，如英語、法語、波斯語和孟加拉語，都可以通過應用一系列相應的語音定律推導出來，相關定律亦可套用到它們的共同祖語原始印歐語（Proto-Indo-European），不過在某些情況下，還要考慮其他因素，例如類推拉平。此外，語音定律的時序對於建立語言譜系樹具有重要意義。舉一個例子，「格林定律」（Grimm's Law）成功勾勒出日爾曼語族異於其他印歐系語言之處，其所解釋的音變現象早於高地德語子音推移，後者影響了一組遵從格林定律的次級方言，亦即古高地德語方言。格林定律的眾多例外情況最終一一為「維爾納定律」（Verne's Law）妥善解釋，這使相關的語音定律極為規範。

相比之下，雖然使用比較語言學研究泛喜馬拉雅語系方面取得了很大進展，[1] 但長期以來缺乏系統的規律性。正如內藤丘在導言中所述，該書的目的是為泛喜馬拉雅語系建立印歐語系式的語音定律，而本書其後各章無疑很好地實現了這一最終目標。

內藤丘著重研究該語系中三大分支，即藏語、緬甸語和漢語，也是擁有最悠久書寫傳統的語言。這選擇合乎邏輯，因為對於這樣富於創始意義的研究，使用資料最多的語言來構建框架至為明智。他從三種語言最早有文獻可徵的階段入手，繼而追溯它們各自最早的狀態，最終一直上推到同一語系所有語言的假想始祖 —— 泛喜馬拉雅語。

1　鄭張尚芳：《上古音系》。上海：上海教育出版社，2013 年。

考慮到三種語言中任何一種的歷史音韻學都有許多問題尚待解答，要整合每種語言的進展證據並形成一個連貫的體系誠非易事。此外，漢語和藏緬語之間的傳統二分法，以及因而產生的漢語研究和藏緬語研究之間的割裂，也帶來了相當困難。從取得泛喜馬拉雅語系歷史音韻學全貌的角度來看，漢學家和藏緬甸語專家之間的對立不利於整個語系的研究進展，尤其是考慮到泛喜馬拉雅語系分類中首將漢語與非漢語兩分處理並非毫無爭議。[2]

以漢語歷史音韻學為例，新近的研究進展很大程度上得益於與藏語的比較研究，但是許多研究僅僅使用藏文，因為書寫語言以外的藏語對相關學者來說仍很難理解。

漢語和藏語從其共同祖語分化出來的年代，比任何藏語書寫材料出現的時間都早了數千年，而兩種語言之間的語音對應亦變得模糊。同源詞的歸類通常是個別確認的，因此往往不甚嚴格，甄別的標準亦可能模糊不清，從而給構擬原始語帶來了問題。

使用藏文（或書面藏語）而不用現代拉薩方言的內在邏輯，不外乎是前者是目前可以明確接觸的最古老藏語，而且從理論上講，它也最接近分化出藏語和漢語的祖語形式。在相同的邏輯下，當然，越早的藏語階段越有幫助，

2 Laurent Sagart, Guillaume Jacques, Yunfan Lai, Robin J. Ryder, Valentin Thouzeau, Simon J. Greenhill, and Johann-Mattis List, “Dated Language Phylogenies Shed Light on the Ancestry of Sino-Tibetan,” *Proceedings of the National Academy of Sciences of the United States of America* 116, no. 21 (2019): 10317–322.

因此本書有關藏語歷史音韻的章節至為必要。

關於藏語的部分首先介紹了最早期的書面藏語、古藏語及其旁支源（如藏語支）。接著以逆時序的方式逐一勾勒語音的變化，使用內部和外部證據確立產生那些變化的各種可能條件，最終逆推至原始藏語支（Proto-Bodish）。然後，又按時序簡述了原始藏語支發展到中古藏語的情況，以印證相關語音定律及其先後次序。然後重複一遍相同的程序，由原始藏語支進一步推導到泛喜馬拉雅語，並在最後一節審視哪些謎題尚待解決。

隨後探討緬甸語和漢語的章節亦採用同一套樣式處理。一般而言，這種樣式有助梳理出一條合理、簡潔和易讀的敘事線，不然要解釋這樣一系列複雜而混亂的過程將極為艱巨，因為過程中受大量干預因素的影響，不同的語音變化會在不同的階段起作用。此外，正如上文提到德國語言學家雅各．格林（Jacob Grimm）提出了格林定律，內藤丘彙集了此前發現的各種語音定律，並以發現者的姓氏為之命名。

這裡舉一個很好的例子來說明本書的研究方法。書首部分談及「田雅客定律」（Dempsey's Law），即軟顎音前的元音 **e* 和 **i* 會合併，以及「白保羅定律」（Benedict's Law），即 $*l^{y} > \acute{z}$（頁 12–15），內藤丘首先用古藏語軟顎音之前普遍不存在 *e* 的現象，並結合漢語證據來說明田雅客定律。然後，為了闡釋白保羅定律，著者利用了藏語 ź 與漢語、緬甸語邊音的對應關係，以及藏語的內部證據，即邊音 *l* 之後置入硬顎音中綴 *y* 會音變為 ź（例如：

藏語 བཞེང་ *bźeṅ* < *bl^{y}eṅ「升起」：藏語 ལང་ *laṅ*「升起」）。而有些單詞在元音 *-i-* 之前仍保留 *l-*，是白保羅定律優先於田雅客定律發生所致，白保羅定律發生作用時，這些單詞含有的仍是元音 *-e-*。

在不丹使用、鮮為人知的藏語支語言庫爾托普語（Kurtöp）中，田雅客定律並未發生作用，正好拿來作反證，進一步證明田雅客定律所反映的藏語的新變，是在藏語和庫爾托普語分離之後才發生的。實際上在緬甸語中也發現了類似的現象（頁 70–71），但從各自發生的相對時序所見，藏語和緬甸語的當前狀況是平行發展的結果，並不能用來證明兩者的親緣關係更為親近。

需要注意的一件事是，第 13 頁列舉的庫爾托普語的例子在軟顎音前都沒有元音 *-i-*，因此這些元音未能顯示與相應的漢語同源詞有明顯的對應關係。其實著者這裡可以給出更多的例子，以更好地支持論證。

本書討論藏語的部分涵蓋了廣泛的問題。另一個值得特別提及的例子是，內藤丘探討了一部分藏語詞形變化的起源和年代及其對語音史的影響，也闡明了其他泛喜馬拉雅語系語言的詞形問題。總體而言，研究泛喜馬拉雅語系的讀者都會受益於內藤丘淵博的藏語及藏語支知識。

緬甸語給研究者帶來一個獨特的難題。在本書詳論的三種主要語言中，緬甸語的書寫傳統最短。妙悉提佛塔碑銘（Myazedi inscription）是現存最古老的緬甸銘文，書寫年代為十二世紀初。其時緬甸人已經向南遷徙，新的聚居地原本由南亞語人群（或許還有其他種族）居住，使得緬甸人能接觸許多不同的語言，並且很可能經歷了複雜的民族形成和語言影響過程。

值得慶幸的是，阿茲語（Atsi，即載瓦語）、勒期語（Lashi）、阿昌語（Achang）和仙島語（Xiandao）等緬甸語群在許多方面都比古緬甸語更為保守，可以為原始緬甸語中存在清輔音和濁輔音之分提供證據（頁 55），同時證明古緬甸語出現了各種語音定律，如「沃爾芬登定律」（Wolfenden）描述的 *-*ik > -ac*、**-iŋ > -aññ*（頁 59–60），以及「溫貌定律」（Maung Wun）描述的軟齶音之前 **u > o_2* 在”（頁 60–62 頁）。不過，內藤丘基於資料和構擬陳舊過時而將彝語支（Loloish）排除在外，事實上彝語支也許可以給予我們新的研究觀點。

內藤丘聲稱古緬甸語缺乏介音 *-w-*，而緬甸文中的 *-wa-* 源於古緬甸語 *-o-*。但是，在彝語支北部方言的涼山彝語中，「蹄」一詞是 / k^ha^{33} /，與「我」/$ŋa^{33}$/ 韻母相同，但與「口」/$k^hɯ^{33}$/ 不同：我們知道，涼山彝語與漢語的「口」為同源詞，後者的上古音構擬為 *$k^{hʕ}$(r)oʔ（此處據白一平—沙加爾 2014 年的構擬方案），包含元音 *-o-*。這是否可以說明早期緬甸語跟上古漢語一樣，*-o-* 和 *-wa-* 可能同時並存，至少緊貼在軟齶音之後如此。

另一點值得提的是，內藤丘將所有緬甸文中包含韻母 *uiṅ* / *uik* 的單詞識別為外來語，因此從古緬甸語的音系中剔除了相關韻母。雖然其中絕大多數確實是外來詞，主要來自孟語，但當中有一個非常重要的基本詞ဗိုက် *buik*（表腹義），音韻上與漢語的「腹」*fu* < *p(r)uk 非常相似，語

義對應也幾乎完全相同，換言之現在剔除 *uik* 可能操之過急，需要進一步研究其對古音構擬的意義。

內藤丘將最多篇幅留給上古漢語。在所選的三種語言中，漢語應當是最費周章的一種，箇中涉及大量原因，亦理所當然地需要最長的篇幅。本書的漢語部分基本遵循了 2014 年白一平（William H. Baxter）—沙加爾（Laurent Sagart）提出的上古音構擬方案，但內藤丘在採用時不忘提出對其優缺點的思考，並間或提出一些可能的補救辦法。與古代漢語相比，古藏語和古緬甸語比較徑直地上接作為祖語的泛喜馬拉雅語，因為兩者都有大量直接證據足徵，加上採用拼音字母書寫系統，許多聲韻細節都比古漢語來得準確。反觀上古漢語的構擬存在許多不確定性，難免為研究者帶來重大難題。

令情況進一步複雜化的是，較之於藏語和緬甸語，漢語缺乏可以幫助構擬的近親語言，也許只有原始閩語（Proto-Min）差可承擔這項功能。儘管古藏語、古緬甸語和古漢語都稱之為「古」，但古藏語和古緬甸語可以視為解難的工具，古漢語本身則是難題最難解的部分。

由於古漢語的時間跨度大，漢語書寫系統的語音表達又相對模糊，上古音的構擬亟需創新的方法。內藤丘以簡潔的方式總結了構擬上古音的方法，包括以中古漢語作為參考座標進行內部分析、分析漢字的聲符、整理古詩的韻讀，以及取資於原始閩語、越語支（Vietic）和壯侗語系（Kra-Dai）。

不得不承認，漢語部分看起來比前兩部分要複雜得多。上古音的語音定律既不完善也不成熟，不過「定律」二字意味著規律性，而目前上古音構擬中許多問題仍懸而未決，規律無疑是一種奢望。白一沙的構擬有時會以方音雜糅（dialectal admixture）來解釋一些貌似不甚規則的變化，例如他們所構擬的韻尾 *-r 在某些情況下變為 *-n，而在另一些情況下又變為 *-j。[3] 同樣，我們很難解釋該構擬從泛喜馬拉雅語到上古漢語的發展過程中，前置音節與主音節結合鬆緊的差別，如果再考慮到這些前置輔音在古漢語具有的構詞功能，則問題可能愈發複雜。

誠然，我們無法扼殺上古漢語有不同方言和方音雜糅的可能性，但要準確地總結出語音定律，就必須進一步探索上古漢語裡的各種方言，以及相關方音雜糅的本質和影響。此外，有需要進一步研究其他語言中的漢語借詞，因為借詞進入接收語（recipient language）的時間跨度和地理區域都很大。

內藤丘提出了一些新穎的想法，例如韻尾 *-rl 的存在（頁 206），以及上古音 *-k 部分源於 *-kə（頁 201）。也許隨著更多出土古文字（通常反映古代方言）等新證據出現和對外來詞機制有更好的理解，我們最終將能夠使用規律的語音定律，從古漢語中構擬出泛喜馬拉雅語。

不過書中有些提法可能站不住腳。如第 204 頁，著者參考了白桂思（Christopher I. Beckwith）和清瀨義三郎則府（Kiyose Gisaburo Norikura）對「虎」字的上古音

3 William H. Baxter and Laurent Sagart, *Old Chinese: A New Reconstruction* (Oxford: Oxford University Press, 2014), 268.

構擬 *staɣ，對漢語「虎」*hu* < *qʰˤraʔ 和藏語同一詞 སྟག་ *stag* 進行了對比。這樣的比較難以令人信服，尤其是鑑於南亞語系的語料證據顯示，漢語中「虎」一詞可能是外來詞（參考高棉語「虎」ខ្លា /kʰlaː/），因此可以說漢語與緬甸語中的表「虎」義的ကျား *kyā* 一詞可能同源，但不能說漢語和藏語的「虎」起源相同。

本書的最後一章根據之前各章得出的結論，集中討論了泛喜馬拉雅語，以現有的最佳材料證據構擬其語音系統。這仍然只算是初步工作，借用內藤丘的話說是「今後發展的基石」，但已經可以讓我們看到更嚴謹的語音定律的力量。其中一個支持漢語和非漢語二分法的有力論據是，上古漢語保留了 *-a- 和 *-ə- 之間的區別，而在非漢語語言中這兩個元音合而為一。著者通過仔細檢查例外的情況，發現古緬甸語在特定語音條件下保留了這種區別，而反思規律的對應關係也激發出一些有趣的問題，例如思考：1）漢語中「A 類」區別的由來；2）原始緬語支（Proto-Burmish）前聲門化的來源；3）三種語言之間的顎化不對應（頁 258）。

本書既解決了一些問題，也開啟了泛喜馬拉雅語系研究的新一章，很多問題還有待討論，絕不限於以上提到的。對於漢語歷史音韻學的進深研究而言更開出了一條康莊大道：內藤丘證明藏語和緬甸語中的送氣塞音屬於次生起源，要闡明這個現象就得對上古漢語裡的送氣塞音作出一致的解釋，畢竟後者似乎自有漢語以來就一直存在。我們不禁要問：泛喜馬拉雅語中送氣塞音的實情為何？

正如無法單憑梵語、希臘語和拉丁語來構擬原始印歐語一樣，僅以書中討論的泛喜馬拉雅語系三巨頭，即藏語、緬甸語和漢語，大概不足以反映泛喜馬拉雅語的全貌。這三種語言被絕大多數研究視為同一語系的重中之重，但是從歷史語言學的角度來看，一種語言在當下的重要性不應賦予其更高地位。對其他泛喜馬拉雅語系語言的研究進展，如對包括嘉絨語（Rgyalrong）、西夏語（Tangut）在內的羌語支研究，可能會使我們更好地了解此一語系的早期歷史。正如印歐語系的每個主要分支都對原始印歐語的構擬做出了貢獻一樣，僅憑三種語言來重建原始泛喜馬拉雅語是根本不可行的，無論它們多具代表性。

總的來說，這是一本出色的著作，凡有志研究泛喜馬拉雅語系的人都會從中得益。它不僅是「今後發展的基石」，而且是現階段一流的參考書。漢語歷史音韻學家僅仰靠藏文和緬甸文提供的證據而發表文章，可謂屢見不鮮，而對於一些不諳漢語歷史音韻學最新進展的學者，乞靈於高本漢（Bernhard Karlgren）的構擬來檢驗上古音的證據，也是時有所聞。但是，高本漢的構擬是在將近一百年前提出的！因此，內藤丘的新書無疑會激發這個領域的研究興趣，提供嶄新的思路。

應該注意的是，大概為了原始材料保持一致，內藤丘對不同語言使用了幾套不同的標音方案，而不是單純使用國際音標。對於不熟悉相關方案的人來說，這自然會帶來一些障礙，更甚者，所採用的幾套方案之間互有牴觸，譬如同一符號可以代表不同的語音，反之亦然。本書的讀者應嘗試熟悉這些轉寫方案，以免混淆，而這篇評論盡可能襲用著者所用的寫法。

總體而言，考慮到研究範圍的廣度、內容的深度和涉及的多國文字，編校工作的水平允稱上乘，值得表揚。儘管如此，這裡列出兩條失校之處，以便日後再版時改正。頁 330，漢語「夜」一詞誤植為普通話同音字「业」（同樣讀 *yè*）；頁 165 注 77，原來 "*huw* < *mə-gˤ(r)o (monkey)" 一條的字頭應為「猴」，卻誤排了「蕨」字。需要特別指出的是，研治泛喜馬拉雅語系的讀者無疑會感到附錄非常有用，當中收錄同源詞表和書中論及的主題的更多範例。

內藤丘的文筆優秀，成功令本書變得易讀能懂。這本書思路清晰易從、內容深入淺出，漢語音韻學的傳統術語都在相關章節一一解釋，因此讀者毋需預先具備大量專業領域的知識也可上手，對於業餘愛好者和專家而言都是一本合適讀物。

儘管有少數不足之處，本書依然有篳路藍縷之功，是運用嚴格的語音定律構擬泛喜馬拉雅語的首批嘗試之一，對泛喜馬拉雅語歷史音韻學功莫大焉，將會啟發後來者作更深入研究，這點毋庸置疑。

著、譯、校者簡介

（按英文姓氏排序）

蔡　亮	CAI Liang	法國聖母諾特丹大學歷史系助理教授
陳竹茗	CHAN Chok Meng, Travis	香港大學中文學院博士生
陳子如	CHEN Ziru	英國牛津大學皇后學院中國哲學中文院士及中國哲學研究生
朱銘堅	CHU Ming Kin	香港大學中文學院助理教授
段　陶	DUAN Tao	香港浸會大學饒宗頤國學院博士畢業生
費安德	Andrej FECH	香港浸會大學中國語言文學系助理教授
方　破	Paul FISCHER	美國西肯塔基大學哲學與宗教系副教授
高　潔	GAO Jie	南京大學文學院研究生
顧永光	Joern Peter GRUNDMANN	國立中山大學中國文學系約聘助理教授
郭倩夢	GUO Qianmeng	香港浸會大學饒宗頤國學院博士生
蘭　倩	LAN Qian	香港浸會大學饒宗頤國學院博士生
梁天恩	LEUNG Tin Yan, Grace	香港浸會大學饒宗頤國學院研究助理
梁月娥	LEUNG Yuet Ngo	香港浸會大學饒宗頤國學院副研究員
麥　笛	Dirk MEYER	英國牛津大學皇后學院中國哲學中文院士及中國哲學副教授
伍伯常	NG Pak-sheung	香港理工大學通識教育中心講師
龐　琨	PANG Kun	香港浸會大學饒宗頤國學院博士生

許思萊	Axel SCHUESSLER	美國沃特堡學院榮譽教授
史亞當	Adam SCHWARTZ	香港浸會大學饒宗頤國學院副院長、中國語言文學系副教授
夏含夷	Edward SHAUGHNESSY	美國芝加哥大學東亞語言與文化系 Lorraine J. and Herrlee G. Creel 講座教授
沈燕飛	SHEN Yanfei	香港浸會大學饒宗頤國學院高級研究助理
王雪婷	WANG Xueting	香港浸會大學饒宗頤國學院博士生
徐鳳儀	XU Fengyi	香港浸會大學中國語言文學系博士畢業生
楊起予	YANG Qiyu	美國芝加哥大學東亞語言與文化系研究生
鄭子寧	ZHENG Zining	澳洲墨爾本大學商業與經濟學院
朱夢雯	ZHU Mengwen	南方科技大學人文社科學院人文社科榮譽學會青年會士